JAN BURKE

Du wirst mich nie vergessen

Buch

Die Journalistin Irene Kelly, inzwischen verheiratet mit Frank Harriman von der Mordkommission in Las Piernas, wird an einer Bushaltestelle von einem Obdachlosen angesprochen. Erst Wochen später erfährt Irene, daß es sich bei dem Mann um ihren früheren Lehrer Lucas Monroe gehandelt hat. Bevor sie jedoch herausfinden kann, wie der Mann so herunterkommen konnte, wird Irene durch ein paar äußerst merkwürdige Vorfälle in Las Piernas abgelenkt: Ein Bankier erschießt sich, der Leiter des Baudezernats legt sein Amt nieder, und ein altgedienter Professor erleidet einen Herzanfall. Irene will der Sache auf den Grund gehen und macht sich gleichzeitig auf die Suche nach Lucas Monroe. Als sie ihn findet, ist er tot. Irene argwöhnt bald, daß es zwischen Monroes Tod und den anderen Geschehnissen einen Zusammenhang gibt. Nach und nach fördert sie durch ihre Nachforschungen einen Jahre zurückliegenden Bauskandal ans Licht. Zur Vertuschung schreckte man damals auch vor Mord nicht zurück, und anscheinend hat die Vergangenheit die Täter nun eingeholt…

Autorin

Jan Burke lebt mit ihrem Mann in Seal Beach, Kalifornien. *Du wirst mich nie vergessen* ist der vierte Roman ihrer überaus erfolgreichen Irene-Kelly-Reihe, zu deren Fans erklärtermaßen auch der amerikanische Präsident Bill Clinton gehört.

Außerdem im Goldmann Taschenbuch

Morgen früh, wenn Gott will. Roman (42367)
Und raus bist du. Roman (42398)
Da waren's nur noch drei. Roman (42399)

JAN BURKE

Du wirst mich nie vergessen

Roman

Aus dem Amerikanischen von
Mechtild Sandberg-Ciletti

GOLDMANN

Die Originalausgabe erschien unter dem Titel
»Remember me, Irene«
bei Simon & Schuster, New York

Umwelthinweis:
Alle bedruckten Materialien dieses Taschenbuches
sind chlorfrei und umweltschonend.
Das Papier enthält Recycling-Anteile.

Der Goldmann Verlag
ist ein Unternehmen der Verlagsgruppe Bertelsmann

Deutsche Erstausgabe 4/97

Umschlaggestaltung: Design Team München
Umschlagfoto: Ag. Holl / H. Strauss
Satz: Uhl + Massopust, Aalen
Druck: Elsnerdruck
Verlagsnummer 43603
AB · Herstellung: Heidrun Nawrot
Made in Germany
ISBN 3-442-43603-6

1 3 5 9 7 10 8 6 4 2

Für Thomas William Burke,
der eine Fremde aufnahm

Es gibt drei Arten von Lügen: Lügen,
verdammte Lügen und Statistiken.

Benjamin Disraeli

Immer wieder pflegten sie mich zu fragen;
Wenn ich den Wein oder das Bier kaufte...
Wie ich zu diesem Leben gekommen sei,
Und wie es angefangen habe.
Nun, sagte ich zu ihnen, ein seidenes Kleid
Und ein Eheversprechen eines reichen Mannes...
Aber das war es in Wirklichkeit gar nicht.
Angenommen, ein Junge stiehlt einen Apfel
Aus der Kiste im Laden,
Und alle fangen an, ihn einen Dieb zu nennen,
Der Zeitungsmann, der Pfarrer, der Richter und alle Leute –
»Ein Dieb«, »ein Dieb«, »ein Dieb«, wohin auch immer er geht.
Und er bekommt keine Arbeit, und er bekommt kein Brot,
Ohne es zu stehlen, nun, dann wird der Junge stehlen.
Die Art, wie die Leute den Diebstahl eines Apfels betrachten,
Macht den Jungen zu dem, was er ist.

Edgar Lee Masters
aus *»Aner Clute«* in *Spoon River Anthology*

1

Seine letzte Behausung war sein eigener Körper, und wie verwahrlost sie war! Jemand erzählte mir, kurz vor seinem Tod habe er sie gereinigt, und jetzt weiß ich, daß das wahr ist. Aber als ich ihn das letzte Mal sah, war sie in grauenvollem Zustand.

Er lag auf der Bank an der Bushaltestelle. Er stank nach Alkohol und Urin und sabberte im Schlaf. Er war Afro-Amerikaner. Es war schwer zu sagen, wie alt er war, aber ich schätzte ihn auf Mitte Fünfzig. Seine Haut war rauh und aufgesprungen, und eine seiner Wangen war aufgeschürft und geschwollen, als hätte er sich mit jemandem geprügelt. Ich widmete ihm mehr als nur flüchtige Aufmerksamkeit; registrierte sein verfilztes Haar, seinen ungepflegten Bart, sein dröhnendes Schnarchen, die kleine braune Papiertüte, die er wie ein Gebetbuch an seine Brust gedrückt hielt. Das letzte Gebet war, nach dem Flaschenhals zu urteilen, dem der Schraubverschluß fehlte, schon vor einiger Zeit aus ihm herausgebetet worden.

Ich blieb neben der Bank stehen, während ich ihn betrachtete, und dachte mir witzige Wendungen aus, mit denen ich die Leser meiner letzten Artikelserie über die öffentlichen Verkehrsmittel von Las Piernas zum Schmunzeln bringen wollte, wenn sie bei Kaffee und Müsli am Frühstückstisch im *Express* blätterten und meine Schilderung lasen. Ich würde dem Schnellverkehrsnetz von Las Piernas keine Gnade widerfahren lassen – es vielleicht gar als Fehlverkehrsnetz deklarieren. Meine kleine Rache dafür, daß es mir bei der Rückkehr zu meiner Zeitung zwei Stunden Verspätung zugemutet hatte.

Den ganzen Tag war ich in Bussen unterwegs gewesen. Mein Rücken schmerzte, und die Füße taten mir weh, und eine letzte Fahrt sollte mich jetzt zum *Express* zurückbringen. Ich war müde und frustriert. Voll selbstgerechten Zorns im Namen der Bürger, die Tag für Tag auf dieses Verkehrssystem angewiesen waren. Der Bus, der pünktlich an seiner Haltestelle eintraf, mußte wohl erst noch erfunden werden. Ich konnte verstehen, daß die Leute, die regelmäßig die Busse benutzen mußten, ärgerlich waren. Für mich war das hier eine Eintagsfliege; für sie hieß es tägliche Verspätungen auf Fahrten zur Arbeit, zu Arztterminen, zum Unterricht, zu Bewerbungsgesprächen. Ein verpaßter Anschluß führte zum nächsten, und so war aus meiner vierstündigen Testfahrt eine sechsstündige Höllenfahrt geworden.

Mein Weg hatte mich kreuz und quer durch die ganze Stadt geführt, und der Mann auf der Bank war nicht der erste Betrunkene, dem ich begegnete, nicht einmal der erste schlafende Betrunkene.

Vielleicht färbt das Schuldgefühl, das ich seit jenem Tag mit mir herumtrage, meine Erinnerung an meine damalige Einstellung. Jede Aufgabe, die von einem Menschen verlangt, daß er andere beobachtet und diese Beobachtungen veröffentlicht, hat etwas – nun ja, Ausbeuterisches. Ich war dabei, den Mann auf der Bank auszubeuten. Ich machte mir Notizen über ihn.

Er erwachte plötzlich, und ich trat einen Schritt zurück. In wachem Zustand erschien er mir bedrohlicher. Er sah größer aus. Kräftiger. Er gähnte, wischte sich mit seinem schmutzigen Ärmel über das Gesicht und richtete sich auf, um zusammengesunken sitzen zu bleiben. Als er mich bemerkte, wich er zusammengekrümmt zurück und sah mich, die Flasche fest an sich drückend, mißtrauisch an.

Er hatte Angst vor mir. Das bestürzte mich mehr als sein abruptes Erwachen. Ich blickte wieder auf die geschwollene Wange und hörte auf zu schreiben.

»Hallo«, sagte ich und stopfte Stift und Notizbuch in die hintere Tasche meiner abgetragenen Jeans. (Nein, ich hatte keine hohen Hacken und keinen engen Rock an. Ein Tag in *Bussen.* Ein Funken Vernunft ist mir geblieben, auch wenn ich immer noch für den *Express* arbeite.)

Er musterte mich, als versuchte er, mich einzuordnen; als wäre ich ihm vertraut und unvertraut zugleich. Seine Augen waren rot, und er zwinkerte langsam und sank ein wenig nach vorn, immer noch in Gefahr, gleich wieder einzuschlafen.

Nach einer Weile wünschte ich, er würde einschlafen. Der gnadenlose starre Blick begann mich unsicher zu machen. Ich trat noch ein Stückchen zurück, festigte meinen Stand und sah mich nach möglichen Zeugen für die Untaten um, die er womöglich plante. Niemand. Die Haltestelle war an einem Drahtzaun, der ein altes verlassenes Hotel umgab. Keine Autos auf dem Parkplatz. Die Fensterscheiben zerbrochen. Sanierungsreif.

Ein paar Straßen weiter konnte Las Piernas stolz die Früchte seines Sanierungsplans vorzeigen. An diesem Ende der Straße jedoch standen keine blitzenden Glastürme, keine neuen Theater oder schicken Nachtlokale. Hier gab es nur brachliegende Grundstücke und verfallene Gebäude. Unkraut stieß durch den rissigen Asphalt, Bürgersteige und Bordsteine waren voller Sprünge. Die Autos, die sporadisch vorbeikamen, fuhren schnell, als wollten die Fahrer diese verwahrloste Gegend rasch hinter sich bringen.

Ich hielt sehnsüchtig nach dem Bus Ausschau. Keine Spur von ihm.

»Ich kenne Sie«, sagte er, ein Wort bedächtig nach dem anderen setzend. »Ich kenne Sie«, wiederholte er. Ein paar Zähne fehlten ihm. Ausgeschlagen oder Opfer des Verfalls?

»Mein Bild ist manchmal in der Zeitung«, sagte ich. »Ich bin Reporterin.«

Er schüttelte den Kopf. »Nein.«

»Doch, wirklich«, sagte ich, noch einen Schritt zurücktretend. »Ich bin Reporterin beim *Express*.«

Wieder Kopfschütteln. Der Blick unverwandt auf mich gerichtet.

Wo, zum Teufel, blieb nur der Bus?

Mit ungeschickten Fingern begann er, seine zerschlissene Köperjacke aufzuknöpfen. Ich war gerade dabei, in Gedanken meinen Fluchtweg abzustecken, als er unter mehrere Lagen T-Shirts griff und etwas wahrhaft Erstaunliches zum Vorschein brachte: einen großen goldenen Collegering mit einem roten Stein, der an einer langen Metallkette hing. Er hielt sie mir hin und schwang sie dabei hin und her wie ein Hypnotiseur seine Uhr.

»Schauen Sie ihn an«, sagte er und winkte mir.

»Ich sehe ihn«, erwiderte ich in einem Ton, als hätte ich ein Kind mit einem Glas voller Wespen in der Hand vor mir. Keinesfalls würde ich nahe genug herantreten, um zu sehen, von welchem College der Ring stammte.

Wieder sah er mich an, und seine Augen waren feucht. Er wandte sich ab und zog den Kopf zwischen die Schultern, als hätte er Angst, ich könnte ihn schlagen.

»Tut mir leid«, sagte ich mit einem Gefühl, als hätte ich ihn tatsächlich geschlagen.

Er schüttelte den Kopf, ohne sich mir zuzuwenden.

Wo, zum Teufel, blieb der Bus?

Dann drehte er sich wieder um, und diesmal war sein Blick flehend. »Sie erinnern sich nicht an mich. Ich bin – ich bin –« Er senkte den Kopf, »– nicht der, der ich einmal war«, murmelte er.

Ich reagierte nicht gleich. »Ich bin auch nicht die, die ich einmal war«, erwiderte ich schließlich.

»Ist okay«, sagte er in tröstendem Ton. »Ist schon okay.«

Ich schwieg.

»Sie haben sich nicht verändert«, fuhr er fort. »Ich *kenne* Sie.« Er zwinkerte mir zu und deutete auf mein Gesicht. »Kelly.«

Es verblüffte mich nur einen Moment. »Ja, ich bin Irene Kelly.«

Er lächelte sein deformiertes Lächeln. »Ich hab's Ihnen ja gesagt.«

»Ja, hm, es ist wahrscheinlich so, wie ich vorhin schon gesagt habe. Sie haben mein Bild neben einer meiner Kolumnen in der Zeitung gesehen.«

Er schüttelte den Kopf und verwarf meine Vermutung mit einer Handbewegung.

»Ich kenne Sie. Sie könnten mir helfen.«

Aha, dachte ich, es ist soweit. »Ich habe nicht mal Fahrgeld«, erklärte ich und hielt den Busfahrschein hoch, der mich zum Parkplatz bei der Redaktion zurückbringen würde. Und zu meinem geliebten Karman Ghia. Meinem angenehmen, sicheren *nichtöffentlichen* Transportmittel. Ich blickte die Straße entlang, und zu meiner Erleichterung kam endlich einer von Las Piernas' dieselspeienden Bussen in Sicht.

»Nein, nein«, sagte er und stand auf. »Ich will Ihr Geld nicht.«

Na klar, dachte ich und ging zur anderen Seite der Bank. »Das ist gut. Also, es hat mich gefreut. Hier ist mein Bus.«

Er schaute nach dem Bus, der langsam an die Haltestelle heranrollte. Er fuhr an uns vorüber und hielt etwas weiter vorn an. Ich ging zum vorderen Einstieg.

»Nein, gehen Sie nicht. Sie sind gut in Mathe.«

Ich hielt an der offenen Tür inne und sah zu ihm zurück. Hinten stiegen zwei Fahrgäste aus, ohne auf uns zu achten.

»Sie sind gut in Mathe!« rief der Mann wieder, als wäre das

eine zwischen uns vereinbarte Losung, die mich veranlassen würde, ihn als Gleichgesinnten zu akzeptieren.

»Na, steigen Sie nun ein, Lady?« fragte der Busfahrer.

Ich nickte und setzte den Fuß auf die Stufe.

»Nein!« schrie der Mann. Er lief mir stolpernd nach. Ich sprang die Stufen hinauf und hielt dem Fahrer meinen Fahrschein hin, wobei ich mit Bestürzung sah, daß der Bus so voll war, daß ich nicht zurückweichen konnte. Der Mann kam näher.

»Heute nicht, Professor«, sagte der Fahrer und knallte ihm die Tür vor der Nase zu.

Aber so leicht wollte der »Professor« nicht aufgeben. Er schlug mit der Faust ans Glas, während er mich anstarrte. »Sie sind gut in Mathe!« rief er laut. »Sie sind gut in Mathe.«

Der Fahrer gab Gas.

Vorübergehend wurde meine Angst vor dem Mann von der Angst um ihn verdrängt. Aber als ich in den Seitenspiegel blickte, sah ich, daß er dem Bus nur noch einen Moment nachschaute und sich dann niedergeschlagen abwandte.

»Der Prof hat Ihnen doch keine Angst gemacht, oder?« fragte der Fahrer. Als ich nicht antwortete, fügte er hinzu: »So hab ich ihn noch nie erlebt. Sonst ist er immer ganz umgänglich, sogar wenn er betrunken ist. Ich hab noch nie erlebt, daß er jemandem was getan hat.«

»Warum nennen Sie ihn Professor? War er einer?«

»Oh, glaub ich nicht. Aber er spielt ziemlich oft den Fremdenführer, wenn er mitfährt. Wenn er sich halbwegs herrichtet, gefällt's den Leuten. Verraten Sie's nicht meinem Chef, aber ich laß den Prof oft mitfahren, da hat er's ein bißchen warm, wenn's draußen kalt wird. Nein, ein Professor ist er nicht. Nur ein Penner. Aber er kennt die Gegend hier wie seine Westentasche. Er ist hier aufgewachsen, als hier noch Leute gewohnt haben. Sie können ihn nach jedem Haus in der Straße fragen, und er sagt Ihnen, wann es gebaut worden ist, was damit los war, wie viele Leute drin gelebt haben, lauter solches Zeug. Ich glaub, das ist der einzige Teil von seinem Gehirn, der noch funktioniert. Erinnert sich an Häuser von früher.«

Erinnert sich an Gesichter von früher, dachte ich. Inzwischen erschien mir der Professor vage bekannt. Warum? Ich hätte es in diesem Moment nicht sagen können.

Aber er hatte recht. Ich war gut in Mathe.

Ich hatte nur noch nicht zwei und zwei zusammengezählt.

2

»Die hat sich den Busen machen lassen, sag ich dir.«

»Alicia«, entgegnete ich und wünschte zum tausendsten Mal, irgendein anderes Mitglied von SOS – Schutz, Obdach, Sicherheit – würde vorbeikommen und mich von ihr befreien, »es ist mir wirklich piepegal, was Helen Ferguson mit ihrem Busen angestellt hat.«

»Nicht nur mit ihrem Busen, Irene.« Sie lächelte mir über den Rand ihres Weinglases boshaft zu. Geblendet vom Glanz der Ringe an ihren Fingern, kniff ich die Augen zusammen. Alicia Penderson-Duggin bepflastert ihre Finger mit Ringen, wie Jäger die Wände ihrer Jagdhütten mit Tierschädeln zu bepflastern pflegen. »Ich wette, sie hat sich den Hintern liften lassen.«

»Das ist mir doch egal. Meinetwegen kann sie sich die Deckenbemalung der Sixtinischen Kapelle auf die Titten tätowieren lassen.«

»Sie ist tätowiert, meinst du?«

Gerade als ich es bedauerte, eine Bemerkung gemacht zu haben, die sich womöglich zur Integration in Alicias unendliche Klatschgeschichte über Helen eignete, kam die (möglicherweise wirklich nicht mehr naturgetreue) Frau, die Gegenstand unseres Gesprächs war, auf uns zu. Vielleicht ein halbes Dutzend anderer Frauen folgte ihr. Ich kannte zwar nicht alle Leute, die an dieser Benefizveranstaltung zugunsten des örtlichen Frauenhauses teilnahmen, aber ich kannte jedes Gesicht in dieser Gruppe, die Helen mitbrachte – die meisten der Frauen waren seit Gründung des Frauenhauses Mitglieder von SOS.

»Irene!« sagte Helen und nahm mich in die Arme, während sie Alicia ignorierte. »Ich freu mich ja so für dich.«

»Danke«, antwortete ich. Ehe ich noch etwas hinzufügen konnte, begrüßten mich mehrere der anderen Frauen auf die gleiche Weise mit Bemerkungen wie »Das sind ja erfreuliche Neuigkeiten« oder »Es wurde aber auch Zeit«.

»Zeit wofür?« fragte Alicia.

Scheinbar ohne Alicias beleidigten Gesichtsausdruck zu bemerken, prostete Helen mir zu und sagte: »Ich möchte einen Toast ausbringen. Irene hat, wie die meisten von euch wissen, vor kurzem Frank Harriman vom Morddezernat der hiesigen Polizei geheiratet. Und obwohl sie so unhöflich war, uns nicht zur Hochzeit einzuladen, wünschen wir den beiden viel Glück und ein langes gemeinsames Leben.«

Die anderen riefen bravo! und stießen lachend miteinander an. Alicia starrte mich mit offenem Mund an.

»Erster Backenzahn links«, sagte ich leise zu ihr, worauf sie hastig ihren Mund zuklappte. »Wenn du mich über weitere versteckte Goldschätze informieren willst, dann sag's mir bitte einfach.«

»Irene Kelly – Irene Harriman –, ich spreche nie im Leben wieder ein Wort mit dir.«

Ach, wenn es doch wahr gewesen wäre! Keine Chance. Sie hielt es nicht einmal zwei Sekunden aus.

»Ich kann nicht glauben, daß du mich nicht zu deiner Hochzeit eingeladen hast.«

Ich hätte ihr erklären können, daß, abgesehen von den

Trauzeugen (Pete Baird, Franks Partner, und seine frischgebackene Ehefrau, Rachel Giocopazzi) überhaupt niemand eingeladen gewesen war. Aber ich habe Alicia nie gemocht, darum gab ich ihr auch keine Erklärung. Wir kennen uns seit der katholischen Schule, und die Beziehung ist mit den Jahren nicht besser geworden.

Zum Glück blieben die anderen und unterhielten sich mit mir, selbst diejenigen, die sich vorher verkrümelt hatten, als sie Alicia bei mir hatten stehen sehen.

Ivy Vines, die beim Rundfunk arbeitete, fragte: »Nennst du dich jetzt Harriman oder Kelly?«

»So oder so.«

»So oder so?« rief Alicia. »Aber das ist doch blödsinnig. Da könntest du dir ebensogut einen Namen ausdenken, wie Ivy das getan hat.«

»Ich hab ihn mir nicht ausgedacht«, protestierte Ivy.

Alicia schniefte. »Als wir noch in der Schule waren, hast du Ingrid geheißen.«

»*Das* war ausgedacht«, konterte Ivy.

»Beruflich lasse ich es bei Kelly«, sagte ich und drehte Alicia den Rücken zu. »Seit über zwölf Jahren kennen mich alle meine Ansprechpartner unter diesem Namen. Aber sonst ist mir Harriman genauso recht wie Kelly.«

»Vernünftig«, meinte Ivy.

»Absurd«, erklärte Alicia hinter mir.

»Ich gratuliere, Irene!« rief mir jemand zu. Ich drehte mich um. Es war Marcy Selman.

»Hallo, Marcy. Danke. Wie geht es deiner Tochter?«

»Lisa geht's glänzend«, antwortete die Frau an Marcys Seite – Becky Freedman, Ärztin an der Unfallstation des Krankenhauses von Las Piernas. Sie lachte. »Ich habe mich heute zum Mittagessen mit ihr getroffen. Heißt das etwa, daß ich sie noch vor dir zu Gesicht bekommen habe?«

»Lisa ist in Las Piernas?« fragte ich Marcy.

»Ja, sie kommt später sogar hierher. Und sie wird wahrscheinlich versuchen, dir Geld abzuknöpfen, wie sie das bei Becky getan hat.«

»Hat mir überhaupt nichts ausgemacht«, erklärte Becky. »Glaubt mir, Lisa wird die erste Frau im Gouverneursgebäude von Kalifornien.«

»Lisa kandidiert für den Gouverneursposten?«

»Für das Unterhaus«, erklärte Marcy.

»Zunächst mal. Aber eines Tages wird sie bestimmt Gouverneurin«, beharrte Becky. »Ich kenne niemanden, der zielstrebiger ist als Lisa Selman.«

Die Möglichkeit, daß Lisa Selman eines Tages im Gouverneursgebäude von Kalifornien residieren würde, schien nicht weit hergeholt. Sie war zwar erst neunundzwanzig, aber sie hatte bisher alle ihre Ziele schneller erreicht als die meisten von uns. Mit fünfzehn hatte sie die High-School beendet, noch vor ihrem einundzwanzigsten Geburtstag hatte sie an der Staatlichen Universität von San Diego den Magister gemacht. Gegenwärtig war sie Senator Barton Sawyers erste Beraterin und hatte in der Welt der Politik bereits reichlich Erfahrung gesammelt.

»Jetzt will sie also richtig loslegen«, sagte ich. »Warte mal – für San Diego –, da geht's doch um Longmores Sitz?«

Marcy nickte.

Longmore hatte vor kurzem bekanntgegeben, daß er sich aufgrund gesundheitlicher Probleme nicht um eine weitere Amtszeit bewerben würde. »Hat Longmore ihr seine Unterstützung zugesagt?« fragte ich.

»Noch nicht«, antwortete sie.

»Na ja, es ist noch früh am Tag. Ich nehme an, Bart Sawyer hilft ihr?«

»Ja, er hat schon mit Longmore gesprochen. Und Bart ist – sehr großzügig.«

Diese Großzügigkeit würde Lisa brauchen. Ein Wahlkampf um einen Sitz im Unterhaus konnte leicht eine halbe Million Dollar verschlingen – und mehr als das Doppelte, wenn das Amt heiß umkämpft war. »Sie verdient Sawyers Unterstützung aber auch«, meinte ich. »Immerhin steht sie seit Jahren treu an seiner Seite. Es sind doch bestimmt zehn Jahre, oder?«

»Mehr, glaube ich«, sagte Marcy. »Sie war siebzehn, als sie bei seinem ersten Wahlkampf für ihn zu arbeiten angefangen hat. Das weiß ich noch genau, weil sie noch ein bißchen zu jung war, um ihn zu wählen, obwohl sie für ihn gearbeitet hat. Das hat sie damals sehr geärgert. Aber er hat sie wirklich gefördert, schon zu dieser Zeit. Er war wie ein Vater zu ihr.«

Es trat eine kleine Gesprächspause ein, in der wir, vermute ich, wahrscheinlich alle das gleiche dachten: Andre Selman, Lisas Vater, war seiner Rolle nie gerecht geworden.

»Und – rückst du auch ein paar Kröten für sie raus, Irene?« fragte Becky.

Ich hob abwehrend die Hände. »Tut mir leid. Ich darf keine Wahlkampfunterstützung leisten, sonst verliere ich meinen Job.«

»Wirklich? Obwohl Lisa einen Bezirk vertritt, der nicht zu dem Bereich gehört, über den du berichtest?«

»Ja, trotzdem. Es gibt dazu beim *Express* eine strenge Vorschrift. Aber wenn Lisa Bart Sawyers Unterstützung hat, wird es für sie bestimmt prima laufen. Seine Wähler lieben ihn, er kann den Leuten das Geld aus der Tasche ziehen wie kein zweiter, und er hat eine der weißesten Westen unter den Politikern dieses Staats.«

»Lisa ist also auf dem besten Weg nach Sacramento«, stellte Becky fest.

Marcy lachte. »Der Wahlkampf hat noch nicht einmal angefangen, Becky.«

»Trotzdem, nicht schlecht für ein Selman-Opfer«, bemerkte Ivy.

Wir Gründungsmitglieder pflegten zu witzeln, SOS stünde in Wirklichkeit für Selman-Opfer-Schutzgemeinschaft. Doch auf Lisa bezogen wirkte der Witz nicht besonders komisch. Wieder trat Schweigen ein, und Ivy errötete tief. Da ich aus eigener Erfahrung weiß, wie es ist, wenn man ins Fettnäpfchen tritt, sprang ich für sie in die Bresche.

»Ich finde, wir haben uns alle ganz gut geschlagen«, sagte ich.

»Stimmt«, bestätigte Becky sofort und erzählte von einem Forschungsstipendium, das eines der anderen »Opfer« erhalten hatte.

Ich sah mich im Bankettsaal des Cliffside Hotels um und bemerkte andere Frauen, die der Organisation kurz nach ihrer Gründung beigetreten waren. Viele von ihnen arbeiteten als Juristinnen, Medizinerinnen und Betriebswirtschaftlerinnen. Es waren aber auch Künstlerinnen, Schriftstellerinnen, Hausfrauen, Büroangestellte, Lehrerinnen und Unternehmerinnen unter ihnen. Politisch gesehen vertraten sie ein breites Spektrum. Aber die ersten Frauen, die SOS beigetreten waren, hatten alle eines gemeinsam: sie hatten eine Ehe, Beziehung oder Affäre mit Dr. Andre Selman, Professor für Soziologie am Las Piernas College, hinter sich.

Andre Selman war in seinem Fach ein hochangesehener Wissenschaftler. Als ich ihn kennengelernt hatte, war er noch ein unbeschriebenes Blatt gewesen. Mitte der siebziger Jahre hatte er mitten in seinen Studien über die Veränderungen der städtischen Bevölkerung gesteckt und noch nichts davon publiziert. Heute gehörte er zu den angesehensten Mitgliedern der Fakultät, wurde weltweit konsultiert, nicht nur von Fachkollegen, sondern ebenso von Medien und Magnaten. Andre Selman war nunmehr ein Mann mit Beziehungen.

Privat, könnte man sagen, war er immer schon ein Mann mit Beziehungen gewesen. Etwa dreißig von den Frauen, die heute SOS angehörten, wußten das aus persönlicher Erfahrung. Vier waren mit ihm verheiratet gewesen; wir anderen hatten Beziehungen unterschiedlicher Dauer, von Wochen bis Jahren, überlebt und waren ohne die Hilfe von Anwälten entkommen.

Lisa hatte es überlebt, seine Tochter zu sein. Während ich heute über meine Dummheit, mich mit ihm einzulassen, lachen konnte, hatte Lisa keine Wahl gehabt.

»Marcy, warum ist Lisa heute abend nicht hergekommen?« fragte Alicia, sobald Becky eine Atempause einlegte. »Hier im Saal stinkt's doch vor Geld.«

»Sie wollte gern mitkommen«, sagte Marcy, »vor allem, um ihre alten Freundinnen wiederzusehen. Aber ich hab sie gebeten, bis nach dem Essen zu warten. Sie glaubte, ich wollte nicht, daß sie bei einem Benefizessen für das Frauenhaus die Leute um Spenden für ihren Wahlkampf angeht, aber das war nicht der Grund.« Sie zögerte, dann fügte sie hinzu: »Manchmal, wenn wir alle zusammen sind, fangen wir an, über ihren Vater oder ihren Bruder zu sprechen. Und obwohl sie mittlerweile erwachsen ist und ihren Vater einigermaßen unbeschadet überstanden hat, möchte ich nicht, daß sie mitanhören muß, wie wir über ihn herziehen.«

»Das kann ich verstehen«, sagte Roberta Benson, die eben zu uns getreten war. Roberta, Becky, Helen, Ivy, Marcy und ich waren die Gründerinnen von SOS. Wir hatten Marcy kennengelernt, weil wir alle mit ihrem geschiedenen Mann liiert gewesen waren. Wir alle waren auch Lisa besonders nahe gewesen.

Roberta ist Therapeutin, und Marcys Bemerkung gab ihr Gelegenheit, sich über die neuesten psychologischen Theorien auszulassen, warum ein Kind – selbst ein erwachsenes Kind – niemals den Austausch von Abfälligkeiten zwischen seinen geschiedenen Eltern mitanhören sollte.

Nicht sonderlich interessiert, ließ ich meinen Blick schweifen und entdeckte eine Malerin, die sich mit einer Immobilienmaklerin darüber unterhielt, wie sie am besten geeignete Räume für eine neue Galerie finden könnte. Das Gespräch war typisch für ein SOS-Treffen, bei dem immer auch alte Beziehungen erneuert und neue geknüpft wurden.

Helen hatte sich wieder in den vorderen Teil des Saals begeben. Alicia war immer noch unangenehm nahe, aber sie hatte sich jetzt Ivy vorgeknöpft. »Mein Harold hat mir den hier gekauft, damit ich ihm seinen schäbigen alten Lehnstuhl im Gästehaus lasse«, sagte sie und schwenkte dabei ihre Hand, um einen ihrer Brillanten funkeln zu lassen. »Der Stuhl ist natürlich längst verschwunden, aber ...«

Ach, arme Ivy, geschlagen mit Alicia, Herrin der Ringe!

Roberta legte mir die Hand auf den Arm und lenkte mich von den beiden ab.

»Ich wollte dir sagen –«, begann sie, wurde jedoch von Helens Aufforderung, Platz zu nehmen, unterbrochen. »Ich rede nachher noch mit dir«, sagte sie. »Ich muß da rein und versuchen, den Platz neben Helen zu ergattern. Sie sitzt im Vorstand des Vereins, für den ich jetzt arbeite. Aber ich will unbedingt auch mit dir reden. Kannst du nach dem Essen eine Minute bleiben?«

»Natürlich.«

Wir begaben uns alle zusammen zu den gedeckten Tischen, und nach dem üppigen Essen stand Helen auf und hielt eine kurze Ansprache. Applaus folgte ihrer Feststellung, daß wir einen Rekordbetrag für das Frauenhaus und seine Programme gegen häusliche Gewalt gespendet hatten. Dann wurden die Vorstandsmitglieder für das kommende Jahr nominiert, wobei ich es geschickt vermied, gemustert zu werden.

Becky saß an meiner einen Seite, Ivy an der anderen. Leider saß auch Alicia an unserem Tisch.

»Andre ist immer noch mit seiner fünften Frau verheiratet«, bemerkte sie. »Das sind jetzt schon fünf Jahre, ein Rekord.«

»Mensch, Alicia, wen interessiert das?« blaffte Becky und fragte mich, ob ich auf meinen Nachtisch Wert legen würde. Es sollte angeblich Mousse sein, aber es sah eher nach Mus aus. Ich sagte ihr, sie könne ihn gern haben.

»Ich wollte ja nur sagen«, fuhr Alicia fort, »daß er im reifen Alter von fünfundfünfzig anscheinend ruhiger geworden ist.«

Becky neigte sich zu mir und flüsterte: »Aber die Frauen sind trotzdem nicht sicher vor dieser Familie. Jerry soll so schlimm sein wie sein Vater.«

Ich hatte bereits Gerüchte gehört, daß Andres Sohn aus erster Ehe ein Schürzenjäger sei. Ich sah flüchtig zu Sharon Selman hinüber, Jerrys Mutter, und Becky, die meinen Blick bemerkte, sagte: »Sharons Schuld ist es bestimmt nicht.«

»Nein«, stimmte ich zu. »Vielleicht ist es nicht mal Jerrys Schuld. Andre hat ja Jerry so fest an sich gebunden, wie er Lisa weggeschoben hat.«

»Da kann Andre einem nur leid tun«, meinte Becky.

»Stimmt.« Mir fiel wieder Alicias Bemerkung ein. »Becky, Andre hat vor fünf Jahren einen Herzinfarkt gehabt. Meinst du, das hat die Veränderung herbeigeführt?«

»Kann schon sein, aber ich weiß von Lisa, daß er Medikamente gegen Hypertonie nimmt.«

»Er hat einen zu hohen Blutdruck?« fragte Ivy.

»Ja. Und bei Medikamenten gegen Bluthochdruck tritt manchmal Impotenz als Nebenwirkung auf. Vielleicht hat's ja den guten alten Andre erwischt.«

»Wie schade, daß nicht schon vor Jahren Bluthochdruck bei ihm diagnostiziert worden ist«, bemerkte ich.

Becky lachte. »Wer weiß. Eine weitere Nebenwirkung dieses Medikaments ist Priapismus.«

»Was ist das?« fragte Alicia.

»Jedenfalls kein steifer Hals«, antwortete Becky, ohne eine Miene zu verziehen.

Alicia schien es nicht zu kapieren. Oder vielleicht kapierte sie es auch und ging deshalb so früh nach Hause.

Später, als der Abend sich seinem Ende zuneigte, stand ich im Gespräch mit Marcy und Roberta im Foyer des Cliffside. Becky und Sharon und einige andere Frauen waren in der Nähe, und keine von uns schien die geringste Lust zu haben, dieses Jahrestreffen schon zu beschließen. Irgendwann während des Gesprächs warf ich einen Blick über meine Schulter zu Claire Watterson, die mit dem Präsidenten der Bank von Las Piernas verheiratet war. Sie ließ es sich bei diesen Zusammenkünften von SOS niemals nehmen, ein Weilchen mit mir zu schwatzen. Ich mochte sie gern, aber an diesem Abend war sie anders als sonst. Sie, die sonst so lebhaft war, war den ganzen Abend still und in sich gekehrt gewesen. Ich winkte ihr einladend zu, aber sie schüttelte nur mit einem trüben Lächeln den Kopf und entfernte sich noch etwas weiter von unserer Gruppe.

Ich wandte meine Aufmerksamkeit wieder den anderen Frauen zu. Roberta erzählte uns von ihrer Arbeit als Beratungsleiterin eines privat betriebenen Sozialzentrums. Sie hatte vor allem mit Obdachlosen zu tun.

»Ich habe schon von der Einrichtung gehört«, sagte ich. »Ich erinnere mich, daß die Geschäftsleute in der Gegend sich deswegen an den Planungsausschuß gewandt haben.«

»Ja, zuerst waren sie strikt dagegen«, bestätigte Roberta. »Aber wir bekamen Hilfe von einigen einheimischen Philanthropen – unter ihnen auch Helen –, die den Ausschuß davon überzeugten, daß dies der beste Standort für das Zentrum sei – mitten unter den Leuten, die wir betreuen. Jetzt, wo wir schon eine Weile da sind, haben sie uns akzeptiert.«

»Ich muß mal vorbeikommen und mir das anschauen.«

»Ja, tu das. Ich muß allerdings morgen dienstlich verreisen, dadurch wird es diese Woche ziemlich hektisch. Aber ruf mich doch nächste Woche mal an, dann zeige ich dir alles.

Ach, beinahe hätt ich's vergessen. Ein alter Freund hat mich gebeten, dich zu grüßen –«

Ihr Blick glitt plötzlich an mir vorbei, sie brach ab und lächelte strahlend. Als ich mich neugierig umdrehte, sah ich Lisa Selman auf uns zukommen.

Auch Lisa lächelte. Sie war blond wie ihr Vater und hatte die hellgrauen, von dunklen Brauen überschatteten Augen ihrer Mutter. Sonst waren ihre Züge aber unverkennbar vom Erbe ihres Vaters geprägt, allerdings hatte das Gesicht nichts Männliches. Es war ein markantes und durchaus sympathisches Gesicht. Obwohl sie allem Anschein nach nur gekommen war, um ihre Mutter abzuholen, trug sie ein raffiniert einfaches schwarzes Kleid, das hinter der eleganten Aufmachung der Frauen, die vom Bankett kamen, nicht zurückstand. Sie wirkte gelassen und selbstsicher. Eine Frau. Nicht mehr die halbwüchsige freche Göre, die ich Mitte der siebziger Jahre kennengelernt hatte. Eine Erwachsene.

Dieser Aha-Effekt stellt sich bei mir jedesmal ein, wenn ich sie sehe, was im allgemeinen nicht häufiger als einmal im Jahr der Fall ist. Wenn das die einzigen Gelegenheiten wären, daß ich an das unerbittliche Fortschreiten der Zeit erinnert werde, würde mir das, glaube ich, nicht viel ausmachen. Leider jedoch werden mir solche Erinnerungen häufiger beschert, als gut für mich ist.

»Lisa! Du siehst glänzend aus!« Ich küßte sie auf beide Wangen.

»Hallo, Abgeordnete Selman«, sagte Roberta lächelnd.

Wir schwatzten ein Weilchen miteinander, dann sagte Lisa: »Ruf mich an, Irene, damit wir uns mal sehen können, solange ich hier bin. Ich wohne bei meinem Bruder.« Sie schrieb die Nummer auf die Rückseite einer Geschäftskarte. Ihr Lächeln bekam etwas Verschmitztes, als sie mir die Karte reichte. »Bei Mama ist kein Platz für mich – sie hat mein altes Zimmer an einen Studenten vermietet.«

»Du hättest ohne weiteres bei mir wohnen können«, widersprach Marcy. »Platz ist genug. Ich hab schließlich eine Schlafcouch.«

Lisa lachte. »Mama, sogar die Mansarde bei Dad ist besser als das alte Ding.«

Sie lachten beide, aber mir war bei den Erinnerungen, die Lisas Bemerkung heraufbeschwor, nicht wohl. Als ich damals mit Andre zusammengewesen war – Lisa war zwölf oder dreizehn gewesen –, hatte er das eine der beiden Gästezimmer in seinem Haus als Arbeitszimmer benutzt, und das andere war für Jerry reserviert gewesen. Wenn Lisa zu Besuch kam, mußte sie in einem Mansardenzimmer wohnen, das nicht einmal einen Schrank hatte. »Er will mich eben hier nicht haben«, sagte sie einmal mit einem Achselzucken zu mir, als wäre das eine Tatsache, die man nicht ändern könnte.

Marcy bemerkte plötzlich, daß sie ihre Handtasche im Bankettsaal liegengelassen hatte, und lief nach hinten, um sie zu holen. Als eine der anderen Frauen ein Gespräch mit Lisa begann, wandte sich Roberta wieder mir zu.

»Ich muß los«, sagte sie. »Ich wollte dir nur noch sagen, daß Lucas Monroe nach dem Zusammentreffen mit dir ganz verwandelt war.«

»Lucas Monroe?« wiederholte ich verwirrt. »Den habe ich seit Jahren nicht gesehen. Seit ich damals in Bakersfield angefangen habe.«

Sie sah mich verblüfft an. »Wirklich? Er behauptet – na ja, vielleicht hat er sich geirrt.«

»Was behauptet er?«

»Daß er dich vor ungefähr sechs Wochen gesehen hätte«, antwortete sie. »Als du auf einen Bus gewartet hast.«

3

Lucas Monroe = Der Mann auf der Bank an der Bushaltestelle!

Sosehr ich mich bemühte, es gelang mir nicht, diese Gleichung zu akzeptieren.

Lisa, Becky, Sharon und andere hörten Roberta seinen Namen nennen und erinnerten sich sogleich an ihn. Roberta blickte in die erwartungsvollen Gesichter und schien peinlich berührt.

»Roberta«, sagte ich und schüttelte den Kopf. Ich konnte aus dem, was sie mir soeben gesagt hatte, nicht klug werden.

Sie legte mir einen Arm um die Schultern und sagte mit gedämpfter Stimme: »Hör zu, er möchte sich erst wieder ganz im Griff haben, ehe er sich bei dir meldet.«

Ich rückte ein wenig von ihr ab und starrte sie an.

»Keine Angst«, sagte sie, meine Beunruhigung falsch deutend, »er ist sauber, und ich habe den Eindruck, daß das, worüber er mit dir reden will, wirklich wichtig ist. Ich nehme an, er möchte unbedingt alles richtig machen, wenn er diesmal seinen Fall vertritt.«

»Ist Lucas jetzt Anwalt?« fragte Becky, uns daran erinnernd, daß wir immer noch in Hörweite der anderen waren.

Roberta sah auf ihre Uhr. »Ich muß gehen. Tschüs, alle miteinander. Es war schön, euch zu sehen.«

»Warte!« rief Lisa, als Roberta schon an der Tür war. »Sehen wir uns noch einmal, ehe ich wieder abfahre?«

»Aber ja, wenn du morgen mittag kannst«, antwortete Roberta. »Morgen abend fahre ich zu einer Konferenz nach Sacramento.«

Lisa nickte zustimmend, und Roberta ging.

Während wir aus dem Hotel traten, ließ Lisa sich von mehreren der anderen Frauen ähnliche Versprechen geben.

Wie der Name schon sagt, steht das Cliffside hoch auf den Felsen über dem Ozean. Draußen war es feucht und sehr kalt. Die anderen hatten es plötzlich ziemlich eilig. Ich brauchte die klirrende Kälte und die würzig-herbe Luft und ließ mir Zeit. Stimmen schallten durch die Dunkelheit, Gesprächsfetzen streiften mein Ohr, als die Frauen zu ihren Autos liefen, während ich auf der Treppe vor dem Cliffside verharrte, bis das einzige noch wahrnehmbare Geräusch das Rauschen des Wassers am Fuß der Felsen war.

Es konnte meine bitteren Selbstvorwürfe nicht übertönen.

»Irene?«

Ich drehte mich herum. Hinter mir stand eine große blonde Frau. »Oh – hallo, Claire. Ich dachte, es wären schon alle gegangen.«

»Stimmt, die anderen sind alle weg. Ich wollte mir gerade ein Taxi kommen lassen, als ich dich allein hier stehen sah. Ist alles in Ordnung?« fragte sie.

Ich nickte. »Wie steht's mit dir?«

»Ich – ich möchte dich um einen Gefallen bitten, ehrlich gesagt. Kannst du mich vielleicht mitnehmen? Mein Wagen ist in der Werkstatt. Eigentlich wollte Ben mich hier abholen, aber er ist anscheinend eingeschlafen. Ich habe ein paarmal angerufen, aber es ging jedesmal nur der Anrufbeantworter an.«

»Vielleicht ist er gerade auf dem Weg. Ich warte mit dir, wenn du möchtest.«

Sie schüttelte den Kopf. »Zunächst dachte ich auch, er sei wahrscheinlich unterwegs. Aber jetzt warte ich schon zu lange. Und an seinem Autotelefon meldet er sich nicht.«

Ben Watterson fuhr einen Jaguar. Und Claire fuhr das Pendant dazu. Frugale Leute – sie hätten sich eine Limousine mit Chauffeur leisten können. Und da wollte sie in meiner zugigen alten Klapperkiste mitfahren? Die Taxifahrt, selbst quer durch die ganze Stadt zu ihrer Villa, hätte sie locker bezahlen können. Aber sie wollte ja etwas von mir; nur, um die Fahrt nach Hause ging es dabei ganz sicher nicht.

»Natürlich nehme ich dich mit«, sagte ich. »Laß mich nur schnell noch mal ins Hotel gehen und Frank anrufen. Er hat sich zu einer richtigen Glucke entwickelt.«

»Hier, nimm meines«, sagte sie und zog ein Handy aus ihrer Handtasche.

Um ein Haar hätte ich gesagt, daß es mit einem normalen Telefon doch viel billiger sei, als mir einfiel, wie lächerlich eine solche Bemerkung auf Claire gewirkt hätte. Ich rief also zu Hause an. Auch ich erreichte nur den Anrufbeantworter. Ich würde später als erwartet nach Hause kommen, sagte ich nur, dann machte ich Schluß.

»Frank hat anscheinend einen Fall«, sagte ich und reichte ihr das Handy zurück. »Komm. Ich steh auf dem Platz für die Selbstparker – Bedienung ist mir zu teuer.« Wieder fragte ich mich, warum sie mit mir fahren wollte. Obwohl auch Claire zu den Frauen gehörte, die Andre Selman überlebt hatten, sah ich sie im allgemeinen nur bei unserer Jahresversammlung. Aber schon im nächsten Moment dachte ich an das letzte Mal, als ich einem anderen Menschen den Rücken gekehrt hatte. »Ich war nur ein- oder zweimal in eurem Haus«, bemerkte ich. »Seaside Estates, richtig?«

»Ja. Hoffentlich ist es dir nicht zu weit?«

»Denk dir nichts. Ich bin heute abend kaum dazu gekommen, mich mit dir zu unterhalten. Das können wir jetzt nachholen.«

»Ja«, antwortete sie, sagte aber dann auf dem Weg zum Wagen kein Wort mehr.

Als ich den Karman anließ, fragte sie: »Was hast du gemeint, als du vorhin gesagt hast, dein Mann hätte anscheinend einen Fall?«

»Um die Zeit läuft das Geschäft bei ihm immer auf Hochtouren. Und heute abend hat er Dienst.«

»Dienst? Ist er Arzt?«

»Er ist Kriminalbeamter beim Morddezernat.«

Sie verzog das Gesicht. Dann sagte sie: »Stört dich das nicht, daß er dauernd mit Leichen zu tun hat?«

»Ach, dann ist wenigstens keine Zeit zum Busengrapschen im Büro.«

»Irene!«

»Entschuldige. Nein, die Toten stören mich nicht. Im allgemeinen sind Leichen ungefährlich. Mir machen mehr die Leute angst, die sie produziert haben.«

Sie zog die ebenmäßig geschwungenen Brauen zusammen. »Ja, daß er Killern hinterherjagt, ist sicher beängstigender.«

»Genau. Es ist schon so weit gekommen, daß ich erleichtert bin, wenn es ein Selbstmord ist.«

Sie schwieg eine Weile, dann fragte sie unvermittelt: »Wer ist Lucas Monroe?«

Gute Frage, dachte ich. Ich brachte es nicht fertig, ihr zu sagen, daß Lucas Monroe ein Säufer war, dem ich an einer Bushaltestelle begegnet war, weil ich selbst nicht begreifen konnte, wie Lucas dieser Mann sein konnte. »Ich bin nicht der, der ich einmal war«, hatte er zu mir gesagt. Wie recht er hatte.

»Ein alter Freund«, antwortete ich. »Ich habe ihn seit Jahren nicht mehr gesehen. Ich kenne ihn vom College.« Als er noch im Vollbesitz seiner Kräfte war, gutaussehend und korrekter gekleidet als 98 Prozent aller Studenten dort. So korrekt, daß er jeden Tag Anzug und Krawatte trug. »Er saß damals an seiner Magisterarbeit und war Lehrassistent in der soziologischen Fakultät. Ich habe ein Statistikseminar bei ihm gemacht.«

»Statistik?« fragte sie verwundert. »Ich dachte, du hättest Journalismus studiert.«

»Das stimmt schon. Und ich hätte Statistik eigentlich gar nicht gebraucht. Ich hab das Seminar nur belegt, weil mein Vater nicht lockergelassen hat.«

»Dein Vater muß ein grausamer Mensch gewesen sein.«

Ich lachte. »Ich hab mich natürlich gewehrt. Aber er hat mir vorgehalten, daß viele Regierungsentscheidungen auf der Basis von statistischen Erhebungen getroffen werden und daß ich eine bessere Reporterin werden würde, wenn ich diese Studien selbst analysieren könnte.«

»Statistik war der langweiligste Kurs, den ich je belegt habe«, bemerkte sie.

»Ja, das hatte ich auch von anderen gehört und hab das meinem Vater natürlich gesagt. Aber von solchen Einwänden wollte er nichts wissen. Er meinte, ich sollte mich umhören, dann würde ich schon jemanden finden, der als guter Statistikdozent gelte. Tja, und das war dann Lucas Monroe.«

»Du mußt deinen Vater wirklich sehr gern gehabt haben, daß du ihm diesen Gefallen getan hast.«

»Mein Vater und ich waren uns immer nah, aber damals sind wir nicht besonders gut miteinander ausgekommen. Wachstumsschwierigkeiten, vermute ich.«

»Aber das Statistikseminar hast du trotzdem besucht.«

»Nur um ihm zu beweisen, daß er auf dem Holzweg sei. Als ich ihm später erzählte, daß Lucas Monroe mich ›bekehrt‹ hatte, hat er sich riesig gefreut. Bei meiner Abschlußfeier hat er sich für die anderen Dozenten gar nicht interessiert, er wollte nur Lucas kennenlernen.« Ich schüttelte den Kopf bei dieser Erinnerung. »Du hättest sehen sollen, wie er sich durch das Gewühl gedrängt hat, nur um Lucas die Hand zu schütteln. Sie haben sich dann eine Weile unterhalten, und später sagte mein Vater: ›Dieser junge Mann hat eine große Zukunft vor sich.‹«

»Hatte er recht?«

Ich schluckte und tat einen Moment lang so, als müßte ich mich ganz aufs Fahren konzentrieren. »Die Prophezeiung meines Vaters war nicht außergewöhnlich. So ziemlich alle, die Lucas kannten, meinten, er würde es weit bringen. Er hatte schon alle möglichen Stipendien und Preise bekommen und seinen *bachelor* mit *summa cum laude* gemacht. Er war sehr gut in seinem Fach – für die Lehre war er genauso begabt wie für die Forschung.«

»Was tut er heute? Ist er Professor in Las Piernas?«

»Ich weiß nicht, was er heute tut«, antwortete ich, und bis zu einem gewissen Grad stimmte das ja auch. »Wie ich schon sagte, ich hab ihn aus den Augen verloren. Lucas war nicht mehr am College, als ich nach Las Piernas zurückkam. Später, als ich schon beim *Express* arbeitete, hatte ich einmal mit einigen sehr komplexen Studien zu tun, die weit über meinen Horizont hinausgingen. Da habe ich im College angerufen und nach ihm gefragt und hörte, er sei nicht mehr bei der soziologischen Abteilung. Es hat mich nicht weiter gewundert. Er hatte immer davon gesprochen, daß er an einer der großen Universitäten promovieren wollte. Zu mir hatte er gesagt, daß er später mal in Las Piernas unterrichten wollte, aber ich dachte nur, er hätte woanders was gefunden.«

»Er war damals an der soziologischen Fakultät? Bei Andre Selman?«

»Ja. Lucas hat bei einer von Andres ersten bekannten Studien mitgearbeitet. Über ihn habe ich Andre überhaupt erst kennengelernt.«

»Ja, Andre ist wirklich ein mieser Typ, aber unter seinen Bekannten sind großartige Leute.« Nach einer kleinen Pause fügte sie leise hinzu: »Durch ihn habe ich Ben kennengelernt.«

Claires Bekanntschaft mit Andre reichte weiter zurück als meine. Soweit ich mich erinnern kann, war ihre Beziehung zu ihm von sehr kurzer Dauer gewesen. Ich arbeitete schon als Volontärin beim *Express*, als sie Ben heiratete; ich habe nicht die Sensation vergessen, die die Heirat auslöste. Ben war Witwer, hatte keine Kinder und war ein Vierteljahrhundert älter als sie. Sie waren jetzt seit mehr als fünfzehn Jahren verheiratet, und die Klatschmäuler schwiegen inzwischen.

Ich warf ihr einen Seitenblick zu und sah bestürzt, daß sie ein Gesicht machte, als wollte sie gleich zu weinen anfangen.

»Claire? Was ist denn?«

Sie biß sich auf die Unterlippe, schien zu zögern. Wir waren keine engen Freundinnen, was zum Teil daran lag, daß wir in unterschiedlichen Kreisen verkehrten. Ich war nicht sicher, daß sie sich mir anvertrauen würde.

Sie holte tief Atem und sagte: »Ich mache mir Sorgen um Ben. Er sagt, er will sich zur Ruhe setzen.«

»Wieso beunruhigt dich das? Du drängst ihn doch seit bestimmt fünf Jahren genau dazu.«

Sie wedelte abwehrend mit der Hand. »Und er wollte nie. Warum also jetzt plötzlich?«

Ich bog in die Straße ein, die zu den Seaside Estates führt, einem der Nobelviertel von Las Piernas. Zu unserer Rechten lag der Golfclub, zu unserer Linken säumten prächtige Häuser die Straße. »Was sagt Ben denn dazu?«

»Er sagt genau das, was du eben gesagt hast. ›Du wolltest doch immer, daß ich mich zur Ruhe setze, also tu ich es.‹«

Ich lachte. »Nicht schlecht, wie du Bens Stimme nachahmst.«

Sie lächelte flüchtig. »Ich höre sie ja auch oft genug. Ich würde mir wohl weniger Gedanken wegen seiner Pläne machen, wenn ich den Eindruck hätte, daß er glücklich ist.«

»Die meisten Menschen sehen dem Ruhestand mit gemischten Gefühlen entgegen. Ben ist schon so lange bei der Bank von Las Piernas – und er hat eine Machtposition in der Gemeinde. Er ist der Präsident einer Bank, die bei der Gründung neuer Firmen Unterstützung geleistet und das Wachstum und die Entwicklung der Stadt mitfinanziert hat.« Ich kannte nur eine Person, die bei der Bank von Las Piernas arbeitete. »Die Leute, die mit Ben zusammenarbeiten, schätzen ihn sehr. Mein Freund, Guy St. Germain, hält sehr viel von ihm.«

»Guy ist aber auch ein Ausnahmeangestellter.« Sie seufzte. »Vielleicht sehe ich nur Gespenster. Es wird bestimmt wunderbar, Ben ganz für mich zu haben. Ich weiß selbst nicht, was mich so bedrückt.«

Ich bog von der Straße ab und hielt vor einem Sicherheitstor. Sie reichte mir eine Magnetkarte. »Jetzt mußt du mich lotsen«, sagte ich, als das Tor sich öffnete.

»Okay, jetzt rechts und dann geradeaus den Hügel hinauf. Tut mir leid, daß ich dir soviel Mühe mache.«

»Ach was, kein Problem.«

»Es ist eigentlich gar nicht Bens Art, mich irgendwo sitzenzulassen«, sagte sie, von neuem beunruhigt.

»Du glaubst anscheinend, das hätte mit seinen Ruhestandsplänen zu tun. Kann es nicht sein, daß etwas anderes ihm zu schaffen macht?«

Sie öffnete den Mund, als wollte sie antworten, schloß ihn aber gleich wieder.

»Was?« fragte ich.

»Nichts.« Nach einer kleinen Pause sagte sie: »Ich weiß es nicht, vielleicht ist es wirklich was anderes. Ich mache mir Sorgen wegen seiner Gesundheit. Er schläft in letzter Zeit schlecht und ißt sehr wenig. Manchmal wache ich mitten in der Nacht auf, und dann steht er am Fenster und starrt in die Dunkelheit. Oder ich finde ihn um drei oder vier Uhr morgens in seinem Arbeitszimmer.«

»Und er hat dir keine Gründe für sein Verhalten genannt?«

»Nein. Er sagt immer nur, er habe mich nicht beunruhigen wollen. Er werde eben langsam alt und –«

»Und was?«

Sie schloß die Augen und lehnte ihren Kopf zurück. »Manchmal sagt er: ›Das nächste Mal solltest du einen jüngeren Mann heiraten.‹«

Ich schwieg.

»Es tut mir so weh, wenn er so was sagt«, fuhr sie fort. »Ich frage mich, ob – oh! Bieg an der nächsten Ecke ab. Du kannst nur rechts fahren.«

Ich folgte ihrer Anweisung. Nach kurzer Fahrt erreichten wir ein weiteres Tor. Sie griff in ihre Handtasche und drückte auf die Taste einer Fernbedienung. Das Tor öffnete sich und schloß sich hinter uns, sobald wir hindurchgefahren waren. Wir folgten einer dunklen Allee, die zur Villa hinaufführte. In der Auffahrt stand ein Jaguar.

»Ben scheint zu Hause zu sein«, sagte ich.

Doch Claire starrte mit verwunderter Miene das Haus an. »Die Lichter sind aus.«

Ich brauchte einen Moment, um zu begreifen, was sie meinte, denn das Haus war hell erleuchtet. Aber dann sah ich, daß nur die Außenbeleuchtung brannte. Im Haus selbst war es dunkel.

»Vielleicht ist er schon zu Bett gegangen«, meinte ich, aber sie schüttelte den Kopf.

Ich nahm das nur am Rande wahr, denn in diesem Moment kam mit Riesensätzen ein Tier, das ich im ersten Augenblick für einen tollwütigen Bären hielt, zum Auto gesprungen. Als es näher kam, begann es zu bellen – kein Bär, sondern ein Hund, der größte Hund, den ich je im Leben gesehen hatte.

»Nicht hochspringen, Finn!« rief sie hinaus. Anscheinend hörte der Hund sie oder sah ihre strenge Miene. Er hielt rutschend an und setzte sich direkt vor der Beifahrertür auf sein Hinterteil – so nahe, daß von seinem Atem das Fenster beschlug. Im Sitzen war er beinahe so hoch wie das Auto. Er begann zu winseln. »Es ist ein irischer Wolfshund«, sagte Claire, meine Frage vorwegnehmend. »Weg da, du Dummkopf«, rief sie liebevoll. »Ich kann ja gar nicht aussteigen.«

Zur Antwort hob er eine seiner großen Pranken und patschte an ihr Fenster. Als er sie wieder wegzog, stieß Claire einen Schrei aus.

4

»Er ist verletzt«, rief Claire, aber noch während wir eilig die Autotüren aufstießen, fragte ich mich, wie er es geschafft hatte, in solchem Tempo über den Rasen zu springen, wenn er ernstlich verletzt war.

Finn wartete nicht auf Mitleidsbekundungen. Er rannte uns bellend voraus. Wir hatten beide hohe Absätze an und konnten deshalb nicht allzu schnell folgen. Er machte kehrt, lief uns ein Stück entgegen und rannte dann wieder voraus.

Ich zog meine Schuhe aus und lief schneller. Er bog um die Hausecke und hielt auf den Garten zu.

Hier hinten gab es keine Außenbeleuchtung. Es war so dunkel, daß ich vorsichtshalber mein Tempo drosselte. Der Boden unter meinen Füßen war kalt und uneben. Ich stolperte, fiel aber nicht hin. Als ich mich kurz umdrehte, sah ich, daß auch Claire dabei war, ihre Schuhe auszuziehen.

Ich überlegte, ob wir nicht die Taktik ändern sollten. Vielleicht war das gar kein Blut an seiner Pfote. Vielleicht war der Hund nur übermütig und wollte mit uns Fangen spielen. Er kam zurück und wartete, eine zerzauste dunkle Silhouette an der anderen Ecke des Hauses. Das Bellen wurde drängender. Ich rannte wieder los.

Eine große Terrasse kam in Sicht. Als ich um die Ecke bog, sah ich ein Schwimmbecken und blieb erschrocken stehen, als ich auf der Umrandung ein verschlungenes Muster roter Pfotenabdrücke entdeckte. Das nachdrückliche Bellen des Hundes trieb mich von neuem vorwärts. Er stand vor einer Art Badehütte, sie war klein im Vergleich zum Haus, aber meiner Schätzung nach ungefähr so groß wie meine erste eigene Wohnung. Sie war weiß. Eine der beiden Flügeltüren mit Blick zum Schwimmbecken stand offen. In der Hütte selbst brannte Licht, sein Schein fiel durch die offene Tür in die Dunkelheit hinaus. Als ich näher kam, hörte Finn auf zu bellen und begnügte sich damit, mich aufmerksam zu beobachten. Ich hielt es für geraten, langsamer zu gehen, und blieb dann ungefähr fünf Meter von ihm entfernt stehen.

Hinter mir hörte ich Claire kommen. Ich streckte den Arm aus, um sie aufzuhalten.

»Was ist los?« fragte sie.

»Ruf den Hund, Claire«, sagte ich. »Halt ihn fest, dann geh ich nachsehen.«

Es schien, als wollte sie Einwände erheben, aber dann bemerkte sie die blutigen Abdrücke auf der Beckenumrandung und wurde blaß.

»Hierher, Finn«, rief sie mit zitternder Stimme.

Er drehte den Kopf nach ihr, blieb jedoch, wo er war.

Sie atmete einmal tief durch und rief in strengem Befehlston: »Finn! Hierher!«

Er trottete auf sie zu und setzte sich vor sie hin.

»Sieh nach, ob er an den Pfoten eine Verletzung hat«, sagte ich. »Ich schau inzwischen mal in die Hütte.«

Ich ging los, ehe sie protestieren konnte.

»Ben?« rief ich an der offenen Tür. Niemand antwortete.

Ich trat ein und gelangte in einen kleinen Salon, der in weichen Grau- und Rosétönen eingerichtet war. In einer Ecke summte ein kleiner weißer Kühlschrank. Zu beiden Seiten des Salons befanden sich Umkleideräume, jeweils zwei; ihre Türen standen offen. Ich konnte sehen, daß sie leer waren. Ein kurzer Gang führte zu einer weiteren Tür, die ebenfalls offen war. Über die grauen Fliesen des Gangs zog sich eine Spur blutiger Pfotenabdrücke.

»Ben?« rief ich wieder.

Nichts als das Summen des Kühlschranks.

Mit großen, vorsichtigen Schritten, als stiege ich über Steine in einem Fluß, ging ich weiter, sorgfältig darauf bedacht, nicht in das Blut auf den kalten Fliesen zu treten.

»Ben?« sagte ich lauter.

Nichts.

Aber einen Geruch nahm ich wahr, und er wurde immer stärker, je näher ich der Tür kam.

Meine Hände wurden feucht, mein Herz begann zu hämmern. Am liebsten hätte ich auf der Stelle kehrtgemacht und wäre hinausgerannt an die frische, kalte Luft, die nicht nach Blut roch.

Ich hielt mich mit beiden Händen am Türpfosten fest und zwang mich, um die Ecke in den Raum hineinzusehen. Es war ein Badezimmer. Die Tür der Duschkabine war aufgestoßen. Auf dem Boden lag, halb außerhalb der Kabine, ein voll bekleideter Mann. Ben Watterson. Er hielt eine Pistole in der Hand. Sein Hinterkopf fehlte. In der Duschkabine sah es wahrscheinlich schauderhaft aus. Ich prüfte es nicht nach.

Als ich aus der Badehütte gestürzt kam, sah Claire mir angstvoll entgegen.

»Geh nicht da rein«, rief ich.

Sofort ließ sie den Hund los und wollte genau das tun, wovon ich ihr abgeraten hatte. Auf ihrem Gesicht lag ein Ausdruck vollkommener Verstörtheit. Ich packte ihren Arm. »Claire, nicht!«

Der Hund bellte mich an und erschreckte mich so, daß ich Claire losließ. Ich weiß nicht, ob sie mich oder den Hund gehört hatte, aber sie rührte sich nicht von der Stelle.

Wieder bellte Finn mich an.

»Was –?« Mehr sagte sie nicht. Ich glaube, sie wollte die Frage nicht stellen – aus Angst, ich könnte sie beantworten.

»Komm, gehen wir ins Haus«, sagte ich.

Wieder flog ihr Blick zur Hütte, aber sie rührte sich nicht.

»Es ist Ben«, sagte ich. »Es tut mir leid, Claire.«

»Nein!«

Ich wartete.

Sie schüttelte den Kopf. »Nein. Nicht Ben. Nicht Ben. Nein, du täuschst dich. Es ist nicht Ben.«

»Doch, Claire.«

Sie preßte die Lippen aufeinander, dann sagte sie: »Laß mich zu ihm. Vielleicht braucht er Hilfe.«

»Claire – es ist zu spät. Es tut mir leid.«

»Du warst doch gar nicht lang drin. Du kannst nicht wissen, ob er – du weißt es nicht. Ich will zu ihm.« Sie rannte auf die Hütte zu.

»Nein!« schrie ich. »Um Gottes willen, Claire, nicht!«

Sie blieb stehen und drehte sich nach mir um.

»Bitte, geh da nicht rein«, sagte ich. »Bitte, bitte geh nicht rein.«

Sie zögerte einen Moment, dann kehrte sie zu mir zurück.

»Wir müssen ins Haus«, sagte ich so ruhig wie möglich. »Wir müssen die Polizei anrufen.«

»Nein«, widersprach sie, doch sie ließ es sich gefallen, daß ich ihr den Arm um die Schultern legte.

Sie lehnte sich an mich und ließ sich von der Badehütte wegführen. Als ich sie nach dem Hausschlüssel fragte, starrte sie mich nur an. Ich nahm schließlich einfach ihre Handtasche, suchte den Schlüsselbund heraus und probierte einen Schlüssel nach dem anderen, bis ich den gefunden hatte, mit dem sich die Hintertür, die direkt in die Küche führte, öffnen ließ.

Sie stand neben mir und streichelte den Hund. »Braver Finn«, sagte sie immer wieder.

Als ich die Tür öffnete und nach dem Lichtschalter tastete, setzte plötzlich ohrenbetäubendes Sirenengeheul ein.

»Du hast die Alarmanlage ausgelöst«, sagte Claire und drängte sich an mir vorbei, um sie auszuschalten. Göttliche Stille.

Sie machte Licht und ging zu einem Telefon an der Wand. Nachdem sie eine Selbstwähltaste gedrückt hatte, sagte sie:

»Hier spricht Claire Watterson. Das war falscher Alarm.« Sie gab ein Codewort durch und legte dann auf.

»Brauchst du das Telefon?« fragte sie, als hätte sie nicht soeben die beste Gelegenheit gehabt, selbst mit der Polizei zu sprechen.

»Ja«, antwortete ich und wählte das Morddezernat.

»Frank ist nicht hier«, sagte Detective Jake Matsuda, nachdem ich meinen Namen genannt hatte. »Er ist zu einem Fall gerufen worden.«

»Wir haben hier noch einen, Jake.« Da ich Claire neben mir wußte, bemühte ich mich, ihm so klare Angaben wie möglich zu machen, ohne grausam zu ihr zu sein. Er versprach mir, sofort jemanden zu schicken.

»Soll ich Frank benachrichtigen?« fragte er.

»Ja, bitte. Würden Sie ihm sagen, daß es wahrscheinlich noch eine Weile dauern wird, ehe ich heimkomme?«

Als ich auflegte, sah ich, daß Claire zu zittern begonnen hatte. Ihr Gesicht war aschfahl.

»Setz dich«, sagte ich, voll Sorge, daß sie ohnmächtig werden könnte. Sie setzte sich auf einen Stuhl am Küchentisch, und Finn legte sich ihr sofort zu Füßen, den Kopf zwischen den Vorderpfoten. »Kann ich irgendwas für dich tun?« fragte ich sie.

Sie starrte zum Garten hinaus. »Es ist vielleicht gar nicht Ben«, sagte sie.

»Ein Glas Wasser?« Ich ging es holen, ohne auf ihre Antwort zu warten.

Ich muß gestehen, daß ich daran dachte, die Zeitung anzurufen – erster Impuls einer Reporterin, wenn der führende Banker der Stadt sich umgebracht hat. Schon wollte ich fragen, was Ben veranlaßt haben mochte, den Abzug zu drücken. Doch beim Anblick von Claires Gesicht, als ich ihr das Glas Wasser hinstellte, brachte ich es nicht fertig.

»Warum?« fragte sie.

»Was?«

»Ich habe gehört, was du der Polizei gesagt hast. Warum soll Ben Selbstmord begangen haben?«

»Ich weiß es nicht, Claire. Ich habe mich das auch gerade gefragt.«

»Alle werden sich das fragen.«

»Ja.«

Wieder starrte sie in den Garten hinaus. Sie griff nach dem Glas Wasser und stieß es um. Das Glas zerbrach. »Schau an, was ich jetzt getan habe«, sagte sie und begann zu weinen.

Mir war nicht ganz wohl, als ich die beiden Beamten sah, denen man den Fall zugeteilt hatte. Mit David Cardenas hatte ich kein Problem. Aber Bob Thompson, Cardenas Partner, hatte von Frank einmal gehörig eins auf die Mütze bekommen. Warum? Weil er eine Bemerkung über mich gemacht hatte. Allerdings keine schmeichelhafte.

Anfangs schien alles ganz gut zu laufen. Cardenas nahm meine Aussage auf, während Thompson im Wohnzimmer mit Claire sprach. Ich erzählte Cardenas von dem Hund und zeigte ihm das Autofenster. Danach ließ er mich, während ich berichtete, noch einmal den Weg gehen, den wir vom Auto zur Badehütte genommen hatten. Er verlangte nicht von mir, noch einmal in die Hütte hineinzugehen; ein Fotograf und andere Beamte der Spurensicherung waren dort drinnen schon bei der Arbeit. Bei ihrer Ankunft hatte Claire alle Mühe gehabt, Finn zu beruhigen, der keinen Fremden zur Hütte lassen wollte. Jetzt kraulte ein uniformierter Beamter unter gutem Zureden den Hund, während ein anderer Beamter eine Haarprobe von seiner Pfote nahm.

»Der Hund ist mit Mrs. Watterson draußen geblieben, als Sie hineingegangen sind, um nachzusehen?« fragte mich Cardenas.

»Ja.«

»Wo stand sie ungefähr?«

Ich zeigte es ihm. »Etwa hier.«

»Haben Sie sie aus einem bestimmten Grund gebeten, draußen zu warten?«

Ich zuckte die Achseln.

Er wartete.

»Ich glaube, ich habe in dem Moment gar nicht nachgedacht. Ich hatte die Blutspuren gesehen, das ganze Haus war dunkel, und Mr. Watterson war nicht wie vereinbart ins Hotel gekommen, um seine Frau abzuholen. Er meldete sich auch nicht, als sie bei ihm anrief. Das alles zusammen – na ja, ich hatte einfach ein ungutes Gefühl, als der Hund uns zur Hütte geführt hat.«

»Haben Sie die Tür zur Hütte geöffnet, Mrs. Harriman?«

»Nein, sie war schon offen.«

»Es sind zwei Türen. Waren beide offen?«

»Nein, nur eine. Die rechts.«

»Sie meinen rechts, wenn man vor der Hütte steht?«

»Ja.«

»War sie ganz offen?«

»Nicht ganz, aber ziemlich weit.«

»Haben Sie sie aufgedrückt, als Sie hineingingen?«

»Nein.«

»Haben Sie den Türknopf berührt?«

»Nein...«

Und so ging es weiter. Cardenas war gut. Er half mir, mich zu konzentrieren und mir eine Folge von Ereignissen und eine Reihe von Details ins Gedächtnis zu rufen, die mein Bewußtsein bereits wegsperren wollte. Als wir bei der Hütte fertig waren, legte er eine kleine Pause ein, um den Leuten von der Spurensicherung zu sagen, sie sollten das Blut am Autofenster überprüfen, und ging dann mit mir zusammen die Einzelheiten unseres Eintritts ins Haus durch.

Er dankte mir für meine Hilfe, bat mich, in der Küche zu warten, und verschwand für einige Minuten im Wohnzimmer. Als er zurückkam, sagte er: »Ich glaube, Mrs. Watterson möchte Sie einen Moment sprechen.«

Ich nickte und ging ins Wohnzimmer.

Irgendwann im Verlauf des Verhörs schien Claire wieder zur Besinnung gekommen zu sein. Sie berichtete mir, sie habe ihre Schwester Alana angerufen und Thompson gesagt, sie wolle bis zu Alanas Eintreffen warten, ehe sie weitere Fragen beantworten würde. Alana, erklärte sie, sei Rechtsanwältin. Thompson schien das gelassen hinzunehmen.

Claire bat mich, bis zur Ankunft ihrer Schwester bei ihr zu bleiben. Ich setzte mich neben sie auf die Couch, ich hatte den Eindruck, daß sie sich jetzt einigermaßen gefaßt hatte; allerdings waren die Ereignisse nicht spurlos an ihrem Äußeren vorübergegangen. Ihr Gesicht war vom Weinen geschwollen, ihre Augen waren rot und verquollen, aber in ihrem Blick lag Trotz. Ich hatte den Verdacht, daß Thompson es irgendwie geschafft hatte, sie zornig zu machen.

Dieser saß in einem Sessel, wippte mit dem Fuß und beobachtete sie.

»Warum haben sie nicht deinen Mann geschickt?« fragte sie mich.

»Er darf keinen Fall bearbeiten, an dem Freunde oder Angehörige von ihm beteiligt sind«, antwortete ich. »Aber selbst wenn ich nicht hier gewesen wäre, hätte man Thompson und Cardenas geschickt. Frank hat schon mit einem anderen Fall zu tun.«

»Mrs. Watterson«, sagte Thompson, »Ihnen ist doch klar, daß diese Frau eine Reporterin ist?«

Claire zog eine Augenbraue hoch. »Was Sie nicht sagen, Detective Thompson. Das hatte ich ganz vergessen.«

Sie griff zu dem Telefon, das auf dem Beistelltisch neben der Couch stand, und reichte mir den Hörer. »Du solltest wahrscheinlich wirklich deine Zeitung anrufen«, sagte sie. »Gib mir die Nummer.«

Einen Moment lang war ich zu verblüfft, um zu antworten.

»Na los«, drängte sie und fügte dann leise hinzu: »Verbergen läßt sich das alles doch sowieso nicht.«

Ich nannte ihr die Nummer, und sie wiederholte sie, während sie sie eintippte. Sie warf Thompson einen Blick zu, als wollte sie sagen, na, was sagen Sie nun?

Er fuhr scheinbar unbeeindruckt fort, mit dem Fuß zu wippen, aber sein Nacken wurde puterrot.

Alana kam, kurz bevor die Polizei Claire den Brief zeigte. Sie war etwas größer als Claire, aber daß die beiden Schwestern waren, war unverkennbar.

Den Brief hatte man auf einem Schreibtisch im Arbeitszimmer neben einer kleinen Schreibtischlampe gefunden. Es war offenbar die einzige Lampe, die bei unserer Ankunft im Haus gebrannt hatte. Wir hatten das Licht von außen nicht gesehen – die Vorhänge des Arbeitszimmers waren zugezogen.

Cardenas zeigte Claire den Brief. Sie mußte ihn durch eine Plastikhülle lesen. Der Text lautete:

Claire,

verzeih mir, daß ich es Dir nicht gesagt habe. Es gibt keine Heilung. Mit Dir hat das nichts zu tun, Liebste. Ich möchte mir nur Tage der Schmerzen ersparen.

Ben

Claire brach zusammen, als sie ihn las. »Ich habe ja befürchtet, er könnte krank sein«, sagte sie, »aber doch nicht so schwer krank, daß er ... warum hat er mir nur nichts gesagt?«

Ihre Schwester nahm sie in die Arme und fragte die Beamten, ob sie sie einen Moment allein lassen könnten.

Ich nahm meine Handtasche, bereit, ebenfalls zu gehen. Aber genau in diesem Moment kam Frank ins Zimmer. Es war ein ungünstiger Augenblick für eine förmliche Bekanntmachung, aber er schaffte es ganz ohne mich. Er nickte Thompson und Cardenas kurz zu, dann trat er zu uns. Er ist ziemlich groß, aber er neigte sich zu uns hinunter, nahm meine Hand, drückte sie kurz und sagte dann zu Claire: »Mrs. Watterson? Ich bin Frank Harriman, Irenes Mann. Es tut mir von Herzen leid, daß wir uns unter diesen Umständen kennenlernen müssen.«

Die Worte an sich waren nichts Besonderes, aber etwas in seiner Art oder seinem Ton schien sie zu trösten. Sie hörte auf zu schluchzen. Immer noch liefen ihr Tränen über das Gesicht, aber sie beruhigte sich.

»Danke«, sagte sie. »Irene hat mir heute abend sehr geholfen, aber jetzt sollte sie wahrscheinlich nach Hause fahren. Es ist – es war ein langer Abend. Alana bleibt bei mir.« Sie sah mich an und fügte hinzu: »Ich werde dir das nie vergessen, Irene.«

Ich wünschte ihr gute Nacht, und wir gingen.

»Kannst du fahren?« fragte Frank, als wir draußen waren.

Ich nickte.

»Gut, dann bis gleich.« Er umarmte mich und gab mir einen Kuß. Er sah müde aus.

Als ich in den Wagen stieg und das Blut am Fenster sah, wäre ich im ersten Moment am liebsten gleich wieder rausgesprungen. Statt dessen blickte ich in den Rückspiegel, sah die Scheinwerfer von Franks Wagen und beruhigte mich. Manchmal geht mir seine Fürsorglichkeit auf die Nerven, aber es gibt Zeiten, da tut es gut zu wissen, daß er auf mich aufpaßt.

Als wir auf der Straße beim Golfclub waren, sah ich Mark Baker, einen Freund und Kollegen, in der anderen Richtung an mir vorbeifahren. Er hupte und warf mir einen verwunderten Blick zu, aber ich fuhr weiter. Auf der Heimfahrt wünschte ich eigentlich nur, es möge Claire gutgehen und sie würde die schnoddrigen Bemerkungen vergessen, die ich über Franks Arbeit gemacht hatte.

5

Am nächsten Tag rief John Walters, mein Nachrichtenredakteur beim *Express*, zu einer Besprechung. Die Zeitung hatte schon »geschlafen«, als ich am Abend zuvor Ben Watterson gefunden hatte, aber es sah ganz danach aus, als sollte die kommende Ausgabe die Ben-Watterson-Gedenkausgabe werden.

John hatte alle unter uns zu sich zitiert, die Ben Watterson in der Vergangenheit einmal interviewt oder sonst über ihn berichtet hatten. Keiner hatte etwas Skandalöses über ihn zu vermelden; es wurde allgemein anerkannt, daß er zu den Leuten gehört hatte, die das Wachstum und die Entwicklung Las Piernas' am meisten gefördert hatten. Zwar war er bei konservativen Gruppen auf Widerstand gestoßen, doch selbst unter seinen Gegnern genoß er großes Ansehen. Alle anderen betrachteten ihn beinahe als einen Gott. Die Bank von Las Piernas hatte viele Unternehmen am Ort finanziert.

Lydia Ames von der Lokalredaktion war auch bei der Besprechung. Sie war seit acht Monaten mit Guy St. Germain, einem der Vizepräsidenten der Bank, liiert. Dank ihrer Verbindungen zur Chefetage war es ihr möglich gewesen, mit Leuten zu sprechen, die sonst wahrscheinlich den Mund nicht aufgemacht hätten. John bat sie, uns zu berichten.

»Mehrere der leitenden Angestellten sagen, daß Watterson in den letzten Wochen einen ziemlich unruhigen Eindruck gemacht hat. Einige machen sich Vorwürfe. Sie sind der Meinung, sie hätten das hier kommen sehen müssen.«

»Wieso?« fragte John. »Hat Watterson Andeutungen gemacht, hat er mit jemandem über Selbstmordabsichten gesprochen?«

»Nein, aber sein Verhalten in den letzten Tagen hat ganz dem eines Menschen entsprochen, der sich mit Selbstmordabsichten trägt. Er hat unerledigte Geschäfte zum Abschluß gebracht, seine persönlichen Angelegenheiten geordnet, sensible Unterlagen vernichtet und mit Mitgliedern des Aufsichtsrats über seinen zukünftigen Nachfolger gesprochen.«

»Hat er jemandem erzählt, daß er krank war?« fragte John.

»Nein. Er hat lediglich mehreren Aufsichtsratsmitgliedern gesagt, er hätte beschlossen, in den Ruhestand zu treten«, antwortete Lydia. »Aber jetzt sehen sie manches von dem, was er gesagt und getan hat, als Hinweise, auf die sie nicht geachtet haben. Er hat persönliche Dinge verschenkt. Einem Mann hat er einige Archivfotos gegeben und gesagt, die BLP würde sie vielleicht später in einer Geschichte der Bank verwenden wollen. Der Mann meint jetzt, es wäre ein Lebewohl von Watterson gewesen.«

John wandte sich mir zu. »Sie waren doch mit der Witwe zusammen, stimmt's, Kelly?«

»Ja.«

»Auf irgendeiner Party?«

»Einem Benefizbankett für das Frauenhaus.«

Er schwieg einen Moment nachdenklich. »Hm, die Witwe macht sich also einen vergnügten Abend, während der Ehemann Selbstmord verübt.«

»Da sind Sie auf dem Holzweg, John. Ich war dabei. Sie hat es sehr schwer genommen. Auf der Heimfahrt gestern abend erzählte sie mir, daß sie sich Sorgen um ihn machte. Sie konnte nicht verstehen, warum er plötzlich in den Ruhestand treten wollte, und sie hatte den Eindruck, er sei nicht glücklich. Aber an Selbstmord hat sie offenbar nicht gedacht. Sie hat so was jedenfalls mit keinem Wort erwähnt.«

John überlegte kurz, dann gab er blaffend seine Anweisungen. »Diese Geschichte muß von allen Seiten beleuchtet werden. Der Wirtschaftsteil sieht sich mal den finanziellen Status an, dazu gehören auch die Immobilien.« Er rief einen Berichterstatter nach dem anderen auf und wies jedem einen

Aspekt der Story zu. »Baker«, schloß er, sich an unseren Polizeireporter wendend, »Sie versuchen, ein bißchen mehr aus der gramgebeugten Witwe rauszukriegen.«

Johns Übellaunigkeit ist ein Dauerzustand. Uns macht es eher angst, wenn er mal heiter ist. Wir haben alle schon unter seinem Jähzorn gelitten, und genau das hat die Reporter der Nachrichtenredaktion, unter denen sonst oft ein starker Konkurrenzkampf herrscht, zusammengeschweißt. Aber heute beklagte sich keiner. Der Selbstmord Ben Wattersons verlangte geradezu nach gründlicher Recherche. Uns allen war klar, daß hinter dieser Geschichte mehr stecken mußte. Keiner hatte einen konkreten Anlaß für diese Überzeugung, dennoch hatte keiner einen Zweifel.

Als ich an meinen Schreibtisch zurückkam, blinkte das Licht an meinem neuen Telefon. Der *Express* hatte vor kurzem in ein Voice-Mail-System investiert, und das Blinklicht sagte mir, daß eine Nachricht auf mich wartete. Ich gab die erforderlichen Codes ein und erreichte schließlich meinen Bereich dieses in den Himmel gelobten Anrufbeantworters.

»Sie haben eine neue Nachricht«, empfing mich die fast übertrieben joviale Stimme des Systems. »Eingegangen heute um neun Uhr siebenunddreißig.« Darauf folgten mehrere Telefonsignale, als wählte jemand direkt an meinem Ohr. Es störte mich nicht; die Töne setzten sich zur Melodie von *Goodnight, Irene* zusammen, ein Signal von einem meiner Kontaktleute im Rathaus.

Ich rief Nina Howell an, die als Sekretärin im Baureferat arbeitete. Sie meldet sich immer bei mir, wenn sie mal wieder das Gefühl hat, für einen Gauner zu arbeiten. Und das bedeutet, daß sie mich ziemlich regelmäßig anruft.

»Baureferat«, meldete sie sich. »Nina Howell am Apparat. Was kann ich für Sie tun?«

»Irene Kelly hier. Sie haben mich angerufen?«

»Ja. Moffett geht. Er ist heute morgen zurückgetreten.«

»Allan Moffett, der Stadtdirektor?« Es gab sonst keinen Allan Moffett im Rathaus, aber die Vorstellung, daß der mächtigste Beamte der Stadtverwaltung sein Amt niederlegen wollte, war schon eine ziemliche Sensation.

»Ja. Es heißt, er hat Schiß.« Ich hörte Geräusche im Hintergrund, und Nina Howell schwieg einen Moment, ehe sie sagte: »Ja, das ist richtig. Sie sind mit dem Baureferat verbunden. Wir haben hier leider niemanden dieses Namens.«

»Das heißt wohl, daß Ihr Chef reingekommen ist?«

»Ja, sicher«, fuhr sie fort, »wenn Sie mir den Namen mal buchstabieren würden, kann ich in unserem Verzeichnis nachsehen.«

»Okay. Sie können jetzt nicht sprechen?«

»Genau.«

»Können wir uns zum Mittagessen treffen?« fragte ich.

»Ich kann den Namen hier leider nicht finden, aber vielleicht sollten Sie es einmal bei der Zentrale versuchen. Soll ich Sie verbinden?«

»Tun Sie, was Sie für richtig halten.«

»Bitte bleiben Sie dran«, sagte sie.

Mir blieb nichts anderes übrig, als abzuwarten, was geschehen würde. Es knackte einmal in der Leitung, dann meldete sich eine neue Stimme.

»Charlotte Brady.« Die Stimme klang gepreßt.

Allan Moffetts Sekretärin. Bemüht, mir meine Überraschung nicht anmerken zu lassen, sagte ich: »Hallo, Charlotte, Irene Kelly hier.«

»Irene Kelly?«

Ich wartete darauf, daß sie mich entweder eiskalt abblitzen lassen oder dafür beschimpfen würde, daß ich es wagte, sie an einem Tag zu belästigen, den sie wahrscheinlich als einen der traurigsten in der Geschichte von Las Piernas betrachtete. Charlotte Brady ließ nämlich nichts auf ihren Chef kommen.

In den neunzehn Jahren ihrer Tätigkeit als Sekretärin von Moffett hatten sich in ihrem treuen Gemüt gewisse Vorstellungen festgesetzt, und eine davon war zweifellos, daß ich dem feindlichen Lager angehörte.

»Irene Kelly ...«, sagte sie so bedächtig, als hätte sie meinen Namen auf eine Waage gelegt.

»Charlotte, ist alles in Ordnung?«

»In Ordnung?« schrie sie ins Telefon. »Verdammt noch mal, nein! Wie kommen Sie denn auf die Idee?«

Ich war sprachlos. Charlotte ist gewöhnlich äußerst ruhig und beherrscht; selbst wenn man ihr sagte, »He, Charlotte, Ihre Kleider stehen in Flammen«, würde sie noch, während sie sich auf dem Boden wälzt, lächeln und erwidern, ohne Mr. Moffetts Genehmigung könne sie leider gar nichts bestätigen.

»Wissen Sie, was dieser Mistkerl heute morgen zu mir gesagt hat?«

»Nein«, antwortete ich, nicht einmal sicher, ob sie von Moffett sprach.

»›Charlotte, Sie waren wunderbar‹, hat er gesagt. ›Danke für alles. Ich habe mit Glen gesprochen, und Sie können die Schreibtischgarnitur behalten, wenn Sie möchten.‹«

»Mr. Moffett hat den Bürgermeister gefragt, ob Sie die Schreibtischgarnitur behalten können?«

»Ja! Ich war wie betäubt. Mindestens eine halbe Stunde lang. Aber dieses Stadium habe ich jetzt hinter mir. Raten Sie mal, in welchem Stadium ich jetzt bin.«

»Na ja –«

»In dem der Wut. Da bin ich jetzt angekommen. Ich bin so wütend wie noch nie in meinem Leben. Können Sie das verstehen?«

»Ja, sicher.«

»Neunzehn Jahre Loyalität. Nicht einen Tag krank. Neunzehn Jahre lang hab ich das Leben dieses Mannes organisiert, seine Launen ertragen, ihm seinen Morgenkaffee in einer weißen Porzellantasse serviert, sogar seine Weihnachtskarten hab ich ihm geschrieben, verdammt noch mal. Und dafür eine Schreibtischgarnitur! Wie großzügig!« Sie holte einmal tief Luft, dann lachte sie plötzlich. »Tja, Irene Kelly, nachdem ich Sie zehn Jahre lang praktisch jedesmal ausgeklinkt habe, wenn Sie angerufen haben, frage ich Sie heute – in aller Aufrichtigkeit –, was kann ich für Sie tun, Schätzchen?«

»Vielleicht könnten Sie mir sagen, warum er geht.«

»Oh, er behauptet, aus gesundheitlichen Gründen.«

Bei diesen Worten mußte ich an Ben Watterson denken. »Aus Gesundheitsgründen?«

»Ach, das stimmt natürlich nicht. Höchstens wenn man ›Skelette im Schrank‹ als Knochenkrankheit bezeichnen kann.«

»Was für Skelette sind das denn?«

»Ich will ehrlich sein. Wenn ich Einzelheiten wüßte, wäre ich schon bei Ihnen und würde sie Ihnen in die Maschine diktieren. Aber ich weiß nur, daß plötzlich die Hölle los war, nachdem dieser Mann ihn besucht hatte.«

»Moment mal – was für ein Mann?«

»Keine Ahnung, aber man sollte dem Kerl einen Orden verleihen. Ich hätte das alles kommen sehen müssen. Schließlich hab ich erlebt, wie Allan seine geschiedene Frau behandelt hat.«

»Allans geschiedene Frau hat etwas mit dem Mann zu tun, der bei ihm war?«

»Nein, nein, entschuldigen Sie. Ich meinte, ich hätte erkennen müssen, wie Allan mit Frauen umspringt. Aber nein, dieser Mann kreuzte gestern hier auf, und ich hätte beinahe den Sicherheitsdienst gerufen. Er weigerte sich, seinen Namen zu nennen, und war ausgesprochen nervös.«

»Können Sie ihn mir beschreiben?«

»Es war ein Schwarzer. Wie alt er war, ist schwer zu sagen. Ende Vierzig vielleicht. Möglicherweise auch Anfang Fünfzig. Nicht gerade elegant gekleidet. Die Sachen haben ihm nicht richtig gepaßt – er hatte einen billigen Anzug an, der ziemlich an ihm herumschlotterte. Ich hab versucht, ihn abzuwimmeln, aber da war bei dem Burschen nichts zu machen. Wenn man so lange wie ich als Sekretärin gearbeitet hat, sieht man schnell, wer sich leicht abwimmeln läßt und wer hartnäckig bleibt – so wie Sie. Sie haben mich manchmal fast verrückt gemacht, wissen Sie.«

»Das gleiche kann ich von Ihnen sagen.«

»Oh, die Bemerkung hat Sie hoffentlich nicht beleidigt?«

»Nein, nein. Erzählen Sie mir noch was über diesen Mann.«

»Na ja, ich hab schließlich nachgegeben. Ich weiß auch nicht, ich fand auf einmal, daß er gar nicht so viel verlangte. Er wollte nicht einmal selbst mit Allan sprechen.«

»Was wollte er denn?«

»Er hatte einen Brief dabei und hat mich gebeten, ihn Allan zu geben.«

»Haben Sie gesehen, was der Brief enthielt?«

»Nein. Aber er hat mich sehr neugierig gemacht. Allan wurde nämlich leichenblaß, als er ihn las. Dann ist er plötzlich wütend geworden, ist aufgestanden und ins Wartezimmer rausgerannt. Der Mann, der immer noch draußen saß, blieb ganz ruhig und sah Allan direkt ins Gesicht. Allan sagte: ›Gehen wir in mein Büro.‹ Der Mann hat genickt, und dann sind sie reingegangen.«

»Haben Sie von dem Gespräch was mitbekommen?«

»Kein Wort. Er hat lange mit Allan gesprochen. Sehr glücklich wirkte er nicht, als er ging. Vielleicht hat Allan ihm also nicht gegeben, was er wollte.«

»Wenn er nicht erfreut war, als er ging, wieso glauben Sie dann, daß er was mit Allans Rücktritt zu tun hat?«

»Na ja, alles, was danach passiert ist! Allan hat sehr lang allein in seinem Büro gesessen. Er hat nicht telefoniert – ich hätte das Licht an meinem Telefon aufleuchten sehen. Dann hat er mich über die Sprechanlage gebeten, länger dazubleiben. Ich mußte alle seine alten Kumpel anrufen. Er wollte mit ihnen zusammen essen.«

»Und sie haben sich gestern abend getroffen?«

»Nein. Allan hatte viel zuviel damit zu tun, sein Büro auszuräumen und alle möglichen Unterlagen zu vernichten. Ich wußte das natürlich zu diesem Zeitpunkt noch nicht. Ich hab die Leute angerufen und die Reservierung für das Abendessen gemacht.« Sie legte eine kurze Pause ein, dann fügte sie hinzu: »Sie können mir vielleicht zu einer kleinen Rache verhelfen, Miss Kelly. Das Essen findet heute abend im *Terrace* statt. Da würden Sie doch bestimmt gern dabei sein.«

»Im allgemeinen ist mir das *Terrace* etwas zu teuer, aber vielleicht hau ich heute abend mal auf die Pauke. Darf ich fragen, wer zu den Gästen zählt?«

Sie nannte mir sechs Namen, mit Allan, der als Gastgeber fungierte, sollten also sieben Personen anwesend sein. Ich kannte sie alle. Es waren die Namen von Männern, die in Las Piernas sehr bekannt waren; alle hatten sie mit Stadtplanung, Bankgeschäften, Immobilien und Bau zu tun. Bei zwei der Namen überkam mich, während ich sie in meinen Computer eingab, ein Gefühl des Unbehagens.

Den einen hatte ich in den letzten Tagen allzu oft gehört: Andre Selman.

Der andere veranlaßte mich, Charlotte zu sagen, sie müsse die Reservierung ändern.

Ben Watterson würde zu diesem Abendessen nicht kommen können.

6

Charlotte hatte noch nicht von Wattersons Selbstmord gehört. Nachdem sie den ersten Schock überwunden hatte, fragte ich sie nach ihren Gesprächen mit den Männern, die zu dem Abendessen eingeladen waren.

»Was sollten Sie ihnen denn sagen, um sie zum Kommen zu bewegen?« fragte ich.

»Ach, nichts Besonderes. Allan sagte, ich sollte einfach erwähnen, wer alles käme, und dann sagen: ›Mr. Moffett ist überzeugt, daß Sie bereits wissen, wie wichtig eine möglichst baldige Zusammenkunft ist.‹ Ben Watterson! Mein Gott, ich kann es nicht glauben.«

»Um welche Zeit haben Sie mit Mr. Watterson gesprochen?«

»Da muß ich erst mal in meinem Buch nachsehen. Moment«, sagte sie. Ich hörte im Hintergrund Papier rascheln, dann meldete sie sich wieder. »Ungefähr um sieben.«

»Allan hat von Ihnen nicht verlangt, daß Sie Ihre Telefonaufzeichnungen vernichten?« fragte ich, einen Moment irritiert.

»Nein. Entweder hat er es vergessen, oder er hat sich gedacht, meine Notizen seien nicht so wichtig.«

»Heben Sie sie gut auf, okay?«

»In Ordnung. Da fällt mir ein, Mr. Watterson hatte an dem Tag schon mal angerufen. Um Allan zu sagen, daß er ihm ein Fax schicken würde.«

»Erinnern Sie sich an das Fax?«

»Nein, ich habe es gar nicht in die Hand bekommen. Allan sagte, es seien vertrauliche Informationen von der Bank. Er stellte sich ans Gerät, um das Schreiben selbst in Empfang zu nehmen.«

»War das nicht ungewöhnlich?«

»Na ja, allzu häufig ist so was nicht vorgekommen, aber manchmal doch. Allan hatte sogar vor mir Geheimnisse. Offensichtlich, sonst würde ich nicht heute meine Sachen packen.«

»Wirkte Mr. Watterson beunruhigt, als Sie ihm wegen des Abendessens Bescheid sagten?«

»Nein, er war sehr ruhig. Er sagte nur: ›Danke, Charlotte, ich habe Ihren Anruf schon erwartet.‹«

»Sonst nichts?«

»Nein, kein weiteres Wort.«

»Keine Andeutung, daß er nicht vorhatte zu kommen?«

»Nein. Deswegen war ich wahrscheinlich so erschrocken...«

»Und haben die anderen irgendwas gesagt, als sie angerufen wurden?«

»Nein. Ich hatte den Eindruck, sie wußten alle, daß Allan sich bei ihnen melden würde. Sie haben sich nur meine Angaben aufgeschrieben und gesagt, ich solle Allan ausrichten, daß sie kommen würden.«

»Wissen Sie, was diese Männer gemeinsam haben – wenn überhaupt etwas?«

»Nein, keine Ahnung. Allan hatte immer wieder mal mit ihnen zu tun.«

Sie hielt inne, und ich wartete, während sie offenbar überlegte.

»Rein geschäftlich, nichts Besonderes. Sie waren ja alle in irgendeiner Weise an den Entwicklungs- und Sanierungsprojekten der Stadt beteiligt. Roland Hill natürlich als Planer; Keene Dage war an vielen der großen Projekte beteiligt; und Corbin Tyler ist, wie Sie wissen, Architekt. Ben Wattersons Bank hat einige der Projekte finanziert. Die anderen beiden, Booter Hodges und Andre Selman, sind vom College. Das Las Piernas College hat einen großen Teil der Untersuchungen und Planungsstudien für die Sanierungsprojekte geliefert. Alle diese Leute hatten also sicher geschäftlich mit Allan zu tun.«

Ich berichtete John von Moffetts Rücktritt und der Verbindung zwischen ihm und Ben Watterson. Dann fuhr ich zum Rathaus, wo ich allerdings nicht mehr erfuhr, als daß mein erster Eindruck richtig gewesen war: Allan Moffetts Rücktritt war so unerwartet erfolgt wie das Rülpsen einer Königin beim Staatsbankett. Die Leute versuchten, entweder so zu tun, als wäre nichts geschehen, oder Schadenfreude oder Entsetzen, je nachdem wie sie zu Moffett standen, zu verbergen. Oben, in der sechsten Etage, wo sich die Räume des Stadtdirektors befanden, waren nur die kleinsten Angestellten für mich zu sprechen, und die hatten wenig zu sagen. Die wichtigeren Leute waren bei irgendwelchen Arbeitsessen. Ihre Sekretärinnen klappten bei meinem Erscheinen hastig ihre Terminkalender zu und logen mir ohne eine Miene zu verziehen vor, sie hätten keine Ahnung, wo ihre Chefs zu Mittag essen würden.

Ich sah auf meine Uhr. Kurz nach eins. Ich tat, als sei ich in großer Eile, und erklärte, ich käme zu spät zu einer Verabredung (*meine* kleine Lüge), fuhr mit dem Aufzug ins Foyer hinunter und verließ das Gebäude, um die Zeitung anzurufen.

Angesichts der möglichen Brisanz der Story hatte man mir für diesen Nachmittag die Benutzung eines Handys eingeräumt, aber es war billiger, von einem öffentlichen Apparat aus zu telefonieren. Ich hoffte, John würde meine Sparsamkeit honorieren und dafür darüber hinwegsehen, daß ich gar nichts zu berichten hatte. Meine Hoffnung war jedoch vergeblich. Er tat es nicht.

In einem Pastaschuppen in der Nähe des Rathauses aß ich rasch einen Bissen zu Mittag, kehrte dann ins Foyer zurück und pflanzte mich, als wäre ich total fasziniert, vor einer Skulptur auf, die ich mindestens schon zweitausendmal gesehen hatte. Die Skulptur ist so gewaltig, daß man sich leicht hinter ihr verstecken kann, wenn man nicht gerade Rot oder eine andere leuchtende Farbe trägt, die durch die Löcher in dem Ding scheint; ich hatte ein dunkelgraues Kostüm an, das sich höchst unauffällig einfügte.

Ich sah die Sekretärinnen aus der sechsten Etage – diese Lügnerinnen – vom Mittagessen zurückkommen und nahm es als Zeichen, daß auch ihre Chefs bald wieder aufkreuzen würden. Sie schwatzten miteinander, während sie auf den Aufzug warteten, aber die Gesprächsfetzen, die es mir mit bis zum äußersten gespitzten Ohren aufzuschnappen gelang, waren wenig aufschlußreich: Alles drehte sich um die Entbindung einer Arbeitskollegin. Da ich vermeiden wollte, daß sie ihre Chefs vor mir warnten, nahm ich nicht den Aufzug, sondern die Treppe nach oben.

Noch ein paar andere sportliche Typen hatten sich fürs Treppensteigen entschieden, aber nach dem vierten Stockwerk war ich allein.

In der sechsten Etage angekommen, machte ich im Treppenhaus halt und kramte in meiner Handtasche nach dem großen Radiergummi, den ich für solche Gelegenheiten immer bei mir habe. Ich klemmte ihn zwischen Tür und Schwelle. Zwar konnte ich durch den offenen Spalt weder den Aufzug noch die Bürotüren im Korridor sehen, aber das machte nichts. Jahrelange Reportertätigkeit in den heiligen Hallen des Rathauses hatte mich eine Menge über die hier den Ton angebenden Herren gelehrt. Ich wußte, wo ich auf meine Beute lauern mußte. Ich hatte einen erstklassigen Blick auf die Tür zur Herrentoilette.

Und siehe da, schon kam Ray Aiken den Flur entlang. Ray war der stellvertretende Stadtdirektor, und zu meinem Glück zog er die Rathaustoilette den sanitären Anlagen des Restaurants vor, aus dem er soeben zurückgekehrt war. Ray ging auf die Sechzig zu. Er war ein großer Mann mit einer kleinen

Blase. Ich weiß das aus unzähligen langen Stadtratssitzungen, an denen ich als Beobachterin teilgenommen habe.

Ray war allein. Mein Glückstag. Ich hob meinen Radiergummi auf und wartete im Korridor.

Er war noch dabei, sein Hemd in die Hose zu stopfen, als er aus der Toilette kam. Er blickte auf, sah mich, sagte: »Auch das noch«, machte kehrt und verschwand wieder in der Toilette.

Ich stieß die Tür auf und folgte ihm. »Ich weiß, daß außer Ihnen niemand hier drinnen ist, Ray, aber trotzdem wär's mir lieber, nicht gerade hier mit Ihnen zu sprechen –«

»Verdammt noch mal, Kelly, das ist die Herrentoilette.«

»Ach was? Und ich dachte, die Dinger da wären Taufbecken.«

Er wurde hochrot und rief: »Haben Sie denn überhaupt kein Schamgefühl?«

»Doch, in Maßen, aber das hindert mich nicht daran, hier mit Ihnen zu reden, wenn's sein muß.«

»Und was ist, wenn jemand kommt und Sie hier mit mir sieht?«

»Der wird denken, daß wir beide kein Schamgefühl haben. Kommen Sie mit raus ins Treppenhaus, Ray, und reden Sie mit mir.«

Er seufzte resigniert, und nachdem er einen verstohlenen Blick in den Korridor geworfen hatte, folgte er mir ins Treppenhaus. Ich setzte mich auf die oberste Stufe, aber er blieb stehen.

»Ich brauche nicht mit Ihnen zu sprechen«, flüsterte er und spähte dabei furchtsam nach oben und unten.

»Ich weiß.«

Er sah mich überrascht an.

»Sie brauchen nicht«, fuhr ich fort, »aber ich denke, Sie werden es trotzdem tun.«

»Ach ja? Wieso sind Sie da so sicher?«

richtet. Nachdem er wieder an ihr gezogen hatte, sagte er: »Erinnern Sie sich, wie die Innenstadt vor zwanzig Jahren ausgesehen hat?«

»Natürlich. Je nach Standpunkt war es ein historisches Viertel mit schönen alten Gebäuden, die dringend renoviert werden mußten, oder ein verwahrlostes Glasscherbenviertel, das nur noch den Abriß verdiente.«

Er lächelte. »Sie haben die alten Häuser gemocht, hm? Sie waren wahrscheinlich so eine Hippiebraut.«

»Tut mir leid, Ray, die Hippiezeiten hab ich verpaßt. Die Nonnen hatten uns fest an der Kandare, und als ich endlich auf eine öffentliche Schule kam, war's vorbei mit der Hippieherrlichkeit.«

»Zu jung, um ein Hippie gewesen zu sein! Ich fühl mich ganz schön alt neben Ihnen, Irene.«

»Es hat also mit der Sanierung der Innenstadt zu tun?«

»Das habe ich nicht gesagt.«

»Aber ich bin dicht dran.«

Er lächelte, drückte seine Zigarette aus und steckte den Stummel gewissenhaft ein. »Sie sind jedenfalls dichter dran als an einer Hippievergangenheit, würde ich sagen.«

Er stand auf, wischte seine Hose ab und ging. Ich blieb sitzen und ließ mir seine Worte durch den Kopf gehen. Erst als ein Angestellter vom oberen Stock eine Tür öffnete, schniefend die Luft im Treppenhaus einsog und mir in unfreundlichem Ton erklärte, es sei verboten, in diesem Gebäude zu rauchen, ging ich ebenfalls.

7

Ich dachte, Frank würde sich meinem Vorschlag, an diesem Abend im *Terrace* zu essen, widersetzen, aber ich täuschte mich.

»Natürlich komme ich mit«, sagte er. »Du weißt, ich mag es nicht, wenn du spätabends allein unterwegs bist. Und diese Leute werden über deine Anwesenheit vermutlich nicht gerade erfreut sein.«

»Ich hab dich nicht gefragt, weil ich einen starken Mann brauche, Frank. Wir haben uns in letzter Zeit kaum gesehen.«

Er sah mich skeptisch an. »Ist das wirklich der Grund? Oder ist es dir nur peinlich, allein in einem eleganten Restaurant zu essen?«

Ich wurde rot, entgegnete aber: »Ah, der letzte große Romantiker.«

Er faßte das als persönliche Herausforderung auf, der er so tatkräftig begegnete, daß wir, obwohl wir noch gut zwei Stunden Zeit gehabt hatten, mit Verspätung im *Terrace* eintrafen.

Auf der Fahrt zu dem Restaurant kamen wir durch den Teil der Stadt, in dem ich Lucas begegnet war. Ich begann, Frank von ihm zu erzählen.

»Es ist kalt heute abend«, bemerkte ich, während ich die leeren Straßen beobachtete, als könnte ich ihn irgendwo entdecken. »Ich hoffe, er hat eine Unterkunft.«

»Deine Freundin vom Sozialdienst scheint sich doch um ihn zu kümmern.«

»Roberta ist verreist«, entgegnete ich. »Ich wüßte nicht einmal, wo ich nach Lucas suchen sollte. Mein Gott, hab ich mich an dem Tag blöd benommen. Ich bin vor ihm davongelaufen.«

»Du verlangst zuviel von dir«, meinte er. »Du hattest doch keine Ahnung, wer er war. Er hat dich erschreckt. Das ist nicht deine Schuld. Und du bist auch nicht dran schuld, daß er trinkt.«

»Nein«, antwortete ich und schwieg.

»Hör zu, nach dem, was du mir von ihm erzählt hast, liegst

du wahrscheinlich ganz richtig – irgendwann nach seinem Studium muß was schiefgelaufen sein. Aber du kannst nicht viel tun, solange er sich nicht mit dir in Verbindung setzt. Ich könnte die Kollegen fragen, die in diesem Viertel –«

»Nein. Nur zu wissen, wo er sich aufhält, wäre nicht genug. Und es würde ihn vielleicht in Verlegenheit bringen. Ich möchte auf keinen Fall, daß er glaubt, ich würde Druck auf ihn ausüben. Er wird schon zu mir kommen, wenn er soweit ist.«

Wir gelangten in ein anderes Stadtviertel, weit wohlhabender als das, das wir gerade hinter uns gelassen hatten. Die beiden Bezirke, durch eines der Ölfelder voneinander getrennt, die seit den dreißiger Jahren Geld nach Las Piernas gebracht haben, hätten sich auf zwei verschiedenen Planeten befinden können. Hier, auf den Knolls, wie diese Enklave des Wohlstands genannt wird, standen protzige Häuser in großen, gepflegten Gärten.

Das *Terrace* befindet sich nicht im besten Teil der Knolls. Es liegt auf einem Hügel am Ende einer kleinen Straße, die von der hohen Mauer einer der Luxuswohnsiedlungen begrenzt wird. Gegenüber dem Restaurant arbeiten Tag und Nacht die Ölpumpen. Trotz des Lärms, der durch das rhythmische Auf und Nieder der Pumpen verursacht wird, ist das Restaurant selbst angenehm ruhig.

Obwohl es jeden Abend voll ist, geht es stets gedämpft zu. Wahrscheinlich liegt das an der Atmosphäre des Restaurants: dunkle Holztäfelung, Kerzenlicht und traditionelle Küche – keine Gerichte, die in einen Laborbericht gehören. Vielleicht eine Spur zu spießig, aber solide.

Ehe der hochmütige Ober uns mit Blicken niedermachen konnte, sagte ich: »Wir möchten nur etwas trinken«, und schleppte Frank mit in die Bar.

»Du willst dein Abendessen trinken?« fragte Frank, als wir uns an einen kleinen Tisch gesetzt hatten.

»Nein, aber von Nüssen und Oliven kann man sich schließlich auch ganz gut ernähren. Wir hätten heute sowieso nicht hier essen können. Sie hatten keinen freien Tisch mehr, als ich angerufen habe.«

»Und das sagst du mir jetzt.«

Ich zuckte die Achseln. »So wird's auf jeden Fall billiger.«

Er lachte. »Na ja, wir können auf dem Heimweg bei Bernie's vorbeifahren.« Er sah mich nicht an, als er das sagte. Er sah sich die Leute in der Bar an. Typisch Polizist. Er merkte, daß ich ihn beobachtete, und sagte: »Machst du einen kleinen Gang durchs Restaurant, um dich nach Moffett und seinen Gästen umzuschauen?«

»Das wäre eine Möglichkeit, aber ich glaube, ich weiß schon, wo sie sitzen. Gleich nebenan ist ein Privatraum«, sagte ich und wies zu einem Korridor, der an der Bar vorbeiführte.

»Ach, das also hatte die Notiz auf der Reservierungsliste zu bedeuten.«

»Mr. Harriman, Sie sind erstaunlich. Ich hätte nicht gedacht, daß du dazu kämst, sie zu lesen, als der Ober uns so schnell abgefertigt hat.«

»Tja, ich hab so meine Tricks. Du warst wohl schon mal in diesem Privatraum?«

»Nicht eingeladenerweise. Sagt dir die Brown Act etwas?«

»Ist das nicht das Gesetz, das dir und deinen Kollegen vom *Express* erlaubt, bei Regierungssitzungen dabeizusein?«

»Nicht nur das. Ich will jetzt nicht ins Detail gehen, aber mit das Wichtigste an der Brown Act ist, daß sie es öffentlichen Körperschaften verbietet, geheime Sitzungen abzuhalten.«

»Und was sind das für öffentliche Körperschaften?«

»Legislative vor allem. Dazu gehören auch Schulbehörden, Stadt- und Gemeinderäte und Kommissionen jeglicher Art. Es ist ein Gesetz des Staates Kalifornien. Dieses Gebot öffentlicher Sitzungen gilt aber auch für sämtliche Ausschüsse und Projektgruppen, die von diesen Räten und Kommissionen eingesetzt werden, sogar für beratende Gruppen – sehr zur Freude der Reporter natürlich.«

Ich unterbrach meinen Vortrag, als die Kellnerin kam, um unsere Bestellung aufzunehmen.

»Sagst du mir nun endlich, was das alles mit dem Privatraum im *Terrace* zu tun hat?« fragte Frank.

»Geduld. Also – diese Kommissionen können Reporter nicht von ihren Sitzungen ausschließen, okay? Und als ›Sitzungen‹ gelten nicht nur die förmlichen Zusammenkünfte in den Diensträumen der jeweiligen Körperschaft, sondern auch informelle Zusammenkünfte wie Festlichkeiten, Ausflüge et cetera.«

»Moment mal. Du meinst, die Stadträte können keine Party geben, ohne den *Express* einzuladen?«

»Kommt darauf an, worüber gesprochen wird. Wenn die Stadträte alle zusammen ein Picknick machen, brauchen sie die Öffentlichkeit nicht einzuladen – es sei denn, sie fangen an, über öffentliche Angelegenheiten zu sprechen. Sie können das Gesetz nicht umgehen, indem sie einfach im Park Frisbee spielen und dabei ausmachen, wie sie über einen Bebauungsplan abstimmen werden.«

»Aha, langsam wird mir klar, worauf du hinauswillst. Jemand hat hier eine Besprechung abgehalten, und du bist dahintergekommen.«

»Richtig. Es ging um die Stadtsanierung. Leute mit geschäftlichen Interessen haben die Mitglieder der Stadtplanungskommission regelmäßig zu vertraulichen Essen ins *Terrace* eingeladen. Das war ein Verstoß gegen die Brown Act. Ich habe eines Tages einen Tip bekommen und bin mitten in so eine Sitzung reingeplatzt – es war ein echter Knüller.«

Frank wurde etwas unruhig. Die Drinks kamen, und er

trank einen kräftigen Schluck von seinem Scotch, ehe er vorsichtig fragte: »Du weißt doch, daß ich bei der Stadt angestellt bin? Ich meine, ich will dir ja bei deiner Arbeit nicht in die Quere kommen, aber –«

»Keine Angst, in diese Besprechung werde ich nicht einfach reinplatzen. Das darf ich gar nicht.«

»Wieso nicht? Du hast doch eben gesagt –«

»Moffett fällt nicht unter das Gesetz. Er war Stadtdirektor, und jetzt ist er ein ganz normaler Bürger. Die Leute, die mit ihm da drinnen sind, waren an städtischen Projekten beteiligt, aber keiner von ihnen gehört einer öffentlichen Behörde oder einem beratenden Ausschuß an – jedenfalls im Moment nicht. Es ist also eine rein private Zusammenkunft.«

»Warum sind wir dann hier? Wolltest du versuchen zu lauschen?«

»Der *Express* ist vielleicht nicht gerade eine Elitezeitung, Frank, aber auf Revolverblattniveau sind wir noch nicht abgesunken. Nein, ich wollte nur wissen, wer zu diesem gemütlichen kleinen Beisammensein erscheinen würde. Und sie sollen merken, daß ich hier bin – das reicht bestimmt aus, um einige der Herren nervös zu machen. Sollte einer von ihnen so entgegenkommend sein und hinausgehen, so werde ich versuchen, ihn mir vorzuknöpfen. Selbst wenn das nicht glückt, wird später vielleicht einer von ihnen reden wollen.«

»Hast du überhaupt eine Ahnung, worum es geht?«

»Nicht direkt. Aber es muß mit dem Grund für Moffetts Rücktritt zu tun haben.«

Wir bestellten genügend Nüsse und Oliven, um zu verhindern, daß uns der Alkohol gleich zu Kopf stieg, und nutzten die Gelegenheit, mal wieder in Ruhe miteinander zu reden – auch wenn ich dabei immer ein Auge auf den Korridor zum Privatraum hatte.

Als wir ungefähr eine Stunde da waren, kam Andre Selman

aus dem Korridor. Ich hatte ihn über zehn Jahre nicht mehr gesehen. Sein früher blondes Haar war ergraut, und er war etwas schwammig geworden, aber sonst hatte er sich kaum verändert. Aus irgendeinem Grund wirkte er kleiner.

Die meisten Frauen von SOS würden wahrscheinlich sagen, wirkungsvoller als Andres gutes Aussehen sei immer sein Charme gewesen, aber im Moment war von beidem nichts zu bemerken. Er sah hundeelend aus. Sein Gesicht war fahl, und er tupfte sich die schweißnasse Stirn mit einem Taschentuch ab, als er, die Augen starr auf den Boden gerichtet, vorübereilte. Ich dachte, er wäre auf dem Weg zur Toilette, aber er peilte eine der Telefonzellen an. Wie alles übrige im *Terrace* waren auch die Telefonzellen von der alten Schule – richtige Kabinen mit Türen aus Holz und Glas. Als mir klar wurde, daß Andre nicht zur Toilette gegangen war, befand er sich schon auf dem Rückweg zu seiner Gesellschaft. Und da wurde er auf mich aufmerksam. Einen Moment riß er die Augen auf, dann wurde seine Miene zornig. Ich glaubte schon, er würde wütend auf mich losgehen, aber in diesem Augenblick schien er Frank zu bemerken.

Frank hatte kurz zuvor wahrgenommen, daß ich jemanden beobachtete, und hatte sich neugierig auf seinem Stuhl herumgedreht. Ich konnte sein Gesicht nicht sehen, aber das von Andre schien noch blasser zu werden, als er den Korridor hinunter zum Privatraum eilte.

Mit einem selbstzufriedenen Lächeln wandte sich Frank wieder mir zu. »So, so«, sagte er nur und trank seinen Scotch aus.

»Was soll das heißen?«

»Das war dein ehemaliger Lover, nehme ich an?«

Ich zuckte zurück. »Hör mal, ich erinnere dich auch nicht an deine Irrtümer.«

Er lachte. »Nein. Aber für meine verflossenen Freundinnen gibt's auch keine Gedenkgesellschaften.«

»Was redest du da? SOS hat mit Andre nichts zu tun.«

»Aber ihr nennt den Verein doch manchmal Selman-Opfer-Schutzgemeinschaft, stimmt's?«

»Doch nur aus Jux.«

Er sagte nichts, sondern beschränkte sich darauf, ein skeptisches Gesicht zu machen. Auf selbstgefällige Art. Er hatte vor, einen Streit anzuzetteln, aber ich wollte mich hier im *Terrace* auf nichts einlassen. So eine Auseinandersetzung konnte laut werden. Ich hielt also meinen Blick auf den Korridor gerichtet und wechselte das Thema.

»Erzähl mir eine Geschichte aus Bakersfield«, sagte ich.

Nach kurzem Zögern, wahrscheinlich merkte er, daß er mich verärgert hatte, sagte er: »Okay. Die hier passierte nicht lange, nachdem ich zum Detective befördert worden war.«

Es ging um den Inhaber eines Haushaltswarengeschäfts, der verschwunden war. Seine Frau meldete ihn als vermißt. Sie war überzeugt, sein Geschäftspartner hätte ihn um die Ecke gebracht. Sie vernahmen den Geschäftspartner im Laden und erfuhren nicht viel von ihm, Frank jedoch hatte den Eindruck, er sei nervös. Franks Partner, ein dienstälterer Kriminalbeamter, war der gleichen Meinung, und sie überwachten den Mann. Frank sprach mit einer neugierigen Nachbarin. Diese brachte einen Schwall von Beschwerden gegen den Verdächtigen vor: Er mähte nie seinen Rasen, ließ seine Mülltonnen nach der Müllabfuhr tagelang draußen stehen, ließ den Anstrich an seinem Haus abblättern, rechte nicht das alte Laub zusammen und so weiter und so fort. Das einzige, was dem Mann am Herzen lag, war sein Auto. Aber, sagte die Nachbarin, eine Gewohnheit habe der Mann seit kurzem geändert: Er ließ jetzt seinen Wagen immer draußen stehen, anstatt ihn wie sonst in die Garage zu stellen.

Frank hielt in seiner Erzählung inne, als wir in der Nähe der Vordertür Tumult hörten. Als ich mich umdrehte, sah ich, daß der Ober einem dunkelhaarigen Mann in Jeans den Weg versperrte und sich weigerte, ihn hereinzulassen.

Frank stieß seinen Stuhl zurück. Der Mann an der Tür sagte wütend: »Ich will gar nicht in Ihrem Laden essen. Ich möchte nur jemanden abholen. Gehen Sie mir aus dem Weg.«

Obwohl ich den Mann seit vielen Jahren nicht mehr gesehen hatte, erkannte ich das Gesicht sofort. »Das ist Jerry Selman«, sagte ich. »Andres Sohn.«

Ehe der Ober Jerry antworten konnte, stürzte Corbin Tyler in heller Panik aus dem Privatraum. Beinahe verzweifelt sah er sich im Saal um, ehe sein Blick schließlich auf mich fiel. »Hilfe!« rief er laut. »Er hat einen Herzanfall!« Er rannte durch den Flur wieder zurück.

Frank war schon aufgesprungen. »Ruf 911 an«, rief er mir zu und lief Tyler hinterher.

Jerry und ich stürmten aneinander vorbei, ich auf dem Weg zum Ober, der schon am Telefon war. Ich wartete, bis ich hörte, daß er einen Rettungswagen verlangte, dann kehrte ich um und lief nach hinten.

Als ich den Privatraum betrat, wurde mir bewußt, daß ich automatisch angenommen hatte, Corbin habe von Andre gesprochen; wie sich herausstellte, war meine Vermutung richtig gewesen. Andre lag auf dem Boden. Frank hockte rittlings über ihm und massierte seine Brust, während Jerry neben dem Gesicht seines Vaters kniete und ihn beatmete. Die anderen, Corbin Tyler, Booter Hodges, Allan Moffett und Keene Dage standen nervös auf der anderen Seite des Zimmers und beobachteten angespannt das Szenario. Auch Roland Hill war bei ihnen, aber er wirkte lediglich neugierig, kein bißchen aus der Fassung.

»Bleiben Sie zurück«, rief Booter Hodges mir zu.

»Ich versteh was von erster Hilfe«, entgegnete ich, schob einen Stuhl weg und kniete mich auf den Boden.

»Puls«, sagte Frank kurz.

Ich legte meine Hand an Andres Hals und suchte nach der Halsschlagader. Zuerst fühlte ich gar nichts, doch ein paar Sekunden später spürte ich den Puls. »Der Puls ist da«, sagte ich.

Frank hielt einen Moment inne und tastete ebenfalls nach der Schlagader. »Ja, stimmt.«

»Er atmet«, rief Jerry und begann zu weinen.

Wir blieben bei Andre und warteten schweigend, um ganz sicher zu sein, daß es bei der Wendung zum Guten bleiben würde. Ich hörte jemanden aus dem Zimmer gehen, war aber zu sehr darauf konzentriert, auf Andres Pulsschlag unter meinen Fingern zu achten, um zu sehen, wer es war. Andres Gesichtsfarbe begann sich langsam zu verändern, das Aschgrau wich einem Ton, der zwar immer noch nicht gerade blühend war, aber doch bei weitem nicht mehr so erschreckend.

Dann kamen die Sanitäter, wir standen auf und machten ihnen Platz. Als ich mich umdrehte, sah ich, daß nur noch zwei von Andres Freunden da waren: Roland Hill und Keene Dage. Keene sagte: »Wenn ihr mich braucht, ich bin in der Bar.«

Roland zog eine Augenbraue hoch und meinte scharf: »Ach ja? Also, ich glaube nicht, daß ich dich heute abend noch brauche. Unsere Geschäfte können wir auch morgen erledigen.« Auf dem Weg hinaus nickte er mir zu, kühl wie ein Eisberg.

Frank hatte Jerry den Arm um die Schultern gelegt und redete ihm gut zu, während sie den Sanitätern nach draußen folgten. Ich blieb allein zurück. Mir schlotterten plötzlich die Knie von der ganzen Aufregung, und ich setzte mich einen Moment. Ich fragte mich, wie Lisa es aufnehmen würde, wenn ihr Vater sterben sollte. Er hatte sich nie viel um sie gekümmert, aber das hieß nicht, daß sie nicht trotzdem auf seine Anerkennung hoffte. Jerry – Jerry würde der Tod seines Vaters wahrscheinlich völlig niederschmettern; solchen

Schmerz wünschte ich ihm gewiß nicht. Und obwohl Andre ein echter Scheißkerl war, wünschte ich auch ihm weder Schmerz noch Tod. Jerry hatte ich im Grunde nie richtig gekannt, er war auf dem College gewesen, als ich mit Andre liiert gewesen war, und auch Andre war mir seitdem fremd geworden. Vielleicht hatten sie sich im Lauf der Jahre verändert. Vielleicht. In Andres Fall schien das allerdings unwahrscheinlich.

Hatte ihn an diesem Abend etwas erschüttert, abgesehen von der Begegnung mit mir? Ich glaubte nicht einen Moment lang, daß ich ihm genug bedeutete – im Guten oder im Schlechten –, um einen Herzanfall bei ihm auszulösen. Nachdenklich betrachtete ich den Tisch.

Der größte Teil des Geschirrs war schon abgeräumt worden; man war offenbar gerade bei Kaffee und Nachtisch angelangt gewesen. Ich stand auf und ging langsam um den Tisch herum, aber niemand hatte irgend etwas von Bedeutung liegengelassen. Selbst wenn ich gewußt hätte, wer wo gesessen hatte, hätte ich nur erfahren, wer seinen Kaffee schwarz trank und wer Milch und Zucker zu nehmen pflegte. Sinnlos, noch länger hier zu bleiben. Ich verließ den Raum.

Keene Dage stand an der Bar und kritzelte etwas auf eine Cocktailserviette.

»Was trinken Sie, Keene?« fragte ich und setzte mich neben ihn.

»Ich hab mein Soda gerade ausgetrunken.« Er stand auf. »Taugt nicht viel als Schlagzeile, was?«

Er ging davon.

Ich wartete, bis er außer Sicht war, schnappte mir seine Cocktailserviette, bezahlte rasch unsere Rechnung und eilte hinaus, um Dage zu folgen. Ein kalter Wind blies mir ins Gesicht, als ich hinaustrat. Ich zog meinen Mantel fester um mich. Frank und Jerry sah ich nicht, aber Keene Dage wartete darauf, daß man ihm sein Auto bringen würde.

Ich rief ihm einen Gruß zu.

Er starrte unverwandt geradeaus.

»Was ist denn los, Keene? Das ist doch gar nicht Ihre Art. Sie waren sonst nie unhöflich zu mir.«

Keene Dage war ein Koloß von einem Mann, der selbst mit siebzig Jahren noch so aussah, als könnte er einen Wolkenkratzer mit bloßen Händen erbauen. Er hatte, bevor er in den Ruhestand gegangen war, über Jahrzehnte eine große Baufirma geleitet, aber er hatte sein Handwerk von der Pike auf gelernt, und er hatte es nicht vergessen.

»Ach, verdammt noch mal, Irene«, sagte er kopfschüttelnd. »Sie frieren sich doch hier draußen den Arsch ab. Gehen Sie wieder rein.«

»Wenn Sie's aushalten können, Sie alter Knacker, kann ich das auch.«

Er lachte, lang und herzhaft – viel länger und herzhafter, als meine Bemerkung es rechtfertigte, aber wahrscheinlich brachte ihm das Lachen die Befreiung, die man mit einem Glas Sodawasser nicht erreichen kann. »Immer noch voller Gift und Galle, wie ich sehe«, sagte er und wischte sich die Augen.

»Erzählen Sie mir was von Ihrem Gastmahl, Keene.«

Die Leichtigkeit war sofort verflogen. »Vergessen Sie das. Vergessen Sie es einfach. Es war ein privates Abendessen unter Freunden. Allan ist nicht mehr im Dienst. Das Abendessen war schlicht ein Dank an Allan für alles, was er für die Stadt getan hat. Eine Art Abschied. Weiter nichts.«

»Ich kann mir irgendwie nicht vorstellen, daß Allan auf den letzten Drücker einen Haufen dringende Anrufe machen muß, wenn die Zeit für seine Abschiedsfeier kommt. Wenn es wirklich soweit ist, werden Sie bestimmt etwas mehr Zeit haben, um Ihre Fahrt von – wo leben Sie jetzt gleich wieder?«

»Fallbrook.«

»Richtig. Um Ihre Fahrt von Fallbrook hierher zu planen. Wie ich höre, züchten Sie jetzt Avocados.«

»Ich schicke Ihnen nach der nächsten Ernte eine Kiste. So, hier ist mein Auto.«

»Nun kommen Sie schon, Keene. Ein bißchen mehr können Sie schon für mich tun. Es geht hier doch nicht um Allan. Mit dem stehen Sie in Wirklichkeit doch gar nicht so gut.«

Er hatte gerade dem Parkwächter ein Trinkgeld geben wollen, aber jetzt hielt er inne, das Geld noch in der Hand. Der Wind ließ die Scheine flattern, die der Parkwächter mit begehrlichen Blicken fixierte.

Ich warf einen kurzen Blick auf den Mann, und Keene gab ihm sein Geld. Als er gegangen war, sagte Keene: »Woher zum Teufel – wann haben Sie mich je was Unfreundliches über Allan sagen hören?«

»Nie. Sie haben hier Geschäfte gemacht und haben Allan gebraucht, und Sie waren viel zu klug, um es an die große Glocke zu hängen, daß sein Stil Ihnen nicht gefiel. Aber ich hab es immer gespürt. Ich hab es sogar O'Connor gegenüber einmal erwähnt.«

»O'Connor ist tot«, sagte er und stieg in seinen Wagen.

»Ja, natürlich, ich weiß, daß O'Connor tot ist. Wenn man mehr als zwölf Jahre mit einem Menschen zusammenarbeitet, fällt einem so was auf. Ich hab ihm das nicht bei einer spiritistischen Sitzung mitgeteilt. Ich hab mit ihm darüber gesprochen, als er noch lebte. Sie sind schon seit einigen Jahren nicht mehr in der Stadt. Aber das war, bevor Sie weggezogen sind, bevor O'Connor gestorben ist. Er war meiner Meinung – er hatte auch den Eindruck, daß zwischen Ihnen und Allan Spannungen bestanden.«

Keene zögerte. »So, so, Ihr alter Freund hat also über mich geredet, wie?«

»Ja. Er hat Sie gemocht, Keene. Er sagte, Sie, Corbin und Ben wären die einzig ehrlichen unter den Leuten, die in den Siebzigern die Sanierungsprojekte durchgezogen haben.«

Keene wandte sich einen Moment ab, dann sah er mich wieder an. »O'Connor hat sich getäuscht«, sagte er kurz und schlug die Autotür zu.

Ich dachte, er würde wegfahren, aber er kurbelte das Fenster herunter. »Tut mir leid, Irene, ich bin wohl doch ein unhöflicher Mensch. Nehmen Sie es bitte nicht persönlich.«

Ich zog eine Geschäftskarte aus meiner Tasche.

»Die nehm ich bestimmt nicht«, sagte er. »Ich muß nach Hause. Ich hab noch eine lange Fahrt vor mir. Und in ein paar Tagen muß ich sie schon wieder machen.«

»Warum?«

»Zu Bens Beerdigung. Kommen Sie auch?«

«Ja.«

Er runzelte die Stirn. »Aber versuchen Sie nicht dort, mich ins Verhör zu nehmen, okay? Ich schicke Ihnen eine Kiste Avocados.«

Damit fuhr er davon.

O'Connor hat sich getäuscht, hatte Keene gesagt. Bezüglich Keenes Abneigung gegen Allan Moffett? Oder bezüglich seiner Ehrlichkeit?

Frank war nicht mehr im Restaurant, ich vergrub mich also tiefer in meinen Mantel und ging zum Parkplatz hinter dem Gebäude. Es war dunkel, aber wir hatten unter einer Lampe geparkt, und ich konnte Frank im Volvo sitzen sehen. Als ich näher kam, sah ich, daß er die Arme auf dem Lenkrad verschränkt und den Kopf auf sie gelegt hatte. Er blickte nicht auf, als ich einstieg.

»Alles in Ordnung?« fragte ich.

»Nein«, antwortete er.

Da begriff ich. Ich neigte mich zu ihm hinüber und legte meine Hand auf die seine. »Denkst du an deinen Vater?«

Ich hörte, wie er seufzte. Er nahm meine Hand und hielt sie sehr fest, als er sich aufrichtete und dann zurücklehnte. Sein Gesicht gab mir die Antwort, noch ehe er »Ja« sagte.

Franks Vater hatte vor drei oder vier Jahren einen Herzinfarkt gehabt; Frank war bis unmittelbar vor seinem Zusammenbruch bei ihm gewesen. Obwohl er sofort ins Zimmer zurückgerannt war und Wiederbelebungsversuche gemacht hatte, war sein Vater gestorben.

Wir blieben noch eine ganze Weile auf dem Parkplatz sitzen und hielten uns an den Händen, während Frank in die Nacht hinausstarrte. Es begann zu regnen. Wasserbäche rannen die Windschutzscheibe hinunter, und das Licht spiegelte ihre Bewegungen auf Franks Gesicht.

»Du hast mir diese Geschichte nie fertig erzählt«, sagte ich schließlich. »Die von dem Mann, der plötzlich nicht mehr in seiner Garage geparkt hat.«

»Ach nein, stimmt.« Ein Ausdruck leichter Erheiterung zeigte sich plötzlich auf seinem Gesicht. »Wir haben gewartet, bis der Bursche aus dem Haus kam, und dann hat mein Partner ihn gefragt: ›Können wir mal Ihre Garage sehen?‹

›Aber gern‹, sagt er, ›kein Problem.‹ Er macht das Garagentor auf, und der ganze Boden drinnen ist rot.«

»Blut?« fragte ich.

Frank schüttelte den Kopf. »Farbe. Der Kerl hatte den ganzen Boden der Garage gestrichen. Außen am Haus blätterte die Farbe ab, aber den Garagenboden hatte er frisch gestrichen. Als mein Partner eine entsprechende Bemerkung machte, sagte der Mann: ›Oh, ich streiche noch das ganze Haus, ich hab nur hier angefangen.‹«

»Na also.«

»Ja, das dachten wir auch«, sagte Frank. »Trotzdem hab ich mich ein bißchen umgesehen, während mein Partner sich mit dem Mann unterhielt. Ich kann dir sagen, es war die sauberste Garage der Welt. Viel zu sauber. Frisch geschrubbt. Sogar die Lampe oben an der Decke war gereinigt worden. Als ich das gesehen habe, bin ich zum Wasserhahn rübergegangen. Das Gitter über dem Gully darunter war funkelnagelneu. Ich hab sofort überlegt, ob nicht auf dem Abflußrand noch irgendwelche Spuren sein könnten. Aber dann hab ich plötzlich an der Wand einen Mop lehnen sehen. Einen schönen altmodischen Baumwollmop. Ich hab ihn ein bißchen hin und her gedreht und hier und dort die Fransen auseinandergedrückt, und rate mal, was ich da gesehen habe?«

»Blutflecken.«

»Nein, das nicht. Aber ich hab dem Kerl trotzdem das Ding unter die Nase gehalten. Das, was ich ihm gezeigt habe, war Rost von der Metallhalterung, aber das hat er nicht gewußt. Ich hab so getan, als wär ich ganz sicher, daß es Blut sei, und mein Partner hat schön den Mund gehalten. ›Da investieren Sie so viel Zeit und Mühe‹, hab ich gesagt, ›und dann vergessen Sie, den Mop wegzuwerfen?‹ Darauf hat er angefangen zu heulen – ich weiß bis heute nicht, ob er das tat, weil wir ihn geschnappt haben oder weil er ganz umsonst den großen Hausputz veranstaltet hatte. Wie dem auch sei, er hat gestanden.«

»Und war Blut an dem Mop?« fragte ich.

»O ja, die Leute von der Spurensicherung haben überall in der Garage Blutspuren gefunden, sogar schon, bevor sie den schönen frischen Anstrich des Bodens ruiniert hatten.« Er lächelte. »Und ich mußte dem Kerl sagen, was wir mit seinem frischen Garagenboden anstellten.«

»Ich glaube, das ist eine deiner besten Bakersfield-Geschichten.«

»Damals hat mein Vater noch gearbeitet. Er fand die Sache mit dem Mop ganz großartig – so oft wie er den anderen die Geschichte erzählt hat, wundert es mich, daß mir davon nicht ein Spitzname geblieben ist. Tausendmal hab ich gesagt, ›Dad, wir hätten ihn auch ohne den Mop geschnappt‹, aber davon wollte er nichts hören.«

Er ließ den Motor an und schaltete die Scheibenwischer ein.

»Kannst du fahren?« fragte ich.

»Ja.« Er neigte sich zu mir und gab mir einen Kuß. »Jetzt geht's mir wieder ganz gut.«

Wir waren fast zu Hause, als mir die Cocktailserviette einfiel. Frank sah, wie ich sie herauszog und versuchte, das Gekritzel darauf zu lesen, und schaltete die Innenbeleuchtung ein. »Was ist das?«

»Keene Dages Cocktailserviette.«

»Und was steht drauf?«

»Der Buchstabe Z.« Ich drehte die Serviette und runzelte die Stirn. »Oder der Buchstabe N.«

»Vielleicht ist es auch nur ein Kritzel«, meinte er.

»Ja«, antwortete ich so mißmutig, daß er lachte.

Aber das war ganz in Ordnung.

8

Am Freitag morgen hing ich die ganze Zeit am Telefon und erreichte dennoch praktisch nichts. Ich wollte mit Leuten Kontakt aufnehmen, die möglicherweise Näheres über Allan Moffetts Rücktritt wußten. Aber fast die ganze Zeit bekam ich lediglich Rezeptionsdamen und Sekretärinnen an die Strippe, deren Chefs angeblich nicht im Haus waren. Im Augenblick nicht zu erreichen, Rückkehr ungewiß, verreist – für mich würden sie wahrscheinlich auf ewig verreist sein.

Die Leute, die bereit waren, mit mir zu sprechen, waren seine politischen Gegner. Es waren ziemlich viele, was bei Moffetts langer Amtszeit in einflußreicher Position auch kein Wunder war, aber über die Gründe seines plötzlichen Rücktritts wußten sie herzlich wenig. Ich konnte ja verstehen, daß diese frustrierten Seelen das Bedürfnis hatten, mir mitzuteilen, wie glücklich sie über Moffetts Abgang waren, aber mir ging es um Informationen und nicht um Reaktionen.

Ich hörte mir ihre Theorien geduldig an, in der Hoffnung, es würde sich dabei vielleicht ein nützlicher Hinweis finden. Die Sache mit dem Kongreßzentrum sei doch eine Riesenenttäuschung gewesen, erklärten sie mir. Das sei doch eine saftige Niederlage für die Stadt gewesen, als die Küstenkommission die Genehmigung zum Bau eines Kongreßzentrums direkt am Wasser abgelehnt habe. Aber als ich entgegnete, Moffett habe schon viel schlimmere Krisen gemeistert, widersprach mir keiner.

Es habe Haushaltsdefizite gegeben, und die Kooperationsbereitschaft des Stadtrats sei ständig gesunken. Aber Haushaltsdefizite paßten nicht zu plötzlicher Flucht und waren auch keine Erklärung für die Zusammenstellung der Gästeliste bei dem abendlichen Essen; das behielt ich jedoch für mich. Und selbst Moffetts Feinde konnten ihm nicht die Probleme in die Schuhe schieben, die durch Einsparungen der Gemeinde und des Staates entstanden waren. Gerade Moffett hatte ja die Stadt immer wieder zu realistischerer finanzieller Planung aufgerufen.

Seine Prioritäten hatten vielleicht nicht die allgemeine Zustimmung des Stadtrats gefunden, aber selbst ich wußte, daß der Stadtrat auf ihn angewiesen gewesen war – und nicht umgekehrt. Der Stadtdirektor konnte jedes Lieblingsprojekt eines Stadtratsmitglieds zum Erliegen bringen, wenn er wollte; er brauchte nur dafür zu sorgen, daß seine eigenen Leute bei der Erfüllung ihrer bürokratischen Pflichten extreme Pedanterie walten ließen. Auch seine Informationen bezog der Stadtrat zum großen Teil von Moffett und seinen Leuten, und jeder Politiker, der eine zweite Amtszeit anstrebt, weiß genau, was für eine wertvolle Ware Information sein kann. Stadtratsmitglieder waren gekommen und gegangen, Moffett aber war immer dagewesen. Bis jetzt.

Seine Freunde halfen mir überhaupt nicht weiter, und nach dem abrupt beendeten Abendessen im *Terrace* hatten sich seine engsten Vertrauten erst einmal einen Tag freigenommen – wenn man ihren Sekretärinnen glauben konnte.

Den ganzen Morgen machte ich mir Gedanken darüber, wie es Andre ging, wurde mir allerdings nach einer Weile bewußt, daß meine Sorge eigentlich nicht Andre selbst galt. Sie galt Lisa und bis zu einem gewissen Grad auch Jerry. Ich suchte die Karte heraus, die Lisa mir gegeben hatte, und wählte die Privatnummer ihres Bruders. Der Anrufbeantworter meldete sich.

»Jerry«, sagte ich nach dem Signalton, »hier spricht Irene Kelly. Ich weiß nicht, ob Sie mich gestern abend im *Terrace* erkannt haben, aber –« Beinahe hätte ich gesagt, ich war mal mit Ihrem Vater liiert. »Äh – ich wollte mich nur mal erkundigen, wie es Ihrem Vater heute geht. Wenn ich für Sie oder Lisa irgend etwas tun kann, lassen Sie es mich wissen.« Ich hinterließ meine Nummer.

Ich hatte den Telefonhörer noch in der Hand, als die Sprechanlage summte. Ich drückte auf den Knopf. Geoff, der Portier, meldete, Miss Lisa Selman wolle mich sprechen. Ich ließ mich mit ihr verbinden.

»Lisa?«

»Du hast wohl nicht zufällig Zeit, mit mir zu Mittag zu essen?«

»Aber ja. Gib mir nur eine Minute, ich komm gleich runter.«

Sie stand im Foyer und las die Zeitung, als ich unten ankam. Ich blieb auf der Treppe stehen und beobachtete sie für einen Moment. Sie hatte Jeans und Pullover an, doch selbst in diesem lässigen Aufzug wirkte sie elegant. Sie blickte auf und sah mich, und als das Licht aus diesem veränderten Winkel auf ihr Gesicht fiel, bemerkte ich die dunklen Ringe unter ihren Augen.

»Ich komme erst jetzt dazu, die Zeitung zu lesen«, bemerkte sie kopfschüttelnd. »Ich habe heute morgen verschlafen und bin seitdem zu nichts gekommen.«

»Lisa –«

»Mach nicht so eine Trauermiene, Irene, sonst fang ich noch an zu heulen. Der Zustand meines Vaters ist jetzt stabil, dank dir und deinem Mann, wie ich höre.« Sie hielt die Zeitung hoch und wies auf meinen Artikel über Allans Rücktritt. »Jerry hat mir erzählt, daß du gestern abend zufällig mit deinem Mann im Restaurant warst.« Sie machte eine Pause und preßte die Lippen aufeinander, als wollte sie ein Lächeln unterdrücken. »Der arme Jerry. Er glaubt wirklich, daß ihr *zufällig* dort wart.«

Ich zuckte die Achseln. »Ich bin gestern abend gar nicht dazu gekommen, mit Jerry zu sprechen.«

»Na ja, ist ja auch gleich, weshalb ihr dort wart, er ist euch jedenfalls sehr dankbar für eure Hilfe.«

»Ich hatte den Eindruck, es war ziemlich schlimm für Jerry.«

»Ja, das stimmt«, bestätigte sie mit feuchten Augen.

Ich legte meinen Arm um ihre Schultern. »Und für dich scheint es auch nicht leicht zu sein.«

Sie zuckte kurz mit den Achseln und warf einen Blick auf Geoff.

Ich verstand den Wink. »Gleich in der Nähe ist ein Imbiß. Wenn es dir nichts ausmacht, ein paar Schritte zu gehen.«

»Gar nicht. Ich – ich hoffe nur, du hast nicht zuviel zu tun. Ich meine, ich hab den Artikel gesehen, und mir ist klar, daß du mit dieser Story wahrscheinlich bis über beide Ohren in Arbeit steckst...«

»Das war gestern. Heute habe ich zwar eigentlich einiges zu tun, aber ich bin nicht sehr produktiv.«

Als wir ins Freie traten, kam mir eine andere Idee. In der Sonne sah sie noch blasser und angespannter aus. »Sollen wir lieber irgendwo hinfahren? Du siehst müde aus.«

»Oh, mir geht es gut. Ich mache mir nur Sorgen um Jerry. Er ist mit Cinco oben im Krankenhaus und weicht nicht von Andres Seite. Er ist körperlich und seelisch völlig erschöpft.«

Lisa nannte ihren Vater schon lange beim Vornamen, und ich hätte eigentlich daran gewöhnt sein müssen, aber wahrscheinlich lassen sich gewisse altmodische Vorstellungen einfach nicht austreiben. Dennoch, darüber konnte ich hinweggehen; doch ich schaffte es nicht, einen Unterton der Kritik aus meiner Stimme herauszuhalten, als ich fragte: »Cinco? Wie die Zahl fünf? Bezeichnest du so deine Stiefmutter?«

»Oh, tut mir leid, wenn dich das stört. Du hast ja recht, es ist nicht nett von mir. Aber es ist wirklich nichts Persönliches gegen Maureen – ich kenne sie ja kaum. Ich habe irgendwann vor ein paar Jahren mal angefangen, meine Mutter im Scherz ›Tres‹ zu nennen – sie ist die dritte Frau meines Vaters. Es war wirklich nur als Scherz gemeint, nicht als Beleidigung. Vermutlich war es ein Versuch, mit meiner ›Stiefmuttersituation‹ zurechtzukommen. Maureen ist die fünfte Frau meines Vaters, aber all die anderen Frauen, die mein Vater mir präsentiert hat, kann ich schon lange nicht mehr zählen – du warst ja auch eine von ihnen.«

Ich spürte, wie ich knallrot wurde.

»Ich mach dir keine Vorwürfe, Irene. Das ist das Problem meines Vaters, nicht deines. Du und ein paar andere waren wirklich nett zu mir, aber die meisten – einschließlich Maureen – interessieren sich überhaupt nicht für mich. Aber das beruht auf Gegenseitigkeit.« Mit einem spitzbübischen Lächeln fügte sie hinzu: »Über einige hab ich aus den Mansardenzeiten ein paar tolle Geschichten mitbekommen.«

»Ach, diese Besonderheit der Mansarde hatte ich ganz vergessen«, sagte ich. »Dein Vater hat wirklich nie gemerkt, wie deutlich jedes Geräusch durch die Heizungsrohre übertragen wurde?«

»Nie! Ist das nicht köstlich?«

Nun mußte auch ich lachen. Doch während wir weitergingen, wurden wir beide wieder ernst. »Kommst du einigermaßen zurecht?« fragte ich.

»Du meinst, wegen der Krankheit meines Vaters?«

»Ja.«

Sie blieb stehen. »Fragst du mich als Reporterin oder als Freundin?«

»Als Freundin natürlich.«

»Gut, dann sag ich dir die Wahrheit. Natürlich mache ich mir Sorgen um Andre. Aber eigentlich nur Jerrys wegen. Ich weiß, du hältst mich für eine lieblose Tochter, aber ich kann nun mal nicht lügen. Du hast doch selbst gesehen, wie ich mich in all den Jahren unentwegt abgestrampelt habe, Irene. Ehe du mich verurteilst, denk mal drüber nach, wie es ist, einen Mann wie Andre zum Vater zu haben.«

»Das reine Kinderglück ist das sicher nicht.«

Sie seufzte. »Ich weiß nicht. Ich kann über andere nichts sagen. Ich weiß nur, daß ich Andre nicht ändern kann. Ich kann niemals einen anderen Vater aus ihm machen. Ob er krank oder gesund ist, er wird mich niemals lieben. Das ist eine einfache Tatsache. Ich könnte deshalb in Selbstmitleid zerfließen, aber das will ich nicht. Ich habe meine Mutter, ich habe Jerry, ich habe Freunde wie dich. Andre bedeutet mir schon lange nichts mehr. Seitdem ich begriffen habe, daß ich ihm nichts bedeute.«

Ich dachte an meinen Vater. Ich war eine rebellische Tochter gewesen, aber ich hatte nie daran gezweifelt, daß er mich liebte. Lisa hatte recht; meine Kindheit war mit der ihren nicht zu vergleichen.

»Du warst im Haus meines Vaters, als ich noch ein halbes Kind war«, fuhr sie fort. »Wundert dich meine Einstellung?«

»Nein«, bekannte ich. »Andre erntet nur, was er gesät hat.«

Die Imbißstube, die derzeit »Feinschmeckerparadies« hieß, wurde ihrem Namen alles andere als gerecht. Lisa bestellte sich einen Hamburger mit Fritten, ich mir einen Salat.

»Weiß Jerry etwas über dieses Abendessen, bei dem dein Vater gestern abend war?« fragte ich, meiner Neugier nachgebend.

Sie lachte. »Auf die Frage habe ich schon gewartet. Wahrscheinlich wittere ich das gleiche wie du. Offensichtlich waren es irgendwelche Stadtsanierungsgeschichten. Roland Hill kauft alte, heruntergekommene Grundstücke, Corbin Tyler entwirft neue Bauten für sie, Keene Dage baut, was Corbin entwirft, und Roland bezahlt.«

»Mit Darlehen von Ben Wattersons Bank.«

»Richtig. Der Leiter des Sanierungsausschusses ist – oder war – Allan Moffett unterstellt. Mein Vater hat im Laufe der Jahre eine große Anzahl statistischer Studien für Sanierungsprojekte geliefert. Booter Hodges sorgt dafür, daß das College von der Stadt Stiftungsgelder für die Studien bekommt.«

Es war angenehm, sich mit jemandem zu unterhalten, der all die politischen und wirtschaftlichen Verbindungen verstand. »Soviel zum Abendessen. Und was meinst du nun? Warum ist Allan zurückgetreten?«

»Du weißt gar nichts darüber?«

Ich überlegte, ob ich ihr erzählen sollte, was ich von Charlotte Brady über Allan Moffetts Besucher erfahren hatte, entschied mich jedoch dagegen. Charlotte hatte mich zwar nicht gebeten, die Sache vertraulich zu behandeln, doch falls sie im Rathaus eine andere Stellung bekommen würde, sollte sie mich als vertrauenswürdig betrachten.

»Jedenfalls nichts Konkretes«, antwortete ich.

»Vielleicht kann ich dir helfen, Irene.«

Ich sah von meinem Salat auf.

»Roland Hill hat sich besorgt über meinen Vater geäußert. Vielleicht könnte ich ihn über diese Besprechung ein bißchen ausquetschen; ich könnte ihn zum Beispiel fragen, ob irgend etwas vorgefallen ist, das Andre stark erregt hat.«

»Ich weiß nicht…«

»Warum nicht? Ich bleibe nun doch etwas länger hier, als ich ursprünglich vorhatte. Ich möchte Jerry in dieser Situation nicht im Stich lassen. Wenn ich Roland das nächste Mal sehe, frage ich ihn.«

»Sag ihm lieber, er soll mal auf meine Anrufe reagieren.« Die Aussicht, eine Story aus zweiter oder dritter Hand zu bekommen, verlockte mich nicht besonders. »Und jetzt erzähl mir mal, was du in letzter Zeit alles für Barton Sawyer gemacht hast.«

Der plötzliche Themenwechsel schien sie nicht zu stören. Im Gegenteil, sie wurde richtig lebhaft. Während sie erzählte, wurde offenkundig, wie sehr sie ihren Chef achtete.

»Er hat sich mir gegenüber wirklich großartig verhalten«, sagte sie. »Nachdem ich meinen Magister gemacht hatte, bekam ich Angst, ich würde in eine Schublade gesteckt werden und für immer auf Demographie festgelegt sein. Aber er hat mir erlaubt, meine eigenen Ziele zu verfolgen.«

»Trotzdem waren deine Kenntnisse in Statistik ihm sicherlich sehr nützlich«, meinte ich.

»Natürlich, und sie werden mir auch bei der Planung meines eigenen Wahlkampfs nützlich sein. Das ist wahrscheinlich etwas, das ich Andre verdanke – Zahlen haben mir nie angst gemacht.«

»Also eine gewisse Bewunderung empfindest du doch für ihn?«

»Bewunderung ist vielleicht ein bißchen zu übertrieben«, antwortete sie. »Aber ich bin ihm für manches dankbar. Barton hat mich auf Verschiedenes hingewiesen. Er sagte, Andre hätte mich gelehrt, gründlich zu sein, Herausforderungen ohne Angst anzunehmen und zu Ende zu führen, was ich angefangen habe. Und er hatte recht.«

»Du hast dich auf jeden Fall toll entwickelt, ob mit oder ohne Andre.«

»Jerry aber auch.«

»Ich kenne deinen Bruder kaum. Unterrichtet er noch am Las Piernas College?«

»Ja. Ich weiß allerdings nicht, ob er dort glücklich ist.« Sie biß sich auf die Unterlippe. »Komm, hören wir auf, von Soziologen zu reden. Erzähl mir lieber was von deinem Mann. Er ist bei der Polizei, stimmt's?«

»Ja, bei der Mordkommission.«

»Bei der Mordkommission!« Sie machte große Augen. »Wie hast du ihn kennengelernt?«

»Hm. Das ist lange her – weißt du noch, wie ich damals nach Bakersfield umgezogen bin?«

»Natürlich. Ich bin noch zur Schule gegangen und dachte, ich würde dich nie wiedersehen. Soll das heißen, daß du zwölf Jahre mit dem Mann zusammen warst und mir nie was von ihm erzählt hast?«

»Nein – wir waren damals nicht zusammen. Aber wir haben uns dort kennengelernt und sind gute Freunde geworden. Ich bin dann wieder hierher gezogen, und wie es das Schicksal wollte, kam er auch hierher. Allerdings erst einige Jahre später, und danach gab es erst mal alle möglichen Komplikationen. Richtig zusammengekommen sind wir erst im letzten Sommer.«

»Im letzten Sommer? Und jetzt seid ihr verheiratet? Das Klima von Las Piernas ist der romantischen Liebe anscheinend zuträglicher als das in Bakersfield.«

»Nein, das war es sicher nicht«, entgegnete ich. »Es war vor allem das Timing. Außerdem waren wir beide noch völlig unerfahren in unseren Berufen, als wir uns kennenlernten, und sowohl bei der Zeitung als auch bei der Polizei wird von privaten Freundschaften zwischen Angehörigen dieser beiden Sparten abgeraten – aus gutem Grund.«

»Ja, das leuchtet mir ein. Er könnte dir vertrauliche Informationen zukommen lassen, und du könntest der Polizei gegenüber nicht so kritisch sein, wie du vielleicht sein solltest.«

»Ja, zum Beispiel. Aber Frank ist mir jedes Theater wert, das sie mir seinetwegen in der Redaktion machen, und er scheint das, was mich betrifft, bisher genauso zu sehen.«

»Ich würde ihn gern kennenlernen, bevor ich wieder nach San Diego zurückfahre. Meinst du, das läßt sich machen?«

»Aber sicher. Seine Arbeitszeiten sind zwar ziemlich chaotisch, aber wir können es versuchen. Komm doch einfach am Montag abend zum Essen. Ich spreche mit Frank, und wenn's Schwierigkeiten gibt, geb ich dir Bescheid.«

Als ich an meinen Schreibtisch zurückkam, fand ich eine Voice-mail-Nachricht vor. Jerry Selman hatte angerufen.

»Hallo, Irene«, lautete die Nachricht, »ich bin froh, daß Sie sich gemeldet haben. Ich bin jetzt hier im College. Bis um drei bin ich in meinem Büro zu erreichen.« Er hinterließ seine Nummer.

Ich nahm den Hörer, begann zu wählen und legte wieder auf. Dann nahm ich meine Tasche und ging zu Lydia hinüber, um ihr zu sagen, wo ich sein würde.

»Im Las Piernas College?« fragte sie. »Du meinst wohl, wenn du da einen Parkplatz findest. Soll ich schon mal anrufen und dir einen reservieren lassen?«

»Nein, danke. Die von der Verwaltung werden leicht ein bißchen nervös, wenn sie merken, daß die Presse in der Nähe ist. Ich möchte da lieber unangemeldet auftauchen.«

»Oh, verzeihen Sie«, sagte Jerry Selman und trat zurück, um mich in sein Büro zu lassen. »Ich habe nicht erwartet, daß Sie sich so viel Mühe machen würden.«

»Ich hätte vorher anrufen sollen«, sagte ich, »aber ich wollte sowieso zum College und dachte, ich würde Sie vielleicht in Ihrem Büro antreffen.« Ich versuchte mir einzureden, daß das keine Lüge war. Ich war zwar mit niemandem verabredet, aber ich hatte tatsächlich vor, nach dem Besuch bei Jerry noch Booter Hodges meine Aufwartung zu machen.

»Geben Sie mir doch Ihren Mantel«, sagte er. »Nehmen Sie Platz – der Sessel am Fenster ist der bequemste. Wenn Sie einen Augenblick warten, hole ich Ihnen einen Becher Kaffee. Wie trinken Sie ihn?«

»Schwarz und ohne Zucker, vielen Dank. Oh – er ist doch nicht –«

»Aus dem Automaten? Niemals!« Sein Lächeln war ansteckend. »Aber Sie haben mir eben bewiesen, daß Sie tatsächlich mal hier am College studiert haben. Der Kaffee aus diesen Automaten ist wirklich schauderhaft.«

»Wenn wir gesehen haben, daß sich da jemand einen Becher geholt hat, haben wir immer gesagt, er wolle damit nur die Schaben unter den Sandwichautomaten vergiften.«

Er lachte und ging durch den Korridor in einen anderen Raum, aus dem er bald mit zwei Bechern frisch gebrauten Kaffees zurückkam. Nachdem er mir meinen auf den Schreibtisch gestellt hatte, setzte er sich. Er behielt seinen Becher in der Hand, trank jedoch nicht daraus. Er wirkte nun, da er seinen Pflichten als Gastgeber Genüge getan hatte, etwas ratlos.

Ernst war er kaum weniger attraktiv als zuvor mit lächelnder Miene. Andre hatte nett ausgesehen, aber nicht umwerfend. Selbst als junger Mann hätte Andre neben seinem erwachsenen Sohn keinen zweiten Blick auf sich gezogen. Jerry hatte die dunklen Haare und Augen seiner Mutter, war aber sonst das Abbild seines Vaters, nur weit attraktiver. Lange, schlanke Finger, dichte Wimpern, ein Mund, der so manche Frau verlocken würde, ihn zu einem Lächeln oder einem Kuß zu verführen. Jerry Selman hatte sicherlich keine Probleme,

Frauen für sich zu gewinnen. Wenn er nur halb so manipulativ war wie sein Vater, war die Liste seiner verflossenen Geliebten wahrscheinlich unendlich.

»Ich kann Ihnen nicht sagen, wie dankbar ich Ihnen und Ihrem Mann bin«, bemerkte er mit brüchiger Stimme, mich aus meinen Betrachtungen reißend.

»Ach, ich habe doch kaum etwas getan«, entgegnete ich. »Sie und mein Mann haben die Hauptarbeit geleistet. Lisa hat mir erzählt, daß der Zustand Ihres Vaters jetzt stabil ist?«

Er nickte und stellte seinen Kaffeebecher ab. »Er liegt immer noch auf der Intensivstation. Die Ärzte erwägen eine Operation. Ich weiß nicht. Er achtet nicht auf seine Gesundheit; gestern abend war er ohne seine Medikamente weggegangen. Trotz seiner Herzprobleme! Und ich sage ihm ständig, daß er die Dinge nicht schleifen lassen darf. Die letzten Tage – ich glaube, das war einfach alles zuviel. Ben Wattersons Selbstmord, Allans Rücktritt, Schwierigkeiten hier am College, dieses alte Foto – es war zuviel der Aufregung für ihn.«

»Was für ein Foto?«

Er machte eine wegwerfende Handbewegung. »Irgend jemand hat meinem Vater ein Foto geschickt, das ihn zusammen mit einer alten Freundin zeigt. Das heißt, es war eigentlich keine Fotografie, sondern eine Farbkopie einer Fotografie – so, als wollte der Absender sagen, von der Sorte gibt's noch mehr. Maureen hat das Foto gesehen und war verständlicherweise verärgert. Sie verlangte eine Erklärung von ihm, und er bekam einen Wutanfall. Sie wissen ja, wie er sein kann.«

»Ja.«

Er wurde rot. »Hm, ja. Er sagte ein paar sehr verletzende Dinge zu Maureen. Hinterher haben sie sich wieder ausgesöhnt, aber es war eben doch zusätzlicher Streß. Ich habe wirklich den Verdacht, daß die Person, die ihm die Fotokopie geschickt hat, genau wußte, daß er mit dem Herz Probleme hat. Es war eine richtige Gemeinheit. Obwohl er natürlich selbst auch nicht auf sich aufpaßt. Wie konnte er so leichtsinnig sein, gestern abend ohne seine Medikamente wegzugehen!«

»Wissen Sie eigentlich, worum es bei dieser Besprechung gestern abend ging?«

Er wich meinem Blick aus. »Nein, tut mir leid, keine Ahnung. Ich wußte nicht einmal, wo er war, bis ich nach Hause kam und seine Nachricht auf meinem Anrufbeantworter vorfand. Es war ein Glück, daß ich so früh nach Hause gekommen bin – und daß ich vorsichtshalber immer ein paar von seinen Tabletten bei mir habe. Obwohl es dafür ja leider gestern abend schon zu spät war.«

»Sie waren nicht zu Hause, als er Sie angerufen hat?«

Er schüttelte den Kopf. »Wir waren beide nicht da. Lisa war mit einer ihrer Freundinnen unterwegs, und ich war hier und habe gearbeitet. Ich bin nur früher nach Hause gegangen, weil ich ziemlich starke Kopfschmerzen hatte.«

»Ich sah ihn zum Telefon gehen. Er sah schlecht aus.«

»Es war eine Schnapsidee, bei mir anzurufen. Er hätte gleich den Notarzt anrufen oder einen seiner Freunde bitten sollen, ihn ins Krankenhaus zu fahren. Er scheint aus dem letzten Mal überhaupt nichts gelernt zu haben.«

»Sie konnten ihn retten. Das ist doch das Wichtigste.«

Er holte tief Atem und seufzte. »Ich hoffe, daß ich ihn gerettet habe. Ich wünschte, ich könnte sicher sein. Als ich ihn gestern abend gesehen habe, an all diesen Schläuchen und Geräten ...«

»Ja, das ist sicher nicht leicht für Sie, das kann ich mir vorstellen. Sie sehen aus, als könnten Sie dringend ein paar Stunden Schlaf gebrauchen.«

»Ausgeschlossen. Ich dachte, ich würde vielleicht arbeiten können, aber ich kann mich nicht konzentrieren.«

»Ihre Schwester macht sich Sorgen um Sie.«

»Ja, das weiß ich«, antwortete er mit einem schwachen Lächeln. »Um meinen Vater macht sie sich sicher keine Sorgen. Aber ich kann das verstehen. Er hat sie todunglücklich gemacht, als sie noch ein Kind war.«

»Aber sie ist trotzdem ihren Weg gegangen. Und sie scheint mit ihrem Leben in San Diego glücklich zu sein.«

»Wahrscheinlich weil sie unserem Vater entkommen ist. Das war klug von ihr.« Er wurde ein wenig rot. »Ich bin wahrscheinlich dazu verdammt, ewig unter seiner Fuchtel zu bleiben.«

»Verdammt?«

»Na ja, das ist vielleicht ein wenig dramatisch ausgedrückt. Aber gefangen bin ich auf jeden Fall.«

»Sie sind nicht gefangen. Sie brauchen doch nur zu gehen. Tun Sie, was Lisa getan hat. Ziehen Sie an einen anderen Ort.«

»Nein, nein, das kann ich nicht. Man findet heute nicht so leicht einen Posten als Dozent an einem College. Und selbst wenn ich bereit wäre, die ganze Arbeit der vergangenen Jahre hinzuwerfen und mir irgend etwas anderes zu suchen, muß ich doch an meinen kranken Vater denken. Er braucht jemanden, der sich um ihn kümmert. Und ich bin der einzige, der das tut.«

»Was ist mit seiner Frau?«

»Maureen? Sie ist gut zu ihm. Aber alle Frauen meines Vaters waren gut zu ihm. Und wenn man sein –« Er brach ab und wurde wieder ein wenig rot. »Na ja, nennen wir es einmal sein Liebesleben. Wenn man sein Liebesleben in Betracht zieht, kann man nicht erwarten, daß irgendeine Frau sich um meinen Vater kümmern würde. Das ist seine eigene Schuld. Seine letzten vier Ehen hat er selbst kaputtgemacht, und er hält es mit einer Frau selten länger als ein paar Monate aus. Er ist nun leider mal ein unverbesserlicher Schürzenjäger.«

Eine sonderbare Analyse von einem Mann, der – wenn die

Gerüchte auch nur ansatzweise stimmten – selbst ein ziemlicher Schürzenjäger war.

Er sah mich an. »Ich bin nicht ganz aufrichtig.«

»Ach?«

»Aber ich will ehrlich sein. Ich habe Angst. Meine schlimmste Angst ist, daß er einen weiteren Herzinfarkt bekommt und ich dann nicht bei ihm bin. Ich war bei ihm, als er seinen ersten Infarkt hatte. Er klagte über Schmerzen in der Brust, und ich habe ihn trotz seiner Proteste ins Krankenhaus gefahren. Als wir dort ankamen, waren die Schmerzen viel schlimmer geworden. Der Infarkt damals war nicht so schlimm, aber er hat mir trotzdem große Angst gemacht.

Auf der ganzen Fahrt ins Krankenhaus und noch Tage danach habe ich mich immer wieder dabei ertappt, daß ich dieselben drei Worte vor mich hin murmelte: Bitte stirb nicht, bitte stirb nicht.«

Er schüttelte den Kopf und fügte dann hinzu: »Und das von jemandem, der ihm unzählige Male den Tod gewünscht hat. Sosehr ich ihn dafür gehaßt habe, wie er meine Mutter behandelt hat, Lisa, die anderen Frauen in seinem Leben – so wütend ich auf ihn war, weil er ständig versuchte, mein Leben zu beherrschen –, obwohl ich wußte, was für ein Schurke er ist, habe ich darum gebetet, daß er am Leben bleibt.« Er seufzte tief.

»Ich weiß nicht, warum ich Ihnen das alles erzähle«, sagte er unvermittelt. »Wahrscheinlich, weil keine der anderen Frauen von SOS – na ja, ich kenne den Insider-Scherz – je auch nur versucht hat, mit mir zu reden. Vielleicht bin ich eifersüchtig auf Lisa, weil sie bei den SOS-Frauen so viel Anklang findet, während man mich allgemein als Abziehbild meines Vaters zu betrachten scheint.«

»Ich weiß gar nicht, ob ich je darüber nachgedacht habe –«

»Ist schon gut. Woher sollen Sie denn etwas über mich wissen? Es ist ganz natürlich, daß seine ehemaligen Freundinnen annehmen, daß – wie heißt das alte Sprichwort? – der Apfel nicht weit vom Stamm fällt, richtig? Als ich noch klein war, habe ich mir immer gewünscht, er würde zu meiner Mutter zurückkehren. Aber schon als ich in die High-School kam, war ich froh und dankbar, daß er sie in Ruhe ließ.«

»Sie waren zwar auf dem College, als ich mit Ihrem Vater befreundet war, aber ich hatte immer den Eindruck, daß er Sie vergöttert.«

Er zuckte die Achseln. »Das war auch so. Es ist immer noch so, denke ich. Aber die reine Freude ist das wirklich nicht. Es bedeutete nämlich, daß meine einzige Schwester – Lisa – mit der Zeit anfing, mich zu hassen. Und niemand sieht mich als Jerry Selman, als eine eigene Persönlichkeit. Ich bin immer nur Andre Selmans Sohn.« Er lachte. »*Sein* Ruf eilt mir stets voraus.«

»Für die Karriere kann das doch nicht so schlecht sein.«

»Es sei denn, es wird erwartet, daß man die Fähigkeiten des Vaters noch übertrifft. Das wird mir nie gelingen. Ich bin ein besserer Lehrer als er. Aber als Forscher komme ich nicht an ihn heran. Manchmal glaube ich, die Frustration über meinen Mangel an wissenschaftlicher Begabung hat bei meinem Vater den ersten Herzinfarkt verursacht.«

»Das glauben Sie doch nicht im Ernst?«

Er zögerte nur kurz, ehe er antwortete: »Nein, natürlich nicht.«

Ich war etwas aus dem Konzept. Ich hatte einen selbstgefälligen, verwöhnten Egozentriker erwartet, nicht diesen verletzlichen Menschen. Bemüht, meine Fassung wiederzugewinnen, fragte ich: »Wissen Sie, warum ich heute mit Ihnen sprechen wollte?«

Diesmal wurde er richtig rot. »Ganz gewiß nicht, um sich mein Gejammer anzuhören.«

»Bitte mißverstehen Sie mich nicht. Ich bin froh, daß Sie mir das alles erzählt haben. Sie haben recht – ich habe vorher nie versucht, Sie kennenzulernen. Ich bin wirklich nicht stolz auf meine frühere Beziehung zu Ihrem Vater, und Sie sind jemand, der mich an ihn erinnert. Aber von heute an werde ich Sie bestimmt anders sehen.«

»Danke«, sagte er. Er trank seinen Kaffee aus und warf den Becher in den Papierkorb. »Aber Sie sind sicher auch nicht hergekommen, um sich meinen Dank abzuholen. Trotzdem wünschte ich, ich könnte Ihnen meine Dankbarkeit irgendwie beweisen.« Er runzelte einen Moment die Stirn, dann fügte er hinzu: »Während ich heute morgen im Krankenhaus wartete, habe ich Ihren Artikel in der heutigen Zeitung gelesen – den über Allan Moffetts Rücktritt –, und da ist mir klargeworden, daß Sie nicht zufällig im *Terrace* waren. Ich nehme daher an, daß Sie wegen dieses Essens für Allan hier sind.«

Lisas Bruder war also bei weitem nicht so naiv, wie sie glaubte. Wahrscheinlich wurde er häufiger unterschätzt. »Ja«, bestätigte ich. »Ich dachte mir, Ihr Vater hätte vielleicht mit Ihnen darüber gesprochen.«

»Ich fürchte, ich kann Ihnen da nicht viel sagen. Ich war ja nicht eingeladen. Mein Vater hat erwähnt, daß er zu diesem Essen gehen würde, aber er sagte nur, Allan wollte ein paar Freunde um sich haben. Ich hab mir nichts weiter dabei gedacht.«

Draußen vor dem Gebäude, in dem sich sein Büro befand, setzte ich mich auf eine steinerne Bank und nahm mir einen Moment Zeit, meine Gedanken zu ordnen. Dampfend stieg mein Atem in die kalte Luft auf. Ich saß unter einem großen Baum voll zwitschernder Amseln, sonst jedoch war es auf dem Campus ganz still. Es war die Zeit, da die Morgenvorlesungen vorüber sind und die Abendkurse noch nicht begonnen haben. Ein paar Studenten kamen auf dem Weg zur Bibliothek an mir vorbei. Ich sah mich um. Thomas Wolfe hatte recht, nur ist das Zuhause nicht der einzige Ort, an den man nicht zurückkehren kann.

Ich klappte meinen Mantelkragen hoch und ging einen abschüssigen Fußweg hinunter zum Verwaltungsgebäude, das ein Freund von mir immer »Das untere Reich« genannt hatte. Ich wünschte von ganzem Herzen, daß mein Erscheinen dort für Booter Hodges eine unangenehme Überraschung sein würde.

9

»Hallo, Irene! Wie nett, Sie zu sehen!« Booter stand an der Tür zu seinem Büro und hieß mich mit strahlendem Lächeln willkommen. »Pammy!« rief er seiner Sekretärin zu, die ein paar Schritte entfernt in Habachtstellung wartete, »nehmen Sie der jungen Frau ihren Mantel ab, ja?«

Froh, daß ich ihn schon ausgezogen und über meinen Arm gelegt hatte, *bevor* Booter mir heraushelfen konnte, reichte ich ihn Pamela und dankte ihr.

»Möchten Sie einen Cappuccino? Oder lieber einen Espresso?« fragte Booter.

»Doch hoffentlich nicht aus dem Automaten?«

Er lachte so herzhaft, als hätte einer seiner Chefs den Witz gemacht. Ich warf einen Blick auf die geplagte Pamela, die nur auf den nächsten Befehl zu warten schien. »Sie brauchen mir nichts zu bringen«, sagte ich. »Ich habe gerade erst einen Kaffee getrunken.«

»Kommen Sie herein, kommen Sie herein«, lud Booter mich ein.

Der Enthusiasmus konnte mich nicht täuschen. Booter wird dafür bezahlt, Enthusiasmus zu zeigen. Er war früher einmal Dozent für Betriebswirtschaft gewesen. Die Studenten konnten ihn nicht ausstehen, aber mit seinen Kollegen kam er gut zurecht – wozu es im Universitätsbetrieb schon einer besonderen Begabung bedarf – und wurde bald in den Vorstand der Abteilung gewählt. Was ihm an Können als Lehrer fehlte, machte er durch administrative Begabung wett. Es folgte ein schneller Aufstieg zum Dekan der Fakultät und schließlich zum Vizepräsidenten des Colleges. Seine Fähigkeit, überall Mittel lockerzumachen, sei es bei ehemaligen Studenten der Universität oder bei anderen Quellen, hatte ihm diesen Posten über viele Jahre gesichert.

Sein richtiger Name war Lynn. Er haßte ihn. Er erzählte den Leuten gern, er habe sich den Spitznamen »Booter« als besonders guter Balltreter beim College-Fußball verdient. Ich wußte es besser. Ein ehemaliger Kommilitone von ihm hatte mich in die Geschichte eingeweiht. Er erzählte, Booter habe sich bei jeder Studentenfete vollaufen lassen und hinterher gekotzt wie ein Reiher. An seinem College nannte man das *booting*.

Booter wies zu einem eleganten weißen Ledersessel. Er war schlank und sonnenstudiobraun. Sein graues Haar war perfekt frisiert, seine Hände äußerst gepflegt. Er trug einen teuren dunkelblauen Anzug und dazu eine dunkelrote Krawatte. Nachdem er sich an seinen imposanten Kirschholzschreibtisch gesetzt hatte, schob er einen breiten goldenen Ring mit einem dicken Brillanten an seinem linken Ringfinger auf und nieder wie eine Kugel an einen Rechengestell. Ich konnte seiner Frau nur wünschen, daß sie bereits für schlechte Zeiten sparte, denn es sah nicht so aus, als sei Booter sicher, daß er den Ring auf Dauer am Finger behalten wollte.

»Ich bin gestern abend im *Terrace* nicht dazu gekommen, mit Ihnen zu sprechen, Booter«, sagte ich. »Sie sind ja sofort verschwunden, nachdem ich gekommen war.«

»Bitte, Irene, nehmen Sie das nicht persönlich. Mich hatte nur Andres plötzlicher Zusammenbruch so sehr erschüttert. Ich werde Ihnen ein kleines Geheimnis verraten.«

Ich wartete.

»Versprechen Sie mir, es nicht weiterzusagen?«

»Das kommt auf das Geheimnis an.«

Er lachte, ein kleines Glucksen diesmal. »Da sieht man doch, daß Sie eine waschechte Journalistin sind. Na schön, ich verrat es Ihnen trotzdem: Ich kann kein Blut sehen. Ich war im Koreakrieg und habe mehrere Auszeichnungen bekommen, aber alles, was mit Ärzten und Krankenhäusern zu tun hat, treibt mich sofort in die Flucht. Ich kann nicht mal mit Krankenschwestern ausgehen.«

»Na so was!« sagte ich.

»Ach, übrigens, war das gestern abend Ihr Mann?«

»Ja, das war Frank.«

Neuerliches Hin- und Hergeschiebe des Rings. »Also, dieser Mann ist wirklich ein Held. Ich werde dem Präsidenten empfehlen, ihm ein Dankschreiben zu schicken.«

Der Präsident war in diesem Fall der Präsident des Colleges.

»Das ist wirklich nicht nötig, Booter.«

»Doch, doch! Das werde ich tun. Er hat einem unserer bedeutendsten Dozenten und Forscher das Leben gerettet.«

»Jerry Selman hat genauso viel getan«, versetzte ich. »Und ich glaube nicht, daß Frank diese Aufmerksamkeit angenehm wäre.«

»Frank? Das ist sein Name?«

Ich nickte und wünschte, er würde außer sich selbst auch einmal anderen zuhören.

»Gutaussehender Mann.«

Ich überlegte gerade, ob ein »Danke« darauf die angemessene Antwort wäre, als er zu meinem Ärger hinzufügte: »Aber Sie sind ja schließlich auch eine gutaussehende Frau, nicht wahr?«

Ich war nicht bereit, mich ablenken zu lassen. »Was war denn der Anlaß des gestrigen Abendessens?«

»Sie waren doch dort, Sie haben uns gesehen. Wir haben nichts zu verbergen. Allan ist zurückgetreten und wollte denen von uns, die in den vergangenen Jahren zu ihm gestanden haben, für ihre Unterstützung danken.«

»In welcher Weise unterstützt denn das College den Stadtdirektor?«

»Oh, in meinem Fall ist es umgekehrt. Allan ist ein früherer Student des Colleges. Er hat im Lauf der Jahre eine Menge dafür getan, gute Verbindungen zwischen dem College und den führenden Leuten der Gemeinde zu knüpfen.«

»Wieviel Geld hat er denn reingebracht, Booter?«

»Tja, das ist schwer zu sagen. Er hat unschätzbare Hilfe geleistet. Sagen wir es einfach so.«

»Und das College hat natürlich auch Allan geholfen.«

»Wir haben seine Verbindungen zu den Fachleuten hier am College gefördert und damit auch der Stadt geholfen. Ist es das, was Sie interessiert?«

»Zu Fachleuten wie Andre Selman?«

»Aber sicher. Andre hat eine Reihe von Studien für die Stadt erstellt.«

»Aber dafür bekommt dann das College von der Stadt Gelder für Stipendien?«

»Wir beantragen solche Mittel und bewerben uns um sie wie alle anderen auch. Es ist einfach ökonomischer, wo immer möglich mit ortsansässigen Fachleuten zusammenzuarbeiten. Das weiß Allan auch.«

»Oh, ich bin überzeugt, daß Allan ein großer Wohltäter des Colleges war.«

Der Schreibtischsessel knarrte, als Booter sich zurücklehnte. »Gibt es daran etwas auszusetzen?« fragte er.

»Das müssen schon Sie mir sagen.«

»Aber nein, natürlich nicht. Das ist heutzutage bei den Medien das Üble. Deshalb haben so viele Amerikaner von der Presse die Nase voll. Ihr seid alle so negativ ...«

Ich blendete mich aus, während er sich darüber ausließ, was für eine Bande herzloser Schurken wir alle seien. Das Lied kenne ich nur zu gut. Jeder Idiot, der einmal im Leben die Comicseite gelesen hat, ist heutzutage ein Medienexperte.

Besonders ärgerte es mich, ausgerechnet jemanden wie Booter auf die Medien schimpfen zu hören. Leute wie Booter sind der Meinung, daß die Presse (und fast alles andere auf der Welt) nur für sie da ist. Kooperation mit der Presse heißt für sie zu versuchen, die Presse für ihre eigenen Zwecke zu benutzen. Sie möchten interviewt werden, aber nur wenn das Interview ihnen schmeichelt. Wir sind dazu da, ihnen das Wohlwollen der Öffentlichkeit zu sichern, ganz gleich, ob sie es verdienen oder nicht. Ihr Motto scheint zu sein: »Nur kein Geld für Werbung ausgeben, wenn man sie von der Nachrichtenredaktion umsonst bekommen kann.« Aber wehe, man wagt es, die ganze Geschichte zu erzählen, sofort wird man als fies und zerstörungswütig hingestellt. Das kann einen schon ziemlich aufregen.

Booter schien seinen Fehler plötzlich zu bemerken und brach ab. »Ach, du meine Güte, Irene, was bin ich doch für ein alter Schwätzer.«

Ich hätte ihm gern recht gegeben, aber ich blieb höflich und fragte: »Haben Sie sechs sich häufig getroffen?«

»Nicht allzu häufig. Wir haben alle viel zu tun.«

»Ich sagte sechs, aber ich hätte sieben sagen sollen. Ben Watterson hat ja wohl auch zu diesem Kreis gehört.«

Sein Lächeln erlosch, seine Augen wurden feucht. Booter ist so ein öliger alter Schmierenkomödiant, daß ich mich schwertue, nicht auf ihn hereinzufallen.

»Er war ein guter Mensch«, sagte er. »Einer der besten. Zu mir war er immer freundlich. Ich wollte, er hätte mit mir geredet und sich mir anvertraut. Vielleicht hätte ich ihn aufmuntern können. Ich wünschte, er hätte es mich wenigstens versuchen lassen. Ich wünschte, er hätte angerufen.«

All seine Wünsche waren natürlich vergeblich. Aber seine Traurigkeit schien echt zu sein.

»Wußten Sie, daß Ben krank war?« fragte ich.

Er schüttelte den Kopf.

»Tut mir leid, Booter, ich wußte nicht, daß Sie und Ben einander so nahestanden.«

»So nahe waren wir uns im Grund gar nicht. Aber Ben – nun, er war eben ein guter Mensch«, wiederholte er, halb zu sich selbst. »Besser als die meisten.«

Ich beschloß, das Thema zu wechseln; ein Booter, der keinen Wind machte, war mir irgendwie nicht geheuer.

»Hat Allan Moffett Ihnen gestern abend eigentlich erklärt, warum er so plötzlich zurückgetreten ist?«

»Kein Anlaß«, murmelte er zerstreut. »Man sollte nicht gleich in Panik geraten.«

»Nein«, sagte ich in gedämpftem Ton, der ihn zum Weiterreden ermuntern sollte. »Und Allan läßt sich ja nicht so leicht ins Bockshorn jagen. Seine Panik muß also einen guten Grund gehabt haben, nicht wahr?«

»Wie?« fragte er und setzte sich in seinem Sessel auf. Zum zweitenmal spiegelte sich ein echtes Gefühl auf seinem Gesicht – sein Schrecken darüber, daß er sich mir gegenüber zur Unvorsichtigkeit hatte hinreißen lassen. Doch er faßte sich schnell. »Entschuldigen Sie, ich sprach von Ben. Allan hatte keinerlei Anlaß zu Panik. Nein, nein. Allan will jetzt zur Abwechslung mal einfach sein Leben genießen und diesen ganzen Streß hinter sich lassen. Das ist alles.«

Danach war nichts mehr aus ihm herauszubekommen. Abgesehen von einem weiteren blödsinnigen und ärgerlichen Vortrag über den völlig unangebrachten Argwohn der Presse hatte er nichts mehr zu sagen.

Ich hatte selbst keine Lust mehr, weiter mit ihm zu reden. Ich verabschiedete mich schnell. Seine Sekretärin wartete mit meinem Mantel auf mich.

Ich hatte den Eindruck, daß beide Männer, mit denen ich hier am College gesprochen hatte, versucht hatten, mich zu verschaukeln – jeder auf seine eigene Art.

Ein typischer Tag; vielleicht sogar ein bißchen über dem Durchschnitt.

10

Keene Dage hätte mich bei Ben Wattersons Beerdigung vielleicht lieber nicht gesehen, aber Roberta Benson sicherte sich in der Kirche gleich den Platz neben mir. Es war voll, und immer noch drängten Leute herein. Keene und seine Freunde saßen in den überfüllten vorderen Bänken, ebenso meine Freundin Lydia und Guy. Ich selbst hatte Ben nicht sehr gut gekannt und suchte mir deshalb einen Platz weiter hinten.

Die große Zahl der »Trauergäste« hätte ein Zeichen der Achtung vor Bens Einfluß und tatkräftigem Wirken in der Gemeinde sein können. Doch innerhalb weniger kurzer Tage hatte sich das Bild Ben Wattersons geändert. Der Mann, dessen sterbliche Hülle vorn in der Kirche im geschlossenen Sarg lag, war zu einem Rätsel geworden, und zumindest ein Teil der Leute war gekommen, weil sein Selbstmord im Mittelpunkt des öffentlichen Interesses stand.

Was konnte einen Menschen veranlassen, in einem Abschiedsbrief zu lügen? Diese Frage hatte man sich überall in der Stadt gestellt, wo zwei oder mehr Leute zusammentrafen. Die wildesten Gerüchte kursierten. Eines besagte, seine Witwe – seine *junge* Witwe – hätte ihn seines Geldes wegen umgebracht. Claire, still, in sich gekehrt und jetzt sehr, sehr reich, wurde von allen aufs Korn genommen. Sie hatte sich angeblich entweder auf raffinierte Weise von der SOS-Zusammenkunft weggeschlichen und war nach vollbrachter Tat klammheimlich zurückgekehrt, oder aber sie hatte einen

Mörder gedungen, um Ben töten zu lassen. Der Leichenbeschauer allerdings hielt daran fest, daß es Selbstmord gewesen sei.

Einem anderen Gerücht zufolge sollte die Bank von Las Piernas am Rand des Bankrotts stehen. Die Prüfer jedoch hatten sie für gesund und solide erklärt. Keinerlei Spuren eines finanziellen Krebsgeschwürs.

Ferner wurde spekuliert, Ben habe ein Doppelleben geführt, aber niemand wußte, woher er die Zeit für ein zweites Leben hätte nehmen sollen. Und auch das Gerücht, daß irgendein Arzt wegen einer falschen Diagnose verklagt werden solle, entbehrte jeder Grundlage – Bens Arzt hatte ihn seit mehr als einem Jahr nicht mehr gesehen. Damals war er zu seiner Vorsorgeuntersuchung gegangen und für kerngesund befunden worden.

Dem Metallsarg, der still und kalt vor uns stand, konnten die Gerüchte so wenig anhaben wie die Erde, die ihn bald zudecken würde – während Claire mehr als den Elementen würde trotzen müssen. Doch ich hatte den Eindruck, daß auch sie von einer schützenden Hülle umgeben war – dem betäubenden Schmerz, der es ihr gestattete, sich allem zu entziehen, was um sie herum vorging.

Ich rückte ein Stück weiter, um Roberta Platz zu machen. Ihre besorgte Miene, glaubte ich, gelte der Witwe. Robertas Helferinstinkt beschränkt sich keineswegs auf ihre Dienststelle, und ich dachte, sie wolle mit mir besprechen, wie wir Claire über diese Krise hinweghelfen könnten. Aber Roberta dachte an einen anderen Freund.

»Hast du Lucas gesehen?« fragte sie mich flüsternd.

»Nein«, flüsterte ich zurück und neigte mich zur Seite, um Claire von meinem neuen Platz aus sehen zu können. »Er hat sich noch nicht bei mir gemeldet. Wie geht es ihm?«

»Ich weiß es nicht.«

Überrascht sah ich sie an. »Wie meinst du das?«

Sie beugte sich etwas näher zu mir und hauchte: »Er hat seine letzten zwei Termine bei mir nicht wahrgenommen. Ich mach mir große Sorgen. Ich habe Angst, daß er vielleicht wieder trinkt.«

Ich dachte an Lucas zurück, wie ich ihn auf der Bank an der Bushaltestelle gesehen hatte, erinnerte mich meines eigenen vorschnellen Urteils über ihn. »Vielleicht hat er die Termine aus einem anderen Grund verpaßt.«

»Nein, du verstehst nicht«, entgegnete sie. »Ich habe ihn, seit ich zurück bin, überhaupt noch nicht gesehen. Er ist in den letzten drei Tagen nicht zu den Sitzungen im Rahmen des Rehabilitierungsprogramms erschienen – nicht ein einziges Mal. Und zu den AA-Treffen ist er auch nicht gekommen. Im Asyl hat man mir gesagt, daß er dort seit Mittwoch nicht mehr übernachtet hat.«

»Sind die Leute vom Asyl sicher? Es war in den letzten Tagen so kalt, da war das Heim doch sicher überfüllt.«

»Ja, sie sind sicher. Sie haben ihm seinen Platz jeden Abend so lange aufgehoben, wie es nur ging. Aber er hat sich nicht gemeldet. Ich hab mir sogar das Register vom Umkleideraum angesehen. Er war seit Mittwoch abend nicht mehr an seinem Schrank.«

»Mittwoch abend? Da war doch die SOS-Versammlung.«

»Genau. Ich war wohl mit meiner Prognose für ihn ein bißchen zu optimistisch.«

Ich merkte, wie ich ärgerlich wurde. »Du hast doch gesagt, er käme gut vorwärts und sei auf dem besten Weg, in ein normales Leben zurückzufinden.«

Sie setzte sich ein wenig zurück und sagte dann leise, wobei sie jedes Wort so deutlich aussprach, als wäre Englisch nicht meine Muttersprache: »Das war er auch. Aber wenn man so lange wie ich in diesem Beruf gearbeitet hat, lernt man, daß bei Alkohol- und Drogenmißbrauch nie etwas sicher ist, auch wenn es noch so gut aussieht.«

»Hier geht's nicht um deinen Beruf«, zischte ich. »Hier geht's um Lucas Monroe. Einen Menschen. Du hast gesagt –«

»Nicht so laut!« Sie warf einen Blick auf Claire, dann fuhr sie fort zu sprechen. »Ich habe gesagt, das Treffen mit dir habe ihn verwandelt. Aber ich hätte dir überhaupt nichts von ihm erzählen sollen.« Ich kannte diesen Ausdruck auf ihrem Gesicht. Jeder Reporter kennt ihn. Er ist der Hoppla-jetzt-habe-ich-zuviel-gesagt-Ausdruck. Danach werden die Leute unweigerlich störrisch wie ein Esel. »Wenn er mich nicht gebeten hätte, dich zu grüßen«, fügte sie gereizt hinzu, »hätte ich dir kein Wort über ihn gesagt. Das war fast schon ein Verstoß gegen meine berufliche Schweigepflicht –«

»Ach, rutsch mir den Buckel runter mit deiner beruflichen Schweigepflicht!« fuhr ich sie an, so laut, daß sich prompt mehrere Leute umdrehten. Eine Frau vor mir runzelte unwillig die Stirn.

Ich schämte mich, als ich sah, daß ich sogar Claire aufgeschreckt hatte; sie sah sich jetzt nach uns um. Ihr bisher völlig abwesender Blick richtete sich auf mich, und sie zog die Brauen zusammen. Ich formte mit dem Mund lautlos das Wort Entschuldigung, doch sie neigte sich zu der älteren Frau hinüber, die zwischen ihr und ihrer Schwester saß. Von hinten konnte ich nur graues Haar und einen breiten Rücken sehen, über dem sich ein dunkles Kleid spannte. Die Frau drehte den Kopf nach mir und schob ihre Brille ein wenig abwärts, um mich über den Rand hinweg zu mustern. Sie nickte, stand auf und kam langsam zu uns, eine Frau, so rund wie ein Apfel, die in ihren soliden Schuhen bedächtig durch den Gang schritt.

Ach Mist, dachte ich, jetzt wird mir diese alte Hexe die Leviten lesen und verlangen, daß ich gehe.

Schon im nächsten Moment sagte ich mir, daß das ein Segen wäre. Durch die vielen Leute war die Luft in der Kirche immer stickiger geworden und mein Verlangen zu flüchten entsprechend gewachsen. Ich war wütend auf Roberta, wahrscheinlich ungerechtfertigterweise, und gar nicht scharf auf die »Bereinigung«, die sie zweifellos in Angriff nehmen würde. Und ich mußte, wie das bei Beerdigungen so ist, an die Freunde und Angehörigen denken, die ich selbst verloren hatte, und hatte alle Mühe zu verhindern, daß die Stacheln alten Schmerzes die Barrieren durchbohrten, hinter denen ich ihn eingeschlossen hatte.

Roberta schien zu glauben, die alte Frau wolle zu ihr; diese jedoch neigte sich über Roberta hinweg und legte ihre Hand, die kühl und trocken war, auf meinen Arm. Roberta lehnte sich zurück, um nicht in der wogenden Masse ihres üppigen Busens zu ersticken. Die alte Frau sagte mit angenehmer, weicher Stimme: »Ich bin Claires Tante Emeline. Verzeihen Sie, daß ich Sie störe, Herzchen, aber Claire läßt Sie fragen, ob Sie nicht nach vorn kommen und sich zu ihr setzen wollen.«

»Aber natürlich«, antwortete ich und stand auf.

Roberta stand ebenfalls auf. »Vielleicht sollte ich mich auch zu Claire setzen.«

»Oh, machen Sie sich keine Mühe«, entgegnete Tante Emeline mit einem kühlen Blick, der Roberta veranlaßte, sich wieder zu setzen.

Claire nickte grüßend, sagte aber weder zu mir noch zu ihrer Tante ein Wort. Alana rückte ein Stück weiter, so daß Tante Emeline und ich zu beiden Seiten von Claire Platz nehmen konnten. Claire schwieg beharrlich und starrte während des gesamten Gottesdienstes unverwandt auf den Sarg. Ich bemühte mich, nicht an Ben Watterson zu denken, wie ich ihn das letztemal gesehen hatte. Vor dem Aufbruch zum Friedhof sagte Tante Emeline zu mir: »Sie fahren doch mit uns, nicht wahr?«

Ich blieb während der ganzen Trauerfeierlichkeiten an der Seite Claires und ihrer beiden Angehörigen, auch später, während der kurzen Zusammenkunft im Haus der Wattersons. Immer dem Drängen der Tante folgend, die jeden ihrer Vorschläge mit einem »nicht wahr?« abrundete.

Einmal jedoch zögerte ich. Claire hatte direkt am Grab Platz genommen, und Tante Emeline drängte mich leise, mich neben ihre Nichte zu setzen. Dies jedoch schien mir der Platz für Angehörige oder sehr gute Freunde des Toten zu sein.

»Nein, das geht nicht«, protestierte ich. »Es gibt hier doch sicher Leute, die Ben näher standen als ich.«

Sie betrachtete mich einen Moment, dann sagte sie: »Herzchen, manchmal, wenn einer stirbt, zieht er die ganze Leiter einfach mit sich hinunter.«

»Die Leiter?«

»Alle die Leute, die mit ihm aufgestiegen sind, werden heruntergeholt. Sie kennen doch den Bibelspruch, ›Wer sich selbst erhöht, der wird erniedrigt, und wer sich selbst erniedrigt, der wird erhöht‹.«

»Trotzdem – einige dieser Leute waren wirklich seine Freunde.«

Sie nickte. »Ja, Herzchen, das ist richtig. Aber sie ist diejenige, die lebt, nicht Ben. Und von all seinen guten Freunden war nicht einer bei ihr an dem Abend, an dem er gestorben ist. Nur Sie waren da. Kommen Sie, setzen Sie sich jetzt zu ihr.«

Zu ihren Gästen sagte Claire kaum mehr als »Ich danke Ihnen« oder »Ja, es war ein Schock«, und die begriffen ziemlich schnell. Selbst Alana ging zeitig. Als ich ebenfalls von Aufbruch sprach, bewog Tante Emeline mich auf ihre freundliche, aber bestimmte Art zu bleiben.

Sobald alle anderen gegangen waren, kam Tante Emeline mit einem silbernen Tablett, auf dem zwei weiße Porzellantassen mit dampfendem schwarzen Kaffee standen, in das Zimmer, Bens Arbeitszimmer, in dem Claire und ich beisammensaßen. Sie stellte es nieder und ging sofort wieder hinaus, wobei sie die Tür hinter sich schloß.

Die beiden hatten offensichtlich schon vorher vereinbart, mich dazubehalten, bis alle anderen gegangen waren. Ich wartete.

Claire nahm ihre Tasse und stand auf. Zerstreut strich sie mit ihren Fingern über den Rücken der Bücher im Regal. »Ich bin froh, daß es nicht geregnet hat«, sagte sie.

»Ich auch. Es war heute sogar ein bißchen wärmer.«

»Ja, aber nicht viel.« Sie drehte sich nach mir um und sah mich an. »Ich habe dich heute den ganzen Tag in Anspruch genommen.«

»Unsinn. Wenn es dir geholfen hat, freut es mich.«

»Ja, es hat mir sehr geholfen. Ich – ich brauche auch jetzt noch deine Hilfe.«

»Du weißt doch, ich helfe dir gern, wenn ich kann.«

»Du kannst selbstverständlich nein sagen. Das würde ich verstehen. Vielleicht wirst du sogar böse mit mir...«

»Claire, heraus mit der Sprache.«

Sie nickte und trank von ihrem Kaffee.

Ich wartete.

»Ich muß – ich muß verstehen, warum das passiert ist. Jedenfalls soweit es überhaupt möglich ist, das zu verstehen.«

»Natürlich. Aber ich weiß nicht, ob ich die Richtige bin –«

»Entschuldige, ich habe mich nicht klar ausgedrückt.« Sie setzte sich, holte einmal tief Luft und sagte: »Ich möchte dich bitten, dich mit deinem alten Freund in Verbindung zu setzen.«

»Mit meinem alten Freund?«

»Lucas Monroe.«

Ich war völlig verblüfft.

»An dem Abend...«, fuhr sie stockend fort. »An dem Abend des SOS-Treffens – an dem Abend, als Ben – als Ben gestorben ist, hast du über ihn gesprochen. Über Lucas Monroe, meine ich. Darum habe ich dich nach ihm gefragt, als wir zusammen im Auto saßen. Beim Hinausgehen habe ich gehört, wie irgend jemand sagte, Roberta hätte ihn gesehen – und du hättest ihn auch gesehen. Ich könnte natürlich zu Roberta gehen, aber...« Sie zuckte die Achseln. »Roberta meint es gut, aber – bei ihr hab ich immer das Gefühl, sie macht einen zu einem ihrer Projekte.«

»Ja, ich weiß, was du meinst«, sagte ich. »Es gibt bestimmt irgendeinen Fachausdruck für Leute mit ihrem Problem. *Theraputis interminus* oder so was.«

Sie quittierte die Bemerkung mit einem kleinen Lächeln, dem ersten, das ich seit langem bei ihr gesehen hatte.

»Und warum mußt du mit Lucas sprechen?« fragte ich. »Was hat er mit Ben zu tun?«

Sie ging zum Schreibtisch und zog eine Schublade auf, der sie zwei Briefumschläge entnahm.

Einen reichte sie mir. »Der Brief hier ist zwei Wochen vor Bens Tod bei ihm im Büro angekommen. Er hat ihn an dem Abend mit nach Hause gebracht, an dem er mir sagte, daß er sich zur Ruhe setzen will.«

Es war ein einfacher Briefumschlag, in Riverside abgestempelt, mit Schreibmaschine an Mr. Ben Watterson, Präsident der Bank von Las Piernas, adressiert. Er trug den Vermerk »persönlich und vertraulich«.

Er enthielt nichts weiter als eine Schwarz-Weiß-Fotografie. »Ich melde mich bald einmal«, stand dort mit zierlicher Handschrift geschrieben. Ich drehte das Foto um.

Es zeigte einen jungen Afro-Amerikaner, der mit stolzem Lächeln einen Riesenscheck hochhielt – so eine Nachahmung in Übergröße, wie man sie für Publicityfotos verwendet. Ben Watterson, der dem jungen Mann den Arm um die Schulter gelegt hatte, lächelte ebenfalls. »Stipendium der Bank von Las Piernas« stand oben auf dem Scheck, der von Ben unterzeichnet war. Das Datum war das des ersten Juni 1969. Der Betrag belief sich auf zweitausendfünfhundert Dollar. Der Empfänger war der junge Mann – Lucas Monroe.

11

»Der Brief wurde doch in Bens Büro geschickt«, sagte ich. »Woher hast du ihn?«

»Als ich eines Abends hier ins Zimmer kam, stand Ben mit dem Foto in der Hand da. Er wirkte aufgewühlt. Ich fragte ihn nach dem Bild, und er sagte: ›Ach, das ist nur ein junger Mann, der vor langer Zeit einmal ein Stipendium von der Bank bekommen hat. Wahrscheinlich sucht er Arbeit.‹ Wir hatten an dem Abend im Kamin Feuer gemacht, und er ging hin, als wollte er das Foto verbrennen. Aber das eine Mal konnte ich ihn davon abhalten.«

Sie blickte zum offenen Kamin, als könnte sie immer noch Ben sehen. Die Betäubung des Schmerzes schien ein wenig nachzulassen. Sie schloß die Augen und drückte ihre Hand auf den Mund, als lägen all ihre Emotionen auf ihren Lippen und würden nur durch den Druck ihrer Finger zurückgehalten. Dann aber holte sie tief Atem, straffte die Schultern und senkte ihre Hand. Obwohl ihre Stimme nicht ganz so ruhig war wie zuvor, fuhr sie zu sprechen fort.

»Ich habe Ben damals das Foto abgenommen. Ich sagte, es sähe so aus, als hätte jemand es lange Zeit aufbewahrt, und er könne es doch nicht einfach verbrennen. Der Mann habe ja auch geschrieben, daß er sich melden werde.«

»Du hast gesagt: ›Dies eine Mal‹. Was hast du damit gemeint?«

»Dieser Lucas Monroe hat Ben mindestens zwei Fotos geschickt.« Sie reichte mir den zweiten Umschlag; er war einen Tag nach dem ersten abgestempelt.

Er war leer.

»Weißt du, was drinnen war?« fragte ich, während ich ihn in der Hand drehte.

»Ja. Eine Farbfotokopie.«

Eine Farbfotokopie. Andre Selman, der Lucas zweifellos gekannt hatte, hatte vor kurzem ebenfalls eine erhalten. »Eine Fotokopie wovon?«

»Von einer Fotografie. Sie zeigte mehrere Leute auf einem Boot. Ich hab nur einen Teil des Blatts gesehen, und das auch nur für ein paar Sekunden, ehe Ben es verbrannte.«

»Hat er gesagt, warum er das Foto verbrannt hat?«

»Nein. Er hat nur gesagt, jemand hätte ihm das Foto geschickt, um ihn an alte Zeiten zu erinnern. Es sei ein Bild unseres alten Boots. Aber da ich die Kopie nicht richtig gesehen habe, kann ich nicht sagen, ob das die Wahrheit war.«

»War es seine Angewohnheit, Papiere zu verbrennen, die er nicht brauchte?«

Sie schüttelte den Kopf. »Nein, im Gegenteil, ich glaube, es war ihm peinlich, als ich ihn dabei ertappte, wie er diese Fotokopie verbrannte. Er hat den Umschlag schnell in seine Schreibtischschublade geschoben und dann versucht, das Thema zu wechseln. Es hat mich schon ein bißchen neugierig gemacht, aber da ich wußte, wie sehr Ben Boote haßte, hat es mich nicht sonderlich gewundert, daß er das Bild verbrannt hat.«

»Er hat Boote gehaßt? Aber du hast doch eben gesagt, ihr hättet eins gehabt.«

»Ja, eine Zeitlang. Aber eines Tages hatte es jeden Reiz für Ben verloren – wir haben das Boot dann Andre verkauft, und Ben ist danach niemals wieder auf einem Boot rausgefahren. Das ist jetzt Jahre her.«

»An Andre Selman?«

»Ja. Kurz und gut, da ich wußte, was er von Bootsfahrten hielt, habe ich mir weiter keine Gedanken darüber gemacht, warum er die Fotokopie verbrannt hat. Es schien mir damals einfach nicht wichtig.« Wieder schloß sie die Augen und fügte mit zitternder Stimme hinzu: »Tja, so kann man sich täuschen, nicht wahr?«

Ich wollte möglichst sachlich bleiben und fragte: »Sonst war nichts in dem Umschlag?«

Sie zuckte die Achseln. »Nein, ich glaube nicht. Das heißt, vielleicht war noch etwas drin, bevor ich ihn gesehen habe. Ich weiß nur eines: Nachdem Ben diese Briefe erhalten hatte, war er nicht mehr derselbe. Er fing an davon zu reden, sich zur Ruhe zu setzen und ganz von Las Piernas wegzugehen.«

»Er wollte weg von Las Piernas?«

»Ja. Unglaublich, nicht wahr? Von da an wurde es immer schlimmer. Ich hätte versuchen sollen, mehr mit ihm zu reden. Ich hätte das kommen sehen müssen. In der Rückschau –«

»Zurückschauen ist sinnlos. Ich weiß noch, was du auf der Heimfahrt an dem Abend zu mir gesagt hast, Claire. Du hast gesagt, du hättest versucht, mit ihm zu sprechen. Aber er wollte nicht.«

Sie biß sich auf die Unterlippe. »Ich glaube, Ben ist erpreßt worden«, sagte sie leise. »Ich glaube, daß dein Freund Lucas Monroe ihn erpreßt hat.«

»Moment mal, Claire. Ich bin ja gern bereit zuzugeben, daß hier einiges verdächtig ist –«

»Verdächtig! Das kann man wohl sagen!«

»Bitte hör mich an.«

»Ben ...« Sie zitterte jetzt stark und begann zu weinen. Ich stand auf und ging zu ihr. Sie hätte sich von mir abwenden können, aber vielleicht weil ich bei ihr gewesen war, als der Schmerz sie das letztemal überwältigt hatte, ließ sie sich von mir in den Arm nehmen, während sie weinte.

»Entschuldige«, sagte sie schließlich.

»Das macht doch nichts.«

Sie zog ein paar Papiertücher aus ihrer Tasche, um sich das Gesicht zu trocknen, aber sie konnte nicht aufhören zu weinen. »Entschuldige«, sagte sie wieder, »es war nicht fair von mir, ihn deinen Freund zu nennen. Du hast mir ja selbst erzählt, daß du ihn seit Jahren nicht mehr gesehen hast.«

»Äh – das stimmt nicht ganz.«

Nun hörte sie doch auf zu weinen. Ein Papiertuch an die Wange gedrückt, sah sie mich an.

»Ich habe Lucas gesehen. Ich wußte nur in dem Moment nicht, daß der Mann Lucas war. Und ich möchte gern glauben, daß ich immer noch seine Freundin bin.«

»Das versteh ich nicht.«

»Nein, natürlich nicht«, erwiderte ich und erzählte ihr kurz von meiner Begegnung mit Lucas und von Robertas Gesprächen mit mir im Cliffside und in der Kirche. »Ich möchte erst Lucas' Seite der Geschichte hören, ehe ich mir ein Urteil bilde. Es gibt sicher eine logische Erklärung dafür, daß er mit Ben Verbindung aufgenommen hat.« Und mit Andre, fügte ich in Gedanken hinzu. »Lucas versucht, sich zu fangen, wieder Arbeit zu kriegen. Und Ben war ja offensichtlich jemand, der ihn aus besseren Tagen kannte.«

»Ich kann dein Mitgefühl für ihn verstehen«, sagte Claire langsam. »Du bist eben ein mitfühlender Mensch. Aber –«

»Claire, bitte halt mir jetzt keinen Vortrag über Alkoholiker und sag mir nicht, daß ich naiv bin. Das hab ich alles schon von Roberta gehört. Aber denk mal so ruhig wie möglich darüber nach. Bitte, versuch es wenigstens. Es gibt so viele unbeantwortete Fragen in bezug auf Ben – und in bezug auf Lucas Monroe. Du hast gesagt, du möchtest wissen, was passiert ist. Hast du das ernst gemeint?«

Sie nickte, erneut mit den Tränen kämpfend.

»Claire, ich hab's vorhin schon mal gesagt – ich bin vielleicht nicht die Richtige, um dir da weiterzuhelfen. Du müßtest meinem Urteil vertrauen und –«

»Aber ich vertraue dir ja«, fiel sie mir ins Wort. »Deshalb habe ich dich um Hilfe gebeten. Aber ich vertraue auch darauf, daß du fair bist, Irene. Wenn du entdecken solltest, daß Lucas Monroe meinen Mann erpreßt hat ...«

»Wenn ich Beweise dafür finden sollte, daß er Ben erpreßt hat, werde ich zugeben, daß ich mich in ihm getäuscht habe. Aber danach ist das dann ein Fall für die Polizei. Sind wir uns da einig?«

»Ja.« Sie sah einen Moment weg, dann sagte sie: »Ich muß auf jeden Fall irgend etwas tun, verstehst du das nicht? Sein Ruf war alles für Ben, und was die Leute jetzt über ihn reden ...« Sie sprach nicht weiter.

»Ganz wirst du das nie verhindern können. Ben war im Leben zu reich und zu mächtig, um hier in Las Piernas unbeachtet zu bleiben – und so wird er auch im Tod nicht unbeachtet bleiben.«

»Nein, natürlich nicht«, antwortete sie jetzt wieder mit der Teilnahmslosigkeit der Betäubung. »Was tun wir also als nächstes?«

»Gehen wir doch erst einmal durch, was wir bisher haben. Fangen wir mit der Fotokopie an. Du hast gesagt, sie zeige eine Gruppe von Leuten auf eurem Boot. Hast du jemanden von ihnen erkannt?«

Sie schüttelte den Kopf. »Ich hab das Bild ja nur flüchtig gesehen. Wenn ich es mir genauer hätte ansehen können, hätte ich vielleicht jemanden erkannt. Ich hatte den Eindruck, daß es sich um eine Gruppe von Männern handelte, aber das ist auch alles. Es könnte auch eine Frau mit auf dem Bild gewesen sein. Ich bin mir nicht sicher.«

»Hat Ben oft andere Leute auf seinem Boot mit hinausgenommen?«

»Das ist so lange her ...«

»Versuch dich zu erinnern.«

»Ja, doch, alle möglichen Leute.«

»Ist irgend jemand häufiger mit ihm rausgefahren?«

»Andre Selman. Andre war ein leidenschaftlicher Angler und Fischer, darum hat Ben ihn oft mitgenommen. Manchmal sind auch nur wir beide rausgefahren. Ab und zu hat er Geschäftsfreunde mitgenommen.«

»Roland Hill?«

»Ja.«

»Booter Hodges?«

Sie lächelte ein wenig. »Ja, an ihn erinnere ich mich noch genau. Die See war ein bißchen unruhig, als Booter das erste Mal mit ihnen rausgefahren ist. Booter wurde fürchterlich seekrank, und sie mußten umkehren. Hinterher haben sie sich alle über ihn lustig gemacht, weil er Corbin Tylers nagelneue Segelschuhe ruiniert hatte. Die anderen wollten Booter danach nicht mehr mitnehmen, aber das hat Ben nicht zugelassen. Er hat nur dafür gesorgt, daß Booter immer eine Tablette gegen Seekrankheit genommen hat, ehe er aufs Boot kam.«

»Ich weiß nicht, aber irgendwie wundert es mich gar nicht, daß Booter so leicht seekrank wird.«

»Aber eigentlich war Booter tapferer als Ben. Booter hat wenigstens die Tabletten genommen und den Mut gehabt, es wieder zu versuchen. Als Ben das letztemal auf dem Boot war, ist er selbst seekrank geworden. Er hat grauenvoll ausgesehen, als er zurückkam. Er sagte, er würde nie wieder einen Fuß auf das Boot setzen und es an Andre verkaufen. Das hat er dann auch getan, aber danach war er wochenlang total deprimiert. Daran kann ich mich noch erinnern.«

»Wie lange ist das her?«

»Hm. Zehn, fünfzehn Jahre? Ich weiß es nicht genau.«

»Schön, nehmen wir an, daß Ben dir die Wahrheit gesagt hat und die Farbfotokopie tatsächlich eine Gruppe von Leuten auf eurem Boot zeigte und nicht irgendeine andere Gesellschaft. Hatte Ben das Boot schon, als ihr geheiratet habt?«

Sie schüttelte den Kopf. »Nein, wir haben es erst nach der Hochzeit gekauft. Nicht lange danach, vor siebzehn Jahren vielleicht? Und wir haben es nicht sehr lang gehabt.«

»Glaubst du, es sind noch Unterlagen zu dem Boot hier?«

»Ja, irgendwo müssen noch welche sein. Warum?«

»Wenn wir wissen, in welchen Jahren das Boot euch gehört hat, können wir vielleicht herausbekommen, wann das Foto gemacht wurde. Das ist also deine erste Aufgabe.«

»Okay. Aber was ist mit diesem Lucas Monroe –«, begann sie.

»Ich weiß, daß er mit auf der Fotografie ist, aber das heißt noch nicht, daß er sie auch geschickt hat. Lucas ist obdachlos. Er wird kaum ein Fotoalbum mit sich herumschleppen.«

»Aber wer sonst sollte die Fotos geschickt haben?«

Ich sah mir die Umschläge an. Die Poststempel fielen mir ins Auge. »Riverside! Warum hab ich daran nicht gleich gedacht. Es ist ziemlich umständlich, von Las Piernas aus mit öffentlichen Verkehrsmitteln nach Riverside zu kommen«, sagte ich. »Mit dem Greyhound kommt man vielleicht direkt hin. Sonst muß man x-mal umsteigen.«

»Jetzt komm ich leider nicht mehr mit«, sagte Claire.

»Die Briefe sind in Riverside abgestempelt. Lucas wäre bestimmt nicht extra nach Riverside gefahren, um zwei Briefe aufzugeben. Weshalb hätte er das tun sollen? Um seinen Wohnort zu verheimlichen? Er hat ja gar keinen.«

»Oh.« Sie schien enttäuscht. Dann sagte sie: »Aber vielleicht wäre er doch nach Riverside gefahren – oder sonstwohin –, wenn er geglaubt hätte, dadurch eine Menge Geld zu machen.« Sie sah mein abweisendes Gesicht und fügte hinzu: »Du weißt doch nicht, wie er sich im Lauf der Jahre entwickelt hat. Vielleicht befindet er sich in einer Situation, in der er vor nichts zurückschreckt.«

»Nein. Ich muß mit ihm sprechen. Ich will jetzt noch keine voreiligen Schlüsse ziehen.«

Sie schwieg, während ich mir wieder die Umschläge und das Foto ansah. Schließlich bemerkte sie: »Das hinten auf dem Foto ist keine Männerschrift.«

»Nein, wahrscheinlich nicht.« Mir fiel plötzlich etwas ein, und ich fügte hinzu: »Es ist ganz bestimmt nicht Lucas' Handschrift.«

»Ganz bestimmt nicht?«

»Ich hab dir doch erzählt, daß er einer meiner Lieblingsdozenten war. Ich hab einen Kurs bei ihm gemacht. Seine Handschrift war fürchterlich. Wir haben ihn jedesmal, wenn er etwas an die Tafel geschrieben hat, gnadenlos gehänselt. Kein Mensch konnte was lesen, außer seinen Zahlen und Symbolen. Wenn er irgend etwas Geschriebenes für den Unterricht verwenden mußte, hat er fast immer einen Projektor und Folien verwendet. Nein, das ist garantiert nicht seine Schrift.«

»Ja, an so etwas erinnert man sich natürlich.« Sie seufzte. »Es sieht eigentlich immer weniger so aus, als hätte Lucas Monroe die Fotos geschickt. Aber wenn er's nicht war, wer dann?«

»Das weiß ich auch nicht. Und wir wissen auch nicht, ob Lucas nicht mit der Person, die die Fotos geschickt hat, gemeinsame Sache macht. Laß mir ein paar Tage Zeit, ich will versuchen, ihn aufzustöbern.«

»Du willst doch nicht allein durch diese fürchterliche Gegend ziehen, in der sich die Penner rumtreiben?«

»O nein, nicht allein. Ich weiß schon eine prima Partnerin.«

12

»Du hast echt einen knackigen Hintern.«

»Ja, das hast du mir schon mal gesagt«, antwortete er.

Ich seufzte. »Ach, das wilde Verlangen der jungen Ehe ist schon dahin. Ich sag ihm, daß er einen knackigen Hintern hat –«

»Einen *echt* knackigen Hintern«, korrigierte er.

»Einen echt knackigen Hintern, aber der dazugehörige Mann ist ein Langweiler.«

»Hm. Ein bißchen mehr nach links.«

Ich schob meine Hände nach rechts.

Er blickte sich über die Schulter nach mir um und lächelte. »Okay, okay. Ich bitte um Verzeihung.« Er meinte es nicht ernst.

Ich war dabei, Frank den Rücken zu massieren; er sollte sich ein bißchen entspannen, ehe ich ihn in meine Pläne einweihte. Aber es fiel mir schwer, diese Pläne im Kopf zu behalten, während ich meine Hände über seine Muskeln spazieren ließ. Ich schob sie ein wenig nach links und versuchte behutsam, die Verspannung zu lösen.

»Oh, das tut gut. Ja, genau da«, sagte er. »O Gott! Ja! Ja, ja!«

»Du brauchst nicht gleich so zu übertreiben, Frank.«

Den Kopf ins Kissen gedrückt, kicherte er vor sich hin. Ich gab ihm einen kräftigen Klaps auf den Hintern, den ich so mag, und stieg aus dem Bett.

»Aua! He, wo willst du hin?« rief er. So groß und kräftig er ist, er kann sich bewegen wie ein Blitz. Ehe es mir gelungen war, außer Reichweite zu kommen, hatte er mich ins Bett zurückgezogen.

»Ich will zu Cody. Der schnurrt wenigstens, wenn ich ihn streichle.«

»Stimmt. Aber Cody weiß auch nicht, daß du geheime Pläne ausbrütest.«

Ertappt.

»Du wirst ja ganz rot. Heißt das, daß ich recht habe?«

»Ja, Frank. Sonn dich ruhig noch ein bißchen in deiner Selbstgefälligkeit.«

Er tat es nicht. Er schob nur sein Kinn auf meinen Kopf und streichelte mir den Hals. »Kein Grund zur Selbstgefälligkeit«, erklärte er. »Ich hab etwas ausgesprochen Blödes getan. Ich hab mich um eine herrliche Rückenmassage gebracht. Ich hätte mein Schmiergeld wenigstens einstreichen sollen.«

»Woran hast du es gemerkt?«

»Hm, laß mich überlegen. Das Glas mit meinem Lieblingsscotch, das du mir kredenzt hast, kaum daß ich zur Tür hereingekommen bin? Das hat mich schon mal argwöhnisch gemacht. Dann das Essen, das du gemacht hast, obwohl doch eigentlich ich mit Kochen an der Reihe gewesen wäre? Das hat meinen Argwohn noch etwas erhöht, aber du warst ziemlich raffiniert und hast es nicht zu weit getrieben – keine Kerzen, keine einschmeichelnde Hintergrundmusik. Nur ein nettes gemeinsames Abendessen. Spaghetti. Nicht mal eines meiner Lieblinsgerichte.«

»Ich hatte keine Zeit mehr zum Einkaufen«, gab ich zu.

»Hm.« Er streichelte mir Hals und Nacken.

»Und die Massage hat dann alles verraten, wie?«

»Ich hab's schon vorher gewußt.«

»Woher denn?« Ich sah ihn ungläubig an.

»Irgend etwas beschäftigt dich sehr stark. Erst dachte ich, es wäre die Beerdigung. Ich weiß, daß Beerdigungen dir an die Nieren gehen. Das kann ich gut verstehen; mir geht's genauso. Aber du verhältst dich nicht so, als wärst du bei einer Beerdigung gewesen. Du bist aufgedreht. Das paßt nicht dazu. Du bist zerstreut.«

»Wieso?«

»Die Spaghetti waren zu weich. Ausgerechnet du, die Königin des *al dente*, hast mir heute abend matschige Spaghetti serviert. Cody hat Deke und Dunk durchs ganze Haus gejagt, und du hast nicht mal versucht, den Hunden zu Hilfe zu kommen.«

»Oh.«

»Willst du noch mehr hören?«

»Nein, danke.«

»Also, was beschäftigt dich so, Irene?«

Als ich nicht antwortete, sagte er leise: »Warum erzählst du mir nicht, wie dein heutiger Tag verlaufen ist?«

Das tat ich, aber ich glaube, der Tag veränderte sich, während ich mit ihm sprach. Gefühle, die ich im Lauf des Tages immer wieder beiseite geschoben hatte, um mich auf dieses oder jenes Problem konzentrieren zu können, eroberten sich jetzt den Raum, der ihnen gebührte. Das Entsetzen beim Anblick Ben Wattersons in der Duschkabine; meine Sorge um Claire; meine Befürchtungen in bezug auf Lucas; mein schlechtes Gewissen wegen meiner Patzigkeit Roberta gegenüber.

Als ich schließlich auf meinen Plan zu sprechen kam, Rachel zu bitten, mir bei der Suche nach Lucas zu helfen, hätte ich mich eigentlich völlig ausgelaugt fühlen müssen. Aber merkwürdigerweise ging es mir viel besser.

»Das ist eine gute Idee«, sagte Frank.

»Was? Entschuldige, daß ich das sage, aber ich habe jede Menge Einwände erwartet.«

»Die dich aber nicht davon abhalten würden, Lucas zu suchen, stimmt's?«

»Ja.«

»Siehst du, ich lerne dazu. Aber vielleicht lernst auch du dazu. Rachel mitzunehmen ist eine gute Idee. Auf ihren Schutz kannst du dich verlassen«, sagte er und rieb sich die

Schulter. Ich wußte, er dachte an einen ziemlich harten Wurf auf die Matte, den sie ihm kürzlich im Kampftraining verpaßt hatte, aber er sagte nichts. »Sie ist eine hervorragende Schützin«, fügte er hinzu.

Das war großzügig von ihm. Gegen ihn hatte sie auf dem Schießplatz keine Chance. Das hatte sie mir selbst erzählt. Sie waren an dem Tag, nachdem sie ihn auf die Matte geworfen hatte, zum Schießen gegangen. Auf seinen Vorschlag hin, vermute ich.

»Mit Leichtsinn hätte sie's in Phoenix bestimmt nicht so weit gebracht«, fügte er hinzu. Ich glaube, er versuchte, sich selbst gut zuzureden. Er schwieg eine Weile, dann lachte er plötzlich. »Pete kriegt einen Anfall, wenn er das hört. Komm, ziehen wir uns an und fragen sie, ob sie auf einen Drink rüberkommen wollen.«

»Kommt nicht in Frage«, erklärte Pete, in unserem Wohnzimmer auf und ab gehend. Er blieb plötzlich stehen und zeigte mit dem Finger auf mich. »Kommt überhaupt nicht in Frage. Die Idee ist einfach zu bescheuert.«

Ich warf einen Blick auf Frank, der ruhig und gelassen im alten Lehnsessel meines Großvaters saß, ein Glas Merlot trank und so tat, als hätte sein Partner kein Wort gesagt. Die Hunde lagen vor dem offenen Kamin und ließen Pete nicht aus den Augen, um mir, wenn nötig, sofort zu Hilfe kommen zu können. Cody, mein Kater, hatte sich neben Franks Hund Dunk zusammengerollt und kam so in den Genuß von warmem Fell auf der einen Seite und Feuer auf der anderen. Er tat so, als schliefe er – aber das gelegentliche Zucken seiner Ohren verriet ihn.

Nicht lang nachdem Pete und Rachel gekommen waren, hatte ich Rachel in meinen Plan eingeweiht, Lucas zu suchen und mir dabei von ihr helfen zu lassen. Pete hatte prompt den von Frank prophezeiten Anfall bekommen.

»Rachel, sag nein«, befahl er.

»Ich hab schon ja gesagt«, entgegnete Rachel. »Da Leute, die in alten Pappkartons hausen, sich selten ihre eigenen Anwälte leisten können, hab ich jetzt häufig da unten in dieser Gegend zu tun.«

Das war einer der Gründe, weshalb ich Rachel gefragt hatte, ob sie mir helfen würde. Sie war nach zwanzigjähriger Tätigkeit bei der Polizei von Phoenix aus dem Dienst ausgeschieden; mit zweiundvierzig war sie noch jung genug, um anderswo Arbeit zu finden. »Anderswo« war Las Piernas, das nach ihrer Heirat mit Pete ihr neues Zuhause geworden war. Sie hatte sich als Privatdetektivin niedergelassen und bezog jetzt einen Teil ihres Einkommens aus freiberuflicher Tätigkeit als Ermittlerin für die Pflichtverteidigungsbehörde. Das ärgerte Pete aus zwei Gründen: erstens, weil sie »für die andere Seite arbeitete«, wie er es nannte, und zweitens, weil Frank ihr geholfen hatte, den Job zu finden.

»Eine Frau gehört nicht in dieses miese Viertel«, erklärte er.

»Du hast ein echtes Problem, weißt du das?« entgegnete Rachel. »Was hast du denn geglaubt, daß ich tun würde? Ich hab dir doch gesagt, daß ich weiterarbeiten werde.«

»Ich weiß! Ich weiß! Aber mußtest du als ehemalige Polizistin ausgerechnet zur Gegenseite überwechseln?«

»O Gott, wie schrecklich! Dir wär's wohl lieber, ich würde zu Hause für dich Ravioli machen, *Caro*?«

Wahrscheinlich hätte sie sie mit Sarkasmus gefüllt.

»Es ist keine Schande, nur Hausfrau zu sein«, fuhr er sie an.

»Nein. Und es ist auch keine Schande, das zu tun, was ich tue.«

Ich bemerkte, daß Franks Weinglas leer war, und füllte es wieder auf. Er lächelte mich an und strich mir mit einem Finger über den Unterarm. Zärtliche Geste jungen Glücks. Ich hatte mich mit meiner vorherigen Beurteilung wohl getäuscht.

»Pete«, sagte Frank auf seine ruhige Art, in jenem Ton, den Pete besser zu hören scheint als jedes Brüllen.

»Was denn?« fragte Pete, die eigene Stimme senkend.

»Du kannst hier nicht gewinnen.«

Pete schnitt ein Gesicht und schüttelte den Kopf, aber er setzte sich. Die Hunde entspannten sich. Es gelang uns, den Rest des Abends friedlich miteinander auszukommen.

»Also, wir sehen uns morgen früh«, sagte Rachel, als die beiden gingen. »Wenn Lucas ein Alki ist, hängt er wahrscheinlich mit anderen Alkis zusammen. So früh am Morgen werden seine Kumpel vielleicht verkatert sein, aber wahrscheinlich einigermaßen nüchtern. Wir müssen versuchen, sie zu erwischen, bevor sie sich genug Geld zusammengeschnorrt haben, um sich den nächsten Rausch anzutrinken.«

»Die nächste Runde starten wir hier.«

Ich blickte aus Rachels Autofenster. Fünf Gesichter starrten mich an. Sie waren verwittert und ungewaschen; die meisten bärtig. Lauter Männergesichter. Was wollt ihr hier? schienen sie zu fragen. Ich fing allmählich an, mir dieselbe Frage zu stellen.

Wir hatten beim Obdachlosenheim angefangen. Das einzige, was wir erfahren hatten, war, daß Lucas am Donnerstag abend – dem Abend vor Allan Moffetts kleinem privaten Abendessen – nicht in das Heim hineingekommen war. Er hatte versucht, ein Bett zu bekommen, war aber zu spät dran gewesen.

Es gab in diesem Heim wie in allen anderen Heimen strenge Regeln. Wer dort übernachten wollte, mußte bis zu einem bestimmten Zeitpunkt dasein, sonst riskierte er, abgewiesen zu werden. An diesem Abend war es besonders kalt gewesen; man hatte ihm sein Bett bis einundzwanzig Uhr freigehalten, als er jedoch um diese Zeit noch immer nicht erschienen war, hatte man es jemand anderem gegeben. Er war erst gegen zweiundzwanzig Uhr gekommen, als das Heim längst überfüllt war, nicht einmal mehr auf dem Boden gab es Platz.

Wäre es fünf Grad kälter gewesen, so hätte die Stadt den gesetzlichen Regelungen entsprechend andere öffentliche Gebäude für die Nacht bereitstellen müssen. Doch die Türen blieben verschlossen.

Den Rest des Morgens hatten wir damit zugebracht, mit Leuten unter Eisenbahnbrücken, unter Autobahnüberführungen und am Strand zu sprechen. Einige unter ihnen waren Einzelgänger, viele jedoch hatten sich in kleinen Gruppen zusammengeschlossen, manche saßen um Feuer herum, die in Mülltonnen brannten. »Sie passen gegenseitig auf ihr Zeug auf«, erklärte Rachel. Die Gruppen hatten verschiedene Reviere; selbstbestimmte Ecken, wo man sich zum Betteln hinstellte, wurden besetzt und verteidigt.

»Es ist nicht viel anders als in Phoenix«, sagte sie. »Diese Leute sind nicht alle Bettler. Manche von ihnen arbeiten auch. Sie haben Aushilfs- oder Teilzeitjobs, aber was sie verdienen, reicht nicht, um für eine Unterkunft zu bezahlen. Manche geben ihr Geld für Alkohol oder Drogen aus, anstatt sich einen Schlafplatz zu suchen, aber viele fallen auch einfach in ein Loch und haben es höllisch schwer, da wieder rauszukommen. Manche sind das, was wir früher Tippelbrüder genannt haben – Vagabunden, die ein Leben ohne Verantwortung führen. Und manche sind auch verrückt.« Sie machte eine Pause, dann fügte sie hinzu: »Es macht mich wütend, die Verrückten hier draußen zu sehen, denn im Grunde treiben sie sich nur hier herum, weil es den Leuten völlig egal ist, was aus ihnen wird. Also werden sie zu einem Problem für die Polizei. Wie gewöhnlich soll die Polizei die Probleme lösen, mit denen sich sonst keiner auseinandersetzen will.«

»Du bist erst zwei Monate hier«, sagte ich, »und trotzdem kennen viele von den Leuten hier schon deinen Namen.«

»Das liegt zum Teil daran, daß ich häufig für die Behörde hier bin. Aber jeder Polizist – oder Ermittler –, der auch nur einen Funken Verstand hat, bemüht sich, diese Leute kennenzulernen. Wenn ich es schaffe, ihr Vertrauen zu gewinnen, kann ich vieles von ihnen erfahren. Die Leute, die auf der Straße leben, beobachten alles, was passiert. Das müssen sie, schon wegen ihrer eigenen Sicherheit. Und wenn du dich in ihrem Revier befindest, ist das so, als würdest du durch ihr Wohnzimmer spazieren. Sie sehen sofort, ob jemand ein Ortsfremder oder ein Neuling ist oder vielleicht ein junger Ausreißer – sie wissen immer, wer was wo tut.«

»Wie kommt es dann, daß niemand Lucas gesehen hat?«

»Du hast doch selbst gesagt, daß er sein Leben ändern wollte. Und sie haben das ja auch alle bestätigt. Wenn er klug ist, meidet er schlechte Gesellschaft. Du kannst von Glück sagen, wenn wir ihn nicht unter diesen Leuten finden. Es scheint, daß sein bevorzugter Saufkumpan sich jetzt mit Blue zusammengetan hat. Wenn Lucas nicht mit den beiden zusammen ist, heißt das vielleicht, daß er immer noch nüchtern ist.«

Als ich mir jetzt diese Gruppe Männer ansah, die vor einer öffentlichen Toilette in einem kleinen Park zusammenklebten, fragte ich mich, ob überhaupt Hoffnung bestand, daß wir je erfahren würden, wohin Lucas sich gewandt hatte, nachdem er vom Heim abgewiesen worden war.

Rachel stieg aus. Die Männer ließen sie nicht aus den Augen.

»Na, wie läuft's?« fragte sie und zog eine Packung Zigaretten heraus. »Braucht jemand was zu rauchen?«

»Hey, du bist ein Engel, Rachel«, rief einer der Männer. Er wirkte beinahe unförmig unter seinen mehreren Kleiderschichten, von denen die oberste einfarbig blau war – Sweatshirt, Trainingshose, Turnschuhe und Wollmütze –, und schien ein wenig mehr von seiner Umwelt mitzubekommen als die anderen. Langsam ging er auf Rachel zu, und die anderen folgten mit nervösen Blicken in meine Richtung. Rachel war ihnen offensichtlich vertraut.

Ich beobachtete sie und war erleichtert. Sie wußte genau, was sie tat. Wieder einmal konstatierte ich mit Bewunderung ihre Fähigkeit, in jeder Situation souverän zu wirken. Zum Teil war es auf ihre Größe zurückzuführen und auf ihren athletischen Körper. Vor allem aber lag es an ihrer Haltung. Ich stieg aus dem Wagen in die Kälte hinaus. Als ich die Tür zuschlug, beobachteten mich die Männer mit unverhüllter Neugier.

»Ist schon okay«, bemerkte Rachel ruhig. »Sie ist eine Freundin von mir.«

Der Mann in Blau trat noch einen Schritt näher. »Hat Schweinchen Quiek dich hergeschickt, Rachel?«

»Nein, heute nicht, Blue. Und du weißt genau, daß Mrs. Wentworth es nicht mag, wenn sie Schweinchen Quiek genannt wird.«

Ich mußte ein Lachen unterdrücken. Schweinchen Quiek war ein herrlicher Spitzname für Mrs. Wentworth mit ihrer schrillen hohen Stimme.

Er zuckte die Achseln. »Sie ist ja nicht hier, da tut's ihr auch nicht weh. Und die wird auch nie hier erscheinen. Da könnte sie sich ja dreckig machen, stimmt's, Jungs?«

Die anderen nickten.

»Nun seid mal nicht so gemein«, sagte Rachel. »Was sie tut, ist harte Arbeit. Sie ist viel zu sehr damit beschäftigt, euch Burschen vor dem Gefängnis zu bewahren, um hierher zu kommen und freundliche Konversation zu machen.«

»Bei der Kälte tut sie uns damit vielleicht gar keinen Gefallen«, entgegnete Blue. Er sah zu mir hinüber. »Wer ist die Lady mit den schönen Augen?«

»Das ist Irene. Irene, ich möchte dir Blue vorstellen. Ich brauch dir wohl nicht zu sagen, warum ihm deine Augenfarbe gefällt.«

Ich bot dem Mann die Hand. Er nickte, ohne sich von der Stelle zu rühren, sagte jedoch: »Freut mich, Sie kennenzulernen.«

Die anderen lachten ihn aus.

»Ihr Kerle habt überhaupt keine Manieren«, sagte er unwirsch. Er deutete auf die anderen Männer. »Das hier ist Hammer«, sagte er und zeigte auf einen Mann mit Riesenfäusten. Dann kamen die anderen an die Reihe, ein dünner Schmächtiger, ein kleiner Grauhaariger in einer Militärjacke und schließlich ein Korpulenter. »Bohne, Corky und Gockel«, erklärte er. »Das sind natürlich nicht ihre richtigen Namen, aber sie passen zu ihnen. Wollen Sie wissen, wieso?«

»Aber sicher«, antwortete ich, worauf Rachel irgend etwas auf italienisch vor sich hin brummelte.

Blue grinste. »Hammer, weil der jeden ungespitzt in den Boden hauen kann, Bohne, weil er so riecht, als ob er nie was anderes ißt, Corky, weil – ich weiß auch nicht, er hat immer schon Corky geheißen – und –« Er hielt inne und grinste wieder.

Ehe ich fragen konnte, sagte Rachel: »Und Gockel, weil er seine Hose nicht anbehalten kann. Du brauchst es jetzt gar nicht zu demonstrieren, Gockel, wir können darauf verzichten.«

Die Männer johlten, auch Gockel. »Komm doch mal in mein Hühnerhaus, Rachel«, sagte er und zog seine Hose hoch. »Dann zeig ich dir, was ein echter Gockel ist.«

»Schon gut, du Suppenhuhn.«

»Oh, jetzt hat sie's dir aber gegeben«, rief Blue lachend.

»Gib's auf, Gockel«, sagte der Mann in der Militärjacke. »Der Amazone bist du doch nicht gewachsen.«

»Amazone, so, so«, sagte Rachel. »Na, du bist nicht der erste, der auf den Gedanken gekommen ist. Nein, ich bin nicht in Stimmung, heute jemanden krankenhausreif zu schlagen. Ich bin in Wirklichkeit viel zarter, als ich aussehe.«

Damit erntete sie eine neue Runde Gelächter.

»Und du bist Corky?« fragte sie den Mann in der Kampfjacke.

Er nickte.

»Irene ist auf der Suche nach einem ihrer Freunde«, erklärte Rachel. »Wir dachten, du kennst ihn vielleicht.«

Das Gelächter war verstummt. Sie vermieden es alle tunlichst, mich anzusehen.

»Na, hört mal«, sagte Rachel. »Keiner will euch Ärger machen. Sie ist wirklich nur auf der Suche nach jemandem, den sie kennt.«

»Ach Mensch, Rachel, du weißt doch, wie es ist«, sagte Blue. »Wenn einer nicht gefunden werden will, dann finden wir ihn auch nicht. So ist das nun mal.«

Die anderen murmelten zustimmend. Corky gab Blue einen Puff und flüsterte ihm etwas zu.

»Hm, Corky, das ist ein gutes Argument. Corky hat eben gesagt, es könnt ja nicht schaden, wenn wir uns mal anhören, wen Sie suchen, aber – na ja, vorher wollt ich noch fragen, ob du nicht zufällig noch 'ne Zigarette hast, Rachel?«

»Aber ja«, antwortete Rachel, griff aber nicht in ihre Jacke, um die Packung herauszuziehen.

Blue kniff die Augen zusammen. »Du rauchst nicht, stimmt's?«

»Nein, ich hab sie nur immer dabei, für den Fall, daß ich jemanden treffe, der eine mag.«

»Du meinst, du nutzt unsere schlechten Gewohnheiten aus«, stellte Bohne fest.

»Sag ihr endlich, was sie wissen will«, knurrte Corky mißmutig. »Ihr habt doch alle schon gewußt, daß sie eine Schnüfflerin ist, bevor sie hier ausgestiegen ist.«

»Ich suche einen Mann namens Lucas Monroe«, sagte ich.

Die Männer tauschten verständnislose Blicke, nur Corky nicht, der musterte uns.

»Sie kennen ihn vielleicht unter dem Namen Professor«, fügte ich hinzu.

»Ach, der Prof«, sagte Corky.

»Der Prof?« echote Blue. »Sie suchen einen Schwarzen?«

Ich nickte. Rachel zog die Zigaretten aus der Tasche, bot sie jedoch nicht an.

»Corky kennt den Prof richtig gut«, fügte Blue hinzu.

Die Packung Zigaretten machte wieder die Runde.

»Also, Rachel, werd jetzt nicht gleich sauer«, sagte Corky. »Ich schwör dir, es ist die Wahrheit. Der Prof läßt sich kaum noch blicken. Der hat jetzt die Religion gefunden oder irgend so was. Er wohnt in dem neuen Heim, die zu den AA, na ja, du weißt schon, das ganze Brimborium.«

»Mensch, Corky, das weiß ich längst«, sagte sie.

»Woher soll ich wissen, was du weißt und was du nicht weißt? Bin ich vielleicht Gedankenleser?«

Sie warf ihm einen Blick zu, bei dem er sich tiefer in seine Kampfjacke verkroch.

»Er hat sich seit mehreren Tagen nicht mehr im Heim sehen lassen«, bemerkte ich. »Am Donnerstag abend ist er zu spät gekommen und seitdem nicht wieder erschienen. Hat einer von Ihnen ihn in den letzten drei oder vier Tagen gesehen?«

Corky schüttelte den Kopf. »Hat einer von euch ihn gesehen?« fragte er in die Runde.

Feierliches Kopfschütteln.

»Wo hat er immer übernachtet, bevor er von der Straße weg ist?« fragte ich.

»Meistens in Bussen«, antwortete Corky. »Manchmal auch in einem von den alten Hotels.«

»In welchen Hotels?« fragte Rachel.

»Im Hyatt oder im Hilton.« Die anderen lachten wieder johlend.

Als Rachel und ich nicht einstimmten, runzelte Corky die

Stirn. »Woher kennen Sie den Prof überhaupt?« fragte er mich.

»Ich war mal Studentin bei ihm.«

»Der Prof war ein echter Prof?« fragte Blue.

»Er hat am Las Piernas College unterrichtet«, sagte ich. »Ich bin ihm neulich zufällig an einer Bushaltestelle begegnet. Und eine Bekannte im Heim hat mir gesagt, daß er mich sucht.«

»Moment mal«, rief Corky. »Sind Sie die Reporterin?«

»Ja.«

Die anderen wichen zurück.

»Ach Mensch, regt euch nicht auf«, sagte Corky zu ihnen. Dann wandte er sich wieder mir zu. »Sie sind nicht hergekommen, weil Sie über uns schreiben wollen, richtig?«

»Richtig. Ich möchte nur Lucas finden – den Prof. Hat er Ihnen von mir erzählt?«

Er nickte. »Ja. Er hat Sie gesehen, als er auf einer Bank an der Bushaltestelle seinen Rausch ausgeschlafen hat. Das war, bevor er aufgehört hat zu saufen.« Er hielt inne, und ein taxierender Ausdruck trat auf sein Gesicht. »Zwanzig.«

»Gib mir eine Chance«, sagte Rachel. »Da könnte ich ja hier unter deinen Kumpels eine Versteigerung anfangen und käme besser weg.«

Nach einigem Hin und Her mit den anderen sagte Corky: »Wenn ihr Kerle nicht lernt, euren Standpunkt zu vertreten, werden die anderen euch ewig ausnützen.«

»Halt die Klappe, Corky«, sagte Blue und wandte sich dann an Rachel. »Immer, wenn er so zu reden anfängt, weiß er, daß er geschlagen ist. Er sagt's dir für fünfzehn.«

Rachel sah Corky an, der ihren Blick mit finsterer Miene erwiderte und dann seine schmutzverkrustete Hand ausstreckte.

»O nein, erst will ich's hören.«

»Der Prof hat gesagt, daß er eine Reporterin vom *Express*

kennt und daß er eines Tages zu ihr gehen würde, um ihr seine Geschichte zu erzählen. Er hat gesagt, das würde ein Riesenknüller werden.«

»Das ist völlig wertlos«, erklärte Rachel, »wenn du nicht weißt, was für ein Riesenknüller das war.«

Corky schien zu überlegen.

»Mach dir gar nicht erst die Mühe, dir was auszudenken«, sagte Rachel.

Corky machte ein resigniertes Gesicht. »Nein, er hat nie viel rausgelassen, nicht mal, wenn er getrunken hatte. Mensch, Rachel, sei nicht so kleinlich.«

»Wir haben den ganzen Tag mit allen möglichen Leuten geredet. Jeder erzählte uns, daß du sein Kumpel bist und daß ihr beide dauernd zusammenhängt.«

»Das war einmal. Bis er zu trinken aufgehört hat«, sagte Corky.

»Dann sag mir, wo er sich aufgehalten hat, als er noch getrunken hat.«

»Na, er war gern im Coronet, im Sunset Arms, im Angelus und im Piccadilly«, zählte Corky auf. »Er mag die großen Hotels, die oberen Stockwerke. Immer mußte ich diese gottverdammten Treppen mit ihm raufsteigen.«

»Diese Hotels sind alle für unbewohnbar erklärt worden«, bemerkte ich.

Corky lachte. »Drum kriegt man da ja immer ein Zimmer.«

»Es ist ein Anfang«, sagte Rachel und reichte die fünfzehn Dollar hinüber. Corky stopfte die Scheine schnell in seine Kampfjacke.

»Hat einer von euch ihn in den letzten Tagen in einem dieser Hotels gesehen?« fragte ich.

Wieder allgemeines Kopfschütteln.

Ich schrieb mir gerade die Namen der Hotels auf, als ich Rachel fragen hörte: »Wer sucht ihn sonst noch?«

Stillschweigen. Als ich aufblickte, sah ich ihr Unbehagen.

»Zehn Dollar«, sagte Rachel.

Kein Interesse.

»Fünf Dollar für jeden«, sagte ich, und Rachel verdrehte die Augen.

Die anderen sahen Corky an. «Okay, okay«, knurrte Corky. »Aber dann kann ich nur hoffen, daß ich nicht allein gegen den Kerl antreten muß.«

»Haben wir bis jetzt nicht immer zu dir gestanden, Corky?« fragte Blue. »Ich hab keine Angst, es ihr zu sagen.« Er richtete das Wort an Rachel. »Es gibt da so einen Kerl – Zehab heißt er. Früher haben sie ihn Schreier genannt. Kennst du ihn?«

»Nein, ich hatte noch nicht das Vergnügen«, antwortete sie.

»Na, ein Vergnügen ist das bestimmt nicht. Der Kerl ist total plemplem. Macht Gedichte, die keiner versteht, und brabbelt religiöses Zeug. Und außerdem ist er ein echter Brutalo. Früher haben sie ihn Schreier genannt, weil er den ganzen Tag rumgeschrien und die Leute fertiggemacht hat. Corky zum Beispiel, den hat er dauernd schikaniert, aber der Prof hat ihn dazu gebracht, daß er damit aufhörte.«

»Solange er konnte jedenfalls«, murmelte Corky.

»Genau«, sagte Blue. »Vor kurzem hat Zehab dem Prof saftig eine runtergehauen.« Er tat so, als gäbe er sich selbst eine Ohrfeige und untermalte die Vorstellung mit entsprechenden Geräuschen. »Der Prof hat hinterher ausgesehen wie ein dicker kleiner Hamster.« Er lachte ein wenig, warf dann einen flüchtigen Blick auf mich und wurde still.

»Wann war das?« fragte ich.

»Nicht lang bevor er zu trinken aufgehört hat, würd ich sagen«, antwortete Corky. »Vor ein paar Wochen.«

»Wie ist Zehab zu seinem neuen Spitznamen gekommen?« fragte Rachel.

»Er hat sich zwei von seinen eigenen Zehen abgeschnitten«, antwortete Corky.

»Und sie dann gefressen«, fügte Blue hinzu.

»Das glaub ich nicht«, behauptete Corky mit einer Miene, als glaubte er es doch.

»Und der sucht Lucas? Den Prof, meine ich«, sagte ich.

»Der sucht ihn immer. Er glaubt nämlich, daß der Ring vom Prof Zauberkraft hat«, erklärte Bohne.

»Sein Collegering?«

»Genau«, bestätigte Corky mit einem schrillen Lachen. »Ich hab ihm gesagt, wenn der Zauberkraft hätte, dann wär er von meiner Uni und nicht von so einer lumpigen Schule wie dem Las Piernas College.«

»Von deiner Uni?« fragte Rachel.

»Ja, UCLA. Und wenn du ein Kumpel bist, sagst du's nicht weiter.«

Die anderen starrten ihn an. Er blickte zu seinen schmutzigen Adidas-Turnschuhen hinunter, als wäre ihm das alles plötzlich sehr peinlich, und ich gab allmählich die Hoffnung auf, weitere Informationen von ihm zu erhalten.

»Wo sind die fünf Eier?« fragte Blue.

Niemand achtete auf ihn. Wir beobachteten Corky.

Als er endlich den Kopf hob, sah er mich mit hartem Blick an. »Behalten Sie Ihre lausigen fünf Dollar.«

»Das meint er nicht ernst«, sagte Blue sofort, aber Corky hatte sich schon umgedreht und ging davon.

»Corky und der Prof waren gute Freunde«, sagte Gockel. »Der Prof hat nur mit uns anderen rumgehangen, weil er gern mit Corky geredet hat.«

Die anderen nickten zustimmend.

»Wo kann ich diesen Zehab finden?« fragte Rachel, während ich in meine Jeanstasche griff und eine Handvoll Fünfdollarscheine herauszog.

»Heut ist Sonntag«, sagte Blue, ohne den Blick von dem Geld zu wenden. »Da ist er garantiert draußen vor der Sankt A.«

»Der Sankt-Antonien-Kirche?« fragte ich.

Er nickte. »Er kniet immer vor dem Standbild draußen vor der Kirche und betet. Sie können ihn gar nicht übersehen, ein großer Kerl mit so einer komischen Mütze und einem Riesenbart. Die letzten Sonntage war er immer katholisch. Schauen Sie zu, daß Sie ihn erwischen, bevor er evangelisch wird oder was anderes. Und nehmen Sie sich vor seinen Fäusten in acht.«

Die Antonien-Kirche ist eine sehr schöne, alte katholische Kirche. Sie gefällt mir besser als meine eigene Gemeindekirche, die nach der Renovierung so high-tech-mäßig aussieht, daß ich mir vorkomme wie in der Kulisse eines Science-fiction-Films, wenn ich mal hineingehe. (Was zugegebenermaßen so selten vorkommt, daß sie inzwischen schon wieder ein traditionelleres Gesicht haben könnte.)

Die Antonien-Kirche jedoch hat Buntglasfenster, Mosaiken an den Wänden und an der Decke, einen Marmoraltar und alle möglichen Nischen und Alkoven mit Standbildern und Kerzen und Weihwasserbrunnen. An diesem Tag allerdings bekam ich das Innere der Kirche nicht zu sehen, denn der Mann, den wir suchten, war genau dort, wo Blue gesagt hatte – er kniete draußen vor einem Standbild des heiligen Antonius von Padua, dem Schutzheiligen der Armen.

Die »komische Mütze« erwies sich als eine lange Zipfelmütze in Regenbogenfarben – sie hatte Ähnlichkeit mit einer, die meine Tante mir in den sechziger Jahren einmal zu Weihnachten geschenkt hatte, kurz nachdem sie eine Strickmaschine bekommen hatte. Sein Bart, dunkelbraun, war beinahe so lang und spitz wie die Mütze. Ganz symmetrisch.

In der Kirche fand gerade ein Gottesdienst statt, ich konnte die Gemeinde singen hören. »Ehre sei Gott in der Höhe und Friede auf Erden und den Menschen ein Wohlgefallen«, sangen sie zu den gedämpften Klängen von Gitarren.

Zehab war in der Tat ein gewaltiger Kerl. Das sah ich schon, als er noch kniete. Er hörte uns kommen und stand abrupt auf. Er drehte sich nach uns um, pflanzte sich mit breit gespreizten Beinen vor uns auf und hob schnüffelnd die Nase in die Luft, als wolle er Witterung aufnehmen, während er uns aus zusammengekniffenen Augen musterte.

Rachel schob mich sofort hinter sich und blieb stehen, ruhig, aber auf der Hut. »Hallo«, sagte sie, ohne ihn aus den Augen zu lassen.

»Wer seid ihr?« donnerte er.

»Ich bin Rachel«, antwortete sie mit fester Stimme. »Das ist Irene. Können wir Sie einen Moment sprechen?«

Er neigte den Kopf zur Seite und versuchte, an Rachel vorbei, einen Blick auf mich zu werfen. »Sag ihr, sie soll sich nicht hinter dir verstecken«, befahl er Rachel in etwas gedämpfterem Ton. »Heute ist Sabbat. Ein Tag der Ruhe. Friede sei mit euch.«

Ich kam hinter Rachel hervor, doch sie sagte leise: »Du darfst auf keinen Fall zwischen ihn und mich geraten.«

»Habt ihr was verloren?« fragte er.

Rachel sah ihn verwundert an, ich jedoch antwortete: »Ja, darum sind wir zum heiligen Antonius gekommen.«

»Gut, gut«, erklärte er. »Der heilige Antonius betet für die, die etwas verloren haben. Dann hilft der Herr ihm dabei, das wiederzufinden, was sie verloren haben. Heilige Hilfe, und sie kostet nichts.«

»Natürlich«, sagte Rachel, sich ihrer eigenen katholischen Jugend erinnernd.

»Was hast du verloren, meine Liebe? Ich habe mein Ohr ganz nah am heiligen Antonius.«

»Ich habe einen Freund verloren«, antworete ich.

Er schloß die Augen und wiegte sich leise hin und her, während er vor sich hin zu summen begann. »Sag mir mehr«, forderte er einen Augenblick später.

Schönes Theater, dachte ich. Aber wenn er es so haben wollte, konnte ich nichts dagegen tun.

»Mein Freund heißt Lucas. Manche nennen ihn den Prof.«

Er riß die Augen auf und hob drohend die Faust.

»Zurück«, sagte Rachel hastig zu mir. »Aber langsam.«

»Nein!« donnerte er. »Ihr seid nicht würdig!«

In der Kirche begann die Gemeinde das Halleluja anzustimmen. Das lenkte ihn ab. Wieder neigte er den Kopf und lauschte. Er senkte die Faust.

»Unser Herr liebt alle Sünder. Alle Sünder sind seine Kinder. Das soll ich euch sagen.« Er senkte den Kopf, hob dann seinen Blick wieder zu uns auf. »Ein Engel wacht über den Prof – immer und zu aller Zeit. Ich hab ihn mit meinen eigenen Augen gesehen, drüben an der Chinesischen Mauer.« Er lächelte und begann laut zu singen, nach der Melodie von *Chattanooga Choo-choo:* »Ist es nicht schön, so recht nach Herzenslust zu schlemmen, denn die Chinesen verstehen's, da wird man richtig verwöhnt.« Er brach ab und runzelte die Stirn. »Die Chinesische Mauer. Ein Engel hat mich zu ihm geführt. Man muß es dreimal sagen, wenn die Glocken läuten. Der Ring, der Ring, der Ring.«

»Was?« fragte Rachel, obwohl ich bezweifle, daß sie ernstlich eine Erklärung erwartete.

»Amen, Amen, sage ich euch.« Er wandte sich wieder dem Standbild zu und kniete nieder. Von neuem begann er *Chattanooga Choo-choo* zu summen.

»Was für ein Engel?« fragte ich.

»Viele Engel«, erwiderte er. »Ich folge den Engeln. Geht in Frieden. Geht, solange ihr noch könnt.«

Wir blieben noch eine Weile stehen, aber er summte nur vor sich hin. Schließlich gaben wir auf. Als wir zum Wagen zurückgingen, hatte ich, vielleicht dank Zehabs sprunghaften Assoziationen, eine Erleuchtung. Ich glaubte zu wissen, wo wir Lucas vielleicht finden könnten.

13

»Halt an«, sagte ich.

Rachel fuhr an den Straßenrand und stoppte den Wagen. »Siehst du es?«

»Ja, da drüben. Das Gebäude auf der anderen Straßenseite.«

»Das, an dem gearbeitet wird?« Sie wies auf einen eingerüsteten Turm, wo unter der Woche Arbeiter mit Preßluftbohrern und Zementmaschinen vermutlich einen Höllenlärm veranstalteten. Heute aber war alles still.

»Nein, das rechts davon«, sagte ich.

Auf dem Nachbargrundstück stand ein hohes, graues Gebäude, seine einst majestätische Würde erschlafft wie der Maschendrahtzaun, der es umgab. Wie eine einsame alte Frau, deren frühere Schönheit der Vergangenheit angehört, war es prunkvoll und trostlos zugleich. Oben auf dem Gebäude standen an den vier Ecken jeweils zwei Engel mit langen, gefalteten Flügeln. Lange Gewänder fielen schwer auf die Füße nieder, ihre Hände waren zum Gebet gefaltet, ihre Gesichter ernst und wachsam.

Wenn es Schutzengel waren, so hatten sie hier jetzt nichts mehr zu tun, aber vielleicht war es ihrem Schutz zu danken, daß eines oder zwei der großen Fenster auf Straßenhöhe wie durch ein Wunder unversehrt waren. Die Inhaber und Kunden der einst sicherlich luxuriösen Geschäfte und eleganten Restaurants waren längst verschwunden, keine Waren waren hinter den Fenstern ausgestellt, die vom Schmutz und dem Ziegelstaub des Bauvorhabens nebenan blind waren. Doch die grellroten chinesischen Schriftzeichen, die auf eines der Fenster gemalt waren, leuchteten ebenso deutlich wie die Worte, die mir gleich ins Auge gefallen waren: »Restaurant Die Chinesische Mauer«.

Mein Blick schweifte zum Eingang des Gebäudes. Auf dem Absatz einer Vortreppe standen zwei kleinere steinerne Engel mit einem Banner in der Hand. »Angelus Hotel« stand darauf.

Ein Engel wacht über den Prof – immer und zu aller Zeit. Hab es mit meinen eigenen Augen an der Chinesischen Mauer gesehen... Man muß es dreimal sagen, wenn die Glocken läuten.

»Du hast anscheinend recht gehabt«, sagte Rachel. »Zehab hat vom Angelus gesprochen.«

»Es war das einzige Hotel aus Corkys Aufzählung, zu dem Zehabs Gerede irgendwie gepaßt hat. Ich weiß zwar nicht, ob man da drinnen wirklich schlemmen konnte, aber vielleicht wollte er damit nur sagen, daß es sich um ein Restaurant handelt und nicht um die echte Chinesische Mauer.«

Wir stiegen aus und gingen auf das alte Hotel zu. Es schien mir in den zwanziger Jahren gebaut worden zu sein, als Las Piernas eine seiner Hochzeiten erlebt hatte.

»Domini angelus...«, deklamierte Rachel in feierlichem Ton. »Das hätte ich eigentlich wissen müssen. Ich hab das *Angelus* dreimal am Tag gebetet. Du auch?«

»Aber klar. Ich war doch auf einer katholischen Schule.«

»Was meinst du, hat ein Katholik das Hotel gebaut?«

»Entweder das, oder es war jemand, der diese Stadt hier an Los Angeles anbinden wollte. Aber L. A. war vielleicht zu der Zeit, als das Hotel gebaut wurde, noch gar nicht so groß, und wenn ich mir die vielen Engel anschaue, möchte ich fast wetten, daß der Kasten von einem unserer frömmeren Brüder im Glauben hier hingestellt worden ist.«

»Von einem unserer wohlhabenderen Brüder im Glauben«, sagte Rachel.

Der Drahtzaun vor dem Hotel war intakt, wenn auch nicht unbedingt abschreckend. Wir gingen an ihm entlang, weg von der Baustelle, zu einer schmalen Gasse auf der anderen

Seite des Angelus. Die Gasse war leer, durch drei dicke Metallpoller mit Katzenaugen von einer Einbahnstraße abgegrenzt. Ich schob meine Hände in die Manteltaschen und folgte Rachel, die langsam die Gasse hinunterging und das Gebäude musterte.

Ein Stück weiter, an einer Stelle, die man von der Baustelle aus sicher nicht sehen konnte, war der Drahtzaun durchgeschnitten. Rachel zog den lose hängenden Teil heraus und verneigte sich, als wollte sie sagen: Nach Ihnen bitte.

Ich kroch hindurch und wartete auf Rachel. Wir standen jetzt auf einem langen Streifen nackter Erde. Früher war hier vielleicht einmal ein Rasen oder ein Garten gewesen. Zwei hohe Palmen und einige Büschel Unkraut waren alles, was davon übriggeblieben war.

Zwischen dem Erdstreifen und dem Hotel führte eine lange gepflasterte Auffahrt hindurch. An ihrem Ende war eine große Fläche rissigen Alphalts, von wucherndem Unkraut durchsetzt – früher vielleicht ein Parkplatz.

Rachel blieb stehen, musterte zuerst das Hotel, dann den Boden. »Gut, daß es neulich abend geregnet hat«, bemerkte sie. »Da finden wir den bevorzugten Eingang leichter.«

»Fußabdrücke.«

»Richtig. Der Boden ist zwar jetzt trocken, aber hier sind ganz eindeutig einige Leute untergekrochen, als es geregnet hat. Ihre Spuren müßten uns eigentlich den Weg zeigen.«

Mehrere Pfade, durch niedergetretenes Gras und Abdrücke in der Erde erkenntlich, führten in Windungen zum hinteren Teil des Gebäudes. Wir folgten ihnen.

»Paß auf, daß du auf dem Palmendreck nicht ausrutschst«, sagte Rachel, als wir mit knirschenden Schritten über die verschmutzte Auffahrt gingen. Der »Palmendreck« bestand aus Hunderten unbefruchteter Datteln, die in weiß Gott wie vielen Jahren ohne Gärtner von den Palmen gefallen waren und sich hier gesammelt hatten.

Wir gingen jetzt am Gebäude entlang. Einmal kamen wir an einer Eisentür vorbei, die zugeschweißt war. Zwei Stockwerke darüber sah man eine Reihe kleiner Fenster, die bis zum Dach des Gebäudes reichte. Die untersten Fenster waren eingeschlagen.

»Tja, das wär die Treppe gewesen«, sagte Rachel mit einem Blick nach oben, als wir weitergingen. »Schau – sogar der Zugang zur Feuerleiter ist versperrt.«

»Damit die Penner nicht reinkommen, was?«

Sie nickte. »Die machen da drinnen Feuer, damit sie's warm haben; wenn sie dann einschlafen oder betrunken oder high sind, geht das ganze Gebäude in Flammen auf – und mit ihm vielleicht alle, die drinnen sind. Oder sie ersticken – das Feuer schwelt nur, aber drinnen ist keine richtige Ventilation, und das Feuer frißt den ganzen Sauerstoff auf.«

Hinter dem Gebäude stiegen wir eine kurze Betontreppe hinauf. Die Rückfront war weniger ansehnlich als die Fassade. Sie hatte eine Reihe von Türen, die aber alle mit Brettern vernagelt waren.

»Das Holz ist ziemlich neu«, stellte ich fest. »Anscheinend haben sie die Türen erst vor kurzer Zeit verrammelt.«

»Ja, aber schau – diese hat schon jemand aufgebrochen. Laß mich zuerst reingehen, nur für den Fall, daß schon jemand drin ist.«

Sie zog eine große Taschenlampe aus ihrem Gürtel und knipste sie an. Als sie vorsichtig die Tür öffnete, wehte uns ein unbeschreiblicher Geruch nach Exkrementen entgegen.

»Pfui Teufel«, rief ich zurückweichend.

Rachel lachte. »Du hast doch nicht erwartet, daß hier gerade die Zimmermädchen saubergemacht haben.«

»Nein, aber ich hab auch nicht erwartet, in einer Kloake zu landen.«

Sie drehte mir den Rücken zu und leuchtete mit ihrer

Lampe in einen großen Raum, an dessen Wänden sich verrostete Rohre und Wasserhähne befanden.

»Das war vermutlich mal die Wäscherei«, sagte sie.

»Kann schon sein. Aber dreckig ist es trotzdem.«

»So schlimm ist es auch wieder nicht. Überleg dir mal, wie grauenvoll es wäre, wenn wir einen warmen Tag hätten – paß nur da bei der Tür auf, wo du hintrittst«, sagte sie und richtete den Strahl der Lampe auf die Stelle. Sie befand sich ungefähr zwei Schritte von meinem Standort entfernt.

»Komm, machen wir, daß wir hier wegkommen.«

»Laß nur die Tür offen«, sagte sie. »Ich möchte hier möglichst schnell rauskommen, wenn es sein muß.«

Wir gingen weiter zur nächsten Tür und gelangten in einen langen, dunklen Korridor mit mehreren Türen zu beiden Seiten. Der Boden war klebrig, und beißender Uringeruch hing in der Luft. Ich versuchte, es zu ignorieren, und schwor mir, ich würde meine Schuhe wegwerfen, sobald ich nach Hause kam.

»Laß die Tür auch offen«, sagte Rachel. »Dann finden wir leichter wieder raus.«

Je weiter wir uns von der Tür entfernten, desto dunkler wurde der Korridor, und nicht der Gestank, sondern die Finsternis und das Gefühl, eingeschlossen zu sein, ließen Panik in mir aufsteigen.

Ich war einmal mehrere Tage lang in einer kleinen, finsteren Kammer eingeschlossen gewesen, als »Gast« zweier perverser Kerle, die sich daran ergötzten, andere schreien zu hören. Eine Folge dieses Erlebnisses ist, daß ich manchmal bei Licht schlafen muß. Und manchmal ist es besser, überhaupt nicht einzuschlafen. Mit der Dunkelheit stehe ich nicht auf gutem Fuße.

Ich bemühte mich, die Erinnerungen an damals nicht hochkommen zu lassen, während wir weitergingen. Rachel marschierte unbeirrt voran. Ich blieb ihr dicht auf den Fersen. Sie drehte sich nach mir um, wobei sie die Lampe so hielt, daß sie mich nicht blendete.

»Alles okay? Möchtest du lieber draußen warten?«

Nichts wäre mir lieber gewesen, dennoch schüttelte ich den Kopf. »Lucas kennt mich, dich kennt er nicht.«

»Es ist unwahrscheinlich, daß er sich am Tag hier aufhält.«

»Trotzdem, ich komme mit.«

Sie zuckte die Achseln und ging weiter. Immer, wenn wir uns einer Tür näherten, blieb sie kurz stehen und lauschte. Aber es war nichts zu hören als das jetzt ferne Geräusch des Straßenverkehrs und das Hämmern meines Herzens. Die Klaustrophobie hielt mich fest in ihren Krallen.

»Wir sind auf dem Weg zu einer Treppe«, sagte sie in aufmunterndem Ton. »Da wird es sicher heller.«

Ich konnte nicht antworten.

Wieder sah sie sich nach mir um, richtete dann die Lampe auf die Türen um uns herum. Sie blieb stehen, als müßte sie überlegen. Ich begann zu zittern. Ich versuchte, die Bilder, die mich bestürmten, abzuwehren. Das hier war etwas anderes, sagte ich mir. Du bist hier in Sicherheit, du bist in Sicherheit. Ich hörte meinen eigenen Atem – hastig und kurz.

»Beruhig dich«, sagte sie. »Willst du die Lampe nehmen?«

»Nein.« Ich zwang mich, langsamer zu atmen.

Sie nahm mich bei der Hand und setzte sich wieder in Bewegung. Ich wollte protestieren, wollte sagen, sie behandle mich wie ein Kind, aber ich war froh, ihre warme Hand zu spüren, die die meine fest umfaßte.

»Hoffentlich hat die Scheiße dort draußen dich nicht zu sehr gestört.«

Ich schüttelte den Kopf. Sinnlos in der Dunkelheit. *Bring mich hier raus!* hätte ich am liebsten geschrien.

»Stell dir einfach vor, du wärst eine Jägerin«, sagte sie. »Sieh es als frische Spur. Vielleicht hat's dein Freund hinterlassen.«

»Nein, bestimmt nicht«, widersprach ich mit gepreßter Stimme. »Lucas war das nie im Leben.«

»Ach, dein Freund, der Penner, ist wohl ein Heiliger, der nie scheißen muß?«

Ich entriß ihr meine Hand.

»Oh«, sagte sie in der Dunkelheit, »er ist also tatsächlich ein Heiliger, genau wie der heilige Antonius?« Schritt für Schritt ging sie weiter, und ich mußte ihr folgen. »Der Heilige, der niemals scheißt«, fuhr sie fort. »Na, wenn das kein Wunder ist!«

Ich ballte unwillkürlich die Fäuste. »Hör auf!«

»Vielleicht macht der Papst ihn zum Schutzheiligen der Arschlöcher.«

»Verdammt noch mal, Rachel«, schrie ich sie an. »Halt endlich die Klappe!«

Meine Stimme schallte durch den ganzen Korridor. Sie blieb stehen und richtete den Lichtstrahl der Lampe auf die Tür direkt vor uns. »Ausgang« stand darauf. Sie drehte sich nach mir um, die Lampe auf eine Wand gerichtet, so daß das abprallende Licht unsere beiden Gesichter erleuchtete. Sie lächelte. »Na bitte, viel besser.«

Jetzt wurde mir klar, was sie getan hatte und warum sie es getan hatte. Ich blickte zu Boden. »Verzeih mir, wenn ich nicht gleich danke sage.«

Sie lachte und öffnete die Tür.

Im Treppenhaus war es heller und die Luft besser. Das half mir, mich zu beruhigen. Ich rannte an ihr vorbei die Treppe hinauf zum ersten eingeschlagenen Fenster. Ich hielt mein Gesicht an die Öffnung und atmete tief die kalte, frische Luft ein. Mein verkrampfter Magen entspannte sich, ich hörte auf zu zittern. Und im nächsten Moment hätte ich vor lauter Erleichterung am liebsten zu weinen angefangen.

Früher einmal hätte ich mich einer solchen emotionalen Reaktion geschämt. Jetzt begann ich mich daran zu gewöhnen, und weil ich wußte, daß es vorübergehen würde, ging es schneller vorüber. Ich sah zu Rachel hinüber, die hinter mir auf dem Treppenabsatz wartete und ganz in die Betrachtung ihres Handys vertieft schien. Ihr langes Haar verhüllte ihr Gesicht.

»Sind meine Nase und Backen auch so rot wie deine?« fragte ich.

Sie sah auf. »Ja, und deine Ohren auch.«

Ich hob die Hand und fuhr mir durchs Haar. »Ich kann's kaum erwarten, bis es endlich wieder lang ist.«

»Das kommt schon, keine Sorge. Dein eiserner Wille wird ihm die richtige Schubkraft geben. Ich wette, im Sommer ist dein Haar schon länger als meins.«

Ich lachte.

Sie lächelte. »Das klingt gut, dich lachen zu hören«, sagte sie und steckte das Handy ein. Sie begann die Treppe hinaufzusteigen. »Ich denke, wir sollten ganz oben anfangen. Ist dir das recht?«

«Ja. Corky hat doch gesagt, daß Lucas immer am liebsten in die oberen Stockwerke geht.«

»Genau.«

Danach sprachen wir kaum noch. Vierzehn Treppen sind eine ganze Menge, da wird einem warm, und der Puls geht schneller. Rachel war in phantastischer Form; Frank hat mir einmal erzählt, sogar er hätte sich vor Rachel so geschämt, daß er beim Fitneßtraining gleich noch ein paar Extra-Runden lief. Ich selbst war seit meinem letzten Krankenhausaufenthalt noch immer nicht wieder ganz auf dem Damm; die letzten Stockwerke mußte ich mich gründlich anstrengen.

In der oberen Etage traten wir auf einen dunklen Vorplatz hinaus, wo sich mehrere Aufzüge befanden. Um eine Ecke gelangten wir in einen dämmrigen Korridor. Licht fiel durch zwei große Türen mit langen grünen Milchglasscheiben. Das Glas war in Chrom gefaßt, Mahagonirahmen im Art-deco-

Stil umfaßten die Türen. Zwei Engel, so ernst wie ihre Gefährten außen am Gebäude, jeder mit einem Schwert in der Hand, standen uns gegenüber.

»Die Engel in diesem Haus sind die traurigsten Himmelsgeschöpfe, die ich je in meinem Leben gesehen habe«, bemerkte Rachel, während sie eine der Türen aufstieß. »Vielleicht ist es in der Hölle doch lustiger.«

Die Tür führte in einen großen Raum. Aus hohen Fenstern, die einst einen herrlichen Blick auf die Stadt und das Wasser geboten haben mußten, strömte aus drei Richtungen Licht herein. Eine lange Bar mit kunstvoll geschnitzten Köpfen lächelnder Engel stand vor einem großen Spiegel, der längst seinen Glanz verloren hatte.

»Die fröhlichen Engel sind hier an der Bar«, bemerkte ich, und meine Stimme hallte gespenstisch in dem leeren Saal.

»Die ernsten Typen an der Tür sind wahrscheinlich die Rausschmeißer«, meinte Rachel.

»Schutzengel. Müssen sie sein. Wenn ich das Alter des Gebäudes richtig eingeschätzt habe, hat es das große Erdbeben von 1933 heil überstanden.«

Rachel schauderte und machte eine Geste, als wollte sie etwas Böses abwehren. »Sprich nicht von Erdbeben«, sagte sie.

Der Parkettboden war noch da, wenn auch das Holz voller Schrammen war und sich teilweise aufgeworfen hatte. Aber getanzt hatten in diesem Saal in den letzten Jahrzehnten wohl höchstens Staubkörnchen im Sonnenlicht. Ich ging in die Knie, um den Boden aus einem anderen Blickwinkel zu betrachten.

»Sieht nicht so aus, als wär hier oben jemand gewesen«, sagte Rachel.

»Hm, sieh dir den Boden an. Hier hat jemand gesessen und die Aussicht bewundert.«

Hier und dort waren Spuren, die aussahen wie alte Fußabdrücke; eine führte deutlich sichtbar zu einem der Fenster mit Blick nach Süden. Tische und Stühle gab es in diesem Saal schon lange nicht mehr, doch am Fenster, wo die Fußspur endete, stand eine umgedrehte Kiste.

»Komm, schauen wir mal«, sagte Rachel.

»Die Fenster gehen nach Süden, zum Ozean hin.«

»Glaubst du, er wollte sich das Wasser ansehen?«

»Da wird er von hier nicht viel gesehen haben.«

Der Blick aus dem Fenster, vor dem die Kiste stand, zeigte nur ein schmales Stück Meer. Die Bauten direkt gegenüber versperrten den Blick nicht, mehrere Straßenzüge weiter jedoch, besonders am Broadway entlang, stand eine langgezogene Gruppe von Wolkenkratzern zwischen dem Angelus und dem Pazifischen Ozean. Einer fiel mir besonders auf – ein schwarzer Glasturm, eines der höchsten Gebäude der Stadt. Drei riesige Lettern krönten ihn: BLP. Die Bank von Las Piernas. Ben Wattersons Bank.

»Versuchen wir's einen Stock tiefer«, schlug ich vor.

Im Korridor des vierzehnten Stockwerks gab es kein Licht, aber wenigstens viel frische Luft. Es stank nicht wie unten, und ich fragte mich, ob das der Grund war, weshalb Lucas sich die Mühe machte, in den Gebäuden, in denen er zu nächtigen pflegte, ganz nach oben zu klettern.

Rachel wurde wieder vorsichtig, lauschte angespannt, ehe sie die erste Tür, zu der wir kamen, öffnete. Quietschend schwang sie auf. Rachel zögerte einen Moment, ehe sie das Zimmer betrat. Ich schlich ihr hinterher.

Erst wenn ein Hotelzimmer vollkommen leer ist, sieht man, wie klein es eigentlich ist. Kein Teppich, keine Vorhänge, kein Bett; an der Wand unter dem Fenster ein Heizkörper. Es war so kalt, daß wir unseren eigenen Atem sehen konnten.

Kein Laut.

Rachel warf einen Blick in das kleine Badezimmer und in den Wandschrank.

»Hier ist seit Ewigkeiten niemand mehr gewesen. Schauen wir weiter.«

Als wir hinausgingen, wollte ich die Tür zuziehen.

»Nein, laß sie offen«, sagte Rachel. »Dann haben wir im Flur mehr Licht.« Nach einer kleinen Pause fügte sie hinzu: »Soll ich eines von den Fenstern aufmachen?«

Ich schüttelte den Kopf. »Jetzt geht's wieder. Danke – daß du daran gedacht hast. Und danke für vorhin.«

»Du weißt, daß das nicht mein Ernst war? Aber du hast wirklich ausgesehen, als würdest du gleich ohnmächtig werden, und es war einfach das erste, was mir eingefallen ist, um dich abzulenken.«

»Es ist dir gelungen. Natürlich weiß ich, daß es nicht dein Ernst war. Aber laß uns beim nächstenmal trotzdem lieber über Politik oder Religion streiten.«

»Das hätte nicht so schnell gewirkt«, entgegnete sie und drückte dann ihr Ohr an die nächste Tür.

Wir öffneten sechs Türen zu sechs kleinen Zimmern im vierzehnten Stock des Angelus und fanden nichts.

Im siebten fanden wir Lucas.

14

Er sah anders aus als auf der Bank an der Bushaltestelle. Vor allem sauberer. Er hatte sich seit unserer letzten Begegnung das Haar schneiden lassen, und sein Gesicht war glatt rasiert. Er hatte noch dieselbe Jacke an, aber sie war gewaschen. Darunter trug er ein Flanellhemd, dazu abgetragene Jeans und Joggingschuhe.

Neben ihm, in einem offenen Matchsack, befand sich ein ordentlich gefalteter Anzug. Die Straßenschuhe, die daneben standen, wirkten frisch geputzt. Hätte er die Sachen angehabt, so wäre er dem Mann, den ich damals auf dem College gekannt hatte, schon ziemlich ähnlich gewesen.

Seltsam, die Dinge, die einem bleiben. Wie oft würde ich später noch daran denken, wie sorgsam er mit dem Anzug und den Schuhen umgegangen war.

Er lag rücklings auf einem Schlafsack. Sein Atem war nicht zu sehen – er atmete überhaupt nicht. Auf seinem Gesicht war ein wenig getrocknetes Blut, ebenso auf dem Boden und auf dem Heizkörper. Eine Thermosflasche lag zu seinen Füßen; auf dem Boden unter ihrer Öffnung befand sich noch ein feuchter Fleck von der Größe einer Untertasse.

Und jemand hatte ihm glanzlose Eincentmünzen auf die Augen gelegt.

So viel sah ich.

Rachel hatte ihn zuerst bemerkt und sich rasch umgedreht, um mir den Weg zu versperren. Aber ich spähte über ihre Schulter. Sie hielt mich fest und drängte mich zurück, als ich versuchte, mich an ihr vorbeizuzwängen. Ich mußte feststellen, daß ich ihr nicht gewachsen war – aber ich kämpfte tapfer, ehe ich rückwärts in den Flur hinausstolperte. Sie folgte mir und verhinderte irgendwie, daß ich stürzte. Als ich mein Gleichgewicht wiedergefunden hatte, griff sie rasch nach hinten und zog die Tür zu.

»Nein – bleib, wo du bist«, sagte sie, als sie sah, daß ich den nächsten Versuch starten wollte.

»Es ist Lucas«, sagte ich.

»Nicht mehr.«

»Doch –«

»Nein«, entgegnete sie. »Nun komm schon, du willst doch mit deinen großen Füßen nicht sämtliche Spuren zertrampeln.«

Spuren.

Was danach geschah, weiß ich nicht mehr, ich habe da eine

Gedächtnislücke; ich erinnere mich nur, daß wir wenig später in dem Zimmer neben dem von Lucas auf dem Boden saßen. Ich vermute, ich war so benommen, daß ich das meiste gar nicht richtig aufnahm. Ich hörte und hörte nicht, wie Rachel mit mir sprach. Ich fühlte und fühlte nicht, wie sie mir den Arm um die Schulter legte.

Plötzlich nahm ich wahr, daß sie auf italienisch fluchte. Das riß mich aus meinem tranceähnlichen Zustand. Sie hatte ihr Handy in der einen Hand.

»Was ist denn los?« fragte ich, mich aufsetzend.

»Ich krieg hier drinnen kein Signal. Warte du hier, okay?«

»Wohin willst du?«

»Ich geh nicht weg«, antwortete sie, »ich geh nur rüber zum Fenster.«

Ich sah zu, wie sie sich abmühte, das Fenster zu öffnen. »Verdammt noch mal, der blöde Riegel funktioniert nicht. Wahrscheinlich hat das hier schon seit fünfzig Jahren keiner mehr aufgemacht.« Verblüfft sah ich, wie sie ihre Taschenlampe herauszog und mit ihr das Fenster einschlug. »Beschädigung von Privateigentum«, murmelte sie, während sie die letzten Splitter aus dem Rahmen zog. »Pete wird begeistert sein.«

Mit dem Handy in der Hand lehnte sie sich aus dem Fenster und tippte. »Ich bin gleich wieder da«, sagte sie zu mir.

»Caro?« rief sie ins Telefon. »Hör mal, wir haben hier ein Problem... Nein, nur ein – nein, wirst du mir jetzt vielleicht zuhören! *Si calmi!* Herrgott noch mal. *Stà zitto!* Laß mich mit Frank reden – nein, zu dir sag ich kein Wort mehr... Ach, was du nicht sagst! Dann leck mich doch am Arsch, Mr. Superbulle. Ich leg jetzt auf. Und wenn dieses Telefon läuten sollte, dann kann ich für dich nur hoffen, daß es dein Partner ist, der anruft.«

Sie drückte auf einen Knopf. »Entschuldige«, sagte sie zu

mir – ganz gelassen, als hätte sie nicht eben ihren Mann aufs Übelste beschimpft.

Ich sah sie nur schweigend an. Ich kam mir vor, als säße ich im Theater in der ersten Reihe und verstünde das Stück nicht. Ich senkte meinen Kopf auf meine Knie.

»Irene«, begann sie, aber in dem Moment klingelte das Handy. Sie beugte sich wieder zum Fenster hinaus.

»Frank? Na, so was – er hat's kapiert. Hör zu, wir haben Irenes Freund gefunden. Möglicherweise 187 – ja, genau. Ich erzähl's dir gleich – wir sind in einem alten Hotel, und es ist ein bißchen schwierig, den Weg hierher zu beschreiben. Dein Chef ist hoffentlich außer Hörweite? Gut. Ja, also, was ich sagen wollte, ich glaube, die Situation verlangt nach liebevoller Fürsorge. Verstehst du, was ich meine? Ja, ich geb sie dir gleich. Sie ist hier. Aber was die – äh – praktische Seite angeht – genau! Gut! Und kannst du vielleicht Carlos Hernandez dazu überreden, die Geschichte selbst in die Hand zu nehmen?«

Danach folgte eine lange Pause; schließlich sagte sie: »Nein. So, wie es aussieht, nicht.« Sie warf einen Blick zu mir hinüber. »Zum Beispiel hat er Münzen auf den Augen. Außerdem eine Kopfverletzung – obwohl – nein, natürlich nicht. Wir sind gleich wieder rausgegangen… Ja. Wir sind im Angelus Hotel. Im vierzehnten Stock.« Sie nannte ihm die Adresse, und als sie ihm erklären wollte, wo der Eingang war, unterbrach ich sie.

»Sag ihnen, sie sollen auf die Fußabdrücke bei der Auffahrt achten.«

Sie gab das weiter, machte noch einige nähere Angaben und winkte mir dann, ans Fenster zu kommen. Ich nahm das Handy und beugte mich hinaus, wie sie es getan hatte.

»Irene?« hörte ich ihn sagen.

»Sag Pete, er soll Rachel keine Vorwürfe machen.«

»Die kommen schon miteinander klar. Wie geht es dir?«

Ich wußte nicht, was ich dir darauf antworten sollte.
»Irene?«
»Ich weiß, daß man dir den Fall nicht geben wird«, sagte ich. »Aber glaubst du, du kannst trotzdem herkommen und mich hinterher vielleicht nach Hause bringen?«
»Natürlich. Wir sind sofort da.«
»Danke. Hier ist wieder Rachel.« Ich gab ihr das Telefon zurück und hockte mich wieder auf den Boden an der Wand.
Fragen, Schuldgefühle und Ungläubigkeit peinigten mich. Rachel sprach noch eine Zeitlang mit Frank und irgend jemand anderem von der Mordkommission, dann machte sie Schluß und setzte sich neben mich. Sie versuchte nicht, mich zum Reden zu bringen. Ich war ihr dankbar dafür.
Einige Minuten vergingen, bevor ich sagte: »Alles ist bei Lucas schiefgegangen.«
Sie hörte mir aufmerksam zu.
»Ich weiß nicht, wie er an dem Tag, an dem ich ihn gesehen habe, auf dieser Bank an der Bushaltestelle gelandet ist«, fuhr ich fort. »Es ist auch nicht wichtig. Wichtig ist, daß er etwas aus seinem Leben machen wollte. Er wollte raus aus diesem Dreck. Davon bin ich felsenfest überzeugt.«
»Sicher«, sagte sie behutsam. »Alle, die ihn gekannt haben, haben das bestätigt.«
»Ich möchte mich da drinnen umschauen.«
»Dann hast du die falsche Privatdetektivin engagiert. Ich war zu lange bei der Polizei, um da jetzt reinzugehen und womöglich am Tatort was zu verhunzen. Wir würden damit nur einen Haufen Leute verärgern, deren Hilfe wir noch dringend brauchen werden.«
Ich seufzte. »Allein läßt du mich wohl auch nicht reingehen?«
»Nein. Frank wird tun, was er kann, damit wir nicht einfach ausgeschlossen werden. Ich vermute, sie werden sowieso mit uns reden wollen, weil wir Lucas gefunden haben.«

»Jetzt versuch bloß nicht, mir weiszumachen, daß der Fall mit großem Eifer untersucht werden wird. Lucas gehörte nicht gerade zu den Reichen und Mächtigen von Las Piernas.«

»Da täuschst du dich, Irene. Ein Mordopfer ist ein Mordopfer. Die *Presse* behandelt solche Fälle vielleicht unterschiedlich, aber die Polizei tut das nicht.«

»Nimm's mir nicht übel, wenn ich gewisse Schwierigkeiten habe, das zu glauben.«

Sie zuckte die Achseln. »Glaub, was du willst. Für mich hat's jedenfalls keinen Unterschied gemacht, ob das Opfer ein Fürst oder ein Bettler war, als ich noch bei der Mordkommission gearbeitet habe. Ich wollte nur den Killer schnappen. Der Mistkerl sollte sich ja nicht einbilden, er wär schlauer als die Polizei.

Außerdem hast ja gerade du alle Möglichkeiten, die Polizei unter Druck zu setzen, wenn du glaubst, daß sie nicht ordentlich arbeitet.«

»Dabei fällt mir was ein, Rachel. Kann ich mal dein Handy haben?«

Ich wählte John Walters' Privatnummer.

John hörte mir geduldig zu, während ich berichtete.

»Das tut mir wirklich leid«, sagte er dann. »Sie scheinen ja einen schlimmen Tag gehabt zu haben. Wissen Sie was, kommen Sie doch morgen einfach zwei Stunden später, wenn Sie wollen. Aber danach fangen Sie ernsthaft damit an, an den Hintergründen von Moffetts Rücktritt zu arbeiten.«

»Was?«

»Ja, ja, nehmen Sie sich ruhig zwei Stunden frei. Ich hab tatsächlich manchmal ein gutes Herz – auch wenn Sie unseren Volontären das Gegenteil erzählen.«

»Ernsthafte Arbeit an den Hintergründen von Moffetts Rücktritt? Habe ich das richtig verstanden?«

»Ganz recht. Sie tischen mir da so eine Quatschgeschichte

über irgendeinen Penner auf, der angeblich Watterson zum Selbstmord und Moffett zum Rücktritt getrieben hat. Sie haben mir solche Dinger schon früher angedreht. Inzwischen weiß ich aus Erfahrung, daß ich Ihnen am besten erst mal ein paar Stunden Zeit lasse, damit Sie versuchen können, herauszufinden, was Ihrem Freund zugestoßen ist, weil Sie sonst nämlich mit Ihren Gedanken überhaupt nicht bei der Arbeit sein werden.«

»Aber John, das war doch kein Trick!« Ich versuchte, meinen aufsteigenden Zorn zu zügeln. »Ich geb ja zu, daß ich manchmal eine Story nicht genau so angepackt habe, wie Sie es wollten –«

»Ganz recht, Miss Kelly. So was ist vorgekommen. Wie zum Beispiel damals, als Sie den ganzen Tag auf einem Segelboot herumgegondelt sind und mir vorgemacht haben, Sie recherchierten für einen Bericht über den Hafen.«

»Diese Reportage über den Hafen hat den Preis der kalifornischen Zeitungsverleger gewonnen!«

»Ja, und der *Express* ist stolz darauf. Aber den Preis haben Sie nicht für etwas bekommen, was Ihnen der Skipper auf der Fahrt nach Catalina beigebracht hat.«

Nicht zum erstenmal verwünschte ich das Gewitter, das damals an jenem Tag aufgezogen und daran schuld gewesen war, daß ich in Avalon mit einem Kerl festsaß, der sich als der letzte Heuler entpuppt hatte.

»Hören Sie, John, ich hab jetzt keine Zeit, alte Geschichten aufzuwärmen. Das hier ist was anderes. Lucas Monroe ist in dieser ganzen Geschichte die Schlüsselfigur. Sie sollten Mark hierher schicken.«

»Mr. Baker ist mit anderen Arbeiten beschäftigt.«

»Wenn nicht Mark, dann –«

»Dann keinen.«

»Keinen?«

»Keinen. Irene, jetzt denken Sie doch endlich mal wie eine

Reporterin! Der Tod Ihres Freundes hat keinen Nachrichtenwert.«

»Wieso nicht? Weil er ein Schwarzer war? Weil er ein Wohnungsloser war? Weil er in einem Stadtviertel umgekommen ist, von dem am liebsten keiner was wissen will?«

»Sie wissen genau, was Wrigley sagen wird, wenn ich anfange, Storys über Drogentote und Penner zu drucken, die in leerstehenden Hotels krepieren.«

»Aber hier geht's doch gar nicht um –«

»Sie haben seinen Vortrag gehört. Erst wird er mir sagen, daß unsere Abonnenten morgens beim Frühstück keine Geschichten über tote Drecksäcke lesen wollen, und dann wird er mich fragen, ob ich mir vielleicht einen anderen Job suchen möchte.«

»Das ist doch eine Scheißpolitik, und das wissen Sie auch ganz genau. Wenn wir nichts über ›Drecksäcke‹ bringen dürfen, dann streichen Sie Wrigleys Namen aus dem Impressum.«

»Ich werde ihm sagen, daß Sie das vorgeschlagen haben. Es wird ihn gewiß dazu veranlassen, seinen Standpunkt noch einmal zu überdenken.«

»Wie ich diesen ganzen Mist hasse!« Die Niederlage konnte meinen Zorn nicht dämpfen. »Diese ganze Politik ist falsch. Und Sie liegen auch falsch, John. Sie irren sich in bezug auf Lucas gewaltig. Er war nicht –« Ich konnte plötzlich nicht weitersprechen. Ich dachte an den Mann, der mich mit großer Geduld in einen der schwierigsten Bereiche eingeführt hatte, die ich je studiert hatte; an den Mann, der mir ein großes Geschenk gemacht hatte, nämlich die Fähigkeit, wenigstens hier und dort die Lüge von der Wahrheit zu unterscheiden – den Mann, den ich achtete, ganz gleich, was seit der Zeit, als ich noch seine Studentin gewesen war, aus ihm geworden war.

»Kelly, jetzt hören Sie mir mal zu«, sagte John. »Es liegt

mir fern, das Andenken Ihres Freundes zu beleidigen. Ich habe nichts gegen ihn. Ich versuche nur, Ihnen den Standpunkt der Zeitung zu erläutern. Ich weiß, daß es Ihnen nicht gutgeht – verdammt noch mal, wenn ich könnte, würde ich Ihnen morgen den ganzen Tag freigeben. Aber ich hab das ungute Gefühl, daß die *Times* uns auf unserem eigenen Feld schlagen wird, wenn wir diese Moffett-Sache nicht in den Griff bekommen.«

»Ach, das ist ja das Allerneueste! Die haben doch für Las Piernas noch weniger übrig als Wrigley für die Obdachlosen.«

»Schon möglich. Aber ich würde trotzdem nicht wollen, daß es so weit kommt, Sie etwa?«

»Nein. Aber genau das versuch ich Ihnen ja dauernd zu sagen. Es *geht* hier um Moffett und Watterson. So viele merkwürdige Zusammenhänge. Ich muß dem nachgehen, John.«

»Tun Sie's in Ihrer Freizeit, Kelly. Genau wie segeln.«

Ich reichte Rachel ihr Handy zurück. Ich wußte, sie konnte mir ansehen, daß ich mit der Zeitung nicht weit gekommen war, aber sie sagte nichts.

Etwas später beantworteten wir die Fragen mehrerer Leute, denen der lange Aufstieg nicht allzu viel Spaß gemacht zu haben schien. Reed Collins und Vince Adams waren die ermittelnden Beamten; ich kannte sie beide nur flüchtig, aber ich wußte, daß Frank sie schätzte, und hatte den Verdacht, daß ihre Abordnung Teil der liebevollen Fürsorge war, die Rachel Frank anempfohlen hatte. Reed sagte, Frank würde jeden Moment kommen, aber zunächst müsse er mit mir allein sprechen, das verlangten die Vorschriften. Wir zeigten den Männern, wo Lucas lag; mein zweiter Blick auf ihn war nicht viel länger als mein erster. Reed und Vince ließen uns ein paar Minuten im Flur warten, während sie mit zwei Beamten von der Spurensicherung sprachen.

Als sie wieder herauskamen, wollten sie getrennt mit uns sprechen, Vince mit Rachel, Reed mit mir. Getrennte Zimmer zu finden war im Angelus kein Problem.

Ich brauchte eine Weile, um Reed klarzumachen, warum ich nach einem Obdachlosen gesucht hatte und warum gerade in diesem Hotel. Ich merkte gleich, daß ich es genauso überzeugend rüberbrachte wie bei John Walters – kein Mensch wollte glauben, daß Lucas auf die Reichen und Mächtigen von Las Piernas Einfluß gehabt hatte. Reed äußerte kein einziges Mal Zweifel an meinen Theorien – die, das will ich gern zugeben, noch ziemlich unausgegoren waren –, aber seine Fragen führten alle weg von Ben Watterson und Allan Moffett.

»Können Sie mir diesen Corky beschreiben?« fragte er.

Die anderen Fragen gingen in der gleichen Richtung – immer wieder zurück zu den Obdachlosen.

»Kommen wir noch mal auf diesen Zehab«, sagte Reed. »Sie sind sicher, daß das seine Worte waren? Das klingt mir alles ein bißchen wirr.«

»Er *ist* ein bißchen wirr.«

»Dann können Sie doch eigentlich gar nicht sicher sein, daß Sie seine Worte noch richtig im Kopf haben?«

»Nein, das stimmt. Ich habe mir keine Notizen gemacht, es ist also durchaus möglich, daß ich mich nicht wortwörtlich erinnere. Aber ich habe ein ziemlich gutes Gedächtnis für Gespräche.«

»Hm, ja, in Ihrem Beruf müssen Sie das wohl haben.«

Wir unterhielten uns noch eine Weile, dann ging er in den Flur hinaus und ließ mich allein zurück. An der offenen Tür sah ich draußen Carlos Hernandez, den Leichenbeschauer, vorbeigehen. Ihm folgten zwei Männer mit einer Trage.

Sekunden später kam Frank. Er sagte gar nichts, sondern kam nur auf mich zu und nahm mich in die Arme. Es war das Beste, was mir an diesem Tag widerfuhr.

»Die Leichenflecken«, sagte Carlos. Er stand im Korridor vor dem Zimmer. Ich konnte den Fotografen hören, der drinnen an der Arbeit war, die gedämpften Stimmen der Männer, die die Spuren sicherten. »Die Leichenflecken beweisen, daß er nach dem Tod verlagert wurde.«

»Die Münzen auf den Augen beweisen doch auch schon, daß jemand anderer bei ihm war«, sagte ich.

»Die Münzen sagen uns, daß jemand hier war, nachdem er das Bewußtsein verloren hatte«, korrigierte mich Carlos. »Aber die blau-violetten Verfärbungen – an den Stellen, an denen sich nach dem Tod das Blut sammelt – befinden sich auf der Vorderseite des Körpers. Das heißt, er wurde nach dem Tod umgedreht.«

»Wann ist er getötet worden?« fragte ich.

»Ich bin gar nicht sicher, daß er getötet wurde.«

»Was! Aber ich habe doch das Blut gesehen –«

»Ja, an der Stirn und auch am Heizkörper. Aber ich bezweifle, daß dieser Schlag auf den Kopf ihn getötet hat. Nach der Autopsie werde ich mehr wissen, aber ich vermute, daß er gegen den Heizkörper gestürzt ist, vielleicht nach einem –« Er warf einen Blick auf Frank. »Nun, vielleicht nach einem Schwindelanfall.«

»Was wollten Sie denn in Wirklichkeit sagen?« fragte ich.

»Schwindelanfall tut's fürs erste«, entgegnete Carlos. Als er sah, daß ich damit nicht zufrieden war, fügte er hinzu: »Soviel ich weiß, war er Alkoholiker?«

»Nicht mehr. Er war seit mindestens sechs Wochen trocken.«

»Und da sind Sie ganz sicher?«

Ich zögerte. »Nein.«

»Aber selbst wenn er trocken war, wie Sie sagen, es gibt keinerlei Anzeichen für einen Kampf, und der Schlag auf den Kopf war nicht allzu wuchtig. Er hat Blutergüsse an den Knien und den Handflächen – den Handflächen, nicht den

Handknöcheln oder den Fingern –, als wäre er gestürzt.« Er hielt einen Moment inne und sah zum Zimmer hinüber. »Aber es ist natürlich noch zu früh, um mit Sicherheit etwas zu sagen. Nach der Autopsie werde ich mehr wissen.«

»Und die Todeszeit – können Sie die schätzen?«

»Die Todeszeit ist unter den gegebenen Umständen schwer zu beurteilen. Das Zimmer ist sehr kalt und trocken. Das hat den Verfall verlangsamt. Das Wetter war zwar die ganze Zeit kalt, aber wir können nicht mit Gewißheit sagen, ob das auch für das Zimmer zutrifft – wie ich schon sagte, aufgrund der Leichenflecken wissen wir, daß mehrere Stunden nach Eintritt des Todes jemand hier war und die Leiche bewegt hat, und – aber ehe ich mehr sage, möchte ich Sie um einen Gefallen bitten. Würde es Ihnen etwas ausmachen, mit ins Zimmer zu kommen und sich den Toten noch einmal anzusehen?«

»Natürlich nicht«, antwortete ich, obwohl ich gar nicht sicher war, daß das stimmte.

Ich war froh, als Frank mitkam.

Carlos bat die Beamten, einen Moment hinauszugehen, so daß etwas mehr Platz im Zimmer war. Die Leiche lag, schon in einem großen Plastiksack eingepackt, auf der Trage. Ich spürte Franks Hand auf meiner Schulter; Carlos trat zu der Trage und zog den Reißverschluß des Plastiksacks auf. Bei dem unangenehmen Geräusch lief mir ein Schauer über den Rücken.

Er winkte mir. Frank blieb an meiner Seite, als ich einen Schritt näher trat.

»Jetzt, wo Sie Zeit haben, etwas genauer hinzusehen«, sagte Carlos, »würden Sie sich bitte vergewissern, daß dieser Mann –«

»Es ist Lucas Monroe«, sagte ich mit trockenem Mund. »Ja, es ist Lucas.«

Carlos nickte und begann dann, Lucas' Flanellhemd aufzuknöpfen. Ich hielt meinen Blick fest auf Carlos' Finger und die Knöpfe gerichtet. Carlos zog das Hemd auseinander.

Lucas' braune Haut war an einigen Stellen, dort, wo der Körper ursprünglich aufgelegen haben mußte, dunkel verfärbt.

»Sehen Sie das hier?« sagte Carlos und zeichnete den Umriß eines merkwürdig gefärbten Flecks auf Lucas' Brust nach. Er griff in den Plastiksack und zog Lucas' Hand heraus. Ein Fleck gleicher Art war in die leblose Handfläche eingedrückt. »Hier und hier?«

Ich nickte.

»Hat Mr. Monroe Schmuck getragen?« fragte Carlos.

»Seinen Ring, ja.«

»Nein, nicht an den Fingern, sondern –«

»Er hat seinen Ring nicht am Finger getragen. Er hatte ihn an einem Metallkettchen um den Hals. Haben Sie ihn nicht bei ihm gefunden?«

»Nein. Können Sie ihn beschreiben?«

»Es ist ein goldener Ring vom Las Piernas College. Mit einem Rubin und irgendeinem anderen roten Stein.«

»Dieser Mann hat studiert?« fragte Carlos.

»Ja. Er hat sich den Ring wahrscheinlich gekauft, als er seinen Bachelor gemacht hatte. Irgendwann in den siebziger Jahren. Das College könnte es Ihnen sagen.« Ich sah Frank an. »Das hab ich dir doch erzählt, weißt du noch?«

Frank nickte. Er rief Reed herein, der draußen im Flur mit Vince sprach. »Das wird dich vielleicht interessieren«, sagte Frank und bat mich, die Beschreibung des Rings zu wiederholen.

»Er wurde mehrere Stunden nach seinem Tod entfernt«, fügte Carlos hinzu, während Reed sich Notizen machte.

»Ach, übrigens, Irene«, sagte Reed, »haben Sie eine Ahnung, wie wir seine Familie erreichen können?«

Ich schüttelte den Kopf. »Nein, aber Sie könnten es mal bei

Roberta Benson im Obdachlosenheim versuchen. Sie kann Ihnen wahrscheinlich mehr über ihn sagen als ich. Er war einer ihrer Klienten.«

Bei dem Wort »Klient« tauschten Frank und Reed einen Blick, aber Reed sagte nur: »Danke, ich werd's versuchen.«

Rachel kam herein, um nach mir zu sehen. Im Zimmer war es inzwischen ziemlich eng geworden. Da ich den Beamten im Moment keine weiteren Auskünfte geben konnte, warf ich noch einen letzten Blick auf Lucas, sagte ihm schweigend Lebwohl und bat dann Frank, mich nach Hause zu bringen.

»Ich ruf dich später an«, sagte Rachel. Als sie mich in den Arm nahm, hörte ich, wie der Reißverschluß des Plastiksacks zugezogen wurde.

15

Das Telefon läutete, als wir ins Haus traten. Cody strich mir maunzend um die Beine, als ich hingehen wollte. Die Hunde bellten zur Begrüßung, und Frank ging, um sie hereinzulassen. Cody beschnupperte fasziniert meine Schuhe. Ich zog sie hastig aus, dann hob ich den Hörer ab.

»Irene? Hier spricht Claire.« Es folgte eine Pause, dann fügte sie hinzu: »Störe ich?«

Die Hunde hatten zwar aufgehört zu bellen, aber jetzt sprangen sie voll überschwenglicher Freude über unsere Heimkehr an Frank hoch, der im Hintergrund »Runter, marsch, runter!« rief.

»Das ist nur unser Empfangskomitee.« Ich zwang mich, in fröhlichem Ton zu sprechen, obwohl ich mich alles andere als fröhlich fühlte. »Wir sind eben zur Tür hereingekommen.«

»Ihr habt Haustiere?«

»Im Augenblick ungefähr drei zu viel. Was kann ich für dich tun, Claire?«

»Ich habe die Unterlagen über das Boot gefunden. Wir haben es 1974 gekauft und 1977 wieder verkauft. Ist dir das eine Hilfe?«

»Und Ben hat das Boot nie wieder betreten, nachdem er es an Andre verkauft hatte?«

»Nein, aber wieso ist das wichtig?«

»Du hast doch gesagt, daß er die Fotokopie eines Fotos von eurem alten Boot verbrannt hat. Wenn Ben das Boot nach dem Verkauf nie wieder betreten hat, muß das Foto irgendwann zwischen 1974 und 1977 aufgenommen worden sein.«

»Ja, aber Lucas Monroe kann dir doch wahrscheinlich viel mehr über das Foto erzählen.«

»Claire – ich muß dir etwas sagen...« Aber ich konnte es nicht. Ich konnte nicht sprechen. Nicht schlucken. Nicht atmen. Claire sagte nichts. Frank, der die Hunde gestreichelt hatte, blickte auf.

»Irene?« sagte er. Die Hunde, Cody und Frank sahen mich alle erwartungsvoll an. Ich schloß die Augen.

»Ich muß dir was sagen«, begann ich von neuem. »Lucas ist tot. Wir haben ihn vor wenigen Stunden gefunden.«

Lange Zeit blieb es still. Ich hörte, wie Frank im offenen Kamin Holzscheite aufschichtete.

»Das tut mir leid«, sagte Claire schließlich. »Er war dein Freund.«

»Es ist merkwürdig«, meinte ich. »Du hast recht gehabt. Ich weiß nicht, was aus ihm geworden war. Ich habe ihn vor Jahren gekannt, aber im Grunde war er für mich ein Unbekannter geworden – ich habe ihn vor langer Zeit aus den Augen verloren. Unser beider Leben hat sich in ganz unterschiedliche Richtungen entwickelt. Aber früher einmal waren wir Freunde. Und ich weiß, daß er mit mir sprechen wollte. Das letzte Mal, als ich ihn gesehen habe, sagte er: ›Sie könnten mir helfen...‹«

»Und jetzt gibt es diese Möglichkeit nicht mehr«, sagte sie, als ich schwieg. »Ja, ich weiß, wie das ist.«

Ich glaubte ihr. »Ich habe Lucas sehr geachtet«, sagte ich. »Und daran hat sich nichts geändert.«

»Er war doch noch jung, nicht wahr?« fragte sie.

Ich beantwortete die Frage, die dahinter stand. »Die Todesursache steht noch nicht fest. Der Leichenbeschauer hat sich noch nicht geäußert.«

»Ist Lucas möglicherweise umgebracht worden?«

»Das ist schwer zu sagen. Es wird wohl einige Zeit dauern. Wir haben ihn in einem leerstehenden alten Hotel gefunden. Der Leichenbeschauer weiß bis jetzt noch nicht einmal, wie lange Lucas schon tot ist.«

»Das muß alles sehr schwer für dich sein.«

»Aber ich werde trotzdem versuchen, die Sache mit den Fotos zu ergründen.«

»Aber wenn du es lieber lassen möchtest, bin ich dir nicht böse.«

»Nein. Sag mir nur, daß auch du nicht aufgibst, Claire.«

»Das kann ich gar nicht mehr, Irene. Und ich vermute, du jetzt auch nicht mehr.«

Wir sprachen noch ein Weilchen miteinander, über harmlosere Dinge, und als wir gerade Schluß machen wollten, sagte sie plötzlich: »Oh, mir ist eben was eingefallen. Ben hat Jahrbücher geführt. Soll ich die raussuchen, die für uns von Interesse sein könnten?«

»Jahrbücher – so etwas wie Terminkalender, meinst du?«

»So ähnlich, aber ausführlicher. Fast wie Tagebücher.«

»Ja, warum nicht«, antwortete ich und versuchte, meine Hoffnungen zu dämpfen. »Sie wären sicher sehr hilfreich.«

Als ich vom Telefon wegging, sah ich, daß Frank unser ganzes Bettzeug aus dem Schlafzimmer herübergetragen und vor dem offenen Kamin aufgebaut hatte. Er selbst hatte sich umgezogen, war jetzt in Jeans und Pulli und dabei, uns etwas zu trinken zu machen.

»Baust du eine Festung?« fragte ich mit einem Blick auf die Kissenberge.

»Ja«, antwortete er, »und hier ist die Munition.« Er reichte mir einen Myers mit einem Schuß Orangensaft, nahm selbst einen Scotch mit Wasser und führte mich dann zu seiner Festung. Die Hunde und Cody setzten sich zu uns, als ich den Drink hinunterkippte. Er war stark und brannte wie Feuer in meiner Kehle.

Frank wartete, dann nahm er das leere Glas und stellte es weg.

Er zog Decken und Kissen um uns. Hunde und Katze protestierten, beruhigten sich aber wieder. Er drückte meinen Kopf auf seine Schulter und streichelte mein Haar. Ich fing erst an zu weinen, als er sagte: »Wein mir jetzt bloß nicht meine Festung voll.«

Ich erwachte mitten in der Nacht und erinnerte mich vage an beängstigende Träume. Es war eine Erleichterung, Franks leises Schnarchen zu hören. Bald wandten sich meine Gedanken Lucas zu und der Tatsache, daß seine Angehörigen vielleicht nicht einmal wußten, daß er tot war. Wo lebten seine Eltern? Ich dachte an den Briefumschlag, den Claire mir gezeigt hatte.

Frank murmelte etwas Unverständliches, als ich aufstand, und schlief gleich wieder ein. Cody folgte mir ins Wohnzimmer. Ich holte mir das Telefon und wählte die Fernauskunft.

»Ort und Teilnehmer bitte«, sagte jemand.

»Riverside. Nachname Monroe.«

»Vorname?«

»Den weiß ich nicht.«

»Tut mir leid, Madam, aber ich habe hier jede Menge Leute mit dem Namen Monroe. Ich brauche einen Vornamen.«

»Versuchen Sie's mit Lucas.«

Ich hörte das Klappern von Computertasten, dann: »Tut mir leid, kein Eintrag.«

Am folgenden Morgen ließ ich Frank erst entkommen, nachdem ich ihm das Versprechen abgenommen hatte, daß er feststellen würde, ob man die Angehörigen erreicht hatte. Er rief mich in der Redaktion an, um mir zu sagen, daß es eine Weile dauern würde, da Lucas im Heim keinerlei Auskünfte über seine Familie gegeben hatte.

So kam es, daß ich den ganzen Vormittag mit dem Telefonbuch von Riverside Verstecken spielte. Wenn John Walters in den Nachrichtenraum kam, ließ ich es schnell in der Schreibtischschublade verschwinden; sobald er wieder draußen war, holte ich es heraus und versteckte es vor den anderen auf meinem Schoß.

Nach Franks Anruf hatte ich es möglichst unauffällig aus dem Bücherregal neben Stuart Angerts Schreibtisch geholt. Es war nicht Stuarts Regal; die Bücher standen der ganzen Nachrichtenredaktion zur Verfügung. Aber in Anbetracht von Johns Warnungen und einem Mangel an Nächstenliebe unter einigen meiner Kollegen wollte ich möglichst niemanden merken lassen, was ich tat. Schlimm genug, daß Stuart bei der Rückkehr an seinen Schreibtisch die Lücke in der Reihe der Telefonbücher bemerkte und sich sofort im Raum umsah. Sein Blick blieb schließlich auf mir haften; er hatte mich in Verdacht, genau wie Schwester Mary Joseph damals in der katholischen Schule immer mich in Verdacht gehabt hatte, wenn jemand einer der Nonnen einen Streich gespielt hatte. Ich lächelte, er lächelte zurück, und ich wußte, daß er mich nicht verpetzen würde, wenn er tatsächlich erraten haben sollte, was ich trieb.

Bei meinem dreiundzwanzigsten Anruf bei einer Familie Monroe in Riverside meldete sich eine Frau, und die kleine

Pause, die sie verstreichen ließ, ehe sie sagte, »hier wohnt niemand dieses Namens«, veranlaßte mich, sie sofort zurückzurufen, nachdem sie aufgelegt hatte. Diesmal jedoch meldete sich nur ein Anrufbeantworter.

»Hier spricht Irene Kelly vom *Las Piernas News-Express.* Ich habe Lucas im College gekannt. Ich muß unbedingt mit Ihnen über ihn sprechen. Bitte. Es ist sehr wichtig. Rufen Sie mich bei der Zeitung an oder später zu Hause. Per R-Gespräch. Aber bitte rufen Sie mich an.« Ich hinterließ beide Nummern.

Nachdem ich aufgelegt hatte, starrte ich ein paar Minuten das Telefon an, als könnte ich es dazu bringen zu läuten. Aber es blieb stumm.

Neben absolut fruchtlosen Anrufen bei meinen Kontaktleuten im Rathaus tätigte ich sechsundzwanzig weitere Anrufe bei anderen Monroes in Riverside. Entweder waren die Leute nicht zu Hause oder sie kannten keinen Lucas. Mit zwei offensichtlich einsamen Monroes hielt ich einen kleinen Schwatz, bei anderen hinterließ ich Nachrichten.

Dennoch vermerkte ich mir nur Anruf Nummer dreiundzwanzig: J. Monroe, keine Adresse.

Der Mittag war längst überschritten, die Stunden galoppierten dem Redaktionsschluß entgegen, und ich hatte noch immer kein Wort geschrieben. Ich hätte den vielen Monroes in Riverside oder den Leuten im Rathaus die Schuld an meiner Frustration geben können, aber ich wußte, daß mich in Wirklichkeit etwas anderes lähmte. Ich arbeitete nicht an der Story, an der ich arbeiten wollte – zumindest nicht vom richtigen Blickwinkel aus.

Ich griff in eine meiner Schreibtischschubladen und zog einen Stapel loser Zettel, der von zwei Gummibändern zusammengehalten wurde, heraus. Ich hatte diesen Schatz geerbt, als die Polizei den Inhalt des Schreibtischs zurückgegeben hatte, den sie während ihrer Ermittlungen über den

Mord am vorherigen Inhaber des Schreibtischs, meinem Freund O'Connor, beschlagnahmt hatte. In dem Stapel fand ich einen Zettel, auf dem eine Telefonnummer mit der Vorwahl 619 stand und darunter, in den für O'Connor typischen Kürzeln, »Dages Datscha«. Ich wählte die Nummer.

»Keene? Hier spricht Irene.«

»Herrgott noch mal –«

»Immer mit der Ruhe, Keene. Lassen Sie sich Zeit und überlegen Sie einen Moment. Sie haben eine Chance, sich von dem allen zu distanzieren, nehmen Sie sie wahr. Jetzt wird nämlich Druck gemacht. Glauben Sie vielleicht, Ihre Freunde werden ewig den Mund halten?«

»Mal angenommen, daß es überhaupt etwas zu sagen gibt: Sie müssen doch zugeben, daß alle bis jetzt den Mund gehalten haben. Und ich werde bestimmt nicht der erste sein, der quasselt.«

Ich schwieg.

»Sie wissen gar nicht, was Sie eigentlich suchen, stimmt's?« sagte Keene schließlich.

»Sie vergessen, daß Lucas Monroe und ich alte Freunde sind.«

Dann geben Sie Lucas Monroe am besten den gleichen Rat, den ich Ihnen jetzt gebe: Vergessen Sie's. Es kommt auf keinen Fall was Gutes dabei raus.«

Keene wußte also nicht, daß Lucas tot war. Oder tat so, als wüßte er es nicht. Ich drängte die in mir aufsteigende Erleichterung erst mal zurück.

»Haben Sie Lucas in letzter Zeit mal gesehen?« fragte ich.

»Nein, Mr. Monroe weiß anscheinend nicht, wie er mich erreichen kann, und hat vermutlich deshalb nicht versucht, mich zu bedrohen, wie er das bei einigen anderen versucht hat.«

»In welcher Weise hat er sie denn bedroht?«

»Ach, Mist! Ich hätte wissen müssen, daß Sie nur im Trüben fischen. Sie haben keine Ahnung, stimmt's?«

»Weil Sie gerade vom Fischen reden – Sie sind doch früher öfter alle zusammen auf Bens Boot zum Fischen rausgefahren, nicht wahr?«

Schweigen.

»Sie haben eine Fotokopie erhalten, nicht wahr?« fragte ich.

»Mist!« sagte er wieder. Dann folgte eine lange Pause, und schließlich sagte er: »Lassen Sie mich in Frieden, Irene.«

»Sind Sie denn im Frieden mit sich selbst, Keene?«

Er seufzte. »Ich bin ein alter Mann.«

»O'Connor hat immer gesagt, es wäre eine Leistung, jung zu sein.«

Er lachte. »Mir scheint, das hab ich schon mal anderswo gehört.«

»Durchaus möglich. Er hat nie behauptet, daß diese Weisheiten alle auf seinem Mist gewachsen sind.«

»Hören Sie«, sagte er, »ich glaube, Ihr Freund Lucas Monroe weiß wirklich nicht, wie er mich erreichen kann, und ich möchte nicht, daß sich das ändert. Geben Sie ihm also bitte nicht diese Nummer.«

»Er hat Ihnen die Fotokopie ins Büro geschickt?« fragte ich.

»Ja. Aber dort bin ich nur noch selten. Meine Kinder führen jetzt das Geschäft. Alles, was an Post für mich kommt, schicken sie mir nach. Alles andere erledigen wir per Telefon und Fax.«

Ich überlegte einen Moment. »Sie haben ein Faxgerät zu Hause?«

»Natürlich.«

»Faxen Sie mir die Fotokopie zu, Keene.«

»Herrgott noch mal! Sie haben sie noch nicht einmal gesehen, stimmt's?«

»Faxen Sie mir die Fotokopie zu, Keene.«

»Nein. Von mir bekommt keine gottverdammte Zeitung ein Fax.«

»Ich stell mich ans Gerät und warte.«

»Da können Sie stehen, bis Sie schwarz werden. Moment mal – was soll das eigentlich? Wieso lassen Sie sich die Kopie nicht einfach von Ihrem Freund geben? Der hat doch davon sicher noch einen ganzen Stapel auf Lager.«

Zeit, mich zu entscheiden. Konnte ich ihm trauen? Nach einem Moment des Nachdenkens sagte ich: »Ich kann mir die Kopie nicht von ihm geben lassen, und das hat einen triftigen Grund. Ich sag Ihnen den Grund, wenn Sie mir schwören, daß Sie darüber weder mit Ihren Kumpels noch mit sonst jemandem sprechen.«

»Sie sind nicht meine Kumpel. Jedenfalls nicht alle.«

»Schwören Sie, Keene. Schwören Sie bei etwas, was Ihnen wirklich was bedeutet.«

»Ich schwöre es beim Andenken meiner Frau«, sagte er ernst.

»Lucas Monroe ist tot.«

»Was?! Wollen Sie mich verschaukeln?«

»Sie wissen, daß ich das nicht tue.«

»Sehen Sie jetzt, wie gefährlich die Sache ist? Sehen Sie es jetzt?«

»Sie reden, als glaubten Sie nicht, daß mein Freund eines natürlichen Todes gestorben ist, Keene.«

»*Ist* er eines natürlichen Todes gestorben?« Sein Ton hatte beinahe etwas Flehentliches.

»Nein, ich glaube es nicht. Der Leichenbeschauer ist noch an dem Fall dran, aber ganz gleich, was er findet, mich wird nichts davon überzeugen, daß Lucas rein zufällig gerade jetzt gestorben ist. Und eines kann ich Ihnen versprechen: Ich werde die Sache nicht auf sich beruhen lassen.«

Er stieß einen Laut aus, der wie ein Stöhnen klang. Ich wartete.

»Ich weiß im Grunde gar nichts«, sagte er wieder, aber ziemlich lahm.

»Keene, wenn Sie nichts wissen, brauchen Sie sich auch keine Sorgen zu machen. Aber wieso haben Sie dann Angst, mir diese Fotokopie zu schicken?«

Wieder folgte ein langes Schweigen.

»Es ist zu gefährlich. Suchen Sie sich jemand anderen. Vielleicht gibt Tyler Ihnen seine Kopie«, sagte er. »Reden Sie mit Tyler. Rufen Sie ihn in seinem Büro an.«

»Ich habe es bis jetzt nicht geschafft, zu ihm durchzukommen.«

Er schien einen Moment zu überlegen, dann sagte er: »Ich gebe Ihnen seine Durchwahl. Aber dafür müssen Sie mir schwören – schwören Sie's bei O'Connors Andenken –, daß Sie Tyler nicht sagen, wer Ihnen die Nummer gegeben hat.«

Nachdem ich den Eid gesprochen und er mir die Nummer diktiert hatte, versprach ich, mit ihm in Verbindung zu bleiben.

»Es wäre mir lieber, Sie würden das nicht tun«, entgegnete er und legte auf.

»Hallo!« Die Stimme am anderen Ende der Leitung klang gedämpft.

»Corbin Tyler?«

»Niemand, der diese Nummer hat, braucht das zu fragen«, entgegnete Tyler ruhig. »Wer spricht da?«

»Irene Kelly vom *Las Piernas News-Express.* Ehe Sie auflegen –«

»Verzeihen Sie, wenn ich Sie unterbreche, aber ich habe nicht die Absicht aufzulegen, Miss Kelly. Das wäre unangebracht. Noch unangebrachter ist es allerdings, daß Ihnen jemand meine Geheimnummer gegeben hat, aber von Ihnen werde ich wohl nicht erfahren, wer es war.«

»Nein, Mr. Tyler.«

»Ich verstehe. Nun, vielleicht ist es ja ganz gut so. Meine Sekretärin hat sich die letzten Tage ziemlich belästigt gefühlt.«

»Und was meinen Sie, wie ich mich gefühlt habe? Warum haben Sie sie das Gespräch nicht einfach durchstellen lassen?«

»Das ist doch wohl meine Sache, Miss Kelly. Also, was wollen Sie von mir?«

»Ich rufe wegen einer Farbfotokopie an. Brauchen Sie weitere Informationen?«

»Nein.«

»Ich würde Sie gern sehen und mich mit Ihnen darüber unterhalten – und über einige andere Dinge.«

Er seufzte. »Einigen wir uns auf einen Kompromiß, Miss Kelly. Geben Sie mir eine Stunde Zeit. Kommen Sie dann zu mir ins Büro.« Er gab mir genaue Anweisungen. »Parken Sie in der Tiefgarage, bei den Aufzügen auf der Nordseite. Nehmen Sie den mit der Aufschrift ›Privat‹ und geben Sie diesen Code ein.« Er diktierte mir eine Folge von Zahlen. »Ich erwarte Sie. Bis dann.«

Er legte auf.

In der obersten Etage des Gebäudes, in dem die Firma Tyler Associates ihre Büros hat, gelangt man vom Aufzug aus direkt in den Empfangsraum des Unternehmens. Der große Schreibtisch mit Marmorplatte, der einem gleich ins Auge fällt, wenn man aussteigt, war unbesetzt. Es war so still, daß ich das leise Summen hörte, als die Türen des Aufzugs sich hinter mir schlossen. Ich lauschte, konnte aber keine anderen Geräusche vernehmen. Das ganze Büro schien menschenleer zu sein.

Weiches winterliches Licht, das durch große Dachfenster fiel, nahm dem Glanz von Marmor, Glas und Chrom etwas von seiner Kälte. Auf einer Seite stand unter einer Glasvitrine das Modell irgendeines neuen Projekts. Der große Raum hatte mehrere Türen, aber nur eine war offen. Ich ging auf den Schreibtisch zu, wobei meine Schritte auf dem dicken

Teppich fast lautlos waren. Einen Moment blieb ich unschlüssig stehen, dann rief ich versuchsweise: »Hallo?«

Niemand antwortete. Keiner der vielen Knöpfe auf dem Telefonapparat, der auf dem Schreibtisch stand, war erleuchtet. Ich sah mich aufmerksam in dem großen Raum um und entdeckte zwei Sicherheitskameras – ein Glück, daß ich nicht in der Nase gebohrt oder meine Dessous zurechtgezupft hatte.

Die offene Tür führte in einen langen Korridor; auch hier schienen alle Türen bis auf eine geschlossen zu sein. Mit Sicherheit konnte ich das allerdings nicht sagen; der Korridor selbst war fast völlig dunkel. Im Gegensatz dazu war das Licht, das aus der einen offenen Tür fiel, sehr hell; so hell, daß ich nicht erkennen konnte, wer oder was sich in dem Raum dahinter befand.

Ich trat in den Gang. Das helle Licht an seinem Ende schien mich herbeizuwinken, doch der Weg dorthin war so dunkel, daß ich kaum sehen konnte, was sich unmittelbar vor mir befand. Ich streckte einen Arm zur Seite, fand eine Wand und tastete mich an der kühlen Fläche vorwärts.

Mit jedem Schritt, der mich vom Aufzug wegführte, wurde mir unbehaglicher. Ich kannte mich hier nicht aus, ich wußte nicht, mit wem Corbin Tyler in der Stunde, die seit unserem Telefongespräch vergangen war, vielleicht Kontakt aufgenommen hatte. Nur darauf bedacht, John Walters zu meiden, hatte ich die Redaktion verlassen, ohne irgend jemandem zu sagen, wohin ich wollte. Nur Keene würde wissen, daß ich möglicherweise Tyler aufgesucht hatte.

»Hallo?« rief ich wieder. »Mr. Tyler?«

Es kam keine Antwort. Ich ging weiter. Mein Herzschlag und mein Atem klangen mir laut in den Ohren. Ich hielt meinen Blick auf das Licht am Ende des Tunnels gerichtet.

Hinter mir sagte plötzlich jemand: »Miss Kelly.«

Ich stieß einen Schrei aus. Die Hände gegen die Brust gedrückt, wirbelte ich herum. Der Nachglanz des hellen Lichts schwebte zwischen mir und der Person, die sagte: »Ich habe Sie erschreckt.«

»Ja.«

»Ich bitte um Entschuldigung. Bitte gehen Sie einfach weiter den Korridor hinunter.«

Mir gefiel das überhaupt nicht. Rachel hatte mir einige Selbstverteidigungsgriffe beigebracht; ich ging sie im Kopf durch, erwog meine Möglichkeiten, während ich auf die offene Tür zuging. In der Hoffnung, eine rasche Einschätzung der Lage vornehmen zu können, ehe ich weitere Schritte unternahm, verlangsamte ich meinen Schritt und lauschte. Ich hörte, daß auch Corbin Tyler langsamer ging. Denk nach! befahl ich mir selbst. Jetzt konnte ich noch umkehren und davonlaufen. An einem Mann würde ich vielleicht vorbeikommen. Wenn mehrere hier waren… Ich spähte in das Zimmer.

Was ich sah, raubte mir den Atem.

Es gibt wahrscheinlich in Las Piernas Orte, von denen man einen schöneren Blick hat, von den höheren Gebäuden zum Beispiel, aber die kenne ich nicht. Hier jedenfalls fiel mein Blick durch eine verglaste Wand zum Wasser hinunter, wo ich Schiffe sehen konnte, die Brücken, die den Hafen überspannen, die Mole und die Jachthäfen. Die Glaswand folgte der Krümmung des Raums, so daß mir zur Linken ein Teil der Innenstadt von Las Piernas zu Füßen lag. Und dann nahm ich schließlich Corbin Tyler wahr.

Er war ins Zimmer getreten, während ich, von der Aussicht überwältigt, stehengeblieben war. Er stand, im Nachmittagslicht, vor der äußersten Stelle der Glaswand und schien ein Gebäude zu betrachten. Ich erkannte rasch, daß seine Aufmerksamkeit dem Haimler Building galt, einem hohen, eleganten Bau mit einer Glaskuppel. Das Haimler Building war eines von Tylers preisgekrönten Werken.

»Um diese Tageszeit zeigt es sich nicht unbedingt im besten Licht«, bemerkte er, ohne sich umzudrehen. »Etwas später am Tag fängt es das Licht auf eine ganz bestimmte Art ein.« Seine Stimme war, wie zuvor, ruhig und gleichmütig. Er machte mich damit unsicher, wie Booter Hodges es mit seinem egozentrischen Geschwafel nie geschafft hätte.

»Wo sind die Leute?« fragte ich mit einem Blick über meine Schulter, um mich zu vergewissern, daß die Tür offenblieb.

»Ich habe alle nach Hause geschickt. Gleich nach Ihrem Anruf. Es soll keiner wissen, daß Sie heute hier waren.«

»Aber die Kameras –«

»Sind ausgeschaltet.« Endlich drehte er sich um.

»Oh.« Es lief mir eiskalt den Rücken hinunter, als er mich schweigend musterte.

Corbin Tyler hatte tiefbraune Augen und rabenschwarzes Haar, das einzig Interessante an seinem sonst eher unscheinbaren Gesicht. Er war schlank, mittelgroß, das Gesicht blaß und schmal, der Mund etwas schlaff, ernst. In seinen Augen stand ein Ausdruck kühler Entschlossenheit.

»Auf dem Schreibtisch liegt ein Umschlag für Sie, Miss Kelly. Nehmen Sie ihn und gehen Sie.«

»Ich bin Ihnen wirklich sehr dankbar, Mr. Tyler. Aber ich habe auch noch einige Fragen –«

»Ich bin nicht zu einem Gespräch mit Ihnen bereit.«

»Warum nicht? Es ist doch –«

Er hob die Hand wie ein Verkehrspolizist. Ich schwieg.

»Treiben Sie es nicht zu weit«, sagte er. Er verschränkte die Arme. Die ganze Art seines Verhaltens sagte mir, daß ich den Umschlag nehmen und gehen sollte, aber ich kann es nun mal nicht lassen…

»Wissen Sie, warum Allan Moffett zurückgetreten ist?« fragte ich.

»Ja.«

Ich wartete.

»Danke, daß Sie diese Frage gestellt haben. Nun kann ich jedem, der Sie vielleicht hier gesehen hat und mich fragt, wieso ich mich mit einer Reporterin vom *Express* getroffen habe, erklären, daß Sie hierhergekommen sind, um mich nach Mr. Moffett zu fragen. Nehmen Sie den Umschlag, und gehen Sie, Miss Kelly.«

Ich ging zu seinem Schreibtisch, ergriff den braunen Umschlag, der dort bereitlag, und hielt inne, als mein Blick auf die einzigen anderen Gegenstände auf dem Schreibtisch fiel – zwei gerahmte Fotografien. Das eine war ein Hochzeitsfoto und zeigte eine junge Braut mit rundem, strahlendem Gesicht; das andere, bei einer Schulabschlußfeier aufgenommen, zeigte ein junges Mädchen, das rein äußerlich das Beste beider Elternteile mitbekommen hatte.

»Meine Frau und meine Tochter«, sagte er und fügte hinzu: »Meine verstorbene Frau.«

Ich drehte mich nach ihm um. Er hatte sich nicht von der Stelle gerührt, aber sein Gesicht hatte sich verändert. Jedenfalls hatte ich diesen Eindruck. Ernst sah er allerdings immer noch aus.

»Ihre Tochter ist sehr schön«, sagte ich.

Er kehrte mir den Rücken. »Sie ist jetzt das einzige, was ich habe. Im Lauf der Jahre habe ich gemerkt, daß ich bereit bin, fast alles zu tun, um sie zu schützen. Und jetzt gehen Sie bitte.«

Als ich an der Tür war, drehte ich mich noch einmal nach ihm um. Er stand noch immer an der Glaswand.

»Warum haben Sie mir das gegeben?« Ich hob den Umschlag.

»Sie sagen das so, als hätte ich Ihnen ein Geschenk gemacht, Miss Kelly. Da täuschen Sie sich.«

Ich bin nicht zum Aufzug gerannt, aber ich dachte daran, es zu tun. Während ich den dunklen Flur durchschritt, begann ich mich zu fragen, ob das alles nicht zu leicht gegangen sei. Als ich am Empfangstisch vorbeikam, warf ich einen Blick auf das Telefon und sah, daß einer der Knöpfe leuchtete. Ich blieb stehen und lauschte. Ich hörte Tylers Stimme, aber so leise, daß ich nicht verstehen konnte, was er sagte. Das Licht am Telefon erlosch. Er hatte jemanden angerufen. Wen?

Alle meine Instinkte rieten mir, schleunigst von hier zu verschwinden. Ich lief zum Aufzug und drückte schnell mehrmals hintereinander auf den Rufknopf, als glaubte ich, der Aufzug könnte meine Eile verstehen, wenn ich nur deutlich genug Signal gab. Ich klemmte den Umschlag unter den Arm und kramte in meiner Handtasche nach etwas, das ich gegebenenfalls als Waffe würde benutzen können. Meine Schlüssel waren das einzige, was zur Hand war. Ich hörte Geräusche aus dem Korridor, eine Tür wurde geschlossen. Der Aufzug kam. Ich trat in die Kabine, drückte auf den Knopf für die Garage und beobachtete, wie Tyler aus dem Korridor kam. Im selben Moment schlossen sich die blitzenden Messingtüren vor mir, und ich sah nichts als das verzerrte Spiegelbild eines angespannten Frauengesichts. Meines.

Ich hielt den ungeöffneten Umschlag fest in der Hand, während der Aufzug rasch abwärts fuhr und mit jedem Stockwerk an Geschwindigkeit zuzulegen schien. Meine Gedanken rasten. Corbin Tyler hatte mir aus freien Stücken etwas ausgehändigt, das ihm vielleicht zum Verhängnis werden konnte, und danach telefoniert. Hatte er mir die Fotokopie so bereitwillig gegeben, weil er wußte, daß ich das Gebäude niemals verlassen würde? Würde mich unten jemand erwarten, wenn die Aufzugtür sich öffnete?

Die Fahrt verlangsamte sich plötzlich, es war ein Gefühl wie auf der Achterbahn, wenn der Wagen nach rasender Talfahrt den Aufstieg beginnt, und mein Magen reagierte entsprechend. Das war noch nicht die Garage. Der Aufzug hielt im zweiten Stockwerk. Ich ging von der Tür weg und hob die

Hand in Richtung Alarmknopf, um ihn sofort drücken zu können. Ich hielt den Atem an.

Die Türen glitten auseinander. Ich wartete und hörte, wie die Tür zum Treppenhaus zuschlug, kurz bevor die Aufzugtüren sich wieder schlossen.

Von neuem ging es abwärts, von neuem kam die Kabine mit einem Ruck zum Stillstand, und die Türen öffneten sich. Diesmal lag die riesige Tiefgarage vor mir. Ich ließ den Finger auf dem Türöffner und spähte hinaus.

In der grellen Neonbeleuchtung warfen jede Wand und jede Säule schwarze Schatten. Ich sah niemanden. Der Aufzug begann ungeduldig zu summen. Ich trat in die Garage hinaus, und die Türen schlossen sich leise hinter mir.

Meine Schritte hallten auf dem nackten Betonboden, und ich fragte mich, wer außer mir auf sie lauschte. Ich hatte meine Schlüssel schon herausgenommen, dennoch brauchte ich einen Moment, um die Autotür aufzusperren. Ich stieg ein, verriegelte die Tür und ließ den Motor an. Irgendwo in der Garage hörte ich das Quietschen von Reifen, manövrierte hastig rückwärts und raste der Ausfahrt entgegen. Der erschrockene Parkwächter am Tor konnte gerade noch die Schranke hochziehen, bevor der Karman Ghia dagegenkrachte, was ihm sicher nicht gutgetan hätte. Der Wagen setzte mit einem harten Sprung auf dem Straßenpflaster auf, als er aus der Garage auf eine zum Glück freie Fahrbahn hinausschoß. Ich bremste ab und warf einen Blick in den Rückspiegel. Niemand folgte mir aus der Garage.

Ich machte mehrere unnötige Schlenker, nur um mich zu vergewissern, daß ich wirklich nicht verfolgt wurde, und landete schließlich beim Redaktionsgebäude. Eine ganze Weile blieb ich im Auto sitzen und starrte auf den braunen Umschlag auf dem Sitz neben mir. Schließlich nahm ich ihn und öffnete ihn vorsichtig.

Drinnen war ein einfacher weißer Briefumschlag, diesmal

in Las Piernas abgestempelt. Abgesehen von Poststempel und Anschrift sah der weiße Umschlag genauso aus wie der, den Claire mir gezeigt hatte. Auch er trug die Worte »Persönlich und vertraulich«. In seinem Inneren lag, dreifach gefaltet, eine Farbfotokopie. Etwas Geschriebenes war nicht dabei. Ich entfaltete das glatte Papier.

Es schien sich um die vergrößerte Kopie eines Farbfotos zu handeln, das eine Gruppe von Menschen auf einem Boot zeigte. Es war ein ziemlich großes Boot, eine Hochseejacht. Die genaue Größe und den Bootstyp konnte ich nicht erkennen, aber es schien ein teures Boot zu sein. Auf dem Foto waren sieben Männer zu sehen: Booter Hodges, Allan Moffett, Roland Hill, Corbin Tyler, Keene Dage, Andre Selman und Ben Watterson. Hill war am Ruder. Ben und andre hatten ihre Arme um die Schultern einer jungen Frau gelegt, die zwischen ihnen stand. Die anderen Männer standen hinter der Frau, Bierdosen in den erhobenen Händen. Die Frau war vielleicht Mitte Zwanzig; die Männer waren unterschiedlichen Alters, aber alle mindestens zehn Jahre älter als sie. Sie hatte glattes rotes Haar, das sie halblang trug. In einer Hand hielt sie mit ausgestrecktem Arm und stolzem Lächeln einen ziemlich kleinen Fisch.

Ich hatte keine Ahnung, wer sie war.

Ich hatte das unangenehme Gefühl, daß ich nicht besser dran war als der Fisch auf der Fotokopie.

16

Zurück an meinem Schreibtisch, zwang ich mich, der schlimmsten Möglichkeit ins Auge zu sehen – daß Lucas vorgehabt hatte, mich auf irgendeine Weise dazu zu benutzen, ihm bei der Erpressung von sieben Männern zu helfen, die zu den führenden Persönlichkeiten von Las Piernas gehörten.

Doch selbst wenn ich alle Einwände beiseite ließ, die ich gegen diese Theorie hatte, ergab sich aus ihr eine Reihe von Fragen. Das Schlimmste, was das Foto bezeugte, war das Versäumnis, einen Fisch, der nicht die geforderte Mindestlänge besaß, ins Wasser zurückzuwerfen; gewiß kein Verbrechen, das einen in den Selbstmord oder zum plötzlichen Rücktritt treiben würde. Was also zeigte diese Fotografie wirklich? Was hatte Lucas gewollt? Hatte jemand ihn getötet, um sich von seinen Drohungen zu befreien? Und wenn ja, wer?

Keene Dage und Corbin Tyler hatten soeben etwas bestätigt, was ich bereits vermutet hatte. Ben Watterson war nicht der einzige gewesen, bei dem Lucas sich gemeldet hatte. Charlotte Bradys Beschreibung zufolge konnte der Besucher, der ihren ehemaligen Chef in so heftige Unruhe versetzt hatte, durchaus Lucas gewesen sein. Ich wäre zu wetten bereit gewesen, daß Allan Moffett in Reaktion auf diesen Besuch die anderen möglichen Erpressungsopfer angerufen hatte.

Daß er auf diesen Besuch hin das Abendessen arrangiert hatte, zu dem auch Ben geladen gewesen war.

Man sollte nicht gleich in Panik geraten, hatte Booter gesagt. Doch genau so hatte Allan reagiert. Aber was zum Teufel konnte ein heruntergekommener Obdachloser gegen diese Männer in der Hand haben, um sie in solche Panik zu versetzen? Etwas, auf das sich mit einem Foto von einem Bootsausflug anspielen ließ.

Aus dem Gespräch mit Keene hatte ich geschlossen, daß jeder der sieben die gleiche Kopie erhalten hatte, aber vielleicht war das gar nicht der Fall. Jerry Selman hatte von einem Bild seines Vaters mit einer ehemaligen Freundin gesprochen. Ben hatte ein Foto erhalten, das eine Gruppe Männer auf dem Boot zeigte, das jetzt Andre Selman gehörte. War diese Frau auf dem Foto die ehemalige Freundin?

Maureen Selman hätte sich vielleicht über ein Foto Andres

mit einer früheren Freundin aufgeregt, aber sie lebte lange genug mit Andre zusammen, um zu wissen, daß sie keinen Heiligen geheiratet hatte. Da konnte ein bestimmt zwölf Jahre altes Bild Andres mit einer anderen Frau doch nicht sehr bedrohlich sein. Zumal es ja Andre und die Frau nicht einmal in einer verfänglichen Situation zeigte. Ich ging den Rest der Liste durch. Keene war Witwer, ebenso Corbin. Allan und Roland waren beide geschieden. Ich glaubte nicht, daß es hier um alte Freundinnen ging.

Alte Freundinnen. Ich lächelte vor mich hin, als mir einfiel, daß SOS mir hier vielleicht weiterhelfen konnte: lauter alte Freundinnen, die einander kannten. Vielleicht war die Frau auf dem Foto einem der anderen Mitglieder unseres Kreises bekannt.

Was hatte Lucas gewollt? Geld war die einfachste Antwort, aber war es auch die richtige? Die Vorstellung paßte nicht zu dem Lucas, den ich gekannt hatte; allerdings hatte dieser auch nicht auf der Straße gelebt.

Der Leichenbeschauer glaubte vielleicht nicht, daß Lucas ermordet worden war, aber ich war mir ziemlich sicher, daß es so war. Abgesehen von meiner intuitiven Überzeugung, von den Münzen auf den Augen und dem verschwundenen Ring, stand fest, daß er als eine Art Katalysator gewirkt hatte. Allan hatte sich bedroht gefühlt, ebenso wie ein halbes Dutzend anderer Männer.

Diese Männer waren schon miteinander verbunden gewesen, bevor Lucas sie bedroht hatte, und eines wurde mir immer klarer: Je mehr ich über die Verbindungen zwischen ihnen aufdecken konnte, desto wahrscheinlicher war es, daß ich nicht nur erfahren würde, warum Allan Moffett zurückgetreten war, sondern auch, warum Ben Watterson und Lucas Monroe gestorben waren.

Als erstes wollte ich mich ausführlich mit Murray Plummer unterhalten, dem Immobilienexperten des *Express*. Ich rief ihn an, aber da er sich nicht meldete, konnte ich nur eine Nachricht hinterlassen.

Noch einmal sah ich mir die Liste der Leute an, die an Allans Abendessen teilgenommen hatten. Sie kamen aus drei Bereichen: vom College, von der Stadtverwaltung und aus der Geschäftswelt. Die Geschäftsleute waren Keene Dage, Corbin Tyler, Roland Hill. Auch Ben Watterson hatte dieser Gruppe angehört.

Roland Hill. Moffett mochte die Leute zu seinem Abendessen zusammengerufen haben; ursprünglich jedoch hatte zweifellos Hill diese Gruppe von Männern zusammengebracht. Welche Bedeutung auch immer das Foto besaß, das Lucas verschickt hatte, es ging allem Anschein nach um etwas, das sich in den späten siebziger Jahren ereignet hatte.

Wie die meisten Zeitungen hatte auch der *Express* erst vor kurzem begonnen, veröffentlichtes Material im Computer zu speichern, ich würde also Artikel aus den siebziger Jahren nicht bequem an meinem Schreibtisch sitzend heraussuchen können. Dazu mußte ich in die Bibliothek gehen. Die Dossiers über Lokalgrößen wie Ben Watterson und Allan Moffett würden umfangreich sein und über mehrere Jahrzehnte zurückreichen. Von den übrigen Männern war Hill derjenige, um den es die meisten Kontroversen gegeben hatte. Seine Sanierungsprojekte waren weder allseits begrüßt worden, noch waren sie immer erfolgreich gewesen. Ich dachte mir, daß es am günstigsten wäre, mit meiner Suche bei ihm anzufangen.

Dazu hätte ich ein paar Hinweise von Murray gut gebrauchen können. Ich versuchte nochmals, ihn zu erreichen. Nichts. Ich legte auf, ohne eine Nachricht zu hinterlassen.

Meine Gedanken kehrten zu Lucas zurück. Soweit ich mich erinnern konnte, hatte Lucas 1976, als ich von Las Piernas weggegangen war, an seiner Magisterarbeit gesessen. Er mußte kurz vor dem Abschluß gestanden haben.

John Walters' Schatten fiel über meinen Schreibtisch und riß mich aus meinen Gedanken.

»Wo zum Teufel sind Sie den ganzen Tag gewesen?« fragte er scharf.

»Ich war nur eine Stunde lang außer Haus«, antwortete ich. Ich dachte daran, ihm zu erzählen, was ich in dieser Stunde getan hatte, ließ es aber dann doch sein. Er würde die mageren Ergebnisse meiner Exkursion sicherlich nicht zu würdigen wissen.

»Werden Sie heute abend was für mich haben, Kelly?«

»Äh – heute wahrscheinlich noch nicht, John«, sagte ich und schob die Schublade mit dem Telefonbuch zu.

»Verdammt noch mal, warum nicht?«

»Ich muß erst noch mal mit Murray sprechen.«

Er machte ein mißmutiges Gesicht, meinte aber dann offenbar, wenn ich mit Murray zusammenarbeitete, müßte das heißen, daß ich nicht irgendwelchen Storys über Lucas nachjagte. »Okay, Kelly. Aber früher oder später wird eins von zwei Dingen passieren: Entweder schnappt sich eine andere Zeitung die Story, oder aber sie wird so kalt werden, daß keiner hier sich mehr an Allan Moffett erinnert, geschweige denn sich noch für seinen Rücktritt interessiert. Gehen Sie, suchen Sie Murray.«

»In Ordnung, John.«

»Und, Kelly – vergessen Sie nicht, das Telefonbuch wieder zurückzustellen.«

Ich warf Stuart einen finsteren Blick zu, aber der schüttelte energisch sein Haupt.

»Ich hab schließlich auch Augen im Kopf«, bemerkte John und ging davon.

Das Redaktionsgebäude des *Express* ist das reinste Labyrinth. Korridore öffnen sich, wo man keine erwartet, und eine Tür, die in ein winziges Büro zu führen scheint, erweist sich als Zugang zu einem großen Raum. Murray und ich rannten wahrscheinlich mehrmals aneinander vorüber, ohne es zu wissen, aber ich erwischte ihn schließlich in der Setzerei. Sie heißt immer noch Setzerei, obwohl kein Mensch mehr etwas setzt, und die Maschinen darin werden alle Setzmaschinen genannt, obwohl es gar keine mehr sind. So was nennt man Tradition.

Die sogenannten Setzmaschinen, Kuben in Schwarz und Türkis, jede etwa einen Meter zwanzig im Quadrat, stehen an einer Wand der Setzerei. In Wirklichkeit sind es gigantische Filmprozessoren, die »Film« produzieren, glänzende Schwarzweißabzüge, die etwas größer sind als die Seite einer Zeitung.

Murray stand an einem der metallenen Arbeitstische. Ich sah, wie er in eine Tasche griff und einen dicken Posten gefalteter Fahnen herauszog.

»Warst du eben unten?« fragte ich.

Er drehte sich um und lächelte. »Hallo, Irene. Nein, ich hatte bis vor ein paar Minuten eine Besprechung mit einem Fotografen. Jetzt warte ich auf meine Seiten für den Immobilienteil. Die muß ich noch absegnen.«

Während er sprach, glättete er die Fahnen, die hier und dort mit Rot gekennzeichnete Korrekturen aufwiesen.

»Bitte sehr, Plummer«, sagte der Schriftsetzer und reichte Murray den Film, den der Prozessor gerade produziert hatte. Ich wartete schweigend, während Murray die vorgeprüfte – Datum und Seitenzahl – und dann entsprechenden Fahnen heraussuchte.

»Hast du mich gesucht?« fragte er und schraubte einen Füller auf.

»Ja, aber sieh du ruhig erst deine Seite durch«, antwortete ich.

»Danke.« Zuerst prüfte er die Schlagzeilen. Wenn schon Druckfehler, bitte nicht gerade in 48 Punkt. Danach sah er die

Untertitel unter den Fotos durch und vergewisserte sich, daß alle seine Fahnenkorrekturen ausgeführt worden waren.

Nachdem er die Seite zurückgegeben hatte, wandte er sich wieder mir zu. »Also, was gibt's?«

»Du machst doch den Immobilienteil schon seit den frühen siebziger Jahren, stimmt's?«

»Stimmt.«

»Neulich abend hat sich eine Gruppe Männer zu einem privaten Abendessen getroffen – an dem Abend nach Ben Wattersons Selbstmord. Allan Moffett hatte zu dem Essen eingeladen.«

Murray zog eine Augenbraue hoch. »Wer waren die Männer?«

Ich nannte ihm die Namen. »Ich weiß, daß diese Gruppe sich schon in den Siebzigern ziemlich regelmäßig getroffen hat. Auch Ben Watterson war immer dabei. Er wäre auch zu dem Abendessen eingeladen worden, aber –«

»– aber er war an der Teilnahme verhindert und wird auch in Zukunft verhindert sein. Woher weißt du das alles?«

»Ein andermal, Murray.«

Er lachte. »Okay, okay. Aber sieh zu, daß für meinen Teil auch was abfällt, ehe du deine Story abgibst, ja?«

»Natürlich, wenn es irgend möglich ist. Ich brauch in dieser Geschichte sowieso deine Hilfe.«

»Hm. Ja. Sag mir noch mal, wer alles zu dieser Gruppe gehört.«

Ich tat es. Er notierte sich die Initialen auf einem Zettel.

»Und du möchtest wissen, mit welchen Projekten diese Leute in der Zeit von, na, sagen wir, 1970 bis 1980 zu tun hatten?«

»Ja. Besonders interessieren mich die Jahre 1974 bis 78.«

Diesmal zog er beide Brauen hoch und sah wieder auf die Namen auf seinem Zettel. »Andre Selman hat natürlich eine große Zahl von Studien für die Stadtsanierungsbehörde gemacht«, sagte er. »Er gehört zu ihren regelmäßigen Beratern.«

»Ja, das weiß ich«, antwortete ich. »Es geht alles Hand in Hand.«

Er nickte.

»Ich muß möglichst schnell wissen, bei welchen Projekten diese Leute zusammengearbeitet haben. Ich kann nicht vier Jahre Mikrofilm durchsehen – da würde ich wahrscheinlich blind und blöd werden, und John wäre bestimmt stinksauer. Wie du schon sagtest, das College und die Stadt haben sehr häufig zusammengearbeitet. Wenn wir uns also fürs erste auf den privaten Sektor konzentrieren, bleiben uns noch Tyler, Hill, Dage und Watterson. Weißt du irgend etwas über Projekte, an denen die damals gemeinsam beteiligt waren?«

»So, aus dem Kopf? Du meine Güte. Das müssen Dutzende gewesen sein.«

»Oh.«

»Hill hat damals einen Deal nach dem anderen gemacht. Aber dich interessieren Sanierungsprojekte, richtig?«

»Ja.« Ins Blaue hinein sagte ich: »Vielleicht irgendwas in der Gegend vom Angelus Hotel.«

Murray runzelte die Stirn. »Dich interessiert das Angelus?«

Der Schriftsetzer kam mit der nächsten Seite an. Murray nahm sie ihm zerstreut ab, seine Aufmerksamkeit immer noch auf mich gerichtet.

»Hör mal«, sagte ich, »mir wär's lieb, wenn das unter uns bleiben würde.«

Er lachte leise. Ich überlegte, was ich Murray als Gegenleistung anbieten konnte, wenn er den Mund hielt.

»Hab ich dir schon mal erzählt, daß Jack Fremont ein guter Freund von mir ist?« fragte ich.

Er spitzte sofort die Ohren. »Jack Fremont? Der Mann, dem mehr als die Hälfte der Strandgrundstücke in Las Piernas gehört?«

»Genau der. Der Jack Fremont, der so pressescheu ist.«

»Du willst mich mit einer Interview-Möglichkeit bestechen?«

»Betonung auf Möglichkeit.«

»Ich würde dich nie verraten, Irene.«

Jetzt lachte ich.

»Warte, ich will nur rasch die Seiten hier abzeichnen, dann setz ich mich gleich hin und recherchiere ein bißchen für dich. Spätestens morgen vormittag hab ich eine Liste für dich. Wär das ein Geschäft?«

»Ich kann dir nur versprechen, daß ich mit Jack reden werde. Ob er dir dann ein Interview gibt, ist seine Entscheidung.«

»Natürlich.«

»Okay, Murray, abgemacht.«

17

Als ich wieder an meinen Schreibtisch kam, ignorierte ich das Blinklicht, das mir sagte, daß eine Nachricht für mich da war, und rief erst einmal Jack an. Er war einverstanden, ein Interview mit Murray zu machen.

»Aber das werd ich ihm nicht gleich sagen«, erklärte ich. »Ich muß erst sicher sein, daß er auch seinen Teil der Abmachung einhält.«

»Okay«, meinte Jack. »Wenn er anruft, sag ich einfach, ich werd's mir überlegen.«

»Vielen Dank, Jack.«

»Ach, übrigens, hat Frank dich erreicht?« fragte er.

»Nein, aber ich hab meine Nachrichten noch nicht alle abgehört. Warum?«

»Ruf ihn auf jeden Fall an, auch wenn keine Nachricht von ihm da ist.«

»Worum geht's denn?«

»O nein. Da laß ich mich nicht mit reinziehen.«

Ich hörte meine Nachrichten ab. Diverse Monroes, denen ich auf ihren Anrufbeantworter gesprochen hatte, sagten, es täte ihnen leid, aber bei ihnen sei ich an der falschen Adresse. Nichts von J. Monroe. Zwei weitere Anrufe, einer von Frank und einer von Rachel. Zuerst rief ich Frank an.

»Harriman«, meldete er sich.

»Hier auch«, sagte ich. »Was gibt's?«

»Ich bin froh, daß du mich zurückrufst. Ich hab mir schon Sorgen um dich gemacht.«

»Ach, hör auf!«

»Nein, im Ernst. Es gibt da in der Lucas-Monroe-Geschichte ein paar neue Entwicklungen –«

»Geschichte? Das ist ein bißchen mehr als eine Geschichte, findest du nicht? Der Mann ist tot.«

»Okay, wie du meinst. Im Zusammenhang mit dem Tod von –«

»Ist Carlos mit der Autopsie fertig?«

Ich hörte einen gereizten Seufzer.

»Okay, ich halt ja schon den Mund. Sag, was du zu sagen hast.«

Er antwortete nicht.

»Kneifst du dir in den Nasenrücken?« fragte ich.

»Woher zum Teufel weißt du das?«

»Das tust du manchmal, wenn du kurz vor einem Wutausbruch stehst.«

»Ruf Rachel an. Sie wird dir alles erzählen.«

»Hey, hey, warte!«

Er sagte nichts, legte aber auch nicht auf.

»Sei nicht böse«, sagte ich.

Ich hörte ein kleines »Hm«. »Bitte!« fügte ich hinzu.

»Ich wäre dir äußerst dankbar«, sagte er in dem gemessenen Ton, den er anzuschlagen pflegte, wo andere gebrüllt hätten, »wenn du heute abend auf dem kürzesten Weg nach Hause gingst.«

Ich wollte sagen, daß ich das sowieso vorhätte, aber dann fiel mir ein, daß ich ihn ja nicht unterbrechen wollte.

»Jack hat mir versprochen, dich zu begleiten, wenn du mit den Hunden gehst. Ruf ihn also an, wenn du soweit bist. Und sonst bleib zu Hause. Tu mir den Gefallen und verschließ die Türen. Ich hab muß länger arbeiten, aber Rachel kommt zu dir.«

»Frank, Liebster«, sagte ich, »es gibt da nur ein winzig kleines Problem.«

»Nämlich?«

»Ich habe andere Pläne.«

»Laß sie fallen.«

»Willst du mir nicht sagen, was zum Teufel eigentlich los ist, Frank?«

»Zehab ist hinter dir her.«

Es überraschte mich, aber ich war zu ärgerlich, um mir darüber Gedanken zu machen. »Na und? Der Junge tickt doch nicht richtig. Wie sollte er mich finden? Der kniet doch die meiste Zeit vor irgendwelchen frommen Standbildern.«

»Na und?« Der gemessene Ton war dahin – jetzt begann er doch zu brüllen. »Ich will dir mal was sagen: Während er auf der Suche nach dir war, haben wir ihn gesucht. Und rate mal, wo er zuletzt gesehen worden ist?«

»Wo?« sagte ich leise. Es war ihm gelungen, mir ein wenig angst zu machen.

Er antwortete nicht gleich. Erst bemühte er sich, wieder ruhig zu werden, dann sagte er: »Am Broadway, draußen vor dem Wrigley Building. Vielleicht hat er darauf gewartet, daß du rauskommst, um zum Mittagessen zu gehen. Wie sich herausgestellt hat, hat ihn ein Streifenbeamter, der nicht wußte, daß wir den Burschen suchen, weggeschickt.«

»Fangen wir doch noch mal von vorn an. Die Polizei von Las Piernas sucht Zehab.«

»Richtig. Reed möchte ihn vernehmen. Aufgrund dessen, was Zehab dir erzählt hat, halten wir es für möglich, daß er der letzte war, der Lucas lebend gesehen hat. Dann haben wir von der Straße einen Tip bekommen, daß der Kerl Lucas' Ring hat und –«

»Lucas' Ring? Warte mal – Carlos hat doch gesagt, daß der Ring erst nach Lucas' Tod gestohlen worden ist. Ihr glaubt also, daß Zehab dabei war, als Lucas gestorben ist?«

»Schon möglich. Auf jeden Fall hat er einen Toten beraubt. Und er scheint dir die Schuld daran zu geben, daß die Polizei ins Angelus gekommen ist. Ein paar Leute haben gehört, wie er rumgebrüllt hat, du hättest Lucas' letzte Ruhestätte entweiht.«

Ich hörte Frank nur mit halbem Ohr zu, weil mich die Frage beschäftigte, ob Zehab Lucas wegen eines lumpigen Collegerings getötet haben könnte. »Weiß Carlos inzwischen die Todesursache?« fragte ich.

»Er sagt, Lucas sei an Herzversagen gestorben, aber –«

»Herzversagen?!«

»Warte doch mal, laß mich ausreden. Carlos und Reed stützen sich dabei auf die Verletzungen, die Lucas hatte. Carlos meint, Lucas könnte schwindlig geworden sein, er ist gestolpert, mit der Stirn an den Heizkörper geschlagen, dann zusammengebrochen und auf die Knie gefallen. Er sagt, wenn es so war, ist es sehr schnell gegangen. Nur eins gefällt ihm nicht an dieser Theorie.«

»Und was wäre das?«

»Lucas' Leber ließ einiges zu wünschen übrig. Aber sein Herz – Carlos ist schleierhaft, wieso sein Herz versagt hat.«

»Was willst du damit sagen?«

»Damit will ich sagen«, erklärte er, »daß du Reed vielleicht nicht überzeugt hast, daß aber Carlos von deinen Zweifeln beeindruckt war. Wie dem auch sei, er ist auf jeden Fall ein sehr gründlicher Mann. Er möchte ganz sichergehen, daß der Herzanfall nicht künstlich herbeigeführt wurde.«

»Künstlich herbeigeführt – du meinst, mit chemischen Mitteln? Mit einem Gift? Oder einer Droge vielleicht?«

»Möglich.«

»Hat Carlos geprüft, ob Einstiche am Körper waren?«

»Ja. Er hat keine gefunden. Nicht einmal alte. Dein Freund war also kein Junkie.«

»Das hatten mir die anderen schon gesagt. Er hat getrunken, aber von Drogen hat er die Finger gelassen. Er hatte wohl ein echtes Alkoholproblem, aber selbst seine Kumpel auf der Straße haben mir erzählt, daß er in letzter Zeit trocken war.« Ich überlegte einen Moment. »Er hatte im Hotel eine Thermosflasche bei sich –«

»Carlos hat schon eine toxikologische Untersuchung angeordnet. Er wird bestimmt auch alles andere überprüfen lassen, was sich an Nahrung oder Getränken in dem Zimmer befand.«

»Wann ist Lucas gestorben?«

»Mit Sicherheit kann Carlos das noch nicht sagen, aber er meint, ungefähr drei Tage bevor ihr die Leiche gefunden habt.«

»Also an dem Tag, an dem Allan Moffett zurückgetreten ist.«

»Ja.«

Ich ließ mir das durch den Kopf gehen. »Konnte Roberta euch Näheres über Lucas sagen?«

»Nein. Sie hat gesagt, er hätte keinerlei Angaben zu seiner Familie gemacht, als er sich bei ihnen eingetragen hat – außerdem beruft sie sich auf ihre Schweigepflicht.«

»Obwohl er tot ist?«

»Die besteht dennoch weiter. Vielleicht holen wir uns eine gerichtliche Verfügung.«

Ich überlegte, ob Roberta mir vielleicht mehr über Lucas sagen würde, aber dann fiel mir mein letztes Gespräch mit ihr ein. Sie würde wahrscheinlich nie wieder mit mir reden wollen. Vielleicht sollte ich erst mal versuchen, Wiedergutmachung zu leisten. Dabei fiel mir mein Ehemann wieder ein.

»Frank, wegen heute abend –«

»Entschuldige, daß ich gleich so wütend geworden bin. Ich bin halt ziemlich nervös. Dieser Zehab ist bekannt dafür, daß er schnell zuschlägt. Ich hatte Angst, er könnte dir was antun. Es ging mir nur um deine Sicherheit.«

Sicherheit. So etwas gibt es nicht, hätte ich gern gesagt. Statt dessen sagte ich: »Das versteh ich, Frank. Aber heute abend kommt Lisa Selman zum Essen zu uns, hast du das vergessen? Sie kommt um sieben. Ich wollte für uns drei etwas kochen.«

»Ach, das hab ich ganz vergessen. Könntest du das Essen nicht verschieben?«

»Ich weiß nicht. Ihr Vater ist im Krankenhaus und –«

»Ja, du hast recht. Nun, dann lernt sie eben Rachel kennen anstelle deines dominanten, überfürsorglichen Ehemanns.«

»Na schön, ich rufe Lisa an und frage, ob's ihr recht ist, wenn Rachel dich vertritt.«

»Danke, Irene.« Seine Stimme klang erleichtert.

Weder Lisa noch Rachel hatten Einwände gegen die geänderten Pläne für den Abend. Diese Sache erst einmal erledigt, nahm ich die Fotografien heraus, die Claire mir gegeben hatte, und sah sie mir zum hundertstenmal an. Dann rief ich Booter Hodges an.

»Hallo, Irene! Wie nett, von Ihnen zu hören! Was kann ich für Sie tun?«

»Ich habe gerade über Allan Moffett nachgedacht. Sie sind doch alte Freunde, nicht wahr?«

»Hm, ja, obwohl ich natürlich in anderen Kreisen verkehre als Allan.«

»Na, hören Sie mal, Booter. Sie sind doch alte Anglerfreunde.«

Es trat eine winzige Pause ein, ehe er antwortete: »O ja, kann schon sein, daß ich ein- oder zweimal mit ihm zum Fischen gefahren bin.«

»Wann war das?«

»Ach, das ist schon länger her. Vor fünf oder sechs Jahren sind wir ein- oder zweimal rausgefahren.« Er lachte gezwungen. »Wer hat heute noch Zeit, zum Fischen zu fahren?«

»Andre Selman hat doch ein Boot.«

»Tatsächlich? Na so was!«

»Sie wußten das nicht?«

»Doch, kann sein, daß ich was davon gehört habe. Warum erwähnen Sie das? Soll ich Andre Selman fragen, ob er Sie zum Fischen mitnimmt?«

Ich lachte. »Nein, vielen Dank, Booter. Ich dachte nur, Sie wären vielleicht mal mit seinem Boot draußen gewesen.«

»Nein, tut mir leid. Nie. Ich muß ihn bitten, es mir zu zeigen – wenn ich mal einen freien Tag habe. Tja, Sie haben sicher auch viel zu tun. Halten wir uns nicht beim Fischen auf. Kann ich Ihnen irgendwie behilflich sein?«

»Ja, ich denke schon. Sagen Sie mir, ob die College-Stiftung von einem Magisterkandidaten namens Lucas Monroe gehört hat.«

Wieder trat eine Pause ein, dann sagte Booter: »Solche Informationen kann ich nicht weitergeben, das wissen Sie doch, es gibt da gesetzliche Vorschriften.«

»Erinnern Sie sich an ihn?«

»An wen?«

»An Lucas Monroe.«

»Ich kann mich nicht entsinnen, je von ihm gehört zu haben.«

»Er hat bei Andre gearbeitet. Er hat bei ihm im Büro gesessen.«

»Wie lange ist das her?«

»Ach, das war damals, als Sie noch mit Allan und den anderen auf Fischfang gefahren sind.«

»Na, dann ist es kein Wunder. Wir haben hier Tausende von Studenten, da kann man wirklich nicht erwarten, daß ich mich an einen Mann erinnere, der in den siebziger Jahren hier am College war.«

Jetzt hast du's vermasselt, dachte ich. Ein- oder zweimal vor fünf oder sechs Jahren. Na klar. »Sie haben seit den siebziger Jahren nichts mehr von Lucas Monroe gehört?«

»Nein – ich meine, ich habe nie von ihm gehört.«

»Aber die siebziger Jahre haben *Sie* erwähnt, Booter, nicht ich.«

Er antwortete erst nach einem kurzen Schweigen: »Ich habe wahrscheinlich angenommen, Sie erkundigten sich nach einem Ihrer alten Freunde, der zur gleichen Zeit mit Ihnen hier am College war.«

»Das ist wirklich merkwürdig, Booter. Ich meine, es ist merkwürdig, daß Sie ihn nicht kennen.«

Er lachte nervös. »Wieso? Wieso kommen Sie immer wieder auf diesen Mann zu sprechen?«

»Ach, ich glaube, es bringt uns zurück zu dem netten kleinen Abendessen von neulich. Und zu ein paar anderen Dingen. Wenn ich Mr. Monroe fragen würde, ob er Sie in jüngster Zeit gesehen hat, würde ich wahrscheinlich etwas anderes zu hören bekommen. Er würde mir vielleicht Datum, Ort und Zeit nennen können.«

Ich hörte seinen Sessel knarren und stellte mir vor, wie er sich zurücklehnte und über seinen Schlips strich.

»Wenn jemand namens – wie sagten Sie gleich wieder, ist sein Name?«

»Monroe. Lucas Monroe«, antwortete ich.

»Also, wenn dieser Mann behauptet, mich zu kennen oder mit mir zusammengewesen zu sein, dann lügt er schlicht und ergreifend.«

»Ah, er lügt.«

»Ja, der Mann ist ein Lügner.«

»Ein Lügner«, wiederholte ich. »Nun, Sie müssen es ja wissen. Ach, übrigens, Booter, hab ich Ihnen schon mal erzählt, daß ich weiß, wie Sie zu Ihrem Spitznamen gekommen sind?«

»Sie haben vermutlich gehört, daß ich zu meiner Zeit recht schlagkräftig war«, sagte er mit einem Lachen.

»Nein, das kann ich nicht behaupten, aber lassen Sie nur, Booter. Also, wenn Ihnen doch noch irgend etwas über Lucas Monroe einfallen sollte, dann geben Sie mir Bescheid.«

Der arme Booter. Ein Mann schafft sich einen gewissen Ruf, glaubt, niemand wird seine Geheimnisse erfahren, und eines Tages kommt durch eine blöde kleine Geschichte alles ans Licht. Plötzlich ist sein Name mit Schmutz befleckt – oder mit Schlimmerem.

Booter war ein merkwürdiger Mensch. Nicht so dumm, wie er sich gab, aber auch nicht so clever, wie er sich einbildete. Ich hatte den Eindruck, daß er von Lucas' Tod nichts wußte, aber sicher sein konnte ich nicht.

Ich mußte ein bißchen auf Distanz gehen. Ich war Booter gegenüber wohl deshalb so gehässig gewesen, weil es mich geärgert hatte, daß er Lucas einen Lügner genannt hatte.

Vielleicht hatte ich das ja ganz falsch aufgefaßt. Wenn Booter jemanden einen Lügner nannte, konnte das auch ein Ausdruck von Bewunderung sein.

18

Deke und Dunk schlummerten selig nach ihrer wilden Jagd am Strand. Ich hatte geduscht und mich umgezogen, im Rohr brutzelte ein Hühnchen, und Rachel hatte den Tisch gedeckt. Jetzt saß sie an der Bar, trank ein Glas Weißwein, während ich den Teig für eine Ladung Plätzchen knetete.

»Erzähl mir doch mal was über diese Gruppe, zu der du gehörst«, sagte Rachel und beherzigte brav Codys Wink, als dieser das Kinn hob, um ihr zu zeigen, wo er lieber gekrault werden wollte. »Ich meine dieses SOS – Pete hat gemeint, es wäre der reine Irrsinn von Frank, daß er dich neulich abend zu diesem Treffen hat gehen lassen. Ich hab ihm gesagt, daß ihn das nichts angeht, aber du kennst ja Pete. Wenn er glaubt, daß seinem Partner was zuwider ist –«

»Wie bitte? Frank hat Pete gesagt, es wäre ihm *zuwider*, daß ich zu SOS gehe?«

»Nein, nein, das kann ich nicht behaupten. Du weißt ja, daß Pete immer Gespenster sieht.«

Ich knetete unbeirrt meinen Teig, und sie verwöhnte weiter die Katze. Ich beschloß, meinen Unmut über Frank zurückzustellen, bis ich selbst mit ihm sprechen konnte.

»SOS heißt Schutz, Obdach, Sicherheit. Es ist eine Gruppe, die das Frauenhaus unterstützt«, erklärte ich, »aber ich nehme an, das ist es nicht, wonach du fragst.«

»Nein, Pete hatte einen anderen Namen dafür.«

»›Selman-Opfer-Schutzgemeinschaft‹?«

»Ja, genau.«

»Das ist ein privater Scherz, und jetzt tut es mir leid, daß ich Frank eingeweiht habe. Wir sind lauter Frauen, die irgendwann mal mit Andre Selman zusammen waren, und das hat uns ursprünglich zusammengebracht. Tja, und da hat irgend jemand aus Jux diesen Namen aufgebracht.«

»Das klingt, als wärt ihr eine ganze Menge. Wie viele alte Freundinnen hat der Kerl denn?«

»Wie viele? Laß mich überlegen. Hin und wieder hat es Andre mal geschafft, mit jemandem ein ganzes Jahr zusammenzubleiben, und mit seiner derzeitigen Frau ist er jetzt seit fünf Jahren verheiratet. Aber vorher hat der Mann zwanzig oder fünfundzwanzig Jahre lang jedes Jahr ungefähr zwei oder drei Freundinnen gehabt und dazu bestimmt ein Dutzend flüchtige Affären ...«

»Wahnsinn, das sind ja weit über hundert Frauen! Und was hat zur Entgleisung dieses Expreßzugs der Liebe geführt? Angst vor Aids?«

»Nein, das glaube ich nicht. Vielleicht. Es gibt da verschiedene Theorien. Ehrlich gesagt ist es mir ziemlich gleichgültig.«

Ich wußte, daß sie mich musterte, aber ich hielt meinen Blick auf den Plätzchenteig gesenkt. Ich hoffte, sie würde aufhören zu fragen. Aber diese Hoffnung war vergeblich wie so viele andere.

»Du hast mir aber immer noch nicht gesagt, wie all diese Exfreundinnen dazu gekommen sind, sich zusammenzutun.«

»Lisa – die Frau, die heute abend zum Essen kommt –«

Sie nickte.

»Sie ist Andres Tochter und hat damals fünf von Andres ehemaligen Freundinnen zu ihrer Schulabschlußfeier eingeladen. Ich war eine von ihnen. Später hat Lisas Mutter uns zu sich zum Kaffee eingeladen, während Lisa und ihre Freunde auf eine Party gingen.«

»Hast du gewußt, daß diese anderen Frauen auch Exfreundinnen von Andre waren?«

»Nein. Denen bin ich damals zum erstenmal begegnet. Ich kannte natürlich Marcy, Lisas Mutter. Und Sharon, Jerrys Mutter – Jerry ist Andres Sohn. Aber den anderen Frauen war ich noch nie begegnet. Im Gespräch hab ich dann eine von ihnen gefragt: ›Und woher kennen Sie Lisa?‹, und das war's dann.«

»Muß ja ziemlich peinlich gewesen sein.«

»Eigentlich nicht. Es war eher eine Erleichterung. Hier waren ein paar Frauen, die –« Ich brach ab und spürte, wie ich rot wurde.

»Was ist denn?«

Ich schüttelte den Kopf. »Rachel, ich hab in meinem Leben wirklich schon viel Blödsinn gemacht, aber diese Beziehung mit Andre war das Dümmste, worauf ich mich je eingelassen habe. Am Ende hab ich mich total verschaukelt gefühlt. Und diese Frauen, die ich da nach der Abschlußfeier traf – lauter starke, intelligente Frauen –, hatten sich alle genauso reinlegen lassen wie ich.«

»Wie meinst du das? Hat er euch Geld abgeknöpft?«

»Nein. Ich war damals ja Studentin. Ich hatte kein Geld.«

»Die Unschuld?«

Ich lachte. »Nein, meine kostbare Unschuld war längst weg.«

»Ich wollte nicht sagen –«

»Das weiß ich. Andre hat mir meinen Stolz genommen. Nur meinen Stolz. Mehr nicht.«

Rachel sagte eine Weile nichts. Mir fiel auf, daß ich den Teig ein wenig zu heftig knetete und beschloß, ihn auszurollen, solange er noch nicht zu warm geworden war und sich halbwegs geglückte Plätzchen würden ausstechen lassen.

»Andre hat sich an alle Frauen auf die gleiche Art und Weise rangemacht und immer auf die gleiche Weise Schluß gemacht. Er hat es stets so eingerichtet – mit Hilfe seines besten Freundes, Jeff –, daß man ihn mit einer anderen Frau im Bett erwischt hat. Das war bei uns allen so gewesen.«

»Das gibt's doch nicht!« rief Rachel. »Ein Wunder, daß ihn nicht eine von euch umgebracht hat.«

»Soviel ich weiß, bin ich die einzige, die nicht entweder schimpfend oder heulend davongelaufen ist. Einige haben sogar versucht, wieder mit ihm zusammenzukommen.«

»Und was hast du getan?«

Ich lächelte. »Ich hab mir eine von seinen kostbaren Angeln geschnappt und damit seinen nackten Hintern verdroschen.«

Sie lachte. »Na prima! Und wie ging's dann weiter bei dir?«

»Ich bin nach Bakersfield gezogen. Ich hab zwei Jahre für eine Lokalzeitung die Polizeiberichterstattung gemacht, ehe der *Express* mir hier einen Job angeboten hat. Da es meinem Vater gesundheitlich nicht gutging, bin ich wieder hierhergezogen.«

Ich begann, die Plätzchen auszustechen und auf ein Backblech zu legen, und ließ das Bild meines kranken Vaters sich in der freundlicheren Erinnerung daran auflösen, wie ich als kleines Mädchen oft neben meiner Mutter gestanden und ihr beim Plätzchenbacken zugesehen hatte.

»Vielleicht war es sowieso Zeit, nach Hause zurückzukehren«, meinte Rachel und weckte mit ihrer Bemerkung wieder die Erinnerung an die Krankheit meines Vaters.

»Vielleicht.« Denk an etwas anderes.

»Ist Frank nicht aus Bakersfield?« fragte sie.

»Doch, ja. Wir waren damals nur Freunde. Wir haben noch mal über zehn Jahre gebraucht, um uns wiederzutreffen, aber dort hab ich ihn ursprünglich kennengelernt.«

»Hm – ich versteh allerdings immer noch nicht, warum ihr dieses SOS gegründet habt.«

»Na ja, an dem Abend sagten wir alle ungefähr das gleiche zueinander: ›Schade, daß ich Sie nicht damals schon getroffen habe. Es wäre leichter gewesen, wenn ich gewußt hätte, daß ich nicht die einzige bin.‹ Becky – eine der Frauen, die an diesem Abend da waren – schlug vor, wir sollten sehen, ob wir nicht noch andere Opfer von Andre finden könnten. Einfach, um ihnen zu sagen, daß sie nicht die ersten waren, denen so was passierte. Und irgend jemand sagte, Andre hätte uns wirklich alles angetan, einzig geschlagen hätte er uns nicht.«

»Hm.« Sie schüttelte den Kopf.

»Die Bemerkung hat uns alle nachdenklich gemacht. Wir hatten das Gefühl, noch Glück gehabt zu haben. Zufällig waren dem Frauenhaus gerade um die Zeit, als wir dieses Gespräch führten, irgendwelche wichtigen Mittel entzogen worden. Wir beschlossen, aus unserer eigenen negativen Erfahrung etwas Positives zu machen, und danach hat es sich eigentlich ganz von selbst entwickelt.«

Cody protestierte, als Rachel plötzlich aufhörte, ihn zu kraulen. Ich blickte auf und sah, daß sie mich forschend anstarrte. »Sag mir die Wahrheit. Dieser Andre hat dich doch nicht geschlagen, oder?«

»Nein, Rachel. Soviel ich weiß, ist er keiner der Frauen gegenüber je gewalttätig geworden. Was er uns allen psychisch angetan hat – das ist eine andere Geschichte.«

Sie wollte etwas darauf sagen, aber da begannen die Hunde zu bellen, und die Türglocke läutete.

»Ich geh schon hin«, sagte sie. »Du hast ja die Hände voller Teig.«

Meine Befürchtungen, Lisa und Rachel würden vielleicht nichts miteinander anfangen können, erwiesen sich schon in den ersten Minuten nach Lisas Ankunft als grundlos. Während des Essens unterhielten sich die beiden miteinander nicht weniger angeregt als mit mir, Rachel erzählte von ihrem Umzug nach Las Piernas und Lisa von ihrer geplanten Kandidatur. Wenn Rachel es merkwürdig fand, daß Andres Name während des Essens nicht ein einziges Mal erwähnt wurde, so zeigte sie es nicht.

Erst als wir mit dem Essen fertig waren, sagte Lisa unvermittelt: «Ach übrigens, Andres Zustand hat sich kaum verändert.« Sie wandte sich zu Rachel. »Ich weiß nicht, ob Irene Ihnen von diesem Menschen erzählt hat, der dem Namen nach mein Vater ist. Er hatte neulich abend einen Herzinfarkt.«

»Ja, ich weiß davon«, antwortete Rachel. Ich kannte sie gut genug, um zu sehen, daß Lisas verächtlicher Ton ihr mißfiel. Ich glaubte, Lisa hätte es nicht gemerkt; aber ich täuschte mich.

»Tut mir leid. Ich habe Sie schockiert. Das ist mir schon neulich beim Mittagessen mit Irene passiert. Aber ich habe nun mal keine sehr hohe Meinung von meinem Vater, und unter Freunden bin ich manchmal vielleicht ein bißchen zu offen. Die Krankheit meines Vaters hat an meiner Beziehung zu ihm nichts geändert. Keine wunderbare Heilung alter Wunden, keine Aussöhnung. Für Jerry, seinen Sohn, war er ein sehr liebevoller Vater. Für mich war er wertlos.«

»Das finde ich doch ein bißchen hart«, bemerkte ich.

Sie zog eine Braue hoch. »Findest du? Denk doch mal an die Zeit zurück, als du mit ihm zusammen warst. Wie war's denn an den Wochenenden, wenn ich bei meinem Vater war?«

»Aber da haben wir doch alle gemeinsam –«

»Nicht alle, Irene. Du und ich. Ich gebe zu, er hat immer den liebevollen Vater gespielt. Mich hat das jahrelang verrückt gemacht. Immer wenn er eine neue Frau im Schlepptau hatte, hat er diese Show abgezogen. Ich war völlig verwirrt – erst ignoriert, dann plötzlich vergöttert, dann wieder ignoriert, ich konnte dieses Wechselbad nicht verstehen. Ständig hab ich mich gefragt, was ich getan hatte, um diese plötzliche Kälte zu verdienen. Bis ich schließlich begriffen habe, daß das ganze liebevolle Getue nur seine jeweilige Geliebte beeindrucken sollte und mit meinem Verhalten überhaupt nichts zu tun hatte.«

»Als ich dich kennengelernt habe, schienst du das schon begriffen zu haben«, sagte ich.

Sie lachte. »Rachel, als Irene mich kennenlernte, war ich ein absolutes Ungeheuer.«

»Nein, warst du nicht«, protestierte ich. »Du hast mich nur auf die Probe gestellt. Das tun Kinder bei Erwachsenen.«

»Ja, natürlich. Aber die meisten Frauen haben das nicht begriffen. Glaub mir. Ich habe viele auf die Probe gestellt.«

»Wie denn auf die Probe gestellt?« fragte Rachel.

»Na, zunächst einmal, indem ich dauernd rumgequengelt habe und einfach widerspenstig war. Irene hat immer so getan, als langweilte sie das tödlich – sie hat demonstrativ gegähnt und Sachen gesagt wie: ›Die meisten Leute hören mit diesem Quatsch spätestens im Alter von drei Jahren auf.‹ Da bin ich dann zu Phase zwei übergegangen. Laß mich überlegen... Einmal hab ich dir zum Beispiel Lebertran in die Shampooflasche getan –«

»Er hat sich wieder rauswaschen lassen. Auch wenn's etwas mühevoll war.«

»Dann habe ich mal Schuhcreme auf die Ränder der Gläser deines Feldstechers gestrichen, und als Andre dich zu einem Hockeyspiel mitgenommen hat, hast du –«

»– hab ich ausgesehen wie ein Waschbär, bis Andre schließlich nicht mehr hinter dem Berg halten konnte und mir gesagt hat, warum alle Leute über mich lachten. Ja, das ist ein alter Kinderstreich, aber Andre hat sich köstlich amüsiert.«

»Ach, es waren eigentlich lauter solche dummen alten Streiche. Die Plastikhülle unter dem Toilettensitz, das Salz in deiner Cola –«

»Dann schäumt es wie verrückt, nicht wahr?« warf Rachel ein.

»Ja«, antwortete sie. »Ach, und einmal hab ich dir doch Abführmittel in den Kaffee getan.«

Ich schnitt ein Gesicht. »Das war mit das Schlimmste.«

»Wenn Irene in einer Zeitschrift einen Artikel gelesen hat und aus irgendeinem Grund unterbrochen wurde«, erzählte

Lisa, »hab ich jedesmal die letzte Seite der Geschichte rausgerissen.«

»Das war nervig, aber es hat mir wenigstens nicht den ganzen Tag verdorben.«

»Aber ich war schon ein ziemliches Monster.«

Ich zuckte die Achseln. »Du hast nur versucht, meine Aufmerksamkeit zu gewinnen. Ich war selbst kein Engel, als ich zwölf war, und ich hab auch von dir nicht erwartet, daß du dich wie eine kleine Heilige benimmst. Außerdem hast du mich genauso behandelt, wie ich früher meine ältere Schwester behandelt hatte. Ich habe es deshalb als gerechte Strafe empfunden.«

»Ja, mit der Aufmerksamkeit hast du recht.« Sie wandte sich Rachel zu. »Ich war völlig niedergeschmettert, als Irene nach Bakersfield gezogen ist. Sie war mir eine der Liebsten. Alicia hab ich gehaßt wie die Pest.«

»Alicia?« fragte Rachel.

»Alicia Penderson. Ich kannte sie schon seit der Grundschule. Sie war die –«

Ich brach ab, aber Lisa lachte nur. »Sie war diejenige, die mit meinem Vater im Bett lag, als Irene ihn mit der Angel versohlt hat.«

Sie bemerkte unser Unbehagen und sagte: »Jetzt habt euch doch nicht so! Ich bin seit Jahren erwachsen, Irene. Es braucht dir doch nicht peinlich zu sein, daß ich über die sexuellen Aktivitäten meines Vaters Bescheid weiß. Was meinst du, was ich oben in meiner Mansarde alles durch das Heizungsrohr gehört habe.«

»Vielleicht bin ich in mancher Hinsicht eben ein bißchen altmodisch«, entgegnete ich. »Ich weiß, daß du nicht alles nur durch das Heizungsrohr mitbekommen hast. Dein Vater fand es so unglaublich progressiv, dir Dinge zu erzählen, die die meisten Eltern ihren Kindern verschweigen. Ich glaube, du mußtest ein bißchen schnell erwachsen werden.«

»Daran läßt sich jetzt nichts mehr ändern«, meinte sie. »Ich hab's überlebt. Und so übel hab ich mich doch gar nicht entwickelt, oder?«

»Nein«, bestätigte ich lächelnd. »Ganz und gar nicht. Ich bin sehr stolz auf dich.«

Sie wurde rot und senkte den Blick.

»Deswegen brauchst du nicht gleich rot zu werden«, sagte ich. Ich wandte mich an Rachel. »Lisa ist schon mit fünfzehn von der High-School abgegangen –«

»Du hast mir erzählt, daß du auch vorzeitig abgegangen bist«, warf Lisa ein.

»Nur ein halbes Jahr früher. Und das hab ich dann total verschwendet. Wenn ich nicht während meiner Studienzeit ein paarmal Sommerkurse belegt hätte, wäre ich vielleicht heute noch nicht mit dem Studium fertig. Du dagegen hattest schon mit neunzehn deinen Magister.«

»Sie sind Soziologin, wie Ihr Vater?« fragte Rachel.

»O nein. Mein Leben ist die Politik. Aber ich habe in Soziologie meinen Magister, das stimmt.«

»Die ganze Familie scheint eine Vorliebe für dieses Fach zu haben«, bemerkte ich. »Ihr Bruder ist auch Soziologe.«

»Haben Sie ein enges Verhältnis zu Ihrem Bruder?« fragte Rachel.

Lisa zögerte einen Moment, ehe sie antwortete: »Eng? Nein. Er ist sechs Jahre älter als ich –«

Rachel warf mir einen Blick zu. »Du warst mit einem Mann liiert, der einen Sohn in deinem Alter hatte?«

»Danke, Rachel«, sagte ich trocken. »Jerry ist drei Jahre jünger als ich. Er hat gerade angefangen zu studieren, als ich schon fast fertig war.«

»Ach so, da warst du natürlich *viel* älter.«

»Machen Sie doch jetzt die arme Irene nicht fertig«, sagte Lisa. «Mein Vater hat massenhaft Frauen gehabt – und die meisten waren zwischen zwanzig und dreißig.«

»Na, ich weiß nicht, ob das eine Entschuldigung für mich ist«, sagte ich. »Um noch mal auf Rachels Frage zurückzukommen – ich habe Jerry damals kaum zu Gesicht bekommen, er lebte bei seiner Mutter.«

»Genau. Jerry ist mein Stiefbruder, Rachel. Er ist bei seiner Mutter aufgewachsen, ich bei meiner. Aber manchmal hat er auch monatelang bei meinem Vater gelebt, und jeden Sommer hat er bei Andre verbracht. Ich war damals natürlich sehr eifersüchtig auf ihn. Von Neid zerfressen. Ich hätte mir nur ein Tausendstel von der Aufmerksamkeit gewünscht, die er von Andre bekommen hat. Eine Zeitlang, als ich zur Schule ging, sind wir ganz gut miteinander ausgekommen. Aber erst in den letzten Jahren haben wir angefangen, uns einander wieder ein wenig anzunähern.«

Danach wandte sich das Gespräch weniger heiklen Themen zu, und nach dem Nachtisch machten wir es uns am Kamin gemütlich.

»Jetzt muß ich aber wirklich nach Hause«, sagte Lisa gegen elf Uhr. »Ach, übrigens, Roland Hill hat gesagt, er würde mit dir reden, wenn du ihn morgen anrufst.«

»Wie hast du das geschafft?« fragte ich.

Sie lächelte. »Ich wäre keine gute Politikerin, wenn ich nicht Leute wie Roland Hill überreden könnte, ein bißchen zu kooperieren.«

Das Telefon läutete, als ich ihr gerade danken wollte. Der Anrufbeantworter schaltete sich ein, ehe ich an den Apparat gehen konnte.

»Ich glaube, Sie haben mich heute morgen angerufen«, sagte eine Frau etwas unsicher.

Ich hob rasch den Hörer ab und sagte: »Ja, das ist richtig.« Es war Monroe Nummer 23.

19

»Hier spricht June Monroe. Sind Sie die Reporterin, die meinem Sohn helfen kann?«

O Gott, dachte ich, unfähig, einen Ton herauszubringen. Ich warf einen Blick auf Rachel und Lisa. Sie beobachteten mich gespannt. Ich neigte den Kopf tiefer zum Telefonhörer und holte tief Atem. »Ich muß unbedingt mit Ihnen sprechen, Mrs. Monroe, aber ich würde es lieber persönlich tun.«

»Hm. Das klingt mir sehr nach Ärger. Sagen Sie Lucas, er soll mich anrufen, dann rede ich vielleicht mit Ihnen. Aber zuerst muß ich mit ihm sprechen.«

»Das ist leider – das geht leider nicht.«

»Wieso nicht?« Sie schwieg einen Moment, dann fügte sie hinzu: »Sagen Sie mir nur nicht, daß er wieder angefangen hat –« Sie unterbrach sich, aber ich wußte, was sie hatte sagen wollen.

»Nein«, sagte ich, »er hat nicht wieder angefangen zu trinken.«

»Oh, gut. Wieso sind Sie dann so nervös?«

»Könnten Sie bitte einen Moment dranbleiben? Ich will nur ans andere Telefon gehen.«

Ich entschuldigte mich einen Moment bei Rachel und Lisa; Cody folgte mir ins Schlafzimmer. Ich hob ab und wartete, bis Rachel in der Küche den Hörer aufgelegt hatte.

»Mrs. Monroe?«

»Ja, ich bin noch hier.«

»Ich muß mit Ihnen über Lucas sprechen, aber ich möchte es nicht am Telefon tun. Es ist schon spät, aber –«

»Für Sie vielleicht. Für mich nicht. Ich arbeite abends. Für mich ist hellichter Tag.«

Cody sprang auf meinen Schoß. Ich streichelte ihn, um meine Nerven zu beruhigen, während ich verzweifelt überlegte, wie ich am besten mit dieser Situation umgehen sollte. »Sie sind doch sicher noch eine Weile auf, Mrs. Monroe?«

»Ja. Warum?«

»Ich würde gerne zu Ihnen kommen.«

»Jetzt?! Sie wollen abends um elf den ganzen Weg bis nach Riverside fahren, nur um mit irgendeiner alten Schwarzen zu sprechen?« Sie machte eine Pause, doch ehe ich etwas erwidern konnte, sagte sie: »Was ist Lucas passiert?«

Ich öffnete den Mund, aber meine Stimme gehorchte mir nicht.

»Ich habe Sie gefragt, was ihm passiert ist!«

»Bitte, Mrs. Monroe –«

»Ach, hören Sie doch auf! Sie haben mich jetzt richtig unruhig gemacht. Das gefällt mir nicht. Bis zu mir brauchen Sie mindestens eine Stunde. Soll ich etwa die ganze Zeit rumsitzen und mir Sorgen machen?«

»Es tut mir leid«, sagte ich. »Es tut mir wirklich leid.«

Schweigen. Cody schlug nach dem Telefonkabel.

»Sagen Sie es mir einfach«, forderte sie, aber ihre Stimme war jetzt weicher.

»Sie kennen mich nicht, Mrs. Monroe. Aber ich habe Lucas vor vielen Jahren gekannt –«

»Er hat mir alles von Ihnen erzählt. Sie waren Studentin bei ihm. Lucas vertraut Ihnen. Er führt jetzt ein einsames Leben; er traut nicht vielen Leuten. Aber Ihnen vertraut er. Das ist mir Garantie genug.«

»Dabei verdiene ich es gar nicht«, flüsterte ich und hatte nie etwas in meinem Leben ehrlicher gemeint.

»Darüber wird Gott entscheiden, wie über alles, was uns betrifft. Mein Sohn mag Probleme haben, aber er ist ein kluger Junge. Ich hab nie ein Kind erlebt, das so klug war wie er. Er ist dabei, sein Leben wieder in Ordnung zu bringen und auf den rechten Weg zu finden. Ich hab gewußt, daß es so kommen würde«, sagte sie. »Ich hab es immer gewußt.

Charles – sein älterer Bruder – hält mich für verrückt, aber er kennt eben Lucas nicht so wie ich.«

»Ich wußte gar nicht, daß er einen Bruder hat«, sagte ich. Ach, ja, dachte ich, laß uns über seinen Bruder sprechen, seine Onkel, seine Vettern, laß uns über alles sprechen, nur nicht darüber, was aus deinen Hoffnungen geworden ist.

»Ja, ja, aber das ist jetzt nicht wichtig. Sprechen wir von Lucas«, sagte sie mit Entschiedenheit, fast so, als hätte sie meine Gedanken gelesen.

»Ich habe Lucas gesucht«, begann ich mit unsicherer Stimme. »Ich glaube, er war noch nicht bereit, mit mir zu sprechen, aber ich mußte ihn wegen eines Fotos etwas fragen.«

Ich machte eine Pause, aber sie hatte zu dem Foto nichts zu sagen. Also fuhr ich fort.

»Ich habe mir auch Sorgen um ihn gemacht. Er war mehrere Tage lang nicht mehr im Heim gewesen. Ich habe eine Freundin von mir angerufen, die – sagen wir einfach, sie arbeitet hin und wieder mit den Obdachlosen. Wir haben uns umgehört; mit allen möglichen Leuten geredet, die ihn kannten, Männern, die auf der Straße leben. Seit Donnerstag hatte ihn keiner mehr gesehen.«

Schweigen. Codys Schnurren war mir kein Trost.

»Schließlich hat uns jemand einen Hinweis gegeben, der uns zu einem leerstehenden alten Hotel führte. Dort haben wir Lucas gefunden.«

»War er verletzt?« fragte sie. Ich wußte, sie wünschte, es möge nur eine Verletzung sein, und hatte doch die Wahrheit schon erkannt, ehe ich sie aussprechen konnte.

»Nein. Er war – er war in einem der Zimmer. Ganz oben, im vorletzten Stockwerk. Dort hat er gelegen, ganz friedlich.«

Sie stieß einen leisen, dünnen Klagelaut aus.

»Sein Herz«, stammelte ich.

»Nein – nicht Lucas. Nicht Lucas!« rief sie immer wieder.

Ich wartete einen Moment, dann sagte ich: »Sie sollten jetzt nicht allein sein. Kann nicht jemand heute nacht zu Ihnen kommen?«

»Ich werde nicht allein sein! Ich fahre jetzt sofort zu Ihnen.«

Auch gut. Ich hätte sowieso nicht schlafen können.

»Ich rufe Charles an. Er kann mich fahren. Und Sie bringen uns zu meinem Jungen. Ich möchte ihn noch einmal sehen. Ich rufe Sie gleich noch mal zurück.«

Sie legte auf. Ich blieb reglos sitzen, bis das Telefon zu läuten begann.

Eine wütende Stimme schallte mir entgegen, als ich den Hörer abhob. »Was, zum Teufel, ist eigentlich mit Ihnen los, meine Mutter anzurufen und ihr so was am Telefon zu sagen?«

»Ihre Mutter hat mich angerufen. Und ich wollte es ihr nicht sagen –«

»Ich sag Ihnen nur eins, ich hoffe für Sie, daß das wirklich mein Bruder ist. Wenn es nämlich ein anderer ist, werde ich Ihnen so die Hölle heiß machen, daß Sie –«

»Hören Sie, es tut mir wirklich leid –«

»Ihr Mitleid können Sie sich sparen, Sie dummes Weib.«

Ich war nahe dran, einfach aufzulegen, als mir seine Mutter einfiel. Ich schuldete es ihr und Lucas, mir das gefallen zu lassen. Ich hörte nur mit halbem Ohr zu, während er mich mit wütenden Beschimpfungen überhäufte; dabei immer voraussetzend, ich müßte mich bei der Identifizierung der Leiche getäuscht haben. Wenn meine Schwester Barbara irgendwo in einer fernen Stadt im Leichenhaus gelegen hätte, hätte ich mich wahrscheinlich ebenso fest an einen solchen Strohhalm geklammert – wenn auch nicht unbedingt auf die gleiche Art wie er.

Da es nicht den Anschein hatte, daß er sich in naher Zukunft beruhigen würde, unterbrach ich ihn einfach. »Ich kann Ihnen jetzt entweder sagen, wie Sie am schnellsten hierherkommen, oder Sie suchen den Weg selbst. Aber während Sie mich hier beschimpfen, ist Ihre Mutter allein. Ganz gleich, wie Sie sich entscheiden, in spätestens dreißig Sekunden lege ich auf.«

Ungefähr fünf Sekunden brauchte er zum Nachdenken, dann sagte er: »Dann sagen Sie mir schon, wie ich am besten zu Ihnen komme.«

Als ich aus dem Schlafzimmer kam, stand Lisa schon an der Tür. Sie hatte nur noch darauf gewartet, mir gute Nacht zu wünschen, ehe sie ging. Ich entschuldigte mich dafür, daß ich so lange am Telefon gewesen war.

»War das Lucas Monroes Mutter?« fragte sie.

»Ja«, antwortete ich erstaunt.

»Ich habe heute Roberta gesehen. Sie hat mir erzählt, daß Lucas an einem Herzinfarkt gestorben ist und sie nicht einmal weiß, wie sie seine Familie erreichen kann. Ich fand das schlimm. Ich bin froh, daß du helfen konntest. Aber für dich ist das nicht leicht, stimmt's?«

Sie sah mich teilnahmsvoll an.

»Ich wußte gar nicht, daß du Lucas gekannt hast«, sagte ich.

»Er hat mit meinem Vater zusammengearbeitet. Er war ein unvergleichlicher Mensch. Unglaublich intelligent, hatte immer ein offenes Ohr für andere. Zu mir war er immer sehr nett; er hat mich Andre gegenüber oft verteidigt. Und so werd ich ihn immer im Gedächtnis behalten, ganz gleich, was in der Zwischenzeit geschehen ist.«

Wenn nur auch andere seiner so freundlich gedenken wollten, dachte ich. Sie ließ sich von mir versprechen, daß wir uns bald wiedersehen würden, dann ging sie.

»Wie willst du sie eigentlich erkennen?« fragte Rachel, während wir draußen vor dem Leichenhaus warteten.

»Ich glaube nicht, daß ich da Schwierigkeiten haben werde«, antwortete ich. »Um diese Zeit kommen bestimmt nicht viele Leute hierher.«

Rachel hatte darauf bestanden, ihr Frank gegebenes Versprechen zu halten, mich nicht allein zu lassen, und sich geweigert, mich ohne Begleitung in die Stadt fahren zu lassen. Sie verlangte von mir, Frank anzupiepsen, um ihn wissen zu lassen, wo wir sein würden. Das löste eine elektronische Kettenreaktion aus: Frank rief zurück, rief das Leichenhaus an, piepste dann Reed Collins an, der seinerseits im Büro des Leichenbeschauers anrief und darum bat, ihm Bescheid zu geben, wenn die Monroes einträfen.

Wie sich zeigte, brauchten wir Franks Hilfe sowieso. Das Leichenhaus ist zwar rund um die Uhr geöffnet, um Tote in Empfang zu nehmen, die normale »Besichtigungszeit« war jedoch nur von acht Uhr morgens bis siebzehn Uhr. Hätte Frank nicht seine Beziehungen spielen lassen, so hätte ich den Monroes sagen müssen, daß sie die Fahrt umsonst gemacht hatten. Das wäre bei Lucas' Bruder bestimmt gut angekommen...

Wir waren fast zwanzig Minuten zu früh da. Ich beschloß, draußen zu warten; vergebliches Bemühen, nicht darüber nachdenken zu müssen, was im Inneren dieses Gebäudes vor sich ging.

Schließlich sah ich eine Frau, die ruhig und entschlossen am Arm eines jüngeren Mannes auf uns zukam. Sie war eine gutaussehende, gepflegte Frau, die sich jedoch offensichtlich ihrer Falten und der grauen Strähnen in ihrem Haar nicht schämte. Sie hatte etwas Altmodisches und gleichzeitig sehr Lebendiges an sich.

Als der Mann im Näherkommen ins Licht trat, war ich einen Moment fast erschrocken. Hätte Lucas Monroe nie auf der Straße gelebt, dachte ich, so hätte er ausgesehen wie dieser Mann, der jetzt vor mir stand.

Die Frau sah mich an, warf dann einen kurzen Blick auf Rachel und wandte ihren Blick wieder mir zu. »Sie sind mehr aus dem Gleichgewicht«, sagte sie. »Sie müssen Irene Kelly sein.«

Charles zog den kürzeren bei der kurzen Auseinandersetzung, die mir gestattet hätte, mit Rachel draußen zu warten, während sie hineingingen, um den Toten noch einmal zu sehen. Ich wollte, es wäre anders gewesen.

Ich möchte vor meinem eigenen Tod nie wieder in ein Leichenhaus. Ich möchte nie wieder an der Seite einer Mutter stehen, die angesichts eines Videobilds eines Toten, der aus einer Schublade gezogen wird, sagen muß: »Ja, das ist mein Sohn.« June Monroe zeigte keinen lauten Schmerz, sie schluchzte nicht, sie jammerte nicht. Sie schwankte ein wenig und preßte fest eine Hand auf ihren Mund. Charles nahm sie in den Arm und vergaß für einen Moment seine Wut auf mich, um mich mit bittender Miene anzusehen. Ich verstand und entschuldigte mich. Reed folgte mir aus dem Raum und bat mich, in einem kleinen Konferenzzimmer zu warten. Er ließ die Tür offen, um June und Charles Monroe im Auge behalten zu können.

Nach einer Weile traten die beiden in den Korridor hinaus. Reed fragte June, wann sie Lucas zuletzt gesehen habe. Sie berichtete ihm, er sei vor etwas mehr als zwei Wochen zu einem kurzen Besuch nach Riverside gekommen. Sie habe ihn damals zum erstenmal seit mehreren Jahren wiedergesehen.

»Worüber hat er bei diesem Besuch mit Ihnen geprochen?« fragte Reed behutsam.

»Über nichts, was die Polizei interessieren könnte«, entgegnete sie mit schroffer Ablehnung, milderte jedoch sofort ab: »Er hat mich um Verzeihung gebeten«, sagte sie, wobei sie Charles ansah. »Er hat mich um Verzeihung gebeten, und ich habe ihm verziehen. Ich hatte ihm schon verziehen, bevor er kam.«

»Er hat nur brav seine zwölf Schritte absolviert«, warf Charles ein.

»Mein Sohn Charles ist der Meinung, daß Lucas' Bitte um Verzeihung weniger aufrichtig war, nur weil er zu den Anonymen Alkoholikern ging. Ich bin nicht dieser Meinung. Lucas hat sich meine Verzeihung ehrlich gewünscht, und er hat sie bekommen.« Mit einer Bewegung, die sagen sollte, daß das Thema damit für sie erledigt sei, verschränkte sie die Arme vor der Brust.

»Wann haben Sie Ihren Bruder das letztemal gesehen?« wandte sich Reed an Charles.

Charles antwortete nicht.

»Er hat seinen Bruder seit Weihnachten nicht mehr gesehen«, sagte June, ohne auf Charles' ärgerlichen Blick zu achten. »Charles ist jedes Jahr nach Las Piernas gefahren, mir zum Gefallen.« Sie machte eine kleine Pause und fügte dann hinzu: »Nicht um Lucas zu besuchen, nur um zu sehen, ob er noch am Leben war.«

»Wahrscheinlich sollte ich froh und dankbar sein«, sagte Charles. »Jetzt brauche ich diese Fahrten nicht mehr zu machen.«

Ich sah, wie June Monroe auf ihrem Stuhl erstarrte. Sie preßte die Lippen aufeinander, als wollte sie eine scharfe Entgegnung zurückhalten. Demonstrativ wandte sie Charles den Rücken zu und begann Reed Collins zu befragen. Ihr Sohn sei ein junger Mann gewesen, viel zu jung für einen Herzinfarkt. Was die Polizei über seinen Tod wisse?

Reed gab klare Antworten, auch wenn er nicht ins Detail ging. Zwar sei Lucas' Collegering verschwunden, sagte er, doch gebe es bisher keine Anhaltspunkte dafür, daß er nicht eines natürlichen Todes gestorben sei. Gegenwärtig würden alle möglichen Untersuchungen durchgeführt, um Gewißheit zu erhalten. Ich beobachtete sie und fragte mich, ob sie das alles überhaupt registrierte; sie wirkte wie betäubt. Doch sie dankte Reed und bat dann darum, sie eine Weile mit mir allein zu lassen. Nach Protesten von Charles ließ man uns in dem kleinen Konferenzraum allein.

»Mrs. Monroe«, begann ich, aber sie wehrte meine Beileidsbekundungen mit einer Handbewegung ab, noch ehe ich sie äußern konnte.

»Nichts kann ihm jetzt mehr etwas anhaben. Ich habe meinen Glauben, Irene Kelly. Mein Glaube trägt mich. Ich weiß, daß mein Sohn ein guter Mensch war, ein sehr guter Mensch. Ich weiß, daß der Herr ihn behüten wird. Charles hat keinen Glauben. Er behauptet, er hätte ihn in Vietnam verloren, aber ich weiß nicht, ob das stimmt. Ihn trifft das alles viel härter als mich.« Sie schloß einen Moment die Augen und atmete tief ein. Als sie sie wieder öffnete, sah sie mich mit klarem, festem Blick an.

»Arbeiten wir zusammen, Irene Kelly?«

20

»Sie können meinem Sohn helfen«, sagte sie, als ich zögerte. »Er wollte vor seinem Tod Ihre Hilfe. Sie können sie ihm immer noch geben.«

»Wissen Sie, worüber er mit mir sprechen wollte?«

»Ja. Über seinen Ruf.«

»Oh«, sagte ich.

Ihr Mund wurde schmal. »Sagen Sie mir jetzt nicht, daß ich mich in Ihnen getäuscht habe. Ich habe Ihnen doch gesagt, ich würde Ihnen vertrauen. Zeigen Sie mir jetzt nicht, daß Sie nicht besser sind als dieser Polizist – Collings? Heißt er so?«

»Collins. Reed Collins.«

»Ja, gut, für diesen Mann war Lucas nichts weiter als ein Penner. Das hab ich sofort gesehen, als er kam. Mr. Collins hat Wichtigeres zu tun. Und Lucas zählt hier nicht viel, nicht wahr? Dieser Mr. Collins möchte mit dieser schmutzigen Geschichte am liebsten gar nichts zu tun haben.«

»Das ist schwer zu sagen«, meinte ich. »Reed ist immerhin einigen Dingen nachgegangen, die er hätte ignorieren können, wenn er sich die Sache leicht machen wollte.«

»Na ja, wie dem auch sei, ich frage Sie, ob Sie glauben, daß Lucas nichts weiter war als ein – ein Nichts, ein Niemand.«

»Aber natürlich nicht. Schauen Sie, Mrs. Monroe, ich weiß nicht, was mit Lucas geschehen ist und wie es dazu kommen konnte, daß er auf der Straße landete –«

»Das ist leicht zu beantworten. Er hat getrunken. Er hat getrunken, getrunken und getrunken. Sein Vater hat auch getrunken – er hat sich zu Tode getrunken. Es heißt, daß Alkoholismus erblich sein kann. Ich weiß nicht, ob Lucas es von seinem Vater hatte oder nicht. Auf jeden Fall ist es eine Krankheit. Für manche Leute ist es ein Etikett, das sie anderen aufkleben. Alkoholiker. Als ob damit alles gesagt wäre.«

Sie schüttelte den Kopf. »Das alles ist mir jetzt nicht mehr wichtig. Ich weiß, daß mein Sohn am Ende seines Lebens nicht mehr getrunken hat. Und ich weiß, daß er ein Ziel hatte, einen Traum.« Sie schwieg einen Moment, dann fügte sie hinzu: »Ich glaube, Sie hatten etwas damit zu tun. Er hat Sie gesehen und hat einen Weg gesehen, sich etwas zurückzuerobern, was er verloren hatte.«

»Es tut mir leid, ich weiß nicht, was das –«

Sie ließ mich nicht ausreden. »Gefällt Ihnen der Name Lucas?«

»Ja, es ist ein schöner Name.«

»Lucas Monroe war einmal ein guter Name. Den hatte er verloren, und den wollte er zurückhaben. Seinen guten

Namen. Zu mir hat er gesagt, er würde nach Hause kommen, aber zuerst wollte er –«

Sie brach ab, als die Tür geöffnet wurde. Charles wollte eintreten, sah ihren ärgerlichen Blick und blieb auf der Schwelle stehen. Mit unwilliger Miene fragte er: »Wie lang brauchst du noch?«

»Brauchst du eine Brille?« entgegnete sie.

Er antwortete nicht.

»Hast du mich hier zur Tür rausgehen sehen?«

»Ich muß nach Hause.«

»Dann fahr«, sagte sie. »Fahr.«

»Ich lasse dich hier nicht allein.«

»O doch. Nimm nur meinen Koffer aus deinem Wagen. Ich kann mir ein Taxi nehmen und zu irgendeinem Hotel fahren. Fahr du ruhig nach Riverside zurück.«

»Nein, ich warte«, hauchte er im Ton eines Märtyrers.

Sie räusperte sich. »Entschuldigen Sie uns einen Moment, Miss Kelly.«

Ich stand auf und ging zur Tür. Charles versperrte mir den Weg.

»Charles Monroe!« hörte ich sie hinter mir sagen.

Er setzte ein höhnisches Lächeln auf, trat zurück und verneigte sich mit übertriebener Höflichkeit. »Oh, entschuldigen Sie vielmals!«

Ich ging auf den Korridor hinaus und sah mich nach Rachel um. Sie war in einem Wartezimmer weiter vorne und las irgendeine alte Illustrierte. Über den Rand hinweg sah sie mich an und lächelte. »Wir müssen jeden Tag mit der Ankunft von Außerirdischen rechnen«, sagte sie. »Das berichtet eine Frau, die gerade aus der Zukunft zurückgekehrt ist.«

»Heißt das etwa, daß ich nicht mehr dazu kommen werde, meine Rente zu kassieren?«

»Tut mir leid, Pech gehabt. Du siehst müde aus. Willst du nach Hause?«

»Nein, tut mir leid, Rachel.«

»Warum nicht?« hörte ich eine andere Stimme. Als ich mich umdrehte, sah ich Pete und Frank durch den Korridor kommen.

»Was tut ihr denn hier?« fragte ich.

»Ja, wir freuen uns auch, dich zu sehen«, erwiderte Pete. »Wir haben dauernd hier zu tun, falls du das vergessen haben solltest.«

»Wir wollten Rachel gerade nach Hause schicken«, sagte Frank. »Reed hat gesagt, du wärst mit Monroes Mutter im Konferenzraum. Ist sie schon wieder gefahren?«

»Nein, noch nicht. Ich wollte dich fragen, ob sie vielleicht bei uns übernachten kann.«

»Sie will hierbleiben?«

»Es gibt eine Menge zu regeln. Ich möchte sie nicht gern in einem Hotel wohnen lassen. Nach allem, was heute abend geschehen ist.«

»Willst du sie bei dir übernachten lassen?« fragte Rachel.

»Beide?« fragte Pete.

»Sie ist mit ihrem Sohn hier«, erklärte Rachel. »Einem echten Arschloch.«

»Also wirklich, Rachel, er hat eben gehört, daß sein Bruder tot ist«, sagte ich.

Sie zuckte die Achseln, ohne Bedauern.

»Kennst du diese Leute?« fragte Pete. »Ich dachte –«

»Mach dir keine Sorgen«, unterbrach ich ihn, mit meiner Geduld fast am Ende.

»Nein, das geht schon in Ordnung«, sagte Frank schnell und warf Pete einen beschwichtigenden Blick zu. »Rachel, vielen Dank für alles.«

Sie lachte und legte ihrem Mann den Arm um die Mitte. »Komm, Pete, das war ein Wink mit dem Zaunpfahl.« Sie schob ihn zur Tür und rief uns dann über die Schulter zu: »Gute Nacht, Frank. *Piano, piano,* Irene.«

»Geht's dir gut?« fragte Frank.

»Ehrlich gesagt, ich weiß es nicht.«

Charles Monroe suchte sich natürlich genau diesen Moment aus, um auf uns zuzukommen. »Sie möchte Sie sehen«, sagte er säuerlich und ging einfach weiter. Er war draußen, ehe ich ihn mit Frank bekannt machen konnte.

»Das Arschloch?« fragte Frank.

Ich warf ihm einen ärgerlichen Blick zu. Er hob abwehrend die Hände und setzte sich. »Ich bin hier, wenn du mich brauchst«, sagte er, nach der Illustrierten greifend. »Ich les inzwischen alles über diesen Jungen, der mit den Ohren sehen kann.«

Als ich wieder in den Konferenzraum kam, sah ich gleich, daß June Monroe geweint hatte, aber ihre Stimme klang fest, als sie sagte: »Ich möchte gern mit Ihnen reden, Irene, aber ich glaube, heute kann ich nicht mehr. Können Sie mir vielleicht ein gutes Hotel empfehlen? Ich war seit Jahren nicht mehr in Las Piernas, aber eine Zeitungsreporterin kennt sich hier doch sicher aus.«

»Ich würde mich sehr freuen, wenn Sie und Charles bei uns übernachten würden.«

»Kommt nicht in Frage. Ich möchte Ihnen nicht zur Last fallen. Und Charles bleibt sowieso nicht; er hat in Riverside sein eigenes Geschäft und muß morgen früh pünktlich antreten.«

»Sie wären uns nicht lästig. Wir haben ein Gästezimmer. Bitte – es sei denn, Sie fühlen sich in einem Hotel wirklich wohler. Ich muß allerdings sagen, daß wir Haustiere haben – zwei Hunde und eine Katze –«

»Ach, das wäre überhaupt kein Problem. Ich liebe Tiere.«

»Dann übernachten Sie bei uns?«

Sie überlegte einen Moment, dann sagte sie: »Ja, vielen Dank, gern.«

Charles sagte dieser Plan genauso zu, wie ihm an diesem Abend alles an mir zusagte. June stellte sich mit verschränkten Armen neben das Auto und forderte, er solle doch bitte den Kofferraum aufmachen. Er gehorchte grimmig, riß den kleinen Koffer heraus und stellte ihn heftig auf den Boden. Dann setzte er sich in den Wagen und fuhr ohne ein Wort des Abschieds davon.

Frank tat so, als hätte er nichts bemerkt, half June mit ihrem Koffer und begann ein Gespräch über die Abendschule in Riverside, an der sie unterrichtete – Algebra und Geometrie für Erwachsene.

Es war zwei Uhr morgens, als wir nach Hause kamen. Nach ungestümer Begrüßung durch unsere Tiere begaben wir uns alle zur Ruhe. Cody fand, June brauche dringend einen großen Kater auf ihrem Bett, was sie zu freuen schien. Ich war froh darüber; er hätte womöglich die ganze Nacht geschimpft, wenn ihm diese Gunst verwehrt worden wäre.

Frank war schon im Bett, als ich kam, schläfrig, aber noch wach. Er zog mich in seine Arme. Wir unterhielten uns noch eine Weile über die Ereignisse des Abends.

»Warum hast du dich eigentlich von ihrem Sohn so behandeln lassen?« fragte er.

»Dem geht's doch offensichtlich überhaupt nicht gut. Er hat gerade erfahren, daß sein Bruder tot ist.«

»Er wirkte aber nicht gerade tief erschüttert.«

»Auf seine eigene Weise war er das sicher. Selbst wenn ich Lust gehabt hätte, mich mit ihm zu streiten, hätte ich es nicht getan. Das hätte nur June aufgeregt.«

»Ja, da hast du schon recht. Aber trotzdem, der Kerl war wirklich ein –«

»Sag's nicht.« Ich sah ihn an. »Ich weiß gar nicht, warum du dich so über ihn aufregst. Du hast doch schon die unterschiedlichsten Reaktionen auf Todesfälle in Familien erlebt –

manche Leute weinen, manche werden ganz still, und manche werden eben wütend.«

Er seufzte. »Ja, das stimmt. Wenn ich ihm unter anderen Umständen begegnet wäre, hätte ich es wahrscheinlich auch so gesehen. Aber ich hab eben noch nie gesehen, wie jemand *dich* so behandelt hat.«

Ich lächelte. »Mir ist ja nichts passiert, Tarzan.«

Er lachte und strich mir übers Haar. »Wenn ich nicht so verdammt müde wäre, würde ich dafür sorgen, daß du diese Bemerkung bedauerst.«

Ich küßte ihn. »Ich gebe dir Aufschub.«

Ich drehte mich auf die andere Seite. Er küßte meinen Hals, dann gähnte er. Ich hörte, wie seine Atemzüge tief und regelmäßig wurden.

Dieses rhythmische Atmen wirkte wie Balsam auf meine innere Aufgewühltheit. Es beruhigte mich, hielt mich davon ab, mich mit Fragen zu quälen, die in dieser Nacht sowieso nicht beantwortet werden konnten; hielt mich davon ab, mich um June Monroe, Claire Watterson und all die anderen verwundeten Seelen zu sorgen, denen ich jetzt nicht helfen konnte. Franks Umarmung war warm und zuverlässig.

»Ich bin gern verheiratet«, flüsterte ich, in dem Glauben, er schliefe.

»Ich auch«, murmelte er dicht an meinem Ohr.

Ich erwachte beinahe so müde, wie ich zu Bett gegangen war – und völlig durchgefroren. Im weichen grauen Licht des frühen Tages sah ich, daß Frank sich auf die andere Seite des Bettes gewälzt und alle Decken mitgenommen hatte. Ich überlegte eine Weile, ob ich ihn wecken sollte, um mir ein Stückchen Decke zu holen, sagte mir dann aber, die Möglichkeit, daß ich wieder einschlafen würde, sei so gering, daß ich ihm den Diebstahl diesmal durchgehen lassen konnte.

Vorsichtig stieg ich aus dem Bett, schlüpfte in meinen Bademantel und sah einen Moment zu Frank hinunter. Er war wie eine Mumie in die Decken eingewickelt, nur die Zehen seines linken Fußes spitzten heraus. Mit einem Arm hielt er das Kopfkissen über seinen Kopf – das tut er immer, wenn er besonders müde ist. Nur die untere Hälfte seines Gesichts war unter dem Kissen zu sehen. Für jeden anderen hätte es wahrscheinlich ziemlich albern ausgesehen. Aber nicht für mich.

Ich zog eine Jeans und einen dicken Pulli an und schlüpfte in meine Turnschuhe; ich wollte mit den Hunden am Strand entlanglaufen. Aber als ich zu der Schiebetür trat, die in den Garten führt, sah ich, daß June Monroe auf der Terrasse saß. Die Hunde lagen wie hingegossen vor ihr.

Ich wollte zurücktreten, aber meine Freunde hatten mich gehört und kamen an die Tür gesprungen. Ich ging hinaus.

»Guten Morgen«, sagte June. »Das ist wirklich ein wunderschöner Garten. Haben Sie ihn angelegt?«

»Nein«, bekannte ich, mich neben sie setzend. »Bei uns ist Frank der Gärtner.«

Sie betrachtete die Pracht von Krokussen, Narzissen, Märzenbechern und anderen Frühlingsblumen, die gerade zu blühen begannen, und lächelte. Deke stupste ihre Hand, und Dunk drehte auf der Suche nach jemandem, der ihn kraulen würde, seinen Kopf zwischen uns hin und her.

»Ein Wunder, daß Sie den Garten so gepflegt halten können mit den Hunden hier.«

»Am Anfang, als wir sie gerade bekommen hatten, hätten sie den Garten mehr als einmal beinahe dem Erdboden gleichgemacht. Zum Glück haben wir nebenan einen Nachbarn, der die Hunde sehr liebt – er hat sie sogar mit uns im Tierheim ausgesucht. Er kann unglaublich gut mit ihnen umgehen. Ich könnte schwören, daß er es ihnen einfach ausgeredet hat, den Garten zu zerstören.«

»Ja, das kann ich mir schon vorstellen.«

Sie sah müde aus.

»Gestern abend sagten Sie, Lucas hätte seinen guten Namen verloren«, bemerkte ich.

»Ja.«

»Weil er getrunken hat?«

Sie sah mich überrascht an. »Wegen des Trinkens? Nein, nein. Das kam erst später.« Sie beugte sich ein wenig vor und senkte die Stimme. »Sie wissen nichts von dem Skandal?«

»Nein. Von was für einem Skandal?«

»Im College. Lucas wurde des Betrugs beschuldigt.«

»Was?! Das glaube ich nicht.«

»Hm, das ist schon mal ein guter Anfang«, sagte sie befriedigt. »Ein sehr guter Anfang. Ich habe nie geglaubt, daß er ein Betrüger ist. Das hatte er gar nicht nötig; dazu war er viel zu gescheit. Aber sie haben ihn trotzdem aus dem College geworfen.«

»Das versteh ich nicht.« Der Morgen erschien mir plötzlich viel kälter. »Kommen Sie mit rein, ich mach uns einen Kaffee, und dann können Sie mir die Geschichte von Anfang an erzählen.«

Sie setzte sich an den Küchentisch. »Wann haben Sie Lucas das letztemal gesehen?«

»Das muß 1975 oder 76 gewesen sein.«

»Hm. Ja, das war kurz bevor diese ganze Schweinerei passiert ist. Das hat ungefähr 1977 angefangen. Lucas hatte seinen Magister schon fast in der Tasche. Er hatte gerade seine Arbeit eingereicht. Er war so stolz darauf...«

Ihre Stimme brach, und sie wandte sich von mir ab. Ich machte mich an der Kaffeemaschine zu schaffen. Als ich den Eindruck hatte, daß sie ihre Fassung wiedergewonnen hatte, fragte ich: »Worüber hat er in seiner Arbeit geschrieben?«

»Es war eine Studie über eines der alten Viertel in Las Piernas, wie es sich veränderte, was man tun könnte, um die Verhältnisse für die Leute, die dort wohnten, zu verbessern. Es war eines von den Vierteln, die saniert werden sollten.«

»Eigentlich ganz logisch, daß Lucas sich ein solches Thema für seine Arbeit ausgesucht hat. Er hat ja mit Andre Selman zusammengearbeitet.«

»O ja, Andre Selman«, sagte sie. »Vielleicht schaffe ich es eines Tages, dem Mann zu verzeihen.«

»Wieso?«

»Ich will nicht behaupten, daß er für alles, was Lucas geschehen ist, verantwortlich ist. Wirklich nicht. Manches davon hat in unserer eigenen Familie angefangen, sogar schon vor unserer Familie. Aber Andre Selman hat Schlimmes angerichtet.«

»Inwiefern?«

»Zunächst erschien er mir wie der große Held. Er verschaffte Lucas einen Job am College, als wissenschaftlicher Assistent und Dozent. Er hat Lucas bei der Arbeit an der Sanierungsstudie für Las Piernas unter seine Fittiche genommen. Er hat ihm die schönsten Versprechungen gemacht, wie er ihm helfen würde, an eine große Universität zu kommen, wie er ihm ein Stipendium beschaffen würde – alles als Dank für die Arbeit, die Lucas bei der Studie für ihn leistete. Er hat sogar sein Büro mit Lucas geteilt; er hat ihm erlaubt, alle seine Bücher und seine Arbeitsunterlagen dort liegen zu lassen. Lucas hat ihn sehr verehrt.«

Ich schenkte zwei Tassen Kaffee ein und gab ihr eine. »Das muß zu der Zeit gewesen sein, als ich Lucas kennenlernte. Wenn er nicht unterwegs war, um irgendwelche Recherchen zu machen, oder ein Seminar hielt, war er in diesem Büro. Er schien ganz begeistert zu sein von seiner Arbeit und von dem Projekt. Obwohl – jetzt, wo ich darüber nachdenke, fällt mir ein, daß er mich davor gewarnt hat, mich mit Andre einzulassen.«

»Das wundert mich nicht. Lucas erzählte damals, daß der

Professor dauernd irgendwelche Frauen um den Finger gewickelt hat.«

Ich wollte nicht zusammenzucken. Aber es geschah trotzdem.

Sie bemerkte es nicht. »Natürlich war er begeistert von Dr. Selman«, fuhr sie fort. »Versuchen Sie sich nur mal vorzustellen, was die Aufmerksamkeit eines solchen Mannes für ihn bedeutete. Lucas war der erste in der Familie Monroe, der studierte. Sein Vater, sein Großvater, seine Onkel und Großonkel – keiner von ihnen war auf einem College. Ich war die erste in meiner Familie, die studiert hat, und es gab Tage, da hätte ich schwören können, daß Lucas' Vater mich hauptsächlich geheiratet hatte, weil er sich wünschte, daß seine Kinder mal studieren würden, und dachte, ich würde sie dazu bringen können. Charles war in der Schule nie besonders gut, nicht weil er nicht intelligent gewesen wäre, aber er hat sich zu leicht von anderen Dingen ablenken lassen. Aber Lucas, der war unglaublich eifrig. Er hat die Schule geliebt, und Soziologie war sein Lieblingsfach. Er hat immer geglaubt, er könne etwas ändern in der Welt.«

»Ja, das habe ich gesehen, als ich bei ihm im Seminar war. Er war ein sehr guter Lehrer – das hatte er sicher von Ihnen.«

»Danke«, sagte sie leise, »aber ich glaube, er war einfach eine Naturbegabung.« Wieder sah sie von mir weg und blickte in den Garten hinaus. »Ja, er hat die Schule geliebt ...« Sie schwieg melancholisch. Als sie mich aber wieder ansah, stand plötzlich Empörung in ihrem Gesicht, nicht Traurigkeit. »Sie können sich wahrscheinlich vorstellen«, sagte sie, »wie entsetzt wir waren, als er uns anrief und sagte, er würde aus dem College hinausgeworfen werden.«

»Aber was war denn passiert?«

Sie schüttelte den Kopf. »Wissen Sie, Irene, das Schlimmste war, daß es so lang dauerte, dahinterzukommen, was tatsächlich geschehen war. Die Schwierigkeiten fingen an, als

Lucas seine Arbeit einreichte und dieser andere Professor, ein Dr. Warren, die übrigen im Ausschuß davon überzeugte, sie zurückzuweisen.«

»Moment mal – Warren? Mit Dr. Warren ist Andre nie gut ausgekommen. Wo ist da die Verbindung? Und aus welchem Grund wollte er die Arbeit zurückweisen?«

»Er hat behauptet, Lucas hätte die Daten manipuliert, um das Ergebnis zu bekommen, das er haben wollte. Er sagte, Lucas hätte falsche Zahlen angegeben.«

»Nie im Leben glaube ich, daß Lucas so was eingefallen wäre«, sagte ich.

»Andre Selman hat das auch gesagt. Er meinte, es müsse ein Mißverständnis vorliegen. Machte einen Riesenzirkus, holte sich die Arbeit, sah sie durch und tat dann total überrascht. Und als Lucas vor den Ausschuß gerufen wurde, war er selbst genauso überrascht.«

»Warum?«

»Es war überhaupt nicht seine Arbeit.«

»Da komme ich nicht mehr mit.«

»Oh, es war zwar eine Arbeit, auf der vorn ›Lucas Monroe‹ draufstand, und viele der Seiten waren auch aus seiner ursprünglichen Arbeit – die meisten sogar –, aber es gab auch solche, die Lucas nicht geschrieben hatte.«

»Wie ist das denn möglich?«

»Ja, genau das war natürlich die Frage. Andre Selman hat Lucas vor dem Ausschuß verteidigt. Er hat gesagt, er wüßte, daß Lucas erstklassige Arbeit leiste und von Grund auf ehrlich sei und so weiter, und dann hat er gesagt: ›Lucas, Sie müssen doch Ihre eigene Kopie der Arbeit haben. Können Sie die nicht vor den Ausschuß bringen?‹

Na, und Lucas sagt natürlich, daß er nicht mal nach Hause zu fahren brauche, um sie zu holen. Er habe alles in seinem Büro.«

»Das auch Dr. Selmans Büro war«, warf ich ein.

»Richtig. Und was glauben Sie, hat er da gefunden?«

»Die Arbeit war verschwunden.«

Sie schüttelte den Kopf.

»Sie war da«, sagte ich langsam, »aber Lucas' eigene Kopie stimmte genau mit der überein, die dem Ausschuß vorlag.«

»Genau.«

»Aber er muß doch Aufzeichnungen gehabt haben, er konnte doch bestimmt irgendwie beweisen –«

»Eben nicht. Das war ja das Unglück. Daher wußten die Leute, die das getan hatten, ganz genau, daß sie damit durchkommen würden. Haben Sie schon mal Lucas' Handschrift gesehen?«

»Ja, als Schönschrift konnte man sie nicht gerade bezeichnen.«

June lachte. »Sie war völlig unleserlich. Er hatte oft genug selber Schwierigkeiten, sie zu entziffern. Wenn er irgendwas ein oder zwei Wochen liegen ließ, konnte er es hinterher kaum noch lesen. Darum hatte er sich's schon in der High-School angewöhnt, seine Notizen immer zu tippen. Und im College hat er's natürlich genauso gemacht; er hat praktisch alles mit Maschine geschrieben. Alles, was er sich bei seinen Recherchen aufgeschrieben hat, ob Notizen oder Formulare, die er ausgefüllt hat, hat er hinterher sofort in die Maschine geschrieben. Das Gute daran war natürlich, daß so bei seinen Arbeitsunterlagen eine gewisse Ordnung herrschte.«

»Ich hab mich grade neulich mit jemandem unterhalten. Ich kann mich daran erinnern, daß er es gehaßt hat, an die Tafel zu schreiben«, sagte ich. »Im Statistikseminar hat er immer alles getippt und dann mit Folien gearbeitet.«

Sie nickte. »Ja, und an dem Tag also – er war völlig verzweifelt. Er hat erzählt, er wär sich vorgekommen wie jemand aus *Twilight Zone.* Er hat wie ein Wahnsinniger nach irgendwas gesucht, das seine Unschuld beweisen könnte, aber alles, was er in die Hände bekam, schien nur das Gegenteil zu beweisen. Entweder haben Dinge gefehlt, oder sie waren verändert worden.«

»Wer hatte denn Zugang zu dem Büro?«

»Nur sehr wenige Leute. Der Leiter der Abteilung, Lucas, Dr. Selman, eine weitere wissenschaftliche Assistentin und die Sicherheitsleute – und die haben sich bestimmt nicht hingesetzt und eine Magisterarbeit gefälscht. Lucas sagte, der Abteilungsleiter käme für ihn als Täter nicht in Frage. Anfangs war er einfach völlig durcheinander. Er dachte, es müßte jemand ins Büro eingebrochen haben. Aber dafür gab es keinerlei Anhaltspunkte, und der Ausschuß hat natürlich angefangen, offen Zweifel an Lucas' Unschuld zu äußern.

Lucas fragte, ob er mit der anderen Studentin sprechen könnte, die Zugang zum Zimmer hatte. Nadine Preston hieß sie. Da Lucas ja bald weggehen wollte – das dachte er zumindest –, hatte Dr. Selman ihn gebeten, diese Nadine anzulernen, damit sie später seine Stelle bei dem Projekt übernehmen könnte. Haben Sie sie gekannt?«

»Nein«, antwortete ich.

»Eine hübsche, kleine Rothaarige.«

»Rothaarig?«

»Ja.«

»Hatte sie glattes, halblanges Haar?«

»Ja. Ich dachte, Sie haben sie nicht gekannt?«

»Nein, aber ich habe ein Foto von ihr gesehen. Erst vor kurzem.«

21

»Haben Sie Fotografien an Ben Watterson geschickt?«

»An wen?«

»An den Präsidenten der Bank von Las Piernas.«

Ehe sie antworten konnte, kam Frank in die Küche. Er war

bereits zur Arbeit angezogen, was mich daran erinnerte, daß auch ich mich langsam fertigmachen mußte.

»Guten Morgen«, begrüßte sie ihn.

»Guten Morgen«, antwortete er und drückte kurz meine Schulter, als er zur Kaffeemaschine hinüberging.

Sein Blick flog zwischen uns hin und her, als er sich Kaffee einschenkte, dann fragte er: »Gehst du heute in die Redaktion, Irene?«

»Ja, aber vielleicht ein bißchen später. June, was haben Sie für Pläne?«

»Zuerst werd ich mir wohl ein Auto mieten müssen.«

»Wenn Sie's nur für die Stadt brauchen –«

»Nein, ich habe zwar hier einiges zu erledigen, aber ich muß irgendwie nach Riverside zurückkommen, um – um mich um die Beerdigung zu kümmern und so.«

Niemand sagte etwas.

»Charles hat mir angeboten, hierher zurückzukommen und mich abzuholen«, sagte sie. »Aber er arbeitet so hart und war gestern nacht zu lange auf, da möchte ich ihm das ersparen. Und mit dem Bus dauert es doppelt so lang wie mit dem Wagen. Und so billig ist der Greyhound ja auch wieder nicht. Da lohnt es sich schon, ein Auto zu mieten.«

»In der Stadtmitte ist eine Autovermietung«, sagte ich. »Ich kann Sie auf dem Weg zur Redaktion da absetzen.«

»Danke, das wäre nett.«

»Haben Sie noch Freunde in Las Piernas?« fragte Frank.

»Freunde?« Sie lachte leise und schüttelte den Kopf. »Nein, jetzt nicht mehr. Ich bin hier weggezogen, kurz nachdem Lucas mit dem Studium angefangen hatte. Unser altes Viertel gibt es nicht mehr. Ich würde vielleicht noch ein paar Leute auftreiben, die ich aus der Kirche kenne. Einige von ihnen leben vielleicht noch hier. Aber ich habe sie alle so lange nicht gesehen, daß ich nicht einmal weiß, nach wem ich fragen müßte.«

»Was meinen Sie, Ihr altes Viertel gibt es nicht mehr?« fragte ich.

»Es ist nicht mehr da. Man findet höchstens noch eine Menge unbewohnter Häuser und ein paar leere Grundstücke. Das ist alles. Wir wohnten damals in einem ehemaligen Hotel, das zu einem Wohnhaus umgebaut worden war. Der Hausbesitzer hat es vollkommen verkommen lassen, ich habe diese Wohnung gehaßt. Es war bei weitem nicht das Schlimmste, was man sich vorstellen kann, aber ich wollte nicht, daß meine Kinder da groß werden müssen. Mein Gott, wie sehr ich mir damals gewünscht habe, endlich ausziehen zu können.«

»Haben Sie zu der Zeit auch schon als Lehrerin gearbeitet?«

»Ja, aber nicht in fester Stellung. Als die Kinder noch klein waren, sind wir viel umgezogen. Mein verstorbener Mann war ein guter Mensch, aber sehr unbeständig. Und der sparsamste Typ war er auch nicht gerade, wenn Sie verstehen, was ich meine. Es hat immer nur mit Müh und Not für die Miete gereicht. Als wir dann hier in Las Piernas wohnten – Lucas muß damals sechs oder sieben Jahre alt gewesen sein –, ging's mit der Gesundheit meines Mannes bergab. Kein Mensch kann so viel trinken, ohne Probleme zu bekommen. Jedesmal, wenn ich gerade ein bißchen Geld zusammengespart hatte, mußte er ins Krankenhaus. Ich hab nach seinem Tod noch ewig gebraucht, um all die Krankenhausrechnungen abzuzahlen.« Sie zuckte die Achseln. »Und als ich damit fertig war, wollte ich für Lucas' Studium sparen. Aber dann konnte ich doch früher umziehen als gedacht. Lucas bekam ein Stipendium, und den Rest hat Charles draufgelegt.«

»Charles?«

»Ja. Ich hab Ihnen doch erzählt, daß er in Vietnam war. Er hat uns regelmäßig seinen Sold geschickt. Von einem Teil davon habe ich ein Haus gekauft, das ich auf Charles und mich eintragen ließ. Ich konnte endlich umziehen, und Lucas konnte auf dem Campus leben. Als Charles nach Hause kam, wohnte er zuerst in Riverside bei mir, während er sein Geschäft aufbaute. Später hat er sich was Eigenes gesucht. Er hat Lucas' Studium die ganze Zeit über mitfinanziert.«

Ich fing an, Charles etwas besser zu verstehen. Zu sehen, daß er sein sauer verdientes Geld für einen Bruder hingelegt hatte, der dann von der Universität geworfen worden war, mußte Bitterkeit hervorrufen. Und ich begann auch Lucas mit anderen Augen zu sehen. Der Ausschuß hatte ihm mehr verweigert als einen akademischen Grad. Auf Lucas hatten alle Träume geruht, von ihm hatte man gehofft, daß er es einmal weit bringen würde.

»Wo war denn Ihr altes Viertel?« fragte Frank.

Sie nannte zwei Straßen. Ich sah sie an.

»Wissen Sie, wo das ist?« fragte sie mich.

»Ja«, antwortete ich. »Ich war erst vor kurzem in der Gegend.«

Ich sagte ihr allerdings nicht, daß auch ihr Sohn dort gewesen war, auf einer Bank an der Bushaltestelle.

Es war spät geworden, darum rief ich in der Lokalredaktion an. Doch ehe ich Lydia erklären konnte, was los war, sagte sie: »John möchte mit dir reden.«

»O weh!«

»Ach, ich weiß nicht, ob's was Schlimmes ist. Er wirkte ganz fröhlich, als er mir sagte, daß ich Anrufe von dir zu ihm durchstellen soll.«

»*Fröhlich*! Lydia, Katzen sind auch fröhlich, wenn sie gerade einen Kanarienvogel gefressen haben.«

»Hm«, sagte sie nur und verband mich mit John.

Nach dem Motto, daß Angriff die beste Verteidigung ist, erklärte ich John, was in der vergangenen Nacht los gewesen war, und sagte, ich würde später kommen.

»Na, Sie arbeiten doch sowieso nicht nach der Stechuhr, Kelly«, meinte er leichthin.

»Erst wenn's gegen Redaktionsschluß geht.«

»Genau«, sagte er. »Kommen Sie bei mir vorbei, wenn Sie da sind.«

Das klang nicht allzu verheißungsvoll.

»Ich kann mich an ein Foto in einem Brief erinnern, jetzt, wo Sie es erwähnen«, sagte June auf der Fahrt in die Stadt. Ich hatte sie nochmals nach den Briefen an Ben Watterson gefragt. »Der Brief war, glaube ich, an jemanden bei einer Bank gerichtet. Lucas hat mich damals gebeten, ihn für ihn aufzugeben. Er rief eines Tages an und sagte, er hätte ihn bei seinem Besuch bei mir vergessen. In seinem Zimmer.« Sie starrte zum Autofenster hinaus. »Sein Zimmer war immer für ihn hergerichtet«, bemerkte sie. »Als er noch auf dem College war, hat er mich oft besucht. Später – später kam er nicht mehr so oft.«

Als ich sie nach seinem letzten Besuch in Riverside fragte, erzählte sie mir, er sei an einem Wochenende mit dem Bus gekommen; das war wenige Tage vor dem Eintreffen des ersten Briefes in Las Piernas.

»Ich mußte nur den einen für ihn aufgeben, aber er hat an dem Wochenende eine ganze Menge Bewerbungen losgeschickt.«

»Hat er Ihnen gesagt, es seien Bewerbungen?«

Sie runzelte die Stirn. »Nein, das nicht, aber er ist zum Kopieren gegangen, und da hab ich wahrscheinlich automatisch angenommen, daß er Bewerbungen rausschicken wollte. Er hat mehrere Kopien machen lassen und Briefe getippt, die er dann mitnahm. Aber den einen Brief hat er vergessen.«

»Wissen Sie, was darin war?« fragte ich.

»Ja, ich glaub schon«, antwortete sie. »Er hat mich gebeten, für ihn etwas auf die Rückseite einer Fotografie zu schreiben – es war ein Foto von ihm und dem Mann von der Bank, als er damals das Stipendium bekam. Seine eigene Schrift war ja so schlecht, und ich glaube, er wollte nicht auf die Fotografie tippen. Den Brief, den er dazulegen wollte, hatte er schon fertig.«

»Einen Brief? Sind Sie sicher, daß Sie einen Brief gesehen haben?«

»Aber natürlich bin ich sicher. Ich habe gesehen, wie er das Foto zusammen mit einem Brief in den Umschlag gesteckt hat. Ich habe gedacht, er wollte sich bei der Bank um einen Job bewerben.«

Es war also mehr als dieses Foto von der Übergabe des Stipendiumsschecks in dem ersten Umschlag gewesen, den Lucas selbst abgeschickt haben mußte, irgendwann bevor er wieder aus Riverside weggegangen war. June, die nicht wußte, daß dieser erste Brief abgeschickt worden war, glaubte verständlicherweise, der zweite Umschlag – der mit der Fotokopie – habe das Foto enthalten, auf dessen Rückseite sie geschrieben hatte.

»Hat Lucas Ihnen noch andere Fotos gezeigt, als er bei Ihnen zu Besuch war?«

»Nein, nur das eine. Warum fragen Sie?«

»Ich versuche herauszubekommen, mit wem er in den letzten sechs Wochen Kontakt hatte und was er in dieser Zeit getan hat. Hat er telefoniert, während er bei Ihnen in Riverside war?«

»Ja, jetzt, wo Sie's sagen – er hat jemanden angerufen –, warten Sie mal, wie hieß er gleich?« Sie murmelte einen Moment vor sich hin. »Ed? Nein, Edison!«

»Der Nachname war Edison?«

»Nein, der Vorname. Den Nachnamen weiß ich nicht. Aber diesen Mann hat Lucas angerufen, als er bei mir war. Ich erinnere mich so genau, weil Lucas unbedingt das Geld für den Anruf dalassen wollte. Er hatte zwanzig Dollar für die Fahrt nach Riverside ausgegeben und kaum noch einen

Penny in der Tasche, aber das Geld für den Anruf hat er mir trotzdem dagelassen.«

»Hat er gearbeitet?«

»Nichts Festes. Aber er hat mir erzählt, daß er vom Heim aus Hilfsarbeiten bekommen hat – hauptsächlich Handwerksarbeiten –, als Anstreicher und Schreiner und so. Ich glaube, es war ihm ein bißchen peinlich, mir das zu erzählen, aber ich hab ihm gesagt, wenn Zimmermannsarbeit für unseren Herrn gut war, dann sei sie auch gut genug für ihn.«

Ich dachte an den Anzug, den ich in dem Hotelzimmer gesehen hatte. Ich bezweifelte, daß Jesus bei seinen Zimmermannsarbeiten einen Anzug getragen hatte. Ich mußte mit jemandem sprechen, der Lucas in jüngster Zeit gesehen hatte.

»Tun Sie mir einen Gefallen«, sagte ich, »sehen Sie doch mal Ihre Telefonrechnungen durch. Vielleicht finden Sie die Nummer, die er angerufen hat, die von diesem Edison.«

Sie lächelte. »Sie wollen tatsächlich helfen, nicht wahr?«

»Das hätt ich sowieso getan.«

Sie hatte es wahrscheinlich schon vorher gewußt, aber dennoch schien sie erleichtert.

Danach sprach sie nicht mehr viel, sah nur schweigend aus dem Fenster. Ich merkte bald, daß ihr Augenmerk den Stadtstreichern galt. Sie beobachtete einen Mann, der zusammengekauert vor der Tür eines Juweliergeschäftes hockte; eine ausgezehrte Frau, die an einer Bushaltestelle saß und versuchte, ihr verfilztes Haar auseinanderzuzupfen, während sie Selbstgespräche führte. Als wir vor einer roten Ampel hielten, starrte June einen Schlafenden an – einen Mann mit einer Wollmütze, der zusammengerollt in einem zerfetzten Schlafsack lag. Ein Mann von Lucas' Größe. Sie wandte sich zu mir und fragte: »Wo hat er gelebt?«

Sie meinte natürlich Lucas. Es gab so viele Antworten auf

diese Frage. Ich griff zu der, die mir am freundlichsten schien. »Wenn Sie wollen, können wir beim Heim vorbeifahren.«

Sie nickte.

Mir lag nichts daran, Roberta zu begegnen, aber wie es der Teufel wollte, war sie die erste, die uns entgegenkam. Ihren Arm hatte sie um die schmalen Schultern eines blutjungen Mädchens gelegt. Das Mädchen, selbst noch ein halbes Kind, hatte ein blasses, schläfriges Kleinkind auf dem Arm. Roberta war mit den beiden gerade auf dem Weg zur Tür, als wir sie von der anderen Seite öffneten und hörten, wie sie sagte: »Die Klinik ist nicht weit von hier. Da werden sie deinen Sohn gut versorgen –« Als Roberta mich sah, drückte sie die junge Mutter unwillkürlich fester an sich, worauf diese mich erschrocken ansah.

»Irene!« rief Roberta und brach zu meiner Verblüffung in Tränen aus.

»Was ist los?« fragte das junge Mädchen ängstlich, doch Roberta ging nur weinend auf mich zu und umarmte mich. Ich erwiderte ihre Umarmung ein wenig steif; erschöpft und emotional erschüttert wie ich war, fiel es mir schwer, nicht ebenfalls zu weinen anzufangen. Der kleine Junge kam mir zuvor – June und das Mädchen konnten uns nur verdattert anstarren, als der Kleine lauthals in Robertas Weinen einstimmte.

Doch da erwachten zum Glück augenblicklich Robertas Mutterinstinkte. »Oh, das tut mir leid!« rief sie, trat von mir weg und zog ein Papiertaschentuch hervor. Mit ein paar beruhigenden Worten sandte sie Mutter und Kind ihres Weges, und ich kam endlich dazu, sie mit June Monroe bekannt zu machen.

»Lucas' Mutter?« fragte Roberta mühsam.

June nickte.

Wieder schossen Roberta die Tränen in die Augen, aber

diesmal unterdrückte sie einen neuerlichen Weinkrampf. Sie schluckte, und mit einem Gesicht, das immer noch tief unglücklich aussah, bedeutete sie uns, ihr zu folgen. Wir kamen an einem Raum vorbei, in dem kleine Gruppen von Leuten, zusammenstanden, die sich wohl angeregt unterhalten hatten, bis der kleine Junge zu brüllen angefangen hatte. Sie beobachteten uns neugierig, aber niemand sprach uns an, als wir zur Treppe weitergingen.

Der Aufenthaltsraum war der freundlichste unter den Räumen, die wir zu sehen bekamen. Das Heim war in einem Gebäude untergebracht, das früher einmal als Lagerhaus gedient hatte. Die Wohnräume waren voneinander getrennt, auf der einen Seite die der Frauen und Kinder, auf der anderen die der Männer. Ausbildungskurse und ähnliche Angebote wurden in den Gemeinschaftsräumen angeboten. Die Anonymen Alkoholiker und andere Selbsthilfegruppen trafen sich hier mehrmals am Tag – man durfte nicht im Heim bleiben, wenn man nicht auf Drogen und Alkohol verzichtete.

Das Haus sah aus wie die meisten Anstaltsgebäude: Löschbeton, dick mit billigen Farben gestrichen, Betonböden, hier und dort mit grauem Teppich bedeckt, der auch nicht viel weicher war, grelle Beleuchtung, ab und zu etwas abgemildert durch Oberlichter und hohe Fenster, schwere Eisentüren mit blitzenden runden Türknöpfen.

Aber hier und dort hatte jemand versucht, dieser Zitadelle ein etwas freundlicheres Aussehen zu verleihen. Eine Wand war mit einem großen Gemälde versehen, in einer Ecke befand sich ein künstlicher Ficus, und Poster hingen an den Wänden.

Wir bogen in einen Flur ein. Zwei Männer am hinteren Ende nickten Roberta lächelnd zu. »Morgen werden die Bäume gepflanzt, Robbie«, rief einer von ihnen. »Der Mann von der Baumschule war vorhin da.«

»Na prima«, sagte Roberta. »Wir sind gerade dabei, den Spielplatz zu verschönern«, erklärte sie uns.

Als wir an zwei offenen Büros vorbeikamen, bemerkte ich, daß der Teppich in diesen Räumen dicker war und weniger abgetreten, aber das Mobiliar war unverkennbar aus Spenden zusammengewürfelt. Eine Sekretärin blickte von einem Computer auf, der auf einem arg mitgenommenen alten Holzschreibtisch stand, sah Roberta, sagte: »Keine Nachrichten«, und wandte sich wieder dem Computer zu.

Roberta sperrte eine Eisentür auf und führte uns in ihr Büro. Hier war der Kampf gegen Kahlheit und Kälte erfolgreich gewesen. Frische Blumen, vier bequeme Sessel und ein leuchtend blauer Aktenschrank und ein Bücherregal – das alles trug dazu bei, die Aufmerksamkeit von den orangefarbenen Wänden abzulenken. Aber von denen war sowieso nicht viel zu sehen: sie waren mit Kinderzeichnungen bedeckt.

Alle Altersstufen und alle Grade der Kunstfertigkeit waren hier vertreten, in düsteren und in freundlichen Farben – ebenso wie eine große Vielfalt von Themen. Zuerst fielen mir die vielen Zeichnungen von Häusern auf. Roberta bemerkte mein Interesse an einer dieser Zeichnungen und sagte: »Ja, Kinder, die kein Zuhause haben, zeichnen Häuser.« Manche dieser Häuser hatten vergitterte Fenster – Geborgenheit oder Gefängnis? fragte ich mich. Eine Zeichnung zeigte einen kleinen Jungen, der zwischen einem Mann und einer Frau auseinandergezogen wurde, eine andere ein winzig kleines Mädchen, das von vier riesigen Erwachsenen umringt wurde; es gab Bilder von Godzilla, von Haien mit scharfen Zähnen, von Booten im Wasser, Grabsteinen, Bäumen mit großen Löchern. Auf einigen waren kleine Menschen dargestellt, die dicke Tränen weinten; andere zierten Herzen, Blumen, lächelnde Gesichter. Auf mehr als einem stand: »Ich habe Robbie lieb.«

In einer Ecke, neben dem Regal voller Spielsachen, standen eine Staffelei und Kästen mit Farben und Buntstiften.

»Setzt euch bitte«, sagte Roberta. Sie schien ihre Fassung wiedergefunden zu haben. »Mrs. Monroe, es hat uns alle sehr traurig gemacht, von Lucas' Tod zu hören. Kann ich Ihnen irgendwie behilflich sein?«

»Ich wollte nur sehen, wo er gelebt hat.«

»Natürlich. Ich will Ihnen das Heim gerne zeigen. Es hat sich schon vieles sehr gebessert, seit wir hier angefangen haben, aber es gibt immer noch eine Menge Arbeit.« Sie blickte auf ihre Hände, die sie im Schoß gefaltet hatte. Dann sagte sie: »Lucas wird mir fehlen. Ich habe ihn bewundert.«

Ach, da hab ich vorher aber anderes von dir gehört, dachte ich und ärgerte mich sofort über meine Kleinlichkeit. Sie hatte Lucas wenigstens geholfen; ich war nur vor ihm davongelaufen.

»Sie haben ihn bewundert? Wofür denn?« fragte June.

Roberta machte ein schockiertes Gesicht.

»Ich meine«, fuhr June fort, »was war denn anders an ihm als an anderen Trinkern, die hier immer reinmarschiert sind und geschnorrt haben? Er war doch nichts weiter als einer von denen, die im Leben versagt haben, oder nicht?«

Während ich überlegte, warum June Monroe diesen kalten Ton anschlug, erwiderte Roberta: »Er war kein Versager. Er war vor seinem Tod sechs Wochen lang nüchtern. Für jemanden, der zu einem Drink ohne weiteres nein sagen kann, ist es vielleicht nicht viel, aber für Menschen wie Ihren Sohn, Mrs. Monroe, war das eine E –« Roberta brach ab und wurde rot.

»Eine Ewigkeit«, vollendete June für sie.

»Ja.«

»Roberta«, warf ich ein, »Lucas hat dir doch gesagt, daß er irgendwelche Pläne hatte, nicht wahr?«

»Tut mir leid, Irene, alles, was er mir gesagt hat, muß vertraulich bleiben.«

»Aber jetzt, wo er tot ist –«, protestierte ich.

»Das spielt keine Rolle«, entgegnete sie.

»Mein Sohn hat mit Ihnen gesprochen?« fragte June.

»Ja. Aber, so leid es mir tut, alles, was Lucas mir in den Beratungsstunden anvertraut hat, unterliegt der Schweigepflicht. Was er mir erzählt hat, hat er mir im Vertrauen gesagt und nicht mit der Absicht, daß andere es hören sollten. Außer in solchen Fällen, in denen ich glaube, daß anderen körperliche Gefahr von einem Klienten droht, muß ich die Vertraulichkeit einer solchen Mitteilung respektieren. Lucas' Tod ändert nichts an der Tatsache, daß er sich auf meine Verschwiegenheit verlassen hat. Ich kann nicht beurteilen, ob er gewünscht hätte, daß nach seinem Tod andere davon erfahren.«

Das Schweigen, das ihren Worten folgte, war so tief, daß ich das Ticken der Uhr an der Wand hören konnte.

»Als Roberta mir sagte, daß Lucas verschwunden sei«, bemerkte ich, »habe ich ihn gesucht. Wäre sie nicht so in Sorge gewesen, ich weiß nicht, wie lange es gedauert hätte, ehe jemand auf den Gedanken gekommen wäre, ihn zu suchen.«

June Monroe nickte. »Danke, daß Sie sich um meinen Sohn gekümmert haben«, sagte sie zu Roberta. »Ich würde gerne sehen, wo er gewohnt hat.«

Wir machten einen kurzen Rundgang durch das Heim. Die Unterkünfte waren spartanisch, aber sauber. Ein einfaches Bett oder Feldbett – in kalten Nächen manchmal vielleicht nicht mehr als ein Plätzchen auf dem Boden. Aber für die Menschen, die auf der Straße lebten, waren die heißen Duschen und die Toiletten vermutlich der reine Luxus. Nichts hier war privat, und dennoch hatte ich das Gefühl, in ein fremdes Zuhause einzudringen, und war froh, als wir zur Kantine weitergingen.

Einer der Männer in der Küche war ein Freund von Lucas gewesen, und während er mit June Monroe sprach, nahm Roberta mich beiseite.

»Danke, daß du für mich eingetreten bist, aber genaugenommen habe ich gar nicht nach ihm gesucht und ihn auch nicht sehr gut betreut«, sagte sie. »Und ich war nicht gerade begeistert, als du bei Bens Beerdigung mit mir gesprochen hast. Von all den Leuten, die mich nach dem SOS-Treffen nach Lucas gefragt haben, warst du, glaube ich, die einzige, der wirklich etwas an ihm lag.«

»Wer hat denn nach ihm gefragt?«

»Hm, warte mal – Ivy, Marcy, Becky, sogar Jerry und Andre.«

»Jerry und Andre? Die waren doch gar nicht bei dem Treffen. Wie –?«

»Andre hat mich am nächsten Morgen angerufen und gefragt, ob Lucas hier im Heim wohnt. Ich vermute, Lisa hat es ihm erzählt«, sagte sie. »Sie wohnt ja bei Jerry, wie du weißt.«

»Mist! Ich hab gar nicht gemerkt, daß an dem Abend so viele Leute zugehört haben, als wir über ihn gesprochen haben. Wenn sich das noch weiter rumgesprochen hat – was wollten sie denn über Lucas wissen?«

»Wie es ihm geht, warum er im Heim wohnt, was aus ihm geworden ist und so weiter und so fort.«

»Und was hast du ihnen gesagt?«

»Nichts. Keiner scheint meine Position zu verstehen –«

»Doch, ich«, entgegnete ich. »Ich verstehe sie. Ich kenne diese Situation aus meinem eigenen Beruf.«

»Natürlich, du mußt deine Quellen schützen.«

»Genau. Trotzdem ist es natürlich ein bißchen frustrierend, wenn ich was sagen will und jemand anders sich dann auf Vertraulichkeit beruft. Denk zum Beispiel mal an Lucas. Ich weiß, daß er mit irgendeiner wichtigen Geschichte zugange war – mit etwas, das nicht nur ihn persönlich betraf, sondern auch die Stadt und die Menschen, die hier leben. Aber jetzt ist er tot. Was wird jetzt aus den wichtigen Informationen, die er hatte?«

»Sie sind mit ihm gestorben«, meinte sie lakonisch. »Jedenfalls soweit es mich betrifft.«

Ich verschränkte die Arme, um mich selbst daran zu hindern, sie zu packen und zu schütteln. »Ich kann für dich nur hoffen, Roberta, daß alle anderen auch dieser Ansicht sind.«

»Wie meinst du das?«

»Ich meine, es gibt vielleicht Leute, denen klar ist, daß Lucas trocken sein mußte, um überhaupt hier wohnen zu dürfen. Sie hören dich sagen, daß er sich mit mir in Verbindung setzen will – mit einer Reporterin. Du selbst hast gesagt ...« Ich dachte zurück. »Du hast gesagt: ›Die Dinge, über die er mit dir sprechen will, sind wichtig‹, und dann hast du noch hinzugefügt: ›Wenn er diesmal eine Sache vorträgt, will er es richtig machen‹. Das klingt doch so, als hätte Lucas ein ganz bestimmtes Ziel verfolgt.«

»Ja, vielleicht.«

»Überleg doch mal, Roberta! Wenn nun jemand verhindern wollte, daß Lucas dieses Ziel erreicht?«

»Das spielt jetzt keine Rolle mehr. Er ist tot.«

»Ja, verstehst du denn nicht? Es ist überhaupt nicht sicher, daß Lucas eines natürlichen Todes gestorben ist.«

»Die Polizei hat gesagt, daß er einen Herzinfarkt hatte.«

June Monroe drehte sich nach uns um, als sie das Roberta sagen hörte. Ihre Augen wurden schmal, und sie kam zu uns herüber.

»Sei vorsichtig, Roberta. Ich meine es ernst. Bitte.«

Ich merkte plötzlich, daß ich genauso redete wie Frank, und hoffte, Roberta würde nicht so störrisch sein, wie ich es manchmal war.

»Du solltest auch vorsichtig sein«, versetzte sie. »Ich habe gehört, daß dieser Kerl es auf dich abgesehen hat. Auf der Straße nennen sie ihn Zehab.«

»Du kennst ihn?«

»Ja, er ist weit intelligenter, als er zu sein scheint, und gerade deshalb ist er gefährlich – er hat zwar Wahnvorstellungen, aber er ist nicht dumm. Die meisten Schizophrenen sind intelligent, einige von ihnen auch gewalttätig. Er ist beides. Ich will jetzt nicht ins Detail gehen, laß mich nur sagen, daß ein Mensch nicht deshalb gewalttätig ist, weil er schizophren ist. Er neigt vielleicht aus den gleichen Gründen zur Gewalt wie andere gewalttätige Menschen; weil er mit Gewalt aufgewachsen ist oder mit Gewalt leben mußte. Gewalt ist häufig schon Teil seiner Geschichte, bevor seine Schizophrenie ausbricht. Zehab kann sehr klar und rational sein, auch wenn er keine Medikamente bekommt. In solchen Momenten kann er seine Wut kontrollieren. Aber es gibt andere Zeiten, da ist er wie ein Kind oder völlig in sich zurückgezogen. Meistens ist er harmlos, aber es ist schon vorgekommen, daß er äußerst brutal wurde. Unterschätze ihn also nicht.«

»Danke, ich werde daran denken«, sagte ich, gerade als June zu uns trat. »Wollen wir gehen?« fragte ich sie.

»Ja«, antwortete sie, uns musternd.

»Moment noch!« rief Roberta. »Lucas' Sachen sind ja noch hier.«

»Seine Sachen?« fragte June.

»Aus seinem Schrank. Wir – wir haben ihn gestern ausgeräumt. Aber ich wußte nicht, wohin ich die Sachen schicken sollte. Ich finde, Sie sollten sie an sich nehmen, Mrs. Monroe.«

Sie ging mit uns zurück in ihr Büro und zog eine Schublade des Aktenschranks auf. Sie nahm eine große braune Papiertüte heraus und gab sie June.

June öffnete die Tüte erst, als wir wieder im Auto waren. Schweigend beobachtete ich, wie sie sich Lucas' bescheidene Hinterlassenschaft ansah.

Zunächst schien es so, als enthielte die Tüte nicht mehr als einige Kleidungsstücke. Sie nahm jedes sorgsam gefaltete Stück heraus und legte es auf ihren Schoß.

Ein graues T-Shirt. Zwei Paar weiße Socken, ein Paar schwarze. Drei Unterhosen.

Jemand anders hätte es vielleicht peinlich gefunden oder auch komisch – Unterwäsche in einer Supermarkttüte. Mich machte der Anblick dieser intimsten Kleidungsstücke nur traurig. Sterben in Würde! Was für ein Witz.

Immer wieder griff June in die Tüte. Als nächstes kam ein Packen Traktate zum Vorschein. Ich war gerade dabei, sie durchzusehen, als ich June leise seufzen hörte. In ihrer Hand lag eine kleine Bibel.

»Die habe ich ihm geschenkt«, sagte sie und drückte das Buch an ihre Lippen. Sie weinte, als sie es mir gab.

Zwischen den Seiten der Bibel steckte wie ein Lesezeichen ein kleiner Zettel, der den Beginn des dreiundzwanzigsten Psalms markierte. Ich versuchte gerade, das Wort zu entziffern, das auf den Zettel gekritzelt war, als June Monroe das letzte Stück aus der Tüte zog.

22

»Seine Thermosflasche«, sagte sie.

»Seine Thermosflasche? Er hat zwei Thermosflaschen gehabt?« fragte ich.

»Nein, nein, hier ist nur eine«, antwortete sie.

»Ja, aber in dem Hotelzimmer war auch eine. Im Angelus.«

»Ich verstehe nicht ...«

»In dem Zimmer, in dem er gestorben ist, lag eine offene Thermosflasche. Diese Thermosflasche hier jedoch war im Heim. Also entweder gehört diese hier jemand anderem ... Oder die im Angelus ...«

»Warum machen Sie plötzlich so ein Gesicht?« fragte sie mich. »Meinen Sie, dieser Zaheb, der Lucas' Ring gestohlen hat, hat seine Thermosflasche liegengelassen?«

»Nein. Der Kriminalbeamte, mit dem Sie gestern abend gesprochen haben – er hat Ihnen das nicht genau erklärt. Lucas ist zwar an einem Herzinfarkt gestorben, aber der Leichenbeschauer war skeptisch, weil Lucas' Herz kerngesund zu sein schien. Deshalb werden jetzt umfassende toxikologische Untersuchungen durchgeführt.«

»Gift?«

»Er hält es für möglich. Aber diese Untersuchungen dauern Wochen.«

»Wollen Sie damit sagen, daß jemand Lucas in der anderen Thermosflasche Gift gebracht hat?«

»Ich will nur andeuten, daß es möglich wäre. Es gab eine Reihe von Ungereimtheiten in dem Hotelzimmer – der verschwundene Ring, die Münzen, die Hautabschürfungen und Blutergüsse. Aber jetzt wissen wir, daß die Thermosflasche dort oben nicht Lucas gehört hat. Damit dürfte klar sein, wie es möglich gewesen wäre, ihn zu vergiften.«

»Mein Sohn ist vergiftet worden...« Sie starrte mich ungläubig an.

»Vielleicht.«

»Aber von wem? Wer kann denn seinen Tod gewollt haben?«

»Das weiß ich nicht. Vielleicht fühlte sich jemand durch ihn bedroht.«

»Bedroht? Von einem Mann, der so gelebt hat?« fragte sie mit einer Handbewegung zum Heim. Sie lehnte den Kopf zurück und schloß die Augen. »Warum konnte er nicht zu mir nach Hause kommen?« flüsterte sie weinend. »Warum mußte er hier leben? Auf den Straßen dieser Stadt? Ich hätte ihm ein Dach über dem Kopf bieten können.«

Ich sagte nichts.

Sie schüttelte den Kopf. »Der Stolz. Dieser verdammte Stolz, den er immer schon hatte. So hart wie Stein. Den konnte keiner brechen.«

Ich blickte auf den Parkplatz und beobachtete eine Gruppe Männer, die langsam auf die Tür des Heimes zuging. »Ich glaube, die Leute hier wissen gar nicht immer, warum sie auf der Straße leben«, meinte ich. »Vielleicht gibt es manchmal auch keine rationalen Gründe. Aber zurück zu Lucas – wie alt war er, als sein Vater gestorben ist?«

»Zwölf, glaube ich. Warum?«

»Alt genug, um zu wissen, daß sein Vater trank, und vielleicht auch, was Sie das gekostet hat?«

Sie seufzte. »Ja, ich fürchte ja.«

»Vielleicht wollte er einfach, daß Sie wieder stolz auf ihn sein konnten, und hatte sein Ziel noch nicht ganz erreicht. Deswegen vielleicht auch das Geld für den Anruf.«

»Was meinen Sie damit?«

»Er wußte wahrscheinlich, daß Sie sich diesen Anruf nach Las Piernas hätten leisten können. Aber vielleicht war es für ihn wichtig, Ihnen zu zeigen, daß er auf eigenen Füßen stehen wollte.«

»Aber ich hätte doch viel besser für ihn sorgen können als diese Leute hier. Sie meinen, er war lieber hier, ganz allein, ohne einen Freund auf der Welt?«

»Er hatte Freunde hier.«

»Wen denn? Diesen Mann in der Küche? Sie?«

»Ich war ihm keine gute Freundin. Das habe ich Ihnen ja schon gesagt. Aber Lucas hat sich hier Freunde geschaffen. Auch auf der Straße. Seine Freunde haben ihm geholfen, ihn zu finden. Sie haben ihn geachtet; er hat die Schwächeren oft vor den Rauhbeinen in Schutz genommen.«

»Ja, das war seine Art«, sagte sie. »Schon als Kind.«

Sie richtete sich auf und begann, die Sachen sorgfältig wieder in die Tüte zu packen. Als sie mich ansah, wurde mir bewußt, daß ich immer noch die Bibel auf dem Schoß hatte. Ich wollte sie zuschlagen, als mir der Zettel wieder ins Auge fiel.

»Können Sie das hier lesen?« fragte ich, als ich ihr die Bibel gab.

»Der Herr ist mein Hirte«, begann sie.

»Nein, ich meinte den Zettel da.«

»Ach so.« Stirnrunzelnd bemühte sie sich zu lesen und sagte dann: »Das versteh ich nicht.«

»Ich konnte es auch nicht entziffern«, sagte ich seufzend.

»Oh, entziffern kann ich es, glaube ich, schon. Es ergibt nur keinen Sinn. Da steht ›Blauengel‹ oder ›Blaseugel‹.«

Sie reichte mir den Zettel zurück, und ich sah ihn mir noch einmal genauer an. »Wie hat er mit so einer Schrift in der Schule so gute Noten bekommen?« fragte ich.

»Lehrer sind genausogut darin geübt, schlechte Handschriften zu lesen, wie Apotheker. Seine Lehrer wußten immer, daß er intelligent war – manche haben sich die größte Mühe gegeben, ihm zu helfen, seine Schrift zu verbessern. Vieles hat er in Druckschrift geschrieben – die war etwas leserlicher als seine Schreibschrift. Aber die meisten Lehrer haben gewußt, daß er sich Mühe gab, und waren damit zufrieden. Vielleicht hatte er da auch eine Lernbehinderung, ich weiß es nicht. Damals hat man diese Dinge ja noch nicht so gründlich getestet wie heute.«

»Und diese zwei Buchstaben da sind ›Us‹?« fragte ich.

Sie blickte wieder auf den Zettel. »Das vorn könnte auch ein ›S‹ sein, wie ich schon sagte. Das hinten könnte eventuell ein ›N‹ sein.«

»Ach ja? Dann ergäbe es einen Sinn. Blasengel.«

Sie lächelte ein wenig. »Hm, ja, das würde in die Bibel passen.«

Ich war mir nicht so sicher, ob sie recht hatte. Vielleicht war nicht die Bibel der Anlaß für diese Notiz gewesen. Lucas Monroe war schließlich von Engeln umgeben gestorben. Ich setzte sie bei der Autovermietung ab und fuhr weiter in die Redaktion.

Geoffs Begrüßung, als ich das Wrigley Buildung betrat, stimmte mich nicht gerade zuversichtlich. Der alte Portier schüttelte den Kopf und sagte mit Grabesstimme: »Mr. Walters ist ausgesprochen glücklich heute.«

»Und was ist schuld an diesem unglaublichen Stimmungsumschwung?«

»Sie.«

»Oh. Na ja, ganz so schlimm kann es wohl nicht sein«, meinte ich, schon auf dem Weg zur Treppe.

»Und ich dachte, *ich* wäre Optimist«, hörte ich ihn hinter mir murmeln.

Ich ignorierte die neugierigen Blicke der Kollegen und die plötzliche Stille im Nachrichtenraum, als ich eintrat. Eigentlich hatte ich vorgehabt, noch bei Lydia vorbeizuschauen, dann aber beschlossen, mich gleich in die Höhle des Löwen zu begeben. Als ich einen Blick zu ihr hinüberwarf, hob sie die Faust, ein Zeichen, daß sie mir den Daumen drückte.

Ich lächelte, nickte und klopfte an Johns halb geöffnete Tür. »Hallo, John. Sie wollten mich sprechen?«

Mein Lächeln schien ihn zu schockieren, denn er verzog mißmutig das Gesicht, ehe er sagte: »Herein mit Ihnen, Irene. Und machen Sie die Tür zu.« Sobald die Tür geschlossen war, lächelte er wieder und sagte: »Nehmen Sie Platz.«

Dann wandte er sich wieder seinem Computerbildschirm zu, wo er gerade die neuesten Meldungen der Nachrichtenagenturen durchging. Ich warf einen schnellen Blick über seine massige Schluter, um zu sehen, was er da las, und stellte fest, daß das Verzeichnis, das über den Bildschirm lief, nichts Wichtiges enthielt. Dieser Heuchler.

Den Trick kannte ich noch aus Schulzeiten; Schwester Vincent hatte ihn häufig angewendet: Laß sie erst mal schmoren. Ich war längst immun dagegen. Gelassen lehnte ich mich in meinen Sessel zurück und studierte meine Fingernägel, als gäbe es nichts Wichtigeres für mich.

»Wie läuft es mit der Story über Moffett?« fragte er, ohne mich anzusehen.

»Oh, es geht vorwärts.«

Er drehte sich nach mir um und musterte mich scharf.

»Dann erzählen Sie mal.«

»Ich hab mich mit Corbin Tyler getroffen, und ein Gespräch mit Roland Hill ist auch in Aussicht. Sie sehen also, ich spreche mit den Leuten, die eng mit ihm zusammengearbeitet haben. Ich denke, bis Ende der Woche werde ich mehr haben –«

»Verdammt noch mal, Kelly, Sie arbeiten für eine Zeitung und nicht für ein historisches Institut. Der Mann ist am Donnerstag zurückgetreten. Am Montag mußte ich Sie praktisch an Ihren Stuhl binden. Heute haben wir Dienstag, und Sie schlendern hier ganz gemütlich mit Verspätung herein. Vielleicht sollte ich die Sache jemand anderem übergeben. Jemandem, der die Zeit hat, seinem Beruf als Reporter nachzugehen. Vielleicht sollte Dorothy Bliss die Story schreiben.«

Das brachte mich in Rage. »Wenn Sie einen Haufen unausgegorenen Quatsch auf Ihrer ersten Seite haben wollen, dann bitte. Sie wird Ihnen eine ganze Spalte voll Mutmaßungen und Spekulationen liefern und nichts, um diese zu untermauern. Sie packt doch mehr Füller in ihre Artikel als eine flachbrüstige Frau in ihren BH.«

»Aber es würde wenigstens so aussehen, als ginge unsere Zeitung den Gründen für Moffetts plötzlichen Rücktritt nach.«

»Ja, das wäre aber auch alles, John! Leerer Schein. Zitate von zehn Leuten, die null Ahnung haben, und dazwischen blöde Fragen. ›Könnte es sein, daß Mr. Moffett tatsächlich mehr Zeit braucht, um sich um seinen altersschwachen Pudel zu kümmern?‹ ›Könnte es sein, daß die jüngeren Spitzenkräfte mehr verlangten, als der alte Stadtdirektor liefern konnte?‹«

»Kelly –«

»Vielleicht macht sie's auch ein bißchen dramatischer.« Ich legte meine Hand auf mein Herz und versuchte, Dorothys tragischen Ton nachzuahmen. »›Ein Büro im Rathaus ist verwaist. Gähnende Leere empfängt uns. Draußen, an der Tür dieses Büros, ist eine leere Stelle, wo sich bis vor kurzem ein Messingschild mit einem sehr wichtigen Namen befand. Jeder hier kennt diesen Namen, der jetzt fehlt. Könnte es sein, daß die betroffenen, schweigenden Mitarbeiter wissen, warum er nicht mehr da ist?‹«

Er fing an, mit einem Kugelschreiber auf seine Löschunterlage einzustochern. Ich ging aufs Ganze.

»›Während diese Reporterin den von der Sonne ausgebleichten Teppich betrachtete, den leeren Raum, wo einst der schwere Eichenschreibtisch stand, der wuchtige Eichenschreibtisch mit dem wuchtigen Ledersessel dahinter …‹«

»Das reicht!«

»Das kann man wohl sagen«, gab ich zurück. »Geben Sie die Story Dorothy, dann bekommen Sie mindestens eine halbe Spalte allein über die Büroeinrichtung. Nichts als Gequassel. Aber warum nicht? Sie haben's ja eilig. Lassen Sie sie nur machen. Und rufen Sie mich an, wenn es Sie doch noch interessieren sollte, was wirklich passiert ist.« Ich stand auf und wandte mich zur Tür.

»Setzen Sie sich!«

Ich zögerte, dann drehte ich mich um. Ein Blick auf sein hochrotes Gesicht bewog mich, seiner Aufforderung Folge zu leisten.

Er kniff die Augen zusammen. »Sie sind die unverschämteste, aufsässigste –«

»Oh, das ist ja viel besser, als ich erwartet hatte.«

Mein Einwurf ließ ihn innehalten. »Was zum Teufel reden Sie da?«

»Sie waren heute morgen so gut gelaunt. Alle im Haus hatten schon Muffensausen.«

Er rieb sich mit einer Hand das Gesicht und seufzte. »Sie haben sich in letzter Zeit recht selten hier blicken lassen, Kelly.«

»Was soll das denn wieder heißen?«

»Ich war verärgert über Sie, weiter nichts. Jemand machte einen Vorschlag, und ich dachte mir, damit würden sich einige unserer derzeitigen Probleme lösen lassen.«

»Was für einen Vorschlag?«

Er schüttelte den Kopf. »Ich hab's mir anders überlegt.«

Einen Moment lang saßen wir uns schweigend gegenüber. John fing wieder an, mit dem Kugelschreiber zu stochern.

»Können wir nicht noch mal von vorn anfangen?« fragte ich.

Er sah auf.

»Ich meine, was die Moffett-Story angeht«, fuhr ich fort. »Ich hätte gern, daß Sie zwei Dinge vergessen.«

»Nämlich?«

»Erstens, vergessen Sie, daß ich Lucas Monroe je gekannt habe.«

Sein Gesichtsausdruck wurde wieder unwirsch. »Und?«

»Und vergessen Sie, daß Lucas obdachlos war.«

»Ganz schön, was Sie da an Gedächtnisverlust von mir verlangen.«

»Haben Sie einen Moment Geduld. Ben Watterson, Allan Moffett und einige andere wichtige Leute in der Stadt haben doch bei der Stadtsanierung in den siebziger Jahren schwer mitgemischt, stimmt's?«

»Da haben viele Leute mitgemischt.«

»Kann sein, aber diese Gruppe mehr als andere. Überlegen Sie mal, wie einfach es für eine Gruppe von Investoren wäre, mit Hilfe von Insiderinformationen, wie Allan Moffett sie liefern konnte, einen Haufen Geld zu machen.«

»Erklären Sie sich näher.«

»Eine Gruppe von Investoren erfährt – sehr früh schon –,

daß ein bestimmtes Stadtviertel zum Sanierungsgebiet erklärt werden soll. Sie erwerben zu extrem niedrigen Preisen heruntergekommene Häuser und Grundstücke. Sie sacken ein Grundstück nach dem anderen ein. Um mal runde Zahlen zu nehmen, gehen wir davon aus, daß zwei vollhaftende Gesellschafter je fünftausend Dollar einbringen. Sie kaufen für zehntausend ein Hotel.«

Ich sah, wie er die Zahlen auf der Rückseite eines Memos von Wrigley notierte; aber es war mehr ein zerstreutes Kritzeln als ein ernsthafter Versuch, Berechnungen anzustellen. »Okay«, sagte er. »Weiter.«

»Es werden Untersuchungen und Studien gemacht, und siehe da, die Stadt beschließt, das Hotel in das Sanierungsgebiet einzubeziehen. Die Stadt hatte vielleicht zunächst ganz rational beschlossen, dieses alte Hotel in mietgünstige Wohnungen umzuwandeln, aber die Investoren glauben, daß Büros lukrativer sind. Es wird eine neue Studie erstellt, und plötzlich zeigt sich, daß Bedarf an Bürobauten besteht.«

»Und die Mieter werden rausgesetzt.«

»Vielleicht sogar schon vorher. Um die Stadt davon zu überzeugen, daß das kein Wohngrundstück ist. Nun kommen die Investoren in den Genuß anderer Vorteile – sie bekommen billige Darlehen auf Kosten des Steuerzahlers, ein schnelleres Genehmigungsverfahren und alle möglichen Extrawürste, die ihnen Abweichungen von den Bebauungsvorschriften erlauben. Aber gehen wir jetzt erst mal zurück zu unseren zehntausend Dollar. Als nächstes präsentieren die beiden vollhaftenden Gesellschafter eine schicke Broschüre und einen Prospekt, um Anteile zu verkaufen. Sagen wir, sie verkaufen einhundert Anteile zu je zehntausend Dollar.«

»Dann haben sie eine Million Dollar zusammen«, sagte er. »Wahrscheinlich von Leuten, die nach Steuernischen suchen, vielleicht von einer Gruppe von Ärzten, die mit Immobilien keinerlei Erfahrung hat.«

»Ja, aber solche Prospekte locken nicht nur Ärzte an, sonder auch Lehrer, Feuerwehrleute, kleine Geschäftsleute im Ruhestand – jeden, der was auf der hohen Kante hat. Die vollhaftenden Gesellschafter machen den Investoren mit tollen Ertragsaufstellungen, Prognosen und Marktübersichten so richtig den Mund wäßrig. In Kalifornien war zu der Zeit ja ein riesiger Immobilienboom. Ganz bestimmt haben sich unsere vollhaftenden Gesellschafter alle Mühe gegeben, die Interessenten davon zu überzeugen, daß der Boom von Dauer sein, die Innenstadt sich glänzend erholen und jeder Quadratmeter Land in Las Piernas bald ein Vermögen wert sein würde.«

»Die Innenstadt hat sich ja tatsächlich erholt.«

»Zum Teil. Nur zum Teil. Sie wissen doch selber, wie viele Büros leer stehen. Und die Bauten, die da errichtet wurden, waren auch nicht alle erste Sahne. Aber gehen wir noch mal zu unseren vollhaftenden Gesellschaftern zurück. Sie bezahlen sich selbst Verwaltungskosten. Sagen wir, sie verlangen von jedem Anleger eine Gebühr von fünf Prozent.«

»Das sind fünfhundert für jeden. Fünfzigtausend insgesamt.«

Ich schüttelte den Kopf. »Fünfzigtausend *pro Jahr*. Und da die Anleger, die ja nichthaftende Gesellschafter sind, keinerlei Entscheidungsbefugnisse hinsichtlich des Baus oder der Vermietung haben, können sie sich nicht schadlos halten, wenn das Hotelprojekt zum Teufel geht – sie bezahlen diese jährlichen Gebühren auf jeden Fall.«

»Oder sie verkaufen ihre Anteile.«

»Die inzwischen vielleicht wertlos sind«, entgegnete ich. »Die nichthaftenden Gesellschafter sind den vollhaftenden Gesellschaftern komplett ausgeliefert.«

»Tja, das haben sie nun davon, daß sie versuchen, die Steuer zu umgehen.«

»Da bin ich nicht Ihrer Meinung, aber darüber können wir

uns ein andermal unterhalten. Im übrigen ist das, was ich eben beschrieben habe, wahrscheinlich der schlimmste Fall. Nehmen wir an, die vollhaftenden Gesellschafter verkaufen einfach ihre eigenen Anteile an dem Hotelbau mit einem großen Profit und steigen aus. Oder vielleicht machen sie sich gar nicht die Mühe, nichthaftende Partner zu suchen, sondern verkaufen das Gebäude einfach so und geben sich mit dem bescheideneren Gewinn zufrieden. Ganz gleich, wie es läuft, sie haben wahrscheinlich Geld dabei gemacht – und das aufgrund von Insiderinformationen.«

»Worauf wollen Sie eigentlich hinaus?« fragte er, mittlerweile sichtlich interessiert.

»Die Sanierungsgeschäfte waren eines von drei Dingen, die Allan Moffett und Ben Watterson gemeinsam hatten. Sie gehörten einer Gruppe von Männern an, die häufig an diesen Projekten zusammengearbeitet hat, auch wenn einige von ihnen – wie Allan – vermeintlich keinen persönlichen Gewinn dabei machten.«

»Und?«

»Zweitens befanden sie sich seit längerer Zeit in einer hohen Position innerhalb der Gemeinde und schienen nicht daran zu denken – jedenfalls bis vor kurzem –, diese Positionen aufzugeben. Kein Mensch hat daran gedacht, daß Ben Selbstmord begehen oder Allan Moffett zurücktreten würde. Und doch ist beides geschehen, und zwar innerhalb von zwei Tagen. Ist das nicht ein merkwürdiges Zusammentreffen, John?«

»Fahren Sie fort.«

»Der dritte Punkt, in dem sie sich treffen, ist die Bekanntschaft mit Lucas Monroe. Mindestens zweimal hatte jeder der beiden mit Monroe zu tun.«

»Zweimal?«

»Sie erinnern sich an die Untersuchungen und Studien, von denen ich gesprochen habe. Die ersten statistischen Zahlen, die Allan brauchte, um die Räder ins Rollen zu bringen – um ein Stadtviertel zum Sanierungsgebiet zu erklären –, stammten aus einer Studie, an der Lucas Monroe in den siebziger Jahren gearbeitet hat.«

»Und Monroe hat beide erst vor kurzem aufgesucht.«

»Auf jeden Fall hat er mit ihnen Verbindung aufgenommen.« Ich berichtete ihm von der Fotokopie.

»Hm. Jammerschade, daß er tot ist.« Es klang unpersönlich. Es war nur das Bedauern eines Zeitungsmannes über den Verlust einer Quelle. Als er mein Gesicht sah, fügte er hinzu: »Mensch, Kelly, nun –«

»Vergessen Sie's. Ich hab längst die Hoffnung aufgegeben, daß ihm wenigstens ein Nachruf gegönnt wird. Ich möchte Ihnen nur klarmachen, daß meine Bemühungen herauszubekommen, was er in den letzten Tagen unternommen hat, keineswegs ein rein persönliches Projekt sind. Ich werde mehr über Moffetts Rücktritt wissen, wenn ich in Erfahrung bringen kann, warum Lucas diese Leute aufgesucht hat.«

»Sie glauben, er hat sie erpreßt?«

Ich unterdrückte den Impuls, sofort zu widersprechen. »Vielleicht.«

Nach einem langen Schweigen sagte er: »Angenommen, Sie täuschen sich. Was ist, wenn Ihr Freund lediglich versucht hat, eine Anstellung zu finden?«

»Das wird mich nicht davon abhalten, dennoch mit Allans speziellen Freunden zu reden.« Ich zuckte die Achseln. »Ich bin immer noch dabei, Allans ehemaligen Mitarbeitern auf den Zahn zu fühlen. Er müßte schon einen Riesendruck machen, um so viele Leute dazu zu bringen, daß sie auf Dauer den Mund halten. Ich glaube nicht, daß er das schaffen würde. Ich vermute eher, daß sie wirklich nicht wissen, warum er gegangen ist. Selbst seine ehemalige Sekretärin – die sich liebend gern an ihm rächen würde – konnte mir nicht mehr erzählen, als daß Lucas ihn besucht hatte und Moffett den Abend danach damit zubrachte, in seinem Büro wichtige Unterlagen zu vernichten, und daß sie dann seine Freunde zu dem Abendessen im *Terrace* zusammenrufen mußte. Ich habe trotzdem vor, noch mal mit ihr zu sprechen.«

»Und bei wem wollen Sie es sonst noch versuchen?«

»Bei den anderen, die bei dem Abendessen dabei waren. Vielleicht werde ich sogar versuchen, Allans erste Frau ausfindig zu machen.«

»Wenn ich Ihnen erlaube, in dieser Richtung weiterzuarbeiten, glauben Sie, daß es Ihnen dann möglich wäre, etwas mehr Zeit auf diese Story zu verwenden?«

»John, ich habe sogar das ganze Wochenende an dieser Story gearbeitet – an meinen freien Tagen.«

»Also, Kelly, nun geben Sie's doch zu, das war eine persönliche Angelegenheit, die zufällig mit dieser Story zusammenfiel.«

»Okay, meinetwegen. Ganz wie Sie wollen.«

»Was, kein Widerspruch?«

»Kein Widerspruch. Vielleicht bin ich doch nicht die unverschämteste, aufsässigste – was haben Sie mir noch vorgeworfen, John?«

»Weiter bin ich nicht gekommen. Und es stimmt, keiner macht mir nur im entferntesten so viele Schwierigkeiten wie Sie.«

»Danke. Darf ich noch erfahren, was Sie heute morgen für mich geplant hatten?«

»Und wie ich schon sagte, gehen Sie auch der Geschichte mit Lucas Monroe nach.«

»Das hab ich sowieso vor. Also, was hatten Sie für mich geplant?«

Er sah ein, daß ich nicht bereit war lockerzulassen, und sagte: »Ich wollte Ihnen einen Piepser verpassen.«

»Einen Piepser?« Ich schüttelte den Kopf. »Ich hasse diese Dinger.«

»Ich weiß, ich weiß.«

»Man ist praktisch an die Leine gelegt. Anfangs hält man die Dinger für nützlich, weil einen die Leute leichter erreichen können, aber dann merkt man sehr schnell, daß die meisten Leute nur wegen irgendwelchem Quatsch anrufen.«

»Ich weiß, was Sie von den Dingern halten, Kelly.«

»Ich weiß noch ganz genau, einmal habe ich gerade mit dieser Informantin im Rathaus gesprochen – drei geschlagene Tage hab ich ununterbrochen telefoniert, um diese Sekretärin dazu zu bewegen, sich mit mir zu treffen, und dann mußte ich erst mal vier oder fünf Stunden freundliche Konversation mit ihr betreiben, ehe sie endlich anfing, ein bißchen aus sich herauszugehen. Genau in dem Moment, als ich glaubte, jetzt krieg ich von ihr endlich die Bestätigung für etwas, das ich gehört hatte, kreischt der verdammte Piepser los. Nicht einmal ein Bombenalarm hätte der Frau so einen Schrecken eingejagt. Es war nichts mehr anzufangen mit ihr. Und dann renn ich los und suche eine Telefonzelle, finde endlich eine, die funktioniert, und ruf die angegebene Nummer an, und da ist es –« Ich brach erschrocken ab.

»Und da bin ich es und will wissen, ob Sie auch nicht vergessen haben, daß wir uns nach der Arbeit mit O'Connor zu einem Drink treffen wollten.«

»Na ja, darum geht's ja nicht. Aber wenn Sie wissen, was ich von den Dingern halte, warum wollen Sie mir dann unbedingt einen aufhängen, John?«

»Es ist nichts Persönliches. Das heißt – zumindest nichts zwischen Ihnen und mir. Wrigley möchte, daß jeder, der in der Nachrichtenredaktion arbeitet, immer einen bei sich hat. Die meisten anderen benutzen ihn sowieso schon. Am besten gewöhnen Sie sich an den Gedanken.«

»Wenn es nichts Persönliches ist, warum wurde diese neue Regelung dann nicht in einer Konferenz bekanntgegeben?«

»Die Konferenz findet noch statt. Heute nachmittag. Aber

Ihnen sollte ich Ihren Pieper schon heute morgen übergeben. Auf Wrigleys Bitte. Er wartet sehr ungeduldig auf Ihre Story.«

»Sie sagten doch, Sie hätten sich's anders überlegt – heißt das, Sie wollen mir den Piepser irgendwie ersparen?«

»Nein. Aber ich warte bis zur Konferenz, ehe ich Ihnen das Ding gebe.«

Mir ging ein Licht auf. »Ich verstehe! Wrigley schwebte eine Art Demonstration vor. Ich sollte als schlechtes Beispiel hingestellt werden, jeder im Nachrichtenraum würde davon erfahren, und alle würden annehmen, daß ich an der Neuregelung schuld bin.«

»Etwas in der Richtung, ja.«

»Und da wollten Sie mitmachen, John?«

»Versuchen Sie jetzt nicht, mir die Schuld zu geben. Sie wissen genau, daß Sie selbst zu diesen Reibereien mit Wrigley beigetragen haben«, sagte er.

Da konnte ich ihm nicht widersprechen. John war in der fortwährenden Fehde zwischen mir und Wrigley oft genug zwischen die Fronten geraten. »Na schön, dann geben Sie mir den Piepser eben jetzt.«

»Kelly, hören Sie –«

»Her mit dem Piepser. Und wenn Wrigley fragt, warum ich nicht bei der Konferenz bin, dann sagen Sie ihm doch, er soll versuchen, mich anzupiepsen.«

Die Leute im Nachrichtenraum wunderten sich vielleicht darüber, wie ich es geschafft hatte, John in seinen gewohnten übellaunigen Zustand zurückzuversetzen, aber sie fragten mich nicht danach. Und ich hatte zuviel zu tun, um mich um ihre Reaktionen zu kümmern.

Ich fragte meine Telefonnachrichten ab. Murray erwartete mich, und Claire hatte angerufen. Ich hatte sowieso schon vorgehabt, mit ihr zu telefonieren, aber zuerst wollte ich noch ein, zwei andere Dinge erledigen.

Über seine Sekretärin vereinbarte ich einen Termin mit Roland Hill für den Nachmittag. Kaum zu glauben, daß die Frau tagelang bei jedem Anruf von mir aufgelegt hatte.

Als nächstes rief ich Ivy Vines an.

»Hör mal, ich brauche deine Hilfe«, sagte ich.

»Worum geht's denn?«

»Ich versuche gerade, was rauszubekommen. Du warst doch mit einem Freund von Andre zusammen, eh du was mit Andre angefangen hast, stimmt's?«

»Ja. So habe ich dich doch kennengelernt, weißt du noch? Ich war noch mit Jeff zusammen, als du mit Andre befreundet warst.«

»Jeff, der Komplize«, sagte ich. »Immer wenn Andre mit einer Frau Schluß machen wollte, hat Jeff dafür gesorgt, daß sie Andre mit seiner neuen Flamme im Bett ertappt hat.«

»Ich hatte damals keine Ahnung, daß Jeff sich für so was hergegeben hat. Das hab ich erst viel später erfahren«, sagte sie kleinlaut. »Tut mir leid.«

»Ach, laß doch, Ivy. Da brauchst du dich nicht zu entschuldigen. Hinter Andres *modus operandi* sind wir doch erst gekommen, als wir angefangen haben, miteinander zu reden – und da war's längst passé.«

»Ich hätte merken müssen, was da gespielt wurde. Ich habe später viel darüber nachgedacht. Aber ist ja egal, was möchtest du wissen?«

»Ich hab da noch ein paar Lücken, die ich gerne füllen würde, Ivy. Ich war nach Helen mit Andre zusammen. Nach mir kam Alicia. Warst du nach Alicia dran?«

»Nein, da waren, glaube ich, noch zwei Frauen dazwischen.«

»Wer war denn nach Alicia mit Andre zusammen?«

»Hm, warte mal. Alicia war eine Eintagsfliege, soweit ich mich erinnere. Ich glaube, sie hatte es nur darauf abgesehen, ihn dir auszuspannen.«

»Ja, sie hat immer versucht, mir meine Freunde auszuspannen. Aber das war das erstemal, daß sie bekommen hat, was sie verdiente.«

»Niemand verdient Andre. Nicht einmal Alicia.«

»Da hast du recht«, gab ich zu.

»Ich weiß nicht mehr, mit wem Andre nach Alicia zusammen war. Ich könnte versuchen, es rauszubekommen – warte, ich weiß, wir könnten Lisa fragen.«

Ich dachte an meine Gespräche mit Lisa; sie war so verbittert gewesen. »Das möchte ich lieber vermeiden, Ivy. Lisa ist häufig genug daran erinnert worden, was für ein mieser Typ er ist, da will ich von ihr nicht auch noch verlangen, uns die Litanei seiner Freundinnen aufzusagen.«

»Ja, da hast du recht«, sagte sie.

»Ich brauche auch gar keine Liste dieser Frauen. Mir geht es eigentlich nur um eine Frau«, erklärte ich. »Sie heißt Nadine Preston.«

»Nadine! Ach, du lieber Gott!« sagte sie stöhnend. »An die erinnere ich mich.«

»Ach was?«

»Ja, wegen dem, was mit Jeff passierte.« Sie machte eine Pause, dann fügte sie hinzu: »Nadine war so richtig verknallt in den alten Andre. Komisch eigentlich, warum wir nie daran gedacht haben, sie zu SOS zu holen? Sie hält wirklich den Rekord.«

»Wieso? Was für einen Rekord?«

»Sie ist ein doppelt gebranntes Kind.«

»Was meinst du damit?«

»Du weißt doch, daß Andre eine alte Geschichte niemals wieder aufgewärmt hat, auch wenn die Exfreundin masochistisch genug gewesen wäre, wieder mit ihm anzufangen.«

»Stimmt.«

»Die Ausnahme war Nadine. Auch wenn die Wiedervereinigung nur sehr kurz war.«

Ich war verblüfft. »Du meinst, sie ist zu ihm zurückgekehrt?«

»Ja. Jeff hat sich wahnsinnig aufgeregt darüber. Er war richtig wütend auf Andre. Es war lächerlich. Ich glaube nicht, daß Nadine und Andre beim zweitenmal länger als zwei Wochen zusammen waren.«

»Wieso hat Jeff sich darüber aufgeregt, daß Andre sich wieder mit einer Exfreundin zusammengetan hat?«

»Ich habe ihn mehrmals danach gefragt, aber er sagte damals lediglich, das könnte nur Ärger geben. Wegen Nadine ist die Freundschaft zwischen Andre und Jeff auseinandergegangen.«

»Das versteh ich nicht, Ivy. Ich dachte immer, Jeffs Freundschaft mit Andre sei in die Brüche gegangen, weil Andre sich an *dich* rangemacht hat.«

»Nein, da war ihre Freundschaft schon vorbei. Sie wäre schon beim erstenmal, als Nadine und Andre zusammenkamen, beinahe kaputtgegangen. Jeff hat ihm damals gesagt, er ginge ein unnötiges Risiko ein – weil Nadine doch als wissenschaftliche Assistentin für Andre gearbeitet hat.«

»In der Beziehung war sie auch eine Ausnahme, nicht wahr?«

»Richtig. An eine Regel hatte sich Andre bis dahin immer gehalten: keine von seinen eigenen Studentinnen, keine Frau, die mit ihm zusammengearbeitet hat.«

»Und Nadine hat für Andre gearbeitet, als er das Verhältnis mit ihr angefangen hat?« fragte ich.

»Ja. Jeff hielt das für einen Fehler, aber Andre hat ihm darauf nur gesagt, er solle sich um seine eigenen Angelegenheiten kümmern. Ich denke, das hat Jeff ziemlich verletzt. Bis zu dem Tag, an dem Andre mit Nadine Schluß gemacht hat, hat er den Kontakt mit ihm abgebrochen. Aber ich glaube, auch danach ist es zwischen ihnen nie wieder so geworden, wie es früher gewesen war. Und als Andre dann wieder mit Nadine anfing, fühlte sich Jeff endgültig verraten.«

»Das versteh ich wirklich nicht. Jeff war doch nicht selbst in sie verliebt, oder?«

»Nein, überhaupt nicht. Das weiß ich ganz sicher.«

»Dann war aber seine Reaktion doch ziemlich streng, findest du nicht? Jeff muß Andre doch mit Dutzenden Frauen gesehen haben. Wieso hat es ihm dann was ausgemacht, daß Andre mit dieser einen noch mal was angefangen hat?«

»Jeff hat sie einfach nicht gemocht. Er hat gesagt, Andre wäre verrückt, überhaupt was mit Nadine anzufangen. Aber näher erklärt hat er mir das nie. Ich wollte den Bruch zwischen den beiden irgendwie wieder kitten, aber Jeff war nicht daran interessiert. Zu der Zeit war die Beziehung zwischen mir und Jeff schon nicht mehr so gut – er hatte andere Probleme, die unsere Beziehung belasteten. Aber ich vermute, Andre hat das ausgenützt – er hat sich an ihm gerächt, indem er sich an mich rangemacht hat.«

»Schöne Geschichten.«

»Ja. Ich kann nicht behaupten, daß ich stolz darauf bin.«

»Ivy, Andre hat keiner von uns ihren Stolz gelassen.«

Sie sagte nichts.

»Und was glaubst du, warum Andre bei dieser Frau seine Regeln gebrochen hat?« fragte ich.

»Keine Ahnung. Das zweitemal hat es ja nicht lang gehalten – wie ich schon sagte, zwei Wochen, vielleicht sogar weniger. Deshalb fand ich ja Jeffs Aufregung auch so lächerlich. Andre hat mich immer wieder darüber ausgefragt. Ich war ja nicht lang mit ihm zusammen. Im Grund war er für mich nur der Absprung aus meiner Beziehung mit Jeff. Und ich glaube, Andre war weniger an mir interessiert als daran, was Jeff mir über Nadine erzählt hatte. Ich konnte ihm natürlich nur sagen, was ich dir eben auch gesagt habe – daß Jeff der Meinung war, Andre sei zu weit gegangen, als er mit einer Frau, mit der er zusammenarbeitete, ein Verhältnis anfing, und daß er außerdem Nadine nicht für vertrauenswürdig hielt. Aber vielleicht hätte Jeff diese Freundschaft so oder so beendet. Ich weiß es nicht.«

»Und wer hat dann dafür gesorgt, daß Nadine dich mit Andre im Bett ertappte?«

»Niemand. Sie hat *ihn* verlassen.«

»Was?«

»Ja. Meiner Ansicht nach hatten sie draußen auf dem Boot einen Streit. Ich weiß aber nur, daß sie eines Tages zum Fischen rausgefahren sind, und danach war Schluß.«

Das waren nun schon drei Rekorde von Nadine, was mich um so neugieriger auf sie machte. Andre hatte mit seiner eigenen wissenschaftlichen Assistentin ein Verhältnis angefangen, hatte die Beziehung nach dem Bruch wiederaufgenommen, und schließlich hatte sie den Spieß umgedreht und ihn verlassen. »Ivy – sitzt deine Freundin noch in der College-Verwaltung?«

»Ja, klar. Soll ich sie bitten, Nadine ausfindig zu machen?«

»Das wäre nett. Wenn sie in der Verwaltung keine neuere Adresse von Nadine für sie haben, könnte deine Freundin vielleicht feststellen, ob sie mal drum gebeten hat, daß Abschriften von ihren Zeugnissen irgendwohin geschickt werden.«

»Ich werd sehen, was ich tun kann.«

»Es wäre schon gut, wenn ich ihre Studentennummer bekommen könnte – die stimmt doch mit ihrer Sozialversicherungsnummer überein, nicht wahr?«

»Ja«, sagte sie. »Und du glaubst, mit der Nummer könntest du sie ausfindig machen?«

»Vielleicht. Sag mal, du weißt nicht zufällig, wo Jeff jetzt zu erreichen ist?«

Auf meine Frage folgte ein langes Schweigen. »Du weißt es nicht?«

»Nein. Was?«

»Damals warst du wahrscheinlich nicht mehr da.«

»Wann?«

»Jeff hat sich, nicht lange nachdem ich ihn verlassen hatte, das Leben genommen.«

»Jeff? Das kann ich nicht glauben –« Ich brach ab. Ich wußte nicht, was ich sagen sollte. »Ich – das tut mir leid, Ivy. Ich hatte keine Ahnung.«

»Es ist lange her«, sagte sie, aber ihre Stimme klang, als wäre es erst gestern geschehen. »Du hast zu der Zeit wahrscheinlich schon in Bakersfield gelebt.«

»Kein Mensch hat mir gesagt –«

»Mach dir darüber keine Gedanken. Also, wo kann ich dich erreichen, wenn ich die Informationen habe? Bist du in deinem Büro?«

Mein Blick fiel auf das kleine schwarze Ding auf meinem Schreibtisch. »Ich geb dir die Nummer von meinem Piepser.«

23

Ich sauste durch die gewundenen Korridore des Redaktionsgebäudes und war in Gedanken so beschäftigt mit dem, was Ivy mir erzählt hatte, daß ich an der Wirtschaftsredaktion vorbeilief und umkehren mußte.

Ich machte mir Ivys wegen Kopfzerbrechen. Ich hatte während unserer Unterhaltung so unbedacht über Jeff gesprochen – zweifellos hatte ich alte Wunden wieder aufgerissen. Ivy war immer nett zu mir gewesen, und ohne es zu wollen, hatte ich ihr weh getan.

Auch Nadine Preston wollte mir nicht aus dem Kopf. Andre, der seine Beziehungen ohne Ausnahme nach dem gleichen Muster abgespult hatte, hatte sich in seiner Beziehung zu ihr auffallend untypisch verhalten.

Ich fand Murray an seinem Schreibtisch. Er saß mit angestrengter Miene über dem Immobilienteil für die Sonntagsausgabe, die am Donnerstag morgen in Druck gehen würde. Ich erinnerte mich, wie ich zu Beginn meines Studiums aus allen Wolken gefallen war, als ich gehört hatte, daß die ganze Zeitung nicht immer erst in der Nacht vor ihrer Auslieferung gedruckt wurde.

Murray blickte auf, als mein Schatten über seinen Schreibtisch fiel, sah sich um und stellte fest, daß wir allein waren. Wahrscheinlich war die ganze Welt für ihn versunken gewesen, bis ich ihm ins Licht getreten war.

»Was hast du für mich?« fragte ich.

Er lächelte und zog eine Schreibtischschublade auf. »Ich weiß nicht, wie du das vor mir rausbekommen hast«, sagte er. »Schwör mir, daß du mich auf dem laufenden hältst.«

»Großes Ehrenwort. Reicht das?«

Er zog einen braunen Umschlag aus der Schublade, behielt ihn jedoch in der Hand. »Hier sind die Unterlagen über das Viertel rund um das Angelus. Du wolltest die Sanierungsprojekte der Jahre 1974 bis 78, an denen Tyler, Hill, Dage und Watterson beteiligt waren, richtig? Die hab ich, aber ich habe auch noch ein paar andere Dinge nachgeprüft, zum Beispiel, wem die Grundstücke in der Gegend derzeit gehören. Sehr interessante Sache«, sagte er und öffnete den Umschlag. »Im Augenblick gehört das Gebäude neben dem Angelus der Firma Hill und Partner.«

»Es gehört Roland Hills Firma? Ich erinnere mich, daß da im Augenblick gebaut wird.«

»Hill gehören mehrere Gebäude rund um das Hotel. Wenn an einem von ihnen gebaut wird, werden die Arbeiten bestimmt von Keene Dages Firma gemacht. Ihm gehören selbst ein oder zwei der Grundstücke da unten, und Corbin Tyler ebenfalls.«

Er zog ein Blatt Papier heraus und reichte es mir. Es war

die Liste der gegenwärtigen Eigentümer. Ich war verblüfft, als ich den Namen ganz oben auf der Liste sah.

»Keene Dage ist Eigentümer des Angelus?«

»Das scheint dich zu schockieren. Er ist noch nicht sehr lange der Besitzer; offiziell erst seit zwei Wochen. Aber das ist sowieso nicht das Wichtigste, was du aus dieser Liste erfahren kannst.«

Ich sah sie durch. »Die meisten dieser Grundstücke wurden innerhalb des letzten Monats gekauft«, bemerkte ich.

»Behalt das im Kopf und sieh dir jetzt die Liste der Eigentümer dieser Grundstücke im letzten Jahr an.«

Er reichte mir ein zweites Blatt Papier. Hier war nur ein einziger Eigentümer für alle Grundstücke aufgeführt: Pacific View Associates.

»Pacific View Associates? Hast du nicht über die kürzlich geschrieben? Die stehen doch kurz vor dem Bankrott, nicht wahr?«

Er lächelte. »Ja. Die meisten ihrer Grundstücke sind zu Schleuderpreisen zu haben. Das kann sich allerdings bald ändern. Aber darauf kommen wir nachher noch mal zurück. Hier ist die Liste der Eigentümer für die Jahre, nach denen du gefragt hast. Schau sie dir an.«

Ich studierte die Liste und sagte dann: »Fast alle Grundstücke, die jetzt PVA gehören, haben damals Hill gehört.«

»Genau.«

»Das versteh ich nicht. Wieso verkauft sie Hill zuerst an PVA und kauft sie dann wieder zurück?«

»Hill, Dage und Tyler haben sie gekauft – die Geschäftsleute auf deiner Liste. Ab und zu nimmt Hill andere Investoren mit rein, aber das sind nur sehr wenige. Bleiben wir im Moment mal bei Hill. Er hat einen unheimlichen Riecher, findest du nicht auch? Kauft spottbillig, verkauft zu einem höheren Preis, kauft billig wieder zurück. Er hat einen Blick für Grundstücke in bester Lage.«

»Bester Lage, sagst du? Sei mir nicht böse, aber dieses Stadtviertel kann ich nun wahrhaftig nicht als beste Lage betrachten.«

»Irene, du enttäuschst mich. Du wirst niemals so viel Geld machen wie diese Leute, wenn du nicht lernst, deine Phantasie zu gebrauchen. Wo wollte Las Piernas sein neues Kongreßzentrum bauen?«

»So viel Geld werd ich sowieso nie verdienen. Aber um deine Frage zu beantworten – bis vor kurzem unten am Wasser.«

»Und?«

Ich runzelte die Stirn, während ich versuchte, mir ins Gedächtnis zu rufen, was ich über dieses Projekt wußte. »Die Pläne für das Kongreßzentrum sind für viele Leute zu einer ganz schönen Enttäuschung geworden; die Grundstücke da unten am Wasser gehören verschiedenen Eigentümern, darunter auch der Stadt selbst. Aber letzte Woche hat die Küstenkommission von Kalifornien die ganzen schönen Pläne zu Fall gebracht, und es ist noch nicht klar, ob die Stadt bereit ist, das Geld und die Zeit aufzubringen, um dagegen anzugehen, weil – ach! So ist das!«

»Mein Glaube an dich beginnt wieder zu wachsen«, bemerkte Murray.

»Ich hätte an das Gebiet beim Angelus denken müssen. Las Piernas wird es vielleicht gar nicht auf einen Prozeß gegen die Küstenkommission ankommen lassen, weil es Alternativmöglichkeiten gibt. Eine dieser Alternativen für das Kongreßzentrum ist das Viertel beim Angelus, stimmt's?« Ich schloß einen Moment die Augen, um mir das Viertel besser vorstellen zu können. »Es befindet sich nicht direkt am Wasser und fällt daher nicht in den Zuständigkeitsbereich der Küstenkommission. Aber das Gelände steigt dort leicht an, so daß man von dort aus trotzdem das Meer sehen könnte, vor allem, wenn man hoch genug baut. Und im Gegensatz zu anderen möglichen Standorten steht dort ein hoher Prozentsatz an Wohn- und Gewerberaum leer – einer der Gründe, warum sich die PVA kaum mehr auf den Beinen halten kann. Wenn man da das Kongreßzentrum hinstellte, müßte man nicht mit einer Flut von Klagen ehemaliger Mieter rechnen.«

»Bingo!« sagte Murray.

»Hill und seine Freunde kaufen also in den siebziger Jahren den Grund zu niedrigen Preisen, verkaufen ihn dann mit Gewinn an die PVA und kaufen ihn zurück, als sie Wind davon bekommen, daß die Dinge mit der Küstenkommission nicht zum besten stehen. Wobei festzustellen ist, daß diese Kommission sich Pläne ansieht, auf deren Entwurf Allan Moffett Einfluß nehmen konnte.«

»Mit Leichtigkeit«, stimmte Murray zu. »Selbst wenn er die Pläne nicht selbst erstellt hat, hätten seine Leute seine Vorschläge ganz sicher nicht außer acht gelassen. Und da er wohl wußte, daß bestimmte Elemente in den Plänen für einen Bau am Wasser die Küstenkommission zur Ablehnung veranlassen würden, konnte er seinen Einfluß benutzen, um dafür zu sorgen, daß genau diese Elemente in die Pläne hineingenommen wurden.«

»Oder er konnte ganz bewußt Elemente ausschließen, auf die die Küstenkommission Wert gelegt hätte. Und bei der Veranschlagung der Kosten eines eventuellen Anfechtungsprozesses gegen die Küstenkommission hat er wahrscheinlich auch ein entscheidendes Wörtchen mitzureden.«

Murry nickte. »Und könnte dafür plädieren, daß es besser wäre, den Standort des Projekts ganz zu verlegen.«

»Aber Hill und seine Freunde können das Ganze doch nicht schon in den siebziger Jahren geplant haben?«

Murray schüttelte den Kopf. »Ausgeschlossen ist das nicht – es wird ja schon seit Jahren über ein Kongreßzentrum nachgedacht –, aber ich würde sagen, daß diese Leute einfach günstige Gelegenheiten beim Schopf gepackt haben, wo immer sie sich boten. Die Grundstücke im Gebiet um das Angelus haben sie abgestoßen, als sich da keine Perspektiven für die Zukunft zeigten, und haben ihr Kapital anderswo eingesetzt. Als sich dann am Horizont neue Aussichten zeigten, sind sie wieder eingestiegen.«

»Oder aber sie sind auf Insiderinformationen hin wieder eingestiegen.«

»Hm, ja, das ist immer eine Möglichkeit«, meinte er und fügte dann mit einem Lächeln hinzu: »Obwohl ich mir nicht vorstellen kann, daß in unserer schönen Stadt solche Dinge passieren.«

»Nein, natürlich nicht. Danke inzwischen für diese wirklich interessanten Auskünfte, Murray. Jetzt schulde ich dir wohl einen Gefallen.«

Er sagte nichts, und beim Anblick seines erwartungsvollen Gesichts mußte ich lachen. »Ja, Jack Fremont ist bereit, mit dir zu reden. Soll ich ihn bitten, dich anzurufen?«

»Mußt du das noch fragen?«

Ich ging in den Nachrichtenraum zurück und holte noch einmal das Telefonbuch von Riverside heraus. Stuart Angert erkundigte sich neugierig nach meiner Besprechung mit John; ich sagte ihm, er würde die ganze Geschichte spätestens am Nachmittag erfahren, und unterdrückte den Impuls, er solle mich doch anpiepsen, wenn er nach der Personalkonferenz irgendwelche Fragen hätte.

Zurück an meinem Schreibtisch, schrieb ich mir die Nummer meines Piepsers auf, eine Zahlenreihe, die sich jeder Eselsbrücke widersetzte. Dann schlug ich das Telefonbuch unter M auf, schrieb mir June Monroes Nummer heraus und stellte das Telefonbuch wieder an seinen Platz.

Obwohl ich wußte, daß June noch nicht wieder zurück sein würde, rief ich in Riverside an. Als der Anrufbeantworter sich meldete, sagte ich: »June, ich habe noch ein paar

Fragen an Sie«, und hinterließ die Nummer meines Piepsers.

Danach nahm ich mir einen Moment Zeit, um im Geiste die Liste von Dingen durchzugehen, die ich noch erledigen wollte. Ich hoffte, die College-Verwaltung würde mir die gewünschten Auskünfte geben. Wenn es mir gelingen würde, mit Nadine Preston zu sprechen, würde ich vielleicht ein klareres Bild davon bekommen, was mit Lucas Monroes Magisterarbeit geschehen war.

Ich rief Claire an.

»Ich habe eine Menge mit dir zu besprechen«, sagte ich.

»Bist du zum Mittagessen frei?« fragte sie.

»Ja.«

»Würde es dir was ausmachen, zu mir herauszukommmmen? Ich weiß, das ist eine lange Fahrt für dich, aber es fällt mir immer noch schwer, mich in der Öffentlichkeit zu zeigen...«

»Natürlich, das verstehe ich. Ich kann hier ohne weiteres eine Weile weg«, antwortete ich. Vielleicht würde ich mich doch noch an den Piepser gewöhnen.

Nein. Unmöglich. Das wurde mir schon klar, als ich auf dem Weg nach draußen Wrigley begegnete.

»Irene!« rief er so jovial wie der Weihnachtsmann persönlich. Er tat, als wären wir die besten Freunde. Ich wußte den Grund dafür. Ich hatte einmal fristlos gekündigt, und seitdem kriecht Wrigley mir jedesmal beinahe in den Hintern, wenn er fürchtet, mich wieder einmal so sehr verärgert zu haben, daß ich ihm den ganzen Krempel hinschmeißen könnte.

Er kam quer durch das Foyer auf mich zu, blieb aber in respektvollem Abstand vor mir stehen. Er kneift seine weiblichen Angestellten gern in den Hintern, aber bei mir hat er das noch nie versucht. Vielleicht, weil ich einmal im Haus herumerzählt habe, daß ich einem Kerl, der sich das bei mir herausnehmen wollte, beinahe das Nasenbein gebrochen hätte. Vermutlich hieß es, als die Geschichte Wrigley schließlich zu Ohren kam, ich hätte jemanden krankenhausreif geschlagen.

»Ich hoffe, Sie können sich mit dem Piepser anfreunden«, sagte er. »Er ist ja heutzutage ein Zeichen des professionellen Journalisten.«

»Ach wirklich? Ich dachte, ich müßte dieses Zeichen in Druckerschwärze setzen.«

»Kommen Sie, Sie wissen schon, was ich meine. Schauen Sie, ich habe selbst immer einen dabei.« Er öffnete sein Jackett, um mir den Piepser an seinem Gürtel zu zeigen. »Sehen Sie?«

»Wie schön für Sie«, sagte ich, bereits finstere Pläne schmiedend.

»Wohin wollen Sie?« fragte er.

»Das ist doch das Tolle an diesen Dingern, oder nicht? Sie brauchen nicht zu wissen, wo ich bin, weil Sie mich jederzeit anpiepsen können.«

»Hm, ich weiß nicht...«

Beinahe wäre ich gegangen, ohne es ihm zu sagen, aber dann fiel mir ein, daß es ihn sicher noch neugieriger machen würde, darum antwortete ich: »Ich esse mit Claire Watterson zu Mittag.«

»Mit der Witwe?«

»Es gibt wahrscheinlich mehr als eine bei uns in der Stadt.«

»Ich würde sie schrecklich gern mal kennenlernen.«

Das kann ich mir vorstellen, du alter Schleimer, dachte ich. »Ich werd's ihr ausrichten«, sagte ich und stieß die Tür auf. Doch auf der Schwelle blieb ich noch einmal stehen. »Nein, warten Sie. Vielleicht wäre sie damit einverstanden, wenn Sie ein wenig später dazukommen. Soll ich sie bitten, Sie anzupiepsen?«

»Aber ja, gern.« Er griff in seine Jackentasche und zog eine Geschäftskarte und einen Sechshundertdollarfüller heraus. Auf die Rückseite der Karte schrieb er hastig die Nummer seines Piepsers.

Es gelang mir, keine Miene zu verziehen, als er mir die Karte reichte.

Tante Emeline öffnete mir, als ich bei den Wattersons läutete. Ich freute mich, sie zu sehen; ich hatte den Eindruck, sie gehörte zu den standfesten Menschen, die einem in Krisenzeiten guttun, und ich war froh zu wissen, daß Claire in dem großen Haus nicht allein war. Finn kam angesprungen, um mich daran zu erinnern, daß Claire ja auch noch seine Gesellschaft hatte. Bellend tänzelte er um mich herum. Tante Emeline sagte: »Schluß jetzt, Finn«, und er gehorchte sofort.

In der plötzlichen Stille hörte ich ein Dröhnen und Poltern, das aus dem Garten zu kommen schien. »Bauarbeiter«, erklärte Emeline. »Claire ist mit ihnen draußen. Sie hat wahrscheinlich die Tür hinten offengelassen, darum ist es so laut.«

Ich folgte Emeline in Richtung Garten. Claire stand draußen und beobachtete irgend etwas, das im Garten vorging. Als ich zu ihr trat, sah ich mit Verwunderung eine Planierraupe bei der Arbeit – und erkannte einen Augenblick später, daß sie dabei war, das Stück Garten einzuebnen, auf dem früher die Badehütte gestanden hatte.

Claire begrüßte mich. Sie ging mit mir ins Haus und schloß die Tür. Sie trug ein marineblaues Seidenkleid, das ein wenig groß an ihr wirkte; sie schien mir schmäler geworden zu sein. Unter ihren Augen waren dunkle Ringe. Aber ihre Stimme war fest, als sie sagte: »Ich wollte nicht jeden Tag, wenn ich hier zum Fenster hinausschaue, die Badehütte sehen müssen.«

»Das verstehe ich«, erwiderte ich, obwohl ich meine Zweifel daran hatte, ob es ebenso leicht sein würde, die Erinnerungen an das, was dort geschehen war, aus der Welt zu schaffen.

Wir setzten uns zum Mittagessen, Tante Emelines Spezialgeflügelsalat. »Er ist der beste der ganzen Welt«, sagte Claire, und ich mußte ihr zustimmen. Claire schien kaum Appetit zu haben, aber keine von uns sprach sie darauf an. Tante Emeline bestimmte den Lauf des Gesprächs, das sich um Rezepte, Bücher, die wir vor kurzem gelesen hatten, und Gartenpflege drehte. Ich zweifelte nicht, daß diese Frau über fast jedes Thema mit Sachverstand hätte sprechen können. Ich vermute, sie wählte ihre Themen mit mehr Überlegung aus, als ihre scheinbare Unbefangenheit erahnen ließ. Wir sprachen weder über Ben noch über Lucas, und das war wahrscheinlich der Grund, warum Claire überhaupt einen Bissen hinunterbrachte.

Nach dem Essen bat Claire ihre Tante, uns zu entschuldigen, doch ehe wir hinausgingen, sagte sie: »Wir setzen uns in die Bibliothek, aber spül du jetzt ja nicht ab. Heute bin ich dran.«

»Was ist denn mit deinem Personal?« fragte ich, als wir allein waren.

Sie verzog den Mund zu einer schmalen Linie. »Ach, der Klatsch wurde ein echtes Problem. Als hier die ersten Leute aufkreuzten und Geld für Informationen boten, haben die Haushälterin und die Köchin alles mögliche erfunden, um ein Geschäft zu machen. Nichts davon war wahr.«

»Haben sie hier gewohnt?«

»Nein. Deswegen waren sie ja nicht hier, als – sie waren an dem Abend gar nicht im Haus, aber die Polizei hat sie natürlich trotzdem vernommen. Und was sie der Polizei erzählt haben, war etwas ganz anderes als das, was sie dann der Presse erzählt haben. Der Polizei haben sie das gleiche gesagt wie alle anderen auch. Daß Ben davon gesprochen hatte, sich aus dem Geschäft zurückzuziehen; daß er niemals etwas von Krankheit oder Selbstmord angedeutet hatte.«

Sie seufzte. »Ich hätte mich wahrscheinlich gar nicht darüber wundern dürfen. Ich habe nie jemanden, der für uns gearbeitet hat, schlecht behandelt, aber sie haben doch tatsächlich angedeutet, ich – ich könnte…« Sie holte zitternd Atem. »Ich bin so froh, daß die Polizei dem ein Ende gemacht hat. Ich weiß natürlich, daß es trotzdem Klatsch geben wird. Aber solche Leute will ich nicht bei mir im Haus behalten.« Sie sah mich an. »Ganz ehrlich, ich mach die Arbeit ebenso gern allein. Tante Emeline und ich können uns abwechseln. Sie ist wunderbar. Sie mag dich.«

»Wahrscheinlich, weil sie mich nicht richtig kennt.«

»Unsinn. Du hast am Telefon gesagt, du hättest mir etwas zu erzählen?«

Ich berichtete ihr, was ich von Lucas' Mutter über die Fotografien erfahren und was ich aus dem Gespräch mit Ivy über Nadine Preston gehört hatte. Jeff erwähnte ich nicht, aber Claire kannte die Geschichte offenbar schon.

»Ach Gott, wie konnte ich Ivy vergessen? Ihr Freund – wie hieß er gleich?«

»Jeff.«

»Jeff«, wiederholte sie geistesabwesend, während sie zum Fenster hinübersah. »Richtig, Jeff.«

»Ich hab das von seinem Tod erst heute erfahren. Ich wohnte nicht hier, als er gestorben ist.«

»Wie lange ist das her! Wie ist sie nur damit fertig geworden?«

»Vielleicht solltest du sie das bei Gelegenheit selbst fragen. Wenn du soweit bist«, fügte ich hastig hinzu. Ich wollte noch etwas sagen, aber es war offensichtlich, daß Claire nicht bei diesem Thema verweilen wollte.

»Ich habe etwas für dich«, meinte sie und ging zum Schreibtisch. »Bens Jahrbücher.«

24

»Das sind sie«, sagte sie und hob drei in Leder gebundene Bücher hoch. »Jeden Abend nach dem Nachhausekommen hat er sich erst eine Weile mit mir unterhalten, dann hier an den Schreibtisch gesetzt und Notizen über den vergangenen Tag gemacht.«

Sie brachte mir die drei Bände. Auf den Rücken waren die Jahreszahlen 1975, 1976 und 1977 vermerkt. »Sie waren leichter zu finden, als ich dachte.« Sie holte tief Luft. »Ben scheint in den letzten Wochen viel an vergangene Zeiten gedacht zu haben. Er hat offenbar einige der Bücher wieder gelesen.« Sie hielt einen Moment inne. »Ich glaube, mir geht's ein bißchen ähnlich. Nimm's mir nicht übel, wenn ich das 74er Buch behalte. In dem Jahr haben wir geheiratet. Wenn du es brauchst, dann gib mir Bescheid.«

»Natürlich, mach dir deswegen kein Kopfzerbrechen«, sagte ich.

»Er hat ziemlich regelmäßig geschrieben«, sagte sie. »Nur wenn er krank war oder ein bißchen niedergeschlagen, hat er vielleicht ein oder zwei Tage ausgelassen.«

»Ein bißchen niedergeschlagen?«

»Ach, er war ab und zu mal deprimiert. Nicht oft«, fügte sie rasch hinzu. »Und es war auch nie wirklich schlimm. Ich hatte keinen Anlaß zu glauben ...«

»Nein, sicher nicht«, meinte ich.

»Ehe du die Bücher aufschlägst, habe ich noch eine Bitte.«

Ich sah sie an.

»Versprich mir, daß du sie nur dazu benützt, herauszubekommen, warum Lucas Monroe mit Ben Verbindung aufgenommen hat. Wenn du darüber schreiben willst, habe ich nichts dagegen. Aber die Bücher enthalten eine Menge vertraulicher Informationen über Bankkunden und auch einige sehr persönliche Dinge. Kann ich mich darauf verlassen, daß du davon nichts weitergibst?«

Es war klar, daß sie mir die Bücher ohne mein Versprechen nicht überlassen würde. Ich gab es ihr.

»Ich denke, das Buch für das Jahr 1977 wird am hilfreichsten sein«, sagte ich.

»Für das Jahr, in dem Ben das Boot verkauft hat?«

»Ja.«

»Ach, dabei fällt mir was ein«, sagte sie und kehrte zum Schreibtisch zurück. Sie öffnete die oberste Schublade, kramte einen Moment darin herum und zog dann einen offenen braunen Umschlag heraus. Als sie ihn mir reichte, sah ich, daß sie meinen Namen darauf geschrieben hatte. »Das sind die Unterlagen über das Boot.«

Ich nahm den handgeschriebenen Zettel aus dem Umschlag, als Claire sich neben mich auf die Couch setzte. Der Vermerk darauf lautete: *52' Bertram verkauft an Andre Selman für 1000 Dollar am 15. 8. 77.*

»Tausend Dollar! Für so ein Riesenboot! Wie gibt's denn das?«

Claire antwortete nicht.

»Als Andre mich mal zum Fischen mitgenommen hat«, sagte ich, »sind wir auf dem Winzlingsboot rausgefahren. Es hat seinen Zweck bestens erfüllt, aber ich glaube, es war nicht mal fünfzehn Fuß lang. Ein Bertram – für nur tausend Dollar. Das reicht doch grade mal, um den Tank aufzufüllen.«

»Ach, Irene, es ist auch ohne deine Übertreibungen schon schlimm genug.«

»Ich überlege nur, wie jemand mit dem Gehalt eines Prof-Assistenten sich ein Boot dieser Größe leisten konnte. Allein die Instandhaltung, die Steuern und die Liegegebühren kosten doch ein kleines Vermögen. Aber das Boot – da hat Andre ein Wahnsinnsgeschäft gemacht, findest du nicht auch?«

»Da hat Andre ein Wahnsinnsgeschenk bekommen«, murmelte sie.

Ich beobachtete sie. Sie hielt die Lider gesenkt, die Hände im Schoß gefaltet.

»Was glaubst du, warum Ben Andre gegenüber so großzügig war?«

Sie zuckte die Achseln. »Ich hab dir ja schon gesagt, als Ben das letztemal mit dem Boot rausgefahren ist, ist er fast umgekommen vor Seekrankheit. Er sah grauenhaft aus, als er an dem Tag zurückkam. Er sagte, er würde nie wieder einen Fuß auf das Boot setzen und es Andre verkaufen. Daran erinnere ich mich.«

»Aber Claire! Ein Mann, dem finanziell so leicht keiner was vormachen kann, verschenkt so mir nichts dir nichts ein sündteures Boot? Wegen eines Anfalls von Seekrankheit? Da steckt doch mehr dahinter.« Ich beobachtete sie aufmerksam. »Keine Vermutungen?«

»Ich wußte doch nicht, daß er es für so wenig Geld verkauft hatte! Ich weiß, das sieht verdächtig aus«, sagte sie. »Vielleicht hat deshalb Lucas Monroe diese Fotos geschickt – vielleicht hat *er* gewußt, warum Ben das Boot praktisch für nichts verkauft hat. Er hat doch mit Andre zusammengearbeitet, nicht?«

»Nein, damals nicht mehr. Bis zu dem Zeitpunkt war vieles passiert, Claire. Ich werde dir erzählen, was ich bisher weiß. Um 1975 herum hatten Roland Hill und einige seiner Freunde in einem heruntergekommenen Teil der Stadt Grundstücke erworben. Ich habe es noch nicht überprüft, aber es würde mich nicht wundern, wenn die Bank von Las Piernas einige dieser Käufe finanziert hat. Andre Selman wurde beauftragt, für die Stadt eine Studie zu erstellen, wahrscheinlich auf Allan Moffetts Veranlassung hin. Mit Hilfe dieser Studie wollte die Stadt entscheiden, für welche Wohngebiete in Zukunft Sanierungsmittel lockergemacht werden sollten. Lucas Monroe war einer von Andres Assistenten.«

»Er hat also an dieser Studie mitgearbeitet?«

»Ja. Einen Teil der Daten, die er im Rahmen dieser Studie ermittelt hatte, wollte er in seine Magisterarbeit einbeziehen. Er hatte Meinungsverschiedenheiten mit Andre darüber, wie bei der Erstellung der Studie vorgegangen werden sollte, aber sie waren nicht so ernst, daß sie sein Verhältnis zu Andre wirklich belasteten – das glaubte er jedenfalls. Aber als Lucas dann seine Magisterarbeit einreichte, wurde sie zurückgewiesen.«

»Warum?«

Ich berichtete ihr, was mir Lucas' Mutter erzählt hatte und was ich von Murray gehört hatte.

»Du sagst also, daß Ben unredlich war.«

»Wenn Ben wissentlich bei dem mitgemacht hat, was da meiner Ansicht nach passiert ist, ja, dann er hat er unredlich gehandelt. Es ist aber auch möglich, daß er unwissentlich mit Leuten zu tun hatte, die den Stadtdirektor geschmiert haben.«

Sie blickte wieder zum Fenster hinaus. »Wenn er etwas mit dieser Geschichte zu tun hatte, dann hat er Bescheid gewußt. ›Unwissentlich‹ hat er sicher nichts getan«, sagte sie. »Ben war nicht dumm.«

»Nein, da hast du recht.«

»Das soll doch mit dieser Fotografie – mit der zweiten, meine ich – bewiesen werden, nicht wahr? Daß Ben sich mit diesen Leuten schon getroffen hat, ehe die Studie zu den Sanierungsplänen eingereicht wurde.«

»Das Foto zeigt ein paar Leute bei einer Bootsfahrt. Das allein beweist überhaupt nichts. Man darf schließlich noch befreundet sein und zusammen zum Fischen rausfahren. Vielleicht aber repräsentiert das Foto noch etwas anderes oder sollte Ben und den anderen zeigen, daß Lucas mehr wußte.«

»Du redest, als hätte es Mr. Monroe lediglich auf seinen Magistergrad abgesehen. Aber in so einem Fall hätte er sich doch bestimmt nicht an Ben gewandt. Wenn Lucas Monroe Beweise für diese Kollusion hatte, glaubst du nicht, es ist dann wahrscheinlicher, daß er darin die perfekte Gelegenheit sah, meinen Mann zu erpressen?«

»Möglich ist es. Und wenn er auch noch andere erpreßt hat, dann mußte er vielleicht sterben, weil jemand nicht zahlen wollte. Von deinem Standpunkt aus wäre es wahrscheinlich ein Trost, Lucas als Schurken zu sehen, der nichts anderes bekommen hat, als er verdiente. Wenn du dich mit dieser Erklärung zufriedengeben willst, ohne definitive Beweise für das eine oder das andere zu haben, dann nimmst du diese Jahrbücher am besten gleich wieder zurück.«

Sie zögerte immerhin so lange, daß ich anfing, mein vorschnelles Angebot zu bereuen. »Nein, ich möchte die Wahrheit wissen«, erklärte sie schließlich. »Ich weiß nicht, was du in diesen Büchern finden wirst.«

Ich atmete auf und fragte: »Hast du sie gelesen?«

Sie schüttelte den Kopf. »In letzter Zeit nicht.«

»Du hast sie gelesen, als er sie geschrieben hat?«

»Nein, das kann man eigentlich nicht sagen. Er hat sie nicht vor mir versteckt. Manchmal war ich mit ihm hier im Zimmer, wenn er schrieb; manchmal hat er mich vom Büro aus angerufen und gebeten, etwas für ihn nachzusehen. Aber es waren seine Aufzeichnungen, und ich fand, ich hätte nicht das Recht, sie zu lesen. Mir war es lieber, wenn er mir einfach von seinem Tag erzählte.«

»Es sind also Geschäftsaufzeichnungen?«

»Ja, aber nicht nur. Es ist eine Mischung aus Geschäftlichem und Privatem. Ich würde sie gern zurückhaben, aber nimm sie inzwischen ruhig mit nach Hause.«

Für mich war das ein Zeichen, daß sie das Gespräch beenden wollte. Ich wußte, daß ich sie innerlich aufgebracht hatte, und es tat mir leid. Sie hatte schon genug durchgemacht. Ich nahm die drei schweren Bände und machte Anstalten aufzustehen.

»Warte«, sagte sie leise. Sie sah mich nicht an, aber ich konnte erkennen, daß ihr die Tränen kamen.

Ich setzte mich wieder. »Claire, es tut mir leid –«

Mit einer Geste bat sie mich zu schweigen. Ich wartete und legte die Bücher wieder hin.

»Ben hätte das gewollt, was der Stadt am meisten dient«, sagte sie langsam. Sie zitterte. »Er hat Las Piernas geliebt. Er hat sich nichts mehr gewünscht, als daß es eine Stadt wird, in der sich gut leben läßt. Ganz gleich, welche Entscheidungen er getroffen hat, er hätte nie etwas getan, das Las Piernas geschadet hätte.«

Ich sagte nichts.

»Du glaubst mir nicht?«

»Soll ich dir glauben, daß Ben Las Piernas geliebt hat? Oder soll ich dir glauben, daß er ein Heiliger war?«

»Ich weiß, daß er kein Heiliger war«, entgegnete sie. »Er war ein komplizierter Mensch. In vielem, was Ben betrifft, bin ich nicht mehr sicher, aber das weiß ich gewiß.«

»Mit seiner Liebe zu Las Piernas hast du sicher recht.«

Sie zog eine Schulter hoch, als wäre sie plötzlich nicht mehr so sicher.

»Claire, ich mache mir Sorgen um dich. Vielleicht solltest du eine Weile verreisen.«

»Unsinn, Irene. Es war nur ein bißchen viel heute. Erst der Abbruch der Badehütte und dann die Vorstellung, daß Ben an einer Betrügerei beteiligt war. Aber es muß ja nicht ewig so bleiben.« Sie stand auf, ging zum Schreibtisch, wo eine Schachtel Papiertaschentücher stand, und riß schnell hintereinander mehrere davon heraus. »Für jemanden wie mich ist es viel schwerer davonzulaufen«, sagte sie unter Tränen. »Nicht zu verstehen, warum Ben getan hat, was er tat, macht mich völlig fertig. Ich weiß, daß er schlechte Tage hatte, daß er sich manchmal überfordert gefühlt hat, sogar ein bißchen deprimiert. Aber immer hat er sich von mir trösten und helfen lassen. Dieses Mal hat er mich ausgeschlossen. Er hat mich einfach beiseite geschoben, und nun muß ich dem ins Auge sehen, dem er nicht ins Auge sehen konnte. Ehrlich gesagt, ich nehme ihm das wirklich übel.«

Ich lauschte dem Ticken der Uhr auf dem Kaminsims, während sie leise weinte. Als sie beim letzten Tuch angelangt war, schneuzte sie sich geräuschvoll, sah mich an und sagte: »Danke, jetzt geht's wieder besser.«

Ich wollte sie gerade fragen, wofür sie mir denn danke, als mein Piepser losschrillte.

»Ach, verdammt, ich dachte, ich hätte das Ding leise gestellt«, sagte ich, während ich in meiner Tasche nach dem Gerät kramte. Nachdem ich fünfzehn Sekunden lang vergeblich versucht hatte, das blöde Ding zum Schweigen zu bringen, nahm Claire es mir aus der Hand, drückte auf einen Knopf, worauf es sofort schwieg, und reichte es mir zurück. Sie lächelte.

»Ich hasse diese Dinger!« Auf dem Display leuchtete Wrigleys Nummer in der Redaktion auf. »Zeig mir, wie man es leise stellt.«

Sie nahm mir den Piepser wieder ab. »Ganz abstellen kann man den Ton bei diesem Typ nicht, aber ich stell's dir so ein, daß es nur summt. Du kannst ruhig telefonieren, wenn du willst.«

»Nicht nötig. Das ist nur dieser widerliche Wrigley. Der will bestimmt wissen, warum du ihn nicht angepiepst hast, um ihn zum Mittagessen einzuladen.«

»Ach, du lieber Gott, den hab ich jedesmal bei unseren Benefizabenden getroffen. Der ist wirklich widerlich. Kein Wunder, daß du mit dem nicht reden willst. Aber ist er nicht dein Chef?«

»Er ist der Chef meines Chefs. Keine Sorge, ich hatte nicht vor, dir ein Mittagessen mit ihm anzutun.« Ich schwieg einen Moment, dann sagte ich: »Aber du könntest mir bei einem kleinen Scherz helfen.«

Nachdem ich ihr meinen Plan erklärt hatte, lachte sie. »Wunderbar. Kann ich Tante Emeline und Alana bitten, auch mitzumachen?«

»Aber ja«, erwiderte ich.

Ich war schon auf dem Weg nach draußen, als mir noch etwas einfiel, das ich sie hatte fragen wollen. »Claire, bist du eigentlich sicher, daß in dem ersten Umschlag nichts weiter war als das Foto, auf dem Ben Lucas den Scheck überreicht?«

»Ja. Warum?«

»Lucas' Mutter hat gesehen, wie er einen mit Maschine geschriebenen Brief in den Umschlag gesteckt hat. Hast du nichts in der Richtung gefunden?«

»Nein.« Sie sah mich einen Moment nachdenklich an, dann sagte sie: »Ich seh noch mal genau nach.«

»Was hast du eben gedacht?«

»Daß Ben den Brief vielleicht an dem Abend verbrannt hat.«

Das war sehr wahrscheinlich, und ich fand das alles andere als erfreulich. Claire hatte Ben davon abgehalten, das Foto zu verbrennen. Aber Lucas' Brief war da vielleicht schon ein Raub der Flammen geworden.

Ich sah auf die Uhr. Wenn ich rechtzeitig zu meiner Verabredung mit Roland Hill kommen wollte, mußte ich mich beeilen. Ich versuchte, mich von allen Gedanken an June Monroe und Claire Watterson freizumachen, um mir zu überlegen, wie ich am besten an Hill herankommen könnte, wenn er so kühl und unzugänglich sein sollte wie Corbin Tyler. Ich warf einen Spiegel auf den Stapel Bücher auf dem Sitz neben mir. Ich würde zwar in einer Tiefgarage parken, aber ich wollte sie dennoch nicht so offen liegen lassen. Mitnehmen wollte ich sie aber auch nicht. Auf das Risiko hin, daß ich mich verspäten würde, fuhr ich an den Bordstein und machte den Kofferraum auf. Es war vielleicht paranoid, diese kleine Aktion nicht in der Parkgarage vorzunehmen, aber ich wollte unbedingt vermeiden, daß jemand mich dabei beobachtete, wie ich etwas wegpackte.

Mir war insgesamt etwas wohler als bei meinem geheimen Rendezvous mit Tyler. Ich hatte Lydia gesagt, wo ich sein würde, und Hills Sekretärin war nicht nach Hause geschickt worden. Die Beraterin eines Senators des Staates Kalifornien hatte den Termin für mich arrangiert. Die beiden Verabredungen hatten wirklich nichts miteinander gemein, außer daß ich sowohl bei der einen als auch bei der anderen damit rechnen mußte, eventuell einem Killer gegenüberzustehen.

Vielleicht war es dieser Gedanke, der mich dazu veranlaßte, vom Foyer des Gebäudes aus Frank anzurufen und eine Nachricht für ihn zu hinterlassen. »Ich hab jetzt einen Piepser, Harriman, nur für den Fall, daß du mal Lust hast, mich anzumachen.« Ich hinterließ die Nummer. »Ich treffe mich jetzt mit Roland Hill. Bis heute abend.«

Wie Corbin Tyler hatte Roland Hill mit seiner Firma die obersten Räume eines Wolkenkratzers bezogen. Hier jedoch endeten die Ähnlichkeiten auch schon. Die Büros von Hills Unternehmen nahmen mehrere Stockwerke ein, in denen weit mehr Betrieb herrschte als bei Corbin Tyler. Nicht weniger als zwei Dutzend Personen saßen in kleinen, voneinander abgetrennten, offenen Büros bei der Arbeit. Die meisten hingen am Telefon. Die erste Rezeptionistin schickte mich zu einer zweiten Rezeptionistin.

Im Reich der zweiten Rezeptionistin ging es weit ruhiger zu. Hier waren die Büros abgeschlossen, die Einrichtung war luxuriöser, das Kostüm der Rezeptionistin war teurer. Sie nahm mich lächelnd in Empfang und führte mich durch ein

Labyrinth von Korridoren zu einer Sekretärin, stellte mich höflich vor und ging wieder.

Dies war die Sekretärin, die den Termin mit mir ausgemacht hatte. Sie begrüßte mich freundlich, nahm meinen Mantel und fragte, ob ich eine Tasse Kaffee wollte. Als ich ablehnte, führte sie mich zu Mr. Hill höchstpersönlich.

Sein Büro war geräumiger als das von Corbin Tyler, aber der grandiose Blick fehlte. An einem Ende des Zimmers stand ein Sideboard, das mit Golftrophäen überladen war.

Roland Hill sah aus wie eine edlere Version von Booter Hodges. Mir schoß der Gedanke durch den Kopf, daß Booter wahrscheinlich versuchte, den imposanten Hill nachzuahmen. Aber er blieb weit hinter dem Original zurück. Hill war ein stattlicher Mann, doch er schleppte nicht ein Gramm überflüssiges Fett mit sich herum. Sein von Falten durchzogenes Gesicht wirkte nicht alt; um es zu beschreiben, hätte man eher gesagt, es habe Charakter. Seine Haut war leicht gebräunt, sein volles Haar schlohweiß; die Augen waren von einem strahlenden Blau. Er war ein verdammt gutaussehender Mann mit einem Lächeln, das einem versicherte, man habe soeben den Menschen getroffen, der einem bald zum besten Freund werden würde.

»Hallo, Miss Kelly«, sagte er. »Wie geht es Ihnen?«

Er hatte einen festen Händedruck, und er zeigte keine Spur von Unsicherheit.

»Mir geht es gut, Mr. Hill. Ich danke Ihnen, daß Sie mir Gelegenheit zu diesem Gespräch gegeben haben.«

»Zunächst einmal, nennen Sie mich bitte Roland. Darf ich Sie Irene nennen?«

Ich wollte nicht kleinlich sein, darum nickte ich.

»Ich möchte mich dafür entschuldigen, daß ich dieses Gespräch so lange hinausgezögert habe, Irene. Ich weiß, daß Ihnen das Ihre Arbeit erschwert hat, aber ich hatte verschiedene Aspekte zu bedenken. Ich wollte Sie nicht enttäuschen, aber ich muß auch eine gewisse Rücksicht nehmen. Allan Moffett war ein großartiger Stadtdirektor. Sie verstehen mich?«

»Ja, natürlich, aber –«

»Ich liebe Las Piernas«, sagte er. »Sie auch?«

»Ich habe fast mein ganzes Leben hier verbracht, Mr. Hill.«

»Roland, bitte. Ja, gewiß, aber lieben Sie die Stadt? Möchten Sie sie blühen und gedeihen sehen, oder wollen Sie zusehen, wie sie langsam stirbt?«

»Mr. Hill –«

»– Roland. Ich möchte diese Stadt gedeihen sehen. Ich wünsche ihr Wachstum und Entwicklung im besten Sinn. Damit diese Wünsche Wirklichkeit werden, bedarf es seitens der Bürger einer gewissen visionären Kraft. Allan hatte eine Vision. Darum haben wir uns neulich abend in dem Restaurant versammelt. Um einem Mann mit einer Vision unseren Respekt zu zollen.«

»Hat Mr. Moffett Ihnen seine Gründe dafür genannt, warum er diese Vision so plötzlich aufgegeben hat?«

»Ach, so würden Sie das bezeichnen?«

»Sie müssen zugeben, daß Allan Moffetts Rücktritt unerwartet kam.«

»Nur für die, die ihn nicht gut kennen. Diejenigen unter uns, die vertrauteren Umgang mit ihm pflegen, wußten, daß er unter der ungeheuren Bürde dieses Amtes müde geworden war.«

»Sie wollen sagen, daß Sie seinen Rücktritt erwartet haben?«

»Absolut. Natürlich hätte ich Ihnen den Zeitpunkt nicht nennen können, aber ich wußte, daß es dazu kommen würde, Irene.«

»Roland, seien wir doch ehrlich zueinander. Wenn Allan Moffetts Rücktritt Sie nicht überrascht hat, wußten Sie mehr als sogar der Bürgermeister selbst.«

Er lächelte. »Das ist durchaus möglich.«

»Womit ich bei meiner nächsten Frage angelangt wäre«, sagte ich schnell. »Haben Sie eine Fotokopie einer Fotografie erhalten –«

»– die mich und eine Gruppe anderer Personen auf Ben Wattersons Boot zeigt? Ja, Irene, die habe ich erhalten.«

Ich konnte meine Überraschung nicht ganz verbergen, und er lachte.

»Ich hoffe, Sie können mir das erklären, Irene«, fügte er hinzu.

»Ich?«

»Ja, es heißt, Sie hätten herausbekommen, wer das Foto geschickt hat und warum. Der Mann erschien eines Tages hier in der Firma, aber meine Rezeptionistin hat ihn abgewiesen. Dem, was sie mir über ihn erzählt hat, kann ich nur entnehmen, daß es sich um einen verrückt gewordenen Penner handelte.«

»Nein. Es handelte sich um einen Mann, der an den Studien mitgearbeitet hat, aus denen Sie großen Gewinn gezogen haben.«

»Ach, wirklich?« sagte er unerschütterlich.

»Ja, wirklich.«

»Nun, Irene, wenn das zutrifft, sollte ich mich bei ihm bedanken. Auch dafür, daß er mich an glücklichere Tage mit Ben erinnert hat.«

Ich dachte daran, ihn zu fragen, was er über Bens Selbstmord wisse, aber ich ließ es sein. Die Strahlemannversion hätte ich jetzt nicht ertragen. Mir ging sein Vertretergetue sowieso schon auf die Nerven – seine Art, mich ständig beim Vornamen zu nennen und selbst Fragen zu stellen, anstatt meine zu beantworten. »Sie sehen offenbar überall immer das Positive, Roland.«

»Ich gehöre nicht zu den Leuten, die Ihnen sagen, daß eine positive Einstellung reicht, um alles zu erreichen, Irene.

Harte Arbeit und das Bemühen, immer die Bedürfnisse des Kunden im Auge zu behalten, sind genauso wichtig, finden Sie nicht?«

»Wissen Sie vielleicht zufällig, wo ich Nadine Preston finden kann?«

»Tut mir leid, Irene, da kann ich Ihnen nicht weiterhelfen. Ich hatte wirklich keinen Anlaß, auch nur an sie zu denken, bevor diese Fotografie eintraf. Ich habe sie nur ein paarmal getroffen, und das ist viele Jahre her, als sie eine Beziehung mit Andre Selman hatte.«

»Und Sie erinnern sich an den Namen einer Frau, mit der Andre eine mehr oder weniger flüchtige Bekanntschaft hatte? Das ist doch sehr bemerkenswert.«

Er lächelte. »Ich verstehe Ihre Verwunderung. Aber ich habe nun mal ein gutes Gedächtnis; das hat mir im Geschäftsleben stets gewisse Vorteile verschafft. Aber Nadine hat außerdem mit Andre Selman zusammengearbeitet. Das ist der Grund, weshalb ich mich an sie erinnere.«

»An sie, ja, aber nicht an den Mann, der später – wie nannten Sie ihn gleich wieder? – ein ›verrückter Penner‹ wurde.«

Er zuckte die Achseln. »Ich erinnere mich vage an Andres ersten Assistenten. Er kam ein-, zweimal zum Fischen mit. Aber damals hat er natürlich ganz anders ausgesehen.«

»Sagten Sie nicht eben, Sie hätten ihn gar nicht gesehen? Ihre Rezeptionistin hätte ihn abgewiesen?«

»Ich habe ihn auch nicht gesehen. Ich hätte vielleicht sagen sollen, daß es mir in Anbetracht der Beschreibung, die man mir von ihm gegeben hat, gar nicht in den Sinn kam, die Verbindung herzustellen.«

Ich blieb noch eine weitere halbe Stunde, hauptsächlich um ihn zu ärgern. Ich wußte längst, daß er mir auf keine meiner Fragen eine klare Antwort geben würde. Ich glaube, er merkte nach einer Weile, was ich bezweckte, und ich sah die ersten kleinen Sprünge in der strahlenden Fassade. Nichts

Direktes, nur die Augen. Keine Gereiztheit, kein Zorn. Leere.

Ich bat um meinen Mantel und ging.

In der Tiefgarage öffnete ich den Kofferraum des Karman Ghia, halb befürchtend, er würde leer sein. Die Bücher lagen noch darin. Ich legte sie rasch wieder nach vorn auf den Sitz und fuhr zur Redaktion zurück.

Als ich zum Parkplatz der Zeitung kam, war klar, daß die Personalbesprechung bereits angefangen hatte; sämtliche Stellplätze waren besetzt. Ich fuhr in die schmale Gasse neben dem Gebäude und parkte dicht an der Mauer. Ich hatte nicht vor, lange in der Redaktion zu bleiben, konnte also hoffen, daß der Wagen inzwischen nicht abgeschleppt werden würde. Erst wollte ich die Tagebücher im Auto lassen, aber hier, in dieser düsteren Gasse, würden sie womöglich zum Einbruch einladen. Vielleicht wieder in den Kofferraum? Nein, auch das wollte ich nicht. Wenn der Wagen tatsächlich abgeschleppt werden sollte und die Bücher mir irgendwie abhanden kämen, würde ich mir das nie verzeihen. Und auch Claire würde es mir nie verzeihen.

Als ich mit den Büchern in der einen und dem Wagenschlüssel in der anderen Hand gerade absperren wollte, bemerkte ich aus dem Augenwinkel eine flüchtige Bewegung. Ich drehte mich um und ließ die Schlüssel fallen. Zehab stand keine zwei Meter vor mir entfernt.

25

»Du kannst mich sehen!« Er schien so überrascht wie ich.

Ich nickte. Allein in einer finsteren Gasse mit einem Mann, vor dem Frank mich gewarnt hatte, der Lucas verletzt – wenn nicht gar getötet hatte. Alles andere als eine erfreuliche Situation.

»Das ist nur, weil ich erscheinen *wollte*!« Er zeigte mit dem Finger auf mich. »Warum hast du die Bullen auf mich gehetzt?«

»Ich hab die Bullen nicht auf Sie gehetzt!« Ich merkte, wie schrill meine Stimme klang. Ich rief mir einige der Selbstverteidigungsgriffe ins Gedächtnis, die Rachel mich gelehrt hatte, aber meine dürftige Ausbildung gab mir keine Auskunft darüber, was man tat, wenn man die Arme voll mit Büchern hatte und einem der Schlüssel zu Boden gefallen war. Panik jedenfalls würde meine Lage bestimmt nicht verbessern, sagte ich mir. Ich holte also einmal tief Luft, trat einen Schritt zurück und sagte ruhig und gedämpft: »Sie haben mir gesagt, wo ich Lucas – den Prof – finden würde. Er war tot, und da wollte die Polizei wissen, was passiert ist.«

»Ich hab dir gesagt, was passiert ist«, rief er laut. »Du hättest es ihnen sagen sollen. Ich war dort! Ich sag's dir noch einmal, aber nur noch das eine Mal. Hörst du mir zu?«

Ich nickte. Wenn ich jetzt schreie, tötest du mich dann? fragte ich im stillen.

Als er wieder zu sprechen begann, war seine Stimme viel weicher, als erzählte er einem Kind eine Geschichte. »Es war eine kalte, kalte Nacht. Wind und Regen. Die Kindlein gingen alle nach Jerusalem, und es war kein Platz im Gasthaus. Der Prof durfte nicht bleiben, sie haben ihn abgewiesen. Ich hab gesehen, wie er zur Chinesischen Mauer gegangen ist. Er hat bei den Engeln Obdach gesucht. Die Engel und ich, wir haben über ihn gewacht. Ich wollte seinen Zauber. Ich habe ihn gebraucht, damit die Stimmen in meinem Kopf aufhören. Der Schutzengel ist zu ihm gekommen, aber dann ist der Engel gegangen.«

»Der Schutzengel?« Sollte ich jetzt versuchen, mir die Schlüssel zu schnappen? Sollte ich die Jahrbücher einfach fallen lassen und davonlaufen? Oder war es vielleicht gescheiter, ihm die Bücher ins Gesicht zu werfen, die Schlüssel zu packen und dann davonzulaufen?

»Der, der immer und überall über ihn gewacht hat. Er hat mit dem Engel gesprochen, und der Engel ist fortgegangen. Ich bin dem Engel nachgegangen, die Treppe runter. Der Engel ist rausgegangen. Ich habe Angst gehabt vor diesem Engel.« Er machte eine Pause, dann sagte er: »Ich bin dann wieder raufgegangen, weil ich auf den Ring warten wollte. Ich hab die ganze Nacht gewartet, dann habe ich gehört, wie er umgefallen ist. Ich hab ihn gefunden.« Er griff sich an die Stirn. »Er hat am Kopf geblutet. Er war bereit für die Engel. Er mußte hergerichtet werden. Ich war der willige Diener des Herrn. Gott sagte, daß der Prof den Ring nicht mehr braucht. Gott sagte, ich könnte ihn nehmen. Er hat mich zum Engel gemacht.«

Er griff unter seine Jacke und zog den Ring heraus. An seiner Kette ließ er ihn vor mir hin und her baumeln.

»War Gott auch in seinem Zimmer?«

»Nein, Gott ist in meinem Geist. Du bist mir anbefohlen worden.« Seine Augen funkelten plötzlich wütend. »Du warst die erste, der ich geholfen habe, und du hast die Bullen auf mich gehetzt!« brüllte er. »Sie haben das Grab vom Prof entweiht!«

Wenn mir nur etwas einfallen würde, um ihn von diesem Gedanken abzubringen. »Nein, das haben sie nicht getan, und da Sie ein Engel sind, wissen Sie das auch. Sie stellen mich nur auf die Probe, nicht wahr? Sie wissen, daß sie ihn nur zu seiner Mutter gebracht haben, damit sie ihn beerdigen kann.«

Es hatte offenbar gewirkt. Er grinste. »Ich bin gern dein Schutzengel.«

»Mein Schutzengel?« wiederholte ich ziemlich entsetzt.

»Ja, ich wache über dich. Ich geb dir sogar den Zauberring. Hier, nimm ihn«, sagte er und trat auf mich zu.

Ich wich zurück.

Er neigte plötzlich den Kopf zur Seite, als hörte er etwas. Er warf mir den Ring zu, der neben meinem Schlüssel zu Boden fiel. Dann machte er kehrt und rannte davon.

Zitternd bückte ich mich, um Schlüssel und Ring aufzuheben. Ich hielt beides fest in der Hand und lehnte mich ans Auto, um zu warten, bis der Schrecken nachließ. Ich hörte Schritte und wirbelte herum, aber es war wohl nur jemand gewesen, der am anderen Ende der Gasse vorbeigegangen war. Ich blickte suchend in die Richtung, in die Zehab verschwunden war, konnte ihn aber nicht sehen. Dann setzte ich mich in Bewegung, um zur Redaktion zu gehen, doch da hörte ich über mir Zehabs Stimme.

»Hier spricht dein Schutzengel.«

Ich schrie erschrocken auf und blickte nach oben. Er stand auf einer Metalleiter, die zum Dach eines Nachbargebäudes, eines alten zweistöckigen Backsteingebäudes, hinaufführte.

»Park da lieber nicht, da wirst du abgeschleppt!« schrie er, bevor er aufs Dach hinaufsprang und verschwand.

Ich hätte am liebsten laut gelacht über den realistischen Rat meines selbsternannten Schutzengels. Aber ich ließ es sein; nicht aus Furcht, sondern weil ich mich nicht über ihn lustig machen wollte.

Ich hatte immer noch Furcht vor ihm und wußte, daß er fähig war, mir etwas anzutun. Bisher jedoch hatte er lediglich versucht, mir zu helfen, und ich würde ihm das nicht mit Spott entlohnen. Ich öffnete meine Hand und blickte auf Lucas' Ring. Ich lief ins Gebäude, ging direkt in eine Toilette und spritzte mir kaltes Wasser ins Gesicht. Dann nahm ich die Bücher und den Ring und ging zu meinem Schreibtisch. Im Nachrichtenraum war es relativ leer; die meisten Leute befanden sich noch auf der Konferenz. Ich starrte zur Wanduhr hinauf und wartete, bis fünfzehn schleppende Minuten vorübergegangen waren, dann rief ich die Polizei an.

»Er ist längst weg«, sagte Reed Collins. Wir standen draußen in der Gasse, neben meinem Auto. Er sah mich mit scharfem Blick an, aber das brachte mich auch zu keinem Geständnis. Stirnrunzelnd zog er sein Schreibheft heraus. »Erzählen Sie mir noch mal, was Mr. Jones zu Ihnen gesagt hat.«

John Jones war, wie ich soeben erfahren hatte, Zehabs nicht gerade bemerkenswerter Name. Ich würde mich erst an ihn gewöhnen müssen. Ich wiederholte noch einmal, was mein Schutzengel mir über die Ereignisse im Angelus erzählt hatte.

Reed schüttelte den Kopf. »Sagt Ihnen das was?«

»Es ist nicht ganz leicht, aus seinen Worten schlau zu werden. Die Realität ist nur eine Zutat zu dem Teig, aus dem er seine Erinnerungen bäckt.«

»Aber Sie haben ihn doch verstanden, als er Ihnen erklärt hat, wo die Leiche zu finden war.«

»Ich hab im Grunde nur geraten.«

»Dann raten Sie jetzt eben noch mal«, sagte er, den Blick auf die Hausdächer gerichtet, während er mich im stillen wahrscheinlich verfluchte.

»Er hat von der Nacht erzählt, in der Lucas gestorben ist. Ich glaube, er ist ihm vom Heim aus gefolgt. Das hat er wahrscheinlich gemeint, als er sagte: ›Kein Platz im Gasthaus.‹ Denn im Angelus war ja Platz genug.«

»Das wäre also am Donnerstag abend gewesen«, sagte Reed.

»Ja.« Donnerstag. Der Abend, an dem Allan Moffett sich mit seinen Freunden zum Essen getroffen hatte. Ich erinnerte mich, wie kalt und regnerisch es gewesen war.

»Weiter«, forderte er mich auf.

»Danach wird's ein bißchen wirrer«, sagte ich. »Er erwähnte die Engel im Angelus, aber dann erwähnte er auch was von einem Schutzengel. Von diesem sprach er in einem etwas anderen Ton. Ich glaube, er wollte sagen, daß noch jemand Lucas folgte.«

»Und seiner Geschichte zufolge hat also dieser Schutzengel Monroe am Leben erhalten.«

»Richtig. Aber er hat gehört, wie Lucas stürzte, und wenn wir ihm glauben, war Lucas bereits tot, als er, ich meine, Zehab – äh, Mr. Jones – zu ihm ins Zimmer kam. Mr. Jones hörte Stimmen und glaubte, daß Gott ihm den Befehl gegeben habe, den Ring an sich zu nehmen.«

»Nun, ich frage mich, was abgesehen davon Wahres an der Geschichte ist.«

»Das meiste paßt doch. Niemand hat Lucas danach noch gesehen – auch nicht seine Freunde von der Straße. Und nach dem, was Carlos Hernandez gesagt hat, war Lucas bereits tot, als der Ring entwendet wurde.«

»Haben Sie eine Ahnung, wer dieser Schutzengel sein könnte?«

Ich schüttelte den Kopf.

»Tja, das wär's dann wohl.« Er steckte sein Heft ein. »Ach, eines noch ...«

»Ich soll meinen Wagen wegfahren?«

Er schnitt eine Grimasse. »Sehe ich vielleicht aus wie eine Politesse? Ich wollte sagen, wenn Sie das nächstemal hören, daß wir jemanden suchen, und Sie diese Person zufällig sehen, dann zögern Sie bitte *nicht*, uns anzurufen.«

Ich hielt den Mund. Ich hatte gleich gemerkt, daß er an meiner Entschuldigung, ich hätte mich erst von dem Schock erholen müssen und darüber die Zeit aus den Augen verloren, seine Zweifel hatte.

»Kommen Sie«, sagte er, »ich bin's Ihrem Mann schuldig, dafür zu sorgen, daß Sie sicher wieder ins Haus kommen.«

Als ich zurück in den Nachrichtenraum kam, empfingen mich dort grimmige Mienen; es war klar, daß die Personalbesprechung vorbei war. Ich ging zu Lydias Schreibtisch und sagte: »Ich glaube, ich weiß, wie wir Wrigley seine Vorliebe für Piepser abgewöhnen können.«

»Ich kenne mindestens ein Dutzend Leute, die dir ewig dankbar wären, wenn das stimmt.«

»Alle, die mitmachen wollen, sollen nach der Arbeit auf ein Glas ins *Banyon's* kommen.«

Ich hörte die Nachrichten ab, die während meiner Abwesenheit für mich hinterlassen worden waren. Steven Kincaid hatte mich angerufen, ein Freund, der mein früheres Haus gemietet hatte. Ich war froh gewesen, einen so angenehmen Mieter zu finden, da ich in solchen Dingen überhaupt keine Erfahrung habe. Von den Befürchtungen geplagt, daß irgendwo ein Rohr verstopft sei oder Wasser durchs Dach käme, rief ich ihn zurück. Zum Glück stellte sich heraus, daß er nur Frank und mich zu einer Einweihungsparty in zwei Wochen einladen wollte.

Gerade als ich ihm dankte, fing es in meiner Handtasche zu summen und zu brummen an, als hätte ich einen ganzen Bienenschwarm darin.

Ich sagte Steven, ich würde mit Frank sprechen und ihn dann zurückrufen, verabschiedete mich und schaltete den Piepser aus. Diesmal zeigte das Display June Monroes Nummer.

»Ich bin froh, daß Sie mich angerufen haben«, sagte sie, als ich mich bei ihr meldete. »Ich wär beinahe zu Ihnen in die Redaktion gekommen, um mit Ihnen zu sprechen, aber dann fand ich, ich hätte Sie für einen Tag genug belästigt.«

»Aber gar nicht.«

»Also, ehrlich gesagt, ich bin hundemüde, und Ihnen geht's sicher genauso. Ich werd mich also kurz fassen. Wissen Sie, nachdem ich mit Ihnen gesprochen habe, hab ich ein bißchen nachgedacht und beschlossen, Lucas in Las Piernas zu begraben. Sie haben ja recht, er hat Las Piernas geliebt. Sein Vater ist auch dort begraben. Lucas soll neben ihm liegen.«

»Ich kann mir vorstellen, daß das eine schwere Entscheidung für Sie war«, sagte ich.

»Ach nein, nachdem ich gründlich darüber nachgedacht hatte, eigentlich nicht mehr. Lucas' Freunde leben vielleicht auf der Straße, aber sie waren seine Freunde. Wenn die Beerdigung hier draußen in Riverside stattfindet, käme wahrscheinlich niemand außer Charles und mir.«

»Ich bin froh, daß Sie sich für Las Piernas entschieden haben, aber ich wäre auf jeden Fall gekommen. Und Roberta auch, glaube ich.«

»Danke, aber jetzt können Sie sich den weiten Weg sparen. Die Beerdigung findet am Freitag morgen um elf in Las Piernas statt. Da bleibt Ihnen nicht viel Zeit, seinen Freunden Bescheid zu sagen, aber ich wäre Ihnen sehr dankbar, wenn Sie versuchen würden, es alle wissen zu lassen.«

Ich versprach ihr, mein Bestes zu tun. Sie nannte mir den Namen des Bestattungsinstituts und des Friedhofs.

»Nachdem ich die Formalitäten alle erledigt hatte«, fuhr sie fort, »bin ich direkt nach Hause gefahren und hab die Telefonrechnung rausgesucht. Ich habe jetzt die Nummer, bei der Lucas angerufen hat.«

»Edison, richtig?«

»Ja.«

Ich schrieb mir die Nummer auf. »Danke, June. Ich weiß, daß die letzten vierundzwanzig Stunden sehr anstrengend für Sie waren.«

»Sie sagten, Sie hätten noch ein paar Fragen?«

»Ja, aber zuerst wollte ich Sie wissen lassen, daß die Polizei jetzt Lucas' Ring hat.« Ich berichtete von meiner Begegnung mit Zehab.

»Sie glauben nicht, daß *er* Lucas getötet hat?«

»Nein. Ich kann Ihnen nicht genau erklären, warum ich es nicht glaube, aber ich denke, wenn er es getan hätte, würde er es zugeben. Er würde sagen, Gott hätte es ihm befohlen.«

»Ja, vielleicht«, meinte sie, aber es klang nicht ganz überzeugt.

»Ich glaube, die Person, die Lucas getötet hat, wollte mehr als einen Collegering. Und damit wäre ich schon bei einer der Fragen, die ich an Sie habe. Wissen Sie, was aus Lucas' Magisterarbeit geworden ist? Ich meine, aus seinen eigenen Kopien? Aus seinen Notizen, Entwürfen und der Endfassung, die er doch sicher aufbewahrt hatte.«

»Die Sachen waren bis vor kurzem alle hier. Er hatte sie in einer Schachtel, in so einem Ablagekasten. Aber den hat er bei seinem letzten Besuch mitgenommen. Ich habe ihn damals gefragt, ob er jetzt doch noch versuchen wolle, seinen Magister zu machen. Aber er sagte nur, für solche Unternehmungen sei es jetzt wahrscheinlich zu spät, und außerdem sei es ihm jetzt nicht mehr so wichtig.«

Ich konnte ihr nicht sagen, wie sehr mich diese Worte enttäuschten. Wenn er nicht daran interessiert gewesen war, sich den Magistergrad doch noch zu erwerben, war es ihm dann tatsächlich um Erpressung gegangen?

»Es würde mich interessieren, was er mit den Unterlagen angefangen hat. Sie waren ja nicht unter seinen Sachen im Heim.«

»Nein«, antwortete sie. »Vielleicht hat er einfach alles weggeworfen.«

»Als er Ihr Haus wieder verlassen hat, ist er da zu Fuß zur Bushaltestelle gegangen?«

»Nein, ich habe ihn gefahren. Ich habe mit ihm gewartet, bis der Bus kam.«

»Hatte er den Kasten bei sich, als er in den Bus eingestiegen ist?«

»Ja. Ja, er hatte ihn bei sich. Das war das letztemal, daß ich ihn lebend gesehen habe. Er winkte mir, als der Bus losfuhr. Und er hat gelächelt.« Sie machte eine Pause, dann sagte sie: »Was wollten Sie sonst noch wissen?«

»Ich wollte Sie fragen, ob Sie mir ein bißchen mehr darüber erzählen können, wie es mit Lucas weiterging, nachdem man seine Magisterarbeit abgelehnt hatte. Hat er danach einfach aufgegeben?«

»Nein, da noch nicht. Stimmt, ich habe Ihnen die Geschichte nie fertig erzählt, nicht wahr? Tut mir leid, ich war einfach ziemlich durcheinander. Ich wollte Ihnen ja von dieser Nadine erzählen. Sie hatte ja ein Verhältnis mit Selman, wie Sie wissen. Selman hat das tunlichst geheimgehalten, nur seine engsten Freunde wußten davon, und ich nehme an, die haben so getan, als hätten sie keine Ahnung. Lucas hat mir das damals erzählt, und ich hab gesagt: ›Lucas, du erzählst mir doch dauernd, daß dieser Mann die Frauen wechselt wie die Hemden. Du brauchst nur zu warten, bis er diese Nadine sitzenläßt, dann wird sie bestimmt nicht mehr gut auf ihn zu sprechen sein, und du kannst versuchen, mit ihr zu reden.‹ Und tatsächlich, kurz nachdem diese Studie fertig war, hat Selman sie fallengelassen.«

»Und Lucas hat mit ihr gesprochen?«

»Ja. Er war klug, er hat ihr ein bißchen Zeit gelassen, dann ist er zu ihr gegangen und hat mit ihr gesprochen. Und sie hat zugegeben, daß sie ihn reingelegt hat. Sie hat ihm erzählt, daß Selman sie dazu angestiftet habe, die Seiten in der Magisterarbeit auszutauschen, weil er Angst hatte, daß Lucas mit seinen Ergebnissen das ganze Projekt umwerfen und das College keine öffentlichen Gelder mehr bekommen würde. Aber als Lucas dann mit ihr sprach, war ihr, glaube ich, schon klar, wie sehr sie ihm geschadet hatte. Es hat ihr furchtbar leid getan.«

»Er muß doch gute Lust gehabt haben, ihr den Kragen umzudrehen.«

»Nein, nein. Er wußte ja, daß er nur mit ihrer Hilfe eine Chance hatte, diese Schweinerei aufzudecken. Er hat sie dazu überredet, bei einer Anhörung im College für ihn auszusagen.«

»Es fand eine Anhörung statt?«

»Ja. Lucas ist direkt zum Leiter der Abteilung gegangen. Der Mann mochte Lucas und hatte so seine Zweifel an Selman. Deshalb befahl er eine Anhörung. Ursprünglich nur mit dem Abteilungsleiter, diesem Doktor Warren, der die ganze Sache überhaupt erst ins Rollen gebracht hatte, und jemandem von der Stiftung, die die Gelder bekommt – es war so ein komischer Name, ich kann mich jetzt nicht daran erinnern. Ich weiß nur noch, daß ich gedacht habe, was für ein ulkiger Name.«

»Booter? Booter Hodges?«

»Genau! Kennen Sie ihn?«

»Ich habe verschiedentlich mit ihm gesprochen.«

»Lucas mochte ihn überhaupt nicht. Na, kurz und gut, zwei Tage vor der Anhörung kriegt diese Nadine plötzlich kalte Füße. Sie sagte, sie wolle Selman nicht verärgern und lieber nichts hinter seinem Rücken unternehmen. Sie wolle vorher mit ihm reden. Lucas hat sie gebeten, damit bis nach der Anhörung zu warten, aber davon wollte sie nichts wissen. Am Abend vor der Anhörung bekam Lucas einen Anruf von Selmans bestem Freund, der ihm erzählte, daß Nadine wieder mit Selman zusammen war. Daraufhin ist Lucas zu ihr gegangen, weil er wissen wollte, ob das stimmte. Sie war scheißfreundlich. Selman hätte zugegeben, daß er Lucas unrecht getan habe, und würde mit ihr zusammen zu der Anhörung kommen. Er würde sich stellen. Lucas hat das natürlich keinen Moment lang geglaubt, aber was hätte er tun können?«

»Und sie ist nie zu der Anhörung erschienen?«

»Weder Nadine noch Selman. Lucas mußte sich noch mal von diesem Warren fertigmachen lassen, und dieser Booter Hodges sagte noch: ›Na, es war ja nicht anders zu erwarten.‹ Danach hat Lucas Nadine überhaupt nicht mehr gesehen.«

»Und was ist nach dieser Anhörung aus Lucas geworden?«

»Na ja, er kam natürlich in kein anderes College mehr rein, und einen Job, wie er ihn sich vorgestellt hätte, hat er auch nicht gekriegt. Er hat zwar Arbeit gefunden, aber er war damit nicht glücklich. Da hat er angefangen zu trinken, aber am Anfang war's noch nicht so schlimm. Erst nach einer Weile wurde es ein Problem. Es war immer das gleiche: Er kriegte irgendwo eine Arbeit, machte sie gut, und dann sickerte irgendwie die Geschichte vom College durch.«

»Glauben Sie, es hat irgend jemand darauf angelegt, daß die Geschichte ihn immer wieder einholte?«

»Ich weiß es nicht; aber ja, ich denke schon. Selbst wenn der Arbeitgeber nichts auf die Geschichte gab, Lucas hat es nicht ausgehalten. Sein Stolz hat es nicht ausgehalten. Er war total verbittert und voller Wut. Da erst hat er richtig angefangen zu trinken. Hat seine Arbeit nicht mehr richtig gemacht, und so ist es weitergegangen. Es wurde immer schlimmer. Und nach einer gewissen Zeit war es, glaube ich, einfach leichter für ihn, rumzusitzen und zu trinken, anstatt zu versuchen, einer geregelten Arbeit nachzugehen. Ich versuche nicht, das zu entschuldigen. Das Trinken war sein Problem. Niemand hatte ihn aufgefordert, Alkoholiker zu werden. Ich hab's Ihnen ja schon mal gesagt, es ist eine Krankheit. Wer weiß? Vielleicht wäre er sogar Alkoholiker geworden, wenn er seinen Magister bekommen und irgendwo an einer Uni unterrichtet hätte.«

»Das spielt keine Rolle. Man hat ihn um seinen Abschluß betrogen, daran gibt es nichts zu rütteln.«

»Nicht nur um seinen Abschluß«, sagte June. »Man hat *ihn* als Betrüger abgestempelt. Man hat *ihn* zum Lügner gemacht. Er war weder das eine noch das andere, aber man hat ihm diesen Stempel aufgedrückt. Das ist was ganz anderes, als wenn man als Trinker oder Penner bezeichnet wird. Er war ein guter Mensch. Er verdient es, daß sein Ruf wiederhergestellt wird.«

26

Ich rief die Nummer an, die June mir gegeben hatte. Ein Mann meldete sich.

»Hallo, ich hätte gern mit Edison gesprochen.«

»Ich bin am Apparat. Was kann ich für Sie tun?«

»Hier spricht Irene Kelly. Ich bin Reporterin beim *Las Piernas News-Express*. Es geht um –«

»Lucas Monroe!« unterbrach er mich. »Lucas hat mir schon gesagt, daß Sie eventuell anrufen werden.«

»Ach?«

»Ja. Ich bin zwar inzwischen im Ruhestand, aber ich kann Ihnen Reverenzen geben, wenn Sie die brauchen.«

»Reverenzen?«

»Über meine Tätigkeit als Urkundenprüfer. Müssen Sie meine Reverenzen sehen, ehe ich seinen Fall mit Ihnen bespreche? Ich würde es keineswegs als beleidigend empfinden. Er sagte schon, daß Sie vorsichtig sein würden.«

»Ich habe leider keine Ahnung, wovon Sie sprechen.«

Darauf folgte ein langes Schweigen. »Lucas hat Ihnen doch von mir erzählt?«

»Nein, das kann ich nicht behaupten. Mr. – tut mir leid, ich weiß nicht einmal Ihren Nachnamen.«

»Burrows.«

»Mr. Burrows, ich muß Ihnen leider eine traurige Mitteilung machen. Lucas ist vor ein paar Tagen gestorben.«

»Was? Aber – wie ist das möglich?«

»Er hatte anscheinend einen Herzinfarkt«, sagte ich schlicht.

Er war schockiert, und ich hatte Mühe, ihn davon zu überzeugen, daß Lucas wirklich tot war.

»Ich habe ihn wirklich gemocht«, sagte er. »Und ich hatte wohl auch immer die Hoffnung, daß mein Sohn seinem Beispiel folgen würde.«

»Ihr Sohn?«

Er zögerte einen Moment, ehe er sagte: »Lucas hat die Bekanntschaft meines Sohnes auf der Straße gemacht. Leider trinkt mein Sohn immer noch. Aber ich vermute, er hat Lucas erzählt, welchen Beruf ich habe, denn nicht lange nachdem Lucas beschlossen hatte, sein Leben zu ändern, kam er zu mir und bat mich um Hilfe.«

»Verzeihen Sie die Frage, aber was hat Urkundenprüfung mit Alkoholismus zu tun?«

»Oh, das hat gar nichts miteinander zu tun. Entschuldigen Sie, ich habe ganz vergessen – er hatte ja keine Möglichkeit mehr, mit Ihnen zu sprechen. Warten Sie – da war doch der Brief –, aber Sie sagten, es war ein Herzinfarkt?«

»Der Fall wird noch untersucht. Die Todesursache steht noch nicht zweifelsfrei fest. Von was für einem Brief sprechen Sie?«

»Hm, ich weiß nicht, ob ich...« Er hielt inne. »Vielleicht könnten wir uns treffen. Ich weiß, daß er Ihnen die Arbeit zeigen wollte, die ich für ihn gemacht habe. Und dann ist da noch diese andere Sache, obwohl ich nicht sicher bin... Hm, das sollte so bald wie möglich erledigt werden. Könnten wir uns vielleicht noch heute nachmittag treffen? Das wäre einfacher als lange Erklärungen am Telefon.«

Er schloß seine Überlegungen mit der Bitte an mich ab, möglichst bald zu ihm zu kommen. Weit davon entfernt, ihm das auszureden, erklärte ich mich bereit, in einer Stunde bei ihm zu sein.

Meine früheren Pläne würde ich nun umwerfen müssen. Aber keinesfalls wollte ich den anderen den Spaß verderben, deshalb nahm ich mir ein Blatt Papier und schrieb Wrigleys Piepsernummer ungefähr dreißigmal darauf. Ich machte zehn Kopien von dem Blatt und stellte mich dann an die Papierschneidemaschine in der Layout-Abteilung. Ein Blick auf die Uhr sagte mir, daß ich nur noch ungefähr zehn Minuten Zeit hatte, und ich lief zu Lydia hinüber.

»Kann dich hier jemand ungefähr zwei Minuten vertreten?«

Stuart Angert erklärte sich bereit, alle Anrufe entgegenzunehmen. Seinem breiten Grinsen entnahm ich, daß Lydia ihn bereits über die Zusammenkunft bei *Banyon's* eingeweiht hatte. Lydia ging mit mir in die Damentoilette. Ich prüfte nach, daß die Kabinen alle leer waren, ehe ich sagte: »Ich muß dich um einen Riesengefallen bitten.«

»Ach, du lieber Gott.«

»So schlimm ist es auch wieder nicht, Lydia.«

»Dein Wort in Gottes Ohr. Wenn du von einem ›Riesengefallen‹ sprichst und versicherst, daß es ›nicht so schlimm‹ sei, muß man mit dem Schlimmsten rechnen.«

»Hör zu, ich hab keine Zeit, dich lange zu überreden, wenn du's nicht tun willst, dann sag's einfach. Ich kann nachher nicht zu *Banyon's* kommen.«

»Was! Ich habe eben allen gesagt –«

»Mir ist was dazwischengekommen.« Ich erzählte ihr von Edison Burrows. »Ich muß ihn treffen, aber dann kann ich nicht zu *Banyon's* gehen. Deshalb mußt du den anderen meinen Plan erklären.«

»Ich hab ja gleich gewußt, daß die Sache einen Haken hat.«

Ich ignorierte ihre Bemerkung. Ich verleite Lydia seit ungefähr drei Jahrzehnten zur Aufmüpfigkeit; ich weiß inzwischen, was an Protest von ihr zu erwarten ist.

»Verteil einfach diese Zettel. Schau her, meine Handschrift. Das ist die Nummer von Wrigleys Piepser. Die muß gewählt werden. Andauernd, wenn's geht.«

Sie nahm den Zettel. Der Argwohn auf ihrem Gesicht wich einem spitzbübischen Grinsen.

»Wie bist du an seine Nummer rangekommen?«

»Der alte Knacker hat im Ernst geglaubt, ich verkuppel ihn mit Claire Watterson.«

»Der hat wohl den Verstand verloren.«

»Den wird er auf jeden Fall verloren haben, wenn wir mit ihm fertig sind. Also, ich muß jetzt los.« An der Tür blieb ich noch einmal stehen. »Lydia? Sag ihnen, sie sollen bei den Rückrufnummern ein bißchen kreativ sein. Das Tierheim und die Gesundheitsbehörde hab ich mir schon vorgemerkt.«

Ich eilte zu meinem Schreibtisch zurück und hörte meine Nachrichten ab. Eine von Frank, eine von Roberta. Frank hatte mich angerufen, bevor ich ihm meine Piepsernachricht hinterlassen hatte; er wollte mir nur sagen, daß er tatsächlich zum Abendessen zu Hause sein würde, ich brauchte ihn also nicht zurückrufen. Roberta hatte nur ihre Nummer hinterlassen. Ich zögerte einen Moment, aber in ihrer Stimme lag etwas Drängendes; ich beschloß, sie lieber gleich anzurufen. Burrows konnte ich immer noch hinterher anrufen, um ihm zu sagen, daß ich mich etwas verspäten würde.

Doch ich erreichte nur Robertas Sekretärin. »Sie ist gerade in einer Sitzung mit einem Klienten«, teilte sie mir mit. »Und heute nachmittag hat sie eine Besprechung. Ich wollte eigentlich gerade für heute Schluß machen, aber ich kann ihr vielleicht eine Nachricht hinterlassen? Ich weiß, sie möchte dringend mit Ihnen sprechen.«

Ich gab ihr meine Piepser- und meine Privatnummer. Dann nahm ich Bens Jahrbuch und ging.

Meine Neugier machte mir Beine. Edison Burrows hatte einen Brief erwähnt. Hatte Lucas einen Brief über seine Aktivitäten hinterlassen? Ich war so sehr damit beschäftigt, das Gespräch mit Burrows noch einmal durchzugehen, daß ich einen Moment lang völlig verdutzt auf dem Parkplatz stehenblieb, ehe mir einfiel, daß mein Wagen ja immer noch in der Gasse stand – zumindest hoffte ich das. Ich lief um die Ecke, heilfroh, den Karman Ghia zu sehen – bis ich die Glasscherben auf der Fahrerseite entdeckte. Auf dem Boden neben der Tür lag ein Ziegelstein.

»Scheiße!« Ich rechnete damit, daß entweder der Anlasser hinüber wäre oder das Wageninnere völlig verwüstet. Gut möglich, daß der Dieb wütend geworden war, als er entdeckt hatte, daß kein Radio mehr da war – schon lange nicht mehr, dank der gründlichen Arbeit eines seiner Vorgänger, eines Mistkerls, der mit einem Messer das Verdeck aufgeschnitten hatte. Na, die Reparatur der Fensterscheibe würde wenigstens nicht so teuer werden. Ich würde sie aus eigener Tasche bezahlen müssen; der Karman Ghia war zu alt, als daß sich eine Vollkaskoversicherung gelohnt hätte.

Als ich dem Wagen näher kam, bemerkte ich, daß die Kofferraumklappe nicht richtig geschlossen war. Ich spähte in den Wagen. Soweit zu sehen, kein weiterer Schaden. Ich fegte die Glasscherben vom Sitz, zog den Hebel für den Kofferraum und ging nach vorn, um zu sehen, ob irgend etwas aus dem Kofferraum gestohlen worden war. Aber der Erste-Hilfe-Kasten, samt Erdbebennotausrüstung, die Leuchtkugeln, die Taschenlampe, meine Gymnastiktasche mit Jogginganzug und Turnschuhen waren noch da.

Ich schloß den Kofferraum, stieg in den Wagen und schlug die Tür zu, wobei ein weiterer Hagel von Glassplittern sich auf die Straße und ins Auto ergoß. Ich ließ den Motor an, erleichtert, daß da alles in Ordnung zu sein schien, und fuhr los.

An der ersten roten Ampel gab ich mich vorübergehend wüsten Rachephantasien hin, dann fragte ich den unbekannten Einbrecher im Geiste: Was zum Teufel hab ich dir denn getan?! Sinnlos. Vom Wind zerzaust, der durch das offene Fenster fegte, biß ich die Zähne zusammen und sagte mir, ich könne froh sein, daß zumindest der Wagen noch dagewesen war.

Ich wußte, daß es keinen Sinn hatte, Anzeige zu erstatten. Autodiebstahl und Vandalismus haben in Südkalifornien so überhandgenommen, daß man in den Orten, wo die Anzeigen nicht einfach über Telefon aufgenommen werden, die Beamten eigentlich nur noch aus Public-Relations-Gründen losschickt; keinesfalls, weil die Wahrscheinlichkeit besteht, den Wagen zu finden – geschweige denn den Dieb.

Es gibt nicht vieles, was ich schon so lange besitze wie meinen Karman Ghia, und noch weniger, an dem ich so sehr hänge. Ich bin wirklich keine Autonärrin, aber der Karman und ich haben viel miteinander erlebt, und das eingeschlagene Fenster war wie eine Verletzung, die man einem alten Freund angetan hatte. Dennoch wußte ich, daß es das Gescheiteste war, mich einfach damit abzufinden.

Edison Burrows wohnte in einem ruhigen Viertel, wo die ausladenden Äste großer alter Eichen, die über die Straßen hingen, gerade zu grünen begannen. Sein Haus war ein typisches Beispiel für den spanisch beeinflußten Baustil, der Mitte der zwanziger Jahre in Las Piernas bevorzugt worden war, weiß verputzte Mauern, ein rotes Schindeldach und Bogenfenster. Ich parkte am Straßenrand, nahm die Jahrbücher und stieg aus.

Burrows öffnete die schwere holzgetäfelte Tür, ohne sich die Mühe zu machen, vorher durch das kleine vergitterte Fenster herauszuspähen. Die Stunde, die seit unserem Telefongespräch vergangen war, schien ihm gereicht zu haben, um sich zu sammeln.

»Kommen Sie herein, kommen Sie herein«, sagte er. Dann sah er die Jahrbücher und fragte: »Was haben Sie denn da mitgebracht?«

»Ach, ich wollte sie nur nicht im Auto lassen.« Ich berichtete von dem eingeschlagenen Fenster und erhielt gebührende Anteilnahme, ehe er mich in eine sonnige Küche führte und mir eine Tasse Kaffee anbot.

Er war ein schmächtiger Mann, nicht ganz einen Meter achtzig groß, meiner Schätzung nach. Während er geschäftig hantierte, sprach er mit großer Lebhaftigkeit. Die dichten

Augenbrauen in dem blassen Gesicht mit den rosigen Wangen zuckten unaufhörlich, während er sprach. Er erinnerte mich an jemanden, aber ich kam nicht darauf, an wen. Den Sohn, der auf der Straße lebte? Aber welcher von den vielen obdachlosen Männern, denen ich in den letzten Tagen begegnet war, war Burrows' Sohn?

»Schrecklich, daß Lucas so früh sterben mußte«, sagte er. »Er kann doch nicht viel über vierzig gewesen sein, nicht wahr? Etwa im Alter meines Sohnes. Ich selbst bin fünfundsiebzig – beinahe doppelt so alt.«

»Aber Sie sehen nicht aus wie fünfundsiebzig«, entgegnete ich.

»Ich fühl mich auch nicht so«, meinte er mit einem Augenzwinkern. »Und ich hab mindestens noch fünfundzwanzig lustige Jahre vor mir.«

Er griff zu einem dicken Hefter und einem Vergrößerungsglas und setzte sich dann zu mir an den Tisch. Nachdem er Glas und Hefter niedergelegt hatte, begann er mir von seiner Arbeit als Urkundenprüfer zu berichten. Er hatte offensichtlich seine eigene Art, an die Dinge heranzugehen, und ich hielt es für das beste, ihn gewähren zu lassen.

»Ich hab jahrelang für die Stadt und den Landkreis gearbeitet«, sagte er.

»Für die Stadt Las Piernas?«

»Ja. Ungefähr dreißig Jahre, ehe ich mich zur Ruhe setzte. In dieser Zeit habe ich eine ganze Reihe Lehrgänge mitgemacht und bei einigen interessanten Leuten studiert und bekam mit der Zeit ein Auge für Fälschungen und nachträglich geänderte Dokumente. Über Tinten und Papiersorten kann ich Ihnen so ziemlich alles sagen, was man darüber wissen muß. Aber meine wahre Spezialität sind Schreibmaschinen.« Er lachte. »Du meine Güte, haben sich da die Dinge verändert. Die Technologie hat Riesenfortschritte gemacht.«

»Sie sprechen von Computern und Laserdruckern?«

Er nickte. »Aber das ist nur ein Teil davon. Es war früher alles viel einfacher, als die ganze Büroarbeit noch auf Maschinen erledigt wurde, wie Lucas eine benützt hat. Er hat seine ganze Arbeit auf einer manuellen Schreibmaschine getippt.«

Ich dachte zurück. »Ja, ich erinnere mich jetzt – was war es gleich, eine Remington?«

Er schüttelte den Kopf. »Eine Underwood. Viele Leute waren schon auf elektrische Schreibmaschinen umgestiegen – IBM Selectrics oder Lanier Textverarbeitungsmaschinen, wenn sie es sich leisten konnten. Aber zu unserem Glück war Lucas an seine alte Underwood gewöhnt. Ich vermute, er hat seit der High-School darauf geschrieben.« Er machte eine kurze Pause. »Aber ich eile mir hier selbst ein bißchen voraus.«

Er klopfte auf den Hefter. »Lucas kam mit einer interessanten Aufgabe zu mir. Er sagte, er bringe mir einige Seiten, die er selbst getippt, und einige, die jemand anders getippt habe. Joshua – mein Sohn – habe ihm erzählt, daß ich in der Lage sein müßte, den Unterschied zu erkennen.«

»Ihr Sohn lebt hier in der Stadt?«

Er war plötzlich nicht mehr so lebhaft. Seine Schultern fielen ein wenig herab, und er strich sich mit einer Hand über das kurze weiße Haar. »Ja. Es bricht mir wirklich das Herz, aber ich habe alle Versuche, ihn nach Hause zu holen, aufgegeben. Ich weiß, es gibt viele Gründe, warum Menschen auf der Straße leben, aber bei ihm ist es einzig der Alkohol. Ich weiß nicht, was für einen anderen Grund er haben könnte, so ein Leben zu führen, wo er doch bei mir unterkommen könnte. Wissen Sie, wie viele von diesen Leuten, die mit ihm zusammen da draußen leben, wünschen, es würde ihnen jemand ein Dach über dem Kopf anbieten? Er hatte so viele gute Voraussetzungen, die die meisten anderen nicht haben, aber das zählt alles nicht. Warum? Weil er trinkt. Ich habe aufgehört, ihm Geld zu geben. Er gibt es doch nur für seine

Trinkerei aus. Aber jedesmal, wenn es regnet oder kalt wird, habe ich Angst um ihn.«

»Aber er hat doch immerhin Lucas geraten, sich an Sie zu wenden. Er denkt also immer noch an Sie.«

Edison lächelte. »Sie können sich nicht vorstellen, wie wunderbar das für mich war, als Lucas Monroe anrief und mich um Hilfe bat – weil mein Sohn mich ihm empfohlen hatte! Ich hätte Lucas bis ans Ende seines Lebens geholfen, und ganz umsonst...« Er geriet ins Stocken. »Tja, ich habe ihm ja wohl bis ans Ende seines Lebens geholfen. Aber nicht umsonst. Er hat hier alle möglichen Arbeiten für mich gemacht. Malerarbeiten und ähnliches. Ich habe ihm gesagt, das wäre nicht nötig, aber er hat darauf bestanden.«

»Was wollte er eigentlich von Ihnen?«

»Er sagte, er habe ein Dokument, in das gefälschte Seiten eingeschmuggelt worden seien. Das Original habe er selbst getippt, die Fälschungen seien von jemand anders getippt worden. Diese Person habe das gleiche Papier benutzt und wahrscheinlich auch dieselbe Maschine. Er fragte mich, ob ich die Fälschungen erkennen könnte.« Er lächelte breit. »Natürlich konnte ich das.«

Er griff zu seinem Vergrößerungsglas. »Er wollte, daß ich Ihnen die Unterschiede zeige; Sie arbeiteten bei der Zeitung und wären vielleicht bereit, ihm zu helfen.« Er schlug den Hefter auf und tippte auf das oberste Blatt. »Das sind Fotokopien – erstklassige Kopien, aber eben Kopien. Zum Zweck der Prüfung habe ich natürlich mit seinen Originalen gearbeitet. Aber die wollte ich nicht vollkritzeln, deshalb habe ich sie kopiert und die Stellen markiert, wo die Unterschiede wirklich auffallend sind.«

»Haben Sie die Originale?« fragte ich.

»Oh – nein. Nein, die habe ich nicht. Hat er die denn nicht zu Ihnen gebracht?«

»Nein.«

»Ich hatte sie eine Zeitlang bei mir, aber als wir uns das letztemal gesehen haben, hat er sie mitgenommen.«

»Wann war das?«

»Lassen Sie mich überlegen... Er kam nur auf einen Sprung vorbei... Nein, am letzten Samstag war es nicht, es war der Samstag vorher.«

»Also vor zehn Tagen?«

»Ja. Da war ich mit meiner Arbeit fertig. Ich habe nicht sehr lange dafür gebraucht. Hier – ich zeig es Ihnen.«

27

Er legte eines der Blätter vor mich hin. Es enthielt, wie mir schien, Daten, die auf der genauen Inspektion eines Wohnhauses beruhten. Oben war eine Adresse angegeben, danach folgte eine detaillierte Beschreibung des Gebäudes, einschließlich der Anzahl von Wohneinheiten, Parkplätzen, Waschräumen und dergleichen. Auf den letzten Zeilen der Seite schließlich begann eine Beschreibung der einzelnen Haushalte in jeder Wohneinheit.

»Das ist eine Seite, die Lucas getippt hat. Was fällt Ihnen am Schriftbild auf?«

Ich sah es mir an. »Klar und sauber. Stammt dieses Blatt aus seiner Magisterarbeit?«

Edison nickte. »Schauen Sie genauer hin.« Er reichte mir das Vergrößerungsglas und deutete auf verschiedene Stellen auf der Seite. »Schauen Sie sich alle Stellen an, wo die Buchstaben ›ng‹ nebeneinanderstehen.«

Seinem Finger folgend, musterte ich Wörter wie »Länge«, »beengt«, »Angehörige«, »angemessen«. Die beiden Buchstaben sind immer dicht nebeneinander«, stellte ich fest. »Es ist weniger Raum zwischen ihnen als zwischen den anderen.«

»Sehr gut. Das war eine Eigenheit von ihm. Alle Leute, die

viel tippen, haben bestimmte Eigenheiten oder Muster, die sich mit der Zeit herausbilden. Die waren mir natürlich bei meiner Arbeit immer sehr nützlich. Es gibt andere verräterische Zeichen, die leichter zu entdecken sind – wenn zum Beispiel jemand eine andere Maschine oder ein anderes Farbband benutzt. Jede Maschine hat ihre eigenen Charakteristiken – Abnützung der Typen und so weiter. Aber wenn das Band nicht greifbar ist oder dieselbe Maschine benutzt wurde, hilft es, sich die Eigenheiten des Schreibers anzusehen.

Ich habe Lucas gebeten, hier etwas für mich zu tippen«, fuhr er fort. »Ich habe ihn an die alte Remington gesetzt, die in meinem Arbeitszimmer steht, und ihn gebeten, einfach irgend etwas zu tippen. Ich wollte eine Probe, die ich ihn selbst hatte tippen sehen.« Er reichte mir ein anderes Blatt Papier. »Er war schnell und sicher.«

Auf dem Blatt stand:

Danke für Ihre Unterstützung, Edison. Wenigstens kann ich jetzt diesen Teil der ganzen Geschichte beweisen. Wundern Sie sich nicht, wenn es eine Weile dauert, ehe alles an die Öffentlichkeit kommt. Das letzte Mal, als ich Irene gesehen habe, war ich nicht gerade in glänzender Verfassung. Aber ich glaube, sie ist ein Mensch, der sich wirklich bemüht, anderen gegenüber fair zu sein, und wenn sie sieht, was Sie entdeckt haben, wird sie mir gewiß zuhören. Vielleicht schaffe ich es, die Dinge auch von der anderen Seite ein wenig zu beschleunigen. Ich habe die schlafenden Hunde zu lange lie(ü)gen lassen.

Mach's gut
Lucas

P. S.: Machen Sie sich keine Sorgen um Ihren Sohn. Ich glaube, er ist schon auf dem Heimweg. Ich rufe Sie in ein oder 2 Wochen an. Wenn Sie innerhalb dieser 2 Wochen nichts von mir hören, bitten Sie doch Joshua, Irene PS 23 vorzulesen.

»Verstehen Sie das?« fragte Edison.

»Das meiste, glaube ich.« Außer seinem Glauben an meine Fairneß.

Als ich nichts weiter dazu sagte, begann Edison von dem Schriftbild auf einer der anderen Seiten zu sprechen. Die ersten Worte gingen an mir vorbei, aber dann wurde ich aufmerksam. »Könnten Sie das noch mal wiederholen, bitte?«

»Die Zahlen, die sind das verräterischste. Das würde einem sogar auffallen, wenn man das ›ng‹-Muster übersehen würde.«

Ich sah mir das Blatt an, über das er sprach.

»Sehen Sie, hier. Lucas tippt Zahlen fast immer in Ziffern, anstatt sie auszuschreiben«, sagte Edison, während er auf das erste Blatt deutete, das wir uns angesehen hatten, und dann auf die Zahlen in dem Brief. »Er hatte Übung im Tippen von Ziffern, er hatte ja bei seiner Arbeit ständig mit ihnen zu tun. In seiner Magisterarbeit hat er Zahlen nur dort ausgeschrieben, wo die Form es absolut verlangt, sonst hat er immer Ziffern benutzt. Ich könnte Ihnen zahllose Beispiele zeigen. Aber schauen Sie sich jetzt die Arbeit der anderen Person an.«

Und tatsächlich, auf dem neuen Blatt waren die Zahlen ausgeschrieben. »Drei Kinder: zwei männlichen Geschlechts, acht und vier Jahre alt; eines weiblichen Geschlechts, sechs Jahre alt, stand in einer Zeile. Auf der von Lucas geschriebenen Seite sah eine ähnliche Darstellung so aus: 3 Kinder: 1 weiblichen Geschlechts, 12 Jahre alt; 2 männlichen Geschlechts, 10 & 9 Jahre alt.«

»Er hat hier das Et-Zeichen benützt, der Fälscher hat das nicht getan. Ist das durchgängig so?«

Edison lachte. »Ausgezeichnet. Was fällt Ihnen in dem gefälschten Text sonst noch auf?«

Ich nahm das Vergrößerungsglas. »Das ›n‹ und das ›g‹ hängen hier nicht so dicht aneinander, und...«

Er lachte wieder, als ich auf verschiedene Buchstaben deutete. »Ja, ganz ausgezeichnet.«

»Die Buchstaben ›a‹, ›qu‹ und ›y‹. Da ist der Anschlag sehr schwach. Und einige von den Großbuchstaben sind versetzt.«

»Ja, ja! Wenn sie den linken Umschalter betätigt, drückt sie ihn nicht immer richtig herunter, oder sie läßt ihn zu früh wieder los. Sehr gut, sehr gut.«

Ich sah ihn an. Man hätte meinen können, ich hätte ihn gerade zum Tanz aufgefordert. »Was können Sie aus diesem Text entnehmen, außer daß er von einer anderen Person getippt wurde?«

»Das ist doch schon eine große Entdeckung, finden Sie nicht? Aber um Ihre Frage zu beantworten: Aufgrund dessen, was Lucas mir gesagt hat, würde ich vermuten, daß der Text von Nadine Preston gefälscht wurde und nicht von Andre Selman.«

»Dann hat er Ihnen ja eine Menge erzählt.«

»Ja, aber erst, nachdem ich ihm gezeigt hatte, daß ich beweisen kann, daß die Texte von zwei verschiedenen Personen getippt worden sind.«

»Und woher wissen Sie, daß es Nadine war?«

»Das ist nur eine Vermutung, aber eine Textprobe von ihr würde den Verdacht sicherlich bestätigen. Lucas hat mir erzählt, daß der kleine Finger ihrer linken Hand leicht verkrüppelt ist – durch einen Bruch in der High-School, der nie richtig geschient wurde. Vielleicht ist dieser Finger etwas schwächer als die anderen oder so beeinträchtigt, daß es sie beim Tippen behindert hat. Das wäre eine Erklärung für das, was wir auf dieser Seite sehen.«

»So war das also. Lucas' Mutter wird so froh sein. Wenn ich die Originalunterlagen finde, könnten wir beweisen, daß Teile der Arbeit gefälscht wurden. Das sollte genügen, um seinen Namen reinzuwaschen.«

»Aber darum ging es ihm doch eigentlich gar nicht.«

»Worum dann?«

Er nahm die Blätter, legte sie ordentlich wieder in den Hefter, ließ ihn aber aufgeschlagen und blickte auf den Stapel Kopien hinunter. »Nun, ich kann natürlich nicht behaupten, daß ich in alle seine Pläne eingeweiht war, aber über einiges haben wir gesprochen. Über diese Papiere beispielsweise.« Er legte eine Hand auf den Stapel Fotokopien und sah mich an. »Das hier war für Lucas nicht nur reine Statistik, verstehen Sie. Ihm ging es um die Menschen hinter den Zahlen. Er war der Meinung, daß ihnen großes Unrecht geschehen ist und daß er selbst zum Teil schuld daran war.«

»Inwiefern?«

»Aufgrund seiner Statistiken. Er wollte mit seinen Zahlen zeigen, was in diesen Vierteln wirklich los war. Daß dort vor allem arme und alte Menschen lebten.«

»Leute, die es sich nicht leisten konnten wegzuziehen.« Ich begann zu verstehen, worauf er hinauswollte. »Aber durch die Sanierungspläne wurden sie dazu gezwungen.«

»Richtig.«

»Aber man könnte dem doch entgegenhalten, daß diese Viertel sowieso langsam starben. Daß es also notwendig war, sie wieder zu beleben.«

»Lucas erzählte mir, daß einigen dieser Viertel, die sie damals untersuchten, Bürogebäude und neue Einkaufszentren ausgesprochen gutgetan hätten. Er sagte, genau deshalb hätte er die Studie so aufregend gefunden. Aber dann hat er gemerkt, daß es Andre Selman und seinen Freunden eigentlich gar nicht darum ging. Die haben nur gesehen, daß mit der Sanierung eine Menge Geld zu machen war.«

»Ja, aufgrund von Andre Selmans Studie wurden die Grenzen für die Sanierungsgebiete festgelegt«, sagte ich. »Mir ist schon klar, wie man damit Geld machen konnte. Aber Lucas muß aus erster Hand gewußt haben, welche Rolle Andre bei dem Schwindel gespielt hat.«

Er nickte. »Er hat gesagt, sobald er aus dem Projekt raus war, habe Selman die statistischen Zahlen manipuliert. Erst hat Selman dafür gesorgt, daß Lucas mit Schimpf und Schande davongejagt wurde, dann hat er die Zahlen gefälscht, so daß es den Anschein hatte, als lebten viel weniger Menschen in diesen Vierteln. In einem Apartmenthotel, in dem fünfzig Familien hausten, lebten auf dem Papier plötzlich nur noch fünf. Und so ein paar Leute rauszuschmeißen ist ja nicht weiter schlimm, da brauchte die Stadt keine Angst zu haben, in ein schlechtes Licht zu geraten.«

»Lucas wollte also diese Leute mit ihren Betrügereien konfrontieren, und er konnte das beweisen.«

»Ganz genau. Ich glaube, das meinte er, als er davon sprach, die schlafenden Hunde zu wecken. Ich hatte allerdings den Eindruck, daß es Lucas auch noch um etwas anderes ging als allein um die Richtigstellung dieser Studie, aber das sollte auf jeden Fall der Anfang sein.«

Es wäre leicht gewesen zu sagen, das ist doch alles schon so lange her. Es ist zu spät, um Wiedergutmachung zu leisten. Ich war nicht einmal sicher, ob es überhaupt möglich war, Wiedergutmachung zu leisten. Die Menschen, die in jenen Häusern gelebt hatten, waren entweder in andere Viertel gezogen, oder sie lebten auf der Straße. Die Kinder von damals waren längst Erwachsene.

Aber ich sagte nichts von alledem zu Edison Burrows. Hauptsächlich sagte ich deshalb nichts, weil ich überzeugt war, daß mehr hinter dieser Geschichte steckte; daß Lucas ihm nicht alles gesagt hatte. Nach der Lektüre von Lucas' Brief hatte ich meinen Entschluß gefaßt – er hatte meine

Hilfe gesucht, und diesmal würde ich sie ihm nicht verweigern.

»Ich muß mit Ihrem Sohn sprechen«, sagte ich. »Wissen Sie, wo er ist?«

»Meistens kann ich ihn finden. Wenn ich ihn längere Zeit nicht gesehen habe, dauert es aber immer ein paar Tage. Aber ich habe ihn erst letzte Woche gesehen, nach dieser regnerischen Nacht. Ich wollte mich vergewissern, daß es ihm gutgeht. Er war mit einem Mann namens Blue zusammen.«

»Blue? Warten Sie – wird Ihr Sohn Corky genannt?«

»Ja, das ist sein Spitzname. Kennen Sie ihn?«

»Ich bin ihm einmal begegnet.« Wieder hielt ich es für besser, nicht ins Detail zu gehen. »Er hat mir geholfen.«

»Gut, gut. Wenn er Sie schon kennt, wird das die Sache erleichtern.«

Ich war nicht so sicher, ob das zutraf, widerspach aber nicht. Wir vereinbarten, uns am nächsten Morgen nach ihm auf die Suche zu machen.

In eine schöne warme Decke verpackt auf dem Sofa, die Katze zu meinen Füßen, die Hunde neben mir auf dem Boden, nahm ich mir Ben Wattersons Jahrbuch von 1977 vor. Es war, wie ich bald entdeckte, doch ein Tagebuch. Die Einträge waren zwar nicht ausführlich, doch es waren fast ausnahmslos kurze Berichte über vergangene Ereignisse und nicht Hinweise auf kommende Termine, wenn er sich auch gelegentlich einen Vermerk gemacht hatte, dieser oder jener Sache noch einmal nachzugehen. Die Seiteneinteilung war vorgedruckt, insofern glich das Buch doch einem Terminkalender. Ein Tag umfaßte jeweils zwei Seiten, die in vierundzwanzig Abschnitte gegliedert war, einer für jede Stunde.

Bens Handschrift war klar und leicht zu lesen. Namen von Personen pflegte er beim erstenmal auszuschreiben, danach gebrauchte er die Initialen oder eine abgekürzte Version des

Namens. Die Personen, die von Januar an mit Initialen bezeichnet wurden, waren, vermutete ich, solche, über die er bereits in früheren Jahren geschrieben hatte. Es war meistens nicht schwer herauszufinden, um wen es sich handelte. Hinweise ergaben sich aus dem Text. »C« stand offensichtlich für Claire, »R. H.« für Roland Hill. Aber es gab natürlich auch solche Initialen, die ich nicht entschlüsseln konnte.

Das Buch war eine wahre Goldgrube, und ich wußte, daß Claire recht hatte – Ben hätte es niemals einem Reporter überlassen.

Ben Watterson hatte einen großen Teil seines Lebens in Besprechungen und Konferenzen oder am Telefon verbracht. Bei der Lektüre seines Tagebuchs hätte einen wahrscheinlich tödliche Langeweile erfaßt, wären da nicht seine gelegentlichen kurzen, aber prägnanten Kommentare gewesen.

Tödlich langweiliger Abend bis auf die Betrachtungen über M. H.'s Abendkleid, lautete einer. *Wenn man es einer Kuh überzöge, würde sich die Wirkung dann umkehren und die Kuh aussehen wie ein Mensch?*

Der größte Teil seiner Einträge bezog sich auf Ereignisse und Gespräche, die mich entweder nicht interessierten oder die ich, aufgrund des Versprechens, das ich Claire gegeben hatte, nicht verwenden konnte. 1977 war er nur noch mit wirklich großen Entscheidungen befaßt gewesen, hatte jedoch die Arbeit seiner Angestellten scharf beobachtet. Geschäft und gesellschaftliches Leben vermischten sich. *Oper mit C. und Chaffees*, lautete ein Eintrag im Januar. *Gräßlicher Abend, aber C. hat sie um den Finger gewickelt. Er hat zugestimmt, alle Geschäfte über die BLP abzuwickeln.*

Irgendwann rief ich Claire an und gab ihr eine Liste von Namen und Initialen, die ich verifizieren wollte. Ich war inzwischen bei den Februareintragungen angelangt, und mir war ein Muster aufgefallen, das große Möglichkeiten bot. Ich bat sie deshalb um ihre Erlaubnis, gewisse Daten aus dem Tagebuch für eine zweite Story zu verwenden: Eine Story, die sicherstellen würde, daß Allan Moffett nie wieder ins Rathaus zurückkehren würde.

Ich war gerade dabei, mir Notizen über diese Story zu machen, als die Hunde plötzlich wach wurden und zur Haustür rannten. Sie kannten den Klang von Franks Volvo und hörten den Wagen immer schon von weitem die Straße herunterkommen.

Als ich ihn draußen die Tür öffnen hörte, stand ich auf. Vier Dinge geschahen gleichzeitig.

Aus dem Kalender fiel ein Zettel zu Boden.

Das Telefon läutete.

Frank fragte: »Was ist denn mit dem Autofenster passiert?«

Mein Piepser fing an, brummend über die Bar in der Küche zu tanzen.

28

Cody stürzte sich begierig auf den Zettel, und da ich seine Fähigkeiten als Jäger und Zerfetzer von Papier kannte, sah ich meine erste Priorität darin, den Zettel zu retten.

»Könntest du mal ans Telefon gehen?« fragte ich Frank und bückte mich, um Cody seine Beute zu entreißen.

Er schien nur auf meinen Angriff gewartet zu haben und verwandelte sich augenblicklich in ein fauchendes graues Ungeheuer. Es gelang mir, das Papier zu packen, als er es einen Moment außer acht ließ, um mit Krallen und Zähnen meine grapschende Hand zu attackieren. Schimpfend schüttelte ich das kleine Monster von meinem Arm, und als ich mich aufrichtete und Frank ansah, der am Telefon war, legte er einen Finger auf seine Lippen, um mich zum Schweigen zu bringen. Er lauschte und sagte dann: »Einen Moment bitte.«

Ich warf einen Blick auf den Fetzen Papier in meiner Hand, konnte aber nicht mehr sehen, als daß es ein abgerissenes Stück irgendeines maschinengeschriebenen Textes war, weil mich im selben Moment Frank ans Telefon rief, ehe ich bemerkte, daß ich von Codys Angriff blutete und der Piepser sich bis zu einer Glasschale vorgearbeitet hatte, die unter seinen Attacken ohrenbetäubend klirrte, was wiederum die Hunde zu wildem Gekläff veranlaßte.

»Kann sie Sie zurückrufen?« hörte ich Frank sagen, als ich die Glasschale hob, den Zettel darunterlegte – damit Cody ihn nicht erreichen konnte – und dann den Piepser ausschaltete. Die Hunde beruhigten sich, und ich hörte, wie Frank in erschrockenem Ton »Oh!« sagte. Als ich mich nach ihm umdrehte, hielt er mir, eine Hand über der Sprechmuschel, den Hörer hin. Der besorgte Ausdruck in seinen Augen ließ mich alles andere vergessen, selbst meine blutende Hand.

»Es ist deine Freundin, die Ärztin«, sagte er.

»Becky?«

Er nickte, und ich kam um die Bar herum, weil ich schon das dunkle Gefühl hatte, es wäre besser, an seiner Seite zu sein, wenn ich das Gespräch annahm.

»Hier spricht Irene.«

»Irene, Becky Freedman hier. Vor zwei Stunden ist Roberta zu uns in die Notaufnahme gebracht worden.«

»Roberta? Wieso denn das?«

»Gehirntrauma. Sie ist in ihrem Büro überfallen worden. Sie ist fast die ganze Zeit bewußtlos. Ich habe getan, was ich konnte, aber ich bin nicht sicher, daß sie durchkommen wird«, sagte Becky mit brüchiger Stimme.

»Du warst gerade im Dienst, als sie eingeliefert wurde?«

»Ja. Sie ist jetzt im OP. Keine Hals- oder Wirbelsäulenverletzungen, aber das Gehirntrauma...« Sie hielt inne. »Ich habe jetzt dienstfrei, aber – ich glaube, es kommt mir erst jetzt so richtig zu Bewußtsein.«

»Oh, Becky –«

»Ivy ist hier. Kannst du auch herkommen?«

Frank bestand darauf, meinen Arm zu reinigen und zu verbinden, ehe wir losfuhren. Während er vorsichtig eine antibiotische Salbe auftrug, meinte er: »Gott sei Dank ist die Wunde nicht tief. Dieser verdammte Kater ist wirklich gefährlich.« Er sah mir ins Gesicht, bemerkte meinen Schrekken und sagte: »Ach komm, du weißt doch, daß ich ihn viel zu gern mag, um ihn einschläfern zu lassen.«

Gerade als wir losgehen wollten, kam Jack herüber und bot an, auf die Tiere aufzupassen, solange wir im Krankenhaus waren. »Laßt euch ruhig Zeit«, sagte er. »Ich habe heute abend sowieso nichts vor.«

Frank hob meinen Arm, der voller roter Striemen war. »Halt dich von Cody fern.«

Wir fuhren mit dem Volvo. Frank saß am Steuer. Becky arbeitete in der Notaufnahme des städtischen Krankenhauses, das auf der anderen Seite der Stadt lag. Ich dachte auf der ganzen Fahrt ständig an Roberta.

Trotz unserer Reibereien bewunderte ich sie. Sie war unermüdlich, setzte sich bis zur Erschöpfung für andere ein, und das in einer Zeit, wo solche Selbstlosigkeit eher mit Argwohn beäugt wird. Es machte ihr längst nichts mehr aus, daß man sie wegen ihres Helfersyndroms verspottete. Mehr als einmal hatte sie sich gerade von Leuten, die gern verächtlich von »Psychoquatsch« sprachen, sagen lassen müssen, sie leide garantiert an einem Schuldkomplex.

»Du hast mir immer noch nicht gesagt, was mit deinem Autofenster los ist«, sagte Frank, mich aus meinen Gedanken reißend. Ich erzählte es ihm.

»Glaubst du, das hat Zehab getan?« fragte er.

»Nein. Hat Reed Collins dir von meiner Begegnung mit ihm erzählt?«

»Was glaubst du denn?«

»Dieser Verräter. Ich hätte es mir ja denken können.«

»Du hättest dir denken können, daß es gefährlich ist, an einer so isolierten Stelle zu parken – noch dazu in einer Hintergasse. Du hast doch gewußt, daß dieser Kerl auf der Suche nach dir war.«

»Bitte, Frank, nicht jetzt. Wenn du mich später anschreien willst, in Ordnung. Wenn du mich nachher, wenn wir wieder zu Hause sind, wie eine Fünfjährige behandeln willst, auch in Ordnung. Aber im Augenblick hab ich wirklich anderes im Kopf.«

Er war zornig, aber er sagte nichts mehr. Ich sah auf meinen Arm hinunter. Er tat nicht so weh wie Franks abweisendes Schweigen.

Als wir auf dem Parkplatz des Krankenhauses hielten, sagte ich: »Es tut mir leid. Ich wollte dich nicht so anfahren. Ich weiß, es geht dir nur um meine Sicherheit.«

Er sagte nichts, aber er seufzte, was ich als ein gutes Zeichen auffassen konnte. Mein Blick wanderte zu seinen Händen, die noch auf dem Lenkrad lagen, zu der Stelle, wo sich die gestärkten weißen Manschetten seines Hemdes von seiner gebräunten Haut abhoben. Diese Stelle, an der seine Hände in seine Handgelenke übergingen, hatte etwas so Zartes, daß ich wünschte, meine Augen wären eine Kamera und ich könnte das Bild für immer festhalten. Eine Sekunde lang gab es keine verletzte Freundin, kein Unrecht, das wiedergutgemacht werden mußte, keine Zettel, die ungelesen irgendwo herumlagen. Es war ein Moment reiner Versunkenheit.

Als ich wieder zu ihm aufsah, war sein Blick auf mich gerichtet, und ich wußte, daß er mich ertappt und meinen Blick genau gesehen hatte. Der Ausdruck des Zorns war verschwunden. Er lächelte ein wenig und strich mir übers Haar. »Mir tut es auch leid«, sagte er und seufzte wieder, so leise wie zuvor, doch auf eine ganz andere Art.

Ich verstand, warf einen besorgten Blick auf die Krankenhausgebäude und sagte rasch: »Das lassen wir lieber.«

Er lachte und öffnete die Wagentür. »Komm, gehen wir, meine kleine Katholikin.«

Becky saß, den Kopf zwischen ihren Händen, auf einer Bank im Korridor; sie hatte Straßenkleidung an. Ivy Vines saß neben ihr und sprach leise auf sie ein. Als Becky zu uns aufblickte, sah ich, daß ihre Augen gerötet waren. Ich machte die beiden Frauen mit Frank bekannt, und wir gingen zu einer Gruppe Sessel. »Sie kommt jetzt auf die Intensivstation«, sagte Becky. »Ich wollte hier draußen mit Ivy warten.« Sie entdeckte die Spuren von Codys Angriff. »Was ist denn mit deinem Arm?«

»Ach, das war die Katze. Nicht weiter schlimm. Sag mir lieber, was mit Roberta los ist.«

»Sie ist in ihrem Büro im Heim überfallen worden. Einzelheiten weiß ich nicht – ich hab nur gesehen, in welchem Zustand sie hergebracht wurde. Die Polizei war schon da. Sie wollten mit ihr sprechen, aber sie war nie lange genug bei Bewußtsein. Vielleicht habe ich dich nur um meinetwillen gebeten herzukommen, aber ich dachte, es wäre auch gut für sie… Vertraute Menschen um sie herum, verstehst du.«

»Ich bin froh, daß du mich angerufen hast«, sagte ich.

»Wissen Sie den Namen des Beamten, der den Fall bearbeitet?« fragte Frank.

Becky griff in ihre Jackentasche und reichte ihm eine Karte mit dem Emblem der Polizei von Las Piernas.

Er warf nur einen kurzen Blick auf die Karte und reichte sie ihr zurück. Dann entschuldigte er sich und ging zu einem Telefon.

»Sie hatte eure Nummern, deine und Ivys, auf einem Zettel in ihrer Rocktasche«, berichtete Becky. »Zuerst habe ich Ivy benachrichtigt, und als ich die nächste freie Minute hatte, hab ich bei dir zu Hause angerufen. Ivy hat's auf deinem Piepser versucht, aber den hattest du wahrscheinlich nicht bei dir.«

»Der ging zur gleichen Zeit los wie das Telefon«, sagte ich. »Und nachdem ich mit dir gesprochen hatte, hab ich alles andere vergessen.«

»O Gott, ich muß Lisa anrufen«, sagte Ivy mit einem Blick auf ihre Uhr. »Sie ist jetzt sicher bei Jerry. Lisa, Roberta und ich wollten heute abend ins Kino. Ich muß ihr Bescheid sagen.« Auch sie ging davon, um zu telefonieren.

»Was weißt du über Robertas Verletzungen?« fragte ich Becky.

»Sie scheint einen sehr kräftigen Schlag auf den Hinterkopf bekommen zu haben und hat sich beim Sturz noch einige kleinere Verletzungen zugezogen. Der Schlag hat sie anscheinend von hinten getroffen, und als sie nach vorn stürzte, hat sie sich an irgendeinem Möbelstück angeschlagen. Aber die Kopfverletzung ist wirklich schwer.«

Frank kam zurück und sagte: »Ich habe mit den Beamten gesprochen, die den Fall bearbeiten. Sie wissen im Moment noch nicht sehr viel, aber offenbar hat sie einen Einbrecher überrascht. Matsuda – der Mann, mit dem ich gesprochen habe – vermutet, daß der Einbrecher Geld gesucht hat. Die Schreibtischschubladen waren offen, der Aktenschrank war aufgebrochen. Im Büro der Sekretärin war auch alles durcheinander. Es könnte einer von Robertas Klienten gewesen sein oder jemand aus dem Heim, auf jeden Fall scheint es jemand gewesen zu sein, der über ihre Arbeitszeiten Bescheid wußte. Dieser Teil des Heims ist am späten Nachmittag ziemlich leer, die Sekretärin war schon nach Hause gegangen. Matsuda meint, Roberta sei früher als erwartet von einer Besprechung zurückgekommen und habe den Einbrecher überrascht.«

»Aber wer's war, weiß wohl niemand?« fragte Becky.

»Bis jetzt nicht. Aber die Kollegen haben ein bißchen Glück gehabt – es hat sich nämlich herausgestellt, daß die Büros gereinigt wurden, während Roberta weg war. Matsuda sagte, das habe ihnen geholfen festzustellen, daß es sich nur um einen Einbrecher handelte. In Robertas Büro waren alle möglichen Leute herumgelaufen – die Sanitäter, Angestellte des Heims. Aber im Büro der Sekretärin waren nur die Fußabdrücke des Eindringlings. An einigen Stellen in Robertas Büro haben sie identische Abdrücke gefunden. Der Mann ist klein, und er hatte irgendwas an den Schuhsohlen – Fruchtmark oder Samen oder so was Ähnliches –, von dem etwas auf dem Teppich zurückgeblieben ist. Die Leute im Labor untersuchen das natürlich.«

Ivy kam zurück. »Lisa ist ziemlich erregt«, sagte sie. »Sie wollte sofort herkommen, aber ich glaube, ich hab ihr klargemacht, daß es besser ist, wenn sie zu Hause bleibt. Ich habe ihr versprochen, daß wir sie anrufen, wenn sich etwas Neues ergibt.«

»Andre ist doch auch hier im Krankenhaus, nicht wahr?« fragte ich.

»Ja«, bestätigte Becky. »Er ist drüben im Herzzentrum.«

Es folgte ein Schweigen des Unbehagens, dann sagte Frank: »Erzählt mir doch mal was über diese Gruppe, zu der ihr gehört, SOS.«

Ich überließ das Becky und Ivy. Sie erzählten vom Frauenhaus, von unseren Bemühungen, Gelder aufzutreiben, von der Unterstützung, die unsere Gruppe dem Frauenhaus leistete.

»Das alles weiß ich«, sagte er. »Ich meine, über das Frauenhaus und so weiter. Irene hat mir das schon erzählt. Aber was ist mit Selman? Wie hat er es geschafft, euch alle zusammenzubringen?« Er vermied es, mich anzusehen, als er diese Frage stellte.

Aha, es macht dir also doch zu schaffen, dachte ich.

»Ach, das sind alte Geschichten«, sagte Becky.

»Gut, aber erzählen Sie es mir trotzdem«, beharrte er.

Wieder überließ ich das Reden den beiden anderen. Ab und zu warf Frank mir einen Blick zu, aber ich sah ihm an, daß er zu begreifen anfing, was es mit Andre auf sich hatte und wie tief jede von uns durch ihn erniedrigt worden war.

»Sie dürfen nicht vergessen«, sagte Becky, »daß vorher keine von uns als Fußabtreter bekannt war.«

Frank lächelte. »Das kann ich mir vorstellen.«

»Anfangs«, erklärte Ivy, »war es bei Andre jedesmal die große Liebe. Er war vollkommen hingerissen von seiner jeweiligen Partnerin. Er war leidenschaftlich und großzügig. Es war beeindruckend, besonders für ein zwanzigjähriges Mädchen – vielleicht sind Frauen in diesem Alter heutzutage etwas weniger naiv. Ich weiß es nicht. Auf jeden Fall hat er sich immer sehr junge Frauen gesucht. Um auf ihn reinzufallen, brauchte man nur eine kleine romantische Ader zu haben.«

»Und wie viele Frauen gibt es, die die nicht haben?« warf Becky ein. »Außerdem waren wir doch alle Studentinnen, und er war der große Professor. Da fühlte man sich ziemlich geehrt.«

»Ja«, stimmte Ivy zu und fuhr dann im Tonfall eines Reklamesprüchleins fort: »Junge Frauen von heute, ihr braucht euch nicht mit diesen unreifen Bürschchen eures eigenen Alters zufriedenzugeben! Jede von euch ist Frau genug für einen echten Mann!«

»Genau!« sagte Becky. »Und Andre hat einen in dieser Zeit völlig in Beschlag genommen. Dabei hat man nur leider nicht gemerkt, daß er einen von Freunden und Familie isolierte. Man hat den Kontakt zu allen verloren, die einem hätten helfen können, einen klaren Kopf zu bewahren.«

Frank sah mich an. »Mein Vater hat ihn gehaßt«, sagte ich. »Wir haben in der Zeit, als ich mit Andre zusammen war, praktisch überhaupt nicht mehr miteinander geredet.«

»So war es bei allen. Dann kam Phase zwei, die der ersten Kritik«, fuhr Ivy fort. »Anfangs waren es nur Kleinigkeiten. Der Toast am Morgen war eine Spur zu dunkel. Die Spaghettisoße, die man gekauft hatte, war nicht die, die er am liebsten aß. Das Kleid, das man auf der Party anhatte, er konnte nur hoffen, man würde es nie wieder anziehen.«

Becky und ich nickten zustimmend.

»Ich vermute, die Kritik wurde mit der Zeit stärker?« meinte Frank.

»Ja, bis man überhaupt nichts anderes mehr zu hören bekommen hat«, antwortete Becky.

»Das stimmt nicht ganz«, sagte Ivy. »Auf sechs schlimme Tage mit ihm folgte ein unglaublich schöner. Dann waren's acht schlimme Tage und danach ein unglaublich schöner.«

»Richtig«, sagte Becky, »aber die schlimmen Tage wurden immer schlimmer. Jetzt ging es nicht mehr darum, wie man sein Haar trug, sondern was man im Kopf hatte. Die Ansichten, die man äußerte, waren absurd, so ziemlich jede Entscheidung, die man traf, war daneben. Er hatte so einen Lieblingsausdruck –«

Sie sah Ivy und mich an, und im Chor sagten wir: »Doch nicht im Ernst!«

Frank lachte. »Ganz schön schlimm, hm?«

»Schlimmer. Wenn man einen Schauspieler gut fand, sagte er garantiert: ›Du kannst doch nicht im Ernst diesen tolpatschigen Idioten bewundern, der den ganzen zweiten Akt ruiniert hat!‹«

»Oder man hatte Lust, alte Freunde wiederzusehen«, sagte Ivy. »›Du kannst dich doch nicht im Ernst mit diesen Leuten treffen wollen, die auf dem Fest bei den Beesoms so entsetzlich ins Fettnäpfchen getreten sind! Dir kann doch nicht im Ernst etwas an diesen Leuten liegen, die niemals Nietzsche gelesen haben!‹«

»Wenn er dann schließlich Schluß machte, hat man bestenfalls an seiner eigenen Menschenkenntnis gezweifelt und schlimmstenfalls schwere Depressionen bekommen«, sagte Becky. »Es war jedesmal das gleiche.«

Becky erzählte Frank von Andres Verfahren, eine Beziehung zu beenden, und Frank schüttelte angewidert den Kopf. Sie erzählte die Geschichte von der Angel, und er grinste.

»Er ist immer nach dem gleichen Muster vorgegangen«, sagte Becky. Ivy und ich tauschten einen Blick. »Nicht immer«, sagte ich. »Bei Nadine Preston war's anders.«

»August 1977«, bemerkte Ivy.

Frank fing meinen überraschten Blick auf, doch Becky sprach, ehe er etwas sagen konnte.

»Warte mal!« rief sie. »Davon weiß ich ja gar nichts.«

Ivy erzählte ihr kurz die Geschichte über Andres einzige bekannte Abweichung von seinem Drehbuch.

»Woher weißt du, daß das im August 1977 war?« fragte ich.

»Jeff ist in dem Jahr gestorben«, antwortete Ivy. »Die Geschichte zwischen Andre und mir fing Anfang August an, kurz nachdem Andre und Nadine ihre zweite kurze Affäre beendet hatten.«

»Jeff?« fragte Becky.

»Jeff McCutchen, Andres bester Freund. Ich war eine Zeitlang mit ihm zusammen, ehe das mit Andre anfing. Jeff hat fast bis zum Schluß nichts auf Andre kommen lassen.«

»Ich habe Jeff gekannt«, sagte Becky. »Aber das muß vor deiner Zeit gewesen sein. Er war ein ziemlicher Einzelgänger. Ich glaube, Andre war sein einziger – nein, warte – Lucas Monroe hat ihn auch gekannt, nicht wahr?«

Ivy nickte. »Nachdem ich mich mit Andre zusammengetan hatte, sind Lucas und Jeff oft gemeinsam einen trinken gegangen. Jeff hat damals auch eine Menge Drogen genommen, aber damit hatte Lucas nie was am Hut.«

Die Neuigkeit, daß Jeff McCutchen und Lucas Monroe Freunde gewesen waren, hätte mich nicht überraschen sollen

– es hatte einmal eine Zeit gegeben, da hatte auch Lucas nichts auf Andre kommen lassen.

Frank beobachtete mich, und ich sah die Neugier in seinem Gesicht. Ich wollte über das alles mit ihm sprechen, aber das würde warten müssen.

»Lucas hat Jeff an dem Abend, an dem er gestorben ist, ins Krankenhaus gebracht«, sagte Ivy. »Ich war damals schon nicht mehr mit Andre zusammen. Es war ungefähr einen Monat, nachdem Andre und ich uns getrennt hatten. Jeff kam eines Abends bei mir vorbei; er sah grauenvoll aus, als hätte er seit Tagen nicht geschlafen und sich weder gewaschen noch rasiert. Er hat mich damals gefragt, ob ich mich je wieder mit Andre einlassen würde.«

Sie sah von uns weg, sprach, als sähe sie einen anderen Zuhörer.

»Ich habe nein gesagt, aber dann noch hinzugefügt, daß auch eine Beziehung mit ihm für mich nie wieder in Frage käme. Er sagte darauf, das könne er verstehen, er habe nur sichergehen wollen, daß ich nicht zu Andre zurückkehren würde. Ich mußte ihm versprechen, daß ich das niemals tun würde. Es ist mir nicht schwergefallen, ihm dieses Versprechen zu geben. Er hat gelächelt und mich umarmt und gesagt, mehr verlange er gar nicht von mir. Dann ist er nach Hause gefahren und hat sich umgebracht.«

»O Gott«, sagte Becky. »Das tut mir leid. Ich wußte nicht, daß Jeff tot ist. Es tut mir wirklich leid, Ivy.«

Ivy sah sie an, als wäre sie überrascht, eine andere Stimme zu hören. »Ach«, meinte sie, »das ist lange her. Heute frage ich mich, ob Jeff wirklich wußte, was vorging, als er damals für Andre den Kurier gespielt hat. Ich kann es mir kaum vorstellen. Ich weiß es nicht... Er hat zwei Briefe hinterlassen, einen für mich und einen für Lucas. Den an Lucas habe ich nie gesehen. In meinem stand nur: ›Wenn du mich je geliebt hast, dann halte dein Versprechen.‹ Ich hab mich entsetzlich schuldig gefühlt. Andre fühlte sich ausgeschlossen, nehme ich an. Wißt ihr, das Grausamste, was Andre je zu mir gesagt hat, war, daß ich an Jeffs Selbstmord schuld sei.«

»Dieses Schwein!« rief Becky. »Reine Projektion. Frag Roberta.« Erschrocken drückte sie ihre Hand auf ihren Mund und schloß die Augen. Als sie sie wieder öffnete, sagte sie: »Ich werde jetzt mal nach ihr sehen«, und ging.

Frank stand auf und streckte sich. »Danke, daß Sie mir das alles über Selman erzählt haben«, sagte er zu Ivy. »Ich weiß, es war nicht leicht für Sie und Becky, die Vergangenheit wieder auszugraben.«

»Kein Problem«, entgegnete Ivy. »Wenn ich innerlich nicht vorwärtsgekommen wäre, dann wäre das alles sicher noch sehr schmerzlich. Aber wenn Sie sich die Frauen bei SOS ansehen, dann werden Sie merken, daß wir alle an uns gearbeitet haben. Wir haben es überlebt, wir haben gelernt, wir haben uns besseren Dingen zugewandt.« Sie lächelte. »Irene eindeutig einem besseren Mann.«

Er wurde tatsächlich rot. »Äh, ich geh mal schnell einen Schluck Wasser trinken«, murmelte er.

Ivy sah ihm nach, als er davonging, und ich merkte genau, daß sie seinen knackigen Hintern bewunderte.

Nun, sie konnte sich die Speisekarte meinetwegen gern ansehen, solange sie nicht verlangte, bedient zu werden.

»Ich hab übrigens die Information über Nadine für dich«, bemerkte sie.

»Hier?«

»Nein. Zu Hause. Meine Freundin hat mir einfach einen Computerprintout geschickt. Soll ich ihn dir in die Redaktion faxen?«

Ich überlegte. »Ja, aber ruf vorher an, damit ich mir das Fax gleich holen kann, wenn es durchkommt. Weiß der Himmel, in welcher obskuren Ecke der Redaktion das sonst landet.«

»Okay.«

Meine Gedanken kehrten zu Roberta zurück. »Ivy, wußtest du, daß Lucas tot ist?«

Sie nickte. »Roberta hat es mir gesagt.«

Ich informierte sie kurz darüber, wann die Beerdigung stattfinden würde, dann fügte ich hinzu: »Was ich jetzt sage, wird vielleicht ein bißchen seltsam klingen, aber es ist wirklich wichtig. Ich glaube, daß Lucas ermordet wurde.«

Sie schnappte einmal kurz nach Luft, unterbrach mich aber nicht.

»Ich bin überzeugt, daß er ermordet wurde, und ich glaube auch nicht, daß Roberta von einem Einbrecher überfallen worden ist. Jedenfalls nicht von einem gewöhnlichen Einbrecher. Heute hat mir jemand das Autofenster eingeschlagen, und je länger ich darüber nachdenke, desto sicherer bin ich, daß es jemand getan hat, der hoffte, ich hätte irgendwelche Informationen in meinem Auto liegenlassen. Es gibt noch ein paar andere Dinge, über die ich langsam anfange, mir Gedanken zu machen, aber – hör zu, ich sag dir nur eins, sei vorsichtig, okay. Sag *keinem* – aber wirklich keinem –, daß du mir bei dieser Geschichte hilfst, okay?«

Sie nickte mit großen, furchtsamen Augen.

Frank kam zurück und sah diesen Blick und wollte eben eine Frage stellen, als Becky nach uns rief. »Sie ist jetzt in einem Zimmer. Tut mir leid, aber der Arzt will uns nur ein paar Minuten zu ihr lassen.«

Frank nahm meine Hand, als wir zur Intensivstation gingen, doch vor der Tür von Robertas Zimmer sagte er: »Ich warte hier auf dich.«

29

Auf den ersten Blick schien der Mensch im Bett – wenn es überhaupt ein Mensch war – gar nicht Roberta zu sein. Ihr Gesicht war aschgrau, die Nähte an der Unterlippe und der linken Augenbraue hoben sich dunkel ab. Ihre linke Gesichtshälfte war stark geschwollen, ihr Kopf sorgsam verbunden. Sie war an alle möglichen Schläuche angeschlossen. Eine Schwester – ruhig, routiniert – war gerade dabei, den Tropf richtig einzustellen. Ein Mann, den Becky uns als den Neurochirurgen vorstellte, hielt sein Augenmerk auf die Monitore gerichtet. Roberta wirkte klein und schrecklich still.

»Nur wenige Minuten bitte«, sagte der Arzt.

Wenige Minuten. Wie sollten wir in wenigen Minuten fassen können, was wir hier sahen? Was konnte ich ihr in dieser kurzen Zeitspanne geben? Ich sah in ihr deformiertes Gesicht.

»Roberta?«

Ich hörte Becky den Namen laut sagen. Becky, die Ärztin. Sie konnte mit dieser Situation besser umgehen als wir. Sie bekam schließlich jeden Tag Menschen zu sehen, die man für tot hätte halten können.

»Roberta, ich bin's, Becky. Ivy und Irene sind auch hier.«

Nichts.

»Tja, da wird mir wohl nichts anderes übrigbleiben, als Lisa anzurufen und ihr zu sagen, daß wir uns eine Videokassette von dem Film holen müssen, da du ja unbedingt hier rumliegen willst«, sagte Ivy. »Glaubst du, daß man hier Popcorn mitbringen darf?«

Robertas Hand zuckte. Becky sah den Neurochirurgen an, der interessiert schien, aber nichts sagte.

»Ich bleib in deiner Nähe, Roberta«, sagte Ivy. Ihre Stimme zitterte, als sie hinzufügte: »Hier ist Irene.«

Hier ist Irene. Irene, die unfähig ist, einen Ton zu sagen.

Versuch, sie aufzumuntern, befahl ich mir. Das kann doch nicht so schwer sein. Was würde *sie* an deiner Stelle sagen? Ich sah plötzlich die Wände ihres Büros vor mir.

»Hallo, Robbie«, sagte ich, und die Hand zuckte wieder. »Deine kleinen Schützlinge werden sich sicher Sorgen um dich machen. Wem können sie sich denn sonst anvertrauen? Doch nur ihrer Robbie. Hier drinnen ist nirgends ein Platz, wo man ihre Zeichnungen aufhängen könnte. Soll ich ihnen sagen, daß du bald wieder da bist?«

Ganz kurz schlug sie die Augen auf. Ich hoffte, daß sie mich in diesem Moment nicht wirklich sehen konnte. Der Gedanke, daß mein entsetztes Gesicht ihr in die Bewußtlosigkeit folgen würde, war mir schrecklich. Aber der Arzt murmelte etwas, das wie »gut« klang.

Ich sagte ihr, sie verpasse die große Chance, Frank kennenzulernen, ich hätte Ivy schon dabei ertappt, wie sie seinen Hintern angestarrt habe, aber abgesehen von einem leisen Lachen von Becky und Ivy zeitigte mein Witzchen keine Reaktion. Ich trat vom Bett weg, und Becky nahm meinen Platz ein. Auch sie nannte sie Robbie.

Der Neurochirurg sah Ivy und mich lächelnd an und machte eine Handbewegung, als wollte er uns aus dem Zimmer scheuchen. Wir gingen auf den Flur und ließen Becky zurück.

»Ich bleibe so lange wie möglich hier«, sagte Ivy mit Tränen in den Augen. »Mein Gott, sie sieht grauenhaft aus.«

Ich konnte nicht widersprechen. Ivy brachte uns bis zur Haupttür. Draußen war es dunkel geworden.

»Können wir noch irgendwas für Sie tun?« fragte Frank.

Sie schüttelte den Kopf. »Ich fax dir das Zeug über Nadine morgen rüber, Irene.«

»Danke. Hast du es gelesen?«

Sie schüttelte den Kopf. »Nur schnell durchgesehen.«

»Von wo ist zuletzt eine Kopie ihrer Zeugnisse angefordert worden?«

»Von nirgendwo. Sie hat ihren Magister gar nicht gemacht.«

»Was?«

»Sie hat ihr Studium anscheinend geschmissen. Zum Herbstsemester ist sie gar nicht mehr erschienen. Wahrscheinlich hat Andre sie beim zweiten Mal wirklich verletzt.«

»Nun sag schon, was dir im Kopf herumgeht«, sagte Frank, als wir vom Parkplatz wegfuhren.

Ich bemühte mich, alles zu rekapitulieren, was ich an diesem Tag erlebt und erfahren hatte. Es war ein langer Tag gewesen, und als mein Vortrag noch nicht abgeschlossen war, als wir uns unserem Haus näherten, fuhr Frank unerwartet einen Umweg.

»Red ruhig weiter«, sagte er. »Wir können eine Weile herumkutschieren. Dann wirst du wenigstens nicht abgelenkt oder von Monsterkatern angegriffen. Außerdem sind die Tiere in guten Händen.«

»Ja, das ist wirklich nett von Jack. Ich hoffe nur, er fühlt sich nicht von uns ausgenutzt.«

»Unsinn! Auf diese Weise kann er sich doch an den Tieren erfreuen, ohne für sie aufkommen oder Verantwortung übernehmen zu müssen. Hör auf, dir auch noch seinetwegen Gedanken zu machen. Komm lieber wieder zum Thema.«

»Ich glaub einfach, daß alles, was in der letzten Woche hier in der Stadt passiert ist – Bens Selbstmord, Allans Rücktritt, Lucas' Tod, der Überfall auf Roberta –, daß das alles mit den Ereignissen zu tun hat, die sich im Sommer 1977 zugetragen haben.«

»Nachdem Selmans erste Untersuchung zur Stadtsanierung angenommen worden war und man sich im Rathaus darauf vorbereitet hat, die entsprechenden Schritte zu unternehmen.«

»Richtig. 1977 hat Andre eine Studie für die Stadt erstellt, die mit ziemlicher Sicherheit garantierte, daß gewisse Leute eine Menge Geld machen würden. Lucas, der wußte, daß die Zahlen in der Studie zum Teil manipuliert waren, wurde als Betrüger gebrandmarkt und aus dem College geworfen. Die Person, die dabei geholfen hat, ihn in Mißkredit zu bringen, war Nadine Preston.«

»Die einzige Frau, zu der Selman je zurückgekehrt ist«, ergänzte Frank.

Ich nickte. »Und die nach einem Bootsausflug mit Andre bequemerweise spurlos verschwand. Ich weiß nicht, ob es was bringt, sie ausfindig zu machen. Sie scheint mir völlig unzuverlässig zu sein. Sie hat Lucas' Karriere zerstört und offensichtlich mit Andre gemeinsame Sache gemacht. Wahrscheinlich wußte sie, daß sie Andre und seine Freunde in der Hand hatte, und benutzte Lucas dazu, ihrer Drohung Nachdruck zu verleihen.«

»Du glaubst, sie hatte von Anfang an nicht vor, bei dieser Anhörung zu erscheinen?«

»Genau. Ich glaube, Andre hat verstanden, worum es ihr ging, und hat sich irgendwo ihr Schweigen erkauft. Er seinerseits hat dann andere gezwungen, sich sein Schweigen zu erkaufen – Ben Watterson zum Beispiel. Der hatte auch seine Finger in dieser Sache, und Andre hat ihn erpreßt, ihm ein Riesenboot für ein Butterbrot zu verkaufen.«

»Wie kann sich Selman überhaupt die Liegegebühren und den Unterhalt eines solchen Bootes leisten?« fragte Frank.

»Das hab ich mich auch gefragt. Ich wette, es wird sich rausstellen, daß er alle möglichen Beratungsgebühren kassiert und diverse andere Nebeneinkünfte hat.«

»Hm. Du willst also versuchen, Nadine Preston zu finden.

Morgen bekommst du ihre Sozialversicherungsnummer, richtig?«

»Ja, Ivy faxt sie mir. Ich weiß, du kannst sie für mich ausfindig machen«, sagte ich einschmeichelnd.

»Oh, das wäre aber gesetzwidrig«, entgegnete er, ohne sich große Mühe zu geben, ein Lächeln zu unterdrücken.

»Ja, das stimmt.«

»Keine Sorge. Ich glaube, ich kann Reed davon überzeugen, nach ihr suchen zu lassen, wenn ich ihn darauf hinweise, daß sie vielleicht Informationen über einen möglichen Mord besitzt. Aber nur, wenn du ihn morgen nicht wieder vergrätzt.«

»Hör mal, Frank – ich gehe dieser Geschichte nach, weil das das mindeste ist, was ich noch für Lucas tun kann, und außerdem dient es meinem eigenen Seelenfrieden. Aber es ist auch eine Story für die Zeitung, auf die John nun schon eine ganze Weile mit überraschend großer Geduld wartet. Kann man sich darauf verlassen, daß Reed alles, was du ihm sagst, für sich behält?«

»Er ist absolut vertrauenswürdig. Und Vince auch.«

»Wenn diese Story der Konkurrenz in die Hände fällt – daran möchte ich lieber gar nicht denken. Dann kann ich meinen Job als Reporterin für immer an den Nagel hängen. Und meine ehemaligen Kollegen würden bei meiner neuen Arbeitsstätte aufkreuzen, nur um mich sagen zu hören: ›Darf ich jetzt Ihre Bestellung entgegennehmen?‹«

»Das geht natürlich auf keinen Fall«, stimmte er zu. »Aber warte mal – würdest du mir eine Portion Fritten extra geben?«

»Ha! Ha!«

»Okay, ist ja schon gut. Ich werd sehen, was ich wegen Reed tun kann. Er schuldet mir sowieso noch was.«

»Du mußt auch noch was anderes für mich nachschauen.«

Er schüttelte ungläubig den Kopf. »Darf ich jetzt Ihre Bestellung entgegennehmen?« äffte er mich nach.

»Nein, ganz im Ernst. Könntest du mal nachsehen, was ihr über Jeff McCutchens Selbstmord habt?«

Er blickte auf die dunkle Straße hinaus. »August 1977?«

»Ja.«

»Selman verliert ziemlich viele Freunde durch Selbstmord, findest du nicht auch?«

»Ja, der Gedanke ist mir auch schon gekommen. Aber die beiden Ereignisse liegen zeitlich weit auseinander, und es gibt Gründe zu glauben, daß es sich in beiden Fällen um Selbstmord handelte«, sagte ich. »Trotzdem würde ich gern wissen, wo Andre an dem Abend war, an dem Ben gestorben ist.«

»Carlos ist ziemlich sicher, daß Watterson sich selbst das Leben genommen hat. Es gibt eine Menge Leute, die deiner Freundin Claire gerne etwas anhängen würden – reiche junge Witwen können meistens nicht mit echter Anteilnahme rechnen. Aber der Brief, die Schmauchspuren an Ben Wattersons Hand, der Eintrittswinkel der Kugel – das ist ziemlich eindeutig.«

Ich zuckte die Achseln. »Claire hat mir heute erst gesagt, daß er manchmal an Depressionen gelitten hat – obwohl sie es sofort wieder bagatellisierte. Stell dir Ben vor, wie er war, wie er als Geschäftsmann aufgetreten ist, was für einen Ruf er sich geschaffen hatte. Er war ein angesehener Bürger der Stadt. Aber wenn Lucas bewiesen hätte, daß Ben von Andres Betrug bei der Studie wußte, wäre es mit Bens Ruf aus gewesen.«

»Und der Aufsichtsrat der Bank hätte ihm wahrscheinlich auch das Vertrauen entzogen.«

»Ja.«

»›Es gibt keine Heilung.‹ Waren das nicht die Worte in seinem Brief?«

»Doch. Und er hat noch geschrieben, daß er sich Tage der Qual ersparen wollte.«

»Wie sieht es mit McCutchen aus?« fragte Frank.

»Ivy hat erzählt, daß er Drogen genommen und getrunken hat und völlig deprimiert wirkte, als er sie besuchte – ein Einzelgänger, dem der beste Freund die Freundin ausgespannt hatte –, und daß er ihr ein Versprechen abgenommen hat, auf das er sich in seinem Abschiedsbrief bezog. Wirkt auch alles ziemlich überzeugend. Aber sicherheitshalber ...«

»Ja, ich werde mich darum kümmern.«

»Danke. Nur noch eins.«

Er zog eine Augenbraue hoch. »Wirklich nur noch eins?«

»Fürs erste jedenfalls. Es ist mir wieder eingefallen, als ich eben Becky gesehen habe. Wenn Andre Selman an dem Abend, als er den Herzinfarkt bekam, sein Medikament nicht bei sich hatte, dann vielleicht, weil er es jemand anderem gegeben hatte.«

»Hm. Du glaubst, er hatte Lucas das Medikament heimlich untergejubelt?«

»Gib zu, daß es möglich ist.«

»Andre, der Herzkranke, soll vierzehn Treppen raufgeklettert sein?«

»Nein. Das brauchte er gar nicht. Er brauchte Lucas nur die Thermosflasche zu geben.«

»Ich kann mir nicht vorstellen, daß Lucas die gerade von Andre Selman angenommen hätte.«

»Wahrscheinlich nicht. Trotzdem – ich glaube, daß Lucas diese Männer, die zu Moffetts Kreis gehörten, alle aufgesucht hat. Vielleicht wollte er auf diese Weise die Aufgaben erfüllen, die einem bei den Anonymen Alkoholikern gestellt werden – du weißt schon, anderen vergeben. Vielleicht hat er sie auch erpreßt. Und wenn es nun so war, daß ihm jemand in einer kalten Nacht ein Friedensangebot gemacht hat? Eine Thermosflasche mit schönem warmen Kaffee?«

»Ich werd mit Carlos sprechen. Er hat bestimmt schon angeordnet, daß bei der toxikologischen Untersuchung nach dieser Art von Drogen gesucht wird.«

Ich seufzte und lehnte meinen Kopf nach hinten. »Danke, Frank.«

»Danke mir nicht. Theorien sind eine Sache, Beweise eine andere.«

Ich dachte, er würde jetzt nach Hause fahren, doch statt dessen nahm er Kurs zum höchsten Hügel in Las Piernas, den die Einheimischen *Auburn's Stand* nennen.

Eigentlich ist *Auburn's Stand* der Name des Hauses, das sich ein reicher Kerl dort oben gebaut hat. Auf halber Strecke ist eine Ausweichstelle mit Blick auf den Ozean. Las Piernas erscheint wie ein Lichtermeer von diesem Aussichtspunkt, wo sich, als ich noch zur High-School ging, die Liebespärchen die heißesten Knutschereien lieferten. Mich allerdings hat nie jemand da mit hinauf genommen, aber ich bin mal allein raufgefahren, als ich ungefähr sechzehn war, und habe mir ein paar schöne Träume von einem Jungen gegönnt, der zwei Klassen über mir war. Das war, bevor die Straße geschlossen wurde und bevor der Junge eingezogen wurde.

Jetzt ist da nur noch eine Privatstraße, und um zu der Ausweichstelle zu gelangen, muß man erst eine bewachte Schranke passieren. Mit den Knutschereien da oben ist es also rapide bergab gegangen, könnte man sagen.

Aber wir fuhren direkt bis vor die Schranke, und als der Wächter seinen grauen Kopf aus dem Häuschen streckte, kurbelte Frank das Fenster herunter und sagte: »Hallo, Mackie. Wie geht's denn so?«

Mackie lächelte und sagte: »Nicht schlecht für so einen alten Knacker wie mich. Hab Sie lange nicht mehr gesehen, Harriman. Was tun Sie denn um diese nachtschlafende Zeit hier? Haben Sie etwa – hoppla, ich hab Ihre Freundin gar nicht gesehen. Kommen Sie mal wieder, Harriman, dann können wir ein bißchen quatschen.«

Die Schranke hob sich, und wir fuhren weiter. Frank winkte und kurbelte das Fenster wieder hoch.

»Du weißt, daß ich fragen werde«, sagte ich.

Er lächelte. »Mackie ist ein ehemaliger Kollege. Du kennst doch den Mann, dem das Anwesen hier gehört?«

Ich nickte. »Garth Williams. Er gefällt mir.«

»Mir auch. Er ist sehr anständig zu Mackie.«

»Und – stehen jetzt da oben an der alten Ausweichstelle reihenweise Streifenwagen?«

»Woher kennst du denn die Ausweichstelle?« fragte er.

»Ich bin hier aufgewachsen, falls du das vergessen haben solltest.«

Oben an der Ausweichstelle war kein Mensch. Wir konnten uns den besten Platz aussuchen.

»Schwör mir, daß du hier nicht Stammgast bist«, sagte ich, und Frank lachte.

»Stammgast! Wenn ich überhaupt hier war, dann nur, um Teenager zu verscheuchen.«

»Aha! Das waren wohl die Zeiten, als du noch Streife gefahren bist.«

»Genau über diese Zeiten wollte ich mit dir reden.«

Seine Stimme klang plötzlich ernst. Ich wartete.

»Komm, wir gehen nach hinten«, sagte er.

Ich möchte in meinem Nachruf vermerkt wissen, daß ich nie eine Spielverderberin war.

Vom Rücksitz aus war der Blick immer noch spektakulär, und wir konnten dichter nebeneinander sitzen. Er nahm mich in den Arm, ich legte meinen Kopf auf seine Schulter. Aber gerade als ich glaubte, er würde sich zu mir herunterneigen und mich küssen, sagte er in gedankenverlorenem Ton: »Erinnerst du dich an Bakersfield?«

»Wer könnte es vergessen?«

Er sah mich an, als versuche er festzustellen, ob ich das sarkastisch gemeint hätte. »Ich meinte, als wir uns kennengelernt haben.«

»Ich auch.«

»Da war doch gleich was zwischen uns, nicht?«

»Ja.« Die Fensterscheiben beschlugen, und ich wollte sein Hemd aufknöpfen. Aber ich tat es nicht. Er will ernsthaft mit dir reden, sagte ich mir.

»Weißt du, heute abend – als deine Freundinnen erzählt haben –, da ist mir zum erstenmal klargeworden, warum ich damals bei dir nicht landen konnte.«

»Nimm's mir nicht übel, Frank, aber ich kann mich nicht erinnern, daß du jemals auch nur einen Versuch gemacht hast. Nach einer Weile dachte ich, ich wär für dich so was wie eine Schwester.«

Das trug mir ein Lachen ein. »Keine Spur. Aber du könntest anerkennen, daß ich gespürt habe, daß damals jeder Versuch, dir nahezukommen, falsch gewesen wäre. Ich hatte immer das Gefühl, daß du schlechte Erfahrungen gemacht hattest. Daß jemand dich verletzt hatte. Obwohl du nie darüber gesprochen hast.«

»Nach der Geschichte mit Andre habe ich mich geschämt.« Ich rückte näher an ihn heran. »Das habe ich überwunden. Aber du hast recht – ich habe mich wirklich stark zu dir hingezogen gefühlt, aber ich habe mir selbst nicht getraut. Als ich mich das letztemal zu einem Mann hingezogen gefühlt hatte, war es total schiefgegangen.«

»Na also, wie ich schon sagte, keine Landung möglich.«

Ich nahm sein Gesicht in beide Hände und sagte: »Aber jetzt, Frank Harriman. Jetzt ist die Landung erlaubt.«

30

Das Haus war dunkel, als wir zurückkamen. Jack lag, von Tieren umgeben, schlafend auf der Couch. Die Hunde weckten ihn mit ihrem Schwanzwedeln. Er lächelte schläfrig, sagte, er gehe jetzt nach Hause und marschierte ohne ein weiteres Wort zur Tür hinaus.

Wir gingen sofort zu Bett, müde und glücklich.

Edison Burrows rief am nächsten Morgen an, viel zu früh – gegen fünf Uhr etwa –, aber ich versprach ihm, ihn in einer Stunde auf dem Parkplatz am Strand zu treffen, wo ich seinen Sohn zuletzt gesehen hatte.

Ich schob gerade eine Scheibe Brot in den Toaster, als mein Blick auf die Glasschale fiel, unter die ich das abgerissene Stück Papier geschoben hatte. Durch den Grund der Schale konnte ich den Text lesen, der mit Maschine geschrieben war.

Mr. Watterson,
beiliegend finden Sie die Kopie eines Briefs, den Jeffrey McCutchen mir geschrieben hat, kurz bevor er sich das Leben genommen hat. Damals wußte ich nicht, was er zu bedeuten hatte, aber ich glaube, jetzt verstehe ich ihn. Es wird mich vielleicht einige Zeit kosten, andere davon zu überzeugen. Wollen Sie mir die Mühe nicht ersparen? Gegenwehr ist sinnlos; ich werde nicht aufgeben.
Sie waren schon einmal sehr großzügig zu mir. Dieses Foto beweist, daß ich das nicht vergessen habe.

»Frank!«

Noch halb schlafend kam er aus dem Schlafzimmer gerannt.

»Was ist?«

»Ich wollte dich nicht erschrecken.«

Er rieb sich das Gesicht. »Was ist denn passiert?«

»Der Brief hier – der ist aus Bens Tagebuch gefallen. Ich glaube, es ist der, den Lucas ihm zusammen mit dem Foto geschickt hat.«

»Wie kommst du darauf? Es ist ein Tagebuch von 1977«, sagte er gähnend. »Es könnte ebensogut ein alter Brief sein.«

»Du bist noch nicht ganz wach, nicht?«

»Nein«, antwortete er.

»Claire hat zu mir gesagt, daß Ben sich in letzter Zeit viel mit alten Zeiten beschäftigt hat, das hab ich dir doch erzählt. Ich glaube, daß Lucas Ben eine Kopie von Jeff McCutchens Abschiedsbrief geschickt hat.«

»Hm.« Er konnte kaum die Augen offenhalten.

»Frank, hätte die Polizei damals, als sie Jeffs Selbstmord untersucht hat, nicht Kopien von den Abschiedsbriefen gemacht?«

»Nein.«

»Nein?«

»Sie hätten die Originale behalten.«

»Kannst du mir eine Kopie aus McCutchens Akte besorgen?«

Mit einem Ruck riß er die Augen auf. »Was? Oh! Vielleicht. Liegt wahrscheinlich längst im Archiv.« Er gähnte erneut. »Ich geh jetzt wieder ins Bett.«

Er trottete ins Schlafzimmer zurück, und ich fragte mich, ob er sich an unser Gespräch überhaupt erinnern würde. Vorsichtshalber zeichnete ich auf dem Anrufbeantworter ein kleines Memo für ihn auf, bevor ich ging, und erinnerte ihn auch gleich an all die anderen Punkte, die ich ihn am vergangenen Abend zu überprüfen gebeten hatte.

Ehe ich aus dem Haus ging, nahm ich drei Monate aus Bens Jahrbuch von 1977 heraus: Juli, August und September. Ein dickes Bündel Papier, das Cody begehrlich beäugte. Ehe er zur Tat schreiten konnte, schob ich den ganzen Packen in einen großen braunen Umschlag und legte meine Notizen über Moffetts geheime Zusammenkünfte dazu. Ich würde mit der Story über Moffett anfangen müssen, sobald ich aus der Redaktion kam – dies war ein Knochen, der mir die Wölfe eine Weile vom Hals halten sollte. Ich brauchte noch etwas Zeit, um den Geschichten nachzuspüren, die mich weit brennender interessierten: Geschichten von gefälschten Daten, selbstmörderischen Bankern und ermordeten Freunden.

Es war klamm und grau draußen, Vorfrühlingswetter an der südkalifornischen Küste: frühmorgens eine dichte Wolkendecke, die bis zum Nachmittag so weit aufriß, daß dunstiger Sonnenschein durchkam. Die Fahrt zum Strand hinunter war kalt, und ich dachte die meiste Zeit darüber nach, wann ich dazu kommen würde, das Fenster reparieren zu lassen.

Edison Burrows wartete, an einen weißen Kombi gelehnt, auf dem Parkplatz. Er blickte zum Ozean hinaus, bis er mich kommen hörte.

»Bis jetzt habe ich keine Spur von ihm gesehen«, sagte er und kroch tiefer in seine Jacke, um sich gegen den kalten Wind zu schützen.

»Es ist noch früh.«

»Ja, wahrscheinlich haben Sie recht.«

Es war wenig los hier unten – ein paar Jogger, hier und da auch ein Geher. Es war beste Surfzeit, aber die Surfer waren alle drüben am anderen Teil des Strands, näher bei unserem Haus. Hier jedoch gab es keine richtigen Wellen. Mein Vater hat mir erzählt, daß vor dem Bau der Mole dieser Teil des Strandes ein Surferparadies gewesen war. Aber das ist lange her. Damals gab es noch nicht so viele Surfer, und sie waren nicht gut organisiert, darum haben sie diesen Strand an die Jachthäfen verloren.

Ich hörte jemanden husten; ein rauhes, bellendes Husten – und danach laut fluchen. Ich sah den Strand hinauf und hinunter, konnte aber nicht erkennen, woher die Geräusche kamen.

Ein Traktor der städtischen Verwaltung für Park- und Freizeitanlagen sprang ratternd an, und wir sahen zu, wie er losfuhr, um den Sand zu reinigen. Ich musterte einen der geschlossenen Beobachtungstürme der Küstenwache und sah, wie vier zerzauste Köpfe sich über das Gitter schoben, das ihn umgab, und vier finstere Gesichter zu dem Traktor hinunterblickten. Sah ganz so aus, als hätten Blue und ein paar seiner Freunde dort oben vor der kalten Nacht Schutz gesucht.

»Ist das Ihr Sohn?« fragte ich Edison und wies mit einer Kopfbewegung auf den Mann, den ich als Corky kennengelernt hatte.

Er lächelte nervös. »Ja, das ist Joshua.«

Joshua entdeckte uns im selben Moment. Er hob eine Hand zum Gruß und stieg dann langsam die Leiter vom Turm hinunter. Auf halbem Weg mußte er stehenbleiben, weil ihn ein Hustenanfall befiel. Es schien ihm nicht besonders gut zu gehen. Ich dachte mir, daß er außer einer Erkältung wahrscheinlich auch noch einen Kater hatte.

Ich warf einen Blick auf Edison. Sein Mund war schmal geworden.

Joshua Burrows ließ sich vorsichtig von der Leiter auf den Sand hinunter. Einen Moment lang lehnte er seinen Kopf ermattet an eine der Sprossen, dann drehte er sich um und stapfte langsam über den Sand auf uns zu. Er hinkte und hielt beide Hände auf eine Seite seiner Rippen gedrückt. Und er hustete immer wieder. Als er näher kam, sah ich, daß sein Gesicht voller Blutergüsse war. Seine Augen waren klar. Er hatte keinen Kater. Er war verletzt.

»Hallo, Dad«, sagte er mit heiserer Stimme, als er uns erreicht hatte, und nickte mir zu. Die Frage seines Vaters vorwegnehmend, fügte er hinzu: »Ich bin neulich abend überfallen worden.«

Edison blickte auf seine Schuhe hinunter, doch seine Stimme war ruhig und ohne Vorwurf, als er fragte: »Warst du schon bei einem Arzt?«

»Nein, nein. Noch nicht.« Er schien völlig ermattet, außer

Atem. »Aber ich geh noch. Vielleicht heute irgendwann.« Er wandte sich ab, als er wieder zu husten begann. Als der Anfall vorüber war, richtete er sich auf und lehnte sich an das Auto.

»Miss Kelly hat mir erzählt, daß ihr euch schon kennengelernt habt«, bemerkte Edison.

Ich kam mir plötzlich vor wie in einem fremden Land, wo den Menschen nichts geblieben ist als ihre Manieren. So ähnlich wie in alten Filmen, in denen die feine Gesellschaft auf der Safari mitten im Dschungel haltmacht, um den Tee einzunehmen, ohne zu ahnen, daß auch die einheimischen Löwen ein Picknick planen.

Joshua nickte. »Ja, ich hatte das Vergnügen.« Wieder schien ihm der Atem auszugehen, und er mußte eine Pause machen, ehe er hinzufügte: »Und warum seid ihr hergekommen?«

»Es geht um etwas, das Lucas in einem Brief geschrieben hat.« Edison wollte in seine Jacke greifen, hielt dann aber inne und sagte: »Möchtest du dich setzen? Irgendwo, wo es nicht so windig ist? Wir könnten uns in den Wagen setzen.«

»Nein, danke«, sagte er, dann sah er seinem Vater ins Gesicht. »Oder doch, ja. Warum nicht?«

»Sie beide setzen sich vorn hin«, sagte ich.

»Sie setzen sich vorn hin. Ich geh hinter«, entgegnete Joshua.

Abstand halten, dachte ich.

Drinnen war der strenge Geruch, der von Kleidern und Körper Burrows' des Jüngeren ausging, so überwältigend, daß ich am liebsten gleich wieder ausgestiegen wäre. Corky lehnte sich zurück, sah mich an und sagte grinsend: »Mach lieber das Fenster ein bißchen auf, Dad. Miss Kelly hat eine empfindlichere Nase als du.«

Edison wurde rot.

»Lassen Sie nur«, entgegnete ich. »Es ist schon in Ordnung.«

Joshua lachte, was einen neuerlichen Hustenanfall auslöste. »Heiß hier drinnen«, stieß er keuchend hervor, beide Hände auf seine Rippen gedrückt. »Verdammt heiß.« In Wirklichkeit war es recht kühl, doch sein Gesicht war schweißnaß. Ungeschickt begann er, seine Militärjacke aufzuknöpfen; das T-Shirt darunter hatte Schweißflecken.

Edison tauschte einen Blick mit mir. Ohne jede Hoffnung.

Joshua lehnte seinen Kopf zurück und schloß die Augen. »So, so, du hast einen Brief vom Prof?« Zurück beim Jargon der Straße.

Edison zog den Brief heraus, den Lucas in seinem Haus getippt hatte, und reichte ihn seinem Sohn nach hinten.

Joshua las ihn und sah lange nicht von ihm auf. »Schöner Quatsch, den er da schreibt. Als hätte er's nicht besser gewußt.«

»Kümmere dich jetzt nicht um das, was er über deine Heimkehr schreibt«, sagte Edison. »Du sollst nur Miss Kellly helfen zu verstehen, was der Teil bedeutet, der für sie bestimmt ist.«

Seine Augen waren nicht mehr so klar wie noch vor wenigen Augenblicken. Er schloß sie und murmelte: »Zu spät. Das hat er nie in seinen Dickschädel reingebracht.« Wieder überwältigte ihn der Husten, dann sagte er erschöpft: »Zu spät für ihn. Zu spät für Las Piernas und ganz bestimmt zu spät für mich.«

Ich bin nicht gerade für meine Langmut bekannt, vielleicht war es also meine Ungeduld, die mich zu sagen veranlaßte: »Edison, ich halte das nicht aus. Entweder Sie fahren ihn jetzt ins Krankenhaus, oder Sie rutschen rüber und lassen mich fahren.«

Edison sah mich einen Moment bestürzt an, dann verriegelte er die Autotüren und schob den Schlüssel ins Zündschloß. Als ich das Knacken der Schlösser hörte, ergriff mich Panik. Ich suchte und fand einen Türöffner auf meiner

Seite, legte meine Finger auf ihn, drückte ihn jedoch nicht herunter.

Joshua sah die Geste und lächelte. »Wollen Sie wirklich hier mit mir und meinem Gestank eingesperrt sein, Miss Kelly?«

»Nein, aber ich werd's überleben. Bei Ihnen bin ich da nicht so sicher. Los, fahren Sie, Edison«, sagte ich. »Bringen Sie ihn ins Krankenhaus.«

»Ich brauch kein Krankenhaus.«

»Joshua Burrows!« sagte Edison scharf, so richtig wie ein Vater. War wirklich Zeit dafür, wenn ich persönlich meine Autorität auch an anderer Stelle geltend gemacht hätte.

»Tut mir leid, Miss Kelly, Dad. Aber ich brauche trotzdem kein Krankenhaus.« Es war keine Kampfbereitschaft in seinen Worten.

Edison fuhr los. Wir waren näher beim St. Anne's, aber er nahm Kurs auf das städtische Krankenhaus. Ich brauchte nur einen Moment, um dahinterzukommen, warum. Das städtische Krankenhaus war näher bei seinem Haus.

Joshua starrte wieder auf den Brief. »Kein Wort sag ich Ihnen.«

Er sprach so leise, daß ich ihn kaum hörte.

»Sie brauchen mir gar nichts zu sagen, Sie verwöhnter Fratz!«

Mit einem Ruck hob er den Kopf. Ich sah Edison an. Der lächelte unwillkürlich.

»O doch«, entgegnete Joshua. Sein Widerstand wurde schwächer. Das Atmen bereitete ihm immer noch Mühe, und er begann in kurzen Sätzen stockend zu sprechen. »Hier steht... ›PS 23‹... Sie wissen nicht, was das heißt.«

»Tja, obwohl Sie weiß Gott nicht wie mein guter Hirte aussehen, sondern eher wie ein Schatten aus dem Tal des Todes, wird mir nichts mangeln. Ich sollte Lucas' Bibel zur Hand nehmen, sie bei Psalm dreiundzwanzig aufschlagen und dort den Zettel mit dem Vermerk finden. Ich hoffe, er hat

Ihnen gesagt, was das Gekritzel auf dem Zettel bedeutet; ohne Hilfe wär ich nämlich nie dahintergekommen, daß das ›Blasengel‹ heißen sollte.«

Er schloß die Augen.

»Das bezieht sich auf die Bar im Angelus, richtig?«

Er schluckte und nickte.

»Hören Sie, Joshua –«

»Vergessen Sie's. Lucas hat mir schon gesagt – daß Sie eine Schnellspannerin sind.« Er hielt die Augen geschlossen, aber ein Lächeln kroch über sein Gesicht, und er sah plötzlich fünfzehn Jahre jünger aus. »Ulkiges Versteck... für einen von den AA.«

Ich erwiderte das Lächeln, obwohl er es nicht sah. »Ja«, sagte ich. »Das paßt zu seiner Art von Humor, nicht wahr?«

Er nickte, öffnete die Augen und beobachtete mich.

»Steckt da noch mehr dahinter?« fragte ich.

Er begann wieder zu husten. Die Anfälle schienen jedesmal länger zu dauern. Edison sah immer wieder ängstlich in den Rückspiegel.

»Ein Geheimfach in der Bar... Lucas hat's gefunden... er hat gesagt, es ist... noch aus der Zeit der Prohibition.« Er lächelte wieder. »Dem konnte keiner was vormachen.«

»Wissen Sie, was er dort versteckt hat?«

»Papiere.«

»Was für Papiere?«

Er schüttelte den Kopf. »Wollt er mir nicht verraten. Er hat gesagt, es wäre vielleicht gefährlich... hat immer auf mich aufgepaßt.«

Den Rest der Fahrt döste er vor sich hin.

»Ich glaube, er hat eine Lungenentzündung«, flüsterte Edison mir zu. »Ich bin ein furchtbarer Vater.«

»Hilft Ihnen das?«

»Nein«, antwortete er. »Nein.«

Joshua wachte auf, als wir nur noch wenige Minuten vom

Krankenhaus entfernt waren. Als sein Husten soweit nachgelassen hatte, daß er sprechen konnte, sagte er: »Bring mich nicht da hin. Du kannst mich nicht zwingen –«

»Sei nicht albern!« unterbrach ihn Edison. »Du gehst jetzt ins Krankenhaus und basta. Nur weil du da ein paar Tage nicht trinken kannst…«

Sie begannen laut zu streiten, wobei sie sich ständig wiederholten und Joshua sich immer elender anhörte.

»Sie können auf eine gemeinsame Freundin aufpassen«, unterbrach ich ruhig.

Sie verstummten beide.

»Ich nehme an, Sie kennen Roberta Benson?«

Joshua nickte. »Wir kennen sie alle… sie leitet das Heim.«

»Sie liegt hier im Krankenhaus.«

»Wieso? Sie ist doch nicht krank, oder?«

Ich hatte Zynismus erwartet, eine abfällige Bemerkung über ihre Tätigkeit als Psychotherapeutin – nicht diese offene Besorgnis. »Sie liegt im Koma. Sie ist überfallen worden und hat einen schweren Schlag auf den Kopf bekommen.«

Das graue, von Blutergüssen entstellte Gesicht wurde noch einen Schein blasser. Er drückte seine Stirn an die Fensterscheibe. »Aber wieso denn?«

»Sie hat jemanden überrascht, der gerade ihr Büro ausrauben wollte – so lautet jedenfalls die offizielle Theorie. Aber sie hat Lucas gekannt und ihn als Klienten gesehen. Ich glaube, daß da jemand nach einer Akte über ihn gesucht hat. Und Roberta sollte zum Schweigen gebracht werden.«

»Sie führt keine Akten über Leute. Nur über geschäftliche Sachen. Ihr Prinzip.« Neuerliches Husten.

»Sie hat Lucas gekannt. Sie haben Lucas auch gekannt, und das ist kein Geheimnis. Wollen Sie mir nicht sagen, wer Sie so zugerichtet hat?«

»Das hat mit der Sache hier nichts zu tun.«

»Verraten Sie es mir trotzdem.«

Er überlegte einen Moment, dann fragte er: »Aber Sie sagen's nicht den Bullen?«

»Nein. Das ist Ihre Sache.«

Er warf einen Blick auf seinen Vater und schüttelte den Kopf. »Er würde es ihnen bestimmt sagen.« Während Edison dies heftig bestritt, sah Joshua mich beschwörend an und hielt zwei Finger hoch, mit denen er dann zu den Spitzen seiner schmutzigen Schuhe hinunterwies.

Zehab. Ich war sprachlos. Joshua beobachtete mich. Von dem Mann, der sich als mein Schutzengel betrachtete, brutal überfallen und grün und blau geschlagen.

»Ich dachte, Blue beschützt Sie –«

»Blue war nicht da«, sagte Joshua.

»Ich weiß nicht, wer Roberta überfallen hat«, erklärte ich. »Ich glaube nicht, daß es der war, der Sie überfallen hat, aber ich weiß es nicht. Ich denke nur, Sie und Ihr Vater sollten vorsichtig sein und aufeinander aufpassen – und das ist zu schwierig, wenn Sie draußen auf der Straße sind, Joshua. Hier sind Sie sicherer.«

Er sagte nichts.

»Vielleicht können die Ihnen sogar helfen, diesen Husten loszuwerden«, bemerkte ich.

»Was kümmert Sie das?«

»Ich bin jemandem etwas schuldig.«

»Lucas?«

»Ja.«

»Sie haben doch gewußt, was der Zettel zu bedeuten hatte... warum haben Sie mich überhaupt gesucht?«

»Aus zwei Gründen: Ich hab ja nicht alles gewußt, stimmt's? Und den andern Grund habe ich Ihnen bereits gesagt.«

»Weil Sie Lucas was schuldig sind.«

»Ganz recht. Und Sie auch.«

»Ich bin so müde«, sagte er.

31

Nina Howell, meine Freundin bei der Baubehörde, war hocherfreut, mir helfen zu können, als ich sie anrief. Ray Aiken war jetzt amtierender Stadtdirektor, und ihr eigener Chef war gerade dabei zu lernen, daß das gesamte Verwaltungspersonal – und dazu gehörten auch die Sekretärinnen – von Grund auf anders behandelt werden würde, solange Ray das Sagen hatte. Ninas Arbeitsleben hatte sich zwar nicht völlig gewandelt, aber es hatte sich wesentlich gebessert.

»Wie kann ich Charlotte Brady erreichen?« fragte ich sie.

»Allan Moffetts frühere Sekretärin?«

»Ja.«

»Mr. Aiken hat sie zurückgeholt. Sie arbeitet jetzt als seine Assistentin. Soll ich Sie mit ihr verbinden?«

Ich bejahte und mußte mir die nächsten fünf Minuten Charlottes Lobeshymnen auf ihren neuen Chef anhören. Eine ziemliche Strapaze für meine Geduld: Ich brauchte Material für eine Story über Moffetts Geheimtreffen, aber ich wollte auch dringend diverse andere Fäden weiterspinnen.

»Wirklich gearbeitet hat hier sowieso immer nur Ray Aiken«, erklärte Charlotte, wie ich hoffte, abschließend.

»Arbeitstiere sind nicht immer die besten Administratoren«, meinte ich. »Es freut mich, daß Ray so gut zurechtkommt.«

»Er ist einfach toll. Aber jetzt sagen Sie mir, was kann ich für Sie tun?«

»Ich habe da einige Informationen, für die ich eine Bestätigung brauche, und wollte Sie fragen, ob Sie mir die liefern können.« Ich las ihr Teile der Angaben vor, die ich Bens Jahrbuch entnommen hatte.

»Sie wollen wissen, ob Allan Moffett diese Treffen unter Mißachtung der Brown Act veranstaltet hat?«

Ist wirklich auf Draht, diese Charlotte Brady. »Daß er das getan hat, weiß ich schon«, sagte ich. »Ich möchte es nur von unabhängiger Seite bestätigt wissen.«

»Solange ich das nicht mit Mr. Aiken besprochen habe – hm. Sie wissen doch, daß nichts dabei herauskommen wird, nicht wahr? Ich meine, selbst unter Anwendung der Vorschriften der Brown Act werden Sie da nicht viel tun können.«

»Nein, das weiß ich. Das Gesetz betrifft ja nur Körperschaften der Legislative und ihre Ausschüsse, nicht den Stadtdirektor selbst. Aber diese Zusammenkünfte waren illegal, und Allan war derjenige, der sie einberufen hat. Die Öffentlichkeit hat ein Recht darauf zu wissen, ob der Mann, dem sie all die Jahre vertraut hat, dieses Vertrauen mißbraucht hat.«

»Unter den Umständen könnte er nicht mehr auf ein Comeback hoffen, nicht wahr?«

»Wohl kaum.«

»Oh, wie mich das reizt! Wissen Sie was, ganz unter uns gesagt? Sie sind genau auf der richtigen Spur. Dieser Mistkerl hat doch nur gemauschelt.«

»Charlotte –«

»Ich kann Ihnen Name und Telefonnummer von jemandem geben, der Ihre Informationen wahrscheinlich mit größtem Vergnügen amtlich und öffentlich bestätigen würde.«

»Und wer wäre das?«

»Allans Exfrau.«

»Ich weiß nicht –«

»Haben Sie eine Ahnung! Fragen Sie doch mal bei der Person nach, die Ihnen diese Angaben gemacht hat. Nancy war mindestens bei der Hälfte dieser Zusammentreffen dabei. Sie war eine Schönheit, und Allan hat gern mit ihr angegeben.«

Zuerst rief ich Claire an.

»Irene! Ich habe gerade in der Zeitung von dem Überfall auf Roberta gelesen.«

Ich berichtete ihr von den Ereignissen des vergangenen Abends und sagte dann: »Ich habe heute morgen schon mit Becky gesprochen. Sie hat mir erzählt, daß Roberta heute ein bißchen besser aussieht, sonst hat sich allerdings nichts geändert.«

»Ich muß Becky anrufen. Vielleicht kann ich ihr irgendwie helfen und mich ein bißchen um Roberta kümmern.«

»Da wäre sie dir sicher dankbar. Ich wollte dich übrigens auch um einen Gefallen bitten. Weißt du, für wen die Buchstaben ›N. M.‹ in Bens Jahrbüchern stehen?«

»Aber natürlich. Nancy Moffett. Allans geschiedene Frau. Er hat sie überall mitgeschleppt. Mensch, war der bei der Scheidung gemein zu ihr. Nancy und ich sind befreundet. Brauchst du ihre Nummer?«

Ich rief Nancy Moffetts Nummer an und bekam allerhand zu hören.

Als ich danach einige andere Teilnehmer an diesen Geheimtreffen anrief, konnte ich wahrheitsgemäß sagen: »Ich habe mir das von drei verschiedenen Stellen bestätigen lassen...«, und fragen, ob sie dem etwas hinzuzufügen hätten oder etwas zu ihrer eigenen Verteidigung vorbringen könnten.

Irgendwann reden die Leute immer, besonders wenn sie glauben, daß andere über sie reden. Die eine Seite der Story hatte ich im Kasten. Jetzt war Moffett an der Reihe.

Es überraschte mich, daß er überhaupt ans Telefon ging. Bei all meinen früheren Versuchen, ihn zu erreichen, hatte sich immer nur der Anrufbeantworter gemeldet, und obwohl ich diverse Nachrichten hinterlassen hatte, hatte er mich nicht zurückgerufen.

»Mr. Moffett, Irene Kelly hier. Ich habe heute mit verschiedenen Leuten gesprochen, die öffentlich bestätigen werden, daß Sie sie während Ihrer Amtszeit als Stadtdirektor aufgefordert haben, an Zusammenkünften teilzunehmen, die –

wie Sie genau wußten – gegen die Bestimmungen der Brown Act verstießen. Ich wollte Ihnen Gelegenheit geben, sich zu diesen Behauptungen zu äußern.«

Er ließ sich erst einige dieser Zusammenkünfte von mir aufzählen, bevor er sagte: »Meine liebe Miss Kelly, ganz unter uns, wenn Sie die Bestimmungen der Brown Act so genau kennen, dann wissen Sie auch, daß Sie schlimmstenfalls die Aufhebung einiger Entscheidungen verlangen könnten, die bei diesen Zusammenkünften getroffen wurden, und selbst damit würden Sie wahrscheinlich kaum durchkommen. Sie wissen ferner, daß ich für diese Verstöße nicht haftbar gemacht werden kann. Sie wissen, daß ich in meiner Position den Bestimmungen der Brown Act nicht unterlag und daß Sie, selbst wenn ich ein Mitglied des Stadtrats gewesen wäre, gegen die Stadt klagen müßten, nicht gegen mich. Scheren Sie sich also zum Teufel.«

»Aber Allan, warum denn gleich so feindselig? Ich tue es wirklich nicht gern, aber ich muß Sie noch einmal fragen, und in Ihrem eigenen Interesse sollte die Antwort diesmal ganz offiziell sein, Allan: Haben Sie eine Erwiderung auf diese Behauptungen?«

»Kein Kommentar.«

»Okay, damit wäre das also erledigt. Aber folgendes möchte ich doch gerne noch erwähnen: Mir ist völlig klar, daß man Sie nicht wegen Hinterhältigkeit belangen oder ins Gefängnis bringen kann, und niemand, den ich kenne, hat Lust dazu, die Stadt wegen der Taten eines – na ja, eines Menschen wie Ihnen – zu verklagen, zumal es sowieso zu spät ist, den Schaden, den Sie angerichtet haben, wiedergutzumachen. Dennoch wird die Öffentlichkeit nicht erfreut sein zu hören, daß Sie zwanzig Jahre lang Geheimniskrämerei der übelsten Sorte betrieben haben und hinter dem Rücken der Bürger darüber entschieden haben, wofür ihre Steuergelder verwendet wurden. Viele haben etwas in dieser Art vielleicht schon lange vermutet, aber wenn es erst einmal in der Zeitung steht, kommt das einer öffentlichen Erklärung gleich, die besagt, daß Sie die Bürger dieser Stadt für dumm verkauft haben. Es ist ein Fehler, Allan, den Zorn der Bürger angesichts einer solchen Enthüllung zu unterschätzen.«

»Ihr Schuß geht ins Leere, Kelly. Ich habe nicht vor, ins öffentliche Leben zurückzukehren, und mein größtes Vergnügen als Privatbürger wird es sein, Ihnen – Ihnen und Ihren Freunden beim *Express* zu sagen, daß Sie sich verpissen sollen.«

Wie schön, daß er diesen Ausdruck gebraucht hatte. Daran merkte ich, daß er nervös war, ja vielleicht sogar Angst hatte. Moffett benutzt solche krassen Aussprüche nur, wenn er Angst hat. Nach dem Motto: Angriff, beziehungsweise Beleidigung, ist die beste Verteidigung.

Nun, meinetwegen kann Allan alle fünfzehn Sekunden »Verpiß dich« sagen, wenn er will. Mir war es nur deshalb wichtig, weil ich nun wußte, daß er kurz vor dem Durchdrehen stand. Ich betrachtete es als meine Aufgabe, auf solche Eigenheiten öffentlicher Personen wie Moffett zu achten. In seinem Fall waren mir die Besonderheiten seiner Ausdrucksweise vertraut, weil ich ihm mehr als zehn Jahre lang zugehört habe – bei Sitzungen und in Interviews – und er mir gegenüber so wenig kooperationsbereit war, daß mir gar nichts anderes übrigblieb, als zu lernen, seine Verhaltensweisen zu deuten.

»Sie haben also nicht vor zurückzukehren?« fragte ich.

»Nein.«

»Warum bestehen Sie dann darauf, daß dieses Gespräch unter uns bleibt, Allan?«

Keine Antwort.

»Ich glaube, Sie haben doch vor zurückzukommen. So ein Rücktritt hat Ähnlichkeit mit einer Heirat – schnell gefreit, lang bereut, hm?«

Schweigen. Aber ich konnte ihn atmen hören, und er atmete beinah so schwer wie Joshua Burrows.

»Sie sind neulich wahrscheinlich ein bißchen in Panik geraten«, fuhr ich fort. »Sie sind zurückgetreten, bereuen es jetzt und sind fest entschlossen zurückzukehren, wenn Sie ein paar kleine Hindernisse aus dem Weg geräumt haben. Aber Sie sollten sich an den Ruhestand gewöhnen, Allan. Diesmal ist die Schweinerei zu groß. Und irgend jemand ist dabei, die Säuberungsaktion gründlich zu verpfuschen, meinen Sie nicht?«

»Was reden Sie da für einen Mist?«

»Ich spreche von Lucas Monroe«, antwortete ich.

»Ich kenne keinen Lucas Monroe.«

»Sie sind früher mit ihm zum Fischen gefahren.«

»Ich bin mit vielen Leuten fischen gefahren.«

»Er hat Sie sogar auf einem Boot fotografiert.«

»Mich haben schon viele Leute fotografiert.«

»Er war am vergangenen Mittwoch in Ihrem Büro – heute vor einer Woche. Darüber hat sich die Polizei doch bestimmt schon mit Ihnen unterhalten.«

»Am Mittwoch war ein Schwarzer da, der mich unbedingt sprechen wollte. Keine Ahnung, wie der Kerl hieß. Er wollte irgendwas im Zusammenhang mit dem Obdachlosenheim. Ich habe ihm gesagt, daß ich zurücktreten würde und ihm nicht helfen könnte.«

»Ein namenloser, obdachloser Afro-Amerikaner hat also als erster überhaupt von Ihrem geplanten Rücktritt erfahren?«

»Ja, das Leben ist komisch, nicht wahr?«

»Nein. Im Moment finde ich es gar nicht so komisch. Er ist nämlich tot.«

»Davon weiß ich nichts.«

»Sie wissen sicher auch nichts darüber, was Roberta Benson zugestoßen ist?«

»Roberta Benson – ist das nicht die Leiterin des Obdachlosenheims?«

»Spielen Sie doch nicht den Ahnungslosen, Allan. Es steht heute im *Express*.«

»Das Schundblatt lese ich nicht.«

»Selbst wenn Sie es nicht gelesen haben, wissen Sie genau, wer sie ist. Gestern abend hat jemand sie in ihrem Büro überfallen. Sie liegt im Koma.«

»Was, zum Teufel, geht hier eigentlich vor?« rief er heftig, fing sich aber sofort wieder und fügte mildernd hinzu: »Ich meine, das ist natürlich traurig, aber was hat es mit mir zu tun?«

Hätte ich ihm gegenübergesessen, so hätte ich aus seiner Haltung, dem Ausdruck seiner Augen, dem Spiel seiner Hände weitere Hinweise entnehmen können. So jedoch konnte ich nicht sicher sein, hatte aber den Eindruck, daß Allan tatsächlich nicht wußte, wer Roberta angegriffen hatte. Angst hatte er dennoch. Aber warum? Weil er fürchtete, es könnte jemand gewesen sein, der zu ihm Verbindung hatte?

»Sie haben keine Ahnung, wer Ihre möglichen Feinde für Sie erledigt, Allan?«

»Was zum Teufel reden Sie da? Wieso sollte die Leiterin des Obdachlosenheims meine Feindin sein? Diesen Quatsch brauche ich mir wirklich nicht länger anzuhören.«

Er legte auf. Es machte mir nichts aus. Ich wußte, daß ich ihn getroffen hatte.

Ich sah die Story auf meinem Bildschirm durch, tippte »Vom *Express*« auf diese Anschuldigungen angesprochen, lehnte Moffett jeden Kommentar ab«, und speicherte die Story. Dann rief ich Murray an, da ich es ihm ja versprochen hatte, und sagte ihm, die Story, die ich soeben gespeichert hatte, würde ihn vielleicht interessieren.

John hatte mich gebeten, ihm Bescheid zu geben, sobald ich damit fertig war, darum ging ich zu ihm ins Büro und wartete, während er sie auf seinen Bildschirm holte und las. Sein Gesicht blieb dabei völlig ausdruckslos; das ist etwas, woran man sich gewöhnen muß, wenn man mit John zusammenarbeitet.

Seine Kommentare betrafen einzig mögliche Ergänzungsberichte, und ich sagte ihm, ich hätte bereits mit Murray gesprochen. »Moffett hält sich für unangreifbar«, berichtete ich und wiederholte einige von Moffetts Tiraden zum Thema Brown Act.

John schüttelte ungläubig den Kopf. »Moffett ist vielleicht rechtlich nicht angreifbar«, sagte er, »aber die Reaktion der öffentlichen Meinung wird er trotzdem zu spüren bekommen. Kein einziger Politiker in dieser Stadt wird mehr was mit ihm zu tun haben wollen – die werden alle einen großen Bogen um ihn machen. Und selbst wenn er versuchen sollte, woanders unterzukommen, würde ihn nach einem solchen Skandal niemand auch nur mit der Feuerzange anfassen wollen. Für einen Mann wie Moffett ist ein Skandal weit schlimmer als ein Gerichtsverfahren.«

»Moffett verdient seinen zerstörten Ruf jedenfalls«, sagte ich, an Lucas denkend. »Und ich bin noch nicht fertig mit ihm.«

John schien jetzt weniger verärgert über mich, wahrscheinlich, weil ich wenigstens etwas eingereicht hatte, und dieses Etwas war keine Kleinigkeit – wir wußten beide, daß Wrigley sehr schnell nachrechnen würde, wie viele Zeitungen sich mit einer *Geheimtreffen*-Schlagzeile verkaufen lassen würden.

Als wäre auch ihm soeben Winston Wrigley III. durch den Kopf gegangen, bemerkte John: »Kelly, wissen Sie zufällig was darüber, wieso Mr. Wrigleys Piepsernummer plötzlich aller Welt bekannt zu sein scheint?«

»Oh, jetzt, wo Sie fragen – er hat mich gebeten, sie einer gutaussehenden reichen Witwe zu geben. Wird er jetzt etwa von Witwenscharen belästigt?«

»Nein, aber in den letzten vierundzwanzig Stunden ist er von mehreren Bestattunginstituten, Tierkliniken, psychiatrischen Anstalten und anderen Institutionen angepiepst worden. Und seltsamerweise reagieren sie alle ziemlich verärgert, wenn er anruft, und verstehen überhaupt nicht, wieso er angerufen hat, obwohl ihre Nummern in seinem Piepser gespeichert sind. Er hat mir erzählt, das Ding hätte ihn die ganze Nacht belästigt. Er wußte nicht, wie man es leise stellt, darum hat er es schließlich ins Handschuhfach seines Wagens gesperrt. Und dann hat er sich die ganze Nacht gesorgt, es könnte irgendeine wichtige Persönlichkeit versuchen, ihn zu erreichen.«

»Der Arme! So viel Kummer ist ein Piepser doch wirklich nicht wert, nicht wahr?« meinte ich.

»Könnte es sein, daß er es auch so sieht, Kelly?«

Ich kehrte an meinen Schreibtisch zurück und rief meine Voice-Mail ab. Lisa Selman hatte angerufen – ihre Stimme klang ziemlich unglücklich – und mich gebeten, sie zurückzurufen. Als ich das tat, erreichte ich nur den Anrufbeantworter ihres Vaters und hinterließ meinerseits eine Nachricht mit meiner Piepsernummer. Trotz all meiner Schadenfreude über Wrigleys nächtliches Martyrium mußte ich zugeben, daß der Piepser sich als recht praktisch erwiesen hatte.

Ich rief Keene Dage an und sprach ihm auf den Anrufbeantworter: »Keene, Sie werden staunen, wenn Sie hören, was ich in letzter Zeit alles in Erfahrung gebracht habe. Ich weiß, Sie können mir noch mehr erzählen. Ich schlage vor, wir treffen uns.«

Er würde den Anruf wahrscheinlich ignorieren, aber manchmal lohnt es sich auch, anderen auf die Nerven zu gehen. Ich rief noch einmal Jerry Selmans Nummer an und hinterließ ihm die Nachricht, mich zurückzurufen. Ich hoffte, er würde mir ein paar Auskünfte über die Exfreundin seines

Vaters geben können. Ich dachte daran, Corbin Tyler anzurufen und auch ihn ein wenig unter Druck zu setzen. Aber dann ersparte ich mir das, indem ich mir sagte, ich hätte Wichtigeres zu tun.

Ich nahm einige Seiten von Bens Jahrbuch aus dem Umschlag, in den ich sie hineingestopft hatte – Ende Juli und Anfang August. Die Seiten waren bis zum achten August beschrieben. Dieser Tag war leer. Ebenso der darauffolgende. Und auch der danach.

Bei der Durchsicht der früheren Monate des Jahres 1977 hartte ich ebenfalls schon einige leere Seiten entdeckt, aber nur ab und zu. Neunter August, zehnter August, elfter August und immer so weiter – nichts. Claire hatte mir erzählt, daß Ben nie geschrieben habe, wenn er deprimiert gewesen war. Folglich mußte es sich hier um eine Riesendepression gehandelt haben. Ich blätterte bis zum sechzehnten August, der letzten Seite, die ich herausgezogen hatte, und fand auch dort keinen Eintrag. Gerade wollte ich zum nächsten Stapel übergehen, als Ivy anrief, um mir zu sagen, daß sie mir jetzt die Daten über Nadine Preston faxen würde.

Hastig schob ich die Kalenderseiten wieder in den Umschlag und nahm ihn mit zum Faxgerät. Es zirpte freundlich, dann begann die Übertragung.

Es war ein langes Schreiben, fünfzehn Seiten, was einigen Leuten, die das Gerät benutzen wollten, Anlaß zu Beschwerden gab. Ein größeres Problem waren aber die Kollegen, die neugierig wurden, weil ich so sehr darauf bedacht war, die Seiten, die das Gerät ausspuckte, vor den Blicken aller anderen abzuschirmen. Ich baute schließlich den Anzeigenteil vom vergangenen Tag wie ein Dach über meinem Schatz auf.

Als gerade die letzte Seite langsam durchrutschte, gab das Faxgerät ein schrilles Pfeifen von sich und legte die Arbeit nieder.

»Was ist los mit dem Ding?« rief ich Lydia zu. Unter den

Leuten, die sich in diesem Moment im Nachrichtenraum befanden, war sie die einzige, der ich traute.

Sie kam zu mir herüber, drückte auf einen Knopf, worauf zur allgemeinen Erleichterung das schrille Pfeifen aufhörte. Sie sagte: »Es braucht eine neue Patrone.«

»Eine Tonerpatrone?«

»Nein«, sagte sie, während sie den Deckel des Geräts öffnete. »Das hier ist ein Faxgerät für Normalpapier. Das arbeitet anders als die alten.« Sie blickte auf und sah, daß Dorothy Biss sich heranpirschte. »Zisch ab, Dorothy. Das ist für Irene.«

Dorothy zog ab, während ich mich fragte, was Lydia da redete. Während ich ängstlich meine Faxe an mich gedrückt hielt, nahm Lydia einen grauen Gegenstand aus der Maschine.

»Halt mal«, sagte sie. »Gib es nicht aus der Hand. Das ist die Druckpatrone.«

Es sah aus wie ein viereckiger grauer Plastikrahmen; an den beiden Enden war jeweils eine ummantelte Spule, und zwischen den Spulen spannte sich ein dünnes Filmband, glänzend schwarz auf der einen Seite, mattschwarz auf der anderen.

Lydia sah, daß ich das Ding untersuchte. »Das ist das Farbband«, erklärte sie.

Auf dem Band befand sich ein perfektes Negativbild der Seite, die ich soeben empfangen hatte. Ich begriff plötzlich, warum Lydia es mir gegeben hatte. Ich hielt es fest in der Hand, während sie eine Ersatzpatrone holte und in die Maschine einsetzte.

Dann kehrte ich an meinen Schreibtisch zurück und setzte mich auf die Faxseiten. Jetzt, da ich beide Hände frei hatte, sah ich mir die Patrone genauer an. Sie hatte eine gewisse Ähnlichkeit mit einer Filmpatrone; auf der einen Spule war das frische, unbenutzte Band, das nach der Belichtung von der anderen Spule aufgenommen wurde. Ich begann, das aufgerollte Band aufzuziehen. Heraus kam eine Folge von Bildern im Negativ. Das dünne Band knisterte, war aber stabiler, als es aussah. Es erinnerte mich an das Karbonfarbband einer elektrischen Schreibmaschine, aber es war viel breiter. Als ich alle meine Seiten zusammen hatte, nahm ich eine Schere und schnitt sie aus dem Film heraus. Ich steckte das abgeschnittene Band in einen Umschlag und die Faxseiten selbst in einen anderen. Beide Umschläge fest in der Hand haltend, brachte ich die Patrone zu Lydia zurück.

»Danke«, sagte ich. »Ich hatte keine Ahnung, daß alles, was über das Fax kommt, in Kopie im Gerät bleibt. Eigentlich ganz schön gefährlich, nicht wahr?«

»Die meisten Leute wissen das nicht. Stell dir mal vor, was da alles passieren kann«, sagte Lydia. »Jemand tut genau das, was du eben getan hast; stellt sich vor das Gerät und nimmt ein vertrauliches Schreiben entgegen, ohne zu wissen, daß jeder andere im Büro nur das Gerät zu öffnen braucht, um das Schreiben im Negativ zu lesen. Alle möglichen Informationen, die die Leute ›vertraulich‹ hin und her faxen, kann man sich auf diese Weise beschaffen.« Sie brach ab und sagte: »Hey, du siehst ja so nachdenklich aus.«

»Danke, Lydia«, erwiderte ich geistesabwesend und ging an meinen Schreibtisch zurück. Ich wollte meine Faxe lesen, aber das, was Lydia über das Gerät gesagt hatte, brachte mich auf einen Gedanken.

Ich rief Charlotte Brady an.

»Charlotte, hier ist noch mal Irene. Es geht um zweierlei. Erstens glaube ich nicht, daß Sie Angst zu haben brauchen, daß Allan irgendwann zurückkommt.«

Ich wartete, bis sie aufhörte zu jubeln, dann fragte ich: »Hat sein Faxgerät eigentlich mit Normalpapier gearbeitet?«

»Ja«, antwortete sie. »Warum?«

Gespannt fragte ich: »Ist die Druckkassette ausgetauscht worden, seit Allan weg ist?«

»Nein – oh! Oho!«

Ich brauchte ungefähr fünfzehn Minuten, um sie wenigstens dazu zu bewegen, mich mit Ray zu verbinden, da sie selbst überhaupt nicht daran dachte, mir die Kassette einfach zu geben. Ray war eine harte Nuß, aber er erklärte sich schließlich bereit, Charlotte die Spule abwickeln und alle die Seiten herausschneiden zu lassen, die Allan Moffett von Ben Watterson am Tag seines Selbstmords erhalten hatte. Ich erklärte ihm, ich hätte schon mindestens eine Seite davon und würde die restlichen zweifellos von anderer Stelle bekommen, aber jede Minute zähle, und ich wäre ihm sehr dankbar für seine Hilfe. Entsprach vielleicht nicht ganz der Wahrheit, aber es reichte, um Ray gnädiger zu stimmen.

Er sagte, ich könnte das Faxband unter drei Bedingungen sehen. Erstens: Nur dann, wenn es sich nicht um vertrauliche finanzielle Informationen handle, ganz gleich, ob sie Allan oder die Stadt beträfen; zweitens: Er würde sich die fraglichen Seiten zuerst selbst ansehen und könne sie zurückhalten, wenn sie etwas enthielten, das dem Ansehen der Stadt schaden könnte; drittens: Ich müsse schwören, meine Quellen nicht preiszugeben.

Mit der dritten Bedingung konnte ich gut leben, aber die erste gefiel mir nicht besonders und die zweite überhaupt nicht. Da er jedoch nicht bereit war, davon abzurücken, willigte ich ein. Charlotte bat mich, in einer Stunde vorbeizukommen.

Ich wandte mich wieder den Faxen zu, die Ivy mir geschickt hatte.

Was Ivys Freundin in der Collegeverwaltung getan hatte, indem sie mir die Daten über Nadine Preston herausgab, verstieß natürlich absolut gegen die Vorschriften, und ich bemühte mich immer, Quellen, die so viel riskierten, nach Kräften zu schützen. Eine ganze Reihe von Reportern in diesem Nachrichtenraum hätte nur zu gern gewußt, wer meine

Quelle im College war und wie ich an diese streng vertraulichen Daten herangekommen war. Den meisten war klar, daß ich ihnen das niemals verraten würde, und fanden sich damit ab. Sie waren vielleicht neidisch, aber sie konnten damit leben. Einige meiner aggressiveren und ehrgeizigeren Kollegen jedoch meinten, sie müßten nun ihre Schnüfflertalente auf mich konzentrieren. So was kann lästig werden. Ich habe inzwischen einige Tricks auf Lager, um mich ihnen zu entziehen, wenn sie in einer solchen Stimmung sind.

So kam es, daß ich, als Lydia vorbeischaute, um mich zu holen, in einer geschlossenen Kabine der Damentoilette auf dem Klo saß und Nadines Zeugnisse und Immatrikulationsunterlagen las.

»Keene Dage ist am Telefon«, sagte sie.

32

Ich faltete die Faxe zusammen und stopfte sie in den großen Umschlag, in dem schon Bens Tagebuchseiten steckten, ehe ich die Toilettentür entriegelte. Wieder an meinem Schreibtisch, hielt ich die Ellbogen auf den Umschlag gestützt, während ich mit Keene sprach.

Es war eine schlechte Verbindung, mit Motorengeräusch im Hintergrund.

»Ich habe eben meinen Anrufbeantworter abgehört und Ihre Nachricht erhalten«, sagte er. »Ich bin hier, in Las Piernas. Ich mußte heute kommen.«

»Und wollen Sie sich mit mir treffen?« fragte ich.

Schweigen.

»Keene, ich erfahre jeden Tag etwas Neues über diese Geschichte. Ich weiß schon jetzt genug, um eine ziemlich genaue Vorstellung davon zu haben, was da seit langem vorgeht.«

»Sagen Sie.«

»Sie glauben, ich bluffe? Okay, meinetwegen. Ich sehe vor mir ein Boot mit einer Gruppe Männer darauf. Einer der Männer sind Sie. Es ist auch eine junge Frau namens Nadine Preston dabei.«

»Oh, Mist!« Es klang erschrocken, nicht wütend.

Ich hakte sofort nach. »Seltsamerweise geht es auf dieser Bootsfahrt gar nicht ums Fischen. Es geht um Baupläne. Und um einen Mann, der um seine Zukunft betrogen wurde. Und um andere Dinge. Es ist Ihnen sicher nicht leichtgefallen, da mitzumachen, wie, Keene?«

»Nein!« Er schwieg einen Moment. »Es wundert mich, daß Sie immer noch so viel von mir halten, um das glauben zu können.«

»Ja, ich habe Vertrauen zu Ihnen, Keene, sonst würde ich gar nicht erst versuchen, Sie zu überreden, mir Ihre Seite der Geschichte zu erzählen. Früher oder später wird auf jeden Fall jemand mit mir sprechen. Das können Sie sein oder ein anderer. Aber der erste, der reinen Tisch macht, hat die Chance, es auf seine Weise zu erzählen. Wäre es Ihnen lieber, wenn statt dessen einer der anderen mir seine Version liefert?«

»Nein.«

»Also, wollen Sie mit mir sprechen, Keene?«

Trotz der Geräusche in der Leitung war sein Seufzen nicht zu überhören. »Ob Sie's glauben oder nicht, ja, ich möchte mit Ihnen sprechen. Es reicht jetzt. Moffett hat mich eben angerufen. Völlig außer sich. Er glaubt, ich hätte schon mit Ihnen gesprochen.«

Wie prompt, dachte ich, die Kommunikation innerhalb dieser Gruppe doch klappte. »Sind Sie an einem Funktelefon?« fragte ich und kam mir dabei ein klein wenig paranoid vor.

»Ja, ich sitze im Auto. Verstehen Sie mich schlecht?«

»Nein, und ich fürchte, auch andere Leute hätten kein Problem, uns zu verstehen. Funktelefone sind nicht sehr sicher.«

»Ach so, ich verstehe. Aber es ist doch ziemlich –«

»Zu vielen Leuten ist hier in letzter Zeit etwas zugestoßen.«

»Gut, ich rufe Sie von einem Münztelefon aus zurück.«

Er meldete sich, als ich schon sicher war, er wäre überfallen oder erschossen oder auf andere Weise ins Jenseits befördert worden. »Verdammt noch mal, bis man hier ein Münztelefon findet, das funktioniert!« schimpfte er.

»Ich bin nur froh, daß Ihnen nichts passiert ist. Was haben Sie denn in der Stadt zu tun?«

»Ich mußte nach einem Grundstück sehen, das ich vor kurzem gekauft habe.«

»Das Angelus?«

Er brummte zustimmend. »Sollte mich eigentlich nicht wundern, daß Sie das schon wissen, aber ich bin trotzdem überrascht. Ja, das Angelus. Ich wollte sowieso mit Ihnen darüber sprechen. Ich habe heute meine Kinder gesehen und – ach was, das erklär ich Ihnen alles später. Glauben Sie mir?«

»Ja.«

»Ich muß das auf meine Art tun.« Eine Weile blieb es still, dann sagte er: »Wie wäre es, wenn wir uns in dem kleinen Park an der Ecke der 20. Straße und Laguna Avenue treffen?«

Ich kannte mich in der Gegend nicht allzu gut aus, aber ich war sicher, daß ich den Park finden würde. »Wann?«

»Paßt Ihnen halb drei?«

Ich sah auf meine Uhr. Es war eins. Wenn ich vorher noch einen Anruf machte und dann im Rathaus vorbeifuhr, würde ich noch genug Zeit haben, um rechtzeitig zu der Verabredung zu kommen. »Ja, in Ordnung.«

»Gut, bis nachher dann.«

Ich rief Frank an, berichtete ihm kurz, was sich am Morgen bei mir getan hatte, und gab ihm Nadines Sozialversicherungsnummer. Als er den Leichenbeschauer nach Herzmedikamenten gefragt hatte, hatte Carlos ihm erklärt, daran hätten sie bereits gedacht; aber er müsse Geduld haben, die toxikologischen Untersuchungen würden mindestens noch eine Woche in Anspruch nehmen.

»Und Jeff McCutchen?«

»Es ist wirklich sonderbar, ich weiß, aber manchmal erwarten diese Leute von der Polizei – mein Vorgesetzter und ähnliche Leute – doch tatsächlich, daß ich an den Fällen arbeite, die sie mir übertragen haben.«

»Tut mir leid. Ich weiß, du hast viel zu tun. Danke für alles – ich laß dich den Rest des Tages in Frieden.«

»Untersteh dich! Ich will damit nur sagen, daß es ein bißchen dauern kann, okay?«

»Okay. Und ich bin dir wirklich dankbar. Ich werd versuchen, mir eine angemessene Belohnung einfallen zu lassen.«

»Ein paar kleine Landungsmanöver?«

Ich lachte. »Mit Vergnügen.«

Wir sprachen noch eine Weile über Haushaltsdinge – was eingekauft werden mußte, wer die Wäsche aus der Reinigung abholen würde, ob die Einzahlung bei der Bank erledigt war.

»Ich habe übrigens ein paar Werkstätten angerufen«, bemerkte er und nannte mir zwei, die ihm die vernünftigsten Preise angegeben hatten. »Zu welcher möchtest du deinen Wagen bringen?«

»Das hättest du nun wirklich nicht auch noch tun müssen. Du hast doch schon genug um die Ohren«, sagte ich.

»Aber ich weiß, daß du's sonst doch nur rausschiebst«, entgegnete er, und ich mußte zugeben, daß er leider recht hatte. »Morgen soll es regnen. Sieh zu, daß du dein Fenster noch heute reparieren läßt.«

»Ich weiß nicht, ob ich dafür die Zeit habe.«

»Bring den Wagen in die Werkstatt. Ich hol dich nach der Arbeit ab.«

»Mal sehen.«

Er war nicht glücklich über diese Antwort, aber er bekam einen anderen Anruf, und wir verabschiedeten uns mit der Abmachung, daß ich ihn später am Nachmittag noch einmal anrufen würde.

Wenige Minuten später läutete auch mein Telefon. Kaum hatte ich mich gemeldet, ging es schon los.

»Wollen Sie ihn eigentlich umbringen? Ich habe keine Ahnung, was zum Teufel Sie vorhaben, aber ich werde mir das nicht bieten lassen.«

»Jerry?«

»Die Beziehung meines Vaters zu dieser Frau geht Sie überhaupt nichts an. Ich lasse nicht zu, daß Sie ihn aufregen. Haben Sie mich verstanden?«

»Jerry, ich habe Sie angerufen, nicht Ihren Vater. Ich will ihm doch nichts antun, ich möchte nur eine Auskunft über Nadine Preston.«

»Da kann doch nichts Gutes dabei herauskommen«, sagte er. »Lassen Sie uns in Frieden.«

Damit legte er auf.

Ich war enttäuscht, sagte mir aber, daß die Krankheit seines Vaters wahrscheinlich eine starke Belastung für ihn war. Vielleicht würde er sich später wieder beruhigen und doch noch mit mir sprechen.

Ich nahm meinen Piepser heraus, sah, daß sich immer noch Ivys alte Nachricht darauf befand, neben all den anderen, die ich erhalten hatte. Ich versuchte, sie zu löschen. Sämtliche Funktionen an dem Piepser wurden durch zwei Tasten geregelt, die für jemanden mit Zwergenfingern gemacht waren. Ich drückte und drückte, und schließlich gelang es mir, die gespeicherten Nachrichten zu löschen – aber ich hatte keine

Ahnung, wie ich es gemacht hatte. Beschwingt von dem Hochgefühl der Befriedigung, das die Beherrschung elektronischer Geräte mit sich bringt, steckte ich den Piepser in meine Handtasche. (Die Hersteller sollten Gürtel ausgeben wie beim Karate: den gelben Gürtel für die, die wissen, wo beim Telefon die Speichertaste ist; den braunen Gürtel für die, die sämtliche Funktionen an einem Videorecorder beherrschen; den schwarzen Gürtel für die, die Peripheriegeräte an einem Heimcomputer anbringen können.) Ich sagte Lydia, wo ich sein würde, nahm meine Umschläge und zischte ab.

»Bitte sehr«, sagte Charlotte und reichte mir einen Abschnitt schwarzen Faxbandes, der ungefähr sechzig Zentimeter lang war. »Ray hat gesagt, wenn Sie daraus klug werden, dann viel Vergnügen. Ich persönlich find's nur traurig.«

Ich hielt das Band ans Licht. Die erste Seite war ein kurzes Schreiben mit Ben Wattersons Briefkopf. Der Text war in der Handschrift geschrieben, die ich aus seinen Jahrbüchern kannte.

Da ist es.

Was wirst Du jetzt tun, Allan?

Ich glaube, ich möchte die Antwort lieber nicht erfahren.

Die nächste Seite war der Brief von Lucas an Ben, den ich bereits gesehen hatte und der sich auf den Abschiedsbrief von Jeff McCutchen bezog.

McCutchens Abschiedsbrief begann mit straffem, präzisem Schwung und endete in einem weit auseinandergezogenen, sprunghaften Gekritzel.

Nach allem, was er getan hat, müßte ich eigentlich nach Rache schreien. Aber dem ist nicht so. Ich wollte, es wäre so. Es wäre etwas, worauf man sich freuen könnte. Aber leider bin ich nur noch ein todunglücklicher, erbärmlicher Wicht, der sich seine Laster nicht mehr leisten und auch kein Vergnügen mehr an ihnen finden kann. Ein trauriger Zustand, mein Freund. Ich fühle nichts. Ein Hungertod ohne Appetit. Leere. Schlimmer als Schmerz.

Ich will nur noch weg.

Mach Du Dir keine Vorwürfe. Ich habe immer weniger Mut gehabt als Du, Lucas. Wenn ich auch nur ein Quentchen Mut hätte, hätte ich Dir schon längst die Wahrheit über ihn gesagt.

Dafür bin ich Dir etwas schuldig.

Ich hab aus der Ferne zugesehen, wie er Dich das letztemal verraten hat. Es hat mich nur einen Vierteldollar gekostet. Jeff McCutchen, der Billigspion.

Wozu ist die Wahrheit gut, wenn man nicht die Macht besitzt, andere von ihr zu überzeugen? Ich brauche Dir diese Frage nicht zu beantworten. Ich kenne die Wahrheit ja auch gar nicht. Ich habe nur eine Vermutung. Meine Neugier ist weg, Lucas. Hier ist meine letzte Vermutung:

33 40 30

118 9 36

Ich will Dir das nicht leicht machen, weil ich eigentlich der Überzeugung bin, für Dich wäre es besser, im unklaren zu bleiben. Aber mein Urteilsvermögen war immer schon miserabel, wenn Du also meinst, du müßtest es unbedingt wissen, dann sollte dieser Hinweis Dir reichen.

Es wird vielleicht keinem etwas bringen.

Bin ich Judas, auch wenn er nicht Jesus ist?

Werden die Toten auferstehen?

Du bist gut in Mathe, Lucas, aber wie kannst Du mit Zahlen umgehen?

Charlotte beobachtete mich. »Sie haben recht«, sagte ich. »Es ist wirklich traurig, das zu lesen.« Mehr sagte ich nicht, weil

Charlotte und ihr Chef nicht auf den Gedanken kommen sollten, daß sie mir da ein wichtiges Schriftstück überlassen hatten. Mochten Jeff McCutchens Worte noch so wirr und von Drogen vernebelt klingen, es waren seine letzten Worte. Und den Abschiedsbrief, der ohne Bedeutung ist, habe ich noch nicht gelesen.

Ich schob das Stück Band in den Umschlag mit dem anderen Band, bat Charlotte, Ray in meinem Namen zu danken, und ging.

Ich dachte über den Abschiedsbrief nach, als ich zu meiner Verabredung mit Keene Dage fuhr. *Wie kannst du mit Zahlen umgehen?* hatte McCutchen gefragt. Wofür konnten diese Zahlen stehen? Zwei Kombinationen für einen Safe? Lautete die zweite Zahlenreihe 118 und 9 oder 11 und 89? Vielleicht waren das irgendwelche Computerpaßwörter. Wenn Ben Watterson ihre Bedeutung so schnell verstanden hatte, dann bezogen sie sich vielleicht auf ein Darlehen oder auf Geldbeträge. Aber was hatte nur einen Vierteldollar gekostet? Je länger ich über den Brief nachdachte, desto unsinniger erschien er mir.

»Was ist denn mit Ihrem Fenster passiert?« fragte Keene, als ich aus dem Karman Ghia stieg. Ich erzählte es ihm, und er schüttelte den Kopf. »Morgen soll es Regen geben. Ich kenne nicht weit von hier einen Mechaniker, der gute Arbeit leistet. Und die Preise sind auch akzeptabel. Kommen Sie, fahren Sie mir hinterher, dann lassen wir das gleich reparieren.«

Erst wollte ich protestieren, dann aber gab ich klein bei, einfach, um mir ein weiteres Hin und Her zu ersparen. Außerdem wollte ich mich bei Keene nicht gleich unbeliebt machen.

Er hatte recht; die Werkstatt befand sich in der Nähe und war nicht nur auf VW, Porsche und Audi spezialisiert, sondern hatte auch eine eigene Glaserei. Ich würde also auf jeden Fall zu meinem neuen Fenster kommen.

»Den Komplex habe ich gebaut«, bemerkte Keene nicht ohne Stolz. »Bei solchen Bauten muß man viele Besonderheiten bedenken, aber die Autoleute wissen die Idee zu schätzen, die da drinsteckt. Hier ist immer Betrieb.«

Der Eigentümer der Werkstatt begrüßte Keene wie einen alten Bekannten, nannte mir einen Preis, der beinahe schon verdächtig niedrig war, und sagte, er könnte den Wagen bis zum nächsten Tag fertig machen. Ich rief Frank an, aber der war unterwegs. Ich hinterließ ihm deshalb nur eine kurze Nachricht, um ihm zu sagen, wo der Wagen stand, und daß ich sein Angebot, mich nach Redaktionsschluß abzuholen, gern annehmen würde.

»Kommen Sie«, sagte Keene, nachdem ich den Papierkram unterschrieben hatte. »Ich möchte Ihnen meine Stadt zeigen.«

»Was ist in den Umschlägen?« fragte er, als ich sie in seinem großen Mercedes unter meine Füße schob.

»Ach, nur Zeug für die Arbeit«, antwortete ich.

Er lachte. »Gegenseitige Hilfe wird bei euch Reportern nicht gerade großgeschrieben.«

»Nein, nehmen Sie's also nicht persönlich.«

Auch das schien ihn zu erheitern.

Er begann, über O'Connor zu sprechen, den Mann, der mich fast alles gelehrt hatte, was ich über den Journalismus weiß. Sie seien alte Zechkumpane gewesen, sagte Keene.

»Das war, bevor ich vor fast dreizehn Jahren aufgehört habe zu trinken«, erklärte er. »Die Freundschaft mit O'Connor ging deswegen nicht in die Brüche – er hat mir gleich zu verstehen gegeben, daß er nicht versuchen würde, mich wieder zum Trinken zu verleiten. Oft hat er mich angerufen und gesagt: ›Komm, du reicher alter Abstinenzler, essen wir zusammen zu Mittag. Du bezahlst das Sandwich, ich bezahl das Wasser.‹ Toller Bursche. Jeder kannte ihn. Er hatte seine Fehler, aber er war ein feiner Kerl.«

Danach schwieg er eine Weile, und ich stellte ihm keine Fragen. Ich hing meinen eigenen Gedanken an O'Connor nach.

Er fuhr mit mir zur Stadtmitte, und erst als er am Zeitungsgelände vorbeifuhr, legte sich meine Besorgnis, daß er sich seinen Entschluß, mit mir zu sprechen, anders überlegt haben könnte und mich beim *Express* absetzen würde, um nach Fallbrook zurückzufahren. Aber als wir ungefähr hundert Meter am Wrigley Building vorbei waren, begann er, mich auf seine Werke hinzuweisen.

»Corbin Tylers Entwurf für dieses Restaurant war wirklich großartig«, sagte er, auf ein beliebtes Eßlokal deutend. »Die Bauarbeiten haben wir gemacht. War aber von Anfang ein sehr schönes Gebäude – von Schilling. Den kennen Sie wahrscheinlich nicht, aber er war zu seiner Zeit sehr populär. Hier in Las Piernas stehen viele Bauten von ihm. Corbin hat alle alten Drucke und Pläne genau studiert und dann einen Entwurf gemacht, der eine wunderbare Ergänzung des ursprünglichen Entwurfs war. Die Eigentümer waren sehr zufrieden.« Er wies auf den riesigen Turm aus Stahl und Beton, in dem sich die Bank von Las Piernas befand. »Das neue Bankgebäude haben natürlich auch wir errichtet. An der Stelle war vorher ein verwahrloster alter Drugstore. Und hier – sehen Sie das Kleidergeschäft? Das war mal ein Massagesalon. Das Gebäude war nichts Besonderes, darum haben wir gar nicht erst versucht, es zu erhalten.«

Autos überholten uns, die Fahrer warfen uns gereizte Blicke zu, aber Keene achtete überhaupt nicht darauf. Seine ganze Aufmerksamkeit galt den Gebäuden rechts und links der Straße, eine Zeitlang hatte ich fast Angst, er würde gleich auf seinen Vordermann auffahren. Aber er schien ein absolut sicherer Fahrer zu sein, und allmählich vergaß ich meine Nervosität und genoß einfach die Vorführung. Gebäude nach Gebäude zeigte er mir, manche neu, manche renoviert; manche für Roland Hill gebaut, manche für andere Auftraggeber; hier ein Lieblingsgebäude, dort ein anderes, und hinter jedem stand eine Geschichte.

»Wissen Sie noch, wie es hier früher ausgesehen hat?« fragte er, als die Besichtigungsfahrt vorbei zu sein schien.

»Ja. Die Silhouette der Stadt war etwas bescheidener, und viele der Gebäude waren ein bißchen heruntergekommen, aber –«

»Ein bißchen heruntergekommen! Vor fünfundzwanzig Jahren war die Innenstadt von Las Piernas ein Elendsviertel – schmutzig, gefährlich und völlig verwahrlost.«

Ich widersprach nicht. Er hatte recht, aber dennoch...

»Sie vermissen die alten Häuser«, bemerkte er, als hätte er meine Gedanken gelesen. Vielleicht hatte er es auch nur meiner störrischen Miene angesehen.

»Nicht alle, aber ja, sie hatten einen Charme und eine Schönheit, die ich bei dem BLP-Gebäude nicht entdecken kann – nehmen Sie's mir nicht übel.«

»Keine Spur. Ich bin ganz Ihrer Meinung.«

»Was?«

»Ich baue das, was man mir sagt. Es sei denn, ich bin selbst der Eigentümer. Sonst hat ein Bauunternehmer bei einem Projekt nicht viel mitzureden. Verstehen Sie mich nicht falsch, ich bin stolz auf meine Arbeit – auf jeden einzelnen Nagel und Ziegelstein. Aber glauben Sie, ich hätte das Gergans Building abgerissen? Niemals.«

Er sprach von einem schönen, alten Gebäude, das nah am Wasser gestanden hatte. Der Kampf um das Gergans war nur einer von vielen gewesen, die die Denkmalschützer von Las Piernas verloren hatten. Ich war ein- oder zweimal drinnen gewesen, bevor es abgerissen wurde, und hatte den Marmor und die Schnitzereien bewundert, die liebevolle Detailarbeit, die jede Nische und jedes Eckchen ausgezeichnet hatte. Manche hatten das Interieur vielleicht hoffnungslos überladen und protzig gefunden; mir schien es zu sagen: Ich bin voller Augenfreuden und Überraschungen. Du könntest jeden Tag hier drinnen sein und würdest dennoch immer wieder etwas Neues sehen und entdecken. Die Fotos, das einzige, was von ihm geblieben war, konnten ihm niemals gerecht werden.

»Wenn Sie mir sagen wollen, daß es keine einfachen Lösungen gibt –«

»Ach«, sagte er, »das wissen Sie doch längst.«

»Warum dann die Besichtigungstour?«

»Haben Sie einfach ein bißchen Geduld mit mir.«

Ich hoffte, die würde ich aufbringen. Ich glaubte mit ziemlicher Sicherheit zu wissen, wohin die Fahrt jetzt führte, und ich wußte nicht, ob ich schon bereit war, das Angelus wiederzusehen.

Doch wir waren noch ungefähr ein, zwei Straßen von dem alten Hotel entfernt, als Keene den Mercedes an den Rand fuhr und anhielt. Er blickte die Straße hinunter und fragte: »Was sehen Sie hier?«

»Nichts Erfreuliches«, bekannte ich angesichts der verfallenden, vernagelten Häuser, die die Straße säumten.

»Eine lange Reihe Scheißhäuser, wollten Sie sagen.«

»Wenn man die Leute, die hier noch vor einigen Jahren gelebt haben, nicht vertrieben hätte, sähe es vielleicht nicht so aus. Dann wäre das hier vielleicht nicht zu einem Ort geworden, an dem sich nur noch die Ratten wohl fühlen.«

»Vielleicht«, meinte er, »aber ich kann mir nicht vorstellen, daß die Leute das Geld gehabt hätten, um diese Häuser auch nur zu streichen, geschweige denn gründlich zu renovieren.«

»Wer weiß, was sie aus ihren Häusern hätten machen können, wenn sie über die Gelder verfügt hätten, die die Stadt Hill und seiner Firma gegeben hat; wenn jemand ihnen beigebracht hätte, wie man gutgläubigen Investoren das Geld aus der Tasche lockt, wenn Ben Watterson ihnen per Handschlag billiges Geld geliehen hätte.«

Sein Mund verzog sich einen Moment zu einer schmalen Linie, dann seufzte er und sagte: »Da könnten Sie recht haben. Ich kann mir da kein Urteil erlauben. Vielleicht wäre dieses Viertel dann nie so verkommen. Aber Sie nehmen es mir nicht übel, wenn ich sage, daß ich nicht glaube, daß es einfach gewesen wäre, es zu erhalten.«

»Nein«, gab ich zu. »Wie wir vorhin schon sagten, einfache Lösungen gibt es nicht.«

»Richtig. Also. Dann will ich Ihnen mal sagen, was ich hier noch sehe –«

»Wir könnten sagen, daß Sie hier ›wirtschaftliche Möglichkeiten‹ sehen«, unterbrach ich, »und uns darüber streiten, wem sich diese Möglichkeiten bieten, oder wir könnten uns schlicht und einfach auf ›Kongreßzentrum‹ einigen.«

Er sah mich verdutzt an, dann begann er zu lachen. »Verdammt noch mal! Sie gehören wohl zu den Leuten, die das Geburtstagskind anrufen und sagen: ›Tut mir leid, ich kann zu deiner Überraschungsparty nicht kommen‹?«

»Nein«, erwiderte ich lächelnd. »Mir macht's nur Spaß, reiche Abstinenzler zu ärgern.«

»Das haben Sie wirklich los«, stellte er fest und wischte sich die Tränen aus den Augen. Er holte einmal tief Luft und stieß dann einen tiefen Seufzer aus. Als er mich wieder ansah, war sein Gesicht ernst und entschlossen. »Also, kommen wir zur Sache. Ich habe vor kurzem ein Gebäude gekauft, das wie eine gottverdammte Kirche aussieht. Genau der richtige Ort für eine Beichte.«

Er ließ den Wagen wieder an und drückte auf den Knopf für die Zentralverriegelung.

33

»Entriegeln Sie die Türen«, sagte ich, als wir um eine Ecke bogen. »Sofort.«

»Aber warum denn?« fragte er mit einem Seitenblick zu mir.

Ich schlug auf den Knopf auf meiner Seite. Das Türschloß ging auf. Ohne Problem. Ich starrte immer noch den Knopf an und fragte mich gerade, wieso ich erwartet hatte, daß die Tür verschlossen bleiben würde, als Keene den Wagen an den Bordstein fuhr.

»Hier sind wir schon«, sagte er. »Sie haben recht. Albern für so eine kurze Fahrt – albern, nicht gleich zu Fuß zu gehen. Aber Sie haben vorhin von Ratten gesprochen, und hier gibt's eine Menge zweibeiniger Ratten. Sie können sich nicht vorstellen, was für einen Kerl der Sicherheitsmann erst vor kurzem hier rausgeschmissen hat. Ich habe dem Wächter gesagt, daß wir wieder herkommen würden, und er hat versprochen, dafür zu sorgen, daß sich hier kein Gesindel rumtreibt.«

Wir waren vor dem Angelus.

Es hatte sich verändert. Der alte, durchhängende Maschendrahtzaun war durch einen neuen ersetzt worden, die Fenster im Erdgeschoß waren repariert. Ich blickte aufwärts und hörte ihn sagen: »Wir haben bei den unteren Stockwerken angefangen. Das Fenster, das Ihre Freundin eingeschlagen hat, ist noch nicht gerichtet.«

»Ich werde dafür bezahlen«, gab ich zurück.

»Machen Sie sich nicht lächerlich. Das sollte kein Wink mit dem Zaunpfahl sein.«

»Sie haben eine Menge geschafft in zwei oder drei Tagen«, stellte ich fest. »Als ich am Sonntag hier war, sah es noch ganz anders aus.«

»Als die Polizei angerufen hat und mir gesagt hat, was hier passiert ist, hab ich sofort meine Kinder mobilisiert.«

»Sie haben es also gewußt? Sie haben es schon am Montag gewußt, als ich Sie angerufen habe?«

»Nein! Die Polizei hat meine Kinder angerufen, meinen Sohn, und – Moment mal. Lassen Sie mich ein Stück zurückgehen.«

Er atmete ein paarmal tief durch.

»Das Gebäude gehört meiner Firma. Sie ist ein Familienunternehmen. Ich habe fünf Söhne und zwei Töchter.«

»Ach, ich wußte gar nicht, daß Sie so viele Kinder haben.«

»Doch, sieben an der Zahl. Eine meiner Töchter und einer meiner Söhne haben sich nicht für das Geschäft interessiert, was ganz in Ordnung ist, und sind eigene Wege gegangen. Aber die anderen – die führen hier in der Stadt das Geschäft.«

»Während Sie in Fallbrook leben?«

»Ja, ich bin die meiste Zeit dort unten. Am Montag morgen hat die Polizei bei den Kindern angerufen. Später hat mein jüngster Sohn davon erzählt, aber Einzelheiten habe ich nicht erfahren.«

»Was hat er Ihnen denn erzählt?«

»›Dad‹«, sagte er in Nachahmung seines Sohnes und hielt sich die Faust mit abgespreiztem Daumen und kleinem Finger wie ein Telefon ans Ohr: »›Eben hat die Polizei angerufen und gesagt, daß ein Obdachloser bis ins oberste Stockwerk der traurigen Engel geklettert ist –‹«

»Der traurigen Engel?«

»So nennen meine Kinder das Hotel. Wie dem auch sei, er hat angerufen, um mir zu erzählen, daß dieser Penner da raufgestiegen ist und einen Herzinfarkt hatte.« Er tat wieder so, als telefonierte er. »›Der arme Kerl hat tagelang da oben gelegen, Dad. Bis zwei Frauen, die ihn gesucht haben, ihn gefunden haben – eine von ihnen hat ein Fenster eingeschlagen, um die Polizei anrufen zu können.‹«

»Und hat die Polizei irgendwelche Fragen gestellt?«

»Ja, sie wollten wissen, ob wir einem Obdachlosen die Genehmigung gegeben hätten, im Angelus zu übernachten. Das hat er verneint. Danach hat er mich angerufen, um zu fragen, ob es mir recht sei, wenn sie hier mit den Aufräumungsarbeiten anfangen.«

Er schwieg, den Blick nachdenklich auf den Zaun gerichtet. »›Ja‹, hab ich gesagt, ›fangt damit an, räumt auf. Zieht einen neuen Zaun hoch, erneuert die Schlösser. Kümmert euch darum, daß das Anwesen überwacht wird. Ich möchte nicht, daß noch mehr Leute in meinem alten Engelshotel sterben. Diese Engel sind schon traurig genug.‹«

»Und mehr wußten Sie nicht, als ich Sie angerufen habe?«

Er schüttelte den Kopf. »Nein. Ich hatte keine Ahnung, daß der Tote Lucas Monroe war. Ich wußte ja nicht einmal, daß Lucas tot war. Ich wußte auch nicht, daß Sie und Ihre Freundin diese beiden Frauen waren – das erfuhr ich alles erst am Montagabend, als einer der älteren Jungen mich anrief. Er hatte mit der Polizei telefoniert, um zu fragen, ob es in Ordnung sei, wenn wir mit den Aufräumungsarbeiten anfangen, und erfuhr bei dieser Gelegenheit mehr als sein Bruder.«

»Und das alles hier haben Sie an einem Tag geschafft?«

»Wenn man sieben Kindern beibringt, im Team zu arbeiten, schaffen die praktisch alles. Aber um ehrlich zu sein, wir hatten schon mit unseren Planungen angefangen, als diese Geschichte passierte. Die Fenster waren schon bestellt. Der Zaun war kein Problem; genauso wenig wie die allgemeine Säuberung des Anwesens und des Erdgeschosses. Meine Kinder haben dieses alte Hotel gern, ob Sie's glauben oder nicht. Sie waren diejenigen, die mich überredet haben, es zu kaufen, damit Roland es nicht platt walzt.«

»Roland Hill?«

Er nickte.

»Und woher kommt diese Vorliebe für das Hotel?«

Er lächelte. »Sehen Sie die Engel da an den Ecken? Wir haben früher, als die Kinder noch klein waren, nicht weit von hier gewohnt. Ich habe damals gerade angefangen, meine Firma aufzubauen. Meine Frau war noch am Leben. Eines Tages sind wir hier am Hotel vorbeigefahren – es war ein Tag, an dem die Kinder meine Frau fast zur Weißglut getrieben hatten. Da schaut der Jüngste rauf und fragt seine Mutter, warum diese Engel so traurig aussähen. ›Das müssen eure Schutzengel sein‹, hat sie geantwortet. ›Kein Wunder, daß sie traurig sind.‹

›Aber wir sind ja nur sieben, und es sind acht Engel‹, rief meine älteste Tochter, und meine Frau sagte darauf wie aus der Pistole geschossen: ›Der traurigste Engel da oben, das ist der von eurem Vater.‹«

Ich lächelte, aber als ich mich ihm zuwandte, sah ich, daß sein Gesicht voll tiefen Bedauerns war.

»Sie hatte recht«, sagte er. »Damals habe ich ziemlich viel getrunken. Ich habe ihr die ganze Arbeit überlassen, und dann ist sie gestorben.« Er öffnete die Tür auf seiner Seite. »Kommen Sie, ich hab genug davon, hier drinnen rumzusitzen.«

Ich stieg aus, vergaß aber nicht, meine Umschläge mitzunehmen. Er zog einen Schlüsselbund aus seiner Jackentasche und sperrte das Tor im Zaun auf. Dann drehte er sich nach mir um. »Wir brauchen nicht hinaufzugehen, wenn Sie nicht möchten. Ich weiß, daß er dort oben gefunden wurde. Aber wie wär's mit dem Foyer? Waren Sie schon mal im Foyer?«

»Nein.«

»Oh, da wartet ein Genuß auf Sie. Sie werden begeistert sein.«

In diesem Moment fuhr ein Wagen einer Wachgesellschaft vorüber. Keene sprach kurz mit dem Wachmann, dann bedeutete er mir, ihm durch das Tor zu folgen. Er sperrte es hinter uns ab und sagte, als er mein Gesicht sah: »Möchten Sie die Schlüssel nehmen?«

»Ja.«

Er reichte sie mir, machte aber keine Anstalten weiterzugehen. Er wartete auf eine Erklärung.

»Ich hab da mal ein schlimmes Erlebnis gehabt«, sagte ich. »Ich war eingesperrt.«

Er nickte, öffnete den Mund, als wollte er etwas sagen, schloß ihn dann jedoch wieder. Langsam ging er auf das Hotel zu. Das ganze Anwesen war jetzt sauber gefegt.

Ich folgte ihm die Treppen hinauf, wo er stehenblieb und einen Moment zu den traurigen Engeln aufsah. Dann wandte er sich mir zu und lächelte. »Eines Abends«, sagte er, »als meine Frau und ich aus waren, haben meine älteren Söhne meinen Zweitjüngsten in die Besenkammer eingesperrt und sich über sein Schreien und Toben fast kaputtgelacht.«

Ich glaube, mein Gesicht wurde kreidebleich.

»Sie haben ihn eine Stunde nicht rausgelassen«, fuhr er fort, jetzt nicht mehr lächelnd. »Der Junge hatte noch jahrelang danach Alpträume. Er kann bis heute nicht in einem Zelt schlafen, kann keine Telefonzelle betreten. Immer muß er wissen, wo die Türen sind. Er haßt es, in einem geschlossenen Raum zu sein. Eines Tages hatte ich eine Idee. Ich ließ ihn meine Schlüssel nehmen. Solange er die Schlüssel in der Hand hatte, war er ganz in Ordnung. Es machte allen das Leben ein wenig leichter.«

»Wenn man sieben Kinder hat, gibt es wahrscheinlich nicht viel, was man nicht erlebt.«

»Das ist wahr. In gewisser Weise sind wir wohl alle Kinder. Also, würden Sie nun bitte die Tür aufschließen?«

Ich kam der Aufforderung nach. Die beiden Türflügel aus Glas und Messing blitzten jetzt beinahe so wie vermutlich in den zwanziger Jahren. Keene trat ein.

»Sie haben gute Arbeit geleistet«, sagte er stolz.

Ich folgte ihm in das Foyer dieses einst sicherlich hocheleganten Hotels. Es war keineswegs perfekt renoviert, und es war leer, ganz ohne Mobiliar. Aber es war sauber und roch nach Wachs und Politur.

Wir standen auf einem großen Mosaikvorplatz mit Darstellungen botticelliaähnlicher himmlischer Wesen. Von überall blickten uns Engel an. Einen jetzt trockenen Springbrunnen zierten geschnitzte Engelsköpfe. Hinter ihm schwang sich eine großartige Freitreppe zu einer breiten Galerie im nächsten Stockwerk hinauf.

Der Raum war offen und luftig, die Decke, von Marmorsäulen getragen, befand sich ein ganzes Stockwerk über uns. Sie war in einem nächtlich schimmernden Blau gehalten, in dem goldene Sterne leuchteten, und rundherum blickten von ihren Rändern liebliche kleine Engel auf uns herab. Mehrere Wände waren bemalt, andere waren mit Holz getäfelt; die Fenster waren hoch, und durch ihre Scheiben fiel das Nachmittagslicht.

»Nun?« fragte er.

»Sie haben recht. Ich bin hingerissen.«

»Kommen Sie, setzen Sie sich mit mir auf die Treppe«, sagte Keene.

Einen Moment lang saßen wir schweigend nebeneinander, dann sagte er: »Ich bin nicht sicher, wieviel Sie von dieser ganzen Geschichte schon wissen. Ich habe die letzten zwei Tage damit zugebracht zu überlegen, was ich Ihnen sagen soll und was nicht. Anfangs wollte ich Sie nur in die richtige Richtung weisen. Aber inzwischen hat sich einiges verändert.«

»Inwiefern?«

»Irgend jemand fängt an durchzudrehen. So wahr ich hier sitze, wenn ich wüßte, wer es ist, würde ich zur Polizei gehen. Das müssen Sie mir glauben.«

»Sagen Sie mir, was Sie meinen, wenn Sie von ›durchdrehen‹ sprechen.«

»Gewalt gegen andere. Vielleicht – vielleicht sogar Schlimmeres. Wahrscheinlich sogar Schlimmeres. Als ich hörte, daß die Frau, die das Obdachlosenheim leitet, überfallen und schwer verletzt wurde, habe ich für mich beschlossen, daß ich Ihnen alles sagen werde.«

Ich wartete.

»Aber vorher muß ich Sie bitten, mir ein oder zwei Versprechen zu geben. Erstens: Versprechen Sie mir, daß Sie meine Kinder da nicht mit reinziehen. Sie haben von alledem nie etwas gewußt, und das wenigstens schulde ich meiner verstorbenen Frau.«

»Wenn sie nichts damit zu tun gehabt haben, werde ich sie bestimmt nicht in die Sache hineinziehen. Aber ich kann natürlich nicht für andere Zeitungsleute sprechen.«

»Natürlich, das ist mir klar. Meine zweite Bitte ist etwas egoistischer, aber ich möchte gern noch ein bißchen am Leben bleiben, und ich fürchte, das wird mir nicht gelingen, wenn dieser Gewalttätige, der offenbar vor nichts zurückschreckt, erfahren sollte, daß ich mit Ihnen gesprochen habe.«

»Also, was soll ich Ihnen versprechen?«

»Daß Sie meinen Namen absolut geheimhalten und keinerlei Hinweise auf meine Person geben. Ich sage Ihnen alles, was ich weiß. Aber niemand darf erfahren, daß ich derjenige bin, der mit Ihnen gesprochen hat. Weder die Polizei noch die Öffentlichkeit.«

Ich zögerte.

»Andernfalls tu ich's nicht«, sagte er.

»Okay, ich werde Sie nicht als meine Quelle preisgeben. Aber wenn die Polizei Ermittlungen über Sie anstellt, wird sie vermutlich selbst einiges herausbekommen. Vor dem Gesetz kann ich Sie nicht schützen.«

»Wohl kaum, zumal Sie ja mit einem Polizeibeamten verheiratet sind.«

»Macht Sie das mir gegenüber nicht mißtrauisch?«

»Aber nein. Ich weiß doch, wie ihr Reporter arbeitet. Wenn Sie davon je etwas Ihrem Mann erzählen, ist Ihr Ruf als vertrauenswürdige Person hinüber. Dann spricht kein Mensch mehr mit Ihnen. Sie erreichen überhaupt nichts, weil niemand Ihnen etwas erzählen wird, von dem er nicht will, daß es die Bullen erfahren.«

Ich nickte. »Ich sehe, Sie wissen, wie das funktioniert. Aber die Polizei arbeitet an dieser Sache, Keene. Und diese Leute sind nicht dumm. Reed Collins, Jake Matsuda – die Männer, die diese Fälle bearbeiten –, die stellen ihre eigenen Verbindungen her.«

»Das soll mir nur recht sein. Ich möchte, daß dieser Verrückte gefaßt wird. Ich möchte nur nicht selbst dran glauben müssen, während die Polizei den Burschen sucht.«

»Also dann, reden Sie mit mir.«

Er starrte zu dem kleinen Springbrunnen hinüber, aber ich glaube, er sah ihn gar nicht.

»Herrgott noch mal, es ist schwerer, als ich dachte«, sagte er.

»Ich helfe Ihnen. Gewisse Leute in Las Piernas haben eines Tages eine Möglichkeit gesehen, mit Stadtviertelsanierungen eine Menge Geld zu machen.«

Er räusperte sich und sagte: »Allan Moffett und Roland Hill. Die waren die Initiatoren.«

»Allan hat Roland Insiderinformationen geliefert, und Roland hat Allan dafür eine Provision bezahlt.« Es war nur eine Vermutung, aber ich riskierte ja nichts dabei.

»Ja. Und ich habe mitgemacht. Ich will damit nicht sagen, daß sie mich je an ihren Geschäften beteiligt haben, aber ich war bereit, den Mund zu halten, und habe dafür eine Menge Aufträge bekommen.«

»In welchem Wert etwa?«

»Im Wert von Millionen. Millionen. Ich würde heute nicht hier sitzen und das hier mein Hotel nennen, wenn es nicht Millionen gewesen wären. Nicht alles über die Sanierungsprojekte. Aber dadurch, daß Roland mit meiner Firma zusammengearbeitet hat, sind auch andere Auftraggeber gekommen.«

»Und Allan hat Ihnen sicher die nötigen Tips gegeben, damit Sie bei Ausschreibungen städtischer Projekte konkurrenzfähige Angebote machen konnten.«

»Ja, das auch«, bekannte er. »Sie haben mit Finanztips und Insiderinformationen nicht geknausert – wie Sie wissen. Sie hatten uns alle mit großer Umsicht ausgesucht.«

»Wie meinen Sie das?«

»Sie wußten, daß Selman schwach war: Er mußte Unterhalt für zwei Kinder bezahlen, hatte kostspielige Gewohnheiten und versuchte ständig, junge Frauen zu beeindrucken. Ich habe sieben Kinder, und obwohl die Firma gut dastand, hatte ich Schwierigkeiten, die Rechnungen meiner Lieferanten zu begleichen. Corbin Tyler, der hatte zwar nur eine Tochter, aber die hatte ein Herzleiden, das einen Haufen Geld kostete. Und Booter Hodges ist einfach ein gottverdammter Arschkriecher. Dem Kerl ist jeder recht, der Geld hat, denn wenn er der Collegestiftung keine Spenden zuschanzt, ist er seinen Job los. Er war derjenige, der Selman vorgeschlagen hat.«

»Und Ben Watterson?«

»Watterson ist ein bißchen später dazugestoßen, nicht ganz so bereitwillig, würde ich sagen. Es war ihm schon recht, was dabei für seine Bank und für die Stadt rausgesprungen ist. Aber er hatte ein schlechtes Gewissen. Und ich sag Ihnen noch etwas. Mir ging es ebenso. Bis zum heutigen Tag. Vielleicht sage ich Ihnen das, weil ich nicht so enden will wie Ben. Meine Kinder sollen mich nicht mit zerfetztem Kopf in einer

Duschkabine finden. Wie er Claire das antun konnte, werde ich nie begreifen.«

»Ja, ich versuche auch immer noch, es zu verstehen. Vielleicht hatte er Angst, sie würde sich seiner schämen, wenn die Wahrheit ans Licht käme. Vielleicht war es leichter zu sterben, als die Enttäuschung all der Leute zu sehen, die an ihn geglaubt hatten.«

»Blödsinn«, entgegnete Keene. »Die Leute erwarten zuviel. Ben war auch nur ein Mensch. Genau wie wir alle.«

»Ben war in einer Vertrauensposition. Ich kann versuchen, ihn zu verstehen, aber ich muß mir auch darüber Gedanken machen, was er vielleicht der Stadt angetan hat.«

»Der Stadt! Herrgott noch mal, das macht mich nun wirklich wütend. Die Stadt hat wie verrückt davon profitiert. Arbeitsplätze, Gewerbesteuereinkommen – ich könnte das beliebig fortsetzen. Sicher, aus einigen Projekten ist nichts geworden, aber die meisten haben bewirkt, daß völlig runtergekommene Viertel wieder aufblühten. Die Leute, die ich eingestellt habe – die gehören auch zu dieser Stadt.«

»Ich verstehe. ›Die Armen hast du immer am Hals‹, es sei denn, du kannst sie in irgendeinen anderen Ort abschieben.«

»So einfach ist es nicht.«

»Nein. Betrug auch nicht.«

Er antwortete nicht gleich, und als er schließlich »Nein« sagte, war seine Stimme viel leiser.

»Und Mord im übrigen auch nicht.«

»Nein. Aber werden andere das auch so sehen? Das ist es, was mir eine Heidenangst macht.«

»Wissen Sie etwas über Mord, Keene?«

Es war still in dem riesigen, öden Raum, so still, daß ich hörte, wie Keene Dage krampfhaft schluckte, bevor er antwortete: »Ich bin nicht sicher. Ich bin nicht sicher, aber ich glaube, ja.«

»Dann sagen Sie mir, was Sie zu wissen glauben.«

Er blickte auf seine Schuhe hinunter und murmelte: »Zahlen. Mit Zahlen hat alles angefangen.«

34

»Sie meinen mit den Zahlen, die Andre Selman manipuliert hat?«

Er nickte. »Allan haben die ursprünglichen Zahlen, die Selman bei seiner Untersuchung rausbekam, nicht gepaßt.«

»Zu viele Zwangsräumungen?«

»Mann, Sie wissen wirklich Bescheid. Ja. Allan hatte Angst, er würde seine Projekte nicht durchkriegen, wenn es Proteste über die große Zahl der Menschen gäbe, die aus den Häusern rausmußte. Allan und Roland haben Selman zu sich zitiert, um die Sache noch mal durchzusprechen. Sie haben damals zum erstenmal mit ihm zusammengearbeitet, und er war schlau genug, um gleich zu merken, auf was für eine Goldgrube er da gestoßen war.

Also fängt er an, seinem Assistenten zuzusetzen. Das war Lucas. Lucas war ehrgeizig, das wissen Sie sicher. Selman dachte, er könnte ihm einreden, daß er die statistischen Zahlen falsch berechnet hatte, und daß er es nicht riskieren würde, den Mann, der seine Magisterarbeit betreute, zu vergrätzen.«

»Andre war außerdem sein Arbeitgeber«, bemerkte ich. »Lucas brauchte den Job, um sein Studium zu finanzieren. Aber er hat nicht verstanden, daß man von ihm erwartet hat, seine Prinzipien über Bord zu werfen, nicht wahr?«

»Oh, verstanden hat er das schon, glaube ich, auch wenn es niemand klar und deutlich ausgesprochen hat – das wäre zu gefährlich gewesen. Aber er hat sich geweigert, es zu tun. Selman ist nicht dumm. Wenn er den Jungen an die Luft setzte, würde er auf jeden Fall Schwierigkeiten bekommen. Er mußte damit rechnen, daß der Junge ihn bloßstellt, daß er an die große Glocke hängt, was der Professor vorhatte.«

»Also suchte er sich einen Ersatz«, sagte ich, »und eine Mitverschwörerin: Nadine Preston.«

»Ersatz, Mitverschwörerin, Schreibkraft, Bettgenossin – alles in einem. Die Frau war schon eine besondere Type.«

»Ich habe ihre Zeugnisse gesehen«, bemerkte ich. »Sie hat in Andres Statistikkurs ein D, und da gibt er ihr trotzdem eine Stellung als wissenschaftliche Assistentin bei einer Untersuchung, die größtenteils auf statistischen Erhebungen beruht. Sie hat das Seminar bei ihm dann noch mal gemacht und ein A bekommen. Eine erstaunliche Verbesserung.«

»Ja, sie hat eben wirklich *unter* ihm studiert.«

»Na schön, Andre schläft also mit Nadine, und Nadine tippt Lucas' Magisterarbeit neu.«

»Sie wissen ja schon alles.«

»Einiges. Die Lücken können Sie schließen. Ich weiß, daß es Andre geschafft hat, Lucas in Mißkredit zu bringen. Mir ist nicht recht klar, was danach passiert ist.«

»Reicht Ihnen das nicht? Sie haben von mir genug erfahren, um Ihre Story ein- oder zweimal auf die Titelseite zu bringen. Warum sollten Sie's dabei nicht bewenden lassen?«

»Weil ich nicht blöd bin, Keene. Sie haben selbst gesagt, daß ich das fast alles schon wußte. Sie haben mir einige Dinge bestätigt und ein paar Details hinzugefügt. Aber viel war das wirklich nicht, was ich von Ihnen erfahren habe. Wo ist Nadine Preston heute?«

Er wandte sich ab. »Das weiß ich nicht.«

»Keene, jetzt ist wirklich nicht der Moment, um störrisch zu werden. Glauben Sie im Ernst, daß das alles ein Geheimnis bleiben wird? Roland Hills kleine Clique ist im Begriff auseinanderzufallen. Das wissen Sie auch.«

»Ich weiß es nicht!«

Zu heftig. Er wußte etwas, aber er hatte Angst. Ich beschloß, es weniger schroff zu versuchen. »Es ist etwas passiert. Und Nadine hat daraufhin beschlossen, Lucas die Gelegenheit zu geben zu beweisen, daß seine Magisterarbeit in Teilen gefälscht worden war. Also, was hat Nadine zu diesem Sinneswandel veranlaßt?«

»Selmans Unfähigkeit, sein Ding in der Hose zu behalten. Er hat was mit einer anderen angefangen, und Nadine hat es erfahren. Daraufhin kam es zum Bruch. Selman war wirklich ein Idiot. Er weiß genau, daß er Lucas nicht einfach feuern kann, aber kaum geht's um Frauen, da rutscht ihm der Verstand in die Hose. Roland war fuchsteufelswild, er hat ihn gefragt, ob er Drogen genommen hätte wie sein Kumpel – den Namen des Jungen habe ich vergessen. Er ist später an einer Überdosis gestorben.«

»Jeff? Jeff McCutchen?«

»Ja, richtig. Jeff. Den hatte ich ganz vergessen. Der war ein echter Drogi. Man hätte es nie gemerkt, wenn man ihn draußen auf der Straße gesehen hat – das ist auch so ein Mythos. Die Leute glauben, sie können sofort erkennen, wer ein Drogi ist, nur weil sie mal einen gesehen haben, der durchgedreht ist. Gleich glauben sie, alle Drogenabhängigen müßten so sein. Genau, wie sie glauben, sie könnten erkennen, wer ein Säufer ist, weil sich ihrer Meinung nach ein Säufer bei der nächstbesten Party einen Lampenschirm über den Kopf stülpen wird oder auf der Straße endet wie Ihr Freund Lucas. Alles Quatsch! Ich war ein Säufer. Ein reicher Säufer. In der Öffentlichkeit hat mich nie jemand betrunken gesehen. Genau so war's bei Jeff. Er hat's kaschiert.«

»Ja, vor mir auf jeden Fall. Ich habe die Wahrheit über ihn erst vor kurzem erfahren«, sagte ich.

»Dieser McCutchen war ein blitzgescheiter Bursche«, fuhr Keene fort. »Aber in zweierlei Hinsicht hat's gehapert: bei den Drogen und beim Umgang mit Menschen. Er konnte die

Finger nicht von Pillen und von Rauschgift lassen, und er kam mit anderen Menschen nicht zurecht. Manchmal glaube ich, er war einfach so klug, daß er die Gesellschaft anderer nur aushalten konnte, wenn er sich bekifft oder betrunken hat. Armer Kerl. Einsam, denke ich. Merkwürdig.«

»Kommen wir noch mal auf Nadine zurück«, sagte ich.

»Oh – ja, natürlich. Also, Moffett hat Selman die Hölle heiß gemacht. Er meinte, Selman hätte mit dem Mädchen so lange zusammenbleiben sollen, bis die Sanierungsvorschläge endgültig akzeptiert gewesen wären. Selman sagte, daß es da ein Problem gäbe. Es stellte sich raus, daß dieser Jeff über alles Bescheid wußte. Er hat Nadine erwischt, wie sie in Selmans Papieren rumgekramt hat.«

Keene machte eine Pause, schüttelte dann den Kopf. »Ich könnte eine Menge über Selman sagen – es ist besser, ich fange damit gar nicht erst an –, aber eines muß man ihm lassen, er hätte mit seinem Charme sogar den Teufel um den Finger wickeln können. Er schafft es, die Leute dazu zu bringen, daß sie ihn fast schon vergöttern, dabei hat er meiner Ansicht nach in seinem ganzen Leben nie an einen anderen Menschen gedacht als an sich selbst.«

»Nicht einmal an seinen Sohn?«

»Nicht an seinen Sohn und ganz bestimmt nicht an seine Tochter.«

»Hm.«

»Ich sage Ihnen die Wahrheit. Na, kurz und gut, dieser McCutchen hielt große Stücke auf Selman und warnte ihn, daß Nadine ihm auf die Schliche gekommen sei.«

»Jeff wußte von Moffett und Roland?«

»Das hat er schon sehr früh rausbekommen. Ein gescheiter Junge, wie ich schon sagte. Selman behauptete, man könne ihm trauen, und er schien damit recht zu haben. Selman erklärte Roland also, daß er Nadine lieber abschieben wollte, bevor sie zuviel herausfand.«

»Aber sie hat sich nicht abschieben lassen, nicht wahr?«

»Nein. Sie wußte schon alles, was sie zu wissen brauchte. Sie hat eine Weile gewartet, wahrscheinlich plante sie ihre Vorgehensweise, dann hat sie sich an Lucas Monroe rangemacht und ihm das Blaue vom Himmel versprochen.«

»Und was wollte sie für sich damit erreichen?«

»Ich glaube, sie hatte nie wirklich vor, Lucas zu helfen. Sie war wie geschaffen für Selman. Damit hatte sie recht. Er war nicht gerade begeistert, als sie ihm das sagte. Sie kam eines Tages einfach bei ihm an und schmiß seine derzeitige Geliebte raus. Dann erklärte sie Selman, daß sie ihn zurückhaben wollte. Und Geld wollte sie auch.«

»Ich kann mir vorstellen, wie das bei den anderen angekommen ist.«

»Roland und Allan haben getobt, aber ich muß ehrlich sagen, Selman hat mir angst gemacht. Nicht etwa, weil er außer sich geraten ist. Er war absolut kühl, keine Spur von Panik. Haben Sie ihn schon mal erlebt, wenn er auf seine Tochter böse war? Auf Lisa?«

Ich nickte. »Anders als bei anderen Menschen.«

»Ja, aber diesmal war's genauso. Freundlich, aber eiskalt. Ich hab sofort gemerkt, daß er auf diese Frau, die sich angemaßt hatte, ihm zu drohen, unglaublich wütend war.«

»Gut, er war also wütend. Aber was konnte er schon tun?«

»Zunächst einmal hat er Roland und Allan beruhigt und gesagt, sie sollten sich keine Sorgen machen. Er hätte schon einen Plan. Sie sollten alle zu einem kleinen Bootsausflug zusammenrufen; diese Sache würde sich schon regeln lassen. Wir kriegen also von Roland und Allan den Befehl, alles stehen und liegen zu lassen, um mit ihnen zum Fischen rauszufahren. Gott, habe ich diesen Quatsch immer gehaßt. Aber ich bin mitgefahren.«

»Auf Bens Boot?«

»Ja, auf diesem Riesenkahn, dem Bertram. Sie haben es ja

auf dem Foto gesehen, das Lucas gemacht hat. Aber das war an einem anderen Tag. Die Aufnahme hat er damals gemacht, als Andre ihn noch mitgenommen hat. Nadine kam damals das erstemal mit. Wie gesagt, ein Riesenkahn. Da hätte man bequem drauf leben können.

An dem Tag, von dem ich Ihnen jetzt erzähle, sind keine Fotos gemacht worden, das können Sie mir glauben. Allan und Roland kamen mit einer Riesensegeltasche an Bord, in der irgendeine schwere Kette war. ›Was ist denn das?‹ hat Ben gefragt. Allan hat ihn nur grimmig angesehen, aber Selman sagte: ›Das ist ein neuer Anker für dich, Ben. Wir haben dir einen Zweitanker gekauft. Du solltest immer einen an Bord haben.‹ Ben hat nur Roland angesehen. Und Nadine – mein Gott! – sagt auch noch: ›Wollen Sie sich nicht bedanken?‹«

Er stützte seinen Kopf in seine Hände und starrte zu Boden.

»Wer war an dem Tag alles an Bord?« fragte ich.

»Ben, Selman, Allan, Roland, ich, Corbin und Nadine. Booter war nicht dabei. Booter ist immer seekrank geworden. Wir waren fast den ganzen Tag unterwegs, haben geangelt und getrunken. Ich hab mich die ganze Zeit gefragt: Was ist hier eigentlich los? Nadine hat dauernd mit Andre rumgeschmust. Die beiden haben so geturtelt, daß es für uns andere richtig peinlich war. Ben wollte die Segeltasche verstauen, aber Selman sagte, er solle sie ruhig an Deck lassen, er würde das schon erledigen. Ben hat den ganzen Tag die Segeltasche angeschaut, als wäre sie eine Giftschlange. Ben, Corbin und mir war das alles nicht geheuer. Ich hatte ein verdammt ungutes Gefühl. Darum habe ich mehr getrunken als sonst. Roland und Allan schienen sich pudelwohl zu fühlen.«

»Wo haben Sie gefischt?«

»Ach, überall. Ich bin kein Seemann. Ich kann Ihnen nicht mal sagen, wo wir waren.«

Er schwieg.

»Wie ist es dann weitergegangen?«

Er sah auf, blickte mich kurz an, richtete seinen Blick dann starr geradeaus. Als er wieder zu sprechen begann, klang seine Stimme heiser.

»Wir waren also draußen auf See, wie schon gesagt. Irgendwann hat dieser widerliche Kerl, Selman, sie mit nach unten genommen. Ben Watterson hat ausgeschaut, als würde er gleich ohnmächtig werden. Roland sagte, er solle sich nicht aufregen. Genau so. Eiskalt. ›Reg dich nicht auf, Ben.‹«

Er schüttelte sich.

»Andre ist also mit Nadine nach unten gegangen«, drängte ich vorsichtig.

»Ja. Nach einer Weile hab ich kapiert, daß sie da unten miteinander geschlafen haben. Als sie wieder raufkamen, haben sie gestrahlt. Etwas später hat Booter sich über Funk gemeldet. ›Alles klar‹, sagte er.«

»Bezog sich das auf die Anhörung wegen Lucas' Magisterarbeit? Bei der Lucas darauf gewartet hat, daß Nadine kommen und für ihn aussagen würde?«

»Ja. Es war so, als hätte es Selman darauf angelegt, genau dann mit ihr zu bumsen, wenn die Anhörung stattfindet. Und sie hat nicht mal geahnt, was kommen würde. Im Gegenteil, als die Meldung kam, glaubte sie wohl, jetzt wäre das Geschäft besiegelt, und hat sofort angefangen, Andre abzuknutschen. Ich sag Ihnen, die beiden haben sich aufgeführt, daß ich dachte, sie würden's gleich an Deck treiben, vor uns allen. Ich war ziemlich erleichtert, als Allan sagte: ›Ben, bring das Boot wieder rein.‹«

»Und dann?«

Er schwieg.

»Das ist doch noch nicht alles, oder, Keene?«

»Ich weiß es nicht.«

»Allan sagt Ben also, er solle zurückfahren. Stimmt das?«

»Ja«, antwortete er. »Wir sind zurückgefahren. Ich war erleichtert. Ich weiß nicht mehr genau, warum. Aber dann sagte Roland plötzlich: ›Andre, Nadine und ich haben noch was zu besprechen. Wir fahren noch mal raus.‹«

»Sie sind alle noch mal rausgefahren?«

»Nein, nur die drei. Ben hat protestiert, aber Roland hat nur gesagt: ›Wenn dem Boot was zustößt, kauf ich dir ein neues, Ben.‹« Er schüttelte den Kopf. »Ist das zu fassen? ›Mir geht's nicht um das Boot‹, hat Ben darauf gesagt, und Roland hat ihn mit so einem Blick angesehen – ich weiß nicht, wie ich ihn beschreiben soll. Aber es hat gewirkt. Wir sind von Bord gegangen, ohne einen Ton zu sagen.«

»Aber Nadine ist auf dem Boot geblieben?«

»Ja. Mit Selman und Roland.«

»Wie ging's dann weiter?«

»Allan hat uns gesagt, wir sollten nach Hause fahren, aber vor Allan hatte Ben nicht solche Angst. Er hat versucht zu sehen, wohin sie mit dem Boot fuhren. Allan sagte: ›Ben, begreifst du denn nicht, was Roland dir Gutes tun will? Fahr nach Hause.‹ Ben wurde ganz grün im Gesicht. Er hat sich direkt da am Hafen übergeben, so übel war ihm. Corbin und ich haben uns wirklich Sorgen um ihn gemacht. Aber als es vorbei war, sagte er, er wolle nur weg von hier. Wir sind alle zu unseren Autos gegangen und nach Hause gefahren.«

»Wann war das genau?«

»Am achten August 1977.«

»So genau erinnern Sie sich noch an das Datum?«

»Aus vielen Gründen.« Er rieb sich mit einer Hand das Gesicht. »Ich wäre weiß Gott froh, wenn ich diesen Tag vergessen könnte.«

Ich wartete.

Eine ganze Weile verging, ehe er zu sprechen fortfuhr. »Sie wollten wissen, wieso ich mich so deutlich an diesen Tag erinnere? Weil sich von dem Tag an alles veränderte. Aber auch wirklich alles. Ich habe aufgehört zu trinken. Ben hat das Boot an Selman verkauft. Ich glaube, keine zehn Pferde könnten Corbin Tyler dazu bringen, je wieder einen Bootshafen zu betreten. Corbin und ich haben nicht mehr mit Selman gesprochen; wir haben es Roland überlassen, alles zu erledigen, was die Studien und Untersuchungen anging. Aber wir haben trotzdem weiterhin zusammengearbeitet, ob wir nun miteinander gesprochen haben oder nicht.«

»Sie haben mir nicht gesagt, warum sich alles verändert hat.«

»Ich weiß es auch nicht. Es war einfach so.«

»Blödsinn, Keene.«

Er antwortete nicht.

»Okay, dann stell ich eben die naheliegende Frage: Haben Sie Nadine Preston nach dem Tag je wiedergesehen?«

»Nein.«

»Und die Segeltasche mit der Kette?«

»Ich war nie wieder auf dem Boot. Vielleicht ist sie dort, vielleicht auch nicht.«

»Nadine ist nach diesem Semester nicht wieder ans College gekommen.«

»Nein.«

»Hatte sie keine Eltern?«

»Ihre Eltern waren tot. Ich habe gehört, daß ein Bruder von ihr sie gesucht hat, aber da war sie schon lange verschwunden.«

»Was glauben Sie denn, wo sie ist?«

»Das weiß ich doch nicht! Wir haben ja nicht gesehen, was mit ihr oder der Tasche passiert ist.« Er machte eine kurze Pause. »Roland hat sich uns als Geschäftspartner ausgesucht, weil wir Leute waren, denen man keine Erklärungen zu geben brauchte«, fügte er bitter hinzu. »Für Roland war das Geschäft.«

»Sie haben nichts gesehen, aber Sie waren dort.«

»Es war eine Lektion. Er hat uns gezeigt, was mit Spielverderbern passiert.«

»Und was passiert mit Spielverderbern?«

Seine Stimme war jetzt nur noch ein heiseres Flüstern. »Sie kommen nie mehr an Land zurück.«

»Sie haben sie getötet.«

»Ja, das glaube ich.«

»Sie *glauben* es?«

Als er nichts sagte, griff ich in meine Handtasche und kramte die Cocktailserviette heraus, die er im *Terrace* liegengelassen hatte. »An dem Abend, als Sie mit Moffett im *Terrace* gesessen haben, haben Sie den Buchstaben N auf eine Cocktailserviette geschrieben. Nadine, richtig?«

Er nickte.

»Sie läßt sie nicht los, Keene. Geben Sie es zu. Ist es wirklich so, daß Sie nur *glauben*, daß die anderen sie getötet haben?«

Er schüttelte den Kopf. »Nein, so ist es nicht. Ich weiß, daß sie es getan haben.«

Ich hatte geglaubt, Nadine Preston führe irgendwo fern von Las Piernas ein Leben in Saus und Braus. Was ihr zugestoßen war, hätte mich nicht überraschen sollen. Sie war eine Intrigantin und eine Erpresserin gewesen. Und dumm dazu; sie war den Leuten, mit denen sie sich eingelassen hatte, nicht gewachsen. Es war nichts Bewundernswertes an ihr, dennoch war ich empört und erschüttert. Und genauso empört war ich darüber, daß Andre sie gestreichelt und umarmt, ihr die große Leidenschaft vorgespielt hatte, während er die ganze Zeit gewußt hatte, daß er an ihrem Tod mitwirken würde. Ich konzentrierte mich, während ich über Keenes Geschichte nachdachte, auf Details, um nicht von der gleichen Übelkeit übermannt zu werden, die Ben an jenem Tag überwältigt hatte.

»Sie kennen diese Männer seit Jahren. Was glauben Sie, wer sie getötet hat?«

»Darüber habe ich viel nachgedacht. Ich kann es nur vermuten. Selman.«

»Warum der?«

»Roland hätte Selman nie ein solches Druckmittel in die Hand gegeben. Selman hat profitiert, aber er hatte nicht die Kontrolle. Beherrscht hat uns alle Roland. Und danach brauchte er nie wieder zu fürchten, daß einer von uns ausscheren würde. Er hatte uns alle in der Hand, und er wußte es. Er hat seinen Teil der Vereinbarung erfüllt. Wir haben unseren Profit gemacht. Aber es hatte sich alles verändert.«

»Ich verstehe nicht, wie es möglich war, daß Sie alle so lange geschwiegen haben.«

»Tja, was man tun könnte und was man tut – das sind zwei verschiedene Dinge.«

»Es ging um Mordverdacht, Keene! Wenn nur einer von Ihnen aufgestanden wäre und gesagt hätte, daß er den Verdacht hat, es sei ein Mord begangen worden, dann würde ihr Bruder heute vielleicht nicht mehr nach ihr suchen müssen.«

»Und sechs andere Personen hätten vielleicht behauptet, sie wäre zwei Tage nach dem angeblichen Mord noch gesund und munter gewesen. Oder sie hätten gesagt, man selbst wäre der letzte gewesen, der mit ihr gesehen worden sei. Oder vielleicht hätten sie auch alle nur die Achseln gezuckt und gesagt: ›Wir wissen nicht, was aus ihr geworden ist.‹ Und man selbst hätte in Las Piernas nie wieder ein Geschäft machen können.«

»Woher wußte Roland, daß er auf Sie zählen konnte?«

»Darüber habe ich mir auch schon den Kopf zerbrochen. Mir fällt da immer wieder nur eine Antwort ein: Roland wußte genau, mit wem er es zu tun hatte – von Anfang an. Sie waren doch mal mit Selman zusammen, nicht wahr?«

»Ja.«

»Wenn man sieht, was für einen Erfolg der bei Frauen hatte, kann man doch nur sagen, der muß was ganz Besonderes an sich haben. Glauben Sie, Selman hatte eine Art magische Macht über Menschen? Ich meine, so was wie Voodoo zum Beispiel?«

»Nein, aber ich glaube, ich weiß, worauf Sie hinauswollen. Er sucht sich seine Opfer genau aus.«

»Ganz recht. Er würde gar nichts erreichen, wenn die Frau nicht selbst mitmachen wollte. Er kennt sie besser, als sie selbst sich kennt – das ist das ganze Geheimnis. Hinterher ist die Frau wahrscheinlich wütend auf sich selbst, aber in Wahrheit hatte sie überhaupt keine Chance.«

»Man hat mit dem Feuer gespielt und sich daran verbrannt«, sagte ich. »Das ist alles.«

»Aber wenn man das erstemal so ein Feuer sieht – besonders wenn man bis dahin in Kälte und Dunkelheit gelebt hat –, ist es doch verdammt verlockend, nicht wahr? Wir hätten dieses Sprichwort gar nicht, wenn es nicht haufenweise Leute gäbe, die sich irgendwann mal die Finger verbrannt haben.«

»Sie wollen also sagen, daß Roland von Anfang an wußte, daß Sie alle den Mund halten würden.«

»Genau. Und jeder von uns wußte, daß Roland keinen in diesen exklusiven Kreis aufgenommen hätte, auf den das nicht zutraf. Wenn man nicht das Rüstzeug zu einem guten Verschwörer hatte, wurde man gar nicht erst aufgefordert. Man mußte in seinem Beruf wirklich was können, aber man mußte auch jemand sein, der bereit war, sich zu unterwerfen, der den Mund halten konnte, der an seiner Karriere arbeitete und vielleicht etwas brauchte – und man mußte gierig sein. Vor allem aber mußte man jemand sein, der sich gern wichtig vorkam.«

Er hielt einen Moment inne, dann meinte er: »Schwächen und Stärken. In dieser Hinsicht ist Roland wie Selman. Er wußte mehr über uns als wir selbst. Aber er ist klüger und gerissener als Selman, und das weiß sogar Selman. Selman nimmt, was er kriegen kann; Roland weiß genau, was er nehmen kann und von wem, aber er nimmt nie zuviel.«

»Mord war nicht zuviel?«

»Anscheinend nicht. Soll ich Ihnen sagen, was ich glaube? Ich glaube, daß das Ganze von A bis Z Selmans Idee war. Aber Roland wird derjenige gewesen sein, der entschieden hat, wer an Land bleiben sollte. Das mitanzusehen wäre am schlimmsten für mich, Corbin und Ben gewesen. Selman und Moffett, die scheren sich einen Dreck um andere Menschen.«

»Und Booter?«

»Booter? Er ist einer von den drei Affen – Sie wissen schon, nichts Böses sehen, nichts Böses hören und so weiter.«

»Ich würde meinen, Sie waren das größte Risiko.«

»Vielleicht. Aber vielleicht auch nicht. Corbin und Ben ist es wahrscheinlich genauso gegangen wie mir. Sie haben wahrscheinlich auch mindestens einmal am Tag in den Spiegel geschaut und gesagt: ›Vielleicht bring ich heute den Mut auf, es zu tun. Ich sag Roland, er kann mir den Buckel runterrutschen. Ich mache reinen Tisch.‹ Und soll ich Ihnen sagen, was der Spiegel antwortet? ›Wem willst du eigentlich was vormachen, du Betrüger?‹«

Er seufzte. »Den besten Entwurf, den ich je von Corbin Tyler gesehen habe, hat er nach diesem Bootsausflug gemacht. Er konnte nicht schlafen. Er war nächtelang wach und hat daran gearbeitet. Es war ein großartiger Entwurf. Das Haimler Building – Sie kennen es?«

Ich nickte.

»Ich hab diese Pläne bewundert«, fuhr Keene fort. »Das habe ich ihm auch gesagt. Und wissen Sie, was er darauf gesagt hat? ›Ich mußte etwas tun, worauf ich stolz sein kann.‹ Ich hab genau gewußt, was er gemeint hat. Und habe mich mit Leib und Seele in den Bau dieses Gebäudes gestürzt.«

Ich dachte über das nach, was er gesagt hatte. »Aber jetzt

reden Sie mit mir. Vielleicht hat Ihr Spiegelbild sich getäuscht.«

Er lächelte dünn. »Darauf würde ich mich nicht verlassen. Ist doch ziemlich feige, wie ich das mache.«

Wir schwiegen wieder.

»Ich glaube, daß Lucas ermordet worden ist«, sagte ich schließlich.

»Ja?« Er schaute mich an.

»Sie glauben es auch, nicht wahr?«

»Ja«, antwortete er nach einer kurzen Pause. »Ich weiß nicht, wie sie es gemacht haben – zuerst wollte ich nicht einmal daran denken, daß es Mord gewesen sein könnte –, aber sein Tod kam einfach zu gelegen. Und nachdem die Frau im Obdachlosenheim überfallen worden war, sagte ich mir, Keene, da versucht jemand, die Leute zum Schweigen zu bringen.«

»Das ist der Grund, weshalb Sie jetzt mit mir reden.«

»Ja. Vielleicht hat derjenige, der Lucas und die Frau vom Heim auf dem Gewissen hat, es auch auf mich und Corbin abgesehen. Ben hat sich das Leben genommen, aber Corbin und ich, wir sind aus anderem Holz geschnitzt. Wir sind nicht so entgegenkommend. Aber es ist noch niemand verhaftet worden, und darum fühle ich mich nicht sicher.«

»Und was glauben Sie, was ich für Sie tun kann?«

»Wenn mir etwas zustößt«, sagte er, »sollen diese Leute nicht ungeschoren davonkommen. Ich wäre froh, wenn meine Kinder nie erfahren würden, was ich getan habe, aber wenn es nicht anders geht, müssen sie es eben erfahren. Denn still und leise werde ich bestimmt nicht abtreten, wenn Sie wissen, was ich meine. Wenn ich abtrete, dann fliegt diese ganze Sache auf. Mit einem großen Knall.«

Ich warf ihm einen scharfen Blick zu. »Und ich soll das für Sie übernehmen?«

Er nickte.

»Und Sie haben vor, denen das auch zu sagen?«

»Nur wenn es absolut notwendig ist. Nur wenn sie was mit mir versuchen.«

»Ja, aber, Keene, glauben Sie denn, die hätten mehr Mühe, mich loszuwerden als Sie?«

»Nein, und es tut mir leid, wenn Sie dadurch in Gefahr geraten.«

»Ach, es tut Ihnen leid!«

»Ja. Aber eine andere Lösung ist mir nicht eingefallen.«

»Sie schieben mich direkt in die Feuerlinie.«

»Da sind Sie doch sowieso schon. So wie Sie überall rumtelefoniert haben. Sie haben so richtig im Wespennest gestochert. Glauben Sie etwa im Ernst, daß Ihr Autofenster von einem Dieb eingeschlagen worden ist?«

Ich schwieg.

»Nein, Sie haben etwas in Ihrem Besitz, das jemandem angst macht.« Er sah zu meinen Händen hinunter. »Ich wette, es ist in einem dieser Umschläge.«

Ich faßte sie fester.

»Ich bin nicht der Dieb«, sagte er. »Das wissen Sie wohl inzwischen.«

»Warum nehmen Sie sich nicht einen Anwalt und gehen zur Polizei? Versuchen Sie, Straffreiheit zu bekommen.«

»Das ändert auch nichts daran, daß ich eine Bombe platzen lassen muß. Die Splitter würden viele Leute treffen – nicht nur meine Kinder. Corbin. Seine Tochter. Investoren, Beamte, meine Arbeiter, eine Menge Leute.«

»Sie sind ganz schön eingebildet, wissen Sie das?«

Er lächelte. »O ja.«

Ich hob den Blick zu den Engelsköpfen, die auf uns herablächelten. Die letzten Unschuldigen an einem dämmrigen Himmel.

Wenn ich gesund und munter bleiben wollte, mußte ich einen Weg finden, um diese ganze Geschichte aufzudecken, ohne das Versprechen, das ich Keene Dage gegeben hatte, zu brechen. Der »Saubermann« – in diesem Licht begann ich Lucas' Möder jetzt zu sehen – hatte nur so lange etwas zu verlieren, wie sein Ruf geschützt war. Wenn der Sanierungsschwindel aufgedeckt werden konnte, gab es keinen Ruf mehr zu schützen.

Nur zwei Möglichkeiten fielen mir ein, das zu bewerkstelligen. Die eine – ich mußte die Originaldaten finden, sie einem Statistiker vorlegen und hoffen, der Fachmann würde die Löcher in Selmans Studie finden.

Die andere versprach schnellere Ergebnisse – was meinem Wunsch, am Leben zu bleiben, entgegenkam. Ich mußte Lucas' versteckte Unterlagen finden, und wenn ich Glück hatte, würden sie ausreichen, Selman und seine Spießgesellen zu entlarven. Vielleicht würde aus den versteckten Papieren hervorgehen, welche Zahlen geändert worden waren. Daraus würde man wiederum entnehmen können, welche Zahlen in der Studie, die bei der Sanierungsbehörde lag, in Zweifel zu ziehen waren. Ich würde wahrscheinlich dennoch einen Statistiker brauchen, aber die Sache würde weniger Zeit in Anspruch nehmen.

Zeit. Ich sah zu den hohen Fenstern gegenüber der Treppe. Ein paar Stunden Tageslicht blieben mir noch.

»Ich habe eine Bitte«, sagte ich.

Er sah mich an.

»Ich möchte mich ein wenig im Angelus umsehen.«

»Allein?«

Nein, nicht allein. Aber ich wollte ihn nicht dabeihaben, wenn ich nach Lucas' Papieren suchte. »Ja«, sagte ich also.

Er wollte mir gerade etwas entgegnen, als mein Piepser losschrillte und uns beide erschreckte.

»Oh, entschuldigen Sie«, sagte ich, »ich dachte, ich hätte ihn leise gestellt.« Lydias Nummer erschien im Display. »Darf ich mal Ihr Funktelefon benutzen?«

»Gern, gehen wir zum Wagen raus.«

Ich sperrte hinter uns ab, da ich nicht wußte, ob der Anruf mich vielleicht zwingen würde, mich sofort wieder auf den Weg zu machen. Wenn nicht, würde ich Frank bitten, mich im Angelus abzuholen. Wenn ich in die Redaktion zurückmußte, dann wahrscheinlich, weil Wrigley herausbekommen hatte, wer seine Piepsernummer unter die Leute gebracht hatte.

»Lydia? Irene hier. Ich muß es kurz machen. Ich bin am Funktelefon eines Bekannten.«

»Dann verbinde ich dich gleich mit Geoff. Deine Freundin Lisa ist hier.«

»Lisa Selman?«

»Wir haben ihr gesagt, daß du nicht da bist, aber sie scheint ziemlich erregt zu sein, deshalb habe ich dich angerufen. Damit du wenigstens mit ihr reden kannst.«

»Okay, verbinde mich.«

Keene hatte Lisas Namen gehört. »Sagen Sie ihr nicht, daß ich hier bin«, bat er mich. »Ich muß hier weg.«

Geoff meldete sich und verband mich mit Lisa.

»Irene?« Es hörte sich an, als wäre sie den Tränen nahe.

»Was ist denn los?«

»Ich muß unbedingt mit dir sprechen. Wegen Roberta. Ich habe in meinem alten Mansardenzimmer im Haus meines Vaters ein paar Kartons aussortiert und dabei Unterlagen gefunden. Ich – ich glaube, sie haben was mit Lucas und Roberta zu tun. Ich dachte – ach Gott, das ist alles so ein Durcheinander! Ich glaube, Andre ist – ich kann's nicht mal aussprechen. Ich brauch deine Hilfe. Ich hab mir Jerrys Auto geliehen. Kann ich dich irgendwo treffen?«

»Ich kann in ein paar Minuten in der Redaktion sein«, sagte ich.

»Ich möchte nicht, daß sie mein Auto sieht«, flüsterte Keene aufgeregt. »Sie erzählt es womöglich ihrem Vater.«

Zur gleichen Zeit sagte Lisa: »Nein, nein. Da können wir ja nicht reden. Zu viele Leute.«

Ich seufzte. Keene und Lisa warteten.

»Weißt du, wo das Angelus Hotel ist?« fragte ich.

»Ja«, antwortete sie.

»Ich muß mich da ein bißchen umsehen. Ich habe gerade die Schlüssel von Keene Dages Sohn bekommen.« Die Lügen kamen mir schon ganz leicht über die Lippen. »Ich habe ihm erzählt, daß ich an einer Story über die Restaurierung historischer Gebäude schreibe. Gib mir zwanzig Minuten Zeit, dann bin ich dort«, sagte ich und hoffte, daß sie Keenes Seufzer der Erleichterung nicht gehört hatte.

35

Ich rief Frank an und hinterließ ihm die Nachricht, daß Lisa mich nach Hause fahren würde.

Keene wollte in sein Auto steigen, richtete sich dann aber wieder auf und ging nach hinten zum Kofferraum. Er nahm eine große Taschenlampe heraus. »Nehmen Sie die. Drinnen ist der Strom noch nicht angeschlossen, und weiter oben wird's dunkel – aber das wissen Sie ja schon.«

»Danke, Keene.«

»Wollen Sie wirklich ganz allein hier warten?«

Ich nickte. »Ich schließ das Tor hinter mir ab.«

Er blieb unschlüssig stehen. »Brauchen Sie sonst noch irgendwas?«

»Nein, danke.«

»Na schön. Ich danke *Ihnen*.« Er lächelte ein wenig zaghaft. »So eine Beichte tut der Seele wirklich gut. Ich habe zwar nicht das Gefühl, daß sie jetzt fleckenlos rein ist, aber ich fühle mich leichter. Ich habe vorher noch nie mit jemandem über das alles gesprochen.«

»Danke, daß Sie mir vertrauen.«

Er blickte am Hotel hinauf. »Ich werde meine traurigen Engel bitten, gut über Sie zu wachen, Irene.«

»Hoffentlich machen sie ihre Sache besser als bei Ihnen.«

»Ja, das hoffe ich auch.« Seine Miene wurde ernst. »Ich möchte wirklich nicht, daß Ihnen etwas zustößt.«

»Bekommen Sie jetzt bloß keine Gewissensbisse, Keene.«

Er lachte. »Gift und Galle, ich sag's ja! Genau das gefällt mir so an Ihnen.«

Er winkte mir zu und fuhr davon.

Ich schloß das Tor ab und ging über das Gelände zur Treppe. Während ich wartete, nahm ich mir noch einmal Bens Tagebuch vor. Die Depression oder was sonst ihn vom Schreiben abgehalten hatte, zog sich über etwas mehr als drei Wochen hin. Den letzten Eintrag hatte er am neunten August gemacht. Ich sah mir noch einmal den Abschiedsbrief Jeff McCutchens an. Sechs Zahlen. Was hatten sie zu bedeuten?

Ich dachte an Nadine Preston und fragte mich, wie diese Männer fähig waren, nachts zu schlafen. Ich hatte ihre Papiere vor mir. Im Vorstudium hatte sie gute Leistungen gehabt. Im Hauptstudium waren sie nicht gerade berauschend gewesen. Die erste Immatrikulationsbescheinigung wies als Kontaktpersonen bei einem Notfall ihre Eltern aus. Dem Computerprintout zufolge lebten sie in Michigan. Ich sah mir die späteren Formulare an. Da war unter der Notfalladresse niemand mehr angegeben.

Die Eltern waren tot, hatte Keene gesagt, und mit ihrem Bruder hatte sie offenbar keinen Kontakt mehr. Suchte er immer noch nach ihr?

Ich hörte einen Wagen vorfahren. Jerrys roter Porsche. Enttäuschend typisch, dachte ich. Vom forschen Pimmel in der Jugend zum Porschefimmel in der Midlife-Crises. Immerhin mußte Jerry Lisa recht gern haben, wenn er ihr dieses

Auto lieh. Was er wohl gesagt hätte, wenn er gewußt hätte, daß sie es in diesem Viertel abstellte?

Sie winkte und griff in den Wagen, um einen Rucksack herauszuholen. Sie hängte ihn sich über die Schulter und sperrte den Wagen ab. Sie war sportlich gekleidet wie neulich, Jeans, Pulli, Turnschuhe. Sie wirkte jetzt sehr jung auf mich. Ich wollte mich gerade ermahnen, sie nicht wie ein Kind zu behandeln, als ich ihr Gesicht aus der Nähe sah. Es war angespannt und völlig verschwollen vom Weinen. Eilig sperrte ich das Tor auf, und sie stürzte sich in meine Arme. An mich geklammert, fing sie von neuem an zu weinen. Ich drückte sie ungeschickt an mich – Schlüssel, Taschenlampe und Umschläge waren mir im Weg.

»Lisa, Lisa«, sagte ich leise. »Was ist denn passiert, Schätzchen?«

Sie hob den Kopf und wischte sich die Augen. »Entschuldige, ich konnte einfach nicht anders. Das war wirklich eine furchtbare Woche! Ich habe das Gefühl, mein ganzes Leben geht in die Brüche. Warum muß mein Vater ein solches Arschloch sein?«

»Jetzt komm erst mal, gehen wir rein. Wir suchen uns ein sauberes Fleckchen, und dann reden wir.«

»Danke. Ich habe gewußt, daß ich zu dir kommen kann. Du läßt deine Freunde nie im Stich, nicht?«

Ich sah zum obersten Stock des Hotels hinauf. »Nicht immer«, entgegnete ich. »Aber ich bin froh, daß ich für dich dasein kann.«

Ihr Blick folgte dem meinen, und sie sagte: »Ach, ich liebe diese alten Häuser! Der Blick von da oben ist bestimmt phantastisch.«

»Wahrscheinlich nicht das, was er einmal war, aber schlecht ist er nicht. In der obersten Etage sind viele Fenster mit Blick zum Ozean, und wenn man sich an die richtige Stelle setzt, kann man sogar das Wasser sehen.«

»Können wir raufgehen?«

Ich zögerte. Ich hatte eigentlich erst hinaufgehen wollen, nachdem ich mit ihr gesprochen hatte. Aber ich sah keinen Grund, sie nicht mit hinaufzunehmen; es bedeutete höchstens, daß ich die Treppen zweimal würde steigen müssen.

»Oh, entschuldige, das war unüberlegt von mir«, sagte sie. »Wenn du glaubst, daß du die Treppen nicht schaffst...«

»Die schaff ich schon«, entgegnete ich rasch. Dann sah ich, daß sie plötzlich spitzbübisch lächelte. Ich seufzte. »Du wolltest nur einen Witz machen, Lisa?«

Sie lachte. »Ja. Aber ich würde wirklich gern die Aussicht sehen.«

Wir sprachen nicht viel auf dem Weg nach oben. Vom offenen Foyer aus war es nicht der Horroraufstieg wie bei meinem ersten Besuch im Angelus, aber vierzehn Treppen sind vierzehn Treppen.

Als wir den Saal ganz oben erreichten, wirkte sie nicht mehr so angespannt. Sie sah sich neugierig um, bewunderte die grüne Glastür, die Bar mit den Schnitzereien, den Ausblick. »So was hätte man hier oben nie erwartet, nicht wahr?« bemerkte sie.

Ich schob die Umschläge, meine Handtasche und die Taschenlampe auf ein Board unter dem Bartresen. Dann ging ich zu dem Fenster, vor dem, wie ich jetzt glaubte, Lucas zumindest einen Teil einer regnerischen Nacht verbracht hatte. Bens Selbstmord hatte an jenem Morgen Schlagzeilen gemacht. Hatte Lucas hier gesessen und sich Gedanken darüber gemacht, ob er am Tod Ben Wattersons eine Mitschuld trug? An einem klaren Tag mußte man von hier aus Catalina sehen können. Jetzt jedoch wälzten sich langsam die angekündigten Regenwolken herein, und man konnte kaum die Bohrinseln sehen, geschweige denn irgend etwas, was sich jenseits der

Mole befand. Ich überlegte, ob es infolge der Wolken früher dunkel werden würde.

Hinter mir konnte ich das Knirschen von Lisas Schuhen auf dem Holzboden hören, als sie im Saal umherging. Sie trat zu der Kiste unter dem Fenster, neigte leicht den Kopf zur Seite und sagte: »Was willst du in Wirklichkeit hier?«

Einen Teil der Wahrheit konnte ich ihr ruhig sagen. »Lucas ist in diesem Hotel gestorben. Ich wollte wohl nur noch einmal sehen, was er vor seinem Tod gesehen hat.«

Ihr Gesicht wurde ernst. Sie nickte. »Das erinnert mich daran, warum ich mit dir sprechen wollte.« Sie seufzte tief, rückte die Kiste ein wenig zur Seite und setzte sich darauf. Sie nahm den Rucksack ab, öffnete ihn und zog einen Hefter heraus.

»Das war in einem Karton der Mansarde«, sagte sie und reichte ihn mir.

»Was ist das?«

»Schau rein.«

Ich schlug den Hefter auf. Statistische Erhebungen. Mit Maschine geschriebene Texte – genau wie die, die Edison Burrows mir gezeigt hatte. Ich hielt sie ans Licht und betrachtete sie genauer. Lucas' Texte.

»Weißt du, was das ist?« fragte ich.

»Das ist der Beweis für Andres Unehrlichkeit«, antwortete sie.

»Inwiefern?« fragte ich, weil ich gern wissen wollte, was sie wußte und was sie nur vermutete.

»Die Papiere lagen in einem Karton mit der Aufschrift ›Monroe‹. Ich wollte die Kartons eigentlich nur wegschieben, weil ich nach alten Büchern suchte, die ich dort oben aufbewahrt hatte. Ich fand einen Karton voller Rohdaten, Notizen, die mit Maschine geschrieben waren, statistische Berechnungen. Mit solchen Geschichten habe ich natürlich die ganze Zeit zu tun – ich mache ja fast die gesamte demographische Arbeit für Barton. Klar, daß mich das Zeug neugierig gemacht hat. Und dann erkannte ich plötzlich, was der Name auf dem Karton zu bedeuten hatte. Mir fiel ein, daß Lucas Monroe früher mal mit Andre zusammengearbeitet hat.«

»Du weißt, daß Andre in Lucas' Magisterausschuß war. Und Lucas hat mit ihm bei der Stadtentwicklungsstudie zusammengearbeitet. Ist es da nicht ganz natürlich, daß er Lucas' Daten bei sich hat?«

»Du traust mir nicht, stimmt's?«

Das machte mich betroffen.

»Ich habe schon verstanden«, sagte sie. »Lucas ist tot, ich dachte allerdings, er wäre an einem Herzinfarkt gestorben. Und Roberta – alles umsonst!«

»Wie meinst du das?«

Sie antwortete nicht gleich. Dann sagte sie: »Du behandelst mich dauernd wie jemanden, der von den einfachsten Dingen keine Ahnung hat. Becky hat's mir erzählt, als ich im Krankenhaus war. Sie hat gesagt, daß bei Roberta im Büro jemand eingebrochen und sie niedergeschlagen hat, daß aber aus dem Büro nichts entwendet wurde.«

»Es hat nichts gefehlt? Das habe ich noch gar nicht gehört«, entgegnete ich. »Ich würde auch meinen, daß das ohne Robertas Hilfe schwer festzustellen ist.«

»Ich meinte, keine Geräte oder sonst irgendwelche auffallenden Dinge. Zumindest hat das Becky gesagt.«

»Hm.«

»Ich weiß nicht, wie er das von einem Krankenhausbett aus geschafft hat, aber ich bin mir sicher, daß Andre hinter der Sache steckt. Ich weiß es.«

»Wie kommst du darauf?«

Sie seufzte gereizt. »Andre hat für seine erste Stadtentwicklungsstudie Daten gefälscht. Ich bin nahe daran, es beweisen zu können. Ich dachte, du würdest die Story haben wollen. Ich dachte, du würdest begreifen, was das bedeutet – man könnte Andre und seinen Freunden das Handwerk legen.«

»Du kannst beweisen, daß er statistische Daten gefälscht hat?«

»Ein paar Schlüsselunterlagen fehlen. Ich bin immer noch dabei, die Sachen durchzusehen, die Andre in dem Schrank oben versteckt hat, aber diese Unterlagen befinden sich offenbar woanders. Ich werde sie trotzdem finden. Ich bin fest entschlossen. Und das eine kann ich dir jetzt schon sagen: Andre ist ein Betrüger. Seine Karriere als Wissenschaftler ist auf einem Fundament aus Lügen errichtet, angefangen mit dieser Studie. Er ist ein Schwindler.«

»Er ist dein Vater.«

»Was soll das heißen?«

»Er bedeutet dir tatsächlich gar nichts, nicht wahr?«

»Weshalb sollte er?«

»Er hat immerhin die Rechnungen bezahlt, wenn er schon sonst nichts getan hat.«

»Mit Geld, das unrechtmäßig erworben wurde.«

»Er hat dir die Liebe zur Soziologie mitgegeben.«

»Seine Liebe zur Soziologie ist nichts als Schwindel. Genau wie alles andere an ihm. Es ist ein Bereich, der sich mit der menschlichen Gesellschaft, mit Beziehungen und Sitten befaßt – aber was weiß er schon von diesen Dingen?«

»Genug, um sich die Achtung seiner Kollegen erworben zu haben. Genug, um deiner Karriere sehr nützlich gewesen zu sein.«

»Du verteidigst ihn schon wieder!«

Ich dachte an das Gespräch mit Keene vor nicht einmal einer Stunde. Ich sah zum Fenster hinaus, zum Himmel und auf das Wasser. Gedämpfte Grautöne.

»Nein, ich verteidige ihn nicht. Ich könnte deine Hilfe wirklich gebrauchen. Aber ich möchte nicht, daß du sie mir ohne Überlegung zusagst. Ich könnte es mir nie verzeihen, wenn ich deinen Zorn auf ihn ausnützen würde, auch wenn mir das meine Aufgabe noch so sehr erleichtern würde. Dazu bedeutest du mir zuviel, Lisa.«

Erneut schossen ihr Tränen in die Augen. »Ich glaube dir. Ich schwör's dir, Irene, ich nehme das alles nicht leicht. Es ist wahrscheinlich das Schwerste, was ich in meinem Leben je tun mußte.«

Ich seufzte. Ich hatte immer noch kein gutes Gefühl bei dem Gedanken, mir ausgerechnet von ihr dabei helfen zu lassen, ihren Vater des Betrugs und vielleicht schlimmerer Dinge zu überführen, aber ich war mir ziemlich sicher, daß meine Bedenken darauf zurückzuführen waren, daß ich immer dazu neigte, Lisa wie ein Kind zu behandeln. Ihre Beziehung zu ihrem Vater war nie normal gewesen, das durfte ich nie vergessen.

»Gut, dann sage ich ja. Alle Unterlagen, die du mir beschaffen kannst – ohne dich dabei selbst in Gefahr zu bringen –, sind nützlich. Und ich gebe zu, daß ich gerade daran gedacht habe, daß ich einen Statistiker brauchen werde, um zu verstehen, was ich vor mir habe.«

»Gott sei Dank! Ich hatte gehofft, daß du mir vertrauen würdest. Ich suche weiter nach diesen fehlenden Unterlagen.«

»Es kann sein, daß sie hier sind, in diesem Saal«, sagte ich.

»Was?«

»Du hast mich gefragt, warum ich hier bin. Ich suche nach den fehlenden Seiten.«

Sie sah sich um. »Hier?«

»Lucas hat mir so was wie eine Nachricht hinterlassen. In dieser Bar gibt es angeblich eine Geheimtür. Noch aus den alten Prohibitionszeiten.«

Ihre Augen leuchteten. »Toll! Geheimtüren und Geheimfächer! Kann ich dir beim Suchen helfen?«

»Bitte, tu dir keinen Zwang an.«

Wir machten uns an die Arbeit. Wir untersuchten die Bar aus jedem möglichen Winkel. Wir schoben, wir drückten, wir klopften. Es begann dunkel zu werden. Ich wollte gehen, aber Lisa war fest entschlossen, die Geheimtür zu finden.

»Frank wird sich Sorgen um mich machen«, sagte ich und knipste die Taschenlampe an. »Ich muß jetzt gehen.«

»Pscht!« machte sie. »Hast du auch was gehört?«

Ich hielt inne.

Wir lauschten.

»Es war anscheinend nichts«, meinte sie.

Und im selben Moment hörten wir ganz deutlich, wie die Tür zum Treppenhaus zuschlug.

»Ich weiß, daß ihr da drinnen seid!« Es war die dröhnende Stimme des Mannes, der manchmal Schreier genannt wurde und anderen als John Jones bekannt war.

Zehab wußte, wo wir waren.

36

Ich knipste die Taschenlampe aus, legte Lisa die Hand auf die Schulter und zwang sie, mit mir hinter der Bar in Deckung zu gehen. Wir befanden uns in dem Raum hinter dem Tresen, wo normalerweise der Barkeeper arbeiten würde. Es war noch so hell, daß ich Lisas Gesicht sehen konnte, das bleich und erschrocken aussah. Was war in mich gefahren, daß ich ihr von der Geheimtür erzählt und sie in solche Gefahr gebracht habe?

»Huhu, ich weiß, daß ihr hier seid«, sang er wie ein Kind beim Versteckspiel. »Ich zähl jetzt bis zehn, und wenn ihr dann nicht rauskommt, hol ich euch!«

Ich drückte Lisa die Taschenlampe in die Hand. Ich griff nach meiner Handtasche und öffnete sie.

»Eins!«

Ich fand einen Zettel.

»Zwei!«

Einen Stift.

»Drei!«

Ich schrieb: ›Ich lenke ihn ab.‹

»Vier!«

Ich schrieb: ›Hol Hilfe.‹

»Fünf!«

Ich nahm die Schlüssel zum Tor, hielt sie zusammen, damit sie nicht klapperten.

»Sechs!«

Ich drückte sie ihr in die Hand.

»Sieben!«

Ich sah sie an, sah sie nicken.

»Acht!«

Und sagte lautlos: »Fertig?«

»Neun!«

In dem Moment ging der gottverdammte Piepser los.

Ich sprang in die Höhe, wie von der Tarantel gestochen, während ich von der Bar wegrannte und mit dem piepsenden Ding auf ihn zulief.

Er hielt sich die Ohren zu und rannte von mir weg, zur anderen Seite des Saals. Er lachte.

Ich hörte, wie die Glastür geöffnet wurde, drehte mich aber nicht um, da ich nicht wollte, daß er auf Lisa aufmerksam wurde. Das Ding hörte auf zu piepsen. Ich kreischte und jodelte und stieß die wildesten Tarzanrufe aus, um alle Geräusche, die sie vielleicht machte, zu übertönen. Er fand es herrlich. Lachend ahmte er meine Schreie nach, dann machte er plötzlich kehrt und rannte auf mich zu.

Was zum Teufel sollte ich jetzt tun?

Ich begann wieder zu laufen. In großen Kreisen jagten wir

über den buckligen Boden. Er amüsierte sich königlich. Ich hatte Todesangst, wagte aber noch nicht, die Tür anzusteuern – ich mußte ihr Zeit geben. Ich lief Schleifen und Bögen in dem dunkler werdenden Raum.

Und stolperte über Lisas Rucksack, dann über die Kiste und stürzte krachend zu Boden.

Mir blieb die Luft weg. Der Piepser schlitterte über den Boden. Er war mit einem Riesenschritt bei mir. Seine großen Hände umfaßten meine Schultern. Er hob mich hoch. Er stellte mich auf die Füße, drehte mich zu sich herum – als hätte ich nicht mehr Gewicht als eine Puppe.

»Hast du dir weh getan?« fragte er.

Ich schüttelte den Kopf.

»Bestimmt nicht? Du bist hingefallen.«

Ach was? dachte ich. Meine Knie, meine Schienbeine und meine Hände brannten. »Mir ist nichts passiert«, sagte ich.

»Ich laß dich jetzt los«, kündigte er an.

»Danke.«

»Aber fall mir nicht wieder hin.«

»Nein.«

Er trat zwei Schritte von mir weg und zeigte dann mit dem Finger auf mich. »Das ist die Strafe, wenn man so rumtobt.«

»Ja, anscheinend.«

Er starrte mich an. Ich dachte an Joshua Burrows, wie ich ihn zuletzt gesehen hatte, mit gebrochenen Rippen und zerschundenem Gesicht. So was brachte Zaheb wahrscheinlich innerhalb von wenigen Sekunden fertig. Hatte er auch Roberta auf dem Gewissen?

Ich schluckte.

Wie lange würde Lisa brauchen, um aus dem Haus hinauszukommen?

Ich stand in der Nähe der Fenster. Ich ließ ihn nur einen Moment aus den Augen, um zur Straße hinunterzusehen. Der Porsche stand noch am Bordstein.

»Sie ist noch hier«, sagte er.

Ich sah ihn wieder an. Er war dabei, in aller Ruhe meinen Piepser vom Boden aufzuheben. Mist! Er wußte, daß ich nicht allein war.

»Ihr habt den Schatz gesucht«, sagte er, während er die Tasten des Piepsers drückte.

Ich antwortete nicht.

Er sah mich an. »Doch, habt ihr!« rief er, als hätte ich es bestritten. »Ihr habt im Altar nach dem Schatz gesucht. Komm her.«

Ich rührte mich nicht von der Stelle. Er packte mich bei der Hand und riß mich mit sich zur Bar. Vor dem Tresen blieb er stehen, ließ aber meine Hand nicht los.

»Ich bin dein Schutzengel und werde dir den rechten Weg weisen. Ich kenne alle Geheimnisse des Altars.«

In dem Moment war es mir völlig gleichgültig, was in der Bar versteckt sein könnte. Doch er zog mich weiter, hinter den Tresen. Er sah meine Tasche und steckte den Piepser hinein, nahm sie und hängte sie sich über die Schulter. Die gehörte jetzt wohl ihm. Ich warf einen Blick in das Fach unter dem Tresen, konnte aber meine beiden Umschläge nicht entdecken. Lisa mußte sie mitgenommen haben. Ich konnte nur hoffen, sie würde wissen, wem sie die Unterlagen zu geben hatte, wenn mir etwas zustoßen sollte.

Er sah an der Rückwand hinter dem Tresen empor, betrachtete die feinen Schnitzereien und die Spiegelfelder und lächelte. »Man muß sie reiben«, sagte er. »Ich hab ihm immer dabei zugesehen.«

Er nahm meine andere Hand und führte meine beiden Hände zu einer Spiegelplatte links von uns. Er legte meine Hände nacheinander auf die Flügelchen zweier Blasengel, die die Seiten des Spiegelfeldes zierten. Ich versuchte, den Geruch seines Atems, der über meine Schulter wehte, zu ignorieren. Er war nur einer von mehreren scharfen, durchdringenden Gerüchen, die von ihm ausgingen. Der Mann war ein echtes Stinktier.

Dunkel blickten mich unsere Gesichter aus dem Spiegel an. Das meine voller Angst. Das seine war freudig erregt.

»Beide zur gleichen Zeit, sonst klappt's nicht«, sagte er. Behutsam krümmte er seine Finger über den meinen und bewegte unsere Hände gleichzeitig über die Engelsflügel. Ich spürte, wie sie sich nach rückwärts bewegten. An einer Art Kugelgelenk. Ich hörte ein Knarren.

»Jetzt vorwärts und wieder zurück«, sagte er.

Wieder bewegten wir die Flügel, ließen die Engel »fliegen«. Erneut das Knarren, und diesmal sah ich, daß der Spiegel sich mit der Rückwärtsbewegung der Flügel nach vorn geschoben hatte.

Noch einmal ließen wir die Engel »fliegen«, und jetzt war der Spiegel so weit nach vorn gedrückt, daß ich sehen konnte, was sich dahinter befand: ein Hebel.

»Drück ihn runter! Drück ihn runter!« rief Zehab aufgeregt und ließ meine Hände los.

Ich tat es. Das gesamte Wandpaneel neben dem Spiegel schwang nach außen. Er lachte und zog es ganz auf. Dahinter befand sich ein Fach.

»Ich kann nicht sehen, was da drinnen ist«, sagte ich, vor lauter Neugier alles andere vergessend.

Zehab kramte in seiner Jackentasche und brachte ein Einwegfeuerzeug zum Vorschein. Er knipste es an, und die Flamme erhellte mit flackerndem Schein das Fleckchen, wo wir standen. Er hielt sie in das Fach hinein, und ich sah, was dort verborgen war.

Nichts.

»Es ist ja leer!«

»Pscht!« Er drückte mir seine schmutzige Hand auf den Mund. Er zog mich dicht an sich, schlang seinen kräftigen Arm um meine Taille, so daß ich meine Arme nicht bewegen konnte. Dann richtete er sich auf. Meine Füße hoben sich vom Boden. Er bewegte sich ein Stück an der Wand entlang, zog am Kopf eines anderen Engelchens und drückte gleichzeitig ein Knie gegen ein glattes Holzpaneel daneben. Es gab nach, bewegte sich lautlos, glitt von uns weg wie eine Drehtür, und wir befanden uns plötzlich in pechschwarzer Finsternis.

Ich versuchte, mich von ihm loszureißen, aber er hielt mich nur noch fester und verstärkte den Druck seiner Hand auf meinem Mund, so daß ich schließlich aufgab. Es gab hier nichts als Finsternis und seine Ausdünstung, die sich mit dem Geruch von Staub und altem Holz mischte. Zunächst glaubte ich, wir befänden uns in einer Art Schrank hinter der alten Bar, aber wir begannen uns zu bewegen. Er trug mich eine Treppe hinunter, wie mir schien. Hinter der Bar mußte sich ein geheimer Gang befinden, wahrscheinlich zur Beförderung von Alkohol während der Prohibition.

Er blieb stehen, und seine Umklammerung lockerte sich ein wenig, als er eine Tür öffnete. Die Luft wurde kühler, aber es war immer noch sehr dunkel. Er stellte mich zu Boden.

»Wenn ich dich jetzt loslasse, bist du dann still?« flüsterte er mir ins Ohr.

Ich nickte.

»Ich will dich nicht schlagen, aber ich tu's, wenn du Krach machst.«

Ich nickte wieder.

Er hob ein wenig seine Hand, als wollte er mich auf die Probe stellen, dann zog er sie wieder weg. Ich rieb mir Mund und Kinn.

Wo blieb Lisa? Ich sagte mir, daß man für vierzehn Treppen eben eine gewisse Zeit brauchte, auch wenn man sie in Panik hinunterrannte.

Er hielt mich noch immer um die Taille gefaßt. Sein Kopf war zur Seite geneigt, als ob er lauschte. Ich hörte es auch. Schritte über uns. In dem großen Saal. Der alte Holzfußboden knarrte.

Sie suchen mich! dachte ich aufgeregt. Sie hat Hilfe gefunden, und jetzt suchen sie mich. Ich wollte rufen, aber schon klatschte Zehab mir wieder seine große Hand auf den Mund. Während er mich mit sich schleppte, fragte ich mich, wie es Lisa gelungen war, so rasch Hilfe zu finden? War es vielleicht der Mann von der Wachgesellschaft? Vielleicht würde sich jetzt das Glück doch noch auf meine Seite schlagen.

Bald erkannte ich, daß wir uns in dem Flur ein Stockwerk tiefer befanden. Dort, wo Lucas gestorben war.

Zehab wußte, welches Zimmer es war – er war dort gewesen. Und jetzt ging er wieder dorthin. Ich hörte mich wimmern, als er mich in das Zimmer hineinzog.

»Pscht!« zischte er und schloß die Tür.

37

Es wurde noch schlimmer.

Wenn Zehab im Zimmer haltgemacht hatte, wäre es mir vielleicht gelungen, nicht daran zu denken, wie ich damals Lucas gesehen hatte, mit den Münzen auf den Augen.

Aber er ging weiter. Zuerst schleppte er mich ins Badezimmer, aber als ich da mit den Füßen gegen die Einrichtungsgegenstände trat, schien es ihm als Versteck nicht mehr zu gefallen. Er warf meine Tasche in die altmodische Badewanne mit den Klauenfüßen und packte mich wieder fester.

»Hör auf!« flüsterte er zischend, während er mich wieder ins Zimmer hinauszerrte. »Ich will dir nichts tun. Wirklich nicht.«

Im Zimmer war ein wenig Licht. Sehr wenig. Er drückte die Badezimmertür mit dem Fuß zu und zog mich mit sich zu den Fenstern. Ich war zunächst erleichtert, bis ich sah, daß wir uns direkt auf den blutbespritzten Heizkörper zubewegten. Aber kurz bevor wir ihn erreichten, schwenkte er seitlich ab und zog mich mit sich in den kleinen Wandschrank. Er schloß die Tür. Wieder waren wir in der Dunkelheit.

Es war, als wäre mein schlimmster Alptraum wahr geworden: in einem winzigen, stockfinsteren Raum mit einem Wahnsinnigen eingesperrt. Er drehte mich zu sich um und drückte sich an mich. Er hatte eine Erektion.

Ich hörte auf zu strampeln und zu treten. Ich glaube, ich habe noch nie in meinem Leben so still gehalten.

»Hoppla«, flüsterte er. »Ich bin kein keuscher Engel.«

Er verschob sein Becken ein wenig zur Seite. Er hielt mich zwar immer noch mit seinem Gewicht an die Wand gedrückt, aber wenigstens verschonte er mich mit seiner bohrenden Aufmerksamkeit.

Diese kleine, rücksichtsvolle Geste veranlaßte mich endlich, mir klarzumachen, was eigentlich geschah. Er wollte mir nichts antun. Er wollte mich verstecken.

Plötzlich wurde mir bewußt, wie still es im Haus war.

Wenn Lisa wunderbarerweise schnell Hilfe gefunden hätte und die Polizei angerückt wäre, dann wäre hier jetzt allerhand losgewesen. Die Polizei hätte diese Situation behandelt wie eine Geiselnahme – da wäre es bestimmt nicht so still gewesen.

Vielleicht waren ja auch nur Lisa und der Wachmann hier. Vielleicht spielte der Wachmann John Wayne. Vielleicht war er schon still und leise auf der Suche nach mir, während die Polizei Mühe hatte, das Hotel überhaupt zu finden. Das Angelus war schließlich schon mehr als zehn Jahre kein Hotel mehr…

Aber Lisa hatte sofort gewußt, wo es war. Lisa, die noch

zur High-School gegangen sein mußte, als es längst geschlossen war. Als ich mit ihr telefoniert hatte, hatte ich sie gefragt: »Weißt du, wo das Angelus Hotel ist?« Und sie hatte »Ja« gesagt. Sofort. Ohne Zögern.

Doch die Schlußfolgerung, die sich daraus ergab, rief sofort meinen Widerspruch hervor. Vielleicht hatte sie in einer der alten Zeitungen in der Mansarde etwas von dem Hotel gelesen. Oder hatte Andre darüber sprechen gehört. Vielleicht hatte Roberta ihr erzählt, daß Lucas in diesem Hotel gestorben war, und Lisa war hergekommen, um es zu sehen. Das schien aber nicht wahrscheinlich. Ich versuchte, andere Erklärungen zu finden. Ich war sicher, es müßte eine geben.

Sicher, bis ich die Tür zum Treppenhaus zufallen hörte. Wer immer soeben dieses Stockwerk betreten hatte, bemühte sich nicht, seine Anwesenheit zu verheimlichen.

Sie konnte vielleicht wissen, wo das Hotel lag, aber sie konnte nicht wissen, in welchem Zimmer Lucas gestorben war und in welchem Stockwerk sich das Zimmer befand. Es sei denn, sie wäre in der Nacht, in der er gestorben war, hier gewesen.

Hatte er noch gelebt, als sie ihn gesehen hatte?

Mir fiel ein, was Zehab, mein Schutzengel, zu mir gesagt hatte, als er mir das letzte Mal erschienen war, in der kleinen Gasse, wo ich meinen Wagen geparkt hatte. Er hatte davon gesprochen, daß Lucas im Obdachlosenheim nicht untergekommen und deshalb zum Hotel gegangen war. Er hatte gesagt, Lucas habe seinen eigenen Schutzengel gehabt.

Der, der immer und überall über ihn gewacht hat. Er hat mit diesem Engel gesprochen, und dann ist der Engel fortgegangen … Dieser Engel hat mir angst gemacht.

Lucas war am Leben gewesen.

Er war am Leben gewesen an diesem kalten, regnerischen

Abend, und ein Engel hatte ihn besucht und ihm eine Thermosflasche mit Kaffee gebracht. Die Thermosflasche im Hotelzimmer war nicht Lucas' Thermosflasche gewesen. Besaß Lisa so eine? Vielleicht war es auch die von Jerry gewesen, mit heißem Kaffee aus seiner Küche gefüllt und den Herztabletten, von denen er immer einen Vorrat in seinem Küchenschrank hatte, um seinem Vater im Notfall das Leben zu retten. Dies war ein Notfall anderer Art gewesen.

Wenn Lucas nun im Heim aufgenommen worden wäre, hätte sie ihn dann in der Rolle der guten Samariterin dort aufgesucht? Lisa, die junge Freundin der Heimleiterin, die einen alten Freund besuchen und eine Tasse Kaffee mit ihm trinken wollte? Oder hatte sie ihn irgendwie aufgehalten, um dafür zu sorgen, daß er zu spät kommen würde, um dort noch ein Bett zu bekommen?

Es konnte so schwierig nicht sein, jemanden mit einem Herzmittel zu töten. Im Kaffee hätte man es nicht geschmeckt, und Herzmittel sind starke Drogen. Das, was den einen Menschen rettet, kann einen anderen töten; und eine größere Menge kann jeden töten. Was hatte sie zu ihm gesagt? Dasselbe, was sie zu mir gesagt hatte? Mein Vater hat Papiere in der Mansarde versteckt? Er hat mich nie geliebt, ich möchte Ihnen helfen?

Ich stellte mir Lucas vor, geblendet von ihrer Schönheit. Voller Anteilnahme, voller Vertrauen zu ihr. Wie er den Kaffee trank, bis er so viel von dem Gift in seinem Körper hatte, daß es sich bemerkbar machte. Hatte er es in jenem Moment des Schwindels, bevor er gegen den Heizkörper stürzte, gewußt? Hatte er, als er seinen Ring an die Brust preßte, gewußt, daß sein Vertrauen erneut mißbraucht worden war?

Ich schauderte. Zehab drückte seine Wange auf meinen Scheitel, schob seinen Arm um meine Taille, um mir auf den Rücken zu klopfen. Wie einem Kind.

Ein Kind. Daß Andres Tochter ebenso manipulativ und skrupellos sein könnte wie ihr Vater, war eine Vorstellung, der ich nicht ins Gesicht sehen wollte. Der Apfel fällt nicht weit vom Stamm, hatte Jerry Selman zu mir gesagt.

Lisa. Warum? Warum?

War sie so voller Wut über die Nichtachtung ihres Vaters, daß sie versuchen würde, ihm einen Mord in die Schuhe zu schieben? War das der Grund, warum sie zu mir gekommen war? Um mich zu ihrem Werkzeug zu machen? Um die Reporterin die Anschuldigung vorbringen zu lassen, damit sie selbst sie nicht erheben mußte? Kein Wunder, daß sie so erregt gewesen war, als sie gemeint hatte, ich wollte ihn verteidigen.

Und jetzt hatte sie die Seiten aus Bens Tagebuch, Ivys Faxe und die Kopie von Jeff McCutchens Abschiedsbrief. Welch eine Ironie! Sie brauchte Andre gar nichts in die Schuhe zu schieben – er hatte wahrscheinlich sowieso schon einen Mord begangen.

Die Schritte draußen im Korridor waren leise, aber sie kamen stetig näher. Zehab schien zu merken, daß ich nicht mehr versuchte, mich gegen ihn zur Wehr zu setzen. Er lockerte seinen Griff. Ich wollte ihm irgendwie zu verstehen geben, daß ich ihm vertraute, wagte aber nicht, auch nur zu flüstern. Sein Gesicht konnte ich nicht sehen und er nicht die Veränderung in meinem. Ich hob ein wenig meinen Arm und tätschelte ihn, wie er mich getätschelt hatte. Er rückte ein klein wenig von mir ab. Ich griff nach seiner Hand und drückte sie leicht. Er erwiderte meine Geste. Er trat noch ein wenig weiter zurück und senkte seine Arme. Er hatte verstanden, daß es nicht länger nötig war, mir den Mund zu verschließen und mich festzuhalten.

Alle Zweifel, die ich vielleicht noch gehegt hatte, die vage Hoffnung, ein mir lieber Mensch könne Lucas einfach nicht getötet haben, wurden einen Augenblick später zunichte gemacht, als ich hörte, wie jemand laut gegen die Zimmertür schlug. Gleich darauf folgte ein Krachen, als die Tür gegen eine Wand flog. Es hörte sich an, als sei sie mit einem wütenden Tritt geöffnet worden.

»Ich habe eine Pistole!« Es war Lisas Stimme, aus geringer Entfernung. »Bringen Sie Irene jetzt raus.«

Zehabs Hand suchte mein Gesicht, und er legte seine Finger auf meine Lippen. Ich nickte. Er drehte sich lautlos herum, bis er mit dem Rücken zu mir stand.

Ich fragte mich, ob sie tatsächlich eine Pistole hatte. Wir hatten Schritte über uns in der Bar gehört, wo ihr Rucksack lag. Hatte sie in ihm eine Waffe versteckt gehabt?

»Hören Sie mich? Ich habe gesagt, Sie sollen sie jetzt rausbringen.«

Im Inneren des Schrankes schien kaum noch Luft zu sein.

Als wir uns nicht zeigten, rief sie laut: »Ich besitze etwas, das Zauberkraft hat, Mr. Jones. Ich schenke es Ihnen, wenn Sie Irene herausbringen.«

Mr. Jones. Sie wußte Zehabs eigentlichen Namen, aber nicht seinen Straßennamen. Von Roberta vielleicht? Zehab war im Heim gewesen. War sie auch hinter ihm her?

Zehab war nicht so leichtgläubig, wie sie offenbar gehofft hatte. Er rührte sich nicht.

»Irene?« Ihre Stimme klang jetzt weniger fordernd. »Irene, versuch doch, irgendein Geräusch zu machen. Sonst kann ich dir ja nicht helfen.«

Ich empfand nur Bitterkeit bei dieser Lüge.

Ich hörte, wie sie vorsichtig durch das Zimmer ging. Ihre Schuhe machten das gleiche knirschende Geräusch, das ich oben schon gehört hatte, als haftete etwas Klebriges an den Sohlen.

Das Licht der Taschenlampe drang durch die Ritze unter der Schranktür. Die Schritte waren zögernd, unsicher.

Plötzlich brach ein schrilles Trillern los, und fast im selben Moment krachte ein Schuß. Sein Echo war kaum verklungen, als mir klar wurde, was dieses schrille Trillern gewesen war: mein Piepser, der sich aus der alten Badewanne meldete.

Beißender Pulvergeruch füllte den kleinen Raum.

Der Piepser schwieg.

»Jetzt wissen Sie«, sagte sie mit zitternder Stimme, »daß ich nicht gelogen habe, als ich sagte, ich hätte eine Pistole.« Wieder schrillte der Piepser los.

»Machen Sie das Ding aus!« schrie sie.

Es trillerte weiter.

Sie schoß noch einmal. Klirrend zersprang irgend etwas, wahrscheinlich der Spiegel im Badezimmer. Sie schien den Schuß ganz in unserer Nähe abgegeben zu haben. Sie mußte seitlich von der Badezimmertür stehen und durch sie hindurch geschossen haben.

Der Piepser verstummte für einen Moment, dann ging das Gefiepe wieder los.

»Kommen Sie endlich raus aus dem Bad, oder ich komme rein!« schrie sie ganz nah bei unserem Schrank.

Der Piepser schwieg.

Ihre Schritte näherten sich der Badezimmertür.

»Raus!« schrie sie. »Raus jetzt!«

Als gehorchte er ihrem Befehl, brach Zehab wie ein Berserker mit Riesengebrüll aus dem Schrank hervor. Ich folgte ihm geduckt.

Lisa hatte sich bei dem Getöse umgedreht. Der Strahl ihrer Taschenlampe traf uns. Ihr blieb keine Zeit mehr zu zielen, aber sie schoß dennoch, als Zehab sich auf sie stürzte.

Er stöhnte grunzend, als er sie zu Boden warf, ihr die Waffe aus der Hand riß und sie quer durchs Zimmer schleuderte. Ich packte Lisas Hand und entwand ihr die Taschenlampe, als sie versuchte, Zehab damit zu schlagen. Sie wehrte sich, aber gegen ihn konnte sie nichts ausrichten. Mit Hilfe der Taschenlampe suchte ich die Waffe und nahm sie an mich. Als ich mich wieder umdrehte, sah ich, wie sie mit beiden Fäusten in ohnmächtiger Wut auf Zehab einschlug.

Er versetzte ihr mit dem Handrücken einen harten Schlag ins Gesicht. Wie betäubt blieb sie liegen. Noch einmal schlug er sie ins Gesicht. Er ergriff ihre beiden Handgelenke mit seiner Hand, zog sie über ihren Kopf, dann setzte er sich rittlings auf sie. Er war ungefähr dreimal so groß wie sie. Von neuem holte er aus.

»Nein«, rief ich. »Nein, Zehab!«

Er hielt inne und sah zu mir auf.

»Runter von mir, du dreckiges Arschloch!« schrie Lisa.

Er schlug wieder zu.

Sie begann zu weinen.

Er hob seine Hand.

»Bitte nicht«, sagte ich.

»Sie muß bestraft werden«, entgegnete er ruhig.

»Aber nicht von dir«, sagte ich, verzweifelt überlegend, wie ich ihn im Zaum halten konnte. »Du bist doch mein Schutzengel.«

Lisa lachte. »Was? Hat er dir erzählt, daß er früher mal Leibwächter war? Ich dachte, Roberta hätte sich das ausgedacht.«

Er schlug erneut zu. »Ich behüte sie. Du tust anderen Leuten weh. Du hast mir weh getan.«

Trotz allen Zorns und aller Enttäuschung, die ich empfand, konnte ich nicht untätig zusehen, wie Zehab sie mißhandelte. »Schutzengel tun niemandem weh«, sagte ich. »Sie beschützen die Menschen nur. Und du beschützt mich.«

Er hielt inne, schien zu überlegen.

Eines der ersten Gebete, das ich gelernt hatte, ehe ich fünf Jahre alt war, fiel mir wieder ein. Ich sagte es im gleichen Leierton auf, wie ich es als Kind immer getan hatte: »Schutzengelein, Schutzengelein, du großer treuer Hüter mein, Gott gab dich mir an meine Seiten, mich stets zu schützen und zu leiten.«

Er lächelte. »Sag das noch mal.«

Ich wiederholte es.

»Mir tut's hier so weh«, sagte er und griff mit einer Hand nach seinen Rippen auf der rechten Seite. Als er sie wieder wegzog, war sie voller Blut. »Siehst du?«

»O Gott«, sagte ich und neigte mich zu ihm hinunter, um besser sehen zu können. Ein dunkler Fleck breitete sich langsam auf seiner Jacke aus.

»Nein, nur ein Engel«, meinte er ernsthaft.

»Wir müssen sie erst mal fesseln«, sagte ich. »Dann versuch ich, dir zu helfen. Hast du ein Messer?«

Er nickte, griff in seine Tasche und warf mir ein Taschenmesser zu. Mit dem Messer schnitt ich die Riemen von Lisas Rucksack ab. Ich band ihre Hände fest zusammen.

»Ich versteh dich nicht«, sagte ich zu ihr.

Sie sagte kein Wort.

Als ich ihr die Füße zusammenband, sah ich in der Profilsohle ihrer Turnschuhe verkrusteten Schmutz – und Teilchen von Dattelpalmenabfall. Ich war sicher, das Muster ihrer Sohlen würde mit den Gipsabdrücken übereinstimmen, die von den Fußspuren vor dem Hotel gemacht worden waren. Der Schmutz und die Dattelsamen hatten sich in den Sohlen festgesetzt, als sie in einer regnerischen Nacht ins Hotel gegangen war; nicht heute nachmittag, als sie mit mir über das Gelände gekommen war – Keenes Leute hatten ja kurz zuvor dort saubergemacht. Und das Zeug in ihren Sohlen war wahrscheinlich das gleiche wie das, was man auf dem Teppich in Robertas Büro sichergestellt hatte.

Ich schnürte ihre Schuhe auf und zog sie ihr von den Füßen.

»Beeil dich«, sagte Zehab.

Ich überredete ihn, sich mit dem Rücken an eine Wand zu setzen. Ich legte die Pistole auf den Boden. Er musterte sie.

»Vergiß es«, sagte ich. Er ließ sich von mir die Jacke öffnen und das Hemd aufknöpfen.

Auf seinem Gesicht erschien ein scheues Lächeln.

»Das kannst du auch gleich vergessen. Behalt Lisa im Auge.«

Ich zog das Hemd weg und stieß auf ein weiteres. Drei Schichten tiefer entdeckte ich die Wunde.

»Au!« sagte er, als ich das Unterhemd wegzog.

»Tut mir leid.«

Die Verletzung befand sich direkt oberhalb seiner Hüfte. Die Kugel schien ihn nur gestreift zu haben. Eine schmerzhafte Wunde, aber nicht tief und, wenn ich die Blutung stillen konnte, sicherlich nicht tödlich.

»Drück drauf«, befahl ich ihm und plazierte seine Hände. »So. Und laß nicht nach. Ich versuch, dir einen Verband zu machen.«

»Die Socken«, sagte er. »Hol die Socken.«

»Welche Socken?«

»In der Schatzkammer, wo wir uns versteckt haben.«

»Oben?«

»Nein, hier«, entgegnete er ungeduldig, als hätte ich nun wirklich überhaupt keine Ahnung.

Ich stand auf und ging zum Schrank.

Ich leuchtete mit der Taschenlampe hinein. Oben im Schrank war ein Board, auf dem ein großer Karton stand.

Ich hob ihn herunter.

»Genau«, sagte er. »Da sind sie drin, bei den Zaubersprüchen aus der Heiligen Bibel.«

»Zaubersprüche?« fragte ich und hob den Deckel.

Auf einem Stapel von Papieren voller Fakten und Zahlen, die er gewiß niemals verstehen würde, hatte Zehab zwei weitere Dinge verstaut, die er Lucas abgenommen hatte. Schwarze Socken und einen Ledergürtel. Ich nahm sie aus dem Karton, und Zehab lächelte.

»Die sind sauber«, bemerkte er.

Saubere Socken. Kein Wunder, daß er es die Schatzkammer genannt hatte.

Ich verwendete sie als Bandage und nahm den Gürtel, um sie an Ort und Stelle zu halten und eine Art Druckverband anzulegen.

»Warum nennst du sie Zaubersprüche?« fragte ich, in dem Bemühen, ihn abzulenken, als ich die Pistole wieder ergriff. Aber er hatte jetzt kaum noch Interesse an der Waffe.

»Der Prof hat sie im Altar aufgehoben. Er hat sie dort versteckt.«

»Er war kein Professor!« rief Lisa ärgerlich.

»Ich mag dich nicht«, gab Zehab ebenso ärgerlich zurück.

»Weißt du was, Lisa? Ich mag dich auch nicht besonders«, sagte ich, zum Fenster tretend. Früher oder später würde der Wachmann wieder vorbeifahren müssen. Ich wollte Zehab nicht mit Lisa allein lassen, würde also versuchen müssen, dem Wachmann von hier aus Zeichen zu geben. Zehab mit mir die Treppe hinunterzuschleppen war ausgeschlossen; das würde der notdürftige Verband, den ich angelegt hatte, nicht aushalten.

»Er war doch Professor!« beharrte Zehab immer noch wütend.

»Ach, was wissen Sie denn schon!« entgegnete sie.

»Aber die Selmans, die wissen alles, was? Drei Akademiker in der Familie und mindestens zwei Mörder.«

»Nur zwei«, sagte sie. »Laß Jerry da raus.«

»Du weißt es also«, stellte ich fest.

»Das mit Nadine? Sagen wir, ich hatte seit Jahren einen starken Verdacht. Es spielt im Grunde keine Rolle. Ich wollte nur die Spuren von Andres anderen Gaunereien verwischen – seinem Betrug an der Öffentlichkeit. Ich wollte, Lucas hätte alles gelassen, wie es war. Ich wollte ihm nichts tun. Wirklich nicht. Aber es wäre wahrscheinlich sowieso dazu gekommen. Bis ich mir dieses Faxband angesehen habe, wußte ich nicht einmal, daß er die Wahrheit über Nadine geahnt hat.«

Ich war einen Moment sprachlos. Ich konnte es kaum fassen. »Ich habe heute furchtbare Dinge über deinen Vater erfahren, aber der Gedanke, daß er dich benutzt hat, um –«

»Daß er mich benutzt hat? Benutzt?« Sie lachte hysterisch.

»Sie ist verrückt«, konstatierte Zehab.

»Andre hat keine Ahnung, daß ich über seine gefälschten Statistiken Bescheid weiß. O Gott! All die Jahre, die ich in dieser Mansarde gehaust habe, hat dieses Heizungsrohr wie eine Sprechanlage funktioniert – und der brillante Dr. Selman hat keine Ahnung, was ich alles über ihn weiß.«

Zehab sah aus, als wollte er ihr gleich wieder eine reinhauen.

»Bleib du lieber ruhig«, sagte ich zu ihm. »Du bist verletzt.«

»Ich bin auch verletzt«, rief sie. »Er hat mich geschlagen. Und meine Handgelenke tun weh. Kannst du die Riemen nicht ein bißchen lockern?«

»Du hältst mich wohl für komplett verblödet, was?«

»Nein, das ist nicht wahr.«

Wir schwiegen. Zehab begann ein Lied vor sich hin zu summen. Ich hielt nach dem Wachmann Ausschau.

Dann schrillte mein Piepser wieder los.

»Ich geh hin!« sagte Zehab und sprang stolpernd auf.

»Sei vorsichtig«, rief ich ihm nach, als er schon auf dem Weg ins Badezimmer war.

»Du hast da drinnen eine Riesenschweinerei gemacht«, sagte er zu Lisa, als er mit meiner Tasche herauskam. Er hockte sich wieder an die Wand und fing an, in meiner Tasche herumzukramen.

»Gib mir die Lampe«, sagte er.

»Die brauch ich.« Als ich seinen verdrossenen Blick sah,

fügte ich hinzu: »An meinem Schlüsselbund ist ein kleines Licht. Nimm das.«

Damit war er zufrieden.

»Du würdest es sowieso nicht verstehen«, bemerkte Lisa.

»Wie ich eben schon sagte, du hältst offensichtlich nicht viel von meiner Intelligenz. Aber ich gebe zu, daß ich das hier nicht verstehe. Ich dachte, du wolltest den Mord an Lucas deinem Vater in die Schuhe schieben. Aber es geht hier gar nicht um Andre, stimmt's? Es geht hier nicht darum, ob du ihn liebst oder haßt.«

»Ich liebe ihn nicht«, erklärte sie. »Er hat mich nie geliebt, ich habe ihn nie geliebt. Er liebt niemanden. Und Haß? Ich empfinde so wenig für ihn, daß es nicht einmal dafür reicht. Nein, es geht hier nicht darum, was für ein Mensch Andre ist oder was für Gefühle ich ihm entgegenbringe. Es geht darum, was die Leute – bestimmte Leute – in ihm sehen.«

»Besonders Barton Sawyer.«

Sie schwieg einen Moment, dann sagte sie: »Ja, besonders Barton. Verstehst du denn nicht? Wer war ich, als ich Barton kennengelernt habe?«

»Eine junge Wahlhelferin.«

»Nein, nicht nur. Ich war außerdem die Tochter eines anerkannten Sozialwissenschaftlers. Eines Mannes, der sich damals gerade einen Namen auf dem Gebiet städtischer Bevölkerungsumschichtungen gemacht hatte. Das ist der Andre, den die Öffentlichkeit kennt. Es ist ja auch was Wahres dran. Aber nicht genug.«

»Lucas Monroe stand kurz davor zu beweisen, daß Andre ein Betrüger war und vielleicht sogar ein Mörder«, sagte ich.

»Beides hätte Schlagzeilen gemacht, die der Karriere eines zukünftigen Abgeordneten sicherlich nicht zuträglich gewesen wären.«

»Glaubst du, irgendein Mensch würde einer Frau vertrauen, deren Vater die Öffentlichkeit so an der Nase herumgeführt hat, wie Andre das getan hat?«

»Du redest dauernd so, als wäre das das große Verbrechen und nicht der Mord an einer Frau, die damals jünger war als du heute. Ich werde dir die Wahrheit sagen, Lisa. Wenn der Mord an Nadine nicht ans Licht käme, glaube ich nicht, daß die Studien und Untersuchungen einen großen Aufruhr verursachen würden. Ich denke, die meisten Leute würden gar nicht verstehen, auf welche Art sie betrogen wurden. Und den meisten sind die Armen so gleichgültig, daß es ihnen gar nicht einfallen würde, sich darüber Gedanken zu machen, ob diese ihr Zuhause verlieren.«

»Aber Barton Sawyer würde es verstehen. Er würde es wichtig nehmen.«

»Ach, und dann warst du um dein Geld besorgt.«

»Es geht um mehr als um Geld«, erklärte sie heftig.

»Ach?«

»Barton würde nie wieder etwas mit mir zu tun haben wollen. Das könnte ich nicht aushalten. Er glaubt, ich sei wie er. Ich habe mir Mühe gegeben, aber das reicht nicht. Er ist stolz auf seine Bemühungen, die Politik von dubiosen Geschäften sauberzuhalten. Glaubst du, er würde sich da mit der Tochter eines Mörders abgeben? Selbst wenn ich meine Kandidatur zurückziehen würde, würde er mich nicht in seinem Stab behalten. Die Tochter eines Mannes, der aus persönlicher Gewinnsucht wissenschaftliche Daten gefälscht hat? Ja, verstehst du denn nicht? Wenn Andres Ruf ruiniert wäre, dann wäre auch meiner ruiniert. Ich konnte nicht zulassen, daß diese Papiere an die Öffentlichkeit gelangen. Ich mußte dafür sorgen, daß du niemals Gelegenheit bekommen würdest, sie zu prüfen. Und jetzt – o Gott, siehst du nicht, wie enttäuscht Barton sein wird?«

»Doch«, erwiderte ich. »Ich glaube, ich weiß genau, wie enttäuscht er sein wird.«

Sie antwortete nicht.

»Weißt du was, Lisa?« sagte ich nach einer kurzen Pause. »In gewisser Hinsicht verhält es sich mit dem Ruf eines Menschen genau wie mit statistischen Zahlen. Beide stehen für etwas Größeres. Es sind nicht unbedingt die Fakten selbst, es ist nur eine Art, die Fakten darzustellen. Schlechte Proben, fehlerhafte Methoden der Korrelierung – das trifft alles zu, nicht wahr? Manchmal glaubt man, jemanden zu kennen, aber man hat sein Urteil auf kleinen, sorgfältig zur Schau getragenen Proben des Verhaltens des Betreffenden gegründet. Der Mensch insgesamt kann völlig anders sein. Du zum Beispiel. Ich habe in Wirklichkeit nie gewußt, wer du bist.«

»Das, was ich oben gesagt habe«, entgegnete sie, »war wahr. Ich wollte dir nicht weh tun. Ich wollte auch Roberta und Lucas nicht weh tun. Und du – du hast so viel für mich getan. Versuch wenigstens, das eine zu glauben, daß ich bedaure, was ich getan habe.«

Ausnahmsweise einmal gelang es mir, meinen Zorn zu beherrschen. Ich schaffte es tatsächlich nachzudenken, bevor ich den Mund aufmachte.

»Beweis es«, sagte ich.

»Was?«

»Sag alles, was du weißt, der Polizei.«

»Worüber?«

»Über alles. Über Nadine, Lucas' Magisterarbeit, die Studien.«

»Ich weiß gar nicht alles darüber«, sagte sie langsam.

»Dein politisches Ansehen ist sowieso hinüber. Für das, was du Lucas und Roberta angetan hast, gehst du ins Gefängnis. Wenn du nicht willst, daß die gesamte Öffentlichkeit über dich herfällt, dann liefere deinen Vater aus, von dem du behauptest, ihn nicht zu lieben. Liefere Andre aus. Vielleicht wird Barton dir dann irgendwann verzeihen.«

»Er wird mir nie verzeihen.«

»Gut, dann nimm an, er wird dir nie verzeihen. Er ist nicht Gott, Lisa. Es gibt andere Menschen, die dich lieben. Vielleicht wirst du später einmal das Gefühl haben, auch etwas für andere getan zu haben, nicht nur für dich selbst. Vielleicht wird deine Mutter dann glauben können, daß auch sie einen gewissen Einfluß auf dich hatte und du nicht ganz wie Andre geworden bist.«

»Ich bin nicht wie er!«

»Arme Marcy, wenn sie hört, was du getan hast.«

Sie begann zu weinen. »Laß meine Mutter da raus!«

»Ja, du hast deine Mutter immer rausgelassen. Du hättest schon vor langer Zeit zu ihr gehen sollen. Vielleicht wäre Lucas nie auf der Straße gelandet, wenn du ihr von deinem Verdacht erzählt hättest. Vielleicht wäre dies alles nicht nötig gewesen.«

Sie weinte lauter. Ich dachte an June Monroe, und es war mir egal, wie bitterlich Lisa weinte.

»Sind das deine Hunde?« fragte Zehab, offenbar gleichermaßen unerschüttert. Er war gerade dabei, meine Brieftasche durchzusehen.

»Ja«, antwortete ich und fragte mich, ob ich die Brieftasche je zurückbekommen würde. »Magst du Hunde?«

»Beißen sie?«

»Nein.«

»Dann mag ich sie. Wie heißen sie?« fragte er.

»Deke und Dunk.«

Das waren für einen Schutzengel offenbar sehr komische Namen.

»Sei vorsichtig, damit die Wunde nicht so stark blutet«, warnte ich ihn.

Ich sah auf Las Piernas hinunter. Ich stellte mich so, daß ich das schmale Stück Wasser im Blick hatte. Der Pazifik wirkte im allgemeinen beruhigend auf mich, aber es war inzwischen zu dunkel, um viel zu sehen. Ich konnte die Lichter am Ende des Piers erkennen und sogar die farbigen Reflexe der Lichter einer Bohrinsel. Ich dachte an die Tage zurück, als ich, damals noch Studentin, mit Lisa an den Strand oder in einen Park oder irgendwo anders hingegangen war, wo Studenten Ermäßigung bekamen – in den Zoo oder in die Eislaufhalle. Aber am Strand waren wir beide immer am liebsten gewesen. Wir liebten beide den Ozean. Liebte sie ihn immer noch, oder hatte auch das sich geändert? Wir hatten davon gesprochen, mit einem Segelboot auf große Fahrt zu gehen. Ich erinnerte mich, wie ich auf den Pier hinausgegangen war und einen Vierteldollar in den Zahlschlitz des Teleskops gesteckt hatte, um Catalina sehen zu können und die Schiffe, die aus dem Hafen ausliefen.

Schiffe und Inseln. Zwei Zahlengruppen, jeweils mit drei Zahlen. Länge und Breite.

»Sag noch mal das Gebet«, bat Zehab. Als ich geendet hatte, sagte er: »Amen.« Danach verfielen wir in ein längeres Schweigen.

»Roland Hill war dabei«, meinte Lisa plötzlich.

Ich drehte mich nach ihr um. »Wer noch?«

»Nur Roland und mein Vater. Aber Allan hat davon gewußt. Er hat die anderen weggebracht. Booter Hodges hat ihnen ein vereinbartes Signal gegeben, aber er wußte nicht, was vorging. Jedenfalls nicht genau. Sie haben sie mit der Kette beschwert und über Bord geworfen. Viel mehr weiß ich auch nicht. Allan hat die Kette gekauft. Roland war wütend auf ihn, weil er mit seiner Kreditkarte bezahlt hatte. Daher weiß ich es. Ich habe gehört, wie mein Vater darüber lachte, als Roland es ihm erzählte.«

»Andre, Allan und Roland wußten also mit Sicherheit, daß sie getötet worden war.«

»Ja.«

»Wirst du das der Polizei sagen?«

»Ja, ich verspreche es«, erwiderte sie und fügte hastig hinzu: »Das bedeutet dir wahrscheinlich gar nichts.«

»Du würdest dich vielleicht wundern«, entgegnete ich.

Ein paar Minuten später sah ich den Wagen der Wachgesellschaft die Straße heraufkommen. Ich hatte keine Gelegenheit, den Fahrer auf mich aufmerksam zu machen, weil im selben Moment aus der anderen Richtung ein zweiter Wagen heranraste. Keene Dages Mercedes. Er hatte noch nicht einmal richtig am Bordstein gehalten, als Frank schon heraussprang. Er sah am Hotel in die Höhe. Ich gab Blinksignale mit der Taschenlampe. Er bemerkte sie und zeigte nach oben. Der Wachmann war schon dabei, das Tor aufzuschließen. Ich hörte Sirenen. Ich mußte Frank wissen lassen, daß uns nichts passiert war.

»Kann ich das behalten?« fragte Zehab hinter mir.

»Was?« fragte ich, während ich versuchte, das Fenster zu öffnen.

»Das Ding, das so piept.«

»Ich schenk's dir«, sagte ich und drehte die Taschenlampe um, um die Scheibe einzuschlagen.

Nun schuldete ich Keene ein weiteres Fenster. Wenn ich meine Brieftasche zurückbekommen sollte, würde ich sogar dafür bezahlen.

38

Zehab behielt meinen Piepser. Schon am folgenden Nachmittag wurde die Vorschrift bei der Zeitung geändert, ich bestellte also keinen neuen. Er hatte immer wieder losgeschrillt, weil Frank unablässig versucht hatte, mich zu erreichen, bis er schließlich kurzerhand einen von Keene Dages Söhnen angerufen hatte. Keene war gerade wieder nach Fallbrook abgefahren, aber sein Sohn hatte sich mit ihm über Funktelefon in Verbindung gesetzt. Als Keene hörte, daß ich noch immer nicht zu Hause war, war er umgekehrt und hatte Frank abgeholt. Unterwegs hatten sie Verstärkung angefordert.

Lisa wurde von der Polizei mitgenommen. Ich rief von Keenes Autotelefon aus Marcy an, um ihr zu sagen, daß Lisa soeben festgenommen worden war. Ich meinte, sie würde vielleicht gern auf der Dienststelle sein, wenn sie sie brachten. Auf ihre Fragen erwiderte ich, ich hielte es für das beste, wenn jemand anderer ihr die Einzelheiten erzählte. Sie nahm mir das ziemlich übel, aber ich sagte ihr, ich müsse dringend Schluß machen, um jemanden ins Krankenhaus zu bringen.

Zehab hatte Angst vor dem Krankenwagen, darum brachte Keene ihn in seinem Mercedes zum St. Anne's. Frank und ich fuhren mit. Unterwegs bekam ich alle meine Besitztümer zurück, mit Ausnahme des Piepsers und des Hundefotos. Im Krankenhaus angekommen, machte ich ihn mit einer Nonne bekannt, die ich sehr gern hatte, und sie überzeugte ihn davon, daß man im St. Anne's einen Schutzengel niemals mißhandeln würde. Als wir gingen, versuchte er gerade, meinen Piepser gegen ihren Rosenkranz einzutauschen.

Roberta war mittlerweile aus dem Koma erwacht. Das Sprechen machte ihr große Schwierigkeiten, und sie konnte noch nicht laufen. Aber Roberta war nicht der Mensch, der schnell aufgab. Man mußte den Dingen Zeit lassen. Ich war nur eine von vielen Freundinnen, die entschlossen waren, ihr auf jede erdenkliche Weise zu helfen.

Einige dieser Frauen, Marcy eingeschlossen, würden wahrscheinlich nie wieder mit mir sprechen. Sie gaben mir die Schuld daran, daß Lisa im Gefängnis saß, und es war sinnlos zu versuchen, sie eines Besseren zu belehren. Ausgerechnet Alicia Penderson-Duggin verteidigte mich am energischsten.

Lucas bekam ein schönes Begräbnis. Ein toter Held des kleinen Mannes besitzt, wie ich feststellte, große politische Zugkraft. Die Medien waren in großer Zahl vertreten, Politiker und Collegeleute legten Wert darauf, seinem Andenken zu huldigen. Der *Express* hatte aus meiner Story einen Riesennachruf auf ihn gemacht, der auf der ersten Seite erschien. Eigentlich hatte ich mich darüber freuen sollen, aber ich konnte es nicht. Vielleicht weil es mich ärgerte, daß sie eine Woche zuvor noch nicht mal zwei Zeilen an ihn verschwenden wollten und jetzt mit seiner Geschichte die Auflage steigerten.

Bei der Beerdigung hielt ich mich abseits, in einer Ecke des Friedhofs. Ich saß dort mit Blue, Gockel, Hammer und Bohne. Ich weiß nicht, was am Grab für Reden gehalten wurden, und es ist mir eigentlich auch gleichgültig. Wie fast alle anderen – außer Lucas' Mutter und Bruder – hatte auch der Geistliche ihn nicht gekannt. Vielleicht war ich damals einfach noch nicht bereit, ihm Lebwohl zu sagen. Ich bin mir nicht mal sicher, ob ich heute soweit bin.

Charles Monroe stand noch lange, nachdem alle anderen gegangen waren, am Grab. Er sah mich auf der Mauer sitzen und nickte mir zu. Ich nickte zurück. Danach ging ich.

Seine Mutter sah ich erst am nächsten Tag. Sie war im städtischen Krankenhaus bei Joshua Burrows. Sie hatten wohl über Lucas gesprochen, denn sie lächelte. Als sie mich sah, verstärkte sich ihr Lächeln.

»Hallo, June«, sagte ich.

»Wie schön, Sie zu sehen«, erwiderte sie. »Corky – entschuldigen Sie, ich sollte Sie wirklich bei Ihrem richtigen Namen nennen.«

»Corky ist schon in Ordnung«, sagte er. Er sah ganz anders aus als bei unserem letzten Zusammentreffen. Er war sauber, die Schwellungen im Gesicht waren abgeklungen, und die Antibiotika taten offensichtlich ihre Wirkung, wenn er auch noch nicht gerade kerngesund aussah.

»Wie kommen Sie zurecht?« fragte ich.

»Ach, ich nehm einfach jeden Tag, wie er kommt«, antwortete er.

»Das ist gut«, meinte June. »Auf die Weise kann man *alles* überwinden.«

Er lächelte. »Na, wenn das kein Wink mit dem Zaunpfahl war.«

»Oh, ich bin nicht hergekommen, um Ihnen Vorträge zu halten, das wissen Sie«, erklärte sie. Sie sah mich an. »Ich glaube, er kann's schon nicht mehr hören. Ich habe nur über Lucas gesprochen.«

»Ich wollte, ich hätte zur Beerdigung kommen können«, sagte Joshua.

»Ihr Vater war für Sie da«, berichtete ihm June. »Das hätte Lucas sicher verstanden. Außerdem kommt es nicht darauf an, was man für einen Menschen tut, wenn er bereits tot ist. Sie waren sein Freund, als er noch am Leben war.«

Die Bemerkung traf mich wie ein Schlag, obwohl ich wußte, daß sie nicht für mich bestimmt gewesen war. »Sie hat recht«, sagte ich. »Entschuldigen Sie mich, ich komme später wieder.«

Ich eilte aus dem Zimmer.

Ja, sie hatte recht. Ich bog um die Ecke, fand einen Aufzug und fuhr zum obersten Stockwerk hinauf. Dort oben war eine kleine Sonnenveranda, und ich brauchte jetzt einen Platz, wo es hell war.

Das bißchen, was ich für Lucas getan hatte, indem ich seine Geschichte erzählt hatte, würde nichts ändern. Man würde seinen Namen vergessen. Wenn die unter uns, die ihn gekannt hatten, gestorben waren, wer würde sich dann noch an ihn erinnern? Die Armen, die aufgrund von Andres gefälschten

Untersuchungen aus ihren Wohnungen vertrieben worden waren, würden ihr Zuhause nicht zurückbekommen. Die Sanierungen mit all ihren positiven und negativen Seiten würden weitergehen. Neue Untersuchungen waren angefordert worden, und Ray Aiken würde zweifellos für mehr Transparenz bei zukünftigen Projekten sorgen.

Die Aufzugtür öffnete sich, und ich trat ins Sonnenlicht hinaus.

Ich versuchte, die Dinge anders zu sehen. Nadines Bruder war traurig, aber erleichtert. Ich hatte erfahren, daß er Nadine als vermißt gemeldet hatte, doch in den sechs Monaten nach ihrem Tod hatte Hill dafür gesorgt, daß keine offenen Fragen blieben, und man glaubte allgemein, sie sei einfach weggezogen. Die Koordinaten, die Jeff McCutchen errechnet hatte, nachdem er für einen Vierteldollar einen Blick durch ein Teleskop geworfen hatte, bezogen sich, wie sich herausstellte, auf eine Stelle im Ozean, in der Nähe einer Bohrinsel. Ein Heer von Tauchern, die mit Metalldetektoren ausgerüstet waren, fanden schließlich die Kette. Sie war immer noch um die Segeltasche geschlungen. Die Tasche, die von der Kette auf dem Meeresgrund gehalten worden war, wurde geborgen und geöffnet. Ein größtenteils intaktes Skelett einer weiblichen Erwachsenen wurde darin gefunden. Die Zähne, ein Armband und eine alte Fraktur am kleinen Finger der linken Hand reichten aus, um es eindeutig als das von Nadine Preston zu identifizieren. Kein Mensch hätte erwartet, noch so viel von ihr zu finden, hatte der Leichenbeschauer gesagt.

Hör auf damit, befahl ich mir.

Keene Dage, der wahrscheinlich das Risiko strafrechtlicher Verfolgung vollständig hätte vermeiden können, meldete sich aus freien Stücken. Man hatte ihm jetzt im Austausch für seine Aussagen Straffreiheit angeboten; ebenso Corbin Tyler. Als ich ihn das letztemal gesehen hatte, war er müde gewesen, aber zufrieden. »Meine Kinder stehen voll hinter mir«, erzählte er mir. »Das ist das einzige, was für mich wichtig ist.«

»Sie werden den Engeln am Angelus neue Gesichter machen lassen müssen«, meinte ich, und er lachte.

Roland Hill und Allan Moffett würden wahrscheinlich ins Gefängnis wandern. Booter Hodges war auf der Suche nach einem neuen Job. Und – aber das wußte ich an dem Tag, an dem ich oben auf der Sonnenveranda stand, noch nicht – Andre Selman würde sich der irdischen Gerichtsbarkeit entziehen. Er verließ das Krankenhaus nicht mehr. Herzversagen. Vielleicht lag darin eine gewisse Gerechtigkeit.

Einige von Roland Hills Investoren hätten ihn am liebsten gelyncht. Einige hätten am liebsten mich gelyncht.

Claire hatte mir gedankt. Wenn ich sie in diesen Wochen nicht näher kennengelernt und gesehen hätte, wie mutig sie war, hätte mich ihr Dank vielleicht überrascht. Sie sagte, es habe sie erleichtert zu wissen, was Ben in seinen letzten Tagen beschäftigte. Sie hielt ihn trotz allem in Ehren. Sie hatte ihn geliebt, und damit war der Fall für sie erledigt. Schade, daß er das, von bösen Geistern gejagt, nicht hatte sehen können.

Es hieß, das College wolle Lucas postum den Magistergrad zuerkennen. Zu wenig, zu spät.

Vor Barton Sawyer hatte ich großen Respekt; er hatte Lisa nicht in Bausch und Bogen verdammt und sich dem ganzen Getue, das plötzlich alle um Lucas' Andenken machten, nicht angeschlossen. Statt dessen hatte er privat an June und Charles Monroe und an Marcy und Jerry geschrieben. Nur einmal äußerte er sich öffentlich über Lisa, um zu sagen, er empfinde die gleiche Traurigkeit, die er empfinden würde, wenn seine eigene Tochter im Gefängnis säße, ohne Ansehen ihrer Schuld.

Ich hatte Lisa vor der Anklageeröffnung besucht. Ihr Gesicht war voll blauer Flecke, und sie hatte Druckmale an den

Handgelenken, wo ich die Riemen zu fest gezogen hatte. Sie bemerkte meinen Blick und sagte: »Weißt du noch, wie du mir das Schlittschuhlaufen beigebracht hast? Ich bin hingefallen und habe dich mit mir runtergerissen, und danach hattest du eine dicke Lippe. Ich hab geweint, weil ich dir weh getan hatte und weil ich Angst hatte, du würdest nie wieder mit mir Eislaufen gehen. Da hast du gesagt: ›Lisa, das Eis ist rutschig. Da fällt jeder mal hin. Daran mußt du dich gewöhnen.‹ Erinnerst du dich daran?«

»Ja«, antwortete ich.

Sie begann von anderen Dingen zu sprechen, die wir zusammen unternommen hatten. Es waren schöne Erinnerungen. Vielleicht wollten wir uns selbst davon überzeugen, daß damals alles anders gewesen war. Heute glaube ich, daß es wirklich anders war, obwohl ich eine Zeitlang daran gezweifelt habe. Ehe ich ging, dankte ich ihr dafür, daß sie ihr Versprechen, mit der Polizei zu reden, gehalten hatte. Sie bat mich wiederzukommen. Ich versprach es ihr.

Von der Sonnenveranda aus blickte ich über die Stadt. In der Ferne konnte ich im Dunst die höchsten Gebäude der Innenstadt erkennen. Das Las Piernas von Keene Dage und Corbin Tyler. Die Sonne funkelte auf der Glaskugel des Haimler Buildings.

Wir alle müssen etwas tun, worauf wir stolz sein können.

Ich hörte, wie die Aufzugtür sich öffnete. Mein Mann trat heraus.

»Wollen wir jetzt deinen Wagen holen?«

»Woher wußtest du, daß ich hier oben bin?«

»Ich kenne dich doch. Einen Ozean gibt's im Krankenhaus nicht, also brauchte ich nur ein Fleckchen Sonnenlicht zu suchen.«

»Ein echter Detektiv.«

Er war inzwischen bei mir angekommen. Er hob das Haar

in meinem Nacken, drückte seinen Mund auf meine Haut und blies.

»He, das kitzelt«, rief ich lachend.

»Das ist ein Nackenkuß. Der soll kitzeln. Und du sollst ab und zu mal lachen.«

»Ja, ich war in letzter Zeit ziemlich trübsinnig, nicht?«

Er schüttelte den Kopf. »Das macht nichts. Aber wenn du mit June Monroe geredet hast, holen wir deinen Wagen, klappen das Verdeck runter und genießen diesen wunderbaren Frühlingstag. Verstanden?«

»June Monroe sucht mich?«

Er gab mir noch einen Kuß in den Nacken. »Du hättest antworten sollen: ›Ja, ich habe verstanden.‹ Was June angeht, so weißt du doch, daß sie dich sprechen möchte. Ich habe ihr gesagt, daß ich dich schon finden werde. Möchtest du hier mit ihr reden?«

»Ja. Hier sind wir wenigstens ungestört.«

Er gab mir einen Kuß und ging wieder zum Aufzug hinüber. Während er wartete, sah er mich alle paar Sekunden an und schnitt lustige Grimassen: Ich mußte lachen, ob ich wollte oder nicht.

»Ja, Herr Doktor, ihr Zustand bessert sich sichtlich«, sagte er, als der Aufzug kam. Ich freute mich über seine Ausgelassenheit, und ich wußte, daß nur seine engsten Freunde – einschließlich seiner Frau – diese Seite von ihm zu sehen bekamen.

Als er weg war, fehlte er mir so sehr, daß ich beinahe wieder in meine Depression verfallen wäre. Aber nur beinahe.

Er mußte June gebeten haben, ein Stockwerk tiefer zu warten, den sie traf schon Sekunden später ein. Ich mußte lächeln, als mir klar wurde, wie sicher er seiner Sache gewesen war.

»Ich habe vorhin unten was gesagt, was Sie falsch verstanden haben«, begann June ohne Umschweife.

»Nein, Sie hatten völlig recht mit Ihrer Bemerkung. Ich habe gründlich darüber nachgedacht.«

»Zu gründlich, wenn Sie mich fragen. Kommen Sie, setzen wir uns hierhin – nur eine Minute. Ihr Mann wartet auf Sie, und ich brauche nicht lange, um das zu sagen, was ich sagen möchte.«

Wir setzten uns.

»Wissen Sie, was Edmund Burke einmal über das Böse gesagt hat?« fragte sie mich.

Das hatte ich nicht erwartet. Aber zum Glück war mein Freund O'Connor ein wandelndes Zitat-Lexikon gewesen, daher wußte ich die Antwort. »›Damit das Böse triumphieren kann, brauchen nur gute Menschen nichts zu tun.‹«

»Genau«, bestätigte sie. »Nichts! Aber Sie haben etwas getan. Sie sollten zufrieden sein. Aber nein, Sie wünschen sich, besser zu sein als alle anderen.«

»Was?«

»O ja! Sie sitzen hier oben und wünschen sich, Sie wären vollkommen; Ihr Mut würde Sie nie im Stich lassen. Sie wünschen, daß Sie an dem Tag, als ein alter Säufer, der gerade auf einer Bank seinen Rausch ausgeschlafen hatte, Sie anredete und einen Haufen dummes Zeug brabbelte, wie eine vorbildliche Christin reagiert und gesagt hätten: ›Wie kann ich Ihnen helfen, Bruder?‹«

»Na ja –«

»Nichts na ja! Glauben Sie denn wirklich, das wäre nicht zu verzeihen? Glauben Sie, Lucas selbst hat Ihnen das nachgetragen?«

»Nein.«

»Also dann, hören Sie auf, sich ein schlechtes Gewissen einzureden, indem Sie ständig drüber nachdenken, was Sie hätten tun können. Stehen Sie auf, gehen Sie raus, und fahren Sie fort, etwas zu tun. Man braucht nicht alles zu tun. Nur das, was man kann.«

Aus irgendeinem blöden Grund fing ich an zu weinen. Sie legte einen Arm um mich.

»Oh, das wird mir Frank bestimmt übelnehmen«, sagte sie. »Hören Sie mir zu, Irene. Ich weiß, daß mein Sohn lebt. Ich meine jetzt nicht, bei Jesus, obwohl ich fest daran glaube. Ich meine, hier. Er lebt, weil er etwas verändert hat. Er hat etwas Gutes bewirkt, bevor er gestorben ist. Und Sie haben ihm dabei geholfen. Sie haben ihm einen großen Dienst erwiesen.«

»Es wäre mir lieber, ich hätte mich ihm nur fünf Minuten zugewandt, als er noch lebte«, entgegnete ich.

»Ja, natürlich, das kann ich verstehen. Aber sehen Sie mal, mein Sohn war Lehrer, und Sie haben doch etwas von ihm gelernt, nicht wahr? Wir alle haben nur fünf Minuten, freundlich zueinander zu sein. Also los, gehen Sie jetzt runter und seien Sie gut zu Ihrem Mann.«

Sie drückte mich an sich.

»Gehen Sie schon«, sagte sie. »Fünf Minuten. Eine Kleinigkeit reicht. Es summiert sich.«

Das begriff ich.

Ich bin schließlich gut in Mathe.

Danksagung

Ich schulde vielen Menschen Dank für ihre Hilfe bei diesem Buch. Sie verdienen Beifall; wenn ich Fehler gemacht habe, sparten sie sich die Buhrufe und Pfiffe für mich.

Besonders danke ich Laurence Whipple, einem Mann mit Herz und Verstand, Direktor der Seattle Food Bank; einem Freund, K. C. Pilon, der viel mit Obdachlosen gearbeitet hat; Steven Kingston, dem geborenen Rockford, der dazu beigetragen hat, daß aus Rachel eine bessere Privatdetektivin wurde, und viele Erkenntnisse seiner Arbeit mit mir teilte; Susie Gibbs, die mir endlose Fragen über Alkoholentzugsprogramme beantwortet hat. Dr. James Gruber, Notfallarzt, und Dr. Ed Dohring, Orthopäde, haben sich trotz hoher Arbeitsbelastung die Zeit genommen, mir bei meinen medizinischen Recherchen zu helfen. Jacquie Prebich, Krankenschwester, und Mark Prebich, der in der Verwaltung des South El Monte Krankenhauses tätig ist, haben mir mit Informationen über die Versorgung von Herzpatienten geholfen. Von Michael Burke, ebenso wie von Thomas Burke, erhielt ich hilfreiche Informationen zum Bank- und Finanzwesen.

Debbie Arrington, die so viel zu dieser Serie beigetragen hat, hat mir auch diesmal wieder unermüdlich zugearbeitet, insbesondere beim Thema Stadtentwicklung. Andy Rose und andere Mitarbeiter des *Long Beach Press-Telegram* waren ebenfalls sehr großzügig mit ihrer Hilfe.

Safe Navigation, West Marine in Long Beach, Charles Link

von Performance Tackle und Ron und Darlene Jack gaben mir in nautischen Dingen Hilfestellung. Professor Emeritus Rodger Heglar, der an der San Francisco State University Forensische Wissenschaft unterrichtet hat, Joan Parker vom Moss Landing Marinelabor und Dr. Judy Suchey, forensische Anthropologin an der California State University in Fullerton, haben zu meinem Verständnis darüber beigetragen, was mit Gebeinen geschieht, die über längere Zeit im Meer liegen.

Das erfundene Las Piernas hat erfundene Bohrinseln; die THUMS Insel von Long Beach, Kalifornien, gibt es tatsächlich sonst nirgends auf der Welt. Ich danke Ed Fischer, Steve Marsh von THUMS und Don Clarke, Biologe in Long Beach, die sich über die echten Bohrinseln sehr ausführlich mit mir unterhalten haben.

Ruthann Lehrer vom Neighborhood and Historic Preservation Office der Stadt Long Beach hat mir geholfen zu sehen, wie das Angelus aussehen könnte. Jenny Oropeza, Cathy Keig und Jim Hayes halfen mir durch das politische Labyrinth. Heather Cvar half mir mit dem besonderen Fachwissen über Streiche, das nur eine Dreizehnjährige liefern kann. Jo und Elaine Livermore aus Tucson, Arizona, sind die Eigentümer des Hundes, der für Finn Modell gestanden hat, eines prächtigen irischen Wolfshunds namens Mr. Calder, der sogar so freundlich war, sich die Pfoten nachmessen zu lassen. Das war wahrscheinlich einer der verrückteren Anrufe, die die Livermores in diesem Jahr erhalten haben, aber ich bezweifle, daß sie überrascht waren, daß er von mir kam.

Ich danke auch dem Polizeibeamten Bill Valles, Joseph Levy und Don Smith von der Polizei Long Beach, sowie Dennis Payne vom Raub- und Morddezernat der Polizei Los Angeles.

Sharon Weissman und Tonya Pearsley sind außerordentlich hilfreich, was Recherchen, Kontakte zu Experten und persönliche Erkenntnisse angeht. Sharon ließ mich sogar ihr

Faxgerät auseinandernehmen. Beide haben meine Entwürfe gelesen und mich in den Tagen, als ich glaubte, ich würde nie die Zeit finden, dieses Buch niederzuschreiben, vor der Verzweiflung bewahrt. Sandra Cvar half mir, die zwei zu finden.

Mein besonderer Dank gilt Michael Connelly, der mir geholfen hat, mein Ziel im Auge zu behalten, und mir viele vertrackte Fragen beantwortet hat. (Lex und Nex gehören wieder dir, Mike.)

Auch meiner Familie und meinen Freunden schulde ich Dank, besonders Tim, der das Manuskript millionenmal lesen mußte. Nancy Yost, Superagentin und Cosmo-Model, und Laurie Bernstein, die langmütigste Redakteurin der Welt, haben mir mit verständnisvollen Kommentaren und nie erlahmender Hilfsbereitschaft zur Seite gestanden. Jim Timmie, Charles Roberts, Annie Hughes, Rochelle Garris, Holly Zappala, Michele Pipia, Virginia Clark und Dominique D'Anna und so viele andere bei Simon & Schuster – vielen, vielen Dank.